La isla bajo el mar

Isabel Allende

伊莎贝尔·阿连德 作品集

深海岛屿

La
isla
bajo
el mar

〔智利〕伊莎贝尔·阿连德 ———— 著
Isabel Allende

颜雅培 ———— 译

人民文学出版社
PEOPLE'S LITERATURE PUBLISHING HOUSE

著作权合同登记号　图字 01-2021-4826

Isabel Allende
LA ISLA BAJO EL MAR
© ISABEL ALLENDE,2009
Simplified Chinese translation copyright © 2021 People's Literature Publishing House
All rights reserved

图书在版编目(CIP)数据

深海岛屿/(智)伊莎贝尔·阿连德著;颜雅培译. —北京:人民文学出版社,2021
(伊莎贝尔·阿连德作品集)
ISBN 978-7-02-015294-0

Ⅰ.①深… Ⅱ.①伊…②颜… Ⅲ.①长篇小说—智利—现代 Ⅳ.①I784.45

中国版本图书馆 CIP 数据核字(2021)第 197763 号

责任编辑　张欣宜
装帧设计　刘　远
责任印制　王重艺

出版发行　人民文学出版社
社　　址　北京市朝内大街 166 号
邮政编码　100705

印　　刷　三河市博文印刷有限公司
经　　销　全国新华书店等

字　　数　364 千字
开　　本　880 毫米×1230 毫米　1/32
印　　张　15.25　插页 3
印　　数　1—8000
版　　次　2021 年 10 月北京第 1 版
印　　次　2021 年 10 月第 1 次印刷

书　　号　978-7-02-015294-0
定　　价　59.00 元

如有印装质量问题,请与本社图书销售中心调换。电话:010-65233595

目 录

扎丽特 …………………………………………………… 001

第一部　圣多明戈,1770—1793

西班牙恶疾 ……………………………………………… 007
夜之鸟 …………………………………………………… 015
鸽子蛋 …………………………………………………… 022
古巴的新娘 ……………………………………………… 027
主人的家宅 ……………………………………………… 033
扎丽特 …………………………………………………… 043
惩戒 ……………………………………………………… 048
麦坎达 …………………………………………………… 053
扎丽特 …………………………………………………… 060
市长家的舞会 …………………………………………… 064
种植园里的疯女人 ……………………………………… 069
祭礼的司仪 ……………………………………………… 075
非人之人 ………………………………………………… 085
扎丽特 …………………………………………………… 093
仆妾 ……………………………………………………… 097
万能的女奴 ……………………………………………… 105

扎丽特 …………………………………………………… 114
动荡的年月 ……………………………………………… 117
扎丽特 …………………………………………………… 124
情人 ……………………………………………………… 127
主人的儿子 ……………………………………………… 132
扎丽特 …………………………………………………… 138
勇士 ……………………………………………………… 142
密谋 ……………………………………………………… 153
北部的起义 ……………………………………………… 157
扎丽特 …………………………………………………… 162
复仇 ……………………………………………………… 167
恐惧 ……………………………………………………… 173
自由的味道 ……………………………………………… 181
扎丽特 …………………………………………………… 186
逃亡者 …………………………………………………… 192
安的列斯群岛的巴黎 …………………………………… 202
不幸的夜晚 ……………………………………………… 208
扎丽特 …………………………………………………… 218
内战 ……………………………………………………… 222
血与灰 …………………………………………………… 229
死亡的成全 ……………………………………………… 235
惩罚 ……………………………………………………… 240

第二部　路易斯安那，1793—1810

高贵的克里奥尔人 ……………………………………… 249
扎丽特 …………………………………………………… 261

庆典 ……………………………………………… 265
西班牙绅士 ……………………………………… 272
继母 ……………………………………………… 279
扎丽特 ………………………………………… 289
飓风时节 ………………………………………… 293
无情的鞭子 ……………………………………… 301
奴隶村 …………………………………………… 310
拉·利贝尔特上尉 ……………………………… 317
逃难者 …………………………………………… 324
波士顿的学校 …………………………………… 332
扎丽特 ………………………………………… 337
待兑现的承诺 …………………………………… 341
新奥尔良的圣人 ………………………………… 348
扎丽特 ………………………………………… 359
时日动荡 ………………………………………… 366
美国佬 …………………………………………… 373
罗塞特 …………………………………………… 381
扎丽特 ………………………………………… 389
莫里斯 …………………………………………… 392
间谍 ……………………………………………… 403
私生子 …………………………………………… 414
恐惧死亡 ………………………………………… 424
美人鱼的舞会 …………………………………… 429
月亮的右边 ……………………………………… 437
相爱的人 ………………………………………… 444
血脉姻亲 ………………………………………… 448

003

两夜缱绻 ………………………………………………… 455
人间炼狱 ………………………………………………… 459
漫长夏日 ………………………………………………… 464
在狱中 …………………………………………………… 470
扎丽特 …………………………………………………… 476

给我的儿子们,尼古拉斯和洛里

扎丽特

在过去四十年的人生中,我,扎丽特·塞德利亚,有比其他女奴更好的命运。我将会活得很久,有幸福的晚年,因为即便是在多云的夜空中,我的主宰星也仍然闪耀。每当我心爱的男人用他那宽大的手掌唤醒我的每寸肌肤,我都能体会到爱的欢愉。我有过四个孩子和一个外孙,他们中间活着的人都是自由之身。我第一次关于幸福的记忆是踩着鼓点摇摆起舞,那时候我还只是个瘦骨嶙峋、拖着鼻涕的黄毛丫头。最近一次我感到幸福也是在跳舞的时候。昨天晚上我一直在刚果广场跳舞。我跳了很久,脑中没有任何念想,所以到今天身体都还是烫的,十分疲累。音乐是一阵风,它卷走了岁月、回忆和恐惧,它是那只隐伏在我体内的动物。当鼓声响起,平日里的扎丽特便消失不见,我又变回了那个还没怎么学会走路就跳起舞来的自己。我的脚掌有力地踩踏着地面,生命的力量顺着双腿爬上来,遍布周身骨骼,占据了我的肉体。这种力量消除了我的痛苦,将回忆变得更加美好。世界也为之撼动,它是一种降生在深海岛屿上的节奏,它震摇了大地,像一道闪电一样击穿我,将我的悲伤带到天上去,让本爹①把它们嚼烂、吞下去,从而让我变得纯净、快乐。击鼓的声音战胜了恐惧。鼓是母亲留给我的财富,是流淌在我血液里来自几内亚的力

---

① 本爹,来源于法语 Bon Dieu,指伏都教中全能的造物神。

量。当我和鼓声融为一体的时候,没有人能与我匹敌,我变得像爱神爱祖丽①一般强大,速度比挥落的皮鞭还要迅捷。戴在我手腕和脚踝上的贝壳叮当作响,先是葫芦鼓的乐声提出问题,金贝鼓和定音鼓随即用它们来自丛林深处的声音和金属质感的响声应答。接着是会说话的墩墩鼓开场,当人们敲打妈曼鼓来召唤洛阿诸神的时候,它会发出巨大无比的咆哮声。鼓是神圣的器物,洛阿神明借助它们来跟世人说话。

在我小时候与另一个奴隶奥诺雷合住的那个房间里,鼓一直都被安静地放在一边,但时常会被拿走。那个时候我的女主人是德尔菲娜夫人,她不喜欢听到黑人发出的声音,平日里只听得到小键琴哀伤的叹息声。一周中,周一和周二她给有色人种的女孩子们上课,其余时间都是到上等白人②的府上去教那些贵族小姐。她们都有属于自己的琴,因为她们不会去碰那些穆拉托③女孩用过的乐器。我学会了用柠檬汁去擦洗琴键,但我不会弹奏音乐,因为夫人禁止我们靠近她的小键琴,而且我们也不需要它。奥诺雷用一个汤锅就能奏出音乐,在他手上,任何一个东西都有拍子、旋律、节奏和声音。他的身体里带着与生俱来的声音,那是他从达荷美④带来的声音。我的玩具是一个空壳葫芦,我们拍打它使之发声。再后来,他还教会我慢慢地去拍摸他的那些鼓。从他还把我抱在手里的时候开始,他就带着我去参加伏都教的舞会和献祭仪式。在这当中,他负责击大鼓,其他鼓都要听从他的节奏指挥。故事就是这样。奥诺雷看上去很老,骨

---

① 爱祖丽,伏都教中的爱和美貌的女神。
② 原文的字面意义为"大白人",指法属圣多明戈社会的上层大资产者白人,一般多为庄园主、官员等。
③ 穆拉托,黑人和白人的混血,主要分布于非洲、北美洲、南美洲及加勒比海一带。
④ 达荷美,西非埃维族的一支阿贾人于十七世纪建立的封建国家。

头都已经僵硬,尽管那时他的年纪还没我现在大。他喝甘蔗烧酒来忍受行动不便带来的折磨,然而比粗制的烧酒更管用的是音乐。伴着鼓声的律动,他痛苦的呻吟变成了笑声。奥诺雷几乎没法用他那变形的双手给女主人削土豆、做饭。但如果是击鼓的话,他将永不知疲倦。或若是跳舞,也没有人能比他的膝盖抬得更高,头摇得更带劲,屁股扭得更欢快。当我还没学会走路的时候,他就让我坐着跳舞。当我才刚刚能站立的时候,他就把我领进了音乐的世界。我沉醉其中,就像在梦境里一般。"跳吧,扎丽特,跳吧!因为跳舞的奴隶是自由的……只要是在跳舞的时候。"他对我说。我这一生都在跳舞。

第 一 部

圣多明戈[①], 1770—1793

[①] 圣多明戈, 法国在加勒比海地区的殖民地, 即现在的海地。该地原属西班牙, 1697年根据里斯维克条约, 该地被割让给法国。

西班牙恶疾

1770年,法兰西的王太子娶了奥地利女大公玛丽·安托瓦内特①。同年,图卢兹·瓦尔莫兰来到圣多明戈。在动身之前,他从未想到命运会跟自己开这么大的玩笑,也没想到自己日后会葬身在安的列斯群岛②上的甘蔗地里。而在此之前,他还应邀参加了在凡尔赛宫为新太子妃举行的庆宴。席间,这位十四岁的金发少女毫不掩饰地打着呵欠,并没有理会法国宫廷的繁文缛节。

这一切都留在了过去,圣多明戈是另一个世界。年轻的瓦尔莫兰对于这个自己父亲曾满怀壮志想要发一笔财但实际只是在挣扎着勉强营生的地方的概念还很模糊。他曾在某本书上读到过,这个岛上的原住民阿拉瓦克人把它叫作海地,后来殖民者消灭了他们,把岛的名字换成了伊斯帕尼奥拉③。在不到五十年的时间里,一个阿拉瓦克人都没有剩下,活不见人、死不见尸。所有人都不见了,他们死于奴隶制度、欧洲传来的疾病或是自杀。这些人有着红色的皮肤、又粗又黑的头发和坚贞不屈的高贵气节。他们性格怕生,一个西班牙人赤手空拳就可以对付他们中的十个。他们生活在一夫多妻制的部落里,种植甘薯、玉米、南瓜、花生、辣椒、土豆和木薯。为了不把土地

---

① 玛丽·安托瓦内特(1755—1793),法国国王路易十六的妻子。
② 安的列斯群岛,美洲加勒比海中的群岛。
③ 这是西班牙人对海地的称呼,原文为"La Española",意为"西班牙岛"。

资源耗尽，种植的方式十分精细。在外面的人到来之前，这里的土地跟天空和水源一样，并不归谁所有。殖民者一来就占领了土地，并强迫阿拉瓦克人种上了一些他们从未见过的作物。在那段时间，开始出现了一种"纵狗杀人"的习俗：嗾狗去扑咬那些毫无防备能力的人。当土著人都被杀光了，他们就买来了从非洲劫来的黑奴以及欧洲的白人奴隶，这些人中有囚犯、孤儿、妓女和反贼。

十七世纪末，西班牙将岛的西边割让给了法国。这个叫作圣多明戈的地方日后会成为世界上最富饶的殖民地。图卢兹·瓦尔莫兰刚来的时候，法国三分之一的出口生意，包括白糖、咖啡、烟草、棉花、靛蓝和可可，都来自这里。白奴没了踪影，黑奴的数目却达到了几十万之多。最难种的作物是甘蔗，它也是这块殖民岛的"甜黄金"。正如种植园主说的那样，收割甘蔗、榨汁并把它浓缩成糖浆，这些都不是人干的活儿，而是牲口干的。

当瓦尔莫兰被自己父亲代理商的一封信紧急招来这个殖民岛的时候，他才刚满二十岁。第一次上岸的时候，他的一身打扮非常时髦：镶边袖口、贵族假发和高跟皮鞋。他自信地以为凭借自己读过的探险书籍在几周里给父亲的种植园出出点子简直是小事一桩。他带了一个几乎跟他一样精致俊美的男佣，还有几大箱的行李和书籍。瓦尔莫兰自诩是个文化人，计划着回到法国就投身科学事业。他很崇敬那些在过去几十年中对欧洲社会产生巨大影响的哲学家和百科全书派学者，并赞同他们关于自由主义的观点。卢梭的《社会契约论》曾是他十八岁时的床头读物。他的船只在加勒比海上差点因为飓风而沉没，在历经了一趟惊心动魄的航程之后，他刚下船就收到了第一份令人不悦的惊喜：在港口接他的那个人不是父亲，而是父亲的代理商，一位从头到脚都穿着黑衣服的和善的犹太人。他提醒了瓦尔莫兰在岛上行动时应注意的必要事项，并为他提供了马匹、两头运行李的骡子、一个向导和一个民兵来护送他去圣拉扎尔庄园。这个年轻人从未离开过法国,对于父亲在为数不多的几次回国探亲中总说起的逸事也少有关心,因为在他看来这都是些琐碎无聊的事情。他从未想过自己有一天会跑到种植园来,他跟父亲之间达成的共识是父亲负责经营岛上的生意,由他来照顾母亲和姐妹们,并打理法国这边的业务。来信上提到了有关健康的问题,他原以为只是短暂性的发热症状。但在他快马加鞭地赶了一整天路,穿过了恶劣艰险的自然环境终于到达圣拉扎尔时,才发现父亲已经奄奄一息了。父亲得的不是疟疾,而是梅毒,这种病对于白人、黑人或是穆拉托人,都具有摧毁性的伤害。病情已经到了晚期,父亲也几乎成了废人,他浑身脓包、牙齿松动、意识模糊。放血、涂水银,以及用烧红的铁丝去灼烙阴茎的黑医术并没有使他得到缓解,但他还是坚持在做,就像把它当成了一种忏悔的仪式。他刚刚过了五十岁,就已然变成了一个满嘴胡话、小便失禁的老头,成日跟几个被他当成宠物却还没怎么发育好的黑人小女孩一起躺在吊床上。

那个时髦的男佣还没怎么从艰险的航程中回过神来,又被眼前这个地方简陋的条件吓了一跳。在他的指挥下,奴隶们开始卸载行李。此时,图卢兹·瓦尔莫兰已经开始在这个巨大的庄园里四处巡走。他对甘蔗种植一无所知,但这一趟走下来足以让他了解到奴隶们都在挨饿,而种植园之所以能从一片废墟中得以存活下来,只是因为世界各地对糖的需求量越来越大。他还在账簿上找到了父亲严重亏损的原因。他的进账已经不足以维持他们一家在巴黎继续过那种跟身份相符的体面生活。甘蔗产量十分糟糕,而且奴隶们死得很快。他非常清楚在这种日渐倾颓的情况下,那些监工肯定趁机从中捞了一笔。在抱怨完自己的命运之后,他卷起袖子准备大干一场。这是任何一个像他这种出身的年轻人未曾设想过的情况,毕竟这种活儿是给另一个阶层的人干的。多亏了父亲代理商的资助以及经由他介绍的银行界人脉,瓦尔莫兰先是弄到了一笔数目可观的借款。随后他把监工统统都下派到了甘蔗地里,跟那些之前受他们折磨的人一起干活,又换了一批身体稍强壮的奴隶。他还减少了对奴隶的体罚,并雇了个兽医,让他在圣拉扎尔待了两个月给黑人看病。但兽医还是没能救得了他的男佣,一场急性腹泻让他在不到三十八个小时的时间里就一命呜呼了。瓦尔莫兰发现父亲种植园里奴隶的平均存活时间是十八个月,周期比其他地方要短很多。过了这个时间,他们要么逃走,要么因过劳死去。种植园里的女人比男人活得久,然而干起甘蔗田里的重活来,劳动产出却要少很多,而且还会不幸怀孕。由于新生儿的存活率很低,照眼前这种形势来看,种植园主们都认为养这么多女奴隶不划算。年轻的瓦尔莫兰在种植园里进行了一些必要的改革,他的方式很机械,完成得也很仓促且没有计划。他本来是下定决心要尽快离开这里的,然而几个月后,当他父亲离世的时候,却不得不面对一个无法逃避的事实:他已经被困在了这个地方。瓦尔莫兰不打算丧生于这片蚊蝇肆虐的殖民地,可是一旦他提早离开,就会失去整个种植园,以及由此得来的他们一家在法国的经济收入和社会地位。

  瓦尔莫兰没打算去结识这里其他的白人。其他的上等白人种植园主们都认为他就是个自以为是的公子哥,不会在此久居。正因为如此,当他们见到他穿着沾满泥土的靴子,被晒得黢黑的样子时,也都吃了一惊。这种反感的情绪是相互的。对瓦尔莫兰而言,这些移居到安的列斯群岛上的法国人不过是一帮无知的粗人,是他常常身处的那个颂扬理念、科学和艺术的社会的相反面,在他熟悉的那个社会里,没有人会谈论跟金钱或者奴隶有关的话题。他从巴黎的启蒙时代一下跨到了一个原始、暴力的世界,在这里活人可以和死人手拉手并肩而行。他也不跟下等白人①交朋友,就如他自己说的那样,这些人唯一的资本就是肤色,而实际上都是些被其他人的嫉妒和诋毁下了毒咒的穷鬼。他们来自世界各地,没有办法能调查清楚其血统的纯正性和过去的事情。他们中情况稍好一点儿的是小商贩、手工艺人、下等修士、水手、士兵和小官员,但也有为非作歹之徒、皮条客、犯人和海盗,加勒比的每个犄角旮旯里都留下了他们的恶行劣迹。他跟这类人没有任何共同之处。

在自由穆拉托人或是自由黑人②中,根据白种血统所占的比例,存在六十个分类,每一个分类都决定了不同的社会等级。瓦尔莫兰从来都分不清这些不同的肤色,也记不住两个种族混血以后产生的新的命名方式。这些自由黑人没有政治权利,但掌握着很多金钱,因此贫穷白人对他们十分憎恨。他们中的有些人靠做非法生意谋生,从走私到卖淫都有涉足。但另外也有一些人在法国受教育,拥有自己的财产、土地和奴隶。除了肤色上的细小差别,这些穆拉托人都有想要成为白人的共同追求以及从骨子里对黑人的藐视,因此被团结在了一起。岛上奴隶的数量比所有白人和自由黑人加在一起总数的十倍还要多,可他们的存在无足轻重,甚至在人口统计簿上也不会被记上一笔,殖民者们就更不会在意了。

对瓦尔莫兰来说,完完全全地独来独往也不合适,于是他便开始时不时地走访住在法兰西角③的几户上等白人家庭。这座城市距离种植园最近,他每次去都会买些日常所需,如果必要的话,在他途经

---

① 原文的字面意义为"小白人"。与上等白人概念相对,指圣多明戈社会下层的贫穷白人,一般多为手工艺人、小商贩等。
② 自由黑人通过被主人释放或其他方式获得人身自由的穆拉托和黑人。
③ 法兰西角,法属殖民地首府,也就是今天的海地角,海地第二大城市和重要海港。

殖民地议会厅的时候还会进去跟贵族同辈们打个招呼,让他们别忘了他也是瓦尔莫兰家族里的一员,但他从不到场参加会议。同时,他还借机去戏院里看看戏,去交际花们弄的派对上凑凑热闹。一到晚上,这些活力四射的法国、西班牙女郎和混血佳人就成了夜生活的主角。他还和一些探险者和科学家交好。这些人只是在这个岛上做短暂的停留,随后便要去往更有意思的目的地。圣多明戈对游客来说并没有吸引力,但有时还是会有一些人来此研究安的列斯群岛的自然和经济。瓦尔莫兰会邀请这些人来圣拉扎尔做客,旨在能够重温那些高雅言谈所带来的,哪怕只有片刻的愉悦,而这样的谈话曾装点了他在巴黎的岁月。在父亲死后的第三年,他就可以自豪地向别人炫耀这份产业了。这个曾经全是病恹恹的黑奴和枯草丛生的甘蔗田的烂摊子在他手上变成了岛上八百个种植园里最富庶的之一,用于出口的粗糖产量是以前的五倍,并且他还建了一家酿酒厂,里面生产的桶装精酿朗姆酒比以往喝到的口感都要细腻柔滑。这些访客通常会在这个木结构的乡村别墅里待上一两周时间。在这里他们一边充分享受着田园生活的快乐,一边近距离地欣赏神奇的制糖工艺。他们骑马穿过长势最茂盛的那一片地,微风一吹便发出吓人的声响。虽然这些人戴着宽大的草帽来遮阳,却还是被加勒比滚烫的湿气弄得快要喘不上气来。而奴隶们,就像瘦削的黑影一般,在田里收割甘蔗。他们贴着地面砍割,留下根部以保证下一次的收成。从远处看,这些奴隶就像是生在比他们高出一倍的杂乱甘蔗田里的小虫。清洗坚硬的甘蔗秆,再把它们放到齿轮机里进行切割,然后放进压榨机里榨汁,继而在铜锅里煮沸来获得深色糖浆。这一系列工序在这些城里人看来十分奇妙,他们只见到过可以将咖啡变甜的白色晶体。访客们让瓦尔莫兰了解到离他日渐遥远的欧洲的最新动态,有科学技术的新进步,以及哲学领域的新思想。他们为他打开了一小扇观察世界的门，走的时候还给他留下几本书作为礼物。瓦尔莫兰很享受与客人们相处的时光，可是他更享受的是在他们离开之后，因为他不喜欢自己的生活和家产被别人窥视。这些外来的人总是以一种混合着厌恶和病态好奇心的态度来审视奴隶制，这让他产生了一种被冒犯的不悦之感。他自认为是一个正义的种植园主，因为他们要是知道其他人是怎么对待黑奴的，就一定会赞同他的说法。他知道不止一个白人在回到文明社会以后就变成了废奴主义者，并且还准备抵制对蔗糖的消费。在他不得已留在这个岛上生活之前，要是了解到这些细节，也一定会对奴隶制感到震惊，但是他的父亲却从未提及这方面的事情。现如今他手里管着几百个奴隶，这方面的想法早已发生了改变。

刚开始的几年里，图卢兹·瓦尔莫兰一直在努力拯救破败的圣拉扎尔庄园，他半步都没离开过这片殖民地。除了那些只是在用一种客套的语气汇报生活琐事和健康的断续书信，他也失去了跟自己母亲和姐妹的联系。

他曾试用过两个从法国带来的管家，因为当地的克里奥尔人①一向有腐败的坏名声。然而这两个也都没成功，一个被毒蛇咬死，另一个沉溺在酒精和妓女中，直到他的妻子赶过来救了他，招呼也没打一声就把人带走了。目前他正在试用普罗斯珀·康布雷。跟这里所有的自由穆拉托人一样，这个人在军队，也就是负责执法护法、维持秩序、征收赋税以及追捕马龙人②的骑警队里服过三年兵役。他没有积蓄也没什么门路，所以只能选择一个谋生的苦差——在这个到处是丛林峭壁、连驴子都站不稳的荒蛮之地抓捕黑奴。他黄皮肤，脸

---

① 克里奥尔人，出生于美洲殖民地的欧洲后裔。
② 马龙人，在白人种植园主的虐待下，选择逃亡到山上的奴隶。

上全是麻子,锈色小卷发,两个绿眼珠子里总是冒着怒火。他的声音听上去倒是很平和,跟他那粗暴的性格和好寻衅打架的样貌形成了讽刺的对比。他欺软怕硬,践踏下面的奴隶又巴结在他上面的人。起初他还试图从瓦尔莫兰那里获得尊重,但很快就意识到种族和阶级之间不可逾越的鸿沟。瓦尔莫兰给了他不错的薪水、施展权力的机会以及晋升为监工头子的诱惑。

于是,瓦尔莫兰有了更多的时间可以用来阅读、打猎以及去法兰西角。他认识了维奥莱特·布瓦西耶,城里风头最足的交际花,一个身体健康、血统纯正、继承着来自非洲的遗产、长着白人样貌的自由女人。至少跟她在一起,他不会落得像他父亲一样的结局——血液里被传染上"西班牙恶疾"。

夜 之 鸟

维奥莱特·布瓦西耶的母亲也是一个交际花。她是一个美丽的穆拉托女人，二十九岁时被一位法国军官在妒火之下用剑刺死。而这个人很有可能就是维奥莱特的父亲，尽管这件事从未得到过证实。在母亲的调教下，小姑娘十一岁就干起了这一行。十三岁那年在她母亲被杀的时候，她就已经熟稔了那些高超的调情技巧。十五岁时，她便从所有竞争对手中脱颖而出。瓦尔莫兰不愿意去想当他不在的时候，他的小姑娘都跟谁在一起打情骂俏，因为他本来也没有准备好要买断她的独占权。他着迷于维奥莱特，着迷于她的一颦一笑，但他也有足够的冷静能够控制自己的遐想，这一点他与杀死她母亲还自毁了前程和名声的军官不同。他很乐意带着她出入剧院和那些白人女性不会参加的男人间的聚会。而在这些场合上，维奥莱特光艳照人的美丽总是会招来所有人的目光。被她挽着胳膊在众人面前亮相通常会激起其他男性的嫉妒，而这恰恰让他获得了一种异样的满足感。很多人愿意不惜面子和声誉来跟维奥莱特待上一整晚，而不仅仅是按照惯例的一两个小时，但这个特权只归他所有，至少他是这么认为的。

这个年轻姑娘住在克吕尼广场附近一幢楼的二层。她的公寓里有三个房间，阳台是由百合花图案的铁栅栏围起来的。除了跟她职业相配的那些华装，这是她母亲留给她的唯一一笔遗产。在这里面她过着还算奢侈的生活,陪伴她的还有一个粗壮的非洲女奴卢拉。她长相跟男人一样,是维奥莱特的用人兼保镖。白天最热的时候她都是在休息或是做美容:用椰奶按摩、焦糖脱毛、给头发焗油,以及服用草本茶水来清嗓明目。有时突然来了兴致,她会跟卢拉一起制作涂身体的软膏、杏仁香皂还有化妆的脂粉来卖给她的那些女性朋友。她的日子过得缓慢而悠闲。到了黄昏,当太阳光线不再强烈到会把她皮肤晒伤的时候,如果天气允许,她便会出门散步或是从邻居那里雇两个奴隶来给她抬轿子,这样她就可以避免被法兰西角街道上的马粪、垃圾和烂泥弄脏了双脚。为了不激怒其他女人,她打扮得十分朴素。因为不管是白种女人还是穆拉托女人都不会甘愿对这种挑衅忍气吞声。她会去商店里买些东西,到码头上跟船上的海员搞点儿走私货,还会去裁缝、理发师和朋友那里。当她在酒店或是咖啡店里,喝一杯果汁的工夫就会有绅士想请她移步到自己的桌位。她跟这个殖民地上最有权势的白人私交甚好,甚至是拥有最高军衔的总督。她回到家之后便开始为了接下来的应酬梳妆打扮,这项复杂的工作需要耗费几个小时。她的衣服什么颜色都有,都是用来自欧洲和东方的华美布料织成,配套的便鞋和手包、羽毛装饰的宽檐帽、中国刺绣的披巾,还有几件长及地面的皮草披肩,这里的气候并没有给她使用它们的机会。除此之外,她还有一个装着一些廉价饰品的首饰盒。每晚都会轮到一位被她称作朋友而不是客人的幸运男士带她出去看演出、吃晚餐,然后参加通宵的派对,最后再把她送回住所。到了家以后,她便会觉得很安心,因为卢拉就睡在咫尺之外能听得到她声音的草褥上。如果有需要的话,她随时都可以对付一个粗暴的男人。她每晚的价格大家都心知肚明,嘴上从不会提起,钱放在桌上的一个漆器盒子里。下一次能不能再来,得看小费的多少。

在只有卢拉知道的两块墙板之间的空当处,维奥莱特把最贵重的首饰藏在了一个羊皮匣子里。其中一部分是图卢兹·瓦尔莫兰送给她的,这个人不管别人怎么说自己,唯独不愿被叫成吝啬鬼。另外还有一些她自己一点一点攒的金币,这些都是她为以后的生活存下的积蓄。为了避免窃贼和闲话,她平时只会戴一些人造珠宝。但是每次跟送她珠宝的人一起出去,她就会戴上真家伙。她的手上总是戴着一枚简朴且样式老旧的蛋白石戒指,作为与艾蒂安·勒莱——一位法国军官婚约的象征。她不常见到他,因为他大多数时间都在骑马率领部队四处征战。但如果他在法兰西角,维奥莱特就会向后顺延所有的约会,专门伺候他一个。勒莱是唯一一个能让她沉溺在宠爱之中、全身心投入的男人。图卢兹·瓦尔莫兰从未怀疑过自己在与一个粗鲁的军官共享与这个女人过夜的特权。对此她既没做过任何解释,也未曾必须二选一,因为他们二人从来没有在这个城市里同时出现过。

"我要拿这两个待我如恋人般的男人怎么办呢?"有一次维奥莱特问了卢拉这个问题。

"这种事情自己会解决的。"这个女奴深吸了一口粗制卷烟,这样回答道。

"或者得要见点儿血才算完,你别忘了我的母亲。"

"这种事不会发生在你身上的,我的天使,因为有我在这儿保护你。"

卢拉说得有道理,时间替她淘汰了其中一人。几年过去,她跟瓦尔莫兰之间的关系变成了一种温情的友谊,没有了最初那几个月的激情,那时的他不惜跑死好几匹马也要飞奔着赶来与她相会。那些昂贵的礼物不再送得那么勤,有时候即便他来法兰西角,也不会专程过来看她。维奥莱特并没有责怪他,因为她很清楚他们之间关系的界限,但是仍然与他保持着联系,因为这对他们二人都会有好处。

艾蒂安·勒莱身处腐败黑暗的环境却保持着廉洁的好名声。军队里变卖荣誉、违法乱纪比比皆是，大家行事的准则是不曾滥用过权力的人也不配拥有它。因此他的刚正不阿让他无法像其他跟自己地位相当的人一样发家致富，就连他向维奥莱特承诺的，攒到足够积蓄退役回到法国的诱惑都没能打动他，让他偏离自己所坚持的作为军人的正直言行。在战场上他从不吝惜牺牲自己的部下，也不会有半点犹疑严刑拷打一个孩子来获取关于他母亲的情报。但他十分看重自己的荣誉和人品，不干净的钱从不沾手。他希望能带维奥莱特去一个没有人认识他们的地方，在那里没有人会怀疑她不光彩的过去，她的混血身份也不会那么明显，只有一双熟谙安的列斯群岛的眼睛才能识别她那白皙的皮肤下面来自非洲的血统。

维奥莱特对去法国的计划倒不怎么感兴趣，因为比起那些她早就感到麻木的难听的话，她更加恐惧那里严寒的冬季。但她还是答应会陪他去。勒莱算过一笔账，如果他再过得节省一点，再多接一些危险系数大但奖赏丰厚的任务，并很快得到晋升的话，就可以实现这个梦想。他希望到那个时候维奥莱特已经变得更加成熟，不再会因为放肆的笑声、黑眼睛里撩人的神采还有扭摆招摇的步态而招来这么多关注。她还是会一直招人注意，但也许可以扮演好一个退役军官妻子的角色，勒莱夫人……他回味着这四个字，不断重复着好似有什么魔力。跟她结婚的这个决定并不像他对于自己后半生的规划那样是精心谋划过的，而是源于一股强烈到让他丝毫不会产生半点迟疑的冲动。他不是一个感性的男人，但却忠于自己的直觉，这一点在战场上也很有用。

几年前他在混杂着商贩的叫卖声、拥挤的人群和牲口的周日集市上认识了维奥莱特。在一个中间搭了个舞台、用紫色破布支起来的简陋戏棚子里，一个留着夸张的胡髭，身上有阿拉伯图案文身的男人正在昂首阔步地卖弄技艺,一边还有一个小孩在高声赞颂这位撒马尔罕①最伟大魔术师的美德。要不是有维奥莱特光艳动人的出现,这种拙劣的演出绝不会引起这位长官的任何注意。当魔术师请求在场观众来配合表演时,她在看客们的注目下,像个小孩儿似的兴奋地走上了舞台。她一边笑着,一边挥动着扇子跟大家打招呼。那时她刚满十五岁,但已然有了成熟女人的身形和仪态。在这样的气候下,这倒是很常见的事,当地的小女孩就跟水果一样,成熟得很快。在魔术师的指示下,维奥莱特把自己蜷缩进了一个上面涂满了埃及图纹的箱子里。刚才那个化装成土耳其人拉座叫卖的十岁黑人小孩用两个实心挂锁把箱盖锁上,随后另一个观众被叫上来检查箱子是否已经锁牢。撒马尔罕人做了几个传帽的手势,然后交给那个观众两把开锁的钥匙。盖子被掀开,女孩已经不在里面了。但是过了一会儿,在黑人小孩的一阵鼓声中,她神奇地出现在了观众席的后方。所有人都回过头,目瞪口呆地望着这个凭空出现的女孩。只见她一条腿翘在了木桶上,正摇着手中的扇子。

自从第一眼看到她,艾蒂安·勒莱就明白自己无法自拔地爱上了这个甜美、温柔的女人。他感到自己体内有某种情感喷薄而出,一瞬间他唇口干燥,分不清方向。他竭尽全力让自己回到现实中,回到人群熙攘的市集中。他试图控制住自己的思绪,大口呼吸着正午潮湿、恶臭的空气,这里面混杂了曝晒在烈阳下腐坏的鱼肉、烂掉的水果、垃圾和动物粪便的气味。他还不知道美人的名字,但他想要调查出来也不是难事,他推测她还没结婚,因为任何一位丈夫都绝不会允许自己的妻子如此招摇随便地抛头露面。她是那么光彩照人,所有人的眼睛都盯在她身上,因此除了对极小的细节都一向仔细敏锐的

---

① 撒马尔罕,中亚最古老的城市之一,连接着波斯帝国、印度和中国。

勒莱,没有人关注魔术师的手法。要是在别的情况下,完全出于对准确性的执着,他或许会揭穿这个箱子有两层底和一扇活板门的秘密。但想到维奥莱特也许跟魔术师是一伙儿的,为了不给她招来麻烦,他便作罢。他没留下来继续观看那个有文身的吉卜赛人如何把一只猴子从瓶子里取出来,以及砍下一个参与表演的观众的脑袋,就像拉座叫卖的小孩宣传的那样。他推开人群,跟在姑娘后面,但很快她就被一个穿着制服、很有可能就是自己部下的男人拉到了远处。他没跟上,因为突然被一个戴着劣质手镯、胳膊粗壮的黑女人拦住了。她站到他面前,提醒他要排队,因为他不是唯一一个对自己的女主人维奥莱特·布瓦西耶感兴趣的男人。看到他一脸茫然的表情,她弯下身在耳边悄悄告诉他,只需要付给自己足够的小费,他便能被安排在这一周所有客人中的首位。由此他才得知自己爱上的女人是让法兰西角变得出名的交际花之一。

勒莱第一次来维奥莱特·布瓦西耶的公寓时,穿的是刚刚熨过的制服,他身体僵直,带了一瓶香槟和一个平常的礼物。他把钱放在了卢拉说的地方,做好了准备要在接下来的两个小时里豁出去放纵一回。卢拉知趣地退了下去,把他一人留在了这个装满家具的小客厅里。炙热的空气里,他一直在流汗,身旁的一个盘子里熟芒果的甜味还让他感到轻微的恶心。他没等几分钟,维奥莱特就来了。她悄悄走进来,边向他伸出双手边眯着双眼仔细地观察他,嘴角露出了淡淡的微笑。勒莱把这双纤细颀长的手放到自己手中,不知道下一步该做什么。她放下他的手,抚摸他的脸庞,很欣喜地看到他专门为自己剃了胡须。接着她让他打开香槟。他拔掉了瓶塞,还没等她用杯子接酒,气泡一下子就冒了出来,把她的手腕弄湿了。她潮湿的手指轻抚了一下自己的脖子,勒莱立刻感受到了一种强烈的冲动想要去舔舐她那完美无瑕的肌肤上的晶莹水珠。但他呆立在那里,并没有勇气。她倒了一杯酒,没有喝,然后把酒杯放在了沙发旁的茶几上。接着她走到他身前,用灵活熟练的手指替他解开了厚重的制服扣子。"脱了它吧,多热呀,还有靴子也是,一起脱了吧!"她边对他说,边递给他一件绘有鹭鸶的中式睡袍。勒莱觉得这样做不太合适,但他还是费劲地解了半天缠在宽大袖口处的线团,最后把它披在了衬衣外面,闷闷不乐地在沙发上坐了下来。他已经习惯了对别人发号施令,但他很清楚在这间屋子里这个权力掌握在维奥莱特手中。透过百叶窗的缝隙,可以听到广场上的嘈杂声,夕阳的余晖也被分割成一道道垂直的切线射进来,照亮了屋子。这位年轻的小姐穿了一件翠绿色的丝质长袍,腰间系着一根金色的细带,脚上跋着一双土耳其拖鞋。她的头上扎了一条绣有小玻璃珠式样繁复的头巾,一绺乌黑的卷发垂在脸颊的一侧。她呷了一口香槟,然后把自己的杯子递给勒莱。他一饮而尽,就像一个溺水的人似的。她又将酒杯斟满,用手扶着细长的杯茎,等着男人叫她坐到身边去。这是勒莱最后一次掌握主动权,自此之后维奥莱特便开始按照自己的方式主导他们之间的约会。

鸽　子　蛋

维奥莱特已经熟稔接客的技能,她可以在规定的时间里取悦她的那些异性朋友而又不至于有仓促了事之感。这个风情万种又俏皮顺从的少女的身体完完全全征服了勒莱。她缓缓松开缠在头上的头巾,长布掉落在木地板上,上面的小玻璃珠发出了叮当的声响。她又轻轻晃了一下头部,瀑布一样的深色密发便垂落在了双肩和腰际。她的动作十分慵懒,一点儿也不做作,却有着舞蹈般的自然优美。她的乳房还没发育成熟,绿色丝绸下的乳头像是凸起的小石子。这件长袍下面她赤裸着全身。勒莱欣赏着这个穆拉托女人的身躯,她那紧实的双腿、纤细的脚踝、丰满的臀部和大腿、凹陷的腰沟和那双宛若荑蕟且没有佩戴戒指的纤纤玉手。她的笑声先是从腹部发出来的一声沉沉的低响,然后一点点变得清脆、响亮。她全身都在肆意笑着,高昂的头,茂密的发,还有颤动的修长脖颈。维奥莱特用银质小刀切了一块芒果,饥渴地把它放入口中,果汁顺着流到了被汗水和香槟沾湿的领口。她一边用一根手指抹走了那滴鲜浓的琥珀色汁液,在勒莱的双唇间来回涂抹,一边像猫一样,轻巧地骑坐在他的双腿间。男人的脸埋在了她那带着芒果香气的双乳之间。她弯下身,把他拥簇在自己性感的发丝里,深深地亲吻他,用舌头把她咬下的那块果肉送到他的口中。勒莱惊颤地接过嚼碎的果肉,他从未有过如此亲密、意外、奇妙的体验。她舔舐着他的下巴,双手捧着他的头,像小鸟一样快速地在他脸上啄吻。她嬉笑着,欢快的吻落在了勒莱的睫毛、双颊、嘴唇和脖子上。男人把她紧紧环抱在腰间,疯狂地扯掉了她的长袍,女孩苗条的、带有麝香气味的身体乖顺地臣服于他,跟他那副长满了坚硬的骨头和肌肉、在战争和磨难中千锤百炼的肉躯交融在一起。他想用双臂把她抱到隔壁房间的床上,但维奥莱特没有留给他时间。她熟谙风月的双手脱去了他的鹭鸶睡袍和袜子,浑圆的臀部像蛇一样灵巧地盘绕在他身上,直到把他像岩石一样坚硬地插入自己的下体,快活得发出了一声深深的喘息。艾蒂安·勒莱感到自己陷入了一片享乐的沼泽,他失去了记忆和意志力,脑中一片空白。他闭上了双眼,一边亲吻着她鲜美的嘴唇,品尝着芒果的香味,一边用那双生满老茧的战士的双手尽情抚摸着她那柔滑无比的肌肤和浓密的发丝。他深深地进入她的身体,完全沉溺在了这个年轻女子身上的温度、味道和气息之中。他感到在这么多孤独的行走和漂荡之后,终于在这个世界上找到了一处属于自己的地方。没过几分钟,他就射精了,像个毛头小子似的。伴随着一阵抽搐的喷涌,他发出了一声挫败的喊声,因为他还没能让她满足,而他这一辈子最渴望的事情就是让她爱上自己。维奥莱特等待着他结束。她一动不动、浑身湿透、气喘连连地坐在他身上,把脸埋在他的肩窝上,低声说着些他听不懂的话。

  勒莱不知道他们这么互相拥抱着过了多久,直到他重新开始正常地呼吸,并从刚刚那种迷糊的意识中稍稍清醒过来。他发现自己还停留在她的体内,被她那韧性十足、一紧一弛、舒张有度按摩他的肌肉紧紧夹住。在重新陷入情欲的岩浆和瞬间产生的爱情的错乱之前,他不禁自问这个小女孩是如何习得这些老练的妓女才熟谙的技巧。当维奥莱特感受到他又一次变硬的时候,她双腿缠绕在他腰际,两只脚交叉在他的后背,用手势向他指了指旁边的房间。勒莱双臂抱着她,下面一直插在她的体内没有动过,跟她一起上了床。他们在床上尽情欢爱直至深夜,超过了卢拉规定的时间好几个小时。那个老女人好几次走进来,想要终止这场超时的狂欢。但是看到眼前这个铁血男儿因为爱而啜泣,维奥莱特不假思索地挥了挥手让她退下。

爱情,这个艾蒂安·勒莱不曾了解的东西像一阵巨浪一样席卷了他,带着最纯粹的力量、盐还有泡沫。他估计在相貌、权势和金钱方面自己无法跟这个姑娘的其他客人匹敌,因此决定天一亮就献给她一样少有白人男性愿意付出的东西:他的姓氏。"嫁给我。"他在两次拥抱之间请求道。维奥莱特在床上盘腿而坐,头发湿湿地披散着,目光炽热,双唇因昨晚的热吻而肿着。陪伴了他们整宿欢爱的那三根快要熄灭的蜡烛照在了她身上。"我没有做妻子的本事。"她回答道,并且补充说目前她还没有过月经来潮,卢拉说现在已经迟了,她永远都不会有孩子。勒莱笑了,因为孩子对他来说是一个负担。

"我要是跟你结婚,你上战场的时候,我就会一直很孤单。白人中间没有我的位置,而我的朋友们又会排斥我,因为他们害怕你,说你嗜血如命。"

"我的工作使然,维奥莱特。就像医生截掉坏肢一样,我的职责是避免更糟糕的事情发生。但我从未毫无正当理由地伤害过任何人。"

"我可以给你各种各样正当的理由。我不想重复我母亲的命运。"

"你永远都不需要害怕我,维奥莱特。"勒莱一边说一边把她紧紧拥在肩头,长久地凝视着她。

"我希望如此。"她最后舒了口气。

"我们会结婚的,我向你保证。"

"你的薪水不足以养活我。跟你在一起我会失去所有一切：衣服、香水、戏剧，还有用来消遣的时间。我很懒，长官。这是我唯一可以用来谋生而又不会毁掉双手的方式，而我所剩的时间不多了。"

"你多大了？"

"很年轻。但是这个行当本来就做不长久。男人们会对一样的脸蛋和屁股感到厌倦。就像卢拉说的那样，我必须充分利用这一点唯一的优势。"

只要不忙于战事，上尉就会尽可能多地来见她。数月之后，他发现两人已经彼此密不可分了。他像大叔一样照顾她、为她出主意，以至于她已经无法想象离开他的生活，并且开始考虑在未来某个浪漫的日子里嫁给他的可能性。勒莱认为他们大概可以五年后结婚。这段时间正好可以用来考验一下他们的感情，并且各自攒些积蓄。他接受了维奥莱特继续做她的老本行，并且跟其他顾客一样付给她钱，很感激有几次可以跟她共度整晚的时光。刚开始的时候，他们竭尽全力地做爱，但随后，激情变成了温情，他们把宝贵的时间用来交谈、计划未来，还有在维奥莱特温暖、昏暗的公寓里相拥休息。他学会了去了解这个女孩的身体和性情，可以提前预料她的行为反应，避免让她生气。她一发起火来就像热带风暴一样，迅猛短暂。他发现这个性感撩人的女孩只是对取悦别人非常老练，而不知道如何接受别人给的快乐。在这件事情上，他用耐心和好脾气细心地满足她。两人之间年龄的差距和他霸道的性格弥补了维奥莱特的轻率。她听从他在一些实际问题上给自己的指引来让他高兴，但同时又保持着自己的独立性和私密空间。

卢拉掌管着她的钱并且头脑冷静地帮她把客人都安排妥当。有一次勒莱见到维奥莱特眼圈乌紫，他生气地问她，是哪个无耻放肆的家伙干的好事，他会让这个人为此付出代价。"卢拉已经找他算过账了。我们自己解决得很好。"她笑着说道,她没有别的方法告诉他那个滋事者的名字。这个强壮的女仆很清楚女主人的健康和美貌是她们二人生存的资本,而不可避免的是终有一天这两样东西会开始走下坡路。她也需要考虑到与每年新一批开始从事这行的年轻姑娘们之间猝不及防的竞争。遗憾的是上尉很穷,卢拉这么认为,因为她的女主人值得拥有一个优质的生活。爱情似乎跟她没什么关系,因为她总是会把它与激情弄混,并且她知道爱情的转瞬即逝,但她却不敢玩什么把戏来打发勒莱。他是个让人生畏的人。况且维奥莱特并没有着急要结婚,在此同时,有可能会出现另一个经济状况更好的追求者。卢拉决定要正儿八经地攒下些钱,不仅仅是把那些不值几个钱的首饰藏在墙洞里,她必须要计划一点更大胆的投资,以防日后主人跟上尉的婚事黄了。她限制了女主人的开销,并且提高了她的价位。她涨价越多,就越显得她的主人独一无二。她还借助流言的力量扩大了女主人的名气:谣传她的主人可以把男人那东西夹在下面一整晚,最衰萎的男人都可以被她连续唤醒十二次阳性的力量。并且还说她是得到了一个摩尔女人的真传,每天通过夹鸽子蛋来练习,无论是出门购物、上戏院,还是去看斗鸡,她都在私处放了一个蛋,既不把它夹破也不让它掉落。为这个小骚货决斗打架的人可不少,这又帮她提升了不少名气。最有钱有势的白人乖乖地登记在册,排队等候。正是卢拉想出了投资黄金的点子,才没让积蓄像沙子一样从她们的指缝间流走。勒莱没有能力帮到她们太多,只把母亲留给他的戒指送给了维奥莱特,这也是他的家庭留给他的唯一财产。

古巴的新娘

1778年是图卢兹·瓦尔莫兰在岛上的第八个年头。这一年的10月,他又短途去了一趟古巴,在那儿他有一些不宜公开的生意上的事务。跟圣多明戈所有的殖民者一样,他只能跟法国做生意,但事实上有许许多多种巧妙的办法可以钻法律的空子,对此他倒是了解不少。在他看来逃税并不算罪恶的事,反正到头来也是在填补国王的无底洞。蜿蜒曲折的海岸线为一艘夜间出发、秘密驶向加勒比其他海湾地区而无人知晓的货船提供了天然条件。与西属岛屿相通的边界上,也开辟了一条背着政府往来频繁的走私路线。西属区的居民要比法属区少得多,也更加贫穷。在那里进行着各种各样的走私买卖,从武器到罪犯,但最多见的还是各个种植园生产的蔗糖、咖啡和可可,从那里出发可以逃过海关,运往世界各地。

自打瓦尔莫兰从父亲的债务中脱身,并且积累了一些比自己预想的还要多的财富时,他便决定把这些钱存放在古巴。他的钱存在那里比在法国更安全,而且一旦有不时之需,咫尺的距离内就能拿到。他原本打算只在哈瓦那停留一周的时间,见一下银行的人,但是一场在法国领事馆举行的舞会拉长了此行的时间。舞会上他认识了欧亨尼娅·加西亚·德尔·索拉尔。从华丽舞厅的一角,他远远地看到了一位身材丰腴、肤白如雪的年轻女子。她用一绺栗色长发在头顶盘成了一个发冠,打扮得有些乡气,与维奥莱特·布瓦西耶的优雅端庄截然不同。然而，在他眼里，女孩却一点儿也不逊色于她。在舞厅的人群中，他一眼就把她挑了出来，并且头一次觉得自己反而显得有些格格不入。他身上穿的西服是几年前在巴黎买的，款式早已经过时。他的皮肤被太阳晒得像牛皮一样，双手也粗糙得跟铁匠的一样。头上顶的假发弄得他刺痒难耐，领口的花边勒得他喘不过气，脚上那双时髦的尖头曲跟皮鞋又挤又紧，让他走起路来跟鸭子没什么两样。他一贯精致的派头跟古巴人的随意相比显得很突兀。在种植园的这些年让他从内而外都变得十分粗硬，越是在需要绅士礼节的时候，他就越显得笨拙，而在他年轻时，对于这些可谓是游刃有余。现如今更糟糕的是，跳这种流行舞需要做一连串又跳又转的动作，而这些他都已经模仿不来了。

　　他得知这个年轻女子是一个叫桑丘·加西亚·德尔·索拉尔的西班牙人的妹妹。兄妹二人出生在一个下等贵族家庭，虽然拥有一个荣耀的姓氏，但从上几辈人开始家族就逐渐没落。他们的母亲从教堂的钟楼纵身一跃，了结了自己的生命，父亲也在把家族财产挥霍一空之后年纪轻轻就死了。欧亨尼娅在马德里的一个冰冷的修道院里被抚养长大，那里的修女们反复教导她，庄重的言行、虔诚的祈祷和精巧的绣工是成为一名合格淑女的必要条件。在此期间，桑丘来到了古巴碰运气，因为西班牙实在容不下他天马行空的想象力，而在这个各色冒险家随处可见的加勒比小岛上，倒是有不少做生意赚钱的机会，虽然并不一定都合法。他在这里过着放纵不羁的单身汉生活，靠借债来勉强度日，而且往往都是最后一刻的时候，用赌桌上赢来的钱或是在朋友们的援助之下才勉强还清。他长相不错，而且巧舌如簧，善于溜须拍马。他还把自己装得派头十足，让别人根本看不出来他经济上的亏空。但事情还是在他最不愿意的时候突然发生了：修女们让一位嬷嬷陪着，把妹妹送回了他身边。她们还附了一封简单直接的书信,解释说欧亨尼娅不具备宗教的慧根。作为唯一的亲人和监护人,现在应该由他来负责照顾她。

屋子里住着这么一个年轻的处女,桑丘不得不结束那些夜夜笙歌、花天酒地的日子。他有责任为欧亨尼娅找到一位合适的丈夫,免得她过了适婚年龄,成了一个嫁不出去的老姑娘。他原本打算让她嫁给一个出价最高的人,这样便能把他二人从父母欠下的一屁股债务中脱身,但他没想到竟然会钓到一条像图卢兹·瓦尔莫兰这样的大鱼。他很清楚这个法国佬的身份和身价,盯上他本是想跟他谈几桩生意。桑丘在舞会上之所以没有把自己的妹妹介绍给他,是因为跟其他的古巴名媛美女相比,欧亨尼娅绝对是处于彻底的劣势地位。欧亨尼娅性格羞怯,没有像样的衣服,桑丘也没钱给她买。尽管她很幸运地拥有一头浓密的秀发,但却不懂得梳妆,而且她的身段也不是那种符合时下主流审美的纤细娇小型。所以当第二天瓦尔莫兰来征求他同意想要正式登门拜访的时候,他坦言自己着实也吃了一惊。

"他肯定是个长着罗圈腿的糟老头吧!"欧亨尼娅知道此事以后,用手上合着的扇子敲了她哥哥一下,开玩笑地说道。

"他是一个有钱又有风度的绅士。但就算他是个罗锅儿,你也无论如何要嫁给他。你马上就要二十岁了,而且也没嫁妆……"

"但我长得漂亮啊!"她笑着打断了哥哥。

"在哈瓦那,比你漂亮、苗条的女人有的是。"

"那你是觉得我胖咯?"

"你就别跟这儿拿糖了,尤其是在瓦尔莫兰面前。他是结婚的绝佳人选,他在法国有爵位有家产,虽然他的主要产业是一个生产蔗糖的种植园,在圣多明戈。"桑丘向她解释道。

"什么?"听了这话,欧亨尼娅大惊失色。

"是圣多明戈,欧亨尼娅。那个岛上的法属殖民地跟西属殖民地非常不同。我给你看一张地图,你就知道那个岛离我们有多近了。你要是想的话,随时都能回来看我。"

"我又不是傻子,桑丘。我可知道那个殖民岛就是一个炼狱,到处都是夺人性命的恶疾和造反起义的黑奴。"

"这只是暂时的。殖民地上的白人跑得都很快。用不了几年你就去巴黎了。这难道不是所有女人的梦想吗?"

"可我不会说法语。"

"你马上就开始学。明天开始就会有人来教你。"桑丘最后说道。

如果说欧亨尼娅原本是打算跟她哥哥对着干的话,那么从瓦尔莫兰出现在她家中的那一刻起,她便放弃了这个想法。他比她想的还要年轻且富有魅力,中等身高,身材匀称,肩背宽硕,一张阳刚的脸上五官很柔和。他的皮肤被太阳晒成了古铜色,眼睛是灰色的,两片薄唇边的笑容很僵硬。他卷曲的假发下面露出来几根金发,身上的衣服有些嫌小,不是很合身。欧亨尼娅喜欢他不拐弯抹角、直截了当的说话方式,还有他看她的眼神,就好像是在扒掉她的衣服,让她内心产生了一阵罪恶的骚动。这种事情要是让马德里阴森修道院里的嬷嬷们知道了,一定都会吓个半死。她所遗憾的是瓦尔莫兰住在圣多明戈,不过如果哥哥没有骗她的话,他也在那儿待不了多久。在花园的藤架下面,桑丘请这个登门拜访的求爱者喝了甘蔗蜜做的清凉饮料。半个小时不到,他们之间就达成了默契的共识。之后的那些细节是两个男人自己定的,欧亨尼娅对此并不清楚,她要做的只是准备嫁妆。她听从了领事夫人的建议,从法国订了货,她的哥哥用巧言骗取来的高利贷出了钱。在做晨间弥撒的时候,欧亨尼娅衷心感谢上帝赐予了她这种难得的运气——可以因为金钱和利益的关系嫁给一个假以时日自己也最终会爱上的男人。

瓦尔莫兰又在古巴待了几个月，用各种现学现卖的方式来向欧亨尼娅示好，因为他早已不习惯跟她这样的女人交往，而那些用在维奥莱特·布瓦西耶身上的套路在她这里都不管用。他每天下午都来未婚妻家里喝饮料、打纸牌，从4点待到6点。欧亨尼娅总在他们面前晃来晃去，她穿着一身黑衣，一只眼睛盯着手里的活计，另一只眼睛监视着这两个男人。桑丘的住处太欠打扫了，而他妹妹并不擅长做家务，从来也没见她帮忙归置家里的东西。为了防止家具上的污垢弄脏未婚夫的衣服，她选择在花园里接待瓦尔莫兰，那儿四处都长满了热带植被，繁盛得仿佛就快要将他们吞没。有时他们会在桑丘的陪同下，一起出去散步。在教堂里，当他们不能说话的时候，就远远地望着彼此。

瓦尔莫兰注意到了加西亚·德尔·索拉尔兄妹二人简陋的生活条件，由此推测如果自己的未婚妻在那里都住得很舒服的话，那么到了圣拉扎尔庄园就更不用说了。他送给她精致的礼物、鲜花，给她写正式的信笺。她把它们放在了一个丝绒盒子里，但并没有回复。到那个时候为止，瓦尔莫兰并没有跟西班牙人打过太多交道，他的朋友都是法国人。不过很快他就发现自己跟他们在一起很舒服，交流并不是问题，因为古巴的上流人士和有文化的人都会把法语作为第二语言来使用。他误把未婚妻的沉默寡言当成了谦逊、端庄的体现，在他眼里这是一种女性身上可贵的美德，但从来没想到这都是因为她几乎听不懂他说的话。欧亨尼娅并没有敏锐的听力，而光靠老师教导的知识想要掌握法语的精妙还远远不够。欧亨尼娅的谨慎和青涩在他看来是一种可靠的保障，想必她日后不会像圣多明戈的那些女人一样行为不端。她们以气候炎热为借口，丧尽廉耻。当他了解了西班牙人有过强的荣誉感但缺少讽刺精神的性格时，他觉得自己跟这个姑娘在一起很舒服，并且心甘情愿地接受了自己日后一定会对她感到厌倦的事实。这点上他无所谓。他想要的是一个正派的妻子和一位能给子孙们树立榜样的母亲。想要消遣娱乐的话，他还有书籍和生意。

桑丘的脾性跟他妹妹还有瓦尔莫兰认识的其他西班牙人截然相反。他脸皮很厚、轻浮，对女人吃醋时上演的戏码和威胁惊吓无动于衷，没有信仰，而且善于及时抓住看似缥缈的机会。尽管瓦尔莫兰看不惯未来大舅子身上的某些方面，但是跟他在一块儿还是很开心的，也已经做好了被他骗钱的准备，就当作为一时的谈笑之乐买单。作为第一次合作，他拉桑丘入伙一起把一批在古巴卖价很高的法国葡萄酒从圣多明戈偷运到了当地。从此便开始了他们之间长久、稳固的合作关系。此后他们二人一直是同一条绳上的蚂蚱，直到死亡。

主人的家宅

11月末,图卢兹·瓦尔莫兰回到圣多明戈为迎接未来妻子的到来做准备。跟所有的种植园一样,圣拉扎尔有一个大宅子,在这里也不过就是用砖块和木头搭起来的长方形屋舍。整个房子建在地面以上,用三米高的柱子做支撑,以防飓风季节洪水的侵袭,并在奴隶造反时起到防御的作用。房子里有好些间黑漆漆的卧室,其中有几间的木板都已腐烂,还有一间宽敞的客厅和餐厅,为了保持良好的通风,相对的两面墙上都开了窗户,房顶上还吊着一个帆布风扇,仆人拉拽绳子便可以使其工作。风扇来回摇动,随之落下一层细薄的浮尘和干死的蚊蝇翅膀,就像是掉落在衣服上的头皮屑一样。窗户上没有装玻璃,而是糊了一层蜡纸,家具也十分粗糙,完全就是一个单身汉的临时住所。屋顶上有蝙蝠筑的巢,房间的角落里常常看得到爬虫,卧室里晚上也会听见老鼠的声响。整个宅子的三面都有长廊环绕,在这些带顶的露台里面摆放着坏损的柳条家具。房子周围有一个无人打理的菜园子和一些蛀虫的果树,庭院里面被热气熏得晕头转向的母鸡在胡乱啄食,另外还有一个驯养良马的马厩、几个狗窝和一个马车房。更远处的农田里可以听得见甘蔗作物发出的大海般的怒吼声,变幻莫测的天空就像幕布一样,上面投射着紫色山脉的剪影。也许以前还有一个花园,但什么也没留下来。从宅子里面看不到榨糖机和奴隶们住的茅草屋。图卢兹·瓦尔莫兰用挑剔的眼光审视这一切,第一次注意到这里的破败、粗陋。跟桑丘的住所相比,它算是一个宫殿,但和这个岛上其他上等白人的豪宅以及他八年都没有踏足过的他们家族在法国的小城堡比起来,这里简直丑得可怜。他决定要让自己的婚姻生活有一个好的开始,也给他的妻子一个惊喜,一幢配得上瓦尔莫兰和加西亚·德尔·索拉尔这两个姓氏的宅子。这里必须要做一些整修。

维奥莱特·布瓦西耶泰然自若地接受了她的客人即将大婚的消息。无所不知的卢拉告诉她瓦尔莫兰在古巴有一个未婚妻。"他会想念你的,我的天使。而且我保证他会回来的。"她说。事实就是这样,没过多久瓦尔莫兰就上门来了,不过他这次不是为了像往常一样的服务而来,而是为了让老情人帮他一起妥善地接引他的妻子。他不知道从何做起,也想不到第二个能够拜托的人。

"西班牙女人睡觉的时候真的会穿着一件只在前面开了一个用来做爱的洞眼的修女睡袍吗?"维奥莱特问他。

"我上哪儿知道去?我都还没结婚呢。但如果真是这样,我会一下子就把它给扯烂。"准新郎大笑着说。

"不,你把睡衣拿给我,我跟卢拉在它后面再开一个洞。"她说。

这位年轻的交际花答应可以帮助他,并向他收取装修费用的百分之十五作为合理的佣金。这是她头一次不靠床上的功夫跟男人打交道,于是满腔热情地开始了工作。她跟卢拉一起来到圣拉扎尔,好对这项交给自己的任务有一个清晰的了解。刚跨进门槛就有一只蜥蜴从天花板的隔层中间掉进她的领口。她的尖叫声引来了院子里的好几个奴隶,她把他们召集起来对宅子进行了彻底的大扫除。过去瓦尔莫兰认识的那个维奥莱特是在金色灯光下身着锦衣、搽脂抹粉的美丽交际花。在这一个星期中,她身穿一件粗布长袍,头上包着一块破布,赤着双脚指挥一帮奴隶干活。维奥莱特自得其乐,就好像做了一辈子的粗活。在她的命令下,他们把尚且完好的木板打磨光滑,并替换了那些已经腐烂的。他们还换下了窗户上的蜡纸和蚊帐,开窗通风,接着投放了老鼠药,熏烧了烟草来驱虫,最后把残损的家具搬去了奴隶住的街巷,留下了一个干净、空旷的房子。维奥莱特让人把房子外墙漆成了白色,还用多余的石灰把宅子旁边家奴们住的棚屋也粉刷了一遍,接着她又让人在门廊的下面种上了紫色的三角梅。瓦尔莫兰保证会让这个家保持整洁,并派了几个奴隶仿照凡尔赛的样子造了一个花园,虽然这里极端的气候并不适合鼓捣法国宫廷园林艺术中讲究的几何美学。

维奥莱特带着一张购物清单回到了法兰西角。"你不要花费太多,这个宅子只是暂时的。一旦我找到了一个好管家,我们就回法国去了。"瓦尔莫兰一边对她说,一边交给她一笔他认为合理的费用。她才没有理会他的告诫,因为没有一件事情能比购物更让她开心。

法兰西角的港口把这片殖民地上数不清的宝贝运出去,又把各种合法或是走私的货品送进来。各色人等在泥泞的街道上摩肩接踵,挤在推车、骡子、马匹和以垃圾为生的野狗中间,操着各种语言讨价还价。从巴黎的奢侈品、中国风的小玩意儿到海盗掠来的赃物在那里都可以买到。除了星期日,每天都会拍卖奴隶来弥补数量的不足:因为他们活不长久,所以一年会卖出两到三万名奴隶才能勉强维持总量的稳定。维奥莱特在掏空了钱袋以后,以瓦尔莫兰的名义作担保继续赊账采购。尽管她年纪轻轻,选择东西的时候却很沉着,因为世俗生活已经将她打磨得十分老练,品味也很不俗。她向一位常常出海穿梭于各个不同岛屿的船长订了银质餐具、玻璃器皿和一套接待客人使用的陶瓷器具。新娘应当会把自己从幼时起就绣制好的床单和桌布带过来,因此这样东西无须她操心。她从法国买了客厅的家具:一张配有十八把椅子足以传给好几代人的厚重的美式桌子、荷兰挂毯、漆画屏风、西班牙式的五斗橱,还有一大堆铁质的枝形烛台和油灯,理由是她认为不能生活在一片黑暗之中,她还买了日常使用的葡萄牙瓷器和各式各样的装饰品。但是她并没有买地毯,因为在潮湿的空气中很快会烂掉。供货的商家负责寄送货物并把账单寄给瓦尔莫兰。很快,满载着纸箱和篮筐的货车陆续来到了圣拉扎尔庄园。奴隶们扒开包在外面的稻草,取出了数不清的物件:德国钟表、鸟笼、中国盒子、罗马断臂雕塑的仿制品、威尼斯镜子,还有风格迥异的各种版画和油画,维奥莱特对艺术一窍不通,所以只是根据作品的主题挑选了一些。她还买了没人会弹奏的乐器,甚至还有一套让人摸不着头脑的,由厚玻璃、铜管和齿轮组成的东西,瓦尔莫兰像拼七巧板一样把它们组装了起来,结果就成了一个可以用来从走廊上监视奴隶的望远镜。对瓦尔莫兰来说这些家具太过奢华,装饰品又完全是无用的,不过这些都退不回去,所以他只好照单全收。当维奥莱特把这一大笔钱挥霍完之后,她收取了自己的佣金,并宣布说瓦尔莫兰未来的妻子将需要几个家佣,一个好的厨娘、几个做家务的奴隶和一个贴身女仆。德尔菲娜·帕斯卡尔夫人认识所有法兰西角的上流人士,她向维奥莱特保证他们家最少需要这么些人。

"除了不认识我。"瓦尔莫兰指出。

"你想不想让我帮你?"

"好吧。我会命令普罗斯珀·康布雷训练一下几个奴隶。"

"这样可不成!在这事儿上你不能省!在田里干活的那些奴隶可干不来这些,他们笨手笨脚的。我会亲自负责给你找这些家佣。"维奥莱特斩钉截铁地说。

维奥莱特把扎丽特从德尔菲娜夫人那里买来的时候,她即将满九岁。德尔菲娜·帕斯卡尔是一个满头长着棉花似的小卷发,胸脯像火鸡一样丰满的法国女人,虽然已经上了年纪,但在这种气候之下已经算是保养得不错了。她是一位法国小公务员的遗孀，但利用跟上等白人的关系，也自诩为上流人士，尽管这些白人只是在一些见不得人的勾当上有求于她。她知道很多秘密，这些秘密在她有求于人时颇为有用。表面上她是靠着已故丈夫的抚恤金以及教富家小姐弹小键琴在过活，但背地里她倒卖赃物、做拉皮条的生意，在紧急情况下还会帮人堕胎。同时，她也悄悄地教一些想要伪装成为白人的交际花法语，虽然有肤色做掩护，但口音还是会出卖她们的真实身份。就是通过这种方式她认识了维奥莱特·布瓦西耶，她是最聪明的几个学生之一，但却从未打算要装成法国人，相反地，她还公开谈到自己有一个塞内加尔血统的外祖母。她想要说一口正宗的法语只是为了赢得她的那些白人朋友的尊重。德尔菲娜夫人只有两个奴隶，一个是年迈的奥诺雷，所有的家务活都归他，甚至连饭也是他来做。因为他的骨头都已经变形，德尔菲娜夫人便以极低的价格把他买了下来。还有一个是扎丽特，特特，一个她一分钱没花，刚几个星期大就到了她手上的穆拉托小女孩。当维奥莱特将她买下来给欧亨尼娅做女仆的时候，这个小女孩瘦骨嶙峋，长着一团缠绕在一起的乱发，但她举止得体，有一张颇具贵气的脸庞和一双蜜糖色的美丽眼睛。维奥莱特想，或许她跟自己一样也是一个塞内加尔女人的后裔。特特很早就明白了沉默是金，以及不露声色地完成主人的指令而不去理会周围发生的一切。但维奥莱特一直觉得她会比第一眼看上去的样子还要机灵。除了卢拉以外，通常她是不会把注意力放到奴隶身上的，她只把他们当成货品。但是这个小姑娘却唤起了她的同情心，在某些方面，她们二人很相似，虽然维奥莱特拥有自由与美貌，曾备受母亲的宠爱，且每一个在街上遇到她的男人都对她充满了渴望。这些优势特特全都没有，她只不过是一个衣衫褴褛的女奴，但维奥莱特凭直觉感受到了她人格的力量。在特特这么大的时候,她自己也是皮包骨头,直到青春期才发育开来,身上的棱角变成了曲线,有了一副让她芳名远扬的婀娜身姿。于是她的母亲开始训练她从事这个为自己带来过不错收益的职业,因此她才能够得以摆脱辛苦的女奴命运。维奥莱特学得很快,在她母亲被杀时,她就已经能在卢拉的帮助下自食其力了。她的这位女奴一直忠心耿耿地保护着她,正是因为有卢拉,她才从来不需要任何一个老鸨的庇护并在这个薄情的行业里混得风生水起,其他年轻的交际花要么成了蒲柳之姿,要么丢了性命。一提起要为瓦尔莫兰的妻子找贴身女仆,维奥莱特就想起了特特。"为什么你对这个黄毛丫头这么感兴趣?"一向警觉的卢拉在得知了她女主人的意图后,这么问她。"我有种预感,我们的命运总有一天会交织在一起。"这是维奥莱特能想到的唯一解释。卢拉用她的货贝占了一卜,也没有得到满意的答案。这种占卜的方法对重大的事情都没有什么帮助,只是在一些鸡毛蒜皮的小事上有效。

德尔菲娜夫人在一间小厅里接待了维奥莱特,房间小得连里面摆放的小键琴都成了庞然大物。她们坐在弯腿的破椅子上,手上端着画着花卉图案的超小号咖啡杯,边喝着咖啡边聊了很多废话,就像往常一样。在寒暄了一会儿之后,维奥莱特说出了她这次来的目的。这个寡妇很吃惊竟然有人看上了毫不起眼的特特,但她反应很快,一下子就嗅到了钱的气息。

"我从来没有打算要卖掉特特……但既然是您,一个这么亲密的好朋友……"

"我希望这个女孩子是健康的。她实在是太瘦弱了。"维奥莱特打断了她。

"我可没饿着她!"寡妇不高兴地叫了起来。

她又倒了些咖啡，很快她们就聊起了价钱。维奥莱特觉得她的要价实在太高了，尽管付的钱越多，自己得到的佣金也就越高，但她也不好太过厚颜无耻地骗取瓦尔莫兰的钱。所有人都清楚奴隶的价格，尤其是那些一直在购买奴隶的庄园主。一个骨瘦如柴的黄毛丫头不是值钱的物件，只会被当成用来还人情的回礼。

"我很难过要离开特特，"在谈妥价格之后，德尔菲娜夫人一边擦着看不到的眼泪，一边叹息道，"她是个好女孩，不偷东西，法语也说得通顺。我从来不允许她用黑人的土语跟我说话。在我家里任何人都不能破坏莫里哀的语言。"

"我不知道这会对她的下个主子有何用处。"维奥莱特打趣地说。

"什么叫有何用处！一个会说法语的女仆非常优雅。特特会把她服侍得很好，我保证。然而，小姐，我也必须向您坦言，因为逃跑我打了她好几次，她才肯就范。"

"这件事很严重！据说这个是治不好的……"

"这种情况只是针对一些刚被卖身为奴的人，他们曾经是自由的，但特特生来就是奴隶。自由！太轻狂了！"寡妇一边用她那双鸡一样的小眼睛盯着站在门边等待的瘦小的特特，一边喊道，"但是小姐，您别担心。她不敢再逃跑了。上一次她走失了好几天，被人带回来的时候，身上被狗咬了，还发了高烧。您不知道我花了多大功夫才治好她，但她也没逃过惩罚！"

"这是什么时候的事？"当维奥莱特察觉到女奴充满恨意的沉默后，她这么问道。

"一年前。现在她不敢再有这种愚蠢的想法了，但无论如何，请看着她。她流着跟她的母亲一样邪恶的血液。对她不要手软，您需要来点硬的。"

"您刚刚说她的母亲是什么样的人?"

"她是个王后。是个人都说自己是非洲那里的王后。"寡妇嘲讽道,"她来的时候已经怀孕了,她们一直都是这样,像发情的母狗一样。"

"她是被迫的。您是知道的,海员们在船上强奸她们。没人能逃过这个。"想到自己在航行中死里逃生的外祖母,维奥莱特不禁打了一个寒战。

"这个女人差点杀了自己的女儿。您想想看!人们从她手上把孩子夺了下来,我的丈夫帕斯卡尔先生又将她带回来送给了我。愿他在主的怀抱中安息!"

"她那会儿多大?"

"也就几个月大,我记不得了。我的另一个奴隶奥诺雷给她取了一个奇怪的名字,叫扎丽特。他用驴奶喂大了她,所以她才又壮实又能干活,尽管也很倔强。我已经教会了她所有的家务活。布瓦西耶小姐,她比我要的价格还要值钱。我卖她只是因为我打算尽快回马赛去。我仍然可以重新开始我的人生,不是吗?"

"那是当然,夫人。"维奥莱特一边看着她那张堆满脂粉的脸,一边回答她。

特特当天就被带走了,除了身上裹的破布,她只带了一个奴隶们在伏都教祭礼仪式上用的粗制的木头娃娃,其余什么也没带。"我不知道她是从什么地方弄来的这个破烂货。"德尔菲娜夫人一边做了一个要从她手上抢夺的手势,一边说道。但这个小女孩死命地抓着自己唯一的宝贝不肯撒手,维奥莱特见状才不得不出面调解。奥诺雷哭着跟特特道了别,并承诺她只要是被允许的话,他一定会去看她。

当维奥莱特向图卢兹·瓦尔莫兰展示自己为其妻子挑选的女仆

时,他不禁发出了一声不悦的叫喊。他期待着一个年纪更大一点、样子更好一些也更有经验的人,而不是这个披头散发、浑身是伤的小毛孩儿。当他问她名字的时候,特特吓得畏缩成一团。但维奥莱特向他保证一旦把她调教好之后,他的妻子一定会非常满意。

"那么调教她这件事要花我多少钱?"

"一旦等我把她训练好了,就按照我们之前约定的数。"

三天之后,特特第一次说话,她问这位先生是否是自己的主人;她原以为维奥莱特是把她买来服侍自己的。"你不要问问题,也不要想以后的事情。奴隶只需要活好今天。"卢拉提醒她。特特对维奥莱特的仰慕消除了她的抵抗情绪,她积极配合,很快就适应了这里的生活节奏。她大口大口地吃饭,就好像一个长期活在饥饿中的人,几星期之后骨架上便稍微长了点肉。她学习的劲头也十分足,像狗一样跟在维奥莱特身后,目不转睛地盯着她看,只因在她内心深处最隐秘的地方藏着一个不切实际的梦想,她想变成一个像维奥莱特那样美丽又优雅的人,然而最重要的是像她一样拥有自由。维奥莱特教她梳扮流行的发型,做按摩、浆洗、熨烫衣物,以及其他她未来的女主人将会要求她做的事情。卢拉认为不需要这么勤快,因为西班牙女人缺少法国女人的精致,她们粗得很。她亲自剃了特特脏兮兮的头发,并要求她经常洗澡。对于这个女孩来说,这是一种陌生的习惯,因为德尔菲娜夫人说水会削弱人的能量,她只是用湿毛巾擦拭私处,然后用香水喷香自己。卢拉觉得自己受到了这个小丫头的侵犯,晚上睡觉的时候,一间小房间好不容易才能挤得下两个人。她的命令和训斥把她折磨得疲惫不堪,但这些更多是出于习惯,而非恶意。维奥莱特不在的时候,她还经常打她的头,但她从不克扣她的食物。"你长胖得越快,就越早走人。"她对特特说。相反,当老奥诺雷怯生生地上门来看特特的时候,她却变得无比和善。她让他坐在客厅最好的扶手椅上,给他倒上乘的朗姆酒,如痴如醉地听他谈论他的鼓和关节炎。"这个奥诺雷是一位真正的君子。真希望你那么多的男友中间也能有个像他这样的人!"之后她对维奥莱特这样说道。

扎 丽 特

　　我有两三个星期没想过逃跑的事。维奥莱特小姐风趣又美丽，她有许多不同颜色的裙子，身上有鲜花的味道。她晚上跟她的朋友们出去，然后一起回家共度良宵，尽管我在卢拉的房间里捂着耳朵却还是能听见他们的声音。小姐醒来的时候已是中午，我按照吩咐把午茶点心送到阳台上，她会跟我聊起她的舞会，并给我看那些倾慕者送来的礼物。我用一小块岩羚羊皮打磨她的指甲，直到它们变得像贝壳一样光亮。然后我为她梳理那像波浪一样的卷发，并擦上椰油。她的皮肤像焦糖布丁一样，就是那种奥诺雷有几次背着德尔菲娜夫人用牛奶和蛋黄给我做的甜点。小姐说我很聪明，从来不打我。如果她来做我的女主人的话，也许我后来就不会逃跑了，但她是在为一个住在离法兰西角很远的种植园里的西班牙女人训练我，教我这些。卢拉说西班牙女人可不是什么好鸟。无所不知的卢拉总能预感一切，在我自己下决心要逃跑之前，她就从我的眼中发现了迹象。她去报告了小姐，但小姐并没有理会。"我们损失了很多钱！现在怎么办？"我消失了以后，卢拉大喊道。"等着。"小姐边继续淡定地喝着咖啡边回答她说。她没有像通常那样雇来一个抓捕黑人的捕手，而是请求她的爱人勒莱上尉派几个手下的士兵去找我，不要大声喧嚷也不要弄伤我。他们是这么跟我说的。我从家逃跑的时候很容易。我在手巾里包了一个芒果和一块面包，从大门走出去。为了不引起注意,我没有跑。我还带上了我的娃娃,它对我而言是神圣的,就像德尔菲娜夫人的那些神明一样,但我的娃娃更有神力,奥诺雷为我雕刻它的时候是这么说的。奥诺雷经常跟我说起几内亚,说起洛阿神和伏都,还提醒我永远不要祈求那些白人的神明,因为他们是我们的敌人。他跟我说在他的父辈的语言中,伏都意味着神灵。我的娃娃是爱神和母神爱祖丽的象征。德尔菲娜夫人让我向圣母马利亚做祷告,她是一位不会跳舞只会哭的女神,因为他们杀死了她的儿子,而且她从未体会过跟男人在一起的欢愉。我小时候是奥诺雷在照顾我,直到有一天他的骨头像干枯的树枝一般,开始长出骨瘤,便开始轮到我来照顾他。奥诺雷后来的命运如何?他应当跟他的祖辈们在一起,在深海下的岛屿吧!离我最后一次见到他已经过去三十年了,那天他来到克吕尼广场上小姐的寓所里,坐在客厅里一边喝着加了朗姆酒的咖啡,一边品尝着卢拉做的小点心。我希望他在残酷的革命中活了下来,安静地老死之前,在属于黑人的海地共和国最终获得了自由。他梦想着能过上像自己的父母在达荷美时的那种生活,拥有一小块土地,养几头牲口,种一些蔬菜。我管他叫爷爷,因为他说一家人不一定要有相同的血缘或来自同一个部落。但实际上我应该叫他妈妈,他是唯一一位我熟悉的母亲。

  当我从小姐的家中逃出来,没人在街上把我拦下,我走了好几个小时,心想自己应该已经横穿了整个城市。我在码头附近的一条街上迷了路,但远处的山脉依稀可见,我要做的只是朝着那个方向不停地走。奴隶们都知道山上有马龙人,但不知道一山过了还有一山,山山相连数也数不清。天色已晚,我吞下了面包,留着芒果没吃。我躲在了马厩里的稻草堆下面,尽管我十分害怕长着铁锤一样的马蹄和湿潮鼻子的马。牲口们离得很近,透过稻草我可以闻得到它们的呼吸,那是一种绿色的、清甜的气息,就像小姐泡澡的药草一样。我紧紧抓着我的爱祖丽娃娃,她是几内亚的母亲。我被马群的热量包裹着睡了一夜,一个噩梦也没做。天亮的时候,马厩里进来了一个奴隶,他听见了我的呼噜声,看到了从稻草中间露出来的我的双脚。他抓住了我的脚踝,一下子就把我拖了出来。我不知道他希望自己能有什么样的发现,但绝不是一个小女孩,因为他没有打我,而是把我举了起来,放到有光的地方,张大了嘴盯着我看。"你疯了吗?你是怎么想到躲在这里的?"他最后问了我,并没有抬高声音。"我必须到山里去。"我也对他低声解释道。人人都知道帮助一个逃逸的奴隶所需要承担的处罚,这个男人犹豫了一下。"请您放了我吧!没有人会知道我曾躲在这里。"我乞求他。他想了一会儿,最后他命令我老老实实地待在马厩里,在确认了周围没人之后,他离开了。不一会儿他就拿来了一块硬饼干和盛在葫芦里的加了很多糖的咖啡。等到我吃完了这些,他给我指了出城的路。如果他那时揭发了我,可能会得到一笔奖赏,但他没有。我希望本爹已经奖赏了他。我开始奔跑,法兰西角最后的几幢房子很快就消失在我身后。那天我一刻也没有停歇,虽然脚上也跑出了血,我一边流着汗一边在想着那些抓捕黑人的骑警队和他们的狗。当我跑进丛林的时候,太阳正当空,满眼都是绿色,茂密的树叶遮住了天空,连光线都几乎透不进来。我听到了动物的声音还有神灵的私语。慢慢地路也没了。我吞下了芒果,但随即就吐了出来。勒莱上尉的士兵没有花太多时间寻找我,因为我蜷在树根下面过了一夜之后就只身回去了。那是一棵活的大树,我可以听见它心跳的声音,就像奥诺雷的一样。故事就是这样。

我一整天都在不停地行走和问路,直到又重新回到克吕尼广场。我又累又饿地进了小姐的家门,卢拉一巴掌把我扇得老远,我都没什么感觉。就在这时,小姐出现了,她裹着晨衣,散着头发,正在梳妆打扮准备出门。她拽起我的一只胳膊,把我拎到了她的房间里,又一把把我放到了床上。她比看上去的样子要强壮得多,她站着,双手叉着腰,什么也不说地看着我,然后递给我一块手帕让我擦干净刚才那一记耳光打出的血迹。"你为什么回来?"她问我。我没有回答。她递给我一杯水,此时我的泪水跟鼻子上的血混合在一起,如热雨一般落了下来。"笨丫头,你要感激我没让你挨鞭子。你打算跑到哪里去?山里吗?你永远都到不了山里。只有那些殊死一搏的勇汉才会成功。就算你侥幸逃出了城,穿过了丛林和沼泽,避开了种植园里那些会撕碎你的猎犬,躲过了民兵、魔鬼和毒蛇,最终到了山里,那些山上的马龙人也会把你杀掉。留你一个小丫头片子做什么用?你是会打猎、打架还是会使砍刀?你知道怎么才能让男人快活吗?"我必须承认我不会。她要我感恩自己的运气还不算太坏。我哀求她把我留在身边,但她说自己不需要我。她劝我好自为之,如果我不想最后被送到田里去砍收甘蔗。她正在做的是把我训练成瓦尔莫兰夫人的贴身女仆。这是一份简单的差事,我将会住在庄园里,吃得也好,比跟着德尔菲娜夫人强得多。她还让我不要理会卢拉的话,西班牙人并没有什么病症,他们只是跟我们说的语言不一样。她说她认识我的新主人,他是一位正派的绅士,任何一个女奴都会为有他这样的主人而感到高兴。"我想要成为自由的人,像您这样。"我抽泣着对她说。接着她便对我说起了她的外祖母,一个被从塞内加尔抢掳过来的女人。那里有世界上最美的人种。一个有钱的商人买下了她,他是一个法国人,妻子在法国,可是当他在黑奴市场上见到她的第一眼就爱上了她。她为他生了好几个孩子,他让他们都获得了自由;他还打算好好教育他们,让他们能像圣多明戈的许多有色人种一样,有很好的前途。但是他突然就死了,把他们留在了贫困中,因为他的妻子把他所有的财产都索要了去。她的塞内加尔外祖母在港口摆了一个油炸摊子来维持一家人的生计,但她十二岁的小女儿不愿意过这种在陈油的油烟中杀鱼的日子,便选择了去讨有钱男人的欢心。这个继承了她母亲美貌的小姑娘成了城里最受欢迎的交际花,还有了一个女儿——维奥莱特·布瓦西耶。她教会了她自己所知道的东西。小姐是这么跟我说的。"要不是被一个吃醋的白人杀了,我的母亲仍然会是整个法兰西角的夜之女王。但是特特,你不要抱有幻想,我外祖母的爱情故事难得才会发生。奴隶就是奴隶。如果逃跑了并且运气好的话,他会在途中死掉。要是运气不好的话,他就会被活捉。你所能做的最好的事就是把自由两个字从心中抹去。"她对我说。随后她把我带去了卢拉那里吃东西。

几个星期以后,当瓦尔莫兰主人来找我的时候,他都没认出我来,因为我长胖了,身上很干净,头发剪短了,穿了一件卢拉给我缝的新裙子。他问了我的名字,我没有抬眼,因为奴隶从来都不能直视白人的眼睛。我按照小姐教我的那样,用更加坚定的声音回答道:"扎丽特·德·圣拉扎尔,主人。"我的新主人笑了,在我们动身离开前他留下了一个小袋子。我不知道他为我花了多少钱。在街上,另一个牵着两匹马的男人在等着我们。他从头到脚把我检查了一遍,还让我张开嘴检查我的牙齿。他就是种植园的监工头子普罗斯珀·康布雷。他一下子就把我拉上了他的马鞍,那是一匹高大、壮硕的马,身上散发着热气,正在不安地喷出鼻息。我的腿还没有长到可以夹住、坐稳的长度,必须要抓住那个男人的腰部。我从未骑过马,但我忍住了恐惧:没人会在意我的感受。瓦尔莫兰主人也骑上了他的马,我们一行便离开了。我转过脸看身后的房子。小姐在阳台上跟我挥手告别直到我们转弯,我便再也看不到她了。故事就是这样。

惩　戒

　　这一队人马中，无论是对奴隶、工头、雇佣兵，还是作为主人的图卢兹·瓦尔莫兰和欧亨尼娅·瓦尔莫兰来说，一路上都充满了汗水、蚊虫、蛙鸣、鞭答，还有疲累的白昼和令人恐惧的夜晚。从种植园到法兰西角将要花去他们漫长的三天时间。为了更好地控制领地，首都已经迁去了太子港，但这里仍是殖民地最重要的港口。然而这一举措收效甚微，殖民者们无视法律，海盗在海岸上出没，成千上万的奴隶逃到了山里。马龙人的数量越来越多，胆子也越来越大，他们攻击种植园和旅行者，理直气壮地发泄着心中的怒火。作为"圣多明戈的獒犬"，艾蒂安·勒莱上尉已经抓获了马龙头子中的五个人。由于这些逃命之徒对地形十分熟悉，行动起来像风一样迅捷，而且都藏身在马队上不去的山头，这是一项非常艰难的任务。用大刀小刀和棍棒全副武装的马龙人从不害怕在野外跟士兵们交锋，对他们来说这不过是小规模的战斗，通过突袭、撤离、夜袭和杀打抢烧来耗尽骑警队和军队的兵力。种植园的家奴们会掩护他们，其中一些人希望可以加入，另一些则是出于对他们的畏惧。勒莱从未小觑这些马龙人的优点，比起自己手下那些只知道遵从命令的士兵，他们是捍卫生命和自由的勇士。这位长官身形矫健、干瘦且强壮。他精力旺盛，性格顽强、勇敢，一张常年经受风吹日晒的脸上目光冷峻、沟壑纵横。他的话很少，是一个精准、严格且没有耐心的男人。无论是他所效忠的上等白人，或是跟他同属一个阶级的下等白人，还是在他军队中人数最多的自由黑人，在他面前，没有人感到自在。百姓们尊重他是因为他维持着城市的秩序，士兵们则是因为他从不要求他们去做他自己都没有做好准备的事情。他在追捕山上的叛贼这件事情上耗费了很多时间，也走了无数的冤枉路，但他从不怀疑最终会成功。他获取情报的手段十分凶残，在文明社会中是不便被提起的。但是自麦坎达①的时代起，就连那些看到蝎子、闻到粪臭就会昏厥的淑女都以虐待叛奴为乐，她们从不放过任何一次刑罚，之后又会在茶余饭后闲聊起来。

　　法兰西角，这座有着红顶的房子、嘈杂的街巷和市场，港口上总停泊着几十只满载珍贵的蔗糖、烟草、靛蓝和咖啡准备运回欧洲的船只的城市，仍是"安的列斯群岛上的巴黎"，正如那些法国殖民者戏称的那样。在这里，人们共同的愿望就是迅速发财然后回到巴黎，忘掉这座岛上空气中飘浮的仇恨，它就像是成群的蚊虫和4月的瘟疫一般。他们中的一些人把种植园交给了经理或是管家来打理。这些人随心所欲地偷抢并且整死奴隶，但这也是在考虑之中的必要损失，是他们为重回文明世界所付出的代价。图卢兹·瓦尔莫兰的情况就不一样了，他已经被困在圣拉扎尔庄园好多年了。

　　面对一个疑心重、不会轻易上当的主子，康布雷一直咬紧了牙关强行掩饰着自己的野心，谨慎行事，但他希望瓦尔莫兰在这里待不长久。因为他身上缺少一种作为种植园主人的胆魄和本事，况且他还弄来了一个神经脆弱、只想要逃离这里的西班牙女人做老婆。

　　如果是在旱季，配上良马只需要花一整天的时间就可以到达法兰西角。但图卢兹·瓦尔莫兰和欧亨尼娅坐的是几个奴隶抬的轿

---

① 弗朗索瓦·麦坎达（？—1758），海地奴隶起义的领袖。

子。他把女人、孩子和那些已经失去了意志力并且也没有必要再去惩戒的男人都留在了种植园。康布雷挑选了一批最年轻并且仍对自由心存幻想的奴隶。无论监工们如何鞭打这些人,他们也无法要求奴隶的速度超越人的极限。路线本就不明确,再加上正值暴雨季节,只有靠狗的嗅觉和普罗斯珀·康布雷的准确判断,他们才不至于迷失在这片密林中,一直原地打转。这个出生在殖民地上的克里奥尔人对地形十分熟悉。所有的人都在战战兢兢地前行:瓦尔莫兰害怕遇到马龙人的袭击或是自己奴隶的造反,因为已经不止一次当黑奴们有机可乘的时候,他们会胆大到赤膊上阵抵抗真枪实弹的火器并且相信会得到洛阿神的庇佑;奴隶们畏惧的是鞭子和丛林里的恶神;欧亨尼娅则是一直处于谵妄的状态。只有那些活死人、还魂尸会让康布雷发怵。由于这些还魂尸本身数量很少而且也都很胆怯,所以他害怕的并不是遇见他们,而是自己最后也会变成他们其中的一个。还魂尸是巫师波哥①的奴隶,死亡也不能让他得到自由,因为他本就已经死了。

普罗斯珀·康布雷已经来过这个地方好多次了,每次都是跟骑警队的士兵一起追捕逃跑的奴隶。他能够读懂、识破大自然的符码,那是一种别人看不到的线索。他就像一只机警的猎犬一样追寻地上的踪迹,在相距几个小时路程的远处就能嗅闻到逃犯身上恐惧和汗水的气味。在夜里他有一双狼一样的眼睛,他可以准确地预感到奴隶叛乱的动机,并在其酝酿好之前就将它平息。他很得意在自己的监管之下,几乎没有奴隶从圣拉扎尔逃跑。他所用的方法就是击垮他们的精神和意志,也只有恐惧和疲劳会战胜自由的诱惑。不停地劳作,直到生命的最后一刻,然而这一刻也不需要等待太久,因为没

---

① 波哥,伏都教中的巫师,掌握创造还魂尸的黑巫术。

有人会在那里熬成一把老骨头，一般三四年就死了，再多也绝不会超过六七年。"你不要过度惩罚他们，康布雷，因为这样一来就削弱了奴隶的劳动力。"当瓦尔莫兰被奴隶身上的伤脓和残疾恶心到，并且发现他们因此没法再继续劳动时，不止一次地这样命令他。但瓦尔莫兰从不当着奴隶的面反对他的行为，因为总管的话必须是无可辩驳的，这样才有利于维持秩序。这也是瓦尔莫兰所希望的，因为他厌恶对付黑人的那一套。他更愿意让康布雷来做那个刽子手，而自己则是扮演一个仁慈的种植园主人，这也正好符合了他年轻时推崇的人道主义思想。康布雷认为更换奴隶比照顾他们来得更加划算，一旦他们的价值抵偿了成本，接下来最好就是压榨他们直到死去，然后再去买些年轻、强壮的奴隶来。如果有人质疑施行此种铁腕政策的必要性，那么曼丁戈①巫师麦坎达的故事便能打消他的疑虑。

1751年到1757年，当麦坎达在这片殖民地的白人中间播撒死亡种子的时候，图卢兹·瓦尔莫兰还是个备受宠爱的小男孩，连麦坎达的名字都没听过。当时他住在巴黎郊区的一个小别墅里，那是已经传了好几代人的家族资产。他不知道自己的父亲曾经在圣多明戈的集体中毒事件中奇迹般地死里逃生，而且要不是因为抓住了麦坎达，造反的浪潮恐怕会横扫整个岛屿。为了给各个种植园的主人留出时间带着奴隶们来到法兰西角看他被处死，行刑期被延迟了。这样一来，黑奴们便会从此信服麦坎达也是难逃一死的凡人。"历史在重演，在这座该死的岛上任何事情都不曾改变。"图卢兹·瓦尔莫兰对他的妻子说道。他们正走在自己父亲多年以前走过的路上，同样也是为了去目睹对奴隶的惩戒。他跟她解释说这是打击造反者的最好办法，正如殖民地的总督和市长所裁定的那样，他们二人仅此一

---

① 曼丁戈人分布于西非。

次在对某件事的看法上达成了一致。他希望所见的场面能够让欧亨尼娅镇静下来，但没想到这趟旅行会变成一场噩梦。他曾想要半路折返回到圣拉扎尔，但他不能这么做，因为种植园主人必须要站在同一条战线上对抗黑奴。他也知道有人在背后传他的闲话，说他跟一个半疯的西班牙女人结了婚，说他为人傲慢，利用自己的社会地位谋取利益，但并没有履行在殖民地议会中的义务。自他父亲死后，瓦尔莫兰家族在议会的席位一直空着。老瓦尔莫兰骑士曾是一个狂热的君主主义者，而他的儿子却很鄙视路易十六，这位优柔寡断的君主用他那双肥润的双手断送了法兰西的君主制度。

麦 坎 达

　　瓦尔莫兰所说的麦坎达的故事激发了他妻子的谵妄症,但它并不是引起这种症状的原因,因为在欧亨尼娅的血液里一直就有疯癫的基因:当图卢兹·瓦尔莫兰在古巴向她求爱时,没有人告诉他加西亚·德尔·索拉尔家族里有好几个精神病患者。麦坎达是一个从非洲掳来的黑奴,他是个有文化的穆斯林,会读写阿拉伯语,还懂得一些医学和植物的知识。在一次可怕的事故中他失去了右臂,换作其他任何一个稍弱的人恐怕早就已经命丧黄泉了。由于没办法做甘蔗地里的农活,主人便派他去放牧。他在野外以牛奶和水果为生,直到学会了用左手和脚趾来设陷阱和打绳结,这样便可以捕获到啮齿、爬行动物和鸟禽。在孤独和寂静之中,少年时许多记忆的画面从他的脑海中复苏。作为国王的儿子,那时候他要坚持训练自己打仗和狩猎的能力和技巧。少年时的他额头高耸,胸肌紧实而挺立,他有着灵活的腿脚灵活和敏锐的目光,手中紧握着长矛。这个岛上的植被跟他年少时生活的那个美丽的地方很不一样,但他开始试着品尝树叶、树根、果皮和各种各样的菌类,并且发现了其中有一些可以用来治病,另一些有催眠和致幻的功能,还有的则可以夺人性命。一直以来他都知道自己会从这里逃走,因为他宁愿在酷刑中把这一身皮囊抛下,也不愿意继续做奴隶。但他小心谨慎地在做准备,并且耐心地等待合适的时机。最终他逃到了山里,并从那里开始发动了一场声势浩大、如同狂暴的飓风般横扫整个岛屿的奴隶起义。他与其他马龙人会合,很快便把自己的怒火和机敏转化成了实际行动:黑夜里的突然袭击、明晃晃的火把、赤脚的打斗、金属跟锁链的撞击声、尖叫声、甘蔗地里的大火。这个曼丁戈人的名字在黑人中间口口相传,就像一句对希望的祈祷。麦坎达,几内亚的王子,他变成了鸟,变成了蜥蜴,变成了飞蝇,变成了鱼。被拴在柱子上的奴隶在鞭子落在他身上将其打昏之前,会看到一只野兔飞快地从眼前跑过去:那是麦坎达,他是酷刑的见证者。一只鬣蜥冷眼看着被强奸了以后横躺在尘土中的少女。"起来,去河里把自己洗干净,然后不要忘了它,因为很快我就会来报仇。"鬣蜥发出咝咝的声音说道。麦坎达。被剁掉鸡头的公鸡,用血涂画的符号,门上的斧头,一个无月的夜晚,又一场大火。

最先开始死掉的是牲口。殖民者们将其归因于一种藏在农田里的会致死的植物,他们雇了欧洲的植物学家和当地的巫医来根除、消灭这种植物,但却无果。接着是马厩里的马匹、野狗,最后是一整个家庭的暴毙。遇难者全部都是腹部肿起,指甲和牙床开始发黑,血液变成水状,一块一块地脱皮,最后在剧烈的肠绞痛中死去。这些症状不符合任何一种曾在安的列斯群岛上肆虐的疾病,但只是出现在白人中间,因此毫无疑问它是一种剧毒。麦坎达,又一次是麦坎达。男人们喝一口烧酒,女人和小孩们喝一杯热巧克力,晚宴还没上餐后点心,来客们就都纷纷倒下了。就连树上的果子、没有开瓶的葡萄酒,甚至是一支烟都要被怀疑,因为人们并不知道到底是以何种方式下的毒。上百个奴隶因此而遭受酷刑,但也没查出个所以然,直到当一个十五岁的小女面对自己将要被活活烧死的威胁时才供出了找到麦坎达的线索。她是被曼丁戈人在夜晚时分化身成蝙蝠造访过的众人之一,最终他们还是把她烧死了。根据她的供词,民兵们像山羊一样翻过一座座山峰，跨过峡谷一直走到了当年阿拉瓦克部落的老酋长所在的土灰山头上，才终于找到麦坎达的老巢。他们活捉了他。到那时为止已经有六千人死亡。白人们说，到了麦坎达的末日。走着瞧吧，黑人们低声窃语。

广场上挤满了从各个种植园赶过来的观众。上等白人安坐在搭好的帐篷下，备足了下午茶的点心和饮料，下等白人勉强凑合挤在走廊上，自由黑人租下了广场周围的阳台，他们是另一种拥有人身自由的有色人群。最佳的观看位置是留给奴隶们的，他们被主人从大老远的地方赶来这里，就是为了见证麦坎达只不过是一个即将被放在火上像烤猪肉一样炙烤的可怜的独臂黑人。在那些身上拖着锁链，被人肉的气味馋得快要发疯的狗群的监视下，黑人们被聚集到了火堆旁边。行刑日那天清早乌云密布，天气炎热且无风。拥挤的人群散发出的难闻臭气跟烧制蔗糖的味道、油炸摊上的油味还有盘生树上的野花的气味混合在一起。几个传道士在向忏悔的人喷洒圣水和分发油煎小面包。奴隶们已经学会了通过说一些含混不清的罪过来欺骗传道士，因为他们知道自己所坦白的罪状都会直接传到主人的耳朵里。但在这个时候，没有人把心思放在油煎小面包上，他们都在兴奋地等待着麦坎达。

天空乌云密布，眼看就要下雨。总督估算着赶在大雨倾盆之前行刑的时间就快要不够了，但他应该等到作为市政代表的市长过来才可以开始。终于，市长和他的夫人出现在了看台上两间豪华包厢中的一间。市长夫人是一个小姑娘，她身上穿的厚重长裙、头上戴的羽毛头饰以及此时不悦的心情就快要让她喘不上气来。她是法兰西角唯一一位不想留下去的法国女人。她的丈夫虽然还很年轻，年纪也比她长了一倍。他是一个长着罗圈腿、大屁股又大腹便便的男人，但在他精美繁复的假发下面却长了一张像古罗马参议员一样英俊的脸。连续的敲鼓声宣布囚犯已经被押送上来了,迎接他的是白人们齐声的恐吓和咒骂、穆拉托人的嘲笑和非洲的黑人们疯狂而热烈的尖叫声。奴隶们根本不顾狗群和鞭子,也不听工头和士兵的命令,纷纷站起来,挥动着双臂跳起来向麦坎达欢呼致敬。这件事引起了大家一致的反应,就连总督和市长也站起身来。

麦坎达是一个高大、黝黑的男人。他满身是伤疤,只穿了一条脏兮兮的短裤,上面全都是干了的血渍。虽然身戴枷锁,但他仍然保持着那份高傲,昂首挺胸,漠视一切。他对白人、士兵、修道士和狗群不屑一顾,目光在奴隶中间慢慢地移动。他们知道这两只黑眼珠认得出他们中的每一个人,并且正在向他们传递一种不被驯服的自由精神。他不是一个即将被处死的奴隶,而是人群中唯一一个真正自由的人。每一个人都感受到了这一点,广场上一片沉寂。黑人们终于按捺不住了,爆发出一阵无法遏制的声浪,他们高呼着这位英雄的名字。麦坎达,麦坎达,麦坎达。总督明白最好是在这场预先计划好的马戏表演变成一次大屠杀之前结束这一切。他给了一个信号,士兵们便将囚犯拴在了火柱上。行刑者点燃了干草,很快上了油的柴火熊熊燃烧起来,随即起了一阵浓烟。当麦坎达用他那深沉的声音喊道:"我会回来的!我会回来的!"广场上鸦雀无声。

那时到底发生了什么?就像殖民者们常说起的那样,后面的故事将会是这座海岛上人们最关心的问题。白人和穆拉托人看见麦坎达挣脱了枷锁,跳到了燃烧的树干上方,但是士兵们将他扑倒,狠狠打他将其制伏,又重新把他扔到了柴堆里。没过几分钟,大火和浓烟就将他吞没了。黑人看见麦坎达挣脱了枷锁,跳到了燃烧的树干上方,当士兵们扑向他的时候,他变成了一只蚊蝇从浓烟中飞出来,他绕着整个广场飞了一圈,以便让所有的人都可以与自己告别,之后便消失在了天空中。就在此时下起了大雨,将大火浇灭。白人和自由黑人看到了麦坎达烧焦的躯体。黑人只看到了一个空空的柱子。前者在雨中纷纷撤离，后者则留下来放声歌唱，接受暴雨的洗涤。麦坎达赢了，他会兑现自己的诺言。麦坎达会回来的。因为必须要就此打破这个荒谬的传说，瓦尔莫兰对他那精神恍惚的妻子说这就是为什么在过去了二十三年以后，他们现在要带着奴隶们去法兰西角观看这次行刑。

护卫他们一行的四个民兵配了火枪，普罗斯珀·康布雷和图卢兹·瓦尔莫兰带了手枪，工头们因为身份是奴隶，所以只带了马刀和砍刀。他们是不被信任的，在遇到袭击的情况下，他们可能会跟马龙人联合在一起。那些饥肠辘辘的、瘦弱的黑人在缓慢地前进，他们背上驮着行囊，被一根锁链拴在一起，身上的枷锁影响了行进的速度。主人觉得这有些过分，但他也不能当面否定工头的指令。"没有人想要逃跑，比起丛林里的害兽黑人更害怕恶鬼。"瓦尔莫兰对他的妻子解释道。但欧亨尼娅并不想知道关于黑人、恶鬼或是野兽的事情。特特没有被缚住手脚，她走在女主人坐的轿子旁边，轿夫是从奴隶中选出来的两个最强壮的黑人。一遇到灌木丛和沼泽就没了路，这一队人马就像是一条在沉默中朝着法兰西角艰难爬行的蛇。时不时的一声犬吠、马的嘶鸣声，或是猛的一声鞭子甩过和尖叫的声音都会打断人们低沉的呼吸声和林间树叶的窸窣声。刚开始，普罗斯珀·康布雷试图让奴隶们边走边唱，以此来壮胆鼓劲，并驱吓沿路的蛇，就像他们在甘蔗地里干活时那样。但是已经被头晕和疲劳折腾得神志不清的欧亨尼娅无法忍受这件事。

在浓密树荫的遮蔽下，森林里天黑得早。到了清晨，环绕在蕨类植物上的浓雾久久不散，天又亮得很晚。对于着急赶路的瓦尔莫兰来说，白昼越来越短，而对其他人而言，却是无限漫长。奴隶们唯一的食物是玉米或者白薯面糊配干肉，还有一大碗咖啡。这些食物只在晚上当他们扎好露营的帐篷时才发放。主人已经吩咐了往他们的咖啡里加一大块糖和少量的穷人喝的那种甘蔗烧酒来让奴隶们取暖。这些人夜里就蜷缩在地上睡觉,身上被雨露打湿,随时会受到烧热的侵袭。在那一年中,种植园里疫病肆虐。他们必须更换掉许多奴隶,新生儿无一幸免于难。康布雷警告他的老板,甘蔗酒还有糖会让奴隶堕落,之后便再无办法阻止他们吸吮甘蔗。有一种专门惩治此类罪行的刑罚,但瓦尔莫兰不赞成过于复杂的处罚方式,除了对于那些逃跑的奴隶,他一定会原原本本地依照《黑奴法典》来惩处他们。在他看来,在法兰西角处死马龙人是在浪费时间和金钱。其实不必小题大做,绞死他们就够了。

　　民兵和工头们夜里轮流监守着帐篷和篝火,在一定的距离范围内火可以阻止动物靠近,并且让人在情绪上不那么紧张。在黑暗中没有人感到轻松。主人们休息的地方是一个用防水帆布做的宽敞帐篷,他们在吊床上睡觉,里面还放着他们的衣箱和几件家具。欧亨尼娅以前总是很嘴馋,现在却胃口全无,但还是端坐在餐桌边,因为她还是要遵守礼仪规范。那天晚上她坐在一张蓝色毛绒座椅上,身上穿着缎面的衣服,脏兮兮的头发盘成了一个发髻,正在小口喝着兑了柠檬水的朗姆酒。对面坐着她的丈夫,他身上没穿西装背心,衬衣扣子也没扣上。他的脸上刚长出了些胡髭,双眼通红,正把酒瓶里的烧酒直接往嘴里倒。看到这些摆在自己面前的餐食——为了掩盖旅途第二天的臭味用辣椒和香料烧制的羊肉、莱豆、大米、咸玉米饼、糖渍水果,这个女人感到恶心难忍。特特为她扇着扇子,内心还是对她感到同情。她已经开始对欧亨尼娅夫人产生好感,女主人喜欢特特这样叫自己。她不打特特,还会向她倾诉自己的苦恼,尽管一开始她不明白女主人的话,因为她说的是西班牙语。她告诉特特在古巴的时候,自己的丈夫是如何用殷勤和礼物来向自己求爱的,但后来,到了圣多明戈以后，他才露出自己的真面目。他跟安的列斯群岛上其他的殖民者一样，已经被这里恶劣的气候和黑人的巫术所腐化，而她却来自马德里上层社会的天主教贵族家庭。特特想象不出女主人在西班牙或是古巴会是什么样子，但发现她正在明显地日渐憔悴。自己认识她的时候，欧亨尼娅是一个身体强健的年轻女子。那时的她做好了准备迎接婚后的新生活，但没过几个月，她就得了心病，她对所有这一切感到恐惧，经常会毫无缘由地哭泣。

扎 丽 特

　　帐篷里，主人们正在用晚餐，就像在庄园的饭厅里一样。一个奴隶在清扫地上的虫子，驱散蚊蝇，另外还有两个奴隶光着脚站在主人的椅子后面，随时听候其吩咐。他们身上穿着浸满汗水的仆从制服，头上戴的白色假发散发出阵阵恶臭。男主人心不在焉地吞咽着食物，而欧亨尼娅夫人却把满口的食物全都吐在了餐巾纸上，因为她觉得所有东西尝起来都是硫黄的味道。她的丈夫不停念叨着让她安心吃饭，因为叛乱在开始之前就被平息了，那些起义的奴隶头目现在都被关押在了法兰西角，身上戴的枷锁重到抬都抬不起来。但她害怕他们会像巫师麦坎达一样，打破身上的枷锁。主人告诉她麦坎达的故事原本就不是什么好点子，最后反倒是把她吓得不轻。欧亨尼娅早就听闻过，在她自己的国家异教徒曾被施以火刑，因此她不愿目睹此种恐怖的场面。那天晚上，她抱怨自己的脑袋像是被绑了条止血带似的，疼得她再也无法忍受。她想要回古巴去看她的哥哥，旅途很短，她可以自己一个人去。我想用手帕擦拭她的额头，但她推开了我。主人让她想都不要想这件事情，他说路上很危险，并且她自己一个人回到古巴去并不合适。"别再提这件事了！"他生气地吼道，还没等奴隶为他拉开椅子就站起身来，随后便出去向监工头子做当天最后的指示。夫人向我做了一个手势，我便把她的餐盘端去了一个角落里，用抹布盖上，等到晚些时候再去把这些剩食吃掉，随即我就开始为她做就寝的准备。她已经不再穿塞满新娘衣箱的那一大堆紧身胸衣、长袜和衬裙了,在种植园里,她就穿着轻便的长袍四处走动,但她总是打扮好自己才去吃晚餐。我为她脱去衣服,把小便盆递给她,用一块湿毛巾为她清洁身体,给她抹上驱蚊的樟木粉,用牛奶去洗她的脸和双手,摘下她头上的发卡,然后再梳上一百次她那栗色的头发。而当我做着这一切的时候,她只是目光茫然地坐在那里不动。她通体透白,主人说她很美丽,但对我来说,她那双绿色的眼睛、尖利的牙齿看起来不像人类。在我为她洗漱完毕之后,她便跪在跪椅上,大声念诵一整部玫瑰经。我在一边为她伴唱,因为这也是我的义务。我已经学会了祷词,尽管不明白它的意思。到那时为止,我懂得几个西班牙语单词,可以听懂、服从她的命令,因为她命令我时不说法语或者克里奥尔语①。她说不应该是她来将就我们,而应该是我们去努力适应她的语言,和她沟通。珍珠母念珠从她洁白的指间慢慢滑过,而我却在估算着还有多久才能吃饭和睡觉。终于她亲吻了一下念珠上的十字,把它收进了一个皮袋子里。这个袋子又长又扁,像一个信封,她常常把它挂在脖子上。这是她的护身符,就像我的爱祖丽娃娃一样。我给她倒了一杯波尔图酒来助眠,她喝下去的时候恶心作呕,表情很难看。我把她扶到吊床上让她躺好,遮好蚊帐,轻轻摇晃着她,心里祈求她能尽快入睡,不要被蝙蝠扑扇翅膀的响声、动物们窸窣的脚步声以及那些每到此刻就会来纠缠她的声音弄得心神不宁。那些声音不是人声,她向我这么解释。它们来自黑影、丛林、地下的世界,来自地狱和非洲。它们不说人话,而是通过发出嚎叫和难听的笑声来交流。"它们是黑人招来的鬼魅。"她吓得哭了起来。"嘘,欧亨尼娅夫人,请您闭上双眼,祈祷……"尽管我从未听见过那

---

① 克里奥尔语,由葡萄牙语、英语、法语等和非洲土著语言混合生成的语言。

些声音,也未曾见到过鬼魅,我跟她一样感到恐惧。"你出生在这里,扎丽特,所以你听不见也看不到。要是你来自几内亚,就会知道到处都有鬼魂。"罗斯大婶信誓旦旦地对我说。她是圣拉扎尔的巫医,我刚到种植园的时候,她被指定为我的教母,职责就是教我做事并且监视我的行动以防我逃跑。"你可别想着逃跑,扎丽特,你会在甘蔗田里迷路的,那山上可比月亮还要遥远。"

欧亨尼娅夫人睡着了,我爬到了一个连油灯微弱的光亮也照不到的小角落里,摸黑寻找我的那盘食物,我用手指拈起一点炖羊肉,发现蚂蚁早就聚集在了盘中,但我还挺喜欢这种辛辣的味道。正当我要吃第二口的时候,主人和一个奴隶走了进来。两个长长的身影照在了帐篷布上,一股男人身上混杂着皮革、烟草和马匹的浓烈气味扑面而来。我盖上了盘中的食物,屏住呼吸等待着,竭尽全力希望他们不要注意到我的存在。"圣母马利亚,上帝之母,请为我们这些有罪之人代祷。"女主人在梦中喃喃自语道,接着又大叫了一声,"浑蛋婊子!"我飞奔过去,赶在她醒过来之前轻轻晃了晃吊床。

主人坐在了他的椅子上,奴隶为他脱下了靴子,随后又为他脱去了裤子和其他衣服,直到他身上只剩一件刚好能遮住胯部的衬衣。他那粉红色、皱巴巴的性器暴露在外面,就像是一截放在稻草色毛穴里的猪肠一样。奴隶替他端着尿盆让他小便,一直等到他吩咐自己退下。离开的时候,奴隶熄灭了油灯,但仍留着蜡烛。欧亨尼娅夫人又一次不安地晃动着身子,这次她醒来的时候,眼里充满了恐惧。在这之前,我已经又让她喝了一杯波尔图酒。我继续摇晃着她,很快她便又睡着了。主人手上拿着一根蜡烛走了过来,用它照亮了妻子的脸。我不知道他在寻找什么,或许是一年前那个曾让自己痴迷过的少女吧。他伸出手想要摸她,但想了一下之后,只是用一种奇怪的表情看着她。

"我可怜的欧亨尼娅。晚上她要遭噩梦的罪,醒来又要被现实折磨。"他低声咕哝着。

"是的,主人。"

"你一点也不明白我在说什么,对吗?特特。"

"是的,主人。"

"最好是这样。你多大了?"

"我不知道,主人。差不多十岁。"

"那么你还不算是个女人,对吗?"

"也许吧,主人。"

他从上到下打量了我,然后伸出一只手握住了下体,就像是在掂量它有多沉。我红着脸,后退了几步。这时一滴蜡油滴到了他的手上,他咒骂了一句便命令我去睡觉,而且让我别睡死,好留只眼睛盯着夫人。他躺到了自己的吊床上,我像蜥蜴一样迅速溜回了我的小角落里。我等到主人睡着,开始小心翼翼地吃东西,不让自己发出一点声响。外面开始下起雨来。故事就是这样。

市长家的舞会

这队疲惫不堪的从圣拉扎尔来的旅客赶在马龙人行刑日的前一天到达了法兰西角。整个城市都在热切地期待着明日,太多的人一下子聚集在这里,空气中散发着人群和马粪的阵阵恶臭,一时间没有了落脚的地方。瓦尔莫兰派了一个人赶来打前站,想要为他们一行人预订一处棚房。但他还是来晚了,只能租到停靠在码头上的帆船上的一个位置。把奴隶们赶上小艇,然后再从那里将他们运上船并不是一件容易的事情。因为他们会一下子扑倒在地上,大声尖叫,惊恐万分,认定自己又要经历一次被人从非洲掳来这里为奴的恐怖旅程。普罗斯珀·康布雷和其他监工硬是将他们赶上了船,并用锁链将他们拴在了底舱防止有人跳海。所有白人住的旅馆都满了,他们晚到了一天,店家也没有多余的房间。瓦尔莫兰不能把欧亨尼娅送去住自由黑人的家庭客栈。要是他自己一个人待着的话,就一定会去找维奥莱特·布瓦西耶。这个女人还欠着他一些人情,尽管二人已不再是情人关系,但他们之间的友谊却借着装修圣拉扎尔庄园的事变得更加深厚,并且他还曾慷慨解囊,帮助她偿还了一点债务。维奥莱特很喜欢赊购,她一向花钱无度,直到遭到卢拉和艾蒂安·勒莱的严斥,才开始稍加节制。

当晚,市长设宴邀请了上流社会的精英人士。与此同时,仅隔着几条街的距离,总督款待了军队的最高层,与他们一同提前庆祝马龙人的末日。鉴于眼前这种紧急情况，瓦尔莫兰来到了市长的府邸向其请求留宿。离招待晚会开始还有三个小时，屋子里紧张忙乱的气氛就跟飓风来临前一样：奴隶们拿着瓶装的烧酒、大花瓶、最后一刻添置的家具、灯具和烛台跑来跑去。与此同时，在一位法国男指挥的指令下，清一色的穆拉托乐师们正在放置乐器。管家手里拿着清单，正在点数餐桌上的金质餐具。不幸的欧亨尼娅一直处在半昏迷的状态，她被驮轿抬了进来，后面跟着特特，手里拿着一个装盐的小瓶和小便盆。看到他们一行人如此早地出现在家门口，市长先是大吃一惊。很快平复了情绪之后，他向他们表示了欢迎，尽管自己还不怎么认识他们，但在瓦尔莫兰的赫赫大名以及他妻子令人同情的身体状况面前，还是心软了下来。这个男人已经开始早衰，他应该是五十来岁的样子，但这么多年过得并不好。他的肚子大得已经挡住了下面的脚趾，走路时僵直的双腿分得很开，两条胳膊短得都够不到给自己扣上衣的扣子。他像一只风箱一样喘着粗气，双颊通红，长着一个锦衣玉食之徒才有的大肉鼻，从他脸上再也看不到贵族的气质。但是他妻子的样子却没发生太大的变化，她已经为晚上的招待宴做好了准备，穿戴都是巴黎最新款的服饰。她头戴蝴蝶装饰的假发，穿着满身都是花结和蕾丝镶边的长裙，从露肩领口处隐约可见她那少女的酥胸。她现在跟十九岁时坐在嘉宾席上目睹麦坎达的火刑时一样，仍然是那只无足轻重的小麻雀。自那时起，她看到的各种刑罚足以让她整夜都在噩梦中度过。市长夫人提着沉重的长裙将客人带上了二楼，把欧亨尼娅安置在了一间房间里，并命人为她洗浴，但她却只想要休息。

几个小时后，客人们陆续到了，别墅里充满了各种音乐和人声，气氛开始活跃起来，躺在床上的欧亨尼娅也隐约听到些模糊不清的声音。她恶心得不能动弹，在一旁的特特边把湿冷的毛巾敷在她额头上,边为她扇风。沙发上还摆放着她那已经被女奴熨烫好的色泽闪亮样式复杂的锦缎华服、白丝长袜和黑色塔夫绸高跟便鞋。在楼下,女士们因为身上宽大的裙摆和紧束的胸衣,只能站着喝香槟。绅士们正在谈论着第二天的行刑场面,他们的言谈语气不失分寸,毕竟因为几个叛乱的黑奴而兴奋得忘乎所以并不意味着一种好的品位。不一会儿,乐师们的一声短号打断了他们的交谈,市长提议为殖民地重新恢复正常而干杯。所有人都举起酒杯,瓦尔莫兰喝了一口酒,自问什么才是该死的正常:白人和黑人,自由人和奴隶,所有人都在胆战心惊地活着。

　　身上穿着夸张的海军上将制服的男管家用金手杖敲了三次地面,隆重地宣布晚宴正式开始。这个二十五岁的男人,年纪轻轻就担任了责任重大、有头有脸的职位。他并不是大家通常以为的法国人,而是一个牙齿整齐的英俊的非洲奴隶。有几个贵妇早就对他暗送秋波了,她们怎么可能不注意到他呢?他身高近两米,言行举止比宾客中最位高权重的人还要有风度和派头。在祝酒之后,人群又迅速转移去了被上百根蜡烛照得灯火通明的豪华饭厅。外头的夜已经凉了,但室内的温度还在升高。瓦尔莫兰被这混合着汗水和香水的空气弄得很烦躁。他看了一眼长长桌席上摆放着的闪闪发光的金银器皿、巴卡拉水晶和赛弗尔瓷器,还有那些身着制服的奴隶,他们中有一些是站在每张座椅后面,另一些则是靠墙站成一排负责为宾客斟酒、传送盛菜的大盘子以及收走用过的餐碟,于是他推测这将是一个漫长的夜晚。过多的烦琐礼节就像琐碎平庸的日常对话一样让他很不耐烦。也许正如妻子指责的那样,他的确正在变成一个野蛮人。在混合着拖拉桌椅的噪声、丝质衣服摩擦起电的噼啪声、谈话和音乐的一片嘈杂中,宾客们才慢慢入座。终于进来了两排仆人,端着十五盘烫金字菜单上的前菜:点着白兰地蓝色火焰的、用洋李填充的小鹌鹌。当这位令人尊敬的男管家走近瓦尔莫兰，并贴在他耳边说了夫人身体不适的时候，他还没把自己盘中的小鸟剔干净骨头。同一时刻，另一个家仆也将这件事告诉了女主人。她示意了一下坐在桌子另一边的瓦尔莫兰，二人便在喧哗的人声和金属餐具碰撞瓷盘的噪声中默默起身，上了二楼。

欧亨尼娅的脸都变成了绿色，房间里散发着一股呕吐物和粪便的恶臭。市长夫人建议让帕尔芒捷医生前来为她诊治。所幸的是他现在就在饭厅里，守门的奴隶立即就跑去找他了。这位四十多岁的医生身材瘦小，长着一副女人的面相。由于他谨慎的性格和职业技能，法兰西角的上等白人都当他是信得过的朋友，尽管他治病的方式不是最正统的那种，相比采用催泻、放血、灌肠、泥敷剂和其他欧洲医学的神奇疗法，他更喜欢使用穷人的草本植物入药。帕尔芒捷已经证明了使用蜥蜴和金粉炼出的丹药能治好有钱人黄热病的传闻是不可信的，这种疗法也只针对富人群体，因为其他人根本负担不起。他可以证明这种汤药的毒性足以让一个逃过热病的病人因此丧命。他没摆任何架子，立即上楼去给瓦尔莫兰夫人看病。至少他可以从饭厅沉闷的空气中逃出来透几口气。他看见她面无血色地瘫在床上巨大的枕头中间，便开始对她进行检查，在一边的特特撤走了用来擦洗她的脸盆和抹布。

"我们足足走了三天就为了来参加明天的集会。您给看看我妻子现在的状况吧！"瓦尔莫兰站在门口，一边用手帕捂着鼻子，一边说道。

"夫人不能去看行刑了，她必须得休息一到两周的时间。"帕尔芒捷通知他。

"又是神经问题引起的吗？"她的丈夫生气地问道。

"她需要好好休息来避免其他并发症。她怀孕了。"医生一边为欧亨尼娅盖上被单,一边说道。

"孩子!"瓦尔莫兰一边惊呼,一边走上前去亲抚妻子无力的双手,"大夫,您吩咐我们留多久,我们就留在这里多久。为了不给市长先生和他善良的妻子造成负担,我会另租一个房子。"

听到这个,欧亨尼娅睁开了眼睛,用超乎想象的气力支起了身体。

"我们即刻就走!"她尖叫道。

"这不可能,亲爱的。这种情况下,您可经不起车马劳顿。观看完行刑之后,康布雷会带着奴隶们回到圣拉扎尔,我留在这里照顾您。"

"特特,来帮我穿衣服!"她一边倒向床的另一侧,一边大叫道。

图卢兹试图抱住她,但她用力推了他一下,眼中充满了怒火,命令他立刻带她逃离这里,因为麦坎达的队伍正在赶来营救那些被关在狱中的马龙人,并报复白人。她的丈夫请求她小点儿声,不要惊扰到别墅里的其他人。但她还是继续嘶吼。市长闻声赶来看看发生了什么事,结果却撞见了他的客人几乎赤裸着正在跟她的丈夫打架。帕尔芒捷医生从自己的药箱里取出了一个小瓶子,接着这三个男人一起合力强迫她吞下了一小剂足以让人睡得像死猪一样的鸦片酊。十七个小时之后,欧亨尼娅·瓦尔莫兰被一股从窗外飘进来的肉烧焦的味道弄醒了。她的衣服和床上都是鲜血,他们的第一个孩子就这样没了。这也让特特躲过了观看对那些囚犯的行刑。他们的肉身在火刑中消亡了,就像麦坎达一样。

种植园里的疯女人

七年以后,在 1787 年酷热并屡遭飓风侵袭的 8 月,欧亨尼娅·瓦尔莫兰生下了她的第一个儿子,此前的多次流产已经弄垮了她的身体。当这个她盼星星盼月亮的孩子终于到来的时候,她却已经没有心力再去疼爱他了。那个时候,欧亨尼娅已经神志不清,并陷入了谵妄的状态。她有时候一连好几天或者几个星期就像是去了另一个世界游荡。在发作期间,她要靠鸦片酊来缓解症状,其他时间她都是喝罗斯大婶的草药汤剂来稳定情绪。罗斯大婶是圣拉扎尔的巫医,十分智慧,喝了她的汤药以后,欧亨尼娅原先表现出的焦虑变成了呆滞和迷茫,这至少让她身边的人都更能好过一些。一开始,瓦尔莫兰还在讥嘲那些"黑人的草药",但当他发现帕尔芒捷医生对罗斯大婶十分敬重以后,便改变了自己的看法。只要在工作允许的情况下,这位医生常常不顾车马劳顿对他本就虚弱的身体造成的损伤跑来种植园里。他借口来给欧亨尼娅检查身体,实则是来向罗斯大婶讨教医术的。之后他会在自己的医院里对她的各种方子进行试验,并精准地记录下数据结果。他打算写一部关于安的列斯群岛自然疗法的著作,但只限于使用草本植物的方子,因为他的同行们从未把巫术当回事儿,尽管他本人对巫术的兴趣也很浓厚。在罗斯大婶对这个白人医生的好奇心习以为常后,时常让他陪着自己一同去丛林里寻找药材。瓦尔莫兰给他俩配了几头骡子和两把手枪,帕尔芒捷将它们别在腰间，尽管他并不知道该如何使用。罗斯大婶不让全副武装的监工陪着他们，因为她认为这样做恰恰会招来土匪。如果她在途中没找到需要的东西，也没有机会去往法兰西角的话，就会委托这位医生帮忙。这样一来，他把这座城市上千家草药店和巫术铺子都摸得一清二楚，无论是什么肤色的人都会来这些店里买东西。帕尔芒捷跟这些草药郎中一聊就是好几个钟头，有时是在街头的摊铺上，有时在藏于店后面的小角落里，那里兜售各种草本药材、迷魂汤、伏都教和基督教的神物、毒药、祈福和诅咒用的物什，以及天使羽翼和魔鬼头角磨成的粉灰。他亲眼见过罗斯大婶治好了腐烂的伤口。要是换作他，可能会选择切除。他还见识过她干净利落地给别人截了肢。这要是搁他手里，弄不好甚至会导致坏疽。她还成功地治好了经常让军营里扎堆的法国士兵饱受折磨的发热、腹泻和痢疾。"别让他们喝水，你给他们喝点儿兑水的咖啡和米汤。"罗斯大婶教了帕尔芒捷这种方法。他推测这都是将水煮沸了的缘故，但同时他也发现要是没有她的草本汤药，他们也无法痊愈。黑人对这些疾病有更强的抵抗力，而白人们纷纷倒下猝死，而且即使他们短时间内没有死去，在接下来的几个月里也会变得神志不清。然而对于像跟欧亨尼娅一样严重的精神失常的问题，黑人医生跟欧洲医生一样束手无策。无论是点祈福蜡烛，用鼠尾草熏香，还是蛇油推拿的法子，都跟医书上建议的水银疗法和冰水洗浴一样，丝毫不起作用。在帕尔芒捷年轻时曾经短暂实习过的夏朗东精神病疗养院，也没有治疗失心疯患者的方法。

欧亨尼娅在二十七岁时就失去了她曾经在古巴领事馆的那场舞会上深深吸引图卢兹·瓦尔莫兰的美貌。她内心被各种烦恼和困扰充斥着，身体也因为气候和流产变得越来越糟糕。在来到种植园以后不久，她就表现出了衰弱的症状，病情随着一次次的流产而加重。

圣多明戈的各类蚊虫把她吓得不轻,她手上戴着手套,宽檐帽上盖着厚厚的面纱,一直拖到了地上,身上披着长袖的衬衣。两个奴隶小孩侍奉在她左右,负责轮流给她扇扇子。而且只要一有虫子靠近她,他们就要立刻把虫子消灭掉。随便一只蜣螂都会让她狂躁不安,她躁狂的症状十分严重,以至于她很少出家门,尤其是在黄昏蚊虫最猖獗的时候。她沉浸在自己的世界中,时而惊恐万分,时而又感受到宗教的狂喜,随后又会变得很不耐烦,这种时候除非身边是特特,换作其他人她见人就打。她全方位地依赖这个小姑娘,甚至是大小便这种私密的事情。她是她身边最可靠的人,是在魔鬼来叨扰她时,唯一留在她身边的人。特特总是还没等欧亨尼娅开口就能满足她的各种需要。她处处都透着机灵劲儿。女主人刚一口渴,她就立即递给她一杯柠檬水。女主人刚扔到半空中的盘子,她一下子就能接住。她帮她别好缠住头发的发卡,为她擦汗,扶她坐到便盆上上厕所。欧亨尼娅一刻都离不开她的女佣。每当她惊惧发作,一直尖叫直到完全失声的时候,特特就守在她的房间里,在她耳边轻声歌唱或是为她祈祷,一直等到她发作完,沉沉睡去。等她醒过来时便不记得发生过的一切。当她处于漫长的情绪低郁期时,特特会爬到她的身边像情人一样安抚她,直到她不再哭泣。"欧亨尼娅夫人的日子太难过了!她无法从恐惧中脱身,所以比我还要不自由。"有一次特特对罗斯大婶说道。这位巫医太了解特特对自由的向往了,因为她有好几次也不得不把她绑起来,但自从几年前开始,这个小姑娘好像开始顺从于自己的命运,再也没提过想要逃跑的想法了。

特特是第一个发现她的女主人每次发病都刚好是在卡林达①之夜的人。每次当奴隶们聚在一起跳舞,发出震天动地的敲鼓声的时

---

① 卡林达,一种诞生于海地、使用棍棒进行的非洲传统格斗和舞蹈形式。

候,欧亨尼娅就开始不对劲了。在卡林达之夜,奴隶们常常举行伏都教的祭礼。尽管这类活动本应当是被禁止的,但康布雷和其他监工们并没有阻止他们,因为他们对罗斯大婶所拥有的超自然神力心存畏惧,她是这里的曼柏①。鼓声为欧亨尼娅招来了鬼魅、邪灵和诅咒,所有的不幸由此开始,统统归因于伏都教。帕尔芒捷医生向她解释说伏都教其实一点也不瘆人,它跟其他宗教甚至跟天主教一样,有一套属于自己的信仰和仪式,且这些也是非常有必要的,因为这样才能让奴隶们在艰苦的日子里感受到活下去的意义。然而,这一切的解释都是徒劳。"异教徒!他一定是法国人才会把基督教的神圣信仰跟这些野蛮人的迷信放在一起相提并论!"欧亨尼娅大喊道。瓦尔莫兰是一个唯理主义和无神论者。对他来说,黑人的招魂术跟妻子的玫瑰经是一回事。起初,他对二者中的任何一个都不反对。他可以平静地忍受伏都教的祭礼,以及那些被酿酒厂里的精酿朗姆酒所吸引,专程上门来拜访的修士做的弥撒。根据《黑奴法典》的规定,这些非洲奴隶刚从船上下来,就要集体接受洗礼。但他们跟基督教的接触仅限于这次洗礼以及那些江湖修士仓促进行的弥撒。图卢兹·瓦尔莫兰认为,如果伏都教能够给予他们慰藉,那么没有理由硬要阻拦他们。

看着欧亨尼娅始终不见好转,她的丈夫想把她送去古巴,想看看换个环境会不会减轻她的病症。但大舅子桑丘却写信跟他说这样做有损害瓦尔莫兰和加西亚·德尔·索拉尔两个家族名誉的风险。万事谨慎为上。并且外面要是谈论起他妹妹疯疯癫癫的事情对他们二人的生意也非常不利。他还顺便提到了因为让瓦尔莫兰娶了这么一个不正常的女人,自己感到万分羞愧。他实在没有想到事情会变成

---

① 曼柏,伏都教中的女祭司。

这样,因为在修道院的时候,他妹妹从未表现出精神错乱的迹象。她被送回来的时候,尽管脑瓜不大灵光,人看上去也还是正常的。他没有想起家族的病史。他如何能想得到祖母的宗教忧郁症还有母亲的谵妄症都是会遗传的呢?图卢兹·瓦尔莫兰没有理会大舅子的劝告,他把病恹恹的妻子送到了哈瓦那,并让修女们照看了她八个月。这段时间中,欧亨尼娅只字未提她的丈夫,却总是问起还留在圣拉扎尔的特特。修道院里宁静、平和的气氛帮助她平复了心绪,当她丈夫来接她的时候,她变得健康、快乐了许多。但是好景不长,回到了圣多明戈后,她的身体又开始不行了。很快她就又怀孕了,在她身上再次上演了丧子的悲剧,然后又因为罗斯大婶的及时相救而保住了性命。

  在欧亨尼娅的病症看似有所缓解的一段短暂的时间里,庄园里的人都松了一口气,就连甘蔗地里干活的奴隶都感觉到了她的情况正在好转。"我还漂亮吗?"她一边用手轻轻拍抚着自己毫无姿色可言的身体,一边问特特。"是的,您很美。"这个年轻的女仆回答道。但在她给女主人洗澡、洗头,并为她穿上那条虽然早已过时的精致长裙,然后涂上腮红和眼影之前,特特没有让她照客厅里的那面威尼斯镜子。"把家里的门窗都关上,再点上些驱赶蚊虫的烟草,我要跟我的丈夫共进晚餐。"欧亨尼娅兴奋地吩咐道。就这样,盛装打扮的她颤巍巍地出现在了好几个星期都没有踏足过的饭厅里。她的眼中充满了恐惧,两只手因为吸食了过多的鸦片而止不住地发抖。看到妻子现在这样,瓦尔莫兰的态度一半是惊喜一半是怀疑,因为他从未想过妻子时好时坏的病症有一天会彻底结束。在经历了婚姻生活中的诸多不悦之后,他选择对她置之不理,仿佛这个成天包裹得严严实实的幽灵跟自己丝毫没有关系。但在此时,当他看到温馨的烛光中盛装打扮过的妻子,内心也激起了片刻的幻想。他已然不爱她了,但是作为夫妻,他们必须相伴到死亡的那一刻。在这种正常的生理反应下,通常下一步就是做爱,而瓦尔莫兰总是不做前戏就猴急地直入正题。拥抱并没有加深他们之间的感情,更没有让欧亨尼娅恢复理智,但有时会导致她再次怀孕,之后便开始了新一轮的心存希望和幻想破灭的过程。那一年6月,她得知自己又怀上了,但没有人想要庆祝这个消息,她自己更是不愿意。罗斯大婶告诉她怀孕这件事的同一天晚上正好有一个卡林达祭礼。她认为鼓声宣告了她将会诞下一个怪兽。她腹中的孩子受到了伏都教的诅咒,它是一个还魂尸,活死人。没有任何办法可以让她镇静下来,而且她的幻觉强烈到甚至都传染了特特。"那如果真是这样呢?"特特害怕地问罗斯大婶。巫医告诉她从来没有人生下过还魂尸。因为要让人变成还魂尸并不是一个简单的过程,必须是新鲜的尸体才行。她建议举行一次祭礼来驱除女主人的心魔。等到瓦尔莫兰不在家的时候,罗斯大婶进行了一系列复杂的施法仪式来解除所谓的黑巫术中鼓声的诅咒,从而将女主人腹中的小还魂尸还原成一个正常的婴儿。"我们怎么知道这是管用的呢?"欧亨尼娅最后问道。罗斯大婶让她喝了一种令人作呕的草药汤剂,并对她说如果她的尿液呈蓝色的话,就万事大吉了。第二天,特特端下的便盆里有蓝色的液体,但欧亨尼娅还是将信将疑,因为她认为有人在里面放了东西。没有人告诉帕尔芒捷医生罗斯大婶在他之前所做的一切。他命令瓦尔莫兰夫人一直卧床休息,直到生产的那一日。到那时为止,他已经放弃了治愈她的希望。他认为这座岛上的环境和氛围正在一点一点将她杀死。

祭礼的司仪

这种能让欧亨尼娅身心镇静的极端方法取得的效果比帕尔芒捷医生预想的更好。在接下来的几个月里,她的小腹正常隆起,成日躺在走廊上那张罩着蚊帐的长沙发里,时而打盹,时而呆呆地望着天空的流云,全然不知自己体内正在发生的巨大变化。"要是她能一直这么安静下去就好了。"特特听见医生对主人这么说道。欧亨尼娅每天所摄入的营养来源于白糖和一种将鸡肉和蔬菜在石钵里捣碎、研磨做成的面糊糊。这种食物是厨娘玛蒂尔德大婶发明的,它的成分足以让死人复活。特特每天完成家务活以后,就坐在长廊里缝制婴儿的衣物,以及用她那沙哑的嗓音给女主人哼唱她喜欢听的圣歌。有几次,当她们二人身边没有旁人的时候,普罗斯珀·康布雷就会以讨杯柠檬水喝为借口过来。监工头子坐下以后,一条腿跷在栏杆上面,一边无比缓慢地喝着水,一边用他那根卷起来的皮鞭不停抽打着脚上的皮靴,他那双冒着怒火的眼睛在特特的全身扫视。

"康布雷,你难不成是在打特特的主意吗?我可没打算卖掉她。"某一天下午,当图卢兹·瓦尔莫兰突然出现在走廊上的时候,着实吓了康布雷一跳。

"先生,您这是说什么呢?"这个穆拉托男人并没有改变坐姿,而是挑衅地回答道。

瓦尔莫兰示意他换个地方说话,康布雷没好气地跟着他去了办公室。特特不知道他们之间谈了些什么。她的主人只是对他说自己不喜欢任何人在不经允许的情况下,在宅子周围兜转,就算是监工头子也不成。即便那次被主子逮个正着,康布雷傲慢的态度还是没有改变。他唯一留心的事情就是必须先确保主人不在附近,然后才敢来走廊上继续以讨口水喝为由,用目光扒光特特的衣服。他在很早以前就失去了对瓦尔莫兰的尊敬,但也不敢把关系闹得太僵,因为他仍然幻想着有朝一日自己能成为种植园的总管家。

12月一到,瓦尔莫兰就召来了帕尔芒捷医生。在这段时间里,他需要医生一直待在庄园直到欧亨尼娅临盆,因为他不想把这件事交给罗斯大婶管。"她在这方面可比我懂得多。"医生跟他坦言。但他还是接受了邀请,因为这样一来他就有时间可以用来休息、阅读以及把这个巫医新研究出来的药方子记录在他的新书里。有很多其他种植园的人也会过来找罗斯大婶看病问诊,她医治的对象有奴隶也有牲口,不仅负责治疗传染病,给伤口缝针,减轻发热的病症和意外事故造成的伤害,还负责接生,甚至是挽救受罚黑人的性命。她还获得了准许可以去远一点的地方寻找她所需要的那些草药,而且时常还能顺路跟着去一趟法兰西角购买药材的配方。通常是在到了之后,他们给她一点儿小钱,然后晚几天再把她捎上带回种植园。她是主持卡林达的司仪——曼柏。每逢卡林达之夜,其他种植园的奴隶都会蜂拥而至,对此瓦尔莫兰也并不反对,虽然监工头子一直警告他说这些奴隶最后的下场不是因纵欲身亡,就是变成一群翻着白眼、满地打滚的疯子。"你用不着这么严厉,康布雷。你让他们放松一下,好让他们日后更加服从管教。"男主人平静地回答道。罗斯大婶走失了好几天,当监工头子已经向大家宣布这个女人逃跑去投奔马龙人,或是偷渡去了河那边的西班牙领地的消息之后,她背了满满一袋子药草,一瘸一拐、精疲力竭地回来了。罗斯大婶和特特的行动都无须经过康布雷的批准,因为对于前者,监工头子害怕她会把他变成一具还魂尸,而后者是这个家里举足轻重的女主人的贴身女仆。"教母,这里没有人监视你,你为什么不逃呢?"有一次特特这样问她。"我拖着一条坏腿还怎么跑?而且要是我跑了,那些需要我救助的人怎么办呢?如果其他人都还是奴隶,光是我一个人自由也没有任何意义。"巫医这样回答特特。特特从未产生过这样的想法,她一时间只感到自己脑袋嗡嗡作响。她跟自己的教母谈论过很多次这件事情,但始终无法接受她个人的自由是跟其他所有奴隶的命运紧密联系在一起的这个想法。她很确信要是自己能有办法的话,一定会不顾身后的一切逃走。出去一趟回来之后,罗斯大婶把特特叫到了自己的小屋里,她俩把自己关在里面捣鼓药方。这些方子都需要新鲜的自然材料、精确的调配和相应的仪式。这两个女人成天弄的都是些妖术,康布雷这么说。对这个男人而言,没有什么事是一顿鞭打不能解决的,但他连碰都不敢碰她们。

有一天,当帕尔芒捷医生在晌午最炎热的时候昏睡了几小时后,他来到种植园拜访罗斯大婶,向她求讨治疗被蜈蚣咬伤的药方。因为欧亨尼娅一直处于比较安静的状态,身边也有看护的奴隶守着,他便让特特陪他一同前往。他们找到她时,巫医正坐在她那间小茅屋门前的一把柳条椅子上。小屋被刚刚下过的暴风雨打得七零八落,她一边把干树枝的叶子摘下来摆在破布上,一边用一种非洲的语言低声哼唱着什么。她聚精会神地做着这一切,以至于等到他们二人出现在面前她才发现。她正准备要起身就被帕尔芒捷阻止了。医生用手帕擦了擦额头和脖子上的汗,巫医让他进屋倒杯水喝。她的小茅屋实际比从外面看到的还要大些,屋子里很整洁,每样东西都归置在相应的地方,阴暗又很凉爽。跟其他奴隶的家具比起来,她的家具就显得相当豪华了:一张木板桌子、一个掉了漆的荷兰衣柜、一个生锈的黄铜衣箱、几个瓦尔莫兰提供给她用来存放药方的盒子以及一堆各种专门用来熬煮汤药的小砂锅。房间里还有用一块格纹抹布盖住的一大堆干枯的草叶,她睡觉的地方就是一条薄薄的毯子。棕榈叶做成的屋顶上还挂着树枝、一丛丛的植物、爬行动物标本、羽毛、念珠串成的项链、种子、贝壳和其他用来施法的必要物件。医生喝了两口葫芦里的水,平复了一下自己的呼吸,当他稍稍感到轻松,才走近了仔细观察祭台上的东西。祭台上放着献给洛阿神的纸质鲜花、切成小块的甘薯、一个里面灌了水的顶针和烟草。他知道这个十字架跟基督教没什么关系,它代表着十字路口,但毫无疑问的是石膏像确实画的是圣母马利亚。特特向他解释,这是她送给教母的,它原本是女主人送给自己的礼物。"但是我更喜欢爱祖丽,我的教母也是。"特特又补充道。医生正准备要拿起伏都教的神物阿松①,突然又及时停住了。那是一种底部支了一根木头棒子、里面装了念珠和新生儿尸骨的葫芦,任何人不经过其主人的允许都不得触碰它。"这个东西证实了我听闻的事情,罗斯大婶是一位女祭司,她就是曼柏。"他说道。阿松通常是由恩贡掌控的神物,但圣拉扎尔没有恩贡,所以罗斯大婶就是祭礼的司仪。医生又喝了几口水,弄湿了手帕,然后把湿手帕绕在了脖子上来给自己降温。罗斯大婶继续做着手中烦琐的工作,她没有抬眼也没邀请他们坐下,因为她这里只有一张椅子。表面上很难推测出她的年龄,面容还很年轻,身材却已经走了样。她有一双细瘦、强壮的手臂,胸前挂着的一对乳房像是在衬衣下面撑起来的木瓜。她的肤色很深,正中的鼻子宽大而直挺,唇线清晰,目光有

---

① 阿松,伏都教中一种用葫芦做的拨浪鼓,是恩贡(男祭司)或者曼柏(女祭司)职权的象征,内有人骨和蛇椎骨,被认为是伏都教中敬奉的神的骨头。

神。头上包了一块头巾，头巾下面依稀可见她那从未修剪过的浓密的头发，被拧成了像麻绳一样一股股又硬又紧的小卷。在罗斯大婶十四岁时，一辆马车从她的一条腿上轧了过去，由于断裂的好几块骨头没有得到很好的医治，导致她从此走路都很吃力，后来一个对她心存感激的奴隶专门做了一根拐杖来供她使用。在这个女人看来，这次事故反倒是一次好运的降临，因为这让她逃过了甘蔗地里的农活。任何其他一个伤残的女奴最后都是被打发去搅拌糖蜜，要不就是到河边洗衣服，但她却是个例外，因为在她还很年轻的时候，就被洛阿神选中，成了曼柏。帕尔芒捷从未亲眼看过祭礼上的她，但他可以想象得出被神明附体、跟平时不一样的她。在伏都教中，所有人都是司仪，都可以在被洛阿神明附体时感知到伟大的神性。恩贡或者曼柏只有在布置祭祀的圣殿之时才会出现。瓦尔莫兰曾经向帕尔芒捷提出过疑问，他怀疑罗斯大婶只是一个在利用病人的无知胡乱行医的骗子。"最重要的是结果。她的那些方子比我的要管用。"医生这样回答道。

　　从田里传来了奴隶们踩着同一个节拍砍割甘蔗的声音。天还没亮，田里的活儿就开始了，因为他们得要给牲口找些饲料，还要弄些柴火来生火。接着，他们就得从日出干到日落，只在正午最热的时候休息两个小时，那个时候天空开始发白，大地都在冒汗。康布雷曾经试图取消这种在《黑奴法典》上有明文规定但被绝大多数种植园主反对的休憩，但是瓦尔莫兰却认为它是很有必要的，并且在一周中，他会让他们有一天的休息日，这天他们可以用来种点儿菜和吃的食物。尽管这些东西总也不够量，但还是比其他一些种植园要多点儿，在那里奴隶们完全是依靠自己菜园子里种的那点东西在维持生存。特特曾听到过人们讨论有关《黑奴法典》的改革：一周三天休息日，并且废除鞭刑。但她也听闻即使国王批准通过这项法律，也没有一个殖民主愿意遵守它。不用鞭子的话，谁还愿意为别人卖命干活？医生不理解奴隶们唱的歌是什么意思。他在这座岛上已经待了许多年，也已经习惯了听城里人说的克里奥尔语。这种语言来源于法语，读起来不连贯，还带了点非洲的节奏感。然而，他对种植园里说的克里奥尔语一窍不通，因为奴隶们早已将这种语言变成了他们之间的暗号和密语，故意让白人听不懂。因此，他需要特特给自己翻译他们的话。医生弯下腰想要仔细看看罗斯大婶正在摘下的一片叶子。"这些都有什么用处？"他问道。她向他解释刺芹有助于治疗或者缓解胸腔内的剧烈震响、脑中挥之不去的噪声、黄昏的疲劳和绝望的心情。"会对我管用吗？我有心衰的毛病。"他说。"它会对您有用的，因为刺芹还可以让人停止放屁。"她答道，随后三人便大笑起来。就在这时，他们听到了一阵正朝着他们飞奔而来的马蹄声。他是个来找罗斯大婶的工头，刚刚在榨糖厂发生了一起事故。"塞拉菲娜把手指伸进了不该伸的地方！"这个人在马上大喊了一声之后就离开了，并没有表示要带走巫医。她用一块破布小心翼翼地包好了那些叶子，然后把它们放进了屋子里，拿上了她常备的那一包东西便火速出发了，身后还跟着特特和医生。

一路上，他们超过了好几辆装了满满一车刚刚收割下来的甘蔗、正在缓慢前行的牛车。这些甘蔗必须即刻被送去处理压榨，一刻都耽误不得。当他们靠近磨坊里那一垛堆积成山的粗木时，一阵浓郁的糖蜜味扑面而来，粘住了他们的皮肤。路的两边，奴隶们在监工的监督下，拿着割刀和砍刀辛苦地干活。只要这些监工们稍微流露出一丝心软的迹象，康布雷就会让他们重新回到田里去砍割甘蔗，并用其他监工来替换他们。为了弥补人数上的不足，瓦尔莫兰从他的邻居拉克鲁瓦那里租来了另外两个小队的奴隶。这些奴隶在这儿受的罪更多，因为康布雷根本不管他们的死活。几个小孩提着水桶，拿着一个长柄勺在田间穿行,给干活的奴隶发水。很多黑奴瘦得只剩下皮包骨头,他们身上只穿了一条粗麻布的裤衩,头上戴了一顶稻草帽。女人们则是身穿长布衫,头发用头巾裹住。母亲把孩子绑在自己的后背上,弯着腰收割甘蔗。在孩子出生以后的头两个月里,她们还有几分钟的喂奶时间。之后就必须把小孩丢在一个棚屋里,交由一个老妪和其他年纪稍大的孩子照管。很多小孩都是死于破伤风,最后全身麻痹、下颌僵硬。这种事情也是这座岛上的另一个不解之谜,因为白人中间从来没有暴发过这种疾病。奴隶主们从来没有想到只要在婴儿的头骨成形之前用一根细针扎进颅骨的软部,就可以不留痕迹地引发这种病症。这样一来,这些新生儿便可以免受奴隶制的苦痛,幸福地去往深海岛屿。很少有黑奴跟玛蒂尔德大婶一样头发是灰色的。这个女人是圣拉扎尔的厨娘,她从未下田干活。当维奥莱特·布瓦西耶为瓦尔莫兰买下她的时候,玛蒂尔德已经上了年纪,但对于她这行来说,重要的不是年纪而是资历。她的老东家是法兰西角最富有的自由黑人之一。他是一个曾在法国受过教育的穆拉托人,控制着当地的靛蓝出口生意。

在磨坊里,他们看到了一个躺在地上的女人。她的身边围绕着成群的苍蝇,耳边充斥着骡子推转研磨机发出的轰响声。整套制作流程十分精细复杂,必须由手脚最灵活的奴隶来完成,因为他们需要准确地决定使用多少量的石灰,熬煮多长时间的糖浆以获得质量上乘的蔗糖。磨坊里经常发生各种各样糟糕的事故,这次的受害者是塞拉菲娜。她流了太多的血,以至于让帕尔芒捷医生一开始以为是她胸口的某个部位爆破导致的。但后来医生发现血是从她的一条残损的胳膊上流出的,她一直在用那条胳膊紧紧按住自己隆起的腹部。罗斯大婶快速地摘下了自己头上包着的破布,把它紧紧地绑在了女孩的肘部,喃喃地祷告了一句。塞拉菲娜的头部枕在了医生的膝上,罗斯大婶移动了一下身体将她接到了自己的怀中。她打开了女孩的嘴，拿出了她带来的那只包里装的一个小瓶子，一股脑地给她灌下了里面的深色流液。"这只是糖蜜，为了让她振作一下。"她这样说道，尽管医生什么也没问。旁边的一个奴隶解释说这个年轻女人当时正在把甘蔗一根根推放进榨机里，只是开了个小差，机器的齿状叶板就把她的手卷进去了。她的叫声惊动了他，而且也让推磨的骡子停下了工作，这才没让机器的吸力把她的整条胳膊完完整整地吸进去。为了让她得救，必须用一把斧头切下她的手。这把短斧一直用铁钩挂着，专门用作截肢。"必须要止血，如果没有被感染的话，她就能活下来。"医生这样宣布道，他还派了一个奴隶去庄园里取来他的诊疗箱。这个奴隶犹豫了一下，因为他本来只听从监工的命令，但罗斯大婶只言语了一句，他便飞奔而去了。塞拉菲娜微微睁开了双眼，她含混不清地说了几句医生没有听懂的话。罗斯大婶弯下腰贴在她的耳边。"丫头，我不能这么做。这里有白种男人在，不可以。"她在她耳边低声答道。两个奴隶把塞拉菲娜抬了起来，把她搬到了木板搭的茅屋里，让她平躺在了一张粗木长桌上。特特赶走了母鸡和一头正在嗅闻着地上垃圾的猪。与此同时，男人们拴住了塞拉菲娜的身体，巫医用水桶打来了一桶水。"丫头，这不可以，不可以。"她每隔一会儿就在耳边跟她重复这句话。另一个男人从磨坊里取来了一些燃烧的煤块。所幸的是当罗斯大婶要开始灼烙塞拉菲娜的残肢时，她已经失去了知觉。医生注意到她已经有了六七个月的身孕，他想这次大出血必然会导致她的流产。

正在这时，茅屋的门槛边突然出现了一个骑着马的男人的身影，其中的一个奴隶跑过去给马套上了笼头，那个男人随之跳到了地面上。是普罗斯珀·康布雷，他的腰间别了一把手枪，手上拿着鞭子。他身穿一条深色的裤子和一件普通布料的上衣，但是脚上却蹬了一双皮靴,头上戴了跟瓦尔莫兰的那顶一模一样的做工不错的美式宽檐帽。室外的强光照得他一时没看清楚帕尔芒捷医生的脸。"这儿到底出了什么乱子?"他一边习惯性地用鞭子抽打着脚上的靴子,一边问道。他的声音听上去很柔和,又让人感到恐惧。所有人都后退了一步,为了让他可以亲自看到眼前的一切。就在这时,他认出了医生,随后说话的语气也变了。

"医生,这种蠢事无须劳烦您。罗斯大婶会负责这一切的。请允许我陪您回到庄园去。您的马在哪儿呢?"他客气地问道。

"请几位把这个年轻姑娘抬到罗斯大婶的小屋里,让她好照顾她。这姑娘已经有了身孕。"医生答道。

"这种事情对我来说一点儿也不新鲜。"康布雷大笑道。

"如果伤口坏疽的话,就必须要给她截肢了。"帕尔芒捷医生坚持说,他已经气得涨红了脸。他一再重复必须立即把她转移到罗斯大婶的屋子里去。

"医生,她现在不就是在医院嘛。"康布雷回答道。

"这里不是什么医院,就是一个肮脏的棚子!"

这位监工头子用一种奇怪的表情扫视了一圈这间棚屋,就像是第一次看到它一样。

"医生,您没有必要为这个女人操心。无论如何,她在糖厂已经没有任何劳动价值了。之后我必须将她另作他用……"

"康布雷,您没有理解我的意思。"医生打断了他,语气中充满了挑衅,"您是想让我直接找瓦尔莫兰先生来解决这件事情吗?"

特特没敢偷看工头脸上的表情,她从来没有见过任何人用这种语气跟康布雷说话,就连男主人也不会这样。她担心康布雷会给眼前的这个白人一拳头,但他却用一种卑微得就像是仆人的声音回答了医生。

"您说得对,医生。如果罗斯大婶把她救活了,我们至少会得到她肚子里的孩子。"他最后说道,一边用鞭子的长柄碰了一下塞拉菲娜沾满鲜血的肚子。

非 人 之 人

　　婚后不久，瓦尔莫兰便一时兴起在圣拉扎尔建了个花园。随着时间的流逝，这座花园成了整个庄园里他最喜欢的一处景观。他参照一本专门介绍路易十四宫殿的书设计了这里，原原本本地复制了里面的绘图。但是欧洲的花卉品种在安的列斯群岛无法生长，因此他不得不从古巴雇来了一个植物学家为他出谋划策，这个人同时也是桑丘的朋友。花园里一片生机勃勃、姹紫嫣红，但必须由三个勤勤恳恳的奴隶精心照管以抵御热浪的吞噬，他们同时还要负责伺候那些种在阴凉处的兰花。特特每天都在伏暑之前出门采摘一些鲜花用来布置房间。这天早上，瓦尔莫兰跟帕尔芒捷医生正在花园里散步。他们脚下的小径把杂乱的灌木和花丛分成了几何形状的小块。瓦尔莫兰对医生说，自从去年遭受了飓风之后，他就必须重新打理整个花园，但此时医生的思绪早已飘到了另一个地方。帕尔芒捷并不具有欣赏园艺的艺术眼光，他认为这是对自然的一种浪费，反倒是罗斯大妹园子里种的那些不中看却可以用来治病或是杀人的草木让他很感兴趣。而且他对这位巫医的巫术也很着迷，因为它在奴隶的身上已经得到了应验。他对瓦尔莫兰坦言自己曾不止一次产生过想要使用黑巫术来治疗患者的冲动，但法国人的那一套实用主义以及害怕遭到他人讥笑的心理最后还是占了上风。

　　"医生，这些迷信不配拥有像您这种身份的科学家的注意。"瓦尔莫兰冷笑了一声。

"我的朋友,我亲眼见到过有人被奇迹般地治愈了,就像我也见过有人莫名其妙就死去一样,仅仅是因为他们笃信自己是黑巫术的受害者。"

"非洲人耳根子软。"

"白人也是啊!您的妻子,实际上……"

"医生,无论我的妻子是不是疯了,非洲人都不能与她相提并论!您也认为我们与那些黑人不同,难道不是这样吗?"瓦尔莫兰打断了他。

"从生物学的角度,有证据证明他们与我们一样。"

"看来您跟他们打交道不多。黑人生来就有干粗活重活的体格,他们不容易感受到疼痛和疲劳,大脑也很有限,不懂得辨别是非,天生野蛮、脏乱、懒惰,心中从来没有远大的志向,也体会不到高贵的情感。"

"先生,这些话也可以用来形容一个已经在奴隶制的熏陶下变得野蛮残忍的白人。"

"这简直太荒唐了!"瓦尔莫兰一脸不屑地笑道,"管理黑人必须要铁腕。显然这里我指的是强硬,而非野蛮。"

"关于这件事是不存在折中态度的。一旦接受了奴隶制的观念,具体如何对待他们的差别就不大了。"医生反驳。

"我不同意。奴隶制的存在是一种必要的罪恶,也是管理种植园的唯一方法,但是可以以一种人道主义的方式来实施。"

"占有和剥削另一个人绝不可能是人道的事情。"帕尔芒捷回答道。

"医生,您从未拥有过奴隶对吗?"

"从未,并且以后也不会有。"

"我祝贺您。您将不会拥有成为种植园主人的好运。"瓦尔莫兰说,"我向您发誓我不喜欢奴隶制,我更不喜欢住在这里。但总要有人管理殖民地,这样一来您才能往咖啡里加糖块,才能抽上一口雪茄烟。在法国,人们享用着我们生产出来的商品,却没人想要了解它们是如何获得的。我更喜欢英国人和美国佬的诚实坦率,他们从实际出发接受了奴隶制度。"瓦尔莫兰总结道。

"在英国和美国也有人对奴隶制度提出了严肃的疑问,并且他们拒绝消费这些殖民岛上的商品,尤其是蔗糖。"医生提醒他。

"医生,那只是极少部分人。我刚刚从一本科学杂志上读到,黑人和我们不属于同一个人种。"

"作者是如何解释这两个不同的人种是可以诞下后代的呢?"医生问他。

"一匹公马和一头母驴交配,生下一只骡子。但它不是两者中的任何一个。穆拉托人就是白人和黑人混种的结果。"瓦尔莫兰说。

"骡子不能繁衍,但穆拉托人可以,先生。请您告诉我,您跟一个女奴生下的儿子是不是人类呢?他是否也有不死的灵魂?"

恼怒的图卢兹·瓦尔莫兰转身朝着宅子的方向走了。他们二人这一天都没再见过彼此,直到晚餐的时候。帕尔芒捷穿好了衣服来到客厅,他的头依然很痛,自来到种植园的那天起,头痛的毛病就一直困扰着他,到现在已经十三天了。他还经常遭受偏头痛和昏厥的折磨,说是因为自己的体质适应不了岛上的气候,然而他没有染上任何一种击垮大批白人的疾病。圣拉扎尔的氛围压得他喘不上气,跟瓦尔莫兰的争执让他心情糟透了。他想回到法兰西角去,那里有其他的病人在等他,还有一直默默给予他慰藉的可心人儿阿黛勒,但是帕尔芒捷已经答应下来要负责照顾欧亨尼娅,他想要履行自己的承诺。那天早上他给欧亨尼娅做完了检查,推测她很快就要临盆。男主人静候着他，还微笑着迎接了他，就好像那天中午不愉快的争吵没发生过一样。席间，他们谈论了书籍和越来越让人难以理解的欧洲政治，他们二人一致认为1776年美国革命对法国造成了巨大的影响，在法国某些群体的人们使用激烈的言辞来攻击法国的君主制，就跟美国人在《独立宣言》中使用的一样。帕尔芒捷没有掩饰自己对美国的赞赏，对此瓦尔莫兰也表示赞同，尽管他打赌英国最后会用武力重新赢回它对北美殖民地的控制权，就像任何一个想要维持春秋大业的帝国一样。万一有朝一日圣多明戈也从法国独立出去，就像美国人从英国独立一样呢？瓦尔莫兰思索着，随即就澄清说这只是一个没有实质意义的文字游戏，绝不是煽动叛乱的言辞。他们还谈到了磨坊的那次事故，医生十分肯定地说如果轮班的时间再短一点，事故就可以避免，因为榨机旁的繁重工作和锅炉上产生的巨大热量会让人意识模糊。他对他说塞拉菲娜的出血已经止住了，但这会儿要检查出感染的迹象还为时过早。但是她已经失了很多血，整个人意识混乱，身子虚弱，动弹不得，他还是忍住了没说一定是罗斯大婶给她服下了某些汤药才让她暂时安睡。医生不想再回到奴隶制的话题上去，这个话题引得他的东家很不高兴，但在用完餐后，当二人坐在长廊里享受着夜晚清凉的空气、白兰地和雪茄时，瓦尔莫兰自己提起了这件事。

"请您原谅我今天早上的唐突言辞，医生。恐怕是这里的孤独寂寞让我丧失了文明人说话时该有的好习惯。我无意冒犯您。"

"您没有冒犯我，先生。"

"说来您不会相信，医生，在我来这里之前，我崇拜伏尔泰、狄德罗和卢梭。"瓦尔莫兰告诉他。

"现在不了吗？"

"现在我质疑这些人道主义者的思想。这座岛上的生活让我变得坚硬,或者说这里把我变得更加现实。我不能接受黑人是跟我们一样有情感的人类,尽管他们也有大脑和灵魂。是白种人创造了我们的文明,而非洲是一个黑暗、原始的大陆。"

"我的朋友,您去过那里吗?"

"没有。"

"我去过。我在非洲待了两年,四处旅行。"医生对他说,"欧洲人对那片广袤、迥然不同的土地知之甚少。当欧洲人还披着动物的皮毛生活在洞穴中的时候,在非洲大陆上早已诞生了复杂的文明。我承认在某个方面,白种人是最优等的人种:我们更具有侵略性,而且更加贪婪。这也解释了我们的王国所拥有的权力和领土的扩张。"

"早在欧洲人来到非洲以前,黑人们就彼此奴役,直到现在也没有改变。"瓦尔莫兰说。

"这就跟白人之间也存在彼此奴役的现象一样,先生。"医生反驳他,"不是所有黑人都是奴隶,也不是所有奴隶都是黑人。非洲是属于自由人的大陆。上百万的非洲人饱受奴隶制的折磨,但也有更多自由的人。奴隶制不是他们的命运,成千上万的白人奴隶也非生而为奴。"

"我理解您对奴隶制的厌恶,医生。"瓦尔莫兰说,"我也想过要用另一种工作制度来取代它,但我恐怕在某些情况下,比如在种植园里,这种制度并不存在。世界经济的发展依赖它,因此它不可被废除。"

"也许一夜之间改变是不现实的,但可以采取一种渐进的方式。在圣多明戈事实却刚好相反,奴隶的数量每年都在增加。您能想象当这些奴隶起义的时候会发生什么吗?"帕尔芒捷问他。

"您是一位悲观主义者。"瓦尔莫兰一边评论,一边喝完杯中剩余的烧酒。

"谁说不是呢？我在圣多明戈待了很久，先生。坦率地说，我已经受够了。我亲眼见到了很多恐怖的事情。就在不久前我去了拉克鲁瓦庄园，最近两个月中有好几个奴隶在那里自杀了。他们中的两个跳进了翻滚着煮沸糖浆的锅炉里，可想而知是多么绝望。"

"这儿没有任何事情会阻止您，医生。您的王室执医证可以让您在任何一个您想去的地方践行科学。"

"我想有一天我会离开的。"医生一边思索，一边答道。他不能说出那个让他留在这里的唯一理由：阿黛勒和孩子们。

"我也很想带着我的家人去巴黎。"瓦尔莫兰补充了一句，但他也知道机会很渺茫。

法国正处于危机之中。那一年财政大臣召开了一次贵族大会来对贵族和神职人员征税，并令其分担国家的经济债务，但显贵们对此倡议充耳不闻。千里之外的瓦尔莫兰也看到了法兰西王国的政体正日渐衰亡。现在不是回法国的时候，他也不能把种植园全盘交给普罗斯珀·康布雷。他不信任这个人，但他也不会赶他走，因为这个人有多年的工作经验，换掉他只会比忍受他结果更糟。还有一个他从来都不愿承认的真相，那就是他对这个人心存恐惧。

医生也喝完了自己杯中的白兰地酒，他在舌尖上回味着那一点刺辣的感觉，身心顿时感受到了片刻惬意的错觉。他感到自己的太阳穴一阵抽搐，疼痛感一下子聚集在了眼窝。他回想起在磨坊里无意中听到的塞拉菲娜说的那些话，那个女人恳求罗斯大婶帮助自己带着腹中的孩子一起去往幽冥地府，回到几内亚去。"丫头，我不能这么做。"他自问要是自己不在场的话，罗斯大婶又会怎么做。兴许她会帮助她，冒着被人当场抓住的风险，甚至可能会为之付出惨痛的代价。总有些不引人注意的办法可以完成这件事，医生想道。他感到身心疲惫。

"先生,请原谅我想坚持继续说完上午的对话。您的妻子认为自己深受伏都教的毒害,声称是奴隶们对她施了巫术。我倒是认为我们可以利用这一点把事情变得对她有利。"

"我不太明白您的话。"瓦尔莫兰说。

"我们或许可以让她相信罗斯大婶有破解黑巫术的能力。反正是死马当活马医。"

"我会考虑的,医生。等欧亨尼娅分娩完之后,我们会重点关注她的精神问题。"瓦尔莫兰叹了口气,这样回答道。

这时,特特恰巧经过。在月光和长明火把的映照下,庭院里留下了她的侧影。两个男人的目光随她而去。瓦尔莫兰冲她吹了一声口哨,随即她就像猫一样默不作声、轻手轻脚地出现在了走廊。她身上穿着一条褪色的、满是补丁的裙子。虽然是女主人丢弃不要的,但衣服料子却是上乘的。她的头上缠了一条系了好几个结的精美头巾,这让她的身高整整高出了一拃。特特是一个身材苗条的姑娘,她的颧骨突出,耷拉的眼皮下长着细长的双眼和金色的瞳孔。她天生气质不俗,身姿灵巧,动作敏捷。医生能感受到她骨子里释放出的一种强大力量,她就像是一只沉睡的猫科动物,不起眼的外表下藏着巨大的潜能。瓦尔莫兰示意她酒杯空了,特特便去餐厅,从柜橱里拿了一瓶白兰地回来,为他们各斟了一杯。

"夫人怎么样了?"瓦尔莫兰问她。

"夫人很安静,主人。"她回答道,后退了几步想要离身。

"特特,你等一下。看看你能否为我们解决一个疑问。帕尔芒捷医生坚持认为黑人跟白人一样都是有情有义的人类,但我认为恰恰相反。你是怎么看的?"瓦尔莫兰问她。医生觉得他说话的语气少了些挖苦的意味,更像是一位长者。

特特沉默不语，眼睛盯着地面，双手紧握在一起。

"来吧，特特，别害怕。我等着你的回答……"

"主人总是对的。"她最后低声答道。

"又或者，你认为黑人不完全是人类……"

"一个不是人类的生命是不会有什么想法的，主人。"

帕尔芒捷医生情不自禁地笑出了声，图卢兹·瓦尔莫兰迟疑了一会儿后也笑了。他挥了挥手打发她退下了，女奴便消失在了黑影中。

扎 丽 特

　　第二天下午过半,欧亨尼娅夫人分娩了。过程很快,尽管她直到最后一刻才肯配合。医生就在她身旁,坐在一张椅子上盯着,因为正如他自己对我们说的,接生不是男人该干的事。瓦尔莫兰主人认为一个盖着王室戳记的行医执照要比经验有价值得多,而且他不想叫罗斯大婶。她是这个岛北部最好的产婆,甚至连白人女子都来求她为自己接生。我托住我的女主人,给她降温,跟她一起用西班牙语祷告,还给她喝了从古巴寄过来的神水。医生能够清楚地听见婴儿的心跳,它已经做好了降生的准备,但是欧亨尼娅夫人拒绝配合。我对他解释说夫人将要生下一个还魂尸,巴隆·撒麦迪①已经来了,准备把他带走,他一下子就笑得流出了眼泪。眼前的这个白人已经研究了很多年的伏都教,他知道巴隆·撒麦迪是冥神盖德②的使役和同伴。我不明白是什么让他觉得如此好笑。"好滑稽的想法!我什么巴隆也没看见!"巴隆是不会在不尊重他的人面前现身的。很快他发现这个想法并不是那么好笑,因为欧亨尼娅夫人的身体颤抖得很厉害。他差我去找罗斯大婶。我在客厅里的一张扶手椅上撞见了几杯白兰地下肚昏昏欲睡的主人,他同意我去叫我的教母,于是我便飞

---

① 巴隆·撒麦迪,海地伏都教信仰中的神明,象征死亡,多以高帽子和黑色晚礼服形象出现。
② 盖德,生命、死亡以及性爱的精灵。

奔去找她。她已经做好了准备等着我,穿着她那件白色的祭礼长袍,戴着项链和阿松。她什么也没问我,径直朝庄园走去,爬上长廊从奴仆走的门走。进欧亨尼娅夫人的房间需要穿过大厅,她的拐杖敲在地板上的声响惊醒了主人。"你对待夫人小心一点。"他拖着很重的鼻音警告她,但她丝毫没有理睬,径直向前,探着步子走完过道,直到她经常过来照料欧亨尼娅夫人的那个房间。这一次她不是以巫医的身份来的,而是作为曼柏,将要直面死亡的同伴。

跨进门槛时罗斯大婶就看见了巴隆·撒麦迪,这让她不禁打了个寒战,但她没有后退。她摇着里面骨头碎儿叮当响的阿松向他鞠躬致敬,并请求他允许自己靠近床边。这位长着一张苍白的骷髅脸、头戴黑色高帽、象征坟墓和十字路口的洛阿神让到一边,让她靠近欧亨尼娅夫人。她像条鱼一样频频喘息着,浑身湿透,通红的双眼里布满恐惧。她正在与自己竭力要排出婴儿的身躯做着抗争,用尽全力阻止它出来。罗斯大婶把自己的一串种子和贝壳项链挂在了她的脖子上,并对她说了几句安慰的话,而后我用西班牙语重复了一遍。接着她转身走向巴隆。

帕尔芒捷医生看得都着了迷,尽管他只看到了罗斯大婶的那部分表现;而我看到了所有的一切。我的教母点了一支雪茄,四处晃了晃它。为了防止蚊虫进入房间,窗户一直都是紧闭的,因此空气中充满了一股令人窒息的浓烟。她随即用粉笔绕着床画了一个圈,然后跳起舞来,用阿松指向房间四周的墙角。她一完成对神灵的致礼,便从包里拿出几样圣物搭了一个祭坛,在上面放了朗姆酒和小石块作为祭品。最后她端坐在床脚下,做好了准备与巴隆谈判。二人陷入了漫长的讨价还价,他们说的克里奥尔语又快又难懂,我几乎没听明白,不过我却听到了好几遍塞拉菲娜这个名字。他们争吵,发怒,大笑,她抽了一支雪茄,吐出来的烟雾又被他大口吞进。这件事情持续了好一会儿,帕尔芒捷医生开始不耐烦了。他试图打开窗户,但是由于太长时间没有使用,它已经卡死了。他被烟熏得边咳嗽流泪,边给欧亨尼娅夫人诊脉,就好像他不知道孩子是从下面生出来的,是离手腕上的脉搏很远的位置。

终于,罗斯大婶和巴隆达成了共识。她走到门边,深深鞠了一躬送走了这位跳着青蛙一样的步子离开的洛阿神。随后罗斯大婶向夫人说明了情况:她腹中的不是还魂尸,而是一个巴隆·撒麦迪不会带走的正常婴儿。欧亨尼娅夫人不再争辩,她集中了全部的精神和意志来发力,很快一股混着黄浆和血的液体弄脏了床单。当孩子的头露出来的时候,我的教母轻轻地抓住它,并帮忙把其余的身躯拽了出来。她把新生儿交给我,我告知他的生母是个小小子,可是她连看都不想看他一眼就把脸转向了墙的那一侧,精疲力竭地闭上了双眼。我把他紧紧抱在胸前,牢牢地抓住,因为孩子身上沾满了油状物,很滑。我确信无疑的是,未来将由我如同爱自己亲生骨肉一样地来爱这个孩子。而如今,这么多年的情谊让我知道那个时候自己没有错。我哭了起来。

罗斯大婶等着夫人把体内残余的东西排出,然后为她清洗。接着她嘬了口摆在祭坛上的朗姆酒,把物件收回了包里,拄着拐杖出了房间。医生在笔记本上奋笔疾书的时候,我边擦洗着轻得跟只小猫似的婴儿边继续抹着眼泪。我用毯子把小家伙裹了起来,那是我利用午后在走廊上待着的时间织的,然后把他抱到了他的父亲面前,让他认一下自己的儿子,但由于主人喝了太多的白兰地,我无法把他叫醒。一个双乳肿胀的女奴正在过道上候着,她刚洗过澡,为除掉虱子剃了头,她将要给庄园主的孩子喂奶,而自己的孩子却要被养在黑人区喝米水长大。没有一个白人自己养孩子,那时我这样以为。这个女人在地上盘腿坐下,她解开衬衫,把小东西接了过去,他一下子就紧紧地吸在了她胸上。我感觉自己的皮肤在燃烧,乳头正在变得硬实:我的身体已经为这个孩子做好了准备。

就在此时,在罗斯大婶的茅屋里,塞拉菲娜在睡梦中,毫不自知地独自死去了。故事就是这样。

仆　妾

他们管他叫莫里斯。他父亲对这个上天的意外恩典感激涕零，他的到来将为他战胜孤独，并唤醒曾经的雄心壮志。这个孩子将会延长瓦尔莫兰家族时代的寿命。他宣布这天作为节日，种植园里无人干活，他让人宰了好几只牲口，还给罗斯大婶派了三个帮手，吩咐不能少了玉米辣菜和各式蔬菜、蛋糕给所有人吃。他同意他们在正院里跳一支卡林达舞。对面的庄园里此时人声嘈杂。奴隶们用他们仅有的一块彩色破布、一条贝壳项链或是一朵花打扮了一下，还带上了他们的鼓和其他临时现做的乐器。随后不一会儿，在康布雷嘲弄的眼光下，人们伴乐起舞。主人吩咐盛了两大桶甘蔗烧酒分给奴隶们喝，每个人的葫芦瓢里都分到了足量的酒来举杯畅饮。特特抱着襁褓中的孩子出现在了长廊。他的父亲把他抱过来，举过头顶，向奴隶们炫耀："这是我的接班人！他的名字将是莫里斯·瓦尔莫兰，跟我的父亲一样！"他大声喊道，声音因激动而变得沙哑，还带着前一晚宿醉引起的破音。他的话带来了一阵海底般的死寂。就连康布雷都吓了一跳。这个无知的白人，在给孩子取跟死去的祖父一样的名字上犯了一个大错。因为一被别人喊到名字，他就有可能会从坟墓里出来，抢走孙子并把他拐到冥间去。瓦尔莫兰以为这种沉寂是出于敬重，于是便吩咐上第二轮的甘蔗烧酒，让大伙儿接着热闹。特特抱回了新生的婴儿，一边把大量的唾沫淋在他脸上，替他阻挡由于他父亲的轻率而招致的不幸,一边跑着把他带走了。

次日,当家奴们在清扫院子里因狂欢夜留下的残余垃圾,而其他奴隶回到甘蔗田里又开始干活的时候,帕尔芒捷医生正在迅速收拾,准备回城。小莫里斯像只牛犊一样吃着奶妈的奶,而欧亨尼娅出现了可怕的腹热症状。特特用一种黄油和蜂蜜的混合物为她按摩胸部,然后用红布把它们绑了起来。这是罗斯大婶用来在奶水流出来之前把它弄干的法子。欧亨尼娅的床头柜上放着一排瓶瓶罐罐,那是助睡眠的药水、抗焦虑的药片和克服恐惧的糖浆。虽然这里无一物可以治愈她,正如医生自己承认的那样,但它们却可以让她好过一点。这个西班牙女人已经成了一个肤色如灰、面容枯槁的幽影。而这般形色,比起说是来源于她失常的心智,更要归因于鸦片的作用。莫里斯还在他母亲腹中的时候就已经饱受了毒品之害,医生对瓦尔莫兰这样解释,因此他生下来的时候十分瘦小羸弱,日后肯定很容易生病,他需要空气、阳光和好的奶水喂养。他命人每天给奶妈吃三个生鸡蛋来催奶。"特特,现在夫人和宝宝都交给你了。没有其他人能比你更好地照顾他们了。"他补充道。图卢兹·瓦尔莫兰给了医生一笔很丰厚的报酬,并依依不舍地告别了他,因为他真心地尊敬这个有教养、好性情的男人,他很享受在无数个圣拉扎尔的漫长午后跟他一起玩牌的时光。日后他会怀念那些交谈,特别是那些他们无法达成共识的对话,因为那会迫使他重拾自己已经久忘了的畅快辩论的技巧。他派了两个全副武装的监工陪同医生回到法兰西角。

帕尔捷芒正在打包行装,他没把这件事交给奴隶们做是因为他对自己的物件十分谨慎。特特小心翼翼地敲了门,用细得像线一样的声音问,她是否可以单独跟他说几句。帕尔芒捷常常跟她待在一起,他利用她来跟貌似已经忘记法语的欧亨尼娅进行交流,还有跟那些奴隶们,尤其是罗斯大婶。"你是一个很好的护工,特特。但是请不要像对待残疾人那样来对待你的女主人。她必须要开始自理。"他这样提醒她,因为他看到她用勺把流食喂到女主人嘴边,并且得知她把女主人扶坐到便盆上,还为了不让她弄脏脚而给她清洗下体。这个年轻姑娘总是会用正确的法语简洁地回答他的问题,却从未跟他展开一段对话,更没有抬眼正视过他,这便让他可以任意地观察她。她应该十七岁左右,尽管从身体上看不像是少女,更像是女人。在一次游猎中,瓦尔莫兰告诉了他特特的故事。他知道这个女奴的母亲是怀孕的时候上的岛,她被法兰西角的一个做马匹交易的自由黑人买下。那个女人试图堕胎,因此忍受了比任何一个在她处境中的人都要多的鞭笞。可是她腹中的生命十分顽强,到了时辰就健康出生了。她的母亲刚能起身的时候,就要把她摔死在地上,但有人及时把她从手中抢了过来。另一个女奴照顾了她几周,直到她的主子决定用她去还在一个姓帕斯卡尔的法国官员那里欠下的赌债。她的母亲还没来得及知道这些就已经从悬崖上跳海了。瓦尔莫兰对他说,他把特特作为夫人的陪嫁侍女买下,结果物有所值。因为她最后不仅做了护工,还成了这里的女管家。现在看来她还将会是莫里斯的保姆。

"特特,你想说什么?"医生一边问她,一边小心地把他的那些贵重的银铜器具放到一个光洁的木匣子里。

她关上门,面无表情地跟他说了几个字。她说她有一个不到一岁的孩子,只在刚生下来那会儿看过一眼。帕尔芒捷觉得她的声音哽咽了一下,但当她继续说自己是夫人在古巴的修道院疗养的时候有的孩子时,声音又恢复到了以往的波澜不惊。

"主人不许我提起那个孩子。欧亨尼娅夫人什么都不知道。"特特最后说道。"瓦尔莫兰先生做得对。他的妻子之前不能生育,而且每次看到孩子的时候,她的情绪都很不好。还有谁知道关于你孩

099

子的事?"

"只有罗斯大婶。我想监工头子也有所怀疑,但我不能确定。"

"现在夫人有了自己的宝宝,情况便有所不同。你的主人一定也想要你抱回自己的孩子,特特。毕竟也归他所有,不是吗?"帕尔芒捷说。

"是的,是归他所有。而且那也是他的儿子。"

我怎么就没想到这件显而易见的事呢!帕尔芒捷医生想。他未曾看出瓦尔莫兰和这个女奴之间哪怕是一点点的亲密的迹象,但完全能想象得到当一个男人的妻子在这种情况之下,他可以从近在身边的任何一个女人身上得到慰藉。特特很有魅力。她的身上有一种神秘的、性感的气质。这类女人就像宝石一样,只有一双老练的慧眼才懂得将它们从粗石堆中挑拣出来,就像紧闭的宝箱必须要情人一点一点慢慢开启才能发现其中的奥妙。任何一个男人得到她们的温存都应该感到幸福,但他怀疑瓦尔莫兰是否懂得珍惜她。他思念起了自己的阿黛勒,她同样也是一块未经雕琢的宝石。她给了他三个孩子,还有多年以来的陪伴,她的陪伴是如此低调谨慎,因此他从来都无须向这个他从事科学事业的刻薄社会做任何解释。如果有人知道他有一个情妇还有有色人种的孩子,那些白人们早就对他嗤之以鼻了。相反的是,他们能最自然而然地接受关于他是基佬的流言。这也就解释了为何他一直单身,而且还总是消失在那些老鸨们把年轻小伙儿弄来满足各种需求的自由黑人聚集区。出于对阿黛勒和孩子们的爱,无论在岛上如何绝望,他都不能回到法国去。"因此小莫里斯也有哥哥了……从我的职业角度看,某人对这一切心知肚明。"他含混不清地嘀咕道。瓦尔莫兰把他夫人送到古巴并不是像他当时说的那样,为了让她康复身体,而是为了对她隐瞒即将在庄园里发生的事情。为什么要这般扭怩作态呢?这都已经是一种司空见惯并且为大众所接受的事实了。这个岛上到处都是混血的私生子,他甚至感觉在圣拉扎尔的奴隶当中都见到过几个小穆拉托。唯一的解释是,欧亨尼娅将不会接受在自己癫狂的深渊里唯一能够给她安抚的特特跟她的丈夫睡过这件事情。瓦尔莫兰想必猜到了这件事会最终杀了她,他还不至于无耻到真的想自己的妻子一死了之。总而言之,医生决定这不是该他管的事。瓦尔莫兰应该有他自己的理由,这也轮不着他去调查。但是他好奇瓦尔莫兰有没有把孩子卖掉,还是仅仅打算把他远远地放在其他地方养上一段适当的时间。

"我能做什么呢,特特?"帕尔芒捷问。

"医生,拜托了!您能不能问问瓦尔莫兰先生?我必须知道我的儿子是不是还活着,他是不是把他卖了,卖给了谁……"

"这件事不该由我来做,这很失礼。我是你的话就不会再去想这个孩子。"

"是的,医生。"她回答道,几乎听不见声音。

"你别担心,我相信他一定在一个好人家里。"帕尔芒捷很难过地补充说。

特特离开了房间,无声地带上了门。

莫里斯的出生改变了庄园里的日常作息。如果欧亨尼娅早上醒来的时候很安静,特特就给她穿衣,带她出来在院子里散一会儿步,然后把她跟摇篮里的莫里斯一起安置在长廊里。远远看过去,除了那个罩着他俩的蚊帐,欧亨尼娅就像一个看着自己孩子熟睡的正常的母亲一样。可是一旦靠近,看到这个女人脸上涣散的神态,这种错觉便很快消失。分娩之后没几周,她就又一次发病,不愿意去室外,坚信奴隶们在监视她,要把她杀掉。她终日待在屋子里,困陷在鸦片带来的昏眩和痴癫引起的错乱之间,她十分恍惚,几乎想不起自己的儿子。她从来不问他是如何被喂养的,也没有人告诉她莫里斯喝的是一个非洲女人的母乳,因为她会由此推断他喝的是有毒的奶水。瓦尔莫兰希望强大的母性本能能像狂风一样侵袭她的骨骼,吹进她的心房,将她的内心清洁干净,帮她恢复神智。但当看到她为了让莫里斯安静下来,像摇一个玩具娃娃一样摇晃着他,险些弄断他脖子的时候,他明白了,对这个孩子来说最大的威胁就是自己的生母。他从她手中把孩子抢了过来,并且没能控制住自己,狠狠地扇了她一巴掌,让她跌倒在地。他从未打过欧亨尼娅,对自己的暴行亦感到吃惊。特特把伤心地哭泣却不理解发生了什么的女主人从地上扶起,把她弄到床上,然后去给她沏了一杯缓解紧张情绪的汤药。瓦尔莫兰在半道上撞见她,随后把孩子交给了她。

"从现在起,我儿子将由你负责照看。要是他身上出了任何事,你都要付出沉重的代价。不许让欧亨尼娅再碰他一下!"他吼道。

"那要是夫人要她的孩子,我怎么做?"特特边把小莫里斯紧贴在自己胸前,边问道。

"我不管你怎么做!莫里斯是我唯一的儿子,我不允许那个蠢货伤害他。"

特特对他的指示没有完全遵照。她会把孩子抱到欧亨尼娅身边待一小会儿,在自己的看护下,让她抱抱他。这位母亲一动不动,一脸惊愕地看着自己双膝上的这个小包袱,很快就开始变得不耐烦。不一会儿她就把孩子还给了特特,神志又飘到其他地方去了。罗斯大婶出主意,在莫里斯的襁褓里包一个破布娃娃,结果证明这位母亲并没有注意到有什么不同,于是她们便可以偶尔去看看她,直到最后完全没有必要再进行这件事情。莫里斯被安顿在了另一个房间,跟他的奶妈一起睡。而白天的时候,特特就像其他非洲女人一样用一块三角巾把他裹起来绑在背上。如果瓦尔莫兰在家,她就把他的摇篮放在大厅里或是长廊上,让他能够看得到他。特特身上的气息是莫里斯在出生后最初的那几个月里唯一能够识别的味道,奶妈必须换上特特穿过的某件衣服才能让孩子接受自己的乳房。

7月的第二个星期,欧亨尼娅天还没亮就出门了。她光着脚,穿着睡衣,跟跟跄跄地沿着那条正对着庄园入口的椰林道,朝河边走去。特特拉响了警报,工奴们随即就组了几个小队与种植园里的巡逻队会合,一起去找她。猎狗把他们带到了河边,在那里发现了她:她双脚深陷在烂泥里,河水已经没过了脖子。谁也不知道她是怎么走了这么远的路,因为她那么怕黑。每天晚上,她那像被恶魔附了身的厉号一直能传到奴隶们住的茅舍,让他们起一身鸡皮疙瘩。瓦尔莫兰推测特特没有给她服足量的蓝色药瓶里的药剂。要是服了的话,她不会起心逃跑。于是他第一次威胁要用鞭子抽她。后来几日特特都在恐惧中度过,等待着责罚。但他压根儿没下命令。

欧亨尼娅很快就完全脱离了这个世界,她只容得下特特的存在。特特每天晚上蜷睡在她旁边的地上,随时准备好把她从噩梦中救醒。当瓦尔莫兰想要这个女奴的时候,会在晚饭的时候做一个手势告诉她。等到病人睡着了,她便静悄悄地横穿整个庄园,一直走到另一头的主卧室。有一次在这种情况之下,欧亨尼娅独自醒来,逃到了河边。也许因此,她的丈夫没有责罚特特的疏忽。这种存在于男主人和多年以前维奥莱特·布瓦西耶为他物色的这个女奴之间、午夜时分关上门才有的床笫之欢从来都见不得光,只存在于梦境里。当欧亨尼娅第二次试图自杀、差点烧了整个庄园的时候,事已成定局,没有人再对此装聋作哑。在这个殖民岛上,人人都知道瓦尔莫兰夫人疯了,也没几个人对此感到奇怪,因为好几年前就谣传,这个西班牙女人的娘家生的净是些不可救药的疯女人。此外,外面来的白人女人在这里精神失常也不足为奇。丈夫们会送她们换个环境,去休养一段,然后自己在岛上各种肤色的姑娘身上寻乐。恰恰相反,在这种堕落的环境下,那些克里奥尔女人可以不计后果地屈从于诱惑,不用承担任何责任。要把欧亨尼娅送走,现在为时已晚,除非是送到收容所,但出于责任和面子,瓦尔莫兰决不会考虑接受:家丑不可外扬。他的庄园里有许多房间,有客厅、厨房、一间办公室和两个酒窖,因此便可以几个星期看不到他的妻子。他将她托付给特特,而自己的注意力则放在了儿子身上。他从未想到自己可以如此爱另一个人,这种爱比他之前付出的所有感情加在一起都要浓厚,也超越了爱他自己。没有任何一种感情可以比拟莫里斯在他身上唤起的爱。他可以盯着他看上几个小时,自己有时也会为这种思念而感到吃惊。有一次他去法兰西角的路上半途而返。他骑马飞奔回来,只因有种不祥的预感:自己儿子身上发生了不幸。在证实了事实并非如此之后,他大为宽心,甚至激动到失声大哭。他坐在安乐椅上,臂弯里抱着孩子,感受着自己肩头的这个小脑袋甜蜜的负荷,还有孩子在他脖颈上温热的呼吸,嗅闻着婴儿身上乳汗交融的酸酸的味道。想到那些可能会从他手中夺走儿子生命的事故或者瘟疫时,他会发抖。圣多明戈一半的儿童不到五岁就死了,他们是时疫暴发时最先受害的人群,这还没算上那些感知不到的危险,比如他只是虚意嘲讽的那些诅咒,或者是赶尽杀绝最后一个白人的奴隶起义,就如欧亨尼娅这些年预言的那样。

万能的女奴

妻子的精神疾病正好让瓦尔莫兰有借口逃避本就让他感到厌烦的社交生活。儿子出生三年后，他已经变成了一个隐士。因为生意的关系，他不得不经常去法兰西角，有时还要去古巴。但这样的四处奔波也很危险，因为那些数不清的黑人匪帮会下山来毁掉道路。1780年的那把大火还有后来好几次对马龙人的火刑都没有击垮奴隶们逃跑的意志，也没能阻止马龙人继续袭击种植园和旅行者。相比之下，他更愿意待在圣拉扎尔。我谁都不需要，他这么对自己说，带着一份志愿成为独居者的人惺惺作态的骄傲。随着时间的流逝，他越来越不喜欢周围的人；除了帕尔芒捷医生外，他觉得其他人要么蠢笨，要么腐败。这些人跟他之间只是生意上的关系，就像他在法兰西角的犹太代理商和在古巴的银行熟人。除了帕尔芒捷，另一个例外的人是他的大舅子桑丘·加西亚·德尔·索拉尔。他们二人联系频繁，却极少见面。桑丘总是逗得他很开心，并且他俩的合伙生意对双方都有好处。桑丘经常高兴地说这件事算得上是一个真正的奇迹，因为在认识瓦尔莫兰之前他没干成过一件事。"妹夫，你可要做好万全的准备，万一哪天船就翻了。"桑丘开玩笑地说道，但还是接着问他借钱，一段时间后又加倍还给了他。

特特管起家奴来态度和气又不失严格，她尽可能地大事化小、小事化了，从而尽量避免跟主人的接触。她身形瘦削，总是穿着深色的裙子和棉布衬衣,头上裹着一条浆洗过的长头巾,腰间挂了一串钥匙。小莫里斯总是被绑在特特的胯部,当他开始学步的时候,特特便把他跟自己的裙子拴在了一起。在这个宅子里,她好像可以同一时间出现在各个地方,每件事她都盯着:膳食的料理、衣物的漂白、裁缝的针脚,还有主人和婴儿的急需。很多事情特特也交给别人代劳,她训练了一个已经无法在甘蔗地里干活的女奴来帮助自己一起照顾欧亨尼娅,并且这样一来她也不再需要一直跟病人睡在一起了。这个女人负责陪着欧亨尼娅,但特特负责给她服药和清洗身体,因为欧亨尼娅不许其他任何人碰自己一下。唯一一件特特不让别人代劳的事情就是照顾莫里斯。她用母爱精心呵护着这个顽皮、柔弱、招人怜爱的小东西。那时奶妈已经回到了奴隶们住的窄巷里,特特跟孩子住在一起。她躺在一条铺在地上的褥子上面,莫里斯拒绝睡自己的摇篮,蜷缩在她的身旁,紧紧贴着她那温暖的身体和丰满的乳房。有时她会被婴儿的呼吸声弄醒,黑暗中她抚摸着他的身体,被他身上的气味、乱糟糟的小卷发、软乎乎的小手和他那沉睡的小小身躯感动得落下眼泪。她思念着自己的亲生骨肉,想着是否在另一个地方也有一个女人这样无私地疼爱着她的小宝贝。她给予了莫里斯一切他的亲生母亲所不能给予的东西。她给他讲故事、唱歌,逗他开心,亲吻他,有时也会教训他一下让他听话。虽然次数不多,但每次特特教训他的时候,这个小东西就会在地上打滚撒泼,还威胁她要去父亲面前告状,但却从来没这样做过,因为他不知怎的也预感到这会为特特带来严重的后果,而这个女人是他的全世界。

普罗斯珀·康布雷没能在庄园里成功施行他的高压政策,因为特特已经在自己的小地盘和种植园的其他区域之间默默画上了一条隐形的界线。她的地盘经营得像一所学校,而他的则像是监狱。宅子里的每个奴隶都被分配了明确的任务,他们有条不紊地完成。甘蔗地里的奴隶们在监工们随时都会落下的鞭子下排成整齐的队列。他们一声不吭地干活,时刻处于戒备的状态,因为任何微小的疏忽都会让他们付出血的代价。康布雷亲自负责处罚奴隶。瓦尔莫兰从不动手打奴隶,他认为这有辱他的人格,但在康布雷动手的时候,他会在一旁观看以此树立自己的威严并证明监工头子的作为并不过分。他从不当众责备康布雷,但他的出现还是让康布雷在施暴时多了几分克制。庄园宅子和农田是互不相干的两个世界,但特特还是偶尔会撞见监工头子,每当此时空气中就充满了一种风暴来临前的恐怖气氛。这个年轻姑娘对康布雷不加掩饰的轻蔑激起了他的性欲,他四处寻找她。特特对这个男人厚颜无耻的淫欲感到不安,到处躲避他。"如果康布雷对你太过放肆,我希望第一时间知道。你明白了吗?"瓦尔莫兰不止一次地告诫她,但她却从未告过状,毕竟激怒监工头子对她也没有好处。

主人无法忍受听见莫里斯说黑人的语言,在他的命令下,特特在家里一直说法语。她跟种植园里的其他人说克里奥尔语,跟欧亨尼娅说一种仅仅由几个最常用词组成的西班牙语。这位生病的女主人沉浸在一种难以消解的忧郁中,并且对一切完全失去了知觉。要是特特不给她喂食和清洗的话,她早就在饥饿和污秽中死去了,就像一头猪一样;要是特特不去挪动她的身体给她换换姿势,她的骨头早就僵硬了;要是特特不引她说说话,她或许就成了个哑巴。她已经不再遭受惊吓症的困扰,成日里半梦半醒地躺在扶手椅上,目光呆滞,像一个巨大的人偶。她还在坚持念诵玫瑰经,那串玫瑰念珠一直被她装在一个小皮口袋里,挂在脖子上,尽管她已经说不清楚具体的经文了。"等我死了,你就留着这个,别让任何人从你手中拿走它,因为它是受到教皇庇佑的。"她对特特说。也有极少数神志清醒的时候,她祈求上帝把自己带走。据罗斯大婶说,夫人身体里的那个善的小天使①被困在了这个世界,因此她需要接受一种特殊的仪式把它释放出来,一点不痛苦也不复杂,但是特特没有下定决心要走这最后一步。她想要帮助不幸的女主人,但把她送上黄泉需要承担的责任太大了,哪怕有罗斯大婶跟她一起分担。也许欧亨尼娅夫人的那个善的小天使还需要在她的身体里面完成一些事情,她们应该多给它一点时间来让它获得自由。

图卢兹·瓦尔莫兰经常会强行拥抱特特,与其说是亲热或者是欲望,他更多是出于一种习惯,早没了那种在特特刚刚进入青春期发育时让他急不可耐、难以控制的欲望。也正是欧亨尼娅的精神失常才让她对眼前发生的一切熟视无睹。"女主人怀疑这件事,但她又能怎么办呢?她也不能阻止他。"罗斯大婶这么认为,她是特特在发现自己怀孕时唯一一个敢对她吐露心事的人。她害怕等到自己开始显孕的时候,女主人会有过激的反应,但还没等到这一切发生,瓦尔莫兰就把妻子送去了古巴。如果那时候修道院的嬷嬷们答应下来可以照料她的话,他早就高高兴兴地将她永远丢在那里了。等到他把妻子再接回种植园的时候,特特刚出生不久的孩子已经消失不见了,欧亨尼娅也从来没问过为什么她的女仆总是泪水涟涟。瓦尔莫兰的性欲很旺盛也很急促。他每次都省去了前戏,直入正题,就像他很厌烦之前欧亨尼娅坚持要在晚餐时铺上长桌布、摆上银质烛台一样,这种亲热的游戏在他看来同样也是没有意义的事情。

这件事对特特来说只不过是又多了一项任务,她要不了几分钟就能完成,除非是有些时候当她的男主人被魔鬼附了身。虽然特特总是担惊受怕,但这种情况不常发生。比起圣拉扎尔隔壁的种植园,

---

① 伏都教认为人主要包含善的小天使和善的大天使两个部分,有时被分别模拟为意识和灵魂。

特特很感激自己的命运。因为那里的主人拉克鲁瓦把一屋子的小女孩囚禁在茅屋里面,打造了一个淫乐场来满足自己的欲望。他邀请客人还有几个被他称作"种马"的黑人男子到那里去狂欢。瓦尔莫兰仅仅参加过一次那种狂野的晚会,整个人的精神受到了严重的打击,之后就再也没去过。他不是那种活得一丝不苟的人,但他相信犯下重罪迟早是要偿还的,他不愿意在拉克鲁瓦遭报应的时候,自己跟他太过靠近。这个人是他的朋友,他们之间有共同的利益,从动物的饲养到甘蔗收割季节时奴隶的租用。瓦尔莫兰参加他的派对,观看他的斗禽斗兽表演,但他不愿意再踏进那间房子一步。拉克鲁瓦对他百分百信任,他其他任何担保都没要,仅仅要了一张签了字的收条就把自己的积蓄交给了他,委托他把钱存在古巴的一个秘密账户上,从而远离了妻子和亲戚贪婪的魔爪。瓦尔莫兰需要花费不少心思来拒绝他一次又一次的盛情邀请。

特特已经学会了像一只温驯的绵羊一样,任其使用自己毫无力量的身体,一点也不反抗,而与此同时她的思绪却飘荡在另一个地方。这样一来,她的主人很快就会完事,之后便倒下睡得跟死猪一样。她知道如果使用适量的话,酒精会是她的好帮手。一两杯下肚,主人会很兴奋,第三杯就要小心了,因为这会让他变得暴躁,喝了第四杯以后,他便会有身处云雾之间恍惚的感觉。这时如果特特巧妙地脱身,那么在他碰她之前他就会沉睡过去。

瓦尔莫兰从来没想过每次做爱的时候特特会有什么样的感受,就好比他从没想过他在骑马时马的感受一样。他已经习惯了跟她做爱,极少去找别的女人。有几次当他在空床上醒过来的时候会感到一阵淡淡的忧伤,床上残留着一丝几乎察觉不到的痕迹,那是特特那温热的身体留下的。于是,他怀念起很久以前那些跟维奥莱特·布瓦西耶一起共度的夜晚,以及自己年轻时在法国的桃色情史。这些听上去都像是发生在另一个男人身上的故事,那个男人可以对着女人的脚踝意淫,并且有用不完的精力可以调情。现在这一切对他来说都不可能实现了。特特已经不能像从前那样让他兴奋了,但瓦尔莫兰没有打算换掉她,因为他跟她在一起很舒服,而且他本就是个守旧的男人。有几次他顺手抓了个年轻的女奴,但也不过就是强奸完了匆匆了事,甚至还没有他手头正在阅读的书上的某一页内容有意思。他把自己萎靡的性欲归因于一次差点要了他性命的疟疾,自那以后他的身子就一直很虚弱。帕尔芒捷医生警告过他酒精的害处,在热带,酒精跟热病一样有害,但他很确定自己并没有过量饮酒,只有在需要排遣烦闷和寂寞的时候才会喝上一点。他并没有注意到特特每次都会执意往自己的杯子里添酒。他以前每次去法兰西角的时候都会借机找个当红的交际花放纵一把,漂亮的妓女可以点燃他的欲火,但完事之后他却只感到空虚。一路上的寻欢作乐结束之后他都不记得了,一部分原因是他经常在途中酩酊大醉。他付钱给那些女孩到头来做的还是跟特特一样的事,同样粗暴的拥抱、同样的急促匆忙,最后自己跌跌撞撞地走出来感觉像是被骗了钱一样。要是维奥莱特在的话,事情就会不一样。但自从她跟勒莱住在一起以后就不再从事老本行了。带着对莫里斯的思念以及迫切想要重新做回他种植园主人的心情,瓦尔莫兰提前回到了圣拉扎尔。

"我开始变老了。"瓦尔莫兰一边端详着镜中的自己一边咕哝道,一旁的奴隶正在给他剃须。他看到自己眼周已经长出了细纹,下颌也开始出现了双下巴。他已经四十岁了,跟普罗斯珀·康布雷同岁,但是瓦尔莫兰没他有力气,而且还在发胖。"都是因为这该死的天气。"他说。他感觉自己的生命就像是一次漫无目的的航行,在随波逐流的过程中期待着一种难以名状的东西。他憎恨这座岛屿。白天他忙于种植园的事务,但是下午和夜晚总是无尽漫长。每当太阳落山,黑夜降临,等待他的便是那些承载着他回忆、恐惧、后悔和心中鬼魅的时光。他通过阅读和跟特特打牌来消磨时光。这些是唯一可以让她放下防备、全身心投入游戏乐趣中的时刻。他刚开始教她打牌的时候,总能赢她,但瓦尔莫兰怀疑她是出于害怕才故意为之。"这样对我来说一点乐趣也没有。你要试着赢我。"他这样要求她,随后就开始输牌。他感到十分惊讶,纳闷这个穆拉托女孩如何可以做到在这场考验逻辑、策略和计算的游戏中毫不示弱地与自己展开较量。没有人教过她算术,但她天生就会数牌,就像她对宅子里的日常开支门儿清一样。那么就有可能是因为她跟自己一样聪明,这让瓦尔莫兰感到不安和困惑。

主人早早地就在饭厅里用完了晚餐。三道简单、耐饿的菜肴,由两个奴隶安静地伺候着,这是他一天中最重要的一餐。他小酌了几杯上等葡萄酒。他把这些酒通过走私寄给了大舅子桑丘,在古巴卖出了圣多明戈两倍的价格。在用完甜点以后,特特为他拿来了一瓶白兰地,向他汇报家务情况。这个年轻的姑娘总是光着脚在家中穿行,虽然她身轻如燕,但瓦尔莫兰还是能在特特进屋之前就听到她身上钥匙发出的叮叮当当的声响,裙边沙沙的摩擦声,还能感觉到她身体的热度。"你坐下。我不喜欢你跟我说话的时候站得高过我的头顶。"每天晚上他都跟她重复同样的话。她总是在等到他的命令之后才在近处的椅子上坐下。她坐得很直,两只手放在裙摆上,目光下垂。烛光下,她柔和的脸庞和纤细的脖子就像是刻在木头上面一样,细长的、像是要睡着的眼睛泛着金色的光芒。她平静地回答他的问题,除非是提到莫里斯。每当她说起这个小东西调皮捣蛋的事情都会兴奋不已,就像是在称赞什么了不起的英雄事迹一样。"所有男孩都会追逐母鸡,特特。"他虽然这样取笑她,但心底也同样认为他们培养的是一个小天才。因此且不论其他事情,就冲这点瓦尔莫兰便对特特赞赏有加：不会再有人能比特特更好地呵护他的宝贝儿子。尽管他自己不习惯跟孩子过分亲昵，但每次当他看到他们两个在一起分享着母子间的那种亲密无间的柔情时，都会感动不已。莫里斯用一种独一无二的认可和忠诚回报了特特的爱，这让作为父亲的瓦尔莫兰都常常感到嫉妒。他曾禁止儿子管特特叫妈妈，但莫里斯不听他的话。"妈妈，你对我发誓我们会永远永远都在一起，永不分离。"他曾听到儿子背着他轻声对特特说这些话。"我对你发誓，我的宝贝。"由于瓦尔莫兰身边没有可以倾诉的对象，他已经习惯了向特特诉说那些在生意上以及在种植园和奴隶的管理上让他心烦的事情。这些都算不上是对话，因为他并不期待她的回答，自言自语只是为了发泄自己的情绪，并且能听到一个活人的声音，哪怕只是他自己的声音。有时他们也会彼此交换意见，在他看来她什么意见也没提供，因为他并没有察觉到她是如何用几个字就控制了他的想法。

"你看到昨天康布雷运来的货了吗？"

"是的，主人。我帮罗斯大婶一起检查了他们。"

"然后呢？"

"看上去不太好。"

"他们刚到，一路上掉了不少秤。康布雷是把他们强买到手的，每个人都是一样的价。这种买卖方式很糟糕，根本没办法仔细检查。黑人贩子最擅长耍这种偷梁换柱的诡计了。但总之，我想工头自己心里有数。罗斯大婶怎么说？"

"有两个一直在拉肚子，他们连站都站不稳。她说她需要一个星期的时间来为他们治病。"

"一个星期！"

"总比失去他们强，主人。罗斯大婶是这么说的。"

"这一拨儿里面有女人吗？厨房里还需要一个厨娘。"

"没有,但有一个十四岁左右的小伙子。"

"是在回来的路上康布雷用鞭子揍的那个吗?他说那个家伙要逃跑,必须得当场给他点苦头尝尝。"

"康布雷先生是这么说的,主人。"

"那么你呢?特特,你是怎么想的?"

"我不知道,主人。但我认为这个男孩在厨房里干活会比在田里干得好。"

"在宅子里面他没准又想逃跑,这里看得不严。"

"目前还没有任何一个奴隶从宅子里逃出去过,主人。"

他们的对话并没有产生什么结论,但过了一会儿当瓦尔莫兰检查他的这批新进资产时,他认出了那个男孩并做了一个决定。晚餐后,特特转身便去检查欧亨尼娅在床上是否一切安好,然后去哄莫里斯睡觉。如果天气好的话,瓦尔莫兰会待在走廊上,或者是在阴凉的客厅里,在油灯昏暗的灯光下,一边翻着书报,一边呷着他的第三杯白兰地酒。他读到的都是几个星期以前的新闻,但他也无所谓,因为那些都是发生在另一个世界的事情。他让用人们都退了下去,一天下来他已经烦透了别人揣测自己的心思,只想一个人看会儿书。再晚一点的时候,天空变成了一件密不透风的黑色斗篷,只听得到甘蔗地里风呼啸而过的声音和宅子里黑影的窃窃私语,有时还有那些从远处传来的神秘的鼓声。这时,他便回到自己的房间里,在只点着一根蜡烛的屋子里脱掉自己的衣服。特特很快就过来了。

扎 丽 特

　　故事是这样的。屋外是蟋蟀和猫头鹰的叫声，屋子里面被分割成一道道斜线的月光照在他沉睡的身体上。他是多么年轻啊！请为我照顾好他，我的爱祖丽，掌管最深处水域的洛阿神，我一边揉搓着我的娃娃，一边祈求。这只娃娃是我的奥诺雷爷爷给我的，至今还陪在我身边。来吧，爱祖丽，母亲，爱人，戴着你纯金的项链，披着你大嘴鸟羽毛的斗篷，还有你那鲜花做成的王冠和三个戒指，每一个代表着你的一位丈夫。请你帮帮我们吧，梦想和希望的洛阿神。请帮他躲开康布雷的魔爪，让主人看不到他的存在。请让他在别人面前谨小慎微，而在我的怀抱中骄傲自豪。请在白日里平息他那颗未被驯服的心脏，让他在这里得以生存，但请在夜晚给予他勇气和胆量，让他不要丧失了追求自由的斗志。请你用仁慈的眼光注视着我们，爱祖丽，善妒的洛阿神。请不要嫉妒我们，因为这样的快乐是那么脆弱，就如同苍蝇的翅翼。他就将离开。如果他不走的话，就会死去，你是知道的。但现在还不要把他从我身边夺去，在他变成一个男人之前请让我再摸摸少年瘦削的后背。

　　我的爱人，他是一个勇士，就如他的父亲为他起的名字一样，甘博，就是勇士的意思。每当我们独处的时候，我轻声念起这个被禁止使用的名字，甘博，这个声音在我的血管中一遍一遍回响。为了掩盖他真正的名字，这里的人给他起了新的名字。他因为不肯就范挨了不少揍。甘博。我们第一次做爱的时候,他摸着自己的胸脯对我说。甘博,甘博,他一直重复直到我也敢对他说出这个词。于是他用自己的语言跟我说话,而我也用我的语言回答他。他花了不少时间学习克里奥尔语并且教会我一点他的语言,这是连我的母亲也没能教会我的东西,但从那时起我们便不再需要说话了。因为爱的语言是缄默,它比河水还要纯净。

甘博刚来的时候像个婴儿一样。他一身皮包骨头,饱受惊吓。其他那些身强力壮的俘虏留在了无边的苦海上漂流,寻找着去往几内亚的归途。他是如何忍受这漫漫苦航的?他身上被鞭子打得皮开肉绽,这是康布雷用来整垮新来的奴隶的办法,与他驯狗驯马的方式无异。在他胸部心脏的位置有一个烧红的印记,上面烙着贩卖黑奴公司的首字母,这是贩子在非洲把奴隶装船之前给他烙下的,到现在都还没长好。罗斯大婶让我用水给他清洗伤口,用很多水洗干净,然后再把摩尔人的草叶、芦荟和猪油做成的药膏涂在上面。伤口闭合结痂的过程是从内到外的。在烧伤的地方不能用一滴水,只能涂上油脂。没有人比她更懂得治疗的方法,就连帕尔芒捷医生也试图了解她的秘密。尽管是用来给白人治病的,她还是把这些方子都告诉了他,因为一切智慧都来自本爹,属于众生,如果不分享就会丢失。事情就是这样。那些天她忙着照顾那些刚刚被运送来的生病的奴隶,而我被安排给甘博医伤。

我第一次见到他的时候,他脸朝下躺在奴隶医院里面,四周都是苍蝇。我吃力地把他扶了起来,喂了他一口甘蔗烧酒和一勺女主人喝的药水,那是我从她的蓝色小瓶里偷出来的。接着我开始艰难地为他清洁身体。伤口发炎得还没那么厉害,因为康布雷没再往上面撒盐和醋,但剧烈的疼痛是肯定的。甘博咬紧了嘴唇忍住了声。在清洗了他的伤口后,我坐在他的身旁给他轻声歌唱,因为我不知道在他的语言里安慰的话该怎么表达。我想要告诉他应该如何做才能不招惹到那只紧握着鞭子的手,当他内心的复仇之火越烧越旺的时候,应该如何装作若无其事地工作和顺从。我的教母让康布雷相信这个小伙子患有瘟疫,最好是让他一个人待着免得传染给其他人。监工头子同意把他安置在罗斯大婶的茅屋里,因为他仍然心存侥幸希望她染上某种致命的热病,然而她是百毒不侵的,因为她与掌管巫术的洛阿神雷格巴①早已达成了协议。与此同时,我开始在主人耳边吹风,让他同意把甘博安排到厨房干活。要是在甘蔗田里,他一天也待不下去,因为监工头子一早就盯上了他。

在治疗伤口的时候,罗斯大婶让我们单独待在她的茅屋里。她已经猜到了。事情是第四天发生的。甘博被疼痛和他所失去的一切——土地、家人、自由压得喘不过气来。我想要像母亲一样抱抱他。这种亲密的举动有助于治愈他的身体。一个动作触发了下一个动作,我渐渐地滑到了他的身下,我没有摸他的背部好让他把头枕在我的胸口。他的身体在燃烧,烧热还未退去,我想他可能并不知道我们正在做什么。我不了解什么是爱情。主人跟我做的不过是暗地里见不得人的事,我是这样告诉甘博的,但他并不相信。跟主人在一起的时候,我的灵魂,我的善的小天使离开我,飞去了另一个地方,躺在床上的只是一具躯壳。甘博。他轻盈的身体压在我的上面,他的手抚摸着我的腰间,他的气息填满了我的嘴唇,他的眼睛从大海彼岸的几内亚深深注视着我。这是爱情。爱祖丽,爱神,请保护他,把他从一切邪恶中救起。我苦苦哀求道。

---

① 雷格巴,拥有特别地位的神祇,门户、街道以及命运的支配者,进行仪式时一定要最先召唤他。

动荡的年月

　　三十年前,那位传奇巫师麦坎达将起义的种子播撒在了这片土地上。在这些年中,他的精神随着风从岛的这一头传播到了另一端,传播到了奴隶们居住的陋室、茅草间和棚屋里,以及他们干活的榨糖厂中,他一直在用自己对自由的诺言鼓励着奴隶们。他化身成了蛇、蜈螂、猴子、金刚鹦鹉,他借助轻柔的雨声来安慰,用震耳的雷鸣声来呼喊,通过暴雨的咆哮来激励人们奋起反抗。白人们也感受到了他的存在。每一个奴隶都是敌人,他们的人数已经达到了五十多万,其中三分之二都是直接从非洲运过来的。他们带着满腔怒火,苟活着只是为了打破枷锁和复仇。成千上万的奴隶被送到圣多明戈,但远远满足不了种植园贪婪的需求。鞭子,饥饿,劳动。再严格的监视或是严酷的镇压都无法阻挡奴隶们逃跑,其中有一些奴隶在港口才刚被从船上卸下,解开了身上的锁链准备接受洗礼时就跑了。他们想方设法,拖着病躯、浑身赤裸着就跑走了,脑中只有一个信念:从白人手中逃脱。他们越平原,过草地,穿丛林,翻过一座座未知的山岭。如果他们得以成功地加入一个马龙人帮伙,那么就能从奴隶制的魔爪中逃脱出来。战争,自由。那些刚刚被贩送来的黑奴本是出生在非洲的自由的生命,为了重回自由身,他们不惜付出生命。他们用这种精神影响了出生在这座岛上的黑奴们,这些人不曾了解自由为何物,对他们而言几内亚就像是一个被埋藏在大海深处的模糊不清的王国。种植园的主人们每天都在全副武装地等待着。法兰西角的军队又增加了四千法国士兵,这些士兵才刚踏上这片土地就染上了霍乱、疟疾和痢疾,纷纷倒下了。

奴隶们相信导致这种大规模死亡的蚊蝇就是麦坎达派来对付白人的部队。当年麦坎达变成了一只蚊蝇从火堆中逃走了。他已经回来了,就像他承诺的那样。从圣拉扎尔逃跑的奴隶比其他地方少得多,瓦尔莫兰把这件事归因于自己没有拿奴隶出气泄愤。他从未像拉克鲁瓦一样,在奴隶身上涂满糖蜜然后把他们丢到红蚂蚁堆里。每当他夜里自言自语说些奇怪的话时,总是对特特说没有人能够谴责他残酷,但是如果种植园的状况越来越糟糕的话,他就得全权委任康布雷来管了。特特在瓦尔莫兰面前一直很小心,避免提到造反这个词。罗斯大婶曾跟她断言一场全体性的奴隶起义只是时间问题,圣拉扎尔最后会跟这座岛上其他的种植园一样被大火烧成灰烬。

普罗斯珀·康布雷已经跟他的东家说了这种谣言是不可信的。自从他记事以来,人们说的都是一样的内容,但却从未实现过。那些可怜的奴隶能做些什么来对抗军队和像他这样勇敢果决的人?他们如何组织队伍,武装自己?谁来领导他们?都不可能。他白天都在马上度过,晚上睡觉的时候手边放着两把枪,睁着一只眼睛,始终保持着警惕。鞭子就是他拳头的延伸,是每个人都懂也都害怕的语言,而这种他亲手制造的恐惧给他带来的快乐和满足是任何一件事情都无法比拟的。只是因为对东家心存忌惮,他才没有采用更残暴的方式来镇压奴隶。但自从起义的苗头越来越明显,这件事也快要改变了。让他证明自己就算是在不利的条件下也能够管好种植园的机会已经来了,他对种植园总管的位子觊觎已久。他不能抱怨,因为在此同时他也已经积攒了一笔数目不小的资金,这里面有受贿、小偷小摸和走私赚的钱。瓦尔莫兰从来没怀疑过他的仓库里少了多少东西。他吹嘘自己有种马般的性能力,每个年轻的女奴都在吊床上伺候过他,也没有人干预过这件事。只要他不骚扰特特,他就可以对其他人为所欲为,但就是因为得不到手,那个唯一能点燃他的淫欲和怒火的女人也正是她。他从远处观察她,在近处监视她,趁其不备把她抓住,而她总能成功脱身。"请您小心一点,康布雷先生。如果您碰我的话,我就去告诉主人。"特特警告他,努力让自己的声音听上去不那么颤抖。"你给我小心点,臭婊子。一旦你落到我手里,我就会让你好好尝尝痛苦的滋味。你以为自己是谁,死东西?你已经满二十了,很快你的主人就会用一个更年轻的女孩来代替你,到那时你就是我的了。我要把你买下。那时你也值不了几个钱,因为你连生孩子的功能都不好使了。难道你的主人也是个没种的厌货吗?跟了我你就知道什么是好日子了,赶紧收拾准备吧!你的主人会很高兴把你卖掉的!"他一边挥舞着手中的皮鞭一边威胁道。

与此同时,法国大革命的风潮巨龙甩尾般地席卷了这片殖民地,深深撼动了统治的根基。上等白人、保守分子和君主立宪派对变革感到恐惧,但下等白人支持和拥护共和国,因为新的政体已经消除了阶级之间的差别,它强调白人之间的自由、平等、博爱。自由黑人已经派了代表团前往巴黎向国民议会要求他们的公民权利,因为在圣多明戈无论是贫是富,没有一个白人愿意认可他们的身份。当瓦尔莫兰意识到自己已经对祖国再无牵挂时,便无限期地推迟了回法国的行期。过去让他愤怒的是王室的无度挥霍,而现在却是共和国的一片乱局。不得已在这座岛上熬了这么多年之后,他最终还是接受了在新世界安身立命的命运。桑丘·加西亚·德尔·索拉尔的来信中用他一贯诚恳的言辞劝说瓦尔莫兰忘了欧洲,特别是忘了法国,对于有野心的人来说那里已经没有机会了,未来的可能性在路易斯安那。他在新奥尔良有很熟络的关系,缺的只是启动项目的资金。不少人在此之前就已经对这个计划很感兴趣了,但他想把优先权给瓦尔莫兰,因为他们是一家人而且只要是他俩联手,那绝对是日进斗金。他向瓦尔莫兰解释路易斯安那原先是法国的殖民地,二十多年前转让给了西班牙,但那里的居民们十分忠实于自己的出身。政府是西班牙人的,但文化和语言却是法国的。那里的气候和安的列斯群岛非常相似,庄稼作物都生长得很好,最大的优势就是地广人稀,土地极其便宜。这样一来他们可以买下一个巨大的种植园,然后尽情地开发它,再也不用去考虑政治问题,也不用担心奴隶会起义。他向他保证,用不了几年他们便可以积累下一笔财富。

在失去了自己的第一个儿子后,特特希望自己能像磨坊里的骡子一样再也不能生育。她有莫里斯一个便足够了,是他让她体验了作为一位母亲的爱和艰辛付出。这个娇弱的小东西可以被音乐感动到大哭,当他看到残酷的事情竟会因为痛苦而尿裤子。他害怕康布雷,只要听见他的鞋后跟踩在走廊上的声音就会飞快地躲起来。跟其他女奴一样,特特依靠罗斯大婶开的方子避免再次怀孕,但并不是每次都奏效。这位巫医说有些孩子坚持来到世上是因为他们从不怀疑等待着他们的命运。特特的第二个孩子便是这样来的。那些浸透了醋的一捆捆粗麻一点也没起到作用,还有琉璃苣煮的汤剂,用烟熏烧的芥末,供奉给洛阿神明以祈求流产的公鸡也都不管用。当她满了三个月没有来例假时,特特跑去恳求她的教母用一个尖利的棍子帮她弄掉这个孩子,但罗斯大婶拒绝了她:感染的风险极大,而且她俩要是被人发现正在做有损主人财产的事情的话,就让康布雷有了绝佳的理由来扒她们的皮。

"我想这个也是主人的孩子。"罗斯大婶说。

"我不确定,教母。也有可能是甘博的。"特特紧张地低声说道。

"谁的?"

"厨房里的帮工。他的真名叫甘博。"

"他还是个毛头小子,但我看得出他懂男女之事。他应该要比你小五六岁。"

"那有什么关系?关键在于如果孩子生出来皮肤是黑的,主人一定会杀了我们两个。"

"混血的孩子生出来往往肤色跟他们的祖父母一样黑。"罗斯大婶对她说。

特特被这些可能的后果吓得不轻,以至于她觉得自己体内长了一个毒瘤。但到了第四个月,当她开始感受到一丝轻微的心慌、一种顽强的生命的气息、第一次清楚的胎动时,便情不自禁地对这个蜷缩在自己腹中的小生命产生了关爱和怜惜。晚上,特特躺在莫里斯身旁,低声祈求自己怀着的这个孩子能宽恕她把他带到这个世界却只能给予他奴隶的命运。这一次,特特不再需要对自己的肚子遮遮掩掩,主人也不再需要领着夫人快马加鞭地到古巴去,因为那个不幸的女人对周围发生的一切已经不再察觉。欧亨尼娅已经很久没见到自己的丈夫了,少有的几次当她在一片模糊的幻觉之中隐约看见他时,她连眼前的男人是谁都不知道。同样,她也不知道莫里斯是谁。情况稍好的时候,她会回到自己的少女时期,那时她只有十四岁,在马德里的女子修道院里她一边跟其他女孩子叽叽喳喳地嬉闹,一边等待着早餐时浓浓的巧克力。其余的时间,她游荡在一片迷雾的景色里。那里的一切都没有清晰的轮廓,她也不会像从前那样遭罪。特特自作主张决定停止给她服用鸦片,但并没有改变她的任何行为。据罗斯大婶说,在诞下莫里斯之后女主人便完成了她在这个世上的任务,现在她没有其他事需要做了。

瓦尔莫兰对特特身体的了解远远超过了他对欧亨尼娅或是任何一个露水情人的了解。很快他便发现了她的腰在渐渐变粗,胸部也很肿胀。有一次房事后,他在床上质问了特特这件事,而她却哭了起来。每次性交的时候,特特都需要忍着任其摆布,而对瓦尔莫兰来说只不过是让他依恋的一种发泄。特特的眼泪让瓦尔莫兰吃了一惊,因为自从他把她的第一个儿子掳走之后就再也没见过她哭。他曾经听说黑人对痛苦有更强的忍耐力,证据就是任何一个白人都受不了黑人所遭遇的一切。就像是把狗崽从母狗身边或是把牛犊从奶牛身边带走一样,他们把女奴的孩子从她们身边夺走,可她们很快就能平复心情,之后便不再记得发生过什么。他从未考虑过特特的感情,理由是他认为它非常有限。特特不在他身边的时候,这个女人便化成泡影消失了,直到他需要用到她的时候,她才重新有了生命,她的存在只是为了伺候他。她已不再是一个少女了,但好像在她身上一切都没有变化。他依稀记得多年以前维奥莱特·布瓦西耶交给自己的那个骨瘦如柴的小女孩,那个由一个弱小的花苞绽放出的花样少女,被他在一侧躺着服了药沉睡过去的欧亨尼娅的床上糟蹋的女子,那个咬着一块木头一声不响就把孩子生下来的姑娘,那个用额头上轻轻的一吻就告别了儿子并与他此生不复相见的十六岁母亲,那个用无尽的柔情把莫里斯抱在怀里晃动的女人,那个当他插入她身体时闭上了眼睛咬紧了嘴唇的女奴,那个有时因为白天的劳累而在他身边沉沉睡去,但又很快嘴边叫着莫里斯的名字惊慌而醒,飞快离去的身影。所有这些关于特特的画面重叠在一起,融合成一个,仿佛时间不曾在她身上经过。在瓦尔莫兰感受到她身体变化的那个晚上,他命令她点上灯让他可以好好看看她。他喜欢眼前看到的画面,这个拥有修长健美的曲线、古铜色的皮肤、丰满的臀部、性感的嘴唇的身体。他确定特特是他最有价值的财产。他用一根手指接住了一滴顺着她的鼻梁轻轻滑落的眼泪,不假思索地抹在了自己的唇边。眼泪是咸的,跟莫里斯的一样。

"你怎么了?"他问。

"没什么,主人。"

"别哭了。这次你可以留下你的孩子,因为欧亨尼娅已经对一切无感了。"

"如果真是这样,主人,您为什么不把我的儿子还给我?"

"这是一件麻烦事。"

"请您告诉我他是不是还活着……"

"他当然还活着!应该已经四五岁了,是吧?你的义务就是管好莫里斯。以后别在我面前再提起那个孩子,我同意你可以抚养肚子里的这个孩子,你就知足吧!"

扎 丽 特

比起厨房的琐事，甘博更愿意到田里去砍割甘蔗。"倘若父亲见到我这副模样，他一定会从死人堆里跳起来，往我脚上吐唾沫，不认我这个儿子，因为他的长子做的是女人该干的事情。我父亲死于一场保护我们村不受外部袭击的战斗，这才是男人该有的死法。"他是这样对我说的。抓捕奴隶的人来自另一个部落，他们从遥远的西方过来，骑着马，背着跟监工头子一模一样的滑膛枪。其他的村落都已被烧得一干二净，这些人掳走了壮丁，杀死了老人和小孩，但甘博的父亲相信他们村是安全的，因为中间隔着遥远的距离而且还有丛林遮蔽。这些人把他们的俘虏卖给了长着鬣狗般的尖牙和鳄鱼般的爪子还以人肉为食的人。再也没有人回来过。甘博是他家里唯一一个被活捉的人，这对我来说是幸运但对他而言却是不幸。路途的第一段持续了两个朔望月的时间。他光脚前行，被用粗麻绳跟其他奴隶拴在了一起，脖子上还套着一个木质枷锁。他们用棍棒驱赶他，几乎不给食物和水。当他再也挪不动步子的时候，眼前出现了一片大海，还有屹立在沙堆上的一座宏伟城堡，这一队的俘虏当中没有一个人见到过此番景象。他们还没来得及惊叹这一片在远处的地平线上与天空融为一体的浩瀚蓝海，就被关押了起来。这时甘博才第一次见到白人，他开始以为他们是魔鬼，后来才知道是人类，但他从不认为他们是跟我们一样的人类。他们穿着被汗水浸湿的破衣烂衫、金属铠甲和皮靴,总是毫无缘由地大吼或是打人。他们没有尖牙和爪子,但脸、武器和鞭子上都有他们的毛,他们身上令人作呕的气味把天上的鸟都熏得够呛。他是这样对我说的。他们把他从女人和小孩堆里拖出来,塞到了一个畜栏里。那儿白天热夜里冷,挤着几百个不跟他说同一种语言的男人。他不知道在那里待了多久,因为他忘记了观察月相变化,他也不知道死了多少人,因为大家都没有名字也没有人在计数。刚开始大家都很挤,甚至都没法躺地上,但随着一具具尸体被搬走,逐渐有了空间。之后发生了最糟糕的事情,那是他不愿回忆但一次次在梦里重现的场景:轮船。他们一个挨着一个像柴火一样被堆了好几层。他们脖子上戴着镣铐,身上拴着锁链。他们不知道自己将被送往何方,也不知道为何这个装着他们的巨大葫芦一直在剧烈摇摆。所有人都在呻吟、呕吐、拉屎、死亡。那里面臭气熏天,连死人都能被熏醒。船上的白人把奴隶们成群地拖到甲板上,用木桶盛了海水浇在他们身上,为了防止奴隶忘记怎么使用四肢还命令他们跳舞。尽管在这种时候他好几次都见到了太阳和星星,但还是无法计算时间。

　　船员们把生病和死去的奴隶都扔进了海里,随后又挑选了一些奴隶,以鞭打他们为乐。他们还把那些最顽强不屈的奴隶像玩偶一样高高挂起,再慢慢放下,丢进游满了鲨鱼的海域,等到再把他们抬起来的时候,就只剩下残肢断臂。甘博还看到过他们对女人也做了同样的事情。他曾寻找机会想跳海,想着在被那些跟着轮船从非洲一直游到安的列斯群岛的鲨鱼大快朵颐之后,他的灵魂便可以游到那个深海的岛屿与他的父亲还有家人团聚。"要是父亲知道我想就这么轻易地死去,没有经过一点奋斗的话,他一定还会往我脚上吐唾沫。"他是这样对我说的。

　　他留在玛蒂尔德大婶的厨房里的唯一理由就是准备逃跑。他知道这件事的风险。圣拉扎尔的奴隶有些没了鼻子或耳朵,还有的脚踝上戴着焊死的脚镣,他们无法把它们摘下,更不可能戴着它逃跑。我想他是因为我而推迟了计划,因为我们注视彼此的眼神,因为在鸡舍中用小石子传达的信息,因为他从厨房里为我偷来的点心,因为我们想要拥抱彼此的愿望,那种感觉就像是瞬间让全身灼痒的辣椒,还因为我们好不容易才拥有的难得的独处时间,那个时候我们抚摸着彼此的身体。"我们会自由的,扎丽特。我们会永远在一起。我对你的爱超过了其他任何人,超过了我的父亲和他的五个妻子,也就是我的母亲们,超过了我的兄弟姐妹,超过了对他们所有人加在一起的爱,但没有超过我的尊严。"一个勇士选择做他该做的事情,它比爱情更加重要,我怎么可能不明白这一点呢。女人总是爱得更深、爱得更多,这我也知道。甘博是骄傲的,但对于一个奴隶来说没有什么东西比骄傲的危险更大。我恳求他为了活下来老实待在厨房里,在康布雷的眼前消失。但这种要求对他来说太过分了,无异于要求他像孬种一样活着。我们的命运早就由主宰星决定了,我们是无法改变的。"你会跟我一起吗,扎丽特?"我不能跟随他而去,我的身子已经很沉了,两个人一起的话是不会走太远的。

情　人

　　几年前，维奥莱特·布瓦西耶放弃了法兰西角的夜生活。那时她的姿色仍然不输给任何一个竞争对手，让她放弃的理由不是她红颜衰老，而是艾蒂安·勒莱。他们之间的关系已经变成了一种深情的陪伴，融合了他的热情和她的温和。彼此陪伴了快十年时间，对于他们来说却如同弹指一瞬。刚开始的几年中，他们分居生活，只是在勒莱来法兰西角执行军事行动、短暂停留的时候见面。她一度还延续着老本行，但只为少数几位最慷慨大方的客人提供这种尊贵的服务。她变得十分挑剔，以至于卢拉只能从名单上画掉那些鲁莽、丑陋之徒，还有那些有口臭的人。相反的是她更愿意服务那些年长的客人，因为他们懂得感激。在认识维奥莱特几年以后，勒莱被晋升为中校，负责北部的安全，因此他出差的天数更少了。他刚在法兰西角安顿下来，就不在军营里睡了，并且娶了维奥莱特。二人在教堂里高调地举办了隆重的仪式，还在报纸上发表了公告，弄得跟那些上等白人的婚礼一样。这个消息震惊了他在军队里的同僚们，他们无法理解如果可以保持情人关系的话，他为何执意要娶这个有色人种的女人为妻，更何况她还有着不太好的名声。但没人当面问过他这个问题，而他对此也无可奉告。他想没人敢轻视他的妻子。维奥莱特通知了她的"朋友们"自己不再接客的消息，还把那些没办法改成低调礼服的、自己以前穿过的派对舞裙分给了其他的交际花。她卖掉了公寓，跟卢拉一起搬进了勒莱租下的一个位于下等白人和自由黑人街区的寓所。她的新朋友们都是穆拉托人，他们中的一些相当有钱，拥有土地和奴隶，信奉天主教，尽管他们私下经常向伏都神明祷求。鄙视他们的白人正是他们的祖辈，他们是这些白人的儿子或孙子。他们在各个方面模仿着父辈，但却到处否认来自母亲那边的非洲血统。勒莱不是一个友善的人，只有军营里直率的战友关系才让他感到舒服，但他时不时也会陪妻子参加一些社交聚会。"你笑一笑，艾蒂安。这样我的朋友们才不会害怕圣多明戈的獒犬。"她对他说。维奥莱特对卢拉说自己会怀念曾经那些灯红酒绿、流光溢彩的夜晚。"我的天使，那个时候你有钱，也很快乐。现在你又穷又感到无聊。你从这个士兵身上得到了什么？"她们靠着中校的微薄收入维持生活，但她俩背着勒莱也谈了点儿走私和放贷的小生意。她们用这种方式充实了维奥莱特的小金库，而且卢拉也懂得怎么投资。

艾蒂安·勒莱没有忘记回法国的计划，特别是在现在这种时刻，因为共和国已经把权力交到了像他一样的普通公民手中。他早已厌烦了殖民地的生活，但他现在还没有攒够足够的钱能让他从军队退役。他并不反感战争，他就像是身经百战的半人半马兽①，已经习惯了受人折磨和折磨他人，但对暴乱感到厌倦。他无法理解圣多明戈目前的局势：短短几个小时刚刚缔结的联盟就能解体，白人之间互相厮打，对抗自由黑人，没有人关注黑人造反势力的扩张，而在他看来这才是目前最严重的问题。尽管身处这种混乱和暴力的社会形势中，这对夫妻还是体验到了一种从未有过的平静的幸福。他们闭口不谈孩子，她无法生养，而他也不感兴趣，但在那个难忘的下午，当图

---

① 指希腊神话中一种半人半马的怪物。他们的上半身是人的躯干，包括手和头，下半身则是马，包括躯干和腿。

卢兹·瓦尔莫兰抱着一个裹在襁褓中刚出生的婴儿出现在他们家门口时，他们欢迎了他的到来，就好像他为他们送来一只将要把维奥莱特和卢拉全部的时间都占满的宠物，但从未想过这个婴儿会变成他们自己连做梦也不敢梦到的儿子。瓦尔莫兰把它送到维奥莱特这里是因为他想不到其他能让这个孩子在欧亨尼娅从古巴回来之前消失的办法。他必须阻止自己妻子知道特特生的这个孩子也是自己的。他也不可能是其他人的，因为他是圣拉扎尔唯一的白人。他不知道维奥莱特已经嫁给了军官。他在克吕尼广场的公寓里没有找到她，那里面现在住着新的主人，但他很容易就搞到了她的新址，于是便带着孩子和一个他从邻居拉克鲁瓦那里借的奶妈赶了过来。他对勒莱夫妇说这只是一个临时计划，他还没想好以后要怎么办。因此，当维奥莱特和她丈夫连孩子的名字都没问就欣然接受了这个婴儿时，他终于松了一口气。"他还没有受洗，你们想叫他什么都行。"他顺势说道。

艾蒂安·勒莱还是跟年轻时一样凶猛、强健、精力旺盛。他身上的肌肉和线条、头上浓密的灰发都没改变，还有他那钢铁般的性格。正是这种性格让他在军队中站稳了脚跟，并且立下了赫赫战功。一开始他效忠国王，现在他用同样的忠诚在为共和国卖命。他仍然经常有欲望想要和维奥莱特亲热，而她也会好脾气地配合他一起完成这些情人间的游戏，这在卢拉看来不是成熟的夫妻之间该有的行为。他那副冷酷无情的军官形象和他在妻子和孩子面前流露出的那种平时被他小心掩藏的温柔形成了巨大的反差。这个孩子一下子就俘获了他的心，而他平日在军营里必须当作这个器官不存在。"这个小东西都可以做我孙子了。"他有时候会这么说，而事实上他也给予了孩子祖父般的爱。维奥莱特和这个孩子是他在这个世界上唯一爱过的两个人，如果再进一步逼问他的话，他承认他也爱卢拉，那个在一开始就劝说维奥莱特寻找一个更加合适的结婚对象、处处给他出难题的强势的非洲女人。勒莱愿意还卢拉一个自由身,但她的反应却是躺倒在地号啕大哭,说他们想要把她赶走,就跟奴隶主把那些因为上了年纪或是得了病而变得不中用的奴隶扔到街上一样,他们才不会去管奴隶是死是活。她这一辈子都在照顾维奥莱特,现在他们不再需要她了,便要逼她去乞讨要饭,或者干脆饿死云云。她声嘶力竭地说个不停。最后,勒莱好不容易才让卢拉把自己的话听进去。他向她保证她可以一直在家里做奴隶直到她剩下最后一口气,如果这是她想要的命运的话。自从他许下这个诺言以后,这个女人便全然改变了对勒莱的态度。她不再把扎满了针的娃娃放在他的床下,而是尽心为他准备他最爱吃的食物。

维奥莱特像芒果一样,慢慢变得越来越成熟。岁月流逝,她身上的那份青春活力、高雅气质还有那清澈爽朗的笑声都还在,只是稍微长了点儿肉,这也是她丈夫希望看到的。她的身上有一种真正享受爱情的女人才有的自信。随着时间的推移,再加上卢拉的吹风造势,她变成了一个有传奇色彩的女人。她所到之处都会引来人们的目光和议论,有的甚至来自那些不欢迎她上门做客的人。"他们想必是在好奇鸽子蛋的事情。"维奥莱特笑道。在她经过的时候,身旁那些傲慢的男士会摘下帽子,而当他们独处的时候,他们中的很多人会回忆起那些曾经在克吕尼广场上的小公寓里度过的激情的夜晚。但不管是哪种肤色的女人们都会因为嫉妒而移开视线。维奥莱特穿的都是些色彩明艳的衣服,但她只佩戴两件饰品:一枚丈夫送给她的蛋白石戒指和一对沉沉的金耳环,它们衬托了她精致的面容和从未经过阳光曝晒的象牙色的肌肤。她再无其他的首饰,所有都被卖掉用来积攒更多的放贷资金。多年来她把自己积攒的金币埋在院子里的一个小洞里,勒莱对这件事毫不知情,直到他们决定动身离开的那一天。那是一个星期天的晌午,天气实在太热了,他们各自躺在床的一边午睡。这时妻子对他说如果他真的像很久之前说的那样想回法国去,她现在有办法实现这个计划。同一天晚上,等到伸手不见五指的时候,在卢拉的帮助下维奥莱特挖出了她的宝物。中校掂量完那一袋金币,先是吃了一惊。当他从惊讶中缓过神来,并且不再抱怨自己作为男人竟然被这两个女人摆了一道的时候,他决定向军队递上辞呈。他这一生已经为法国鞠躬尽瘁。于是,夫妇俩开始计划他们的行程,而卢拉也不得不接受自己即将获得自由的事实,因为法国已经废除了奴隶制。

主人的儿子

维奥莱特跟卢拉说,那天下午她和丈夫在等待他们一生中最重要的一次登门造访。这位军官的房子比克吕尼广场的三居室公寓要更宽敞一些,很舒适但却不奢华。维奥莱特精简了自己的服饰,从而扩大了居住的空间。室内陈设的家具都是由当地的工匠打造的,而不是她之前一直着迷的中国风摆设。房子布置得很温馨,有果盘、花瓶、鸟笼,还有好几只猫。那天下午最先上门的是公证员和他带来的一位年轻的书记员,手里拿着一本蓝色封皮的大书。维奥莱特把客人安置在了与客厅相邻的一间房间里,这里一直被勒莱当作办公室来使用。她为他们端上了咖啡,还有修女手工制作的精致的贝奈特饼。在卢拉眼里,这种东西只不过是用油炸过的面团,要换她来做的话,肯定比修女做得更好。不一会儿,图卢兹·瓦尔莫兰便敲响了他们家的门。他发福了不少,整个人看上去比维奥莱特记忆中的样子更加疲惫、臃肿,但不变的是他那份作为上等白人的傲慢。这种傲慢的态度在维奥莱特看来非常滑稽,因为凭她一个眼神,就能让男人们乖乖地脱掉他们的衣服,等到一丝不挂的时候,头衔、权力、财富或是种族都变得分文不值,唯一有价值的就是身体和肉欲。瓦尔莫兰对她行了一个吻手礼,但实际上并没有碰到自己的嘴唇,因为他觉得那样会在勒莱面前失礼。他坐下来,从他们手中接过了一杯果汁。

"距离我们上次见面已经过去这么多年了,先生。"她用一种他们之间不曾出现过的客套的语气说道,试图掩饰住内心的动荡不安。

"岁月在您身上停住了脚步,夫人。您一点儿也没变。"

"您可别打击我。我看上去更好了。"她笑着说道,惊讶地发现眼前的男人竟然满脸通红,也许他跟她一样感到紧张。

"瓦尔莫兰先生,正如您从我的信上读到的那样,我们打算近期动身回法国。"这时,艾蒂安·勒莱开了口。他穿了一身制服,端坐在椅子上,身体笔直得跟柱子似的。

"是的,是的,"瓦尔莫兰打断了他,"首先我必须要感谢二位这些年替我照顾孩子。他叫什么名字?"

"让-马丁。"勒莱说。

"我想他现在应当已经是个小大人了吧!如果可能的话,我很想见见他。"

"马上就能见着。他正和卢拉在外面玩儿呢,一会儿就会回来。"

维奥莱特拉了一下她那件朴素的深绿底紫纹绸丝长裙的下摆,又给他们倒了些果汁。她双手颤抖,在那漫长的几分钟里没有人说话,直到笼子里的一只金丝雀突然叫起来,这才打破了沉重的寂静。瓦尔莫兰偷偷瞟了维奥莱特几眼,留意着她身体的变化。他曾经一度对眼前这个女人的身体沉迷到不可自拔,虽然已经不太记得他们之间做爱的具体细节了。他好奇她到底多大岁数了,以及是否在使用那种让人容颜永驻的神膏。他曾经读到过古代的埃及艳后会使用这种油膏,最后在她们死的时候都变成了木乃伊。一想到勒莱独占维奥莱特的艳福,他就心生嫉妒。

"现在这种情况下,我们不能带走让-马丁,图卢兹。"最终,维奥莱特用一种似曾相识的情人之间的语气说道。她边说边把手搭在了他的肩上。

133

"他不属于我们。"中校又补充道。他苦笑了一下,目光盯在了他的老情敌身上。

"我们很爱这个孩子,而且他认为我们就是他的父母。我一直想要孩子,图卢兹,但上帝却不肯帮我实现这个愿望。因此,我们想要把让-马丁买下来,让他成为自由的人,然后带他去法国。作为我们的合法儿子,他会姓勒莱。"维奥莱特刚说完就哭了。她哭得很伤心,身体都在抽搐。

这两个男人没有一个有要安慰她的意思。他们沉默地看着金丝雀,直到她自己平静了下来。这时卢拉恰巧牵着孩子进了屋。孩子长得很漂亮。他跑到勒莱身边给他看紧握在自己手里的东西。他两颊通红,兴奋地说个不停。勒莱向他指了指家里的客人。于是,他走过去,伸出一只胖胖的小手,大大方方地跟瓦尔莫兰打了个招呼。瓦尔莫兰高兴地仔细端详了孩子,然后便发现这个孩子长得跟他,还有跟莫里斯一点都不像。

"你手里拿着的是什么?"他问孩子。

"是个蜗牛。"

"你要把它送给我吗?"

"不可以。这是我爸爸的。"让-马丁一边回答他,一边跑回到勒莱身边,抱住了他的腿想要往他身上爬。

"跟卢拉去玩儿吧,儿子。"中校命令他。孩子很听话,立刻就去拉了拉卢拉的裙子,离开了房间。

"如果你同意的话……好吧,要是你愿意接受提议,其实我们已经请来了一位公证员,图卢兹。不然之后,我们只能法庭上见了。"维奥莱特嘴里咕哝着,差点又要哭出声来。

这次上门,瓦尔莫兰并没有带着什么明确的计划。他知道勒莱夫妇会向他提出什么要求,因为勒莱在来信中已经说明了情况,但他自己却没有下定决心,他想要先看看孩子。这个孩子长得很漂亮,看上去品性也很好,给他留下了不错的印象。虽然孩子会值不少钱,但对他来说会是个麻烦事。从孩子一生下来,夫妇俩就对他百般宠爱,这点是显而易见的,但他并不了解这个孩子在社会中所处的真正地位。他该拿这个混血私生子怎么办?刚开始的几年中,或许他只能把孩子关在家里。他无法想象特特会有什么反应,她肯定会把所有的爱转移到自己孩子身上。等到那时,莫里斯就会有被抛弃的感觉,毕竟一直以来,特特都是把他当作自己唯一的亲生儿子。在那种情况下,家里脆弱的平衡就会被打破。他还想到了维奥莱特·布瓦西耶,朦胧回忆起了他曾经对这个女人的爱,以及这些年来自己与她之间互利互惠的事情。还有一个最简单的事实,那就是跟特特相比,她更像是让-马丁的母亲。勒莱夫妇给予了这个孩子他不能给予的东西:自由、教育、姓氏和一个受人尊重的地位。

"先生,拜托您把让-马丁卖给我们。您说个数,我们一定如数照付。尽管正如您所看到的那样,我们也不是有钱人。"艾蒂安·勒莱恳求道。他眉头紧锁,身体僵直,一边的维奥莱特倚在门框旁边抽泣,门外面还站着那个随时待命的公证员。

"请您告诉我,长官,这些年您在孩子身上花了多少钱?"瓦尔莫兰问道。

"我从来没算过这笔账。"勒莱惊讶地回答道。

"很好。这笔钱就是这个孩子的价格。我们之间平了。孩子现在是您的了。"

怀孕这件事对特特来说并没有造成什么不同。她仍然如往常一样,日出而作,日落而息。每次当主人来了兴致,她还得满足他的欲望。随着她的肚子越来越大,瓦尔莫兰便像狗一样从后面插进去。特特在心里诅咒他,但同时也害怕他哪天把自己换了,然后把她卖给康布雷。那是她能想到的最糟糕的命运。

"你别担心,扎丽特。如果真到了那么一天,我负责把他解决了。"罗斯大婶向她保证。

"那您为什么不现在下手呢,教母?"她问道。

"因为杀人需要一个好的理由。"

那天下午,特特挺着个大肚子,像是怀里抱了个西瓜似的。她坐在角落里做针线活,身边的瓦尔莫兰正坐在扶手椅上,一边看书一边抽烟。平日里她喜欢闻的那种雪茄刺鼻的气味现在让她恶心得想吐。圣拉扎尔已经一连好几个月没有接待过外面来的客人了,因为就连它的常客帕尔芒捷医生都害怕在路上遇到危险,要是没有完备的保护措施,便无法在这座岛的北部旅行。瓦尔莫兰规定每天晚上特特必须陪在自己身边,这是他强加在特特身上的又一个任务。每当到了这个时候,她只想躺下,蜷缩在莫里斯身边睡觉。她的身体又热又累,不停地在出汗。她感觉怀孕以后自己的骨头变得越来越重,腰背也很疼痛,双乳变得坚硬,奶头也始终是滚烫的,这一切都快要让她无法继续忍受。那天是最糟糕的一天,空气稀少,让她有一种快要窒息的感觉。天色还早,但暴风雨让天空很快黑了下来。特特把所有的门窗都关上了,宅子里沉闷难受,像是一个监狱。半小时前欧亨尼娅已经在看护女奴的陪伴下睡了。莫里斯在等着特特,但他已经学会了不去大声叫唤她,因为这会让他的父亲很不高兴。

这场暴风雨来得快,去得也快。劲风疾雨呼啸而过,随后便是一片蛙鸣。特特朝着一扇窗户走去,她打开了门窗,深深吸了一口从外面吹进来的潮湿、新鲜的空气。那天对她来说异常漫长。她以找玛蒂尔德大婶说话为借口,去了厨房很多次,但却没有见到甘博。他会跑到哪儿去呢?她担心得瑟瑟发抖。各种谣言从这座岛的其他地方传到圣拉扎尔,黑人们口口相传,白人们也毫不避讳地谈论,他们从不忌讳自己在奴隶面前说的话。最新的一则消息是在法国颁布的《人权宣言》。白人们听到以后焦躁不安,而一直以来被边缘化的自由黑人终于看到了能跟白人平起平坐的希望。享有人权的群体不包括黑人,正如罗斯大婶在卡林达上跟聚集的奴隶说的那样,自由不是免费的,是靠争取得来的。所有人都知道附近的这些种植园里一下子消失了几百个奴隶,他们都跑去投靠了起义的团伙。从圣拉扎尔逃跑了二十个,但普罗斯珀·康布雷和他的人去追捕,抓回来了十四个。据监工头子所说,其余六个都被他毙了,但没人看见尸体,罗斯大婶认为他们已经成功地逃到了山上去。这件事坚定了甘博逃跑的决心。特特已经束缚不了他了,她已经开始尝到了离别之苦,她必须把他从心里抹去。没有任何事情比担惊受怕地爱一个人更加痛苦,罗斯大婶说。

　　瓦尔莫兰的目光从书页转移到了特特身上,他又抿了一小口白兰地,盯着这个在窗户旁边站了好一会儿的女奴。在油灯微弱的光照下,他看见她气喘吁吁、大汗淋漓,双手捂住了腹部。突然,特特强忍住呻吟,把裙子掀到了脚踝的位置。她惊慌地看着流到地上的一摊水,水把她赤裸的双脚都浸湿了。"时间到了。"她一边喃喃自语,一边扶墙朝着走廊的方向走去。两分钟后,另一个女奴急急忙忙地赶来擦地板。

　　"去叫罗斯大婶。"瓦尔莫兰命令她。

　　"已经去找了,主人。"

　　"生下来的时候通知我一声。你再给我拿点儿白兰地来。"

扎 丽 特

罗塞特出生的那一天恰好是甘博消失的日子。故事就是这样的。罗塞特缓解了我担心甘博被活捉的焦虑心情,并且填补了他在我身体里留下的空白。我的注意力集中在了我的女儿身上。只有一小部分思绪还在想着甘博在丛林里被康布雷的狗群追逐、飞奔逃命的场景。爱祖丽,母亲神,请保佑我的女儿。我从未体尝过这种形式的爱,因为我没能把我的第一个孩子抱在胸前。主人警告罗斯大婶不要让我见到这个孩子,这样一来离别便会容易很多,但在主人把孩子从我这儿夺走之前,她还是让我抱了他一会儿。之后,她一边给我清洗身体,一边对我说我生下的是一个健康的壮小子。从罗塞特身上我真正懂得了我失去的这些东西所代表的意义。要是他们把她也从我这里夺去,我会像欧亨尼娅夫人一样发疯。我尽量让自己不去想这件事,因为越想越容易成真,但是奴隶永远无法控制自己的命运。我们不能保护自己的孩子,也无法承诺在他们需要我们的时候,能够一直陪在他们身边。我们总是失去得太快,因此最好的办法就是不要把他们带到这个世界上来。最终,我原谅了我的母亲,她不愿忍受这种折磨。

我从开始就知道甘博会离我而去。我俩在理智上接受了这点,但在情感上却无法做到。如果他的主宰星显灵,并且洛阿神明也允许的话,甘博是可以自救的。但要是他带上我一起的话,所有的洛阿神加在一起也无法让他逃过被捉的命运。甘博把手放在我的肚子上,感觉着胎动。他很确定这个孩子是他的,为了纪念在德尔菲娜夫人家曾把我一手养大的老奴隶,我们会叫他奥诺雷。他不能用自己父亲的名字给他起名,因为他的父亲已经去了幽冥地府,而奥诺雷跟我没有血缘关系,因此使用他的名字不会有什么不妥。奥诺雷这个名字很适合一个把荣誉和尊严放在第一位,甚至把它看得比爱情还重要的人。"对于一个勇士而言,失去自由便意味着没有尊严。跟我走吧,扎丽特。"我挺着个大肚子是没法逃跑的,而且我也不能丢下欧亨尼娅夫人,她现在就是一个躺在床上的活死人,更何况还有莫里斯,我的儿子,我答应他永远也不跟他分开。

我分娩的时候,甘博并不知情。因为当我在罗斯大婶的茅屋里向下使劲的时候,他像风一样逃走了。他计划好了一切。他选在黄昏逃跑,赶在了巡逻的人带着狗群出动之前。玛蒂尔德大婶直到第二天中午才发出警报,尽管她大清早就发现了甘博的失踪,这让他多了好几个小时的逃跑时间。她是甘博的教母,在圣拉扎尔跟其他种植园一样,刚来的黑奴要被指定另一个奴隶做他们的教父,这个奴隶要负责教会他们这里的规矩。但由于甘博被送到了厨房,于是便轮到了玛蒂尔德大婶做她的教母。她已经上了年纪,也失去了自己的孩子,因此对甘博关爱有加,在这件事情上帮助了他。普罗斯珀·康布雷和一支骑警队正在追逐一些刚逃跑不久的奴隶。由于他确信地告诉所有人自己已经把他们杀死了,因此没人明白为何他还要继续追逐。甘博是朝着相反的方向逃跑的,这又让监工头子花了点儿时间来调整追捕的路线。那夜,甘博在洛阿神明的指引下逃跑了:恰巧赶在康布雷不在的月圆之夜。没有月亮的指引是不能逃跑的,我一直笃信这点。

我女儿出生的时候,睁着细长的双眼,颜色更像我的眼睛。她过了一会儿才开始呼吸,但她第一声啼哭就振动了蜡烛的火苗。罗斯大婶在给她洗澡之前,先把她放到了我的胸口,那时她的身体跟我还有脐带相连。因为罗斯大婶的原因,我给她取名罗塞特,我请求她做我女儿的外祖母,因为我们也没有其他的家人。第二天,主人便给罗塞特受了洗,他们在她额头上洒了几滴水还说了一些基督教的祷词。但下一个星期天,罗斯大婶就为罗塞特安排了一次真正的仪式——拉达。主人同意我们举行一次卡林达,为此他还给我们几只羊来烧烤。故事就是这样的。这是一件荣耀的事情,因为种植园里从来不庆祝奴隶的出生。女人们准备了食物,男人们升起了篝火,点燃了火把,敲响了圣殿上的大鼓。我的教母绕着圣殿正中的柱子,用玉米面的细线在地上画了一个"vévé①",洛阿神明会在那里降世,然后附体在几个灵媒身上,但不会轮到我。罗斯大婶杀了一只母鸡来祭祀,她先是折断了鸡的翅膀,然后按规矩用牙咬断了鸡头。我将我的女儿献给了爱祖丽。我不停地跳啊,跳啊。我全身心地投入舞蹈当中:沉重的胸脯、高举的手臂、疯狂扭动的臀部,我的双腿踩着鼓点,完全不受思维的控制。

　　刚开始的时候,主人对罗塞特一点也不感兴趣。他很烦听到孩子的哭声以及看到我在照顾她。他也不允许我像对莫里斯一样把她拴在背上。干活的时候,我只能把她丢在一个抽屉里。很快主人又开始叫我去他的房间,因为他对我那对胀大的乳房兴奋不已,光是看着它们便足以让奶水涌出。不久之后,他开始注意到了罗塞特,因为莫里斯总是抓着她不放。莫里斯出生的时候,像一只弱小、安静的小老鼠,我用一只手就可以把他托起。我的女儿不同,她是一个块头很大且叫声响亮的孩子。莫里斯刚生下来的那几个月一直被绑在我的

---

① 这是伏都教中普遍使用的一种符号。

身上，就像非洲孩子一样。我听说小孩必须被抱在怀里，直到学走路的那天，脚才能接触地面。我的体温和充足的营养让他成长得很健康，没得过那些夺去了无数孩子生命的疾病。他很聪明，所有事情都明白。两岁的时候就提出了一些连他父亲都回答不了的问题。没人教他克里奥尔语，但他却说得跟法语一样好。主人一开始不允许他跟奴隶们混在一起。但他总是溜去跟种植园里为数不多的黑人小孩玩耍，而我也不能因此训斥他，因为对于一个孩子来说没有什么事情比孤独更让人难过。从一开始，莫里斯就是罗塞特的守护天使。他总是寸步不离她的身边，除非是他父亲带他去种植园里参观，向他展示自己的产业。主人总是很在乎儿子对自己财产的继承，因此多年以后才会对儿子的背叛感到万分心痛。莫里斯总是一坐好几个小时，在装着罗塞特抽屉的旁边玩他的那些石块和小木马。罗塞特哭他也跟着哭，他还对她做鬼脸，如果她回应了他，他就会笑得前仰后合。主人不让我说罗塞特是他的女儿，我连想都没想过要公开这件事。但莫里斯猜到了或者是他自己编造的，因为他管罗塞特叫妹妹。他的父亲用肥皂给他洗了嘴，但还是无法像当初不让他叫我妈妈一样，改掉他的这个习惯。莫里斯害怕自己的亲生母亲，不愿见到她，叫她"生病的女士"。他开始管我叫特特，跟所有人一样，除了那些真正了解我的人，他们叫我扎丽特。

勇　士

在持续追捕甘博好几天后,普罗斯珀·康布雷气得满脸通红。他没有发现这个小伙子的一点行踪,手上只有一群眼睛半瞎、口鼻溃烂的疯狗。他把错误推给了特特。这是他第一次直接指责她,也是从那时起,在他跟东家之间出现了一条清晰的界线。他的一句话就足以让奴隶立即受到惩罚,没有半点被宽恕的机会,但他却从来不敢对特特这样。

"家里跟种植园的管理方式不同,康布雷。"瓦尔莫兰解释道。

"这些家务事是由她负责的!"工头坚持道,"如果我们不以儆效尤,那么其他的奴隶也会逃跑。"

"我会用自己的方式解决这件事。"东家回答道,不像是要对特特动手的样子。她刚刚生完孩子,并且对于这个家来说,她一直以来都是一位无可挑剔的管家。她把这个家管得井井有条,手下的仆人也都能很好地完成工作。除此之外,还有莫里斯,当然还有孩子对她的依恋。要是真像康布雷提议的那样用鞭子惩罚她,就等于在用鞭子抽打莫里斯。

"我很早就警告过您,先生。这个小黑鬼本性不好。我本应该买到手就找机会把他干掉,但我下手还是不够狠。"

"很好,康布雷。等你抓到他的时候,你想怎么做都可以。"瓦尔莫兰给了他这个权力。此时,站在角落的特特像个犯人似的,一边听一边尽力克制着自己内心的愤怒。

瓦尔莫兰整天都在操心他的生意和殖民地目前的形势,实在没工夫去管一个奴隶的事情。他完全记不起甘博是谁,也不可能把他从人群中认出来。特特曾提到过一两次这个"厨房里的男孩",因此在瓦尔莫兰的印象中,他只不过是个毛头小子,但他冒这个险就证明他实际是个有种的男人。瓦尔莫兰很确定康布雷用不了多长时间就能把他捉回来,因为他在抓捕黑人这方面太有经验了。工头说得没错:必须要严整纪律。这座岛上的自由黑人中间存在着太多的问题,以至于奴隶们的胆子越来越大。法国的国民议会收回了殖民地享有的原本就不多的自治权,换句话说,就是一帮生活在巴黎、从未踏足过安的列斯群岛的官老爷正在决定着一些对于这个国家来说至关重要的事情。用他的话说,这帮当官的甚至连自己的屁股都不知道擦干净。没有一个上等白人愿意接受新颁发的法令中涉及他们利益的那部分。可见这群人是多么无知!这件事引起了一片哗然,发生在一个叫文森特·奥热的人身上的事就是一个很好的例子。这个有钱的穆拉托人前往巴黎向当局请愿,要求赋予自由黑人平等的公民权,但结果还是夹着尾巴灰溜溜地回来了。这个结果也在预料之中,因为要是阶级和种族之间原本的差别不复存在,无法想象整个社会将何去何从。每一次的闹事起义都少不了废奴主义者,在他们的帮助下,奥热和他的伙伴沙瓦纳于这座岛北部离圣拉扎尔不远的地方发动了一次起义。三百个全副武装的穆拉托人!需要动用法兰西角的全部军力才能击溃他们,某个夜晚瓦尔莫兰对特特谈起。他还补充说在这次战斗中获胜的英雄是他的一位熟人,艾蒂安·勒莱中校,一位有胆有识、经验丰富的军官,但是此人支持共和派。那些幸存者在一次突击战中全部被捕。接下来的几天,市中心搭起了几百个绞刑架,被处以绞刑的人密密麻麻,在太阳的炙烤下,一点一点被撕成了碎片,兀鹫正在等待着一场饕餮大餐。那两个起义军的头领在市民广场上被毫不留情地处以慢绞刑。他并不赞成使用此类的酷刑,但有时它们能起到警示大众的作用。特特一边沉默地听着,一边回想着勒莱长官这个人。她对这个人的记忆非常模糊,要是亲眼见到他的话,可能也认不出来了,因为很多年前,她只在克吕尼广场的公寓里见过他一两次。如果这个男人还爱着维奥莱特的话,那么对他来说跟自由黑人交战应该不是一件容易的事。因为奥热曾经可能是维奥莱特的朋友或者亲戚。

甘博在逃跑之前,每天的任务就是照管那些被康布雷抓回来的人。他们被安置在像垃圾堆一样的地方,美其名曰医院。种植园里的女人们从自己的口粮中省下了玉米、甘薯、秋葵、木薯和香蕉喂给他们,但是罗斯大婶还是去了主人那里为他们求情。她说如果不给这些人喝宅子里的人常喝的那种她用骨头、草药和动物肝脏熬制的汤,他们肯定活不下来,这种请求在康布雷那里肯定是行不通的。瓦尔莫兰正在阅读一本关于太阳王①花园的书,她突然打断了他,让他很不高兴,但他一直都对这个奇怪的女人心存恐惧,因此还是放下了手上的书。"那些黑人已经得到了教训。给他们喝你的汤好了。如果你救活了他们,我的损失也不至于太惨重。"他回答。刚开始的几天,甘博需要给他们喂食,因为他们还不能自己进食,此外,他还分给他们一种用草叶和藜麦的麸皮做成的面团。据罗斯大婶说,他们应该像含一个球一样把这种面团含在嘴里,以此来减轻痛感、获得能量。这是那些活了三百年之久的阿拉瓦克酋长的秘密,只有少数几个巫医知道它。这种植物非常罕见,在巫术市场上买不到,罗斯大婶在她自己的园子里也没能种成,因此只保存了一些,不到万不得已不

---

① 指路易十四。

会使用。

甘博利用跟这些受惩奴隶单独待在一起的时间充分了解了他们是如何逃跑的,为什么被抓住,以及在那六个失踪的人身上到底发生了什么。那几个还能说得出话的奴隶告诉他,他们这群人在出了种植园以后就各自分开了。其中有几个人朝着河边逃跑,想要逆流前进,但坚持不了多久,最终还是敌不过水流。他们听到了枪声,不确定其他人是否已经被干掉了,但不管他们的命运如何,总好过被抓回来的人。甘博还向他们询问了关于丛林、树木、藤蔓、沼泽、石头、风力、温度和光照的各种信息。康布雷和其他几个抓捕黑奴的猎手对这里的情况了如指掌,但有一些地方他们会绕路而行,像是沼泽地、死亡的十字路口,以及驴子和马进不去的地点。前两个地方,逃奴们就算感到彻底绝望,同样也会避开。追捕行动完全依赖于牲口和火器,而且这些东西有时候还会变成累赘。一旦马折了脚踝就必须被杀掉。给枪上膛也需要好几秒钟的时间,而且枪口经常还会塞住,要么就是火药受潮,而这个时候一个赤身裸体、手上拿着砍割甘蔗用的短刀的男人恰好有了可乘之机。甘博知道最直接的危险在于狗群,它们在一公里以外就能嗅到人身上的气味。因此没有什么事比听见越来越逼近的犬吠声更让人恐惧的了。

在圣拉扎尔,狗窝被安在了马厩后面,在庄园的某一个院子里。为了不让那些用来打猎、巡捕的狗群熟悉人的味道,它们白天是被关起来的,到了夜晚才会被带出去巡逻。那两只浑身伤痕累累、专门用来置人于死地的牙买加獒犬归普罗斯珀·康布雷所有。他当初把它们买来的目的是用作斗狗,这种游戏对他来说有双重好处:既满足了他残酷的本性需求,又填鼓了他的腰包。由于瓦尔莫兰的明令禁止,他必须放弃让奴隶彼此格斗的比赛,并用斗狗取而代之。一个在格斗中夺冠,能够赤手空拳打败对手的非洲奴隶可以成为他主人的摇钱树。在技巧方面,康布雷很有自己的一套。每次格斗之前,他喂奴隶们吃生肉,给他们喝一种掺着火药和辣椒的甘蔗烧酒让他们发疯发狂。要是赢了就奖励他们女人;输的话,他们就必须沉重的代价。当康布雷还是一个职业抓捕黑人的猎手时,就已经通过他的两个在格斗中夺冠的奴隶——一个刚果人和一个曼丁戈人赚了一笔。但随后他卖了奴隶,又买了这两只在法兰西角都赫赫有名的獒犬。他不给它们吃喝,为了防止它们把对方撕烂,把它们都拴了起来。甘博必须摆脱这两只狗的监视,但要是他把它们毒死了,康布雷会为一只狗惩罚五个奴隶,直到有人认罪。

午睡时分,趁着康布雷去河边冲凉的工夫,甘博朝着工头的茅屋走去。他的屋子位于椰子树大道的尽头,跟庄园里的大宅子以及家奴们的住所都不在一起。甘博事先已经调查出了工头那一周挑选的两个伺候他的仆妾叫什么名字,她们不过是才刚刚进入青春期的小丫头,却像受虐的畜生一样活在惶恐之中。见到甘博进屋,她俩吓了一跳,但他用一块从厨房偷来的蛋糕稳住了她们,并让她们去弄点儿咖啡。在这两个小姑娘生火的时候,他潜入了房间里面。这里虽然空间有限,但却很舒适,通风也很好。跟庄园的大宅子一样,为了防止洪水的袭击,它建在高于地面的地方。屋里的家具不多也很简单,都是一些瓦尔莫兰结婚时丢弃不要的。甘博用了不到一分钟的时间走遍了这间屋子,他打算偷走一块毯子,但在一个角落里发现了一个脏衣篮,随即便从里面拽出了工头的一件衬衣。他把它团成了一个球,从窗口扔到了外面的灌木丛中去。接着,他不急不慢地喝完了咖啡,跟女孩们道了别,并向她俩保证会尽他所能给她们再多弄几块蛋糕来。傍晚的时候,他去寻找那件衬衣。配餐间放着一包装着辣椒和毒粉的东西,专门用来对付蝎子和啮齿动物。这些虫兽只要闻了袋子里面的东西,人们第二天早上就会发现它们的干尸。配餐间的钥匙一直拴在特特的腰上,即便她发现袋子里的辣椒消耗得太多,也不会说什么。

得到了洛阿诸神旨意的那天,在黄昏最后一道光线的指引下,年轻的小伙子逃跑了。路上他得要经过奴隶们住的村子,这让他想起自己曾经住过的地方,他在那里度过了生命中前十五年的岁月,最后一次见到的时候,整个村子燃烧在一片火海之中。人们还没有从田里干完活回去,村子里空空如也。一个提着两个巨大水桶的女人从他面前经过,但是当她看见这张陌生的面孔,并不感到吃惊,因为奴隶的人数实在太多了,并且还在不断有新的人到这里来。对甘博来说,他逃跑的前几个小时意味着自由和死亡之间的分界。罗斯大婶常在晚上去一些白天大家都不敢去的地方。她曾经以介绍一些有药用价值以及需要小心躲避的植物为借口,向他描述过这里的地形地貌。她告诉他哪些是含有剧毒的菌类,还有叶子可以把人整张皮撕掉的树木和躲藏着唾液可以致人失明的蟾蜍的银莲花。她还向他解释在丛林里如何可以靠吃果实、胡桃、根茎和跟烤羊肉一样美味的树干活下来,以及如何借助萤火虫、天上的星星和风的声音辨别方向。甘博以前从未离开过圣拉扎尔,但多亏了罗斯大婶,他才可以在脑中记住那些藏着毒蛇的红树林和沼泽,还有死亡十字路口的位置,那里有看不见的幽灵在等待着到访的人。"我曾经去过那里,亲眼看见了卡菲①和盖德,但我不害怕。正确的行为是向他们致以礼貌的问候以获得他们的允许从那里通过,并询问哪一条才是正确的路。如果还没到你该死的时候,他们就会帮助你。总之是他们决定你的命运。"巫医对他说。甘博还问了罗斯大婶关于还魂尸的事情,他在来到这个岛之前从未听说过这种东西,在非洲没人想过在这世上还有

---

① 卡菲,十字路口和街道的管理者。

它的存在。她说还魂尸是可以被识别的,他们长着一副死人一样惨白的面容,身上有腐烂的气味,走起路来四肢僵直。"有些活人比还魂尸还可怕,比如康布雷。"她补充说道。甘博记住了这条信息。

月亮一出来,小伙子便开始了他蜿蜒曲折的逃亡之旅。他每跑一段时间就在草丛中扔下一小块从工头的衬衣上撕下的布头,以此来迷惑那两只獒犬并使其他狗迷失方向。这两只獒犬只认得出它们主人的气味,因为除了康布雷,没有其他人靠近过它们。两小时后,他来到了河边。他猛地扎进了冰冷的水里,河水没过了他的脖子,他快活地不禁发出了一声呻吟,但是随身的那袋东西一直被他顶在头上保持干燥。他清洗了身上的汗水和被树枝、石块划破割伤的血迹,还趁着这个机会喝了水、撒了尿。他没有朝着河岸的方向游去,尽管他知道这样也不会摆脱狗群的追踪,但却可以拖延时间。这些狗只会在越来越大的范围内嗅闻地上的蛛丝马迹,直到找到他留下的线索。他不打算游到对岸去。水流很急,对于水性好的人来说敢游的地方都没几个,但是他并不熟悉这些地方,更何况他还不会游泳。根据月亮在天上的位置,他推断时间已经到了午夜。在计算了自己行进的距离后,他从水里出来,开始在地上撒辣椒粉。他整个人沉浸在自由的兴奋和快乐之中,一点儿也不累。

甘博连续跑了三天三夜,在这当中除了罗斯大婶给他的那些具有魔力的叶子,他什么也没吃。那个被他含在嘴里的黑色小球麻痹了他的牙床,并且让他一直保持清醒,也不会感到饥饿。他从甘蔗田开始,跑过了树丛、森林、沼泽,沿着平原,朝着山上一路飞奔。他没有听见犬吠,这点让他很振奋。只要在路上找到水塘,他就会喝里面的水。但到了第三天,他必须要忍受干燥。火辣辣的太阳晒得大地发出了刺眼的白光。当他再也挪不动步子的时候,一场瓢泼大雨从天而降,短暂而清凉的雨水让他满血复活。那时,他奔跑在空旷的乡野。那是一条只有疯子才敢选择的路线,因此康布雷也放弃了它。他不能把时间浪费在寻找食物上,而且要是他休息了,就没法再重新上路。在心中的希望和嘴里含着的那个小球的作用下,他像发了疯一样,双腿不停地向前迈着。他已经不会思考了,也感觉不到疼痛。他忘记了恐惧,把所有的一切都抛之脑后,甚至是扎丽特的身体。他只记得自己原来的名字:勇士。他奋力行进了一段距离,沉着地克服了一路上的各种障碍。但为了保存体力以及不迷失方向,他没有狂奔,这些都是罗斯大婶教给他的经验。某个时刻,他感到泪如泉涌,但他也不能确定,有可能是残留在皮肤上的露水或是雨水。他看见一只站在两块岩石之间的山羊,它跛了一只脚,正在咩咩叫唤。甘博压抑着内心想要掐断它的脖子喝羊血的冲动,就如同他尽力克服着自己的惰性,不许自己藏身在那些近在咫尺的小山丘,或是在宁静的夜晚睡上片刻。他知道自己要去哪里,因此每一步、每一分钟都至关重要。

他终于到达了山脚下,开始了艰难的攀登。他一块石头一块石头地往上爬,既不低头看下面也不抬头看上面,一来是避免从高处俯视带来的头晕目眩,二来也不至于因为看不到尽头而感到灰心丧气。他吐掉了嘴里含的最后一口叶子,再次感到无比口渴,嘴唇红肿、龟裂。空气中热浪沸腾,他的大脑一片混沌,整个人昏昏沉沉的,几乎快要想不起来罗斯大婶告诉他的那些注意事项了。他急需树荫和水,但还是紧紧地抓住岩石和树根在继续攀爬。突然他发现自己的身旁就是曾经生活过的那个村庄。在一望无垠的平原上,他一边在看着一群长角牛吃草,一边准备回家吃饭。他的母亲们会在父亲的屋子里做好餐食等着他,那个地方是他们家族的中心。只有他,甘博,作为家中的长子,可以跟父亲坐在一起平等地吃饭。自打他出生开始就做好了继承父亲位置的准备:有一天他也会成为家族的审判官和首领。他撞到了石头上，一阵剧痛把他重新拉回了圣多明戈。牛群、村庄和他的家族全都消失了，他的善的小天使又被困在了噩梦中，他成为奴隶被囚禁的这场噩梦已经持续一年多了。他沿着悬崖峭壁不停地攀爬，直到那个在爬的人已经不再是他自己，而是他的父亲。父亲的声音重复着他的名字：甘博。只有他的父亲才能让一种颈部裸露无羽的黑鸟一直在头顶盘旋但又不敢靠近。

他爬到了悬崖边上的一条又陡又窄的小路上，在巨石和地缝间蛇行前进。在某个转弯的地方，他发现了一些像是在巨大的岩石上凿出的阶梯。据罗斯大婶所说，这是阿拉瓦克酋长躲藏的路径之一，白人在杀他们的时候，这些人没有消失，因为他们永远都不会死亡。就快要天黑的时候，甘博来到了一个恐怖的十字路口前。他还没到路口就远远地看见了它的标志：一个由两根木棍做成的十字、一个骷髅头、人骨、一把羽毛和头发以及另一个十字。风里传来了山谷间狼群嗥叫的回音，两只黑兀鹫跟之前的那一只会合到一起，在高空中对他虎视眈眈。这三天以来被他暂时忘却的恐惧突然给了他当头一棒，但他无路可退。他吓得牙齿打战，汗水都结成了冰。面对着一根插在地上、耸立在一大堆乱石中间的长矛，那条阿拉瓦克酋长的小路瞬间就消失了。那代表的是一根圣殿的中心柱，是区分天上和地下、洛阿神界和人世间的界限。他看见了他们，最先看到的是两个黑影，然后闪过一道金属的光芒，可能是小刀或是砍刀。他没有抬眼，一边跟他们谦卑地打招呼，一边不断重复着罗斯大婶告诉他的通关密码。他没有得到任何回复，但却可以感受到他们散发的热量。两个黑影离他很近，就好像一伸手就能摸到。他们身上没有腐烂或者坟墓的味道，闻上去跟甘蔗田里劳动的人们没什么不同。他请求卡菲和盖德允许自己继续前行，但也没有得到回答。最后，他从被粗沙卡住的嗓子里努力挤出了微弱的声音，问他们应该走哪一条路。这时，他感觉自己被抱了起来。

过了很久之后,甘博在黑暗中醒来。他想要起身,但是浑身肌肉酸疼,让他不得动弹。他忍不住发出了一声呻吟,又重新闭上了眼睛,坠入了幽冥世界。出入此地都不受他意志的控制,有时他会因为痛苦缩成一团,有时又感觉身体飘浮在一个深不可测的黑暗空间里,就像在没有月亮的暗夜苍穹。他渐渐恢复了意识,脑海中一片混沌,身体也僵住了。他安静地躺在地上一动不动,目不转睛地盯着眼前的这片黑暗。这里没有月亮也没有星星,听不到一丝风吹,寂静、寒冷。他唯一记得的只有十字路口的长矛。就在此时,他感到不远处有一个光团一直在摇晃,接着一个提着一盏小油灯的人在他旁边弯下身来。他听见一个女人在耳边对他说了一些听不懂的话,有一个手臂想要扶他起来,还有一只手把盛满水的葫芦瓢递到了他嘴边。他猛地吸了一口,一饮而尽。于是他知道自己已经到达了终点:他在一个阿拉瓦克人的神洞里,现在这里是马龙人放哨的地方。

在接下来的日子里,甘博渐渐开始了解逃奴们的世界。同一个岛上,同一个时间,但这个世界却在另一种不同的维度上。它就如同非洲一样,尽管比非洲还要更原始、更不幸。在这里他可以听到熟悉的语言和故事,吃到他的母亲们常做的富富①,他又重新坐在火堆旁边打磨他的武器,这件事情他的父亲也常做,只不过是在另一片星空下。逃奴的营地零星分散在大山深处,它们是一座座真实存在的小村庄,成千上万的男人女人从奴隶制的魔爪中逃脱,他们的孩子生下来就是自由的。这些人时刻都处于防备状态,从不信任那些从种植园里逃出来的奴隶,因为他们有可能成为叛徒,但是罗斯大婶通过一

---

① 富富,非洲西部和中部人们的一种主食,通过在水中蒸煮富含淀粉的可食用根茎植物并研捣至适宜的稠度制成。

些秘密的渠道跟这些人取得了联系,而这也正是甘博在做的事情。在那二十个从圣拉扎尔逃跑的奴隶中间,只有六个人到达了十字路口,他们中的两个受了重伤,没能活下来。由此,甘博证实了自己之前的猜想:罗斯大婶在奴隶和马龙人团伙之间扮演了中间人的角色。面对康布雷的严刑拷打,那些被他抓住的奴隶没有一个人出卖她。

密　谋

　　八个月之后,欧亨尼娅·加西亚·德尔·索拉尔在圣拉扎尔庄园的大宅子里毫无痛苦、平静安详地辞世了。她死去的时候三十一岁,生前度过了七年疯癫的时光,还有四年一直处于鸦片作用下的半梦半醒状态。那日清早,照看她的女仆睡过了头,于是最早发现她死去的人便成了特特。她照例过来给女主人喂食一些流质和整理洗漱,然后便发现欧亨尼娅像初生的婴儿一样躺在她那巨大的枕头中间。她的女主人在安详中离开了人世,她面带微笑,脸上重新焕发出一丝年轻、美丽的光彩。特特是唯一一个为她的死感到悲痛的人,在照顾了欧亨尼娅这么长时间之后,她对女主人的爱是真诚并发自内心的。特特最后一次为她梳洗更衣,然后把弥撒书放到在女主人胸前合十的双手中间。她将那串神圣的玫瑰念珠小心翼翼地收到了羊皮口袋里,这是女主人留给她的遗物。她将它挂在了脖子上,塞到了胸衣下面。在最后与欧亨尼娅告别之前,她把女主人一直戴着的一块小小的刻有圣母像的金牌摘了下来以便日后送给莫里斯。之后她便去通知了瓦尔莫兰。

　　小莫里斯并没有意识到自己的母亲已经死了,因为那位"生病的夫人"已经被隔离数月了,并且现在他们不允许他见到尸体。那个镶着银质铆钉的胡桃木棺材是瓦尔莫兰在他的妻子试图自杀的时候,从一个美洲人手上买来的走私货。当人们正在把它从宅子里搬出去的时候,莫里斯正和罗塞特在院子里为一只死猫举行葬礼。他从未亲眼见过这种仪式,但他拥有丰富的想象力。比起母亲的死,他在埋葬一只小动物的时候感到更加悲伤和肃穆。

罗塞特胆大且早熟。她那肉肉的膝盖支在地上,爬的速度快得惊人。莫里斯跟在她的身后,从早到晚都不愿意离开半步。家中凡是罗塞特能用手够到的箱子和家具,特特都将它们上了锁,她还用鸡棚的栅栏将长廊的入口堵死以防女儿滚到外面去。由于女儿常把鼻子凑近了去闻最辣的那种辣椒,特特不得不忍受老鼠和蝎子的存在。而莫里斯的性格一直以来都更加谨慎,像这种事他连想都没想过。罗塞特是一个漂亮的小女孩。作为母亲,特特只能难过地承认这点,因为对于一个女奴来说,美丽是一种不幸,不引起注意的外表才是优势。在十岁时,曾经万分想要成为像维奥莱特·布瓦西耶一样女人的特特,惊讶地发现自己的女儿在冥冥之中命运的安排下,竟然长得跟那个美丽的女人十分相似。罗塞特有着跟维奥莱特一样的波浪卷发,笑起来也会露出迷人的酒窝。根据这座岛上复杂的人种分类,她属于夸尔特隆人①,也就是白种男人和穆拉托女人生下的混血种人,但在肤色上更接近父亲。罗塞特小的时候说话含混不清,听上去像是叛徒的胡言乱语,而莫里斯可以毫无障碍地翻译她的语言。这个小男孩娇惯着妹妹的任性,他对她有一种祖父般的耐心,而这种耐心在他们之后的人生中变成了刻骨铭心、持久不变的爱。他是她唯一的朋友,在悲伤的时候安慰她,他还教会了她一些最基本的技能,从摆脱恶狗的追逐到认识最简单的字母,但这些都是后来的事。莫里斯从一开始就教妹妹做的最重要的事情就是如何赢得她亲生父亲的心。他用一种令人无法抗拒的方式直接把这个小女孩送到了瓦尔莫

---

① 夸尔特隆人,有四分之一非白人血统的混血种人。

兰面前，这是特特从来不敢做的事。主人不再把她当成是自己的一件财产，而是开始从这个小女孩的身上找寻和自己相似的地方，无论是在外表还是在性格上。虽然最后没有任何收获，但无论如何他还是对罗塞特产生了怜爱，就像对待一只宠物一样，并且他没有把她送到奴隶们住的街巷里去，而是破例让她住在了大宅子里。跟她母亲的正经严肃不同的是，罗塞特很爱说话且招人喜欢。这个调皮的小女孩经常把大家弄得手忙脚乱，这让宅子里一下子活跃了起来，也正是有她的存在才彻底改变了那些年里家中原本变化无常的压抑气氛。

当法兰西共和国解散了圣多明戈殖民地议会时，那些自称是爱国人士的拥护君主制的殖民者拒绝服从巴黎当局。在种植园里自我隔绝了多年以后，瓦尔莫兰开始跟他的那些贵族同辈套近乎。由于他经常去法兰西角，于是便在那里租了一套家具齐全的房子。房东是一个葡萄牙富商，暂时回国去了。虽然房子挨着码头，而且他觉得住得也很舒适，但还是想尽快通过自己的蔗糖代理商买一套属于自己的房子。那个上了年纪的犹太人曾经也是他父亲的代理商，对他们父子二人都是鞠躬尽瘁、忠心耿耿。

是瓦尔莫兰自己找到的英国人，并开始与他们私下秘密交往。他在年轻时认识了一个海员，这个人现在是加勒比海英国舰队的指挥官，他的职责是一旦逮着机会，就即刻指挥舰队趁乱干涉法属殖民地的政权。到那时为止，白人和穆拉托人的冲突已经进入了无法控制的暴力阶段，与此同时，黑人趁机造反，刚开始是在岛的西部，后来到了北部的林贝。那些爱国人士正密切关注着时局，焦急地等待着推翻法兰西政府的时机。

瓦尔莫兰跟特特在法兰西角已经待了一个月的时间，陪伴他们的还有孩子以及欧亨尼娅的棺材。他每次出行都带着儿子，而莫里斯对特特和罗塞特寸步不离。当前的政局实在太过动荡,让他无法放心把孩子丢在一边,同时他也不愿意让特特落到普罗斯珀·康布雷手上,任凭他摆布。这个监工头子的眼睛早就盯上了她,甚至曾经企图花钱将她买下。瓦尔莫兰心想,要换作别人,一定会答应了这笔买卖以此来讨工头的欢心,正好顺便还可以甩掉这个已经不能激起自己性欲的女奴,但是莫里斯对特特的爱就像儿子对母亲的爱一样。除此之外,这件事显然已经转变成了他与监工头子两个人之间意志力的无声较量。在这几个星期中,他参加了爱国人士的政治集会。这群人聚集在他的家中,气氛就像是在悄悄密谋着什么事情,尽管实际上根本没人在监视他们。他计划为莫里斯寻找一位家庭教师,这个小男孩从出生以来一直都是被放养的,而眼看就要满五岁了。他必须让儿子接受一些最基本的教育,为他将来去法国上寄宿学校打下一点基础。特特祈求这一天永远不要到来,因为她深信莫里斯离开了她和罗塞特就活不成了。他还要妥善安排欧亨尼娅的灵柩。孩子们对那个一直躺在走道上的棺材早已习以为常,并且自然地接受了里面盛放着那位"生病的夫人"遗骸的事实。他们没有问过遗骸具体指的是什么,因此对于这件恐怖的事情,特特也无须再向他们做更多的解释,要不是这样的话,一定又会引得莫里斯做噩梦。但是当瓦尔莫兰有一次撞见孩子们正在试图用厨房里的刀子撬开棺材的时候,他明白自己是时候必须要做决定了。他命令自己的代理商将它寄到古巴的女子修道院去,桑丘在那儿买下了一个墓穴,因为欧亨尼娅曾让他发誓不会在她死后将她埋葬在圣多明戈,她觉得自己要是埋在那里的话,骨头最终会变成黑人的手鼓。代理商想要利用一艘顺道行驶的轮船寄送棺材,而与此同时他将它丢放在了储藏室的一角。这个棺材就这样一直躺在了一个被人遗忘的角落里,直到两年以后在一场大火中被烧毁。

北部的起义

　　种植园里，一大早，普罗斯珀·康布雷在农田里的一片大火和奴隶们的尖叫声中惊醒过来。很多奴隶对这次秘密起义并不知情，因此都还不知道到底发生了什么。康布雷趁乱包围了生活区，并制服了那些还没来得及做出反应的人。家奴们没有参与其中，他们一群人聚集在宅子里等待着最坏的结局。康布雷命人将女人和孩子关了起来，亲自到男人中间清除了残余的叛党。这场大火没有造成太大的损失，火势很快就被控制住了，只烧毁了两块干枯的甘蔗田，而在这座岛北部的种植园里发生的事情就要严重得多。当第一批被遣来维护秩序的骑警队赶到的时候，康布雷只把他自己觉得可疑的那几个人交到了他们手上。他更愿意亲自处置这些叛奴，但他必须要通力配合上面，从根本上平息叛乱。他们把这些人押送到法兰西角审讯，然后一个一个地撬开他们的嘴来获得叛徒头目的名字。

　　直到第二天需要罗斯大婶对庄园里那些受了鞭刑的奴隶开始进行治疗的时候，监工头子才发现她已经不见了。

　　与此同时在法兰西角，维奥莱特·布瓦西耶和卢拉两人已经打包好了家当，她俩将这些东西存放在了码头上的一个仓库里，接下来便是等待那艘带他们一家回到法国的轮船。在经历了将近十年的漫长等待后，艾蒂安·勒莱刚跟维奥莱特确定关系时制订的计划终于就要实现了。在这段漫长的时光中，她卖命地工作、攒钱、放高利贷、耐心等待时机。他们已经开始与朋友们一个一个地告别，就在这时，中校被召去了总督布朗什朗德子爵的办公室。这里没有市政大楼奢华，跟军营差不多简朴，空气里闻上去有皮革和金属的味道。总督是一个成熟的男子，拥有辉煌的军事生涯，他在被派来圣多明戈前曾是陆军少将和特立尼达岛的总督。他刚来不久，才开始对这里的环境有所了解，因此对城外正在酝酿的叛乱并不知情。他在殖民地行使的权力完全受制于巴黎国民议会，那些任性的议员代表可以一夜之间把他捧上台，亦可以随时收回对他的信任。他的贵族出身和财富资产让他在激进派团体，也就是雅各宾党人中间不受待见，这些人曾试图彻底清除君主立宪制的残留。带路的人引着艾蒂安·勒莱穿过了好几个大厅才来到总督的办公室。他们途经的大厅里只在墙上挂了各种各样被油灯的煤烟熏黑的战争画，再也没有其他摆设了。总督穿着平常的服饰，头上没有戴假发。一张粗制的桌子就快要遮住他的全部身体，这张桌子在营房里被使用多年以后已经磨得不成样子。他的身后挂着法国国旗，最上面是大革命的徽章，左边的另一面墙上平铺着一幅花哨的安的列斯群岛地图，上面绘有面容丑陋的水手和古老的大帆船。

"法兰西角军队艾蒂安·勒莱中校前来报到。"勒莱自报家门。他的一身制服和身上佩戴的所有军功章和上司的简朴衣着形成了鲜明的对比，这让勒莱感到十分局促。

"请坐，中校。我想您应该想来点儿咖啡。"子爵叹了口气，就好像前一晚没睡好一样。

他从桌子后面走了出来，并将勒莱带到了摆着两张已经破损的皮质扶手椅的位置。就在这时，一个勤务兵突然不知道从哪儿就冒了出来，他身后还跟着三个奴隶，四个人一起伺候着这两个小小的咖啡杯：其中的一个奴隶用手托着托盘，第二个人倒咖啡，第三个人负责加糖。在伺候完之后,奴隶们都退下,离开了房间,但那个勤务兵还是笔直地站在两张扶手椅之间,随时听命。总督是一个中等个头的男人,很瘦,脸上皱纹很深,头发灰白且稀少。走近了观察会发现他比那个头戴礼帽,身上挂满了勋章,胸前佩戴着绶带,骑在马上时的威武形象逊色太多。坐在椅子边上,勒莱感到很不舒服,他笨拙地端着一个吹口气就能把它弄破的瓷杯子。他已经习惯了军队里等级森严的礼仪。

"您一定会问我召您前来的目的,勒莱中校。"布朗什朗德一边搅动着咖啡里的糖块,一边说道,"您对圣多明戈目前的局势有何高见?"

"您是在问我的见解吗?"勒莱重复了一遍,一脸茫然。

"有一些殖民者想要搞独立,在港口的可视区域里有一小艘英国舰队,这艘英国舰队随时都做好了准备可以帮助这些独立分子。英国对圣多明戈觊觎已久了!您应该知道我指的是哪些人,我需要您给我提供一份这些煽动者的名单。"

"这份名单可能会包含一万五千多人,元帅。所有的庄园主和有钱人,无论是白人还是自由黑人。"

"这正是我担心的。我目前掌握的军力还不足以抵抗叛军,也无法落实法国颁布的新法。坦白跟您说,中校先生,有一些法令我也觉得很荒谬,比如5月15日颁布的赋予穆拉托人同等政治权利的那条。"

"这条法令只会影响到父母是自由人或者是土地主的自由黑人,他们的数量不足四百。"

"正是在于这点!"子爵打断了他,"重点就是白人永远不可能接受穆拉托人跟他们享有平等的权利,对此我也不会责怪他们。但这会导致殖民地的政局动荡不稳,法国目前的政治状况还不明朗,我们每个人都在饱尝着苦果。上面颁布的法令每天都在变化,中校先生。这艘船告诉我的指示是这样的,下一艘过来又把它给撤销了。"

"再加上叛奴的问题。"勒莱补充说道。

"对!还有黑人……我现在是没空管他们。林贝的叛乱已经平息了,很快那些叛奴头目就会交到我们手上。"

"那些囚犯中间没有一个人泄露头目的名字,长官。他们是不会屈从的。"

"那我们就走着瞧。骑警队知道该怎么做。"

"请恕我直言,元帅,我认为这件事值得您的关注。"勒莱一边将咖啡杯放在了茶几上,一边坚持说道,"圣多明戈的情况与其他殖民地并不一样。这里的奴隶从不屈服于他们的命运,一个世纪以来,他们一次又一次地揭竿而起,山里已经藏了上万个马龙人。目前岛上有五十万个奴隶,他们都知道法兰西共和国已经废除了奴隶制,并已做足了准备要在殖民地上为了自由而拼命。骑警队是控制不了他们的。"

"中校先生,您是在建议我动用武力来制服黑人吗?"

"是需要借助军队的力量来维持秩序,元帅。"

"您想要我们怎么做?我向上面申请要求增援兵力,结果只派来了我报上去数目的十分之一,而来的这些兵脚刚着地就病倒了。鉴于以上,我想说的是:勒莱中校,眼下我不能接受您的退役申请。"

艾蒂安·勒莱站起身来,脸色惨白。总督也是一样,两人僵持了好几秒钟。

"长官先生,我十七岁就参军了,在军中效劳了三十五年,受过六次伤,现在我也已经五十一岁了。"勒莱说。

"我五十五岁了,也很想从军中退役,回到第戎①的庄园去休养生息。但法国需要我,就如它也需要您一样。"子爵简单直接地回答他。

"您的前任总督德佩内长官已经在我的退役申请上签了字。我的房子都已经没了,目前跟家人住在一个旅店里,下周四我们就要登上玛丽·泰蕾兹号船出发了。"

布朗什朗德的一双蓝眼睛紧紧地盯着中校的双眼,最终勒莱还是不得不垂头立正。

"悉听尊便,总督先生。"勒莱就这样妥协了。

布朗什朗德又叹了一口气,疲倦地揉了揉双眼。他示意勤务兵去把秘书叫来,然后朝着办公桌走去。

"您不用操心,勒莱中校,政府会为您安排一处住所。请您现在过来,在地图上把这座岛上的要害点指给我看看。没有人比您更了解这里的地形了。"

---

① 第戎,法国东部城市。

扎 丽 特

　　我听说的故事是这样的。事情发生在布瓦卡伊曼，被记录在了海地的传奇故事里，它是第一个独立的黑人共和国。我不知道这意味着什么，但应该是一件重要的事情，因为黑人们说到这个都纷纷鼓掌，而白人们却火冒三丈。布瓦卡伊曼位于岛的北部，靠近通向法兰西角的广阔平原，距离圣拉扎尔庄园有几个小时路程。那里是一个巨大的森林，有神圣的十字路口和树丛，居住着化身成蛇的丹巴拉，他是掌管泉水、河流的洛阿神和森林的守卫者。在布瓦卡伊曼还居住着大自然的精灵以及那些没能找到通往几内亚道路的死去的奴隶。那天晚上，其他那些身处于亡者和幽灵之间的精灵也来到了这里，但由于他们受到了某种召唤，因此是做足了准备，赶来加入战斗的。一只由成百上千的精灵组成的军团跟黑人们并肩作战，最后击败了白人。这是所有人公认的事实，甚至包括那些法国士兵，尽管他们对此感到无比愤怒。瓦尔莫兰主人一向从不相信他自己无法理解的事，然而由于他的理解非常有限，因此总是怀疑一切，但是这次他也相信是死人帮助了那些造反的奴隶。由此便可以解释为何他们打败了欧洲最好的军队，他这样说道。8月中旬的一天，奴隶们聚集在了布瓦卡伊曼。那是一个炎热的夜晚，空气里浸透了大地和人的汗水。消息是如何传播的呢？据说是通过鼓声从一个卡林达传到了另一个卡林达，从一个圣殿传到了另一个圣殿，从一个棚屋传到了另一个棚屋。鼓声比暴风雨的声音传得更远、更快,并且这是所有人都懂的语言。虽然自从几天前刚刚在林贝爆发的叛乱后,奴隶主和骑警队一直保持着高度警惕,但奴隶们还是纷纷从北部的种植园里赶了过来。他们活捉了几个叛奴,以为可以撬开他们的嘴来获取消息。在法兰西角的牢房里,没人能受得了牢狱之灾,到最后总会就范的。没过几个小时,马龙人就把营地迁到了最高的山峰上,以此躲避骑警队的骑兵并抓紧时间召集人马聚集在了布瓦卡伊曼。他们不知道囚犯里没有一人开口,而且他们也绝不会开口。

上千的马龙人从山上下来,甘博是跟着桑巴·布克曼的队伍来的。这是一个受到双重尊重的伟大的男人,因为他既是战争的头领,又是恩贡。在甘博重获自由的这一年半中,他已经长成了一个壮汉。他有宽阔的肩背、不知疲倦的双腿和一把杀人见血的大砍刀。他胆子很大,赢得了布克曼的信任,常常潜入种植园里偷窃食物、工具、武器和牲口,但却从来没想要看看我。我从罗斯大婶那里听说了他的消息。我的教母没有跟我解释清楚她是如何得到的这些消息,于是我才开始担心这些是她为了安慰我编造出来的事情,因为那段时间里,在我内心又重新燃起了想要跟甘博在一起的渴望,那种感觉就像是灼烧的焦炭一般炽热。"罗斯大婶,请给我一剂药来压抑这种爱情。"但实际上任何方子都对抗不了它。在干完了一整天繁重的家务活后,我每天躺下的时候都身心疲惫,两侧一边睡着一个孩子,但即便这样仍然无法入睡。我常常一连几个小时都在听着莫里斯小狗一样的呼吸声和罗塞特的呼噜声,还有家里的各种噪音、犬吠、蛙鸣和鸡叫。当我总算要睡着的时候,身体就像是深深陷入了糖蜜里一般。这些话听上去有些恬不知耻:有几次主人躺在我身边的时候,我会把他想象成甘博。我咬紧着嘴唇不让自己喊出他的名字。我紧闭着双眼,在黑暗里把瓦尔莫兰身上的酒味想象成甘博的气息,那是一种青草般的味道,被他吞进肚子里的那些坏掉的鱼肉也没能将他的牙齿腐蚀。我把那个正压在我身上,喘着粗气,浑身是毛的肥胖男人想象成甘博瘦削、敏捷的身体。他年轻的肌肤上布满了伤痕,嘴唇是那么的温柔,舌头是那么的调皮,声音是那么的迷人。当我回想起曾经跟他在一起的欢愉时,不禁张开了自己的身体,轻轻摆动起来。随后,主人就在我屁股上打了一巴掌,并且沾沾自喜地笑了。于是,我的善的小天使又回到了那张床和那个男人身上,我睁开了双眼,恢复了意识。我跑到了院子里,疯狂地清洗完自己的身体才在孩子们身边躺下。

  人们走了好几个小时才到达布瓦卡伊曼,一些人是白天从种植园里跑出来的,另一些是从沿海的港湾过来的,所有人都是半夜才到。据说,有一个马龙人团伙是从太子港那边来的,但那里实在太远了,我不信是真的。森林里挤满了奴隶,男人和女人混杂在死人和黑影中间,在林子里静悄悄地走动,但当他们的双脚感到第一声鼓声震响大地的时候,一下子就兴奋了起来,他们加快了脚步,先是窃窃私语,随后放声喊叫,他们互相问好,喊着彼此的名字。整个林子都被火把照亮了,他们中认得路的那些人将另一些人带往恩贡布克曼事先选好的那片大空地。熊熊燃起的篝火和火把连成了一条火带,照亮了祭祀的圣殿。人们选了一根粗壮而高大的树干作为圣殿正中的圣柱,洛阿神明将通过这条宽阔的通道下凡来到人间。这时罗斯大婶出现了,她穿着白衣,手上拿着祭祀用的阿松。陪同她的是一行身穿白衣的年轻女子,她们是祭礼的恩司[①]。人们俯身去摸她的裙摆和手上戴的叮叮当当的镯子。罗斯大婶重新焕发了年轻的活力,因

[①] 恩司,在伏都教祭祀中,接受洛阿神明的呼唤,从而成为神灵的配偶,并被赋予宗教职能的人。

为自从她离开圣拉扎尔庄园后,爱祖丽就一直陪在她身边。在神的护佑下,她丢掉了拐杖,不知疲倦地行走。神还赋予了她遁形的能力,因此躲开了骑警队的追捕。咚、咚、咚。鼓手们开始敲打半圆中的鼓呼唤洛阿神明。人们聚集成群,讨论着林贝的起义和被关押在法兰西角的囚犯们的不幸遭遇。这时,布克曼发言了。他祈求至高无上的本爹保佑他们这次起义取得胜利。"大家伙儿听到这自由的声音了吗?它来自我们每个人的内心深处!"他高声呼喊道,奴隶们也大声地回应他,响声震天动地。这是我听说的故事。

鼓声此起彼伏,和着这种节奏,祭典正式开始了。恩司们开始绕着中心的圣柱跳舞,她们有着修长的脖子和像翅膀一样的手臂,像火烈鸟一样摇动着身体,时而俯身,时而起立。她们唱着歌召唤洛阿诸神,按照惯例先是雷格巴,然后一个接着一个地召唤其他神明。罗斯大婶是祭典的曼柏,她绕着圣柱用玉米粉的混合物在地上画下了圣符来祭祀洛阿诸神,接着又朝地上撒了烟灰来悼念亡者。鼓声越来越响,节奏也越来越快,整个森林都在震动,那响声从树根传到天上,一直蔓延到遥远的星辰。这时,充满战斗精神的奥贡①降临人间。作为钢铁之神,他是侵略、愤怒、危险的代表,是雄性战神。于是,爱祖丽放开了罗斯大婶,让奥贡来占据她的身体。所有人都亲眼看见了罗斯大婶身体变化的过程。她直起身子,整个人一下子变成了两个大,她的跛脚和驼背统统消失了,双眼只露出眼白,纵身一跃,跳到了三米开外、面朝篝火的地方。奥贡发出了一阵雷霆般的怒吼。伴着这响彻云霄的鼓声,他集聚了洛阿诸神的力量,又蹦又跳,手舞足蹈,像球一样弹动着。两个胆子最大的男子走到了罗斯大婶的身边,他们喂她吃糖,想要让她平静下来。但被洛阿神附体的罗斯大婶像

---

① 奥贡,伏都教中的战士,火与铁的化身。

抓布偶一样把他们抓起来,扔了出去。奥贡的使命是向人们传达一则关乎战争、正义和鲜血的消息。他徒手抓起了一块滚烫的煤块放进嘴里。在转身向四周喷了火之后,他又将口中之物吐了出来,嘴唇却一点也没有被烧坏。接着,他将离他最近的男子手中的匕首夺了过来,放下了自己手上的阿松,朝着绑在一棵树上的祭祀黑猪走去。他一刀就将猪头砍了下来,最后他摘下了笨重的猪头,大口吮吸着猪血。在那个时候,许多信徒都被附了体,森林里充斥着遁形的人、死人和幽灵,还有洛阿神和被神明附体的人。所有人都躁动不安,他们唱着跳着,随着鼓声一起翻腾、滚动着身体。他们把滚烫的炭火踩在脚下,舔舐着烧红的刀刃,大口地吃着辣椒。那晚的空气异常闷热,就像暴风雨来临前一样,没有一丝微风。火把把天照得灯火通明,但周围的骑警队却没有看见。这是我听说的故事。

许久之后,当喧哗的人群凝结成了一个整体,奥贡发出了一声狮吼,宣布安静。顿时鼓声停止了,除了曼柏,所有人都变回了原来的样子,洛阿神明又都重新回到了树冠上去。奥贡将手中的阿松高高举起,从罗斯大婶口中爆发出了一声雄壮的呼喊,她以洛阿神的名义宣布奴隶制从此终结,起义正式开始,并任命了起义军的头领:布克曼、让-弗朗索瓦、让诺、布瓦索、塞勒斯坦和其他一些人。他没有任命杜桑,因为那个时候,这个日后将变成起义军灵魂人物的男人正在布雷达①的种植园里当马车夫。数周之后,在他将主人一家安顿妥善后才加入了起义军。我是在一年以后才听说杜桑的名字。

这就是起义的开始。许多年过去了,鲜血依然流淌在海地的土地上,将它染红,而我已不在那里为它哭泣了。

---

① 布雷达,位于法兰西角北部。

复 仇

图卢兹·瓦尔莫兰刚一得知奴隶起义和林贝的俘虏们宁死不屈的消息后,便赶紧吩咐特特即刻收拾行装,准备回圣拉扎尔的事宜。所有人,特别是帕尔芒捷医生,都提醒他种植园里的白人们处境很危险,但他却毫不在意。"您别危言耸听啦,帕尔芒捷医生。黑人们总是能制造暴乱,但普罗斯珀·康布雷把他们治得服服帖帖的。"瓦尔莫兰强调说,尽管他自己对此都心存疑虑。北方传来了轰隆的鼓声,召唤着奴隶们去参加布瓦卡伊曼的集会。而就在此时,瓦尔莫兰的马车在警卫严密的护送下正飞速朝着种植园驶去。他们风尘仆仆地赶到了那里,所有人都又热又累、满心焦急,孩子们有气无力,特特也在一路颠簸之后被折腾得神志不清。瓦尔莫兰跳下了马车便进了办公室,他锁上了门听监工头子汇报种植园的损失,但实际上损失并不多。接着,他又去视察了一圈,亲眼见到了康布雷所说的那些挑起暴乱的奴隶,但这些人的罪行还没有严重到像之前的奴隶那样,需要被交给骑警队处理。这种场景一直让瓦尔莫兰感到无所适从,但最近一段时间他总是不得已要面对。跟他比起来,监工头子能更好地维护圣拉扎尔的利益,他做事果决,毫不忸怩作态,不像瓦尔莫兰那样犹豫不决,不想让自己的双手沾上鲜血。这一次瓦尔莫兰又显示出了自己的无能,在殖民地生活了二十多年,他并没有适应这里的生活,还是有一种当过客的感觉。压在他肩上最沉重的负担就是这群奴隶，他无法下令用慢火烤人这样的酷刑，虽然在康布雷看来这是必不可少的手段。瓦尔莫兰跟监工头子还有那些上等白人的想法不同，他认为残暴是无效的，虽然他需要不止一次地为自己辩解。奴隶们能破坏一切他们所能破坏的，小到餐具的刀刃大到自己的健康，他们自杀或者生吞腐肉，最后上吐下泻、日益虚弱，这些都是瓦尔莫兰极力想要避免的极端行为。他经常扪心自问这些考虑到底有没有用，还是他其实就跟拉克鲁瓦一样让人憎恶。也许帕尔芒捷说得有道理，暴力、恐惧和仇恨是奴隶制中固有的成分，一个种植园主实在不得有所顾忌。极少几次他上床睡觉的时候头脑是清醒的，但幻觉总是折磨着他，让他无法入睡。由他父亲一手开创，如今又被他翻了好几倍的家产沾满了鲜血。和其他上等白人不同，他无法对从欧洲和美洲大陆传来的控诉声充耳不闻。在那里，人们把安的列斯群岛的种植园比作人间地狱。

到了9月底，北部的奴隶起义已经很常见了，奴隶们集体逃跑，临走之前，他们会放火烧了一切。田地里没有了劳动力，种植园主们也不想再花钱买些稍不留神就会逃跑的奴隶，法兰西角的黑人市场已经快瘫痪了。普罗斯珀·康布雷将监工的人数增加了一倍，并将警戒和纪律提到了最高级别。面对他的残暴，瓦尔莫兰也不得不退让三分，只是自己不参与其中。在圣拉扎尔，没人睡得安稳。从来都不轻松的生活如今变成了完完全全的痛苦和折磨。卡林达舞被废止了，午间休息也被取消了，尽管在正午闷热的天气下，奴隶们的劳动也没多少产出。自从罗斯大婶消失以后，就没有人能为大家治病了，也没人再能提供精神上的安慰和帮助了。唯一一个对她的消失感到满意的人是康布雷，他一丁点儿也没想过要把她追回来，因为他觉得离这个能把死人变成僵尸的老巫婆越远越好。要不是为了鼓捣这些神神鬼鬼的事情，她收集墓地的灰尘、河豚肝脏、蛤蟆和毒草还能有什么用？这正是监工头子从来都不脱掉他靴子的原因。奴隶们在地上撒下玻璃碴，毒液从切口渗进脚底板，到了第二天夜晚的葬礼上，他们把已经变成僵尸的尸体挖出来，再经过一顿棍棒的暴打让他起死回生。"我以为你不信这些鬼话呢！"有一次聊到这件事时，瓦尔莫兰笑着说。"我当然不信了，先生。但是真的有僵尸，真的有。"监工头子回答道。

就像这座岛上的其他地方一样，在圣拉扎尔一切都像是被画了休止符。特特经常会从主人那里或是奴隶们中间听到一些传言，但是罗斯大婶不在，她也不知道该要怎么解释这些。种植园就像是一个紧握的拳头，自己把自己封闭了起来。白天的时光变得异常难熬，夜晚也似乎永远没有尽头，大家甚至开始怀念起曾经的那个疯女人。欧亨尼娅死后，宅子里空荡荡的，多出来的时间和空间让这幢房子显得巨大无比，就连吵吵闹闹的孩子们也无法填补这种空虚。在这种脆弱的时期，所有的规矩都被放宽了，人与人之间的距离也拉近了。瓦尔莫兰习惯了罗塞特的存在，也终于接受了跟她之间的亲昵。她不管他叫主人，而是叫他先生。她念这个词的时候，就像一只小猫在喵喵叫。"等我长大了，我就要跟罗塞特结婚。"莫里斯常常这么说。未来有的是时间可以改变他的想法，孩子的父亲这样想。特特反复告诫孩子们他们两个人在本质上是不同的：罗塞特不被允许做的事，莫里斯是有特权做的。比如不用获得准许就可以进入某一间房间，或者在不被招呼的情况下就可以坐在主人的腿上。这个小男孩已经到了凡事都会要求大人给自己一个解释的年纪了，特特也总是用客观的事实对他坦白一切："因为你是主人的合法儿子，是男孩，是白人。你享有自由和财富，但罗塞特却不是。"这个答案不仅没有安慰到莫里斯，反倒让他号啕大哭。"为什么，为什么？"他一边抽泣一边重复着这句话。"因为这就是该死的生活，我的孩子。过来，我给你擦擦鼻涕。"特特这样回答他。瓦尔莫兰认为他的儿子早就到了可以一个人睡觉的年纪了,但是每次他试图强迫莫里斯一个人睡,他就又哭又闹,还会发烧。为了让莫里斯的情况好转,他的父亲允许他继续跟特特还有罗塞特睡在一起。但是这座岛上的紧张气氛却一时半会儿难以改变。

一天下午,来了好几个民兵,这些人在北部地区巡逻,试图控制住目前混乱的局面,和他们一起来的还有帕尔芒捷医生。由于路上危险重重,再加上还得照顾医院里的那些奄奄一息的法国士兵,所以他很少离开法兰西角。在其中的一个兵营中,有几个士兵染上了黄热病。在这种疾病转变成疫病以前尚且得到了控制,但疟疾、霍乱以及登革热却不断地在造成人员的伤亡。帕尔芒捷随民兵们一起上路,因为这是唯一可以保证安全的办法。他此行的目的与其说是看望瓦尔莫兰,不如说是借此机会来向罗斯大婶请教,毕竟他跟瓦尔莫兰在法兰西角也经常能见得到。当他得知老师消失的消息时,心情沮丧极了。瓦尔莫兰盛情款待了他的这位朋友还有同行的民兵们,他们到达的时候也是风尘仆仆的样子,一个个口干舌燥、疲惫不堪。几天的时间里,这个偌大的宅子里就充满了各种各样的活动和男人们的声音。由于正好有几个民兵会弹奏乐器,屋里甚至还响起了音乐声。十三年前,维奥莱特·布瓦西耶一时兴起买的那些装饰品终于也都派上了用场,它们已经不再精致,但都还能用。瓦尔莫兰叫来了几个会敲鼓的奴隶,办了个聚会。玛蒂尔德大婶将食品储藏室里压箱底的好东西都拿了出来,还做了水果蛋糕和步骤复杂、又油又辣的克里奥尔菜,这些都是她很久没做过的东西了。普罗斯珀·康布雷负责烤了一只小羊羔,这是所剩不多的羊羔中的一只,其他的都神秘消失了。种植园里的猪也都不见了,如果没有园里的奴隶做内应,那些马龙人是不可能把这么重的家畜成功偷出去的。每少一只猪,康布雷便会随意挑出十个黑奴,将他们鞭打一顿,因为总得有人为此付出代价。这几个月里,监工头子被赋予了前所未有的权力,他表现得就像是圣拉扎尔真正的主人一样。他对特特的傲慢无礼也越来越肆无忌惮了,而这正是他挑战东家权威的一种方式。瓦尔莫兰在叛乱爆发以后就胆小怕事了。意外到访的这群民兵跟康布雷一样,全都是穆拉托人,他们的到来助长了他嚣张的气焰。监工头子连问都没问瓦尔莫兰,就将酒分给了民兵们。他还当着东家的面对宅子里的奴隶发号施令,甚至拿他开玩笑。帕尔芒捷医生注意到了这一切,也注意到了特特和孩子们在康布雷面前瑟瑟发抖的样子。他差点就要开口跟瓦尔莫兰说这件事了,但经验告诉他必须对此保持沉默。每个种植园都是一个独立的世界,拥有自己的关系网络以及见不得人的秘密和龌龊之事。就比如罗塞特,这个肤色如此白皙的小女孩,她怎么可能不是瓦尔莫兰的亲生骨肉呢?那么,特特的那个儿子现在又如何了?他很想搞清楚这件事,但他从来不敢直接问瓦尔莫兰,毕竟白人和他们的女奴之间的关系本来就是文明社会的禁忌话题。

"我想您肯定已经注意到了这场叛乱造成的灾难,医生。这伙人已经将这儿夷为平地了。"瓦尔莫兰说道。

"确实如此。我在来的路上就看到了拉克鲁瓦种植园里的滚滚浓烟了。我们走近后发现甘蔗田里还在烧着。一个鬼影都没有,这种死寂真是让人害怕。"帕尔芒捷告诉他。

"这我知道,医生。因为在那场突袭后,我是最早赶到拉克鲁瓦种植园的那一批人之一。"瓦尔莫兰向他解释道,"拉克鲁瓦全家,包括监工、家奴统统都被杀光了,其余的奴隶都消失了。在上面调查整件事情前,我们就挖了个坑,临时将尸体埋了,毕竟不能让他们尸陈荒野。黑奴们这次真是大开了杀戒。"

"您不怕类似的事情发生在这里吗?"帕尔芒捷问道。

"我们武装得很好,而且时刻保持着警惕。我也相信康布雷的能力。"瓦尔莫兰回答他,"但说实话,我也很担心。那些黑奴把拉克鲁瓦全家都杀了个精光。"

"您的朋友拉克鲁瓦是出了名的残忍,这点更是激怒了暴乱的奴隶。在这场战争中,没有人会为别人考虑,我的朋友。您得做好最坏的准备。"医生打断了他。

"您知道那群暴徒高举的旗子上画的是一个穿在刺刀上的白人婴儿吗?"

"大家都知道。在法国,这一系列事情引起了普遍的恐慌。议会里已经没有人再继续支持奴隶了,就连黑人之友协会①都沉默了,但实际上,奴隶们是在以牙还牙。"

"不要将我们包括进去,医生!"瓦尔莫兰对他大喊,"您和我可从来没有犯下过那些罪行!"

"我并不是特指某一个人,而是这种长久以来的压迫。黑奴们的报复是必然的,我为身为一个法国人而感到羞耻。"帕尔芒捷悲伤地说。

"如果他们是要报复,那我们就必须要在他们和我们之间做出选择了。我们这些种植园主会捍卫我们自己的土地和资产,让殖民地恢复正常。我们绝不会袖手旁观的!"

他们确实没有袖手旁观,殖民主、骑警队和军队都出动了。凡是被抓住的造反黑奴都被活扒了皮。他们还从牙买加买进了一千五百条狗,从马提尼克买进了两倍多的骡子,这些骡子在经过训练之后被用于运送火炮上山。

---

① 黑人之友协会,1788 年成立于法国的废奴主义组织。

恐 惧

　　北部的种植园一个接一个地烧了起来。大火足足烧了几个月，明亮的火光在夜晚的古巴都可以隐约望见。浓烟笼罩了整个法兰西角，听奴隶们说，烟雾甚至还弥漫到了几内亚。艾蒂安·勒莱中校要负责向总督报告伤亡情况，截至 12 月底，伤亡的白人数量已经达到两千多名，如果没算错的话，黑人的伤亡人数比这个数还要多出一万。在法国，当人们得知了白人殖民者在圣多明戈的遭遇后，态度发生了一百八十度的大转变，国民议会也废除了不久前刚刚颁布的将政治权利赋予自由黑人的法令。就像勒莱对他妻子说的那样，这个决定完全不符合逻辑。因为穆拉托人跟奴隶起义一点关系都没有，他们本就是黑人最大的敌人，也是上等白人的天然盟友。他们和上等白人除了肤色不同，并没有什么两样。布朗什朗德总督不支持共和派，眼看这场叛乱愈演愈烈，他派出了军队去镇压奴隶，同时还派兵干预了在太子港爆发的白人与穆拉托人的激烈冲突。下等白人也坐不住了，他们开始屠杀自由黑人，而这些人以一种比白人和黑人的暴力行径加在一起还要更加野蛮的方式对其进行了反击。每个人都惶惶不可终日。整座岛屿都在咆哮声中颤抖着。这声震天撼地的咆哮来自一种积聚已久的仇恨，现在终于等到了让它爆发的契机。在法兰西角，被太子港事件激怒的白人暴徒们在大街上对穆拉托人发起了攻击，他们还强行闯入人家里打砸抢烧、凌辱妇女、屠杀孩童，把男人们绞死在阳台上。停泊在港口外的船只上都能闻到腐烂的尸体发出的恶臭。帕尔芒捷在寄给瓦尔莫兰的一封短信里,曾对这些发生在法兰西角的事件有过这样的评论:"没有什么事要比让暴徒们逍遥法外更加危险了,我的朋友。当人们失去理智,做出禽兽不如的事情时,甭管是什么肤色,本质都一样。要是您亲眼见到我所看到的一切,也一定会怀疑白种人是否真的要比其他人种更加高贵,而这个问题我们之前已经讨论过无数遍了。"

眼下这种愈演愈烈的暴行让帕尔芒捷感到十分害怕、震惊。他向艾蒂安·勒莱提出了见面的请求,随后二人便在中校的那间简陋不堪的办公室里见到了。他们是在军队医院认识的。他知道这位军官跟一个穆拉托女子结了婚,并且总是当着人面就自然而然地挽起妻子的手臂,从不把那些嚼舌的人放在心上。这是帕尔芒捷从来不敢对阿黛勒做的事。帕尔芒捷猜测这个男人一定比其他所有人都更能理解他的处境,于是准备将自己的秘密告诉他。勒莱请他坐在了办公室里唯一一把能坐的椅子上。

"中校先生,请允许我因为一件私事冒昧前来打扰您……"帕尔芒捷支支吾吾地说道。

"有什么是我能帮到您的呢,医生?"勒莱亲切地问道。帕尔芒捷曾经救过他好几个属下的命,因此勒莱欠他不少人情。

"实际上,我是个有家庭的人,她叫阿黛勒。但是,严格来说,她并不算是我的妻子,您懂的,对吧?但是我们在一起很多年了,并且还有三个孩子。她是一个自由黑人。"

"这事我知道,帕尔芒捷医生。"勒莱说。

"您怎么会知道?"帕尔芒捷惊讶地问道。

"因为工作的需要,我必须对很多事情都非常清楚。我的妻子维奥莱特·布瓦西耶认识阿黛勒,她还在阿黛勒那里买过好几件衣服。"

"阿黛勒是一名很出色的裁缝。"帕尔芒捷补充道。

"我想您到这儿来是想跟我说说最近发生的这些攻击自由黑人的事吧！我不能向您保证形势很快就会转好,帕尔芒捷医生。我们正在努力地控制住人群,但是军队的资源有限。我现在很担心,我的妻子也已经两周都不敢出门了。"

"我担心阿黛勒和孩子们……"

"在我看来,唯一能保护家人的办法就是把他们送到古巴去避避风头。他们明天就坐船走。要是您也愿意的话,我也可以送您的家人们去那里。虽然坐船不太舒服,但好在旅途不长。"

那天夜里,一队士兵护送女人和孩子们上了船。阿黛勒是一个皮肤黝黑、身材粗壮的穆拉托女人。第一眼看上去并没有什么吸引人的地方,但是却很温柔、幽默。她和维奥莱特之间的差别显而易见,在打扮得跟女王一样光彩照人的维奥莱特面前,阿黛勒穿得就跟个女仆一样,她甘心一辈子就这样躲在别人看不到的地方默默地维护丈夫的名声。这两个女人来自不同的社会阶层,肤色也相差了好几个等级,而在圣多明戈,肤色的深浅恰恰决定了一个人的命运;而且她们的身份也天差地别,一个是裁缝,而另一个则是她的顾客。尽管如此,她们还是紧紧地拥抱在了一起,因为在接下来的日子里,她们要共同面对流亡途中的风风雨雨。卢拉紧握着让-马丁的手,啜泣不止。她把天主教和伏都教的守护符统统都挂在了孩子的罩衫里面,希望不要被勒莱发现,因为这位中校先生是一个坚定不移的不可知论者。卢拉连小船都没有坐过,更别说是大船了。她很害怕坐着这艘破船在满是鲨鱼的大海里冒险航行,而这艘船在她眼里不过就是凑合拼起来的一捆木头,上面挂着几条像衬裙一样的船帆。帕尔芒捷医生从远处悄悄地向他的家人挥手道别,而艾蒂安·勒莱却当着他手下士兵的面与维奥莱特吻别。她是他此生唯一爱过的女人,他们忘情地拥吻着,信誓旦旦地说着不久就会再见。可后来,他却再也没有见到过她。

在桑博人①布克曼的营地里,不再有人挨饿,人们开始自力更生:男人们不再是骨瘦如柴;为数不多的几个孩子也不再像从前那样瘦得皮包骨头,肚子胀得巨大,眼睛像死人一样无神,女人们也开始怀孕了。在起义之前,那些马龙人躲在山体的裂缝中生活,饿了就靠睡觉来缓解,渴了就喝几口雨水。女人们会种上几株病恹恹的玉米苗,有时候还没来得及收割就得跑路了。她们用生命捍卫着屈指可数的几头山羊,山羊对于她们来说是神圣的动物,因为这里的孩子虽然生来自由,但要是没有羊奶喝,也活不了多久。甘博和其他五个男人是这里最勇猛的人,他们负责从外面弄来粮食物资。其中一个人的身上配有一把滑膛枪,他能从很远的地方击中奔跑中的野兔,但是由于子弹不够,所以他总是留着它们去打更大的猎物。男人们会在晚上溜进种植园,那里的奴隶们不管愿不愿意都会分给他们一些口粮。但实际上这是很危险的,因为他们很有可能会被人出卖或是活捉。如果甘博他们能进到厨房或是房子里,就可以偷到几麻袋面粉或是一桶干鱼。虽然数量不多,但总比饿到要吃蜥蜴强得多。甘博的一双手有着可以操纵动物的魔力,他经常能把一只老母骡子从厨房里牵出来,随后把它吃个精光,连一块骨头也不剩下。但这是一件既需要运气也需要胆量的事情,因为如果母骡子太倔,就很难拽得动它,但要是它很顺从的话,就可以顺利用布遮住它,然后将它一路带到丛林的深处。在那里,甘博会先求骡子宽恕自己即将夺去它的生

---

① 桑博人,印第安人和黑人的混血种人。

命,就像他父亲在打猎时教他的那样,随后很快就将它杀掉。男人们会一起扛着肉上山,他们边走边抹去脚印来躲避追兵。如今这些马龙人的入侵早已不再是从前那种没头苍蝇式的行动了。种植园里已经没人跟他们对着干了,几乎所有的种植园主都弃园而逃,他们可以从大火留下的废墟中拿走任何一样东西。正是因为这样,营地里才从来都不缺猪和鸡,还有一百多头山羊、许多麻袋的玉米、木薯、甘薯和菜豆,甚至还有朗姆酒、应有尽有的咖啡以及蔗糖。这种东西是很多奴隶终其一生在生产,但自己却连尝都没尝过的。从前的逃亡者现在已经变成了革命者。他们不再是手无缚鸡之力的逃奴帮伙,而是坚定勇敢的战士。因为前面已经没有回头路了:不是在战斗中牺牲就是在酷刑中丧命。他们只能赌自己会赢。

营地距离耻辱柱很近,柱子上挂着被刺穿的头颅和尸体,它们在太阳的暴晒下正慢慢腐烂。畜栏里关着一群等待着被处死的白人俘虏。白种女人被变成了普通奴隶或是性奴,就跟黑人女子之前在种植园里的遭遇一样。甘博对这群俘虏没有丝毫的同情,如果有必要的话,他会亲手处决他们,但目前他还没有收到这样的命令。他有着一双飞毛腿和良好的判断力,布克曼会派他去给其他头领送信或是去外出侦察。这个地区分布着很多奴隶帮伙,甘博对此十分了解。对于白人来说,最恐怖的要数让诺管辖的那个营地了。那里每天都会选出几个白人,用缓慢而残忍的酷刑将他们折磨到死,然而这些方法都是脱胎于这群种植园主曾经对奴隶惯用的暴行。跟布克曼一样,让诺也曾是一位非常厉害的恩贡,然而战争让他丧失了理智,在暴力面前他变得欲壑难填。他在人前吹嘘自己把人的头盖骨当作容器喝人血的事,就连他自己的手下都对他心存畏惧。甘博听到了其他头领之间正在讨论对让诺下手的事,头领们都觉得必须要在他的恶行惹怒本爹之前将其除掉。但他没有传话,因为作为间谍,他懂得要谨慎行事。

　　在其中的一个营地里，甘博认识了杜桑。虽然在那时这个男人一直居于二把手的位置，但他对头领们的影响却很大。杜桑还了解一些可以治病的草药，因此身兼着军师和医生两个职位。他是那里为数不多的能认字的人之一，因此他可以知晓岛上和法国发生的事情，尽管不是那么及时。没有人能比他更了解白人的心思了。他生于布雷达的一个种植园，在那里当奴隶。他自学成才，虔诚地信奉基督教并且赢得了主人的尊重。他的主人甚至在逃亡时将自己的家人托付给他。然而他和他主人的这种关系引发了许多猜疑，很多人认为杜桑会像仆人一样屈从于白人，但是甘博听他说过很多次他的毕生志向就是终结圣多明戈的奴隶制度，关于这一点，没人能让他改变想法。甘博从一开始就被他的人格魅力所吸引，如果杜桑变为头领，甘博会毫不犹豫地从自己的帮伙中出来去追随他。布克曼，那个大嗓门的高个子男人是被恩贡选中的人，是他这团星星之火点燃了布瓦卡伊曼的起义。但甘博觉得杜桑才是天之骄子，虽然他相貌丑陋，下颌骨突出，而且还长着一双罗圈腿。他说起话来就像牧师一样，还会对着白人们信仰的耶稣祈祷。甘博果然没有看错人。几个月之后，在一次冲击战中，那个战无不胜的布克曼最终还是被敌军俘虏了，要知道他曾经用一条公牛尾巴像驱赶苍蝇似的躲过了敌军的无数子弹。艾蒂安·勒莱抢在其他营地的叛奴采取行动之前，下令立即处死了他，以警示其他营地的反叛者。他们取下了布克曼的头颅，把它刺在长矛上，然后又把长矛立在了法兰西角广场的正中央，这样人人都能看得到。甘博正是因为腿脚灵敏才成了那场伏击战中唯一的幸存者，而且他还把消息传了出去。尽管让诺的队伍更加庞大，但甘博之后还是加入了杜桑所在的营地。他知道让诺剩下的日子不多了。果然，黎明时分就有人袭击了让诺。由于时间紧迫，这些人没有用那些他平时用来对付俘虏们的肉刑折磨他,直接将他绞死了。接下来,他们还要准备和敌人谈判。甘博想,让诺和他的几个手下死了以后,就该轮到那些白人俘虏了。但还是杜桑更有远见,他打算留着活口,拿他们做人质去跟敌人谈判。

鉴于目前殖民地上的种种灾难,法国选派了一个委员会来跟黑人头领谈判。这些黑人头领们已经准备好要归还人质以示友好。双方在北部的一个种植园里会面。那些数月以来在让诺的人间地狱中苟延残喘的白人俘虏们被带到了离自己家不远的地方,当他们明白过来黑人们这次并不是要用某种可怕的方式杀死他们,而是要放了他们时,开始四处惊逃,想要赶快跑到安全的地方去。女人和孩子们就这样一下子被逃跑的人群踩在了脚下。甘博想方设法地跟在了杜桑和其他谈判代表的身边。六个上等白人作为全体种植园主的代表,陪同刚从巴黎过来的代表们前来谈判,尽管这些法国佬到现在都还没完全搞清楚圣多明戈的具体情况。忽然,甘博在人群中看到了他的前主子,他连忙后退几步想要躲藏起来,但很快他就发现瓦尔莫兰根本就没注意到他,就算瓦尔莫兰看到了他,估计也认不出来。

双方谈判的地点在室外院子里的树下。刚一开始,气氛就十分紧张。起义的奴隶仍旧满怀疑心和愤恨,而种植园主们依然盲目自大。当听到头领们提出的和谈条件时,甘博大吃一惊。这些奴隶头领要求种植园主给予他们自己以及他们的那一小帮追随者人身自由,交换条件就是让剩下的那些起义的奴隶默默地回到种植园里继续为奴。从巴黎来的谈判委员们立刻接受了这个条件,因为这是再好不过的结果了。但圣多明戈的那些上等白人却并不准备接受这个条件,他们想要的是让这群奴隶无条件地集体投降。"他们想得还挺美!我们怎么会让步给这群黑奴?能活命就够他们高兴的了!"他们中的一个人这样喊道。瓦尔莫兰试图跟他这边的贵族们解释一

179

下,但最后还是多数人的意见占了上风,他们决定不对这群造反的黑奴做出任何妥协。奴隶这边的代表们愤然离席,甘博也跟着他们离开了。当他得知这些人准备背叛那些曾经和他们同生共死、并肩作战的兄弟时,他怒火中烧。"一旦有机会,我要把他们一个个都杀光。"他在心里暗暗发誓。他不再相信革命,但他没有想到的是这座岛的未来在那个时候就已经注定了。由于种植园主们丝毫不肯妥协,起义者们不得不在之后的很多年里继续战斗,直至他们取得胜利并将奴隶制终结。

法国派来的委员们对圣多明戈的混乱局面无能为力,最后只能离开了这里。不久后,一位名叫桑托纳克斯的身材肥胖的年轻律师率领着其他三位代表来到了这里。他们这次还带来了六千名援兵和来自巴黎的新指示。他重新修改了法律,同意赋予自由穆拉托人跟所有法国公民同等的政治权利,而就在不久以前他们的态度是拒绝的。当一些自由人被任命为军官后,许多白人士兵拒绝服从他们的命令,逃离了军队。以这件事情为导火索,白人与自由穆拉托人之间的百年积怨发展成了一种血海深仇。一个由六个白人、五个穆拉托人和一个自由黑人组成的委员会取代了过去只负责处理岛上内部事务的殖民地议会。暴力行为日益滋长,一发不可收拾。与此同时,布朗什朗德总督也因支持君主派,不服从共和派政府的领导而被指控。他被戴上了脚镣流放到了法国,不久之后,便被推上了断头台。

自由的味道

第二年夏天的故事是这样的。有天夜里,特特忽然惊醒,发觉有人用手死死地捂住了她的嘴。特特心想,担心了这么久的事情最终还是发生了,终于该轮到圣拉扎尔遭殃了。她一心只求能死得痛快点,起码能让正在她身旁熟睡的两个孩子少受点儿罪。为了不吵醒孩子们,她根本没有做出任何防卫,只是等待着任由对方处置。虽然知道不太可能,但她甚至还在想这也许只是一个噩梦。透过那层薄薄的窗户纸,院子里的火把在房间里反射出微弱的光亮。这时,她才隐约看见那个伏在她身上的男人的样子。但她没有认出他是谁,毕竟他们分开了一年半的时间,现在的这个男人已经不是曾经的少年模样了。但就在那时,他轻声唤了她的名字,扎丽特。特特立即感到胸口一阵悸动,她不再害怕,而是感到十分幸福。她伸出手想要抱住他,却发现他嘴里咬着一把匕首。特特把它拿了下来,男人呻吟了一声,便将自己的身体落在了早已做好准备的特特身上。自从他离开了特特,在这段漫长的时间里,他积攒了太多的渴望。他找寻着她的唇,顽皮的舌头在她口中四处探寻,双手隔着薄薄的衣衫握住了她的双乳。特特感受到他的下面硬了,便为他张开了双腿,但她突然想到孩子们还在身边,刚刚有那么一瞬间她把他们都抛在了脑后。于是,她推开了甘博,低声对他说:"你跟我来。"

他们小心翼翼地起身,从莫里斯的身上跨了过去。甘博找回了匕首,把它插在了自己的羊皮腰带上。特特拉好了蚊帐,以免孩子们被蚊虫叮咬。特特示意他在原地等一会儿,她自己去确认了一下主人确实还跟几个小时以前她离开时一样,待在自己的房间里。然后她吹灭了走廊上的油灯,回来找她的情人,在黑暗中摸索着将他带到了那个疯女人的房间里。房间在宅子的另一头,自从那个疯女人死了以后就一直空着。

他们相拥着倒在了那张被弃置已久的、已经有些潮湿的床垫上,在一片黑暗和死寂中做爱。他们不能互诉衷肠,愉悦的叫喊也只能化为阵阵喘息,这种激烈的情欲就快要让他们喘不过气来。在分开的那段日子里,甘博在营地里其他女人的身上发泄过自己的欲望,但都难平他心中的欲火。他十七岁了,对扎丽特的欲望一直让他备受煎熬。在他的记忆中,她是个高挑、丰满、壮硕的女子,而现在的她却显得那么娇小。原本他觉得无比丰满的那对乳房,现在他用双手握着绰绰有余。扎丽特像泡沫一样瘫软在他的身下。这份爱在甘博心中压抑了太久,他爱得急迫而贪婪,以至于他还没能进入她的身体就已经感到自己的生命在一声巨响中消失殆尽了。他陷入了一片虚空,直到当他感受到特特在耳边滚烫的呼吸,才重新回到了现实,回到了这间疯女人的屋子里。她在他耳边喃喃低唱,轻轻地拍着他的后背,就像哄莫里斯一样地安抚着甘博。当她感觉到他又重获新生的时候,便反身将他压在床上,一只手放在他的腹部让他动弹不得,另一只手在他身上肆意游走。她用柔软的双唇和饥渴的舌头吮吸着他的身体,让他感到飘飘欲仙,像被抛上了天空一样,完全沉浸在这电光石火般的爱欲中不能自拔。在每一个安静的片刻,每一场战斗的间隙,还有每一个雾气蒙蒙的黎明,当甘博在千年形成的山缝前为奴隶头领站岗时,他的脑海中都曾闪过对这种爱情的幻想。他再也忍不住了,于是便把特特拦腰抱起,让她跨坐在他身上。她弯下了身子,狂风暴雨般地亲吻着他的脸颊,舔舐着他的耳朵,用自己的乳头爱抚着他。她坐在他的胯上摇摆着身体,用她那强健的大腿使劲夹紧他,俨然一条在海底的细沙里灵活游弋的鳗鱼。他们纵情地享受着彼此的身体,共同为一支古老的舞蹈编排新的舞步,仿佛这是他们此生第一次,也是最后一次交欢。房间里充满了精液和汗水的味道,充满了小心翼翼的激烈情欲和狂纵不羁的爱情,充满了被压抑的呻吟、无声的欢笑、绝望的激情和垂死的喘息,而这所有的一切在一瞬间又变成了无数欢快的吻。这些事情可能他们之前也都跟别人做过,但跟自己真正爱的人做爱总归是不一样的。

激情过后,筋疲力尽。他们的手臂和双腿紧紧交缠在一起,幸福地睡着了,7月夜晚的闷热把他俩弄得晕晕乎乎的。一想到自己就这样放下了防备,没过几分钟甘博就吓醒了,但当他听到身边的女人在沉沉睡梦中发出的轻微鼾声,心情又放松了下来。为了不把她弄醒,他用手轻轻地抚摸着她,细细体会着自己离开的这段时间里,她的身体由于怀孕而发生的变化。她的乳房还有乳汁,但是已不再挺拔,乳头也都胀开了。他觉得她的腰身很细,因为他已经记不清她怀孕之前是什么样子了。她的腹部、髋部、臀部和大腿都是那么丰满而柔软。特特身上的味道也变了,闻上去已不再是肥皂的味道,而是奶水的味道,在那一刻她的身上充满了两者混在一起的味道。他深深地嗅闻着她的脖颈,感受着血液在她血管里的流动,感受着她呼吸的节奏和心脏的律动。特特伸了个懒腰,发出了一声满足的长叹。她正做梦梦到甘博,但一瞬间她反应过来,他们的的确确是在一起的,她不需要通过做梦去想象。

"我是来找你的,扎丽特。现在我们该走了。"甘博轻声说道。

他向她解释自己没有更早来找她的原因是不知道要带她去哪里,但现在他已经等不及了。他不知道白人有没有成功镇压住奴隶起义,但只要还有一个活着的黑人,他们就决不会罢休。所有起义的奴隶也都绝不会再回去重新为奴的。这座岛上尸横遍野、危机四伏,一个安全的角落都没有,但比这种恐惧和战争更糟糕的是他们还要继续彼此分离。甘博告诉她,他不相信任何一个头领,包括杜桑,他什么都不欠他们的,他想用自己的方式斗争。他可能会根据情况加入另一个帮伙或者干脆逃走。他对特特说,他们可以在他的营地里住上一段时间。他已经用木棍和棕榈叶搭了一间棚屋,也不需要担心吃食的问题。特特已经习惯了白人家里的种种舒适,而甘博目前只能提供给她十分艰难的生活,但她日后一定不会对自己的决定感到后悔,因为人一旦尝到自由的味道,就再也不会回头了。他感觉到了特特脸上的两行热泪。

"我不能丢下孩子们,甘博。"她说。

"我们把我的儿子带走。"

"是女儿,她叫罗塞特。但她不是你的,是主人的。"

甘博惊讶地坐起身来。在这一年半的时间中,他深深地思念着他的儿子,那个名叫奥诺雷的黑人小孩。他从没想过特特怀的竟然是她主人的女儿,是一个穆拉托小女孩。

"我们不能带走莫里斯,因为他是白人,也不能带走罗塞特,她太小了不能遭这个罪。"特特向他解释道。

"你必须得跟我走,扎丽特。我们今晚就得走,因为明天走就来不及了。这两个孩子都是白人的,你把他们忘了吧。你多想想我们,你想想我俩以后会有自己的孩子,想想自由。"

"为什么明天走就来不及了?"特特问他,她边说边用手背拭去了眼角的泪水。

"因为明天就会有人来袭击这个种植园。这是最后一个了,其他所有的种植园在这之前都已经被毁了。"

特特这才意识到她要做的这个决定事关重大。甘博不仅仅是要她跟孩子们分开,而是要她弃他们于危难之中而不顾。面对甘博,此刻在她的心中燃起了熊熊怒火,就像几分钟前她对他燃起的熊熊欲火一样。她永远都不会为了他或是为了自由而抛弃孩子们。甘博一把搂住她,紧紧把她抱在胸膛,仿佛想要把她从这里带走。他说莫里斯是无论如何也不能带走的,但营地里或许可以容得下罗塞特,只要罗塞特的肤色不那么白。

"那些造反的奴隶是不会放过他们中的任何一个的,甘博。唯一能救他们的办法就是让主人把他们带走。我相信主人一定会拼了命地保护莫里斯,但他是不会这样对待罗塞特的。"

"没时间想这些了,扎丽特,你主人自己都死到临头了。"他说。

"要是主人死了,那孩子们也活不成。我们必须得在天亮之前把他们三个送出圣拉扎尔。你要是不想帮我,我就自己来。"特特已经下定了决心,她边说着边摸黑穿上了衣服。

她的计划简单得不能再简单了,但是她说得如此坚决,甘博也只好答应了她。他不能强迫她跟他走,却也不能丢下她不管。他很熟悉地形,也习惯了四处藏身,他可以晚上行动,躲避危险并且保护自己,但是特特不行。

"你觉得那个白人会同意吗?"他最后问道。

"他还有别的办法吗?要是他还留在这儿,那么他和莫里斯就会死无葬身之地。他不仅会同意,而且还得为此付出代价。你在这儿等着我。"她回答。

扎 丽 特

我浑身滚烫、大汗淋漓,脸颊因为亲吻和眼泪而变得有些肿胀,皮肤上散发着和甘博激情过后的味道,但这些都无关紧要。我点亮了走廊上的一盏油灯,朝着瓦尔莫兰的房间走去。我没敲门就走了进去,这是我以前从来没做过的事情。我看到他喝得烂醉如泥仰躺在床,口水顺着他张开的嘴巴一直流到了下巴。他的胡子已经两天没刮了,灰白的头发也乱糟糟的。对他的厌恶之情让我站不太稳,我以为自己快要吐了。过了一会儿,酩酊大醉的他终于透过光亮,在一片朦胧之中看到了我。他大叫着醒来,一只手迅速抽出了藏在枕头底下的手枪。在认出了是我之后,他放下了枪,但并没有脱手。"你干什么呢!特特!"他一边责问我,一边跳下了床。"我有事要跟您请示,主人。"我对他说。我的声音没有丝毫颤抖,就如同我手中的油灯一样。他没有问我为什么会在大半夜叫醒他,因为他预感到是有什么大事发生。他坐到床上,将手枪放在了膝盖上。我告诉他,再过几个小时,起义的奴隶就会来袭击圣拉扎尔。通知康布雷是毫无用处的,因为要想阻止这群人起码需要一支军队。就跟在其他种植园里发生的事一样,奴隶们会加入入侵者的队伍,他们会杀人放火,这又将是一场血雨腥风,所以我们必须马上带着孩子们逃跑,不然到了明天就死定了。一死了之还算好的,更惨的是被折磨得半死不活。我是这样对他说的。"你是怎么知道这些的?""您曾有一个奴隶,他在一年多以前逃跑了,现在他又回来把这些告诉了我。他会给我们带路,不然光靠我们自己,可能连法兰西角都到不了,那个地方现在已经完全被起义的奴隶控制住了。"

"他是谁?"他一边飞快地穿上衣服,一边问我。

"他叫甘博,是我的情人……"

他扇了我一耳光,差点把我给打蒙了。他还准备继续扇我,但这时我用力抓住了他的手腕,力气大到连我自己都觉得有些不可思议。在这之前,我从来没敢直视过他的脸庞,也从来不知道他有一双浅色的眼睛,就像多云的天空一样。

"我们会努力挽救您和莫里斯的生命,条件是您答应给我和罗塞特自由。"我一字一句地说道,为了让他能听懂我的意思。

他紧紧捏住了我的胳膊,带着威胁的意味,把脸凑到了我的面前。他一边咬牙切齿,一边暴跳如雷地骂我。那短短的几分钟仿佛过了一个世纪,我又开始犯恶心,但没有把目光从他脸上移开。最后,他坐下了,双手无助地抱着头。

"和你的奸夫滚吧。你不需要我给你自由。"

"那莫里斯怎么办?您是保护不了他的。我不想一直过逃亡的生活,我想要成为一个自由的人。"

"好,我会让你如愿以偿的。走,快点儿,穿好衣服,把孩子也叫起来收拾收拾。那个奴隶藏在哪儿呢?"他问我。

"他现在已经不是奴隶了。我会去叫他的,但是请您先写一个契约,承诺给我和罗塞特自由。"

他没再多说什么就坐到书桌前,在一张纸上飞快地写下了一行字,然后用滑石把墨迹弄干,拿起来吹了吹,最后盖上了他戒指上的火漆印章,就像我之前看他处理各种重要文件那样。由于我不识字,所以他大声为我朗读了纸上的内容。我的喉咙哽咽了,心脏在胸口剧烈地跳动着:因为这一纸文件可以改变我和我女儿的命运。我小心翼翼地把它折了三折,放到欧亨尼娅夫人装玫瑰念珠的小口袋里。以前她总是把这个小口袋挂在脖子上,再放到罩衫里面。我不得不拿出了里面的念珠,希望欧亨尼娅夫人能原谅我。

"现在把枪给我。"我对他说。

他不想交出他的枪,并向我解释说他是不会朝甘博开枪的,毕竟甘博是唯一能帮我们活命的人。我记不太清我们是如何收拾准备的了,只记得短短几分钟后他又装上了另外两把手枪,还把办公室里所有的金币都拿了出来。欧亨尼娅夫人留下的一个小蓝瓶里还余了些鸦片,我便从里面拿了一些喂给两个孩子吃了。吃完后,他们睡得就像死人一样沉,我不禁担心是不是给他们喂多了。我毫不担心田里的奴隶们,因为从明天起,他们就拥有自由了,但在暴乱中,家奴的命运多半是跟种植园主们一样惨。甘博决定去通知一下玛蒂尔德大婶,因为她在他逃跑时曾为他争取了好几个小时的时间,而且她还因此受到了惩罚,现在该轮到甘博还她这个人情了。半个小时后,等我们已经逃到了足够远的地方,她就可以召集家奴们,一起混入在田里干活的奴隶中间。我把莫里斯绑在了他父亲背上,又给了甘博两大包口粮,我负责背着罗塞特。在瓦尔莫兰看来,我们简直是疯了才会选择徒步逃跑。他认为我们可以从马厩里牵几匹马出来,但是甘博觉得骑马太引人注意,而且我们要走的那条道也不适合骑马。我们借着房屋的影子,穿过了庭院,避开了那条有警卫巡逻的椰树大道,朝着甘蔗地走去。田里的老鼠泛滥成灾,它们拖着恶心的尾巴在我们面前钻来钻去。看到这一幕,主人犹豫了,甘博把刀架在他的脖子上,但没有杀他,因为我紧紧拉住了他的胳膊。我们需要他来保护孩子们,我提醒甘博。

我们钻进了一片甘蔗地里。风吹过田间的甘蔗,发出了一种令人毛骨悚然的咝咝声响,这中间还混杂了风的呼啸声、刀砍在甘蔗上的声音,以及茎秆之间藏着的恶鬼、地上的毒蛇和蝎子发出的响声。这里就像是一个巨大的迷宫,声音诡谲多变,道路蜿蜒曲折。一旦有人迷路,就算是喊破嗓子,也不会被人发现。因此甘蔗田全部都是被按照四方格或四边形分割的,收割时,也是要从四周向中间砍伐。康布雷惯用的惩罚手段之一就是在夜里把一个奴隶丢到甘蔗地里,天亮以后便放狗去咬他。我不知道甘博是怎么给我们带的路,也许他只是在凭着感觉走,抑或是凭着他在偷盗其他种植园时积累的经验。我们排成了一列,两两挨着,防止有人走丢。同时,我们还尽可能小心地避开了那些锋利的甘蔗叶。在走了很久之后,我们终于走出了种植园,进入了森林。虽然走了好几个小时,但其实并没有走多远。黎明时分,我们清楚地看到圣拉扎尔燃起的大火将天空烧得通红。风吹来的浓烟让人窒息,这股呛人的浓烟中还混杂着甘蔗的甜味。肩膀上熟睡的孩子重得就像石块一样。爱祖丽,母亲神,求你帮帮我们吧。

我一直以来都光脚走路,但却不习惯走这样的路。我的双脚流了血,疲惫不堪。反倒是比我年长二十岁的主人,却背着莫里斯一刻不停地前进着。最后,我们中间最年轻也最强壮的甘博提议休息一会儿。他找来了一根木棍并用它驱赶了地上的毒蛇,然后帮我们解下了背上缚着的孩子,把他们放在了一堆树叶上面。一开始甘博想要主人的手枪,但最后还是听了主人的话。他告诉甘博枪在自己手里更能派得上用场,因为甘博并不懂如何使用它们。最终两人达成了协议,甘博拿一把,主人拿两把。我们走到了沼泽地附近,在植被的遮盖下,几乎没有阳光可以射进来。这里的空气就像开水一样烫,沼泽里的淤泥两分钟内就能将一个大活人吞噬。然而甘博依然很镇静,他找到了一个水塘,我们喝了水,还用水弄湿了自己和孩子们身上的衣服。孩子们仍然昏睡着,我们分食了一些面包,接着休息了片刻。

很快甘博就催促我们再次上路,这辈子从来没被谁命令过的主人乖乖地听从了他的命令。我之前以为沼泽就是一个泥塘,而实际上它是一摊肮脏的死水,上面冒着令人作呕的蒸汽,淤泥都沉在底部。这时,我想起了欧亨尼娅夫人。我想她大概宁愿让自己落到起义的奴隶手上,也绝不愿意穿过这一层层浓雾般的蚊子堆,还好她如今已经在基督徒的天堂里安息了。甘博熟知这里所有的路,但背着孩子跟上他并不容易。爱祖丽,水神,请你救救我们吧。甘博扯下了我的头巾,他先用叶子裹住了我的脚,然后又用布片将它们绑紧。主人穿的是高筒靴子,甘博觉得虫蛇的毒牙是无法咬穿他脚上的鸡眼的。我们就这样一路前行。

我们还在沼泽地的时候,莫里斯就先醒了过来,他吓坏了。罗塞特醒来后,我一边继续往前走一边给她喂了些奶,随后她就又睡了过去。我们走了整整一天,到达了布瓦卡伊曼森林。在这里,我们不用担心会被沼泽吞噬,但却有可能会遭到攻击。甘博曾在那里见证了起义的开始,正是在那个时候,我的教母受奥贡之托,宣布了战争的开始并指派了奴隶起义军的头领。从那时开始,罗斯大婶就奔波于不同的营地之间,忙着医病、祭祀洛阿神和预言未来,完成她的主宰星赋予她的使命,因此她受到所有人的敬畏。她曾经对甘博说让他紧跟着杜桑的阵营,因为战争结束后,杜桑将会成为最终的王者。甘博问她等到了那个时候我们是不是就自由了,她肯定地对他说是的。但在这之前必须要消灭所有白人,甚至包括刚出生的白人婴儿。这片土地上将会血流成河,就连新长出的玉米穗上都会沾满鲜血。

我又给孩子们喂了一点儿药水,然后我们把他们安放在了一棵大树下面。比起人或者是鬼,更让甘博害怕的是野狗,但此时我们也不敢生起篝火来不让它们靠近。我们让主人看着孩子,并将三把上了膛的枪都留给了他,确定他不会离开莫里斯半步,这时我和甘博才走远了一些,做我们想做的事情。自从我决定了要追随甘博,主人对我的憎恶就全都写在脸上了,但他什么都没说。我很担心之后自己的处境,因为我很了解白人复仇的时候有多凶残,我也知道那个时刻早晚都会降临。我一路背着罗塞特,累得筋疲力尽、腰酸背疼。在那个时候,我心中唯一想要的只是甘博的拥抱,其他一切都不再重要。爱祖丽,快乐之神,请让时间永远停在今夜吧。故事就是这样。

逃 亡 者

　　起义的奴隶们差不多是在夜幕即将退去时袭击了圣拉扎尔。在那个时候,劳作的钟声还没有敲响,人们都还在沉睡。起义者手中挥舞的火把起初就像是彗星的明亮尾巴,星星点点的光亮在黑夜里迅速移动着。他们一开始藏在甘蔗地里,后来一下子从茂密的甘蔗林里拥出了数百人。其中的一个看守跑到了大钟前面,但随即就被二十只挥着刀子的手剁成了血肉模糊的烂泥。干枯的甘蔗是最先烧起来的,很快就把其他的也烧着了。不到二十分钟,大火便覆盖了所有的田地,并朝着庄园宅子的方向蔓延。火苗四处飞溅,蹿得又高又猛,院子里的隔火墙也无法阻止火势的蔓延。大火肆虐呼啸的巨响中还混杂了袭击者震耳欲聋的嘶吼,以及宣告战争爆发的号角的哀鸣。冲进来的进攻者们要么赤身裸体,要么衣不蔽体。他们带着砍刀、锁链、匕首、木棒、刺刀和没上子弹的滑膛枪,像挥舞棍棒一样,挥动着手中的武器。很多人全身都涂满了灰垢,另一些人神志不清或是酩酊大醉,但乱局的背后只有一个目的,那就是破坏一切。厨娘已经及时通知了所有家奴,他们混入了在田里干活的奴隶们中间,跟随他们一起离开了茅棚,加入起义的队伍当中,参与这场为了复仇和毁灭的狂欢。刚开始还有一些奴隶犹豫不定,他们害怕起义者的暴戾凶残,又害怕主人之后报复惩罚,但是他们已经别无选择。若想退缩,那就只有死路一条。

监工们一个接一个落入了起义者之手,但是普罗斯珀·康布雷和其他两个人配好了足够他们撑过几个小时的枪支弹药,躲进了宅子的地窖里。他们相信大火一定会引来骑警队或是在附近巡逻的士兵。黑人们的进攻有如台风般暴怒、迅猛,往往在持续几个小时之后就消散得无影无踪。监工头子觉得很奇怪,房子竟然是空着的,他想瓦尔莫兰一定是早早就在地下备好了藏身之处,他和他的儿子、特特还有那个小女孩都躲在那里。康布雷丢下他的手下,朝瓦尔莫兰的办公室走去。他的办公室平时总是锁着的,而如今却大门敞开。他不知道保险箱的密码,本打算把它撬开,反正没有人会知道是谁偷了金币,但他发现保险箱也是开着的。他这才开始怀疑瓦尔莫兰没有知会他一声就自己逃跑了。真他妈是个胆小鬼!他生气地大吼。为了保住自己的小命,连种植园都不要了。不过康布雷还没来得及抱怨就去跟其他人会合了,因为造反的阵仗已势不可挡。

康布雷听到了马嘶和犬吠的声音,他能分辨出哪些是能把人咬死的大猎犬的叫声,它们的叫声更加粗重、凶狠。他估摸自己的这几条宝贝猎犬在被杀死之前至少能咬死好几个人。宅子已经被包围了,起义的奴隶们也已经攻占了庭院,破坏了花园,东家的那几株珍贵的兰花一株都不剩了。监工头子听见他们在走廊里的动静:他们砸倒了大门或是从窗子爬进来,毁掉了眼前的一切。法国家具被砸烂了,荷兰地毯被撕碎了,西班牙钱箱被倒空了,还有中国屏风和瓷器、德国钟表、金鸟笼、罗马雕像和威尼斯镜子,所有维奥莱特·布瓦西耶在那时买的物件都变成了碎片。当这群人厌倦了搞破坏之后,就开始搜索这家人的踪迹。康布雷和那两个监工已经用布袋、木桶和家具把地窖的门堵好了。他们透过小窗外层铁网的缝隙开始向外射击。康布雷他们和那些被自由冲昏了头脑、对子弹无所畏惧的起义者之间只隔了一层墙板。在黎明拂晓之际,他们看到有几个奴隶倒下了。这些人离得如此之近，近到可以透过甘蔗燃烧的呛人浓烟闻到他们身上的味道。一些人倒下了，另一些人就踩着他们的尸体继续战斗。康布雷和他的手下还没装好子弹，他们就来了。他们听见有人咣咣地撞击着木门，声音震耳欲聋，宛如来自一场声势浩大的飓风，在加勒比海积攒了一百年的仇恨终于爆发了。十分钟过后，整个宅子都陷入了一片火海。起义的奴隶们在院子里等着，等到监工们从火场里逃出来的时候再把他们活捉。然而，他们并没能让康布雷受到应有的折磨，因为他宁愿将枪筒放进嘴里，自己了断了自己。

与此同时，甘博一行人正抓着各种岩石、树干、树根和藤蔓向上攀爬。这一路上，他们越过悬崖，穿过深涧。甘博并没有夸张，这条路骑马是走不了的，只有像猴子那样灵活才能走下去。在那片一望无尽的深绿中，很快便浮现出了斑斓的颜色：大嘴鸟黄色或橘黄色的鸟喙、短尾鹦鹉和金刚鹦鹉彩虹般的羽毛，还有树杈上倒挂着的热带花朵。到处都是水，溪流、池塘、雨水，亮晶晶的瀑布穿过彩虹飞流直下，落入到一片亮闪闪的浓密蕨草丛中。特特浸湿了一块手帕，把它系在头上，用来遮住自己那只被瓦尔莫兰一巴掌扇得青紫的眼睛。她对甘博说是自己的眼皮被虫子咬了，免得两个男人之间因她而起冲突。瓦尔莫兰脱下了那双被水泡了的靴子，因为他的脚已经泡脱皮了。甘博看到这一幕笑了出来。他觉得很不可思议，这个白人竟然在用这么一双粉嫩得像被剥了皮的兔了一样的脚走路。没走几步，瓦尔莫兰就不得不重新穿上了靴子，他没法再背莫里斯了。小男孩被他的父亲牵着走了一段路，其他时候都是骑在甘博的肩头，牢牢地抓着甘博粗硬的头发。

有几次，为了躲避无处不在的起义者，他们不得不藏起来。有一次，甘博让他们几个留在一个岩洞里，独自一人去见了他认识的几个人。他曾经跟这群人一起在布克曼的营地里待过，其中的一个人脖子上挂了一条用人耳穿成的项链,上面的耳朵有一些已经干得像兽皮一样了,另一些还是鲜粉色的。他们跟甘博一起分吃干粮,有煮熟的甘薯和几片熏羊肉。他们休息了一会儿,谈论着战争的情况和有关新头领杜桑的传闻。有人说杜桑简直不像是人,他有着一颗野犬般的心,狡猾而又孤僻,不为酒色和金钱所惑,其他首领对这些东西可是趋之若鹜。杜桑不用睡觉,只吃水果,能在马背上度过两天两夜。他从来都不高声说话,但是人们只要一见到他就会吓得瑟瑟发抖。他既懂草药又能预知未来,还会破解自然界的信息。他能读懂星象,也能窥视人心,这样便不会遭到背叛,也不会落入陷阱。傍晚时分,天有些凉了,他们相互告别。因为岩洞离这里很远,所以甘博费了好一会儿才找到回去的路,但好在最后还是回去了。其他人虽然又热又渴、奄奄一息,但也不敢出去,也不敢找水喝。甘博把他们领到附近的水塘,让他们喝了个够,但目前还能分给他们吃的干粮已经少得可怜了。

  瓦尔莫兰的两只脚已经在靴子里泡烂了,一阵阵刺痛遍布了他的双腿。他愤怒地痛哭,疼得想躺倒在地、一死了之,但是为了莫里斯,还是得继续前行。第二天傍晚,他们看到几个赤身裸体的人。这些人手拿砍刀,只在腰上系了一条皮带,上面别着匕首。甘博他们赶紧藏在了几簇蕨草后面,在那里躲了一个多小时,直到那几个人消失在密林之中。甘博走到一棵好几米高的椰子树下,顺着笔直的树干爬上去。他抓着像鳞片一样的树皮,摘下几颗椰子,扔到了地上。因为地上有草,所以没有太大的声响。孩子们可以喝椰汁,并分食些香甜的果肉。甘博说他刚才从树的高处看到了平原,海地角就在不远处了。他们在树下度过了一晚,收好了所剩不多的干粮留着第二天再吃。莫里斯和罗塞特在瓦尔莫兰的照看下,蜷缩着睡着了。瓦尔莫兰这几天仿佛一下子老了十岁,他感觉自己狼狈不堪,没有了尊严,也没有了勇气,更失去了灵魂。他感觉自己退化成了动物,变成了一具行尸走肉,像一条狗一样跟在一个黑鬼身后,而这个黑鬼还隔着咫尺之遥跟他的女奴苟且。那天晚上,就像之前的每一个晚上一样,瓦尔莫兰都能听到他们的声音,他们完全不顾体面,更毫不畏惧他的存在。瓦尔莫兰能清楚地听到他们二人男欢女爱的整个过程,听见他们快活的呻吟、急促的喘息、肉麻的情话和肆意的欢笑。他们做了一次又一次,如此旺盛的性欲和精力不像是人类所拥有的,而像是野兽的。瓦尔莫兰感到自己被羞辱了,他痛苦地哭了起来。他脑海中想象着特特熟悉的身体,她那修长的双腿、紧实的臀部、纤细的腰身、丰满的乳房,还有她那又滑又软、又香又甜的皮肤,此时被充满了欲望和罪恶,无所顾忌、放浪不羁的汗水浸得微微湿润。他眼前仿佛看见了特特的脸:她眯着双眼,用温软的嘴唇和大胆的舌头激烈地亲吻,两只微张的鼻孔深深地嗅闻着那个男人的身体。虽然此刻瓦尔莫兰脚疼无比、精疲力竭,虽然他连作为男人的那点自尊心都被狠狠践踏了,内心还充满了对死亡的恐惧,但他下边还是不由得变硬了。

"等明天走到平原,我们就把那个白人跟他的儿子丢下。从那里开始,路就好走了,他只管埋头朝前走就行。"黑暗中甘博一边亲吻着特特一边对她说。

"要是他们在到达海地角之前被起义者抓住该怎么办?"

"我已经把我该做的都做了,把他们活着带出种植园了。现在就看他们自己的了。我们去杜桑的营地,他的主宰星是天空中最亮的那颗。"

"那罗塞特呢?"

"如果你想的话,就让她跟我们一起。"

"不行,甘博,我得跟那个白人一起走。对不起……"她低声说道,悲伤得弯下了身。

甘博感到难以置信,放开了她的身体。特特不得不重复了两遍,好让甘博明白她心意已决,而且这是唯一可行的办法。因为起义者绝不会接纳有着四分之一白人血统和白净皮肤的罗塞特,她每天都会食不果腹、惶惶不安,会成为最可怜的人。而跟瓦尔莫兰在一起,罗塞特会安全一些。特特向甘博解释说她不能跟孩子们分开,但他完全听不进去,一心只认为扎丽特想跟白人在一起。

"那自由呢?对你来说就不重要了吗?"他握住她的肩膀,摇晃着她的身体。

"我已经自由了,甘博。这个袋子里有我的赎身契,是主人写的,并且在上面盖了章。我和罗塞特都已经自由了。我会一直服侍他直到战争结束,然后你想去哪里我都跟你一起去。"

他们在平原上分道扬镳了。甘博拿走了那把手枪,转身朝着丛林的方向跑去。他甚至没有道别,也没有再多看他们一眼,因为他怕控制不住自己想要杀了瓦尔莫兰和他儿子的冲动。他原本可以毫不犹豫地杀了他们,可是他知道,如果他伤害了莫里斯,他就会永远失去特特。瓦尔莫兰、特特和孩子们又继续上路了,那是一条可以让三匹马并驾齐驱的宽路,但是如果碰上起义的黑人或是敌视白人的穆拉托人,那可就危险了。瓦尔莫兰的脚已经脱皮了,一步都走不了了。他一边哼哼唧唧一边拖着身体前进,身后跟着哭闹不止的莫里斯。特特发现了一处灌木丛下面的阴凉地,她把最后一口吃的给了莫里斯,并对他说她会再回来的,但可能需要一些时间,他必须要勇敢一点。特特亲了亲莫里斯,让他和他父亲待在一起,自己则是背着罗塞特踏上了一条小路。从此以后,一切就要看命了。特特没有包头巾,烈日直射在她的头顶。放眼望去,这片土地上的景色哪儿哪儿都一样,让人倍感压抑。地上长满了又短又硬的厚厚的牧草,星星点点地散落着些岩石和被风吹得东倒西歪的矮灌木。土地十分干旱，泥土结成了一粒一粒，哪里都找不到一滴水。这条路上平时行人往来络绎不绝，自从奴隶起义之后，就成了军队和骑警队的专属通道。特特对距离只有一个大致的概念，但她不知道走路到离海地角最近的要塞到底需要几个小时，因为她以前都是坐瓦尔莫兰的车去的。"爱祖丽，希望之神，请保佑我。"她步履坚定，不去想前方还有多远，而是想着已经走了多远。周围一片荒凉，没有参照物，所有的景物都是一样的，她被困在了原地，如同陷入了噩梦之中。罗塞特哭着想要水喝，她嘴唇干裂、目光呆滞。特特又给她喂了一些小蓝瓶里的药水，轻摇着把她哄睡，然后又继续上路了。

特特一口气走了三四个小时，脑子一片空白。"水，我必须要喝水。"一步，一步，又一步。"爱祖丽，水之神，请不要让我们口渴而死。"她的两条腿兀自向前挪着，她还听到了鼓声：布拉鼓的召唤、赛贡鼓的应和，妈曼鼓随之发出了一阵深沉叹息，打破了鼓点的节奏，其他的鼓声又再次响起，变奏、转调和跳音交替演奏。忽然又传来沙槌欢快的声音，那些无形的手再一次敲击着绷紧的鼓面。鼓声让特特充满了能量，她和着音乐重新迈开步伐。又过去一个小时，特特脚下踩的是炽热的土地，身体却异常轻盈。她心里越走越轻松，她不再感到像是有鞭子在抽打她的骨头一样，也不觉得脑袋嗡嗡作响。一步接一步，她又走了一个小时。"爱祖丽，怜悯之神，帮帮我吧。"突然，在她跪下的时候，一道闪电从头到脚击中了她，一时间冰火狂风四起，最后又归于一片沉寂。就这样，爱祖丽女神如同一阵狂风般降临到她的信徒——扎丽特身上。

艾蒂安·勒莱是第一个发现她的人，因为他走在骑兵队的最前面。他看到路上出现一道瘦削的黑影，在日光强烈的反射下，那个摇摇晃晃的侧影就像是一种视力的幻觉。他踢了一下坐骑，走上前想看看是谁在这么热的天气还敢在荒山僻野里独行。他走近了才看到一个背对着他的女人,她身姿挺拔、神态高傲,伸展着双臂似乎要飞起来。她的身体跟随着一种神秘的节奏,像蛇一样扭动,身后还背了一个包袱,他猜测这应该是个孩子,也许已经死了。他朝她喊了一声,但是她没有回应,继续飘舞在空中。直到勒莱把马横在她面前,她才停下。看到她翻着白眼,他这才知道她要么是疯了,要么是被附体了。他曾在卡林达中看到过这种疯癫的表情,他原以为这是一种集体的癔症,只有当一群人在敲鼓的时候才会出现。作为一名实用主义的法国军人和无神论者,他对这些装神弄鬼的传统十分厌恶,在他看来,这就是非洲人原始落后的又一例证。爱祖丽站在了这位骑士面前,她那烈焰红唇之间吐出了蛇芯般的舌头,身体化作了一团火,美艳而诱惑。勒莱高举的长鞭抽在她的肩膀上,一下子就驱除了附体。爱祖丽消失了,特特立刻昏倒在地,就像是一团落入尘土的破布。士兵们骑马赶上来,将虚弱的特特围在中间。艾蒂安·勒莱跳下马,俯身去拽特特身后的包袱。他解开一看,才发现里面是个小女孩,不知道是睡着了还是已经不省人事。勒莱将女人翻过来,他看到眼前的这个穆拉托女孩和刚刚在路上跳舞的女人判若两人。这个可怜的姑娘满身污垢、汗流浃背,她的面部表情狰狞,一只眼睛乌青,嘴唇干裂,脚上缠着破布,血迹依稀可见。这时,一位士兵也跳下了马,他弯下腰,从军用水壶里倒了一些水喂给了孩子,又喂了一些给特特。特特睁开了眼睛,一开始她什么都记不起来。她被附体的经历、她的女儿、鼓声、爱祖丽……什么都不记得了。他们把她扶了起来,又给她喝了些水。直到她喝够了,脑子里才开始有了些意识。"罗塞特……"她含混不清地说道。"她还活着,但对外界没什么反应,我们也叫不醒她。"勒莱对她说。这几天来的恐惧一下子又浮上她的心头:鸦片、种植园的大火、甘博、主人,以及还在等着她的莫里斯。

瓦尔莫兰看到路上尘土飞扬，于是赶忙缩回到了灌木丛里。一种原始的恐惧感让他六神无主，这种恐惧感在当他看到他的邻居拉克鲁瓦被剥了皮的尸体后就产生了，之后便在他心中与日俱增。时至今日，他已经完全分不清自己身在何时何地，已经逃了多远的路。他不知道自己为什么要像野兔一样藏在灌木丛里，也不知道昏倒在自己身边的这个拖着鼻涕的小男孩是谁。那队人马在不远处停了下来，其中一个骑兵大声呼喊他的名字。他这才敢抬眼望去，看到了一些穿着军装的人。瓦尔莫兰从心底发出一声如释重负的哀号，他从灌木丛里爬出来，披头散发，衣衫褴褛，身上布满了抓痕、伤口的结痂和干掉的污泥。他哭得像个孩子，跪在马前，一遍一遍地说着"谢谢，谢谢，谢谢"。阳光照得他头晕目眩，身体也已经处于脱水状态。他没有认出勒莱，也没注意到骑兵队里的所有人都是穆拉托人。他只需要看到法国军队的制服就安心了，仅凭这点就足以让他认定自己得救了。他取下了绑在腰间的小包，从里面掏出了一把金币撒在士兵们面前。散落在地上的金币闪闪发光，多谢，多谢。艾蒂安·勒莱对此感到十分厌恶，他吩咐瓦尔莫兰把钱收起来，并向他的手下打了个手势。其中的一名骑兵便跳下马，给了瓦尔莫兰一点水喝，并把自己的马让给了他。特特原本骑在另一匹马上，只见她艰难地下了马，背着罗塞特去找莫里斯了，因为她还不太习惯骑马。在灌木丛里，她找到了蜷缩成一团的莫里斯，他因为太过口渴而满嘴胡话。

他们此时距离海地角已经不远了。没过几个小时，就顺利地进了城，没再遭什么罪。鸦片的劲儿也过了，罗塞特醒了过来。莫里斯筋疲力尽，在一个骑兵的怀里睡着了。图卢兹·瓦尔莫兰也恢复了神志。他脑海中关于这三天的画面开始变得有些模糊，其间的故事情节也改变了不少。从他口中讲出的故事跟勒莱从特特那里听到的完全不同：甘博从整个故事中消失了，是瓦尔莫兰自己预料到了奴隶们的袭击。鉴于他知道自己不可能守住种植园,于是为了保护儿子,他只好带着哺养莫里斯的女奴和她的女儿逃跑了。是他,瓦尔莫兰一个人,救了所有的人。勒莱对他的这番言说不予置评。

安的列斯群岛的巴黎

海地角到处都是丢下了种植园过来逃难的人。大火的浓烟被风吹到了这里，久久地弥漫在空气中，几个星期之后才散去。这片被誉为安的列斯群岛上的巴黎的土地，如今到处是垃圾、粪便和尸体的恶臭。这些正在腐烂的尸体有的被扔在了断头台上，有的葬在公墓里，有的是死于战争，有的是死于流行病。海地角的食物供给很不稳定，人们只能靠吃渔船捕捞上来的鱼填饱肚子，然而上等白人们依然过着跟之前一样骄奢淫逸的生活，只不过是再多花点钱罢了。他们的餐桌上什么也不缺，完全不需要考虑靠配给度日。到了晚上，有全副武装的警卫在门口看着，一场场派对仍然在继续，剧院和酒吧仍然在营业，海地角的黑夜也从来不缺妆饰艳丽的交际花。城里已经没有一处可供住宿的空房了，但是瓦尔莫兰有一处自己的房子，那是他在暴乱发生之前从一个葡萄牙人手中买的，如今他在这里安顿了下来，想要平复一下内心的恐惧，疗养一下身体上和精神上的创伤。他从别人那里雇了六个奴隶服侍自己，并让特特负责管理他们。他认为自己不应该在计划要对生活做出一些改变时买进奴隶，所以只花钱买了一名在法国受过训练的厨子，因为他可以一分不赔地将厨子转手出去。毕竟，好厨子是为数不多的不会贬值的东西。

瓦尔莫兰确信自己最终一定能收回种植园，因为在安的列斯群岛这不是第一次发生奴隶暴动了，而每一次到了最后都会被完全击溃,法国政府绝不会允许一群黑人土匪毁掉殖民地。无论如何,就算局势恢复到从前那样,瓦尔莫兰还是会离开圣拉扎尔,对此他已经下定了决心。他听说了康布雷的死讯,民兵们在种植园的瓦砾中找到了他的尸体。幸亏是这样,否则我也没有其他办法可以摆脱他,瓦尔莫兰这样想道。他的全部产业已经化为一片废墟,但土地还在那里,没人抢得走。他会找来一位能够适应气候又有着丰富经验的管理员来替他照管种植园。从法国专门请人过来的时代已经一去不复返了,瓦尔莫兰这样向他的朋友帕尔芒捷解释道。就在此刻,帕尔芒捷正在用草药为瓦尔莫兰治疗脚伤,这个方子是他从罗斯大婶那里学来的。

"您要回巴黎了吗,我的朋友?"医生问他。

"不。我家产在加勒比,不在法国。我跟我已故妻子欧亨尼娅的哥哥桑丘·加西亚·德尔·索拉尔合伙,在路易斯安那买了几块地。您呢,您有什么计划,医生?"

"如果这里的局势不好转,我就打算去古巴了。"

"您家人在那里?"

"是的。"医生红着脸承认了。

"殖民地的安定全靠法国政府。这里发生的一切都是共和派的错,国王是绝不会允许事情发展到这步田地的。"

"在我看来,大革命的爆发是大势所趋。"医生反驳道。

"共和派对如何管理这片殖民地一窍不通,医生。从法国派来的委员们把半数海地角军队的人都给流放了,又招了些穆拉托人进来。这明显就是挑事,没有哪个白人士兵愿意服从一个穆拉托军官的命令。"

"也许白人和自由黑人该学会和平共处了,毕竟他们共同的敌人是黑人。"

"我真是挺想知道这群野蛮人想要的到底是什么。"瓦尔莫兰说。

"是自由,我的朋友,"帕尔芒捷对他解释道,"其中一个首领,我记得是叫杜桑,他坚信自由劳动力也能将种植园经营得很好。"

"就算付给他们钱,那群黑奴也不会干活的!"瓦尔莫兰大叫道。

"没人能下定论,因为没人试过。杜桑说非洲人是天生的农民,他们对土地十分熟悉,他们擅长并且也喜欢种地。"帕尔芒捷坚持地说道。

"他们擅长并且也喜欢做的事情只有杀人放火,医生!另外,那个杜桑已经投靠西班牙那边了。"

"他到西班牙那边去寻求庇护是因为法国的种植园主拒绝对起义的奴隶做出让步。"帕尔芒捷提醒他。

"我当时就在那里,医生。我试图说服其他种植园主跟我一起接受那群黑人提出的和平条款,但完全就是白费力气。黑人那边只要求给首领和他们的手下自由,一共也才两百来人。"瓦尔莫兰告诉他。

"如此说来,并不是共和派政府的无能才导致了这场战争。错就错在圣多明戈的这群种植园主,他们实在是太傲慢了。"帕尔芒捷说。

"我同意您所说的,我们确实需要更加理智一些,但我们不能和那群奴隶平起平坐地谈判,因为这样便开了一个很坏的先河。"

"当初要是跟杜桑谈妥就好了。起义的奴隶首领当中就数他最明智了。"

当他们聊起杜桑时,特特竖起了耳朵。她将自己对甘博的爱埋藏在了灵魂深处。她内心深处还是爱着甘博,尽管她知道很长一段时间她都见不到他了,抑或是再也见不到了,但是他还是深深地印在了她的心里。她猜想甘博应该已经加入了杜桑的队伍,她还听瓦尔莫兰说历史上没有一次奴隶起义是以胜利告终的,但她还是敢于去梦想奴隶起义的胜利,也敢于去想象没有奴隶制的生活会是什么样子。她还是像以前一样打理着这个家,但瓦尔莫兰对她说,他们不能再像以前那样生活了。在圣拉扎尔,他们只求过得舒适,上菜的时候戴不戴手套都无所谓。但在海地角,他们得生活得更有格调一些。不管城门口再怎么战火纷飞,他也要盛情款待那些经常请他吃饭,还张罗着要给他另找妻子的家庭。

瓦尔莫兰调查了一番之后,为特特找来了一位老师。这个管家算得上是个有着非洲血统的阿多尼斯,1780年当瓦尔莫兰拖着生病的欧亨尼娅四处求宿时,他就在市长的府邸里当用人,而如今他变得更加风度翩翩,举手投足之间都散发着成熟男人的魅力。他的名字叫扎卡里,在这个府邸里出生,也在这里长大。他的父母原本是前几任市长的家奴,那些人在离任回国前把他们卖给了自己的接任者,就这样,他们便成了这里的一部分。他的父亲跟他一样英俊帅气,从扎卡里很小的时候就开始训练他成为一名优秀的管家,因为他父亲看出了他有当管家的潜质:他聪明、机灵、稳重、谨慎。他对那些向自己暗送秋波的白人女性敬而远之,因为他很清楚与她们亲密接触所带来的危险后果。如此一来,他便省去了很多麻烦。瓦尔莫兰向市长提出要付钱来购买扎卡里提供的服务,但是这位总管不愿意听到这种话题。"给他点小费就行了。扎卡里正在攒钱想给自己赎身,不过我实在不明白他要自由干什么。他现在过得多滋润啊。"市长对瓦尔莫兰说。他们商定好让特特每天都去市长的府邸学习举止礼节。

扎卡里冷冰冰地接待了特特,并从一开始就跟她保持了一定的距离。他可是圣多明戈最有名望的管家,而特特不过是个没有地位的女奴。但是没过多久他就违背了自己的初衷，开始很用心地教她，甚至将自己作为管家的职业秘诀倾囊以授。这些秘诀的价值远远超过了瓦尔莫兰给的那些小费，但特特并未对他表现出太大的兴趣，这让扎卡里感到很惊讶，毕竟他已经习惯了女人们对他的爱慕。面对其他女人的恭维和追求，他必须时刻保持头脑清醒。但每当跟特特在一起时，他却可以完全放松下来。他们二人之间的关系简单而纯洁，并且还尊称彼此为"扎卡里先生"和"扎丽特小姐"。

天刚亮，特特就起床开始安排仆人干活。接着，她做饭、洗衣、做针线活，之后把孩子们交给瓦尔莫兰的临时保姆看管，换上自己最好的衣服，再系上刚刚浆洗过的头巾，出门去上课。她不知道市长府上究竟有多少个仆人，光是厨房里就有三个厨子和七个帮手，据她估算，最少一共也有五十号人。扎卡里掌握着府上的开支预算，还负责在主人和仆人之间传话。在这个复杂权力体系中，他是老大，没有哪个用人敢主动跟他说话，除非是他叫他们。正因为如此，所有的奴隶都对特特的来访十分厌恶。她不过才来了几天，就可以无视规矩，甚至直接踏足对于这些人而言的禁区——总管的那间小小的办公室。不知不觉中，扎卡里开始盼望着特特的到来，他很喜欢教她东西。特特总是会准点到达，他们会先喝杯咖啡，随即他就开始教她管家的礼仪。他们走遍了府上的每个房间，监督仆人的工作。特特学得很快，她很快就记住了在酒席宴会上哪八种杯子是必不可少的；吃蜗牛和吃龙虾的叉子有何细微的区别；供宾客洗手的水盆应放在哪一侧；不同种类的奶酪上菜顺序是什么；以及如何在派对上得当地摆放便盆；碰上醉酒的贵妇该怎么应付；要如何安排不同等级的客人落座。下课后，扎卡里会邀请特特再喝一杯咖啡，顺便借此机会跟她聊聊政治，这是他最感兴趣的话题。刚开始，特特只是出于礼貌听他说话。她一边听着，一边心里却在想那些自由人争吵的话题跟他一个奴隶有什么关系,直到他提到了奴隶制有可能会被废除。"您想象一下,扎丽特小姐,我攒了好几年的钱,想为自己赎身,但是很有可能在我攒够之前我就被解放,恢复自由身了。"扎卡里笑了起来。他知道市长府里人们传的所有话,包括一些关起门来说的悄悄话。他还知道在巴黎国民议会上议员们讨论说奴隶制度明明在法国已经废除了,但在殖民地却还保留着,这是不能服众的。"您知道什么关于杜桑的事吗,先生?"特特问道。扎卡里把杜桑的生平经历讲给了特特听,这些都是他在市长府里的一份机密文件中读到的。他还说桑托纳克斯委员和总督必须要跟杜桑谈妥,因为杜桑不仅率领着一支训练有素的军队,而且还拥有驻扎在岛另一边的西班牙佬的支持。

不幸的夜晚

扎卡里的教导果然有效，几个月之后，瓦尔莫兰府上的生活就变得精致起来，而他上次过这种生活还是青年时代在巴黎的时候。他决定举办一场宴会来庆祝，雇佣的是阿德里安先生的宴会服务公司，虽然价格昂贵，但是名声极佳。阿德里安是一位自由穆拉托人，是扎卡里向瓦尔莫兰推荐的他。在宴会的前两天，阿德里安先生率领着他的一队奴隶占领了瓦尔莫兰的宅子。他撤掉了原先的厨子，换上了五个凶悍的胖厨娘。厨娘们准备了一张十四道菜的菜单，这些菜式基本都是参照市长府的宴席设计的。虽然瓦尔莫兰的家宅原本并不适合承办如此盛大豪华的宴会，但在撤走了上任葡萄牙房主摆在屋里的那些奇丑无比的装饰，再搬来几盆小矮棕，用花束和中国灯笼装点一番之后，整个宅子也显得颇为雅致。宴会当晚，阿德里安先生跟一行身穿蓝金色制服的仆人们一齐亮相。他们就如同一支部队一样，每个人都严守规矩、各司其职。上等白人们住的府邸大多都离得很近，不过也就两三条街的距离，但是客人们还是会坐马车来。当马车排好队在门口停妥时，整条街上都布满了马粪。仆役们不得不把这些污秽打扫干净，以免这股恶臭遮住了贵妇身上的香水味。

"我看上去怎么样？"瓦尔莫兰向特特问道。他上身穿了一件用金银丝线织成的刺绣马甲，袖口和领口处的镶边堆在一起，像是层层叠叠的桌布，下身穿了粉红色长袜和一双舞鞋。特特吃惊地看着他头上戴的那顶薰衣草色的假发,不知道该怎么回答。"那群雅各宾党的乡巴佬不准人戴假发,但是我的发型师跟我说,在这种档次的宴会上,只要是有身份的人一定都会戴假发。"瓦尔莫兰告诉她。

阿德里安先生已经给宾客们添了第二轮的香槟酒,乐队也已经开始演奏下一首小步舞曲,这时,内务部的一个秘书急匆匆地跑来,宣布了一个骇人听闻的消息——路易十六和玛丽·安托瓦内特被推上了断头台。他们的头颅在巴黎游街示众,就像是当年布克曼和其他人的头颅在海地角游街示众一样。这些事情发生在1月,但直到3月才传到圣多明戈。听到这个消息,宾客们纷纷惊慌而逃,而此时,厨娘们精心准备的菜肴还没有端上餐桌。于是,图卢兹·瓦尔莫兰在这个宅子里举办的第一次也是唯一一次宴会就这样草草收场了。

当晚,在君主派狂热分子阿德里安先生流泪带着他的仆人们离开后,特特把瓦尔莫兰气得踩了好几脚的那顶薰衣草色假发捡起来收好了。接着她又去看了看莫里斯,确认他已经安静睡着了。最后她闩上了所有的门窗,回到她和罗塞特的那间小卧室里准备睡觉。瓦尔莫兰借着搬家的机会,不再让莫里斯跟特特睡在一起,但莫里斯却表现得十分不安。瓦尔莫兰因为担心儿子又像上次一样发烧,所以只好在自己房间的一个小角落里临时搭了个床铺,让莫里斯在那里睡。自从到了海地角后,瓦尔莫兰再没有提起过甘博,晚上也没再叫特特去他的房里睡。他还是没有走出特特和甘博两人偷情的阴影。瓦尔莫兰花了几周的时间才治好了脚伤,他才刚能下地走路便开始每夜出去寻欢,想让自己忘记曾经那些糟糕的回忆。特特闻到他衣服上有浓郁的花香,于是猜到他应该是去跟交际花鬼混过了。她想自己再也不用忍辱接受主人的怀抱了,正因为如此,当看到瓦尔莫兰穿着拖鞋,披着绿色的天鹅绒睡袍坐在自己的床尾时,特特感觉自己如坐针毡。躺在同一张床上的罗塞特睡得四仰八叉,什么都不知道。"跟我过来!"他一边命令特特,一边拽着她的胳膊,把她拉到了一间客房里。他一下就将她推倒,把她翻了过去,扒了个精光,在黑暗之中粗鲁地强奸了她。如此急不可耐,似乎更多是出于仇恨而不是性欲。

瓦尔莫兰只要一想起特特和甘博苟且的画面就怒火中烧,但那些画面还是会一遍遍地浮现在他的脑海,让他浮想联翩。甘博那个黑鬼竟然敢用他那双脏手碰他瓦尔莫兰的东西。要是让他逮到,他一定会杀了甘博。特特这个女人也该狠狠被罚,不过两个月过去了,瓦尔莫兰并没有让她对这种不要脸的行为付出代价。母狗,真是只发情的母狗。尽管他不能对一个奴隶有道德上的苛求,但奴隶主的天职就是让奴隶顺从自己的意愿。他为什么当时没那样做呢?他没理由解释这件事。特特已经挑战了他的权威,这种不端的行为必须要纠正。然而,在他们两人之间,还是他亏欠着她。他的女奴放弃了自己的自由,选择来救莫里斯和他的生命。他生平第一次问自己,特特对自己到底是怀着什么样的感情。他至今还能回忆起那些在丛林里让他倍感羞耻的夜晚,特特和她的情人交合在一起,他们拥抱、亲吻,一次又一次重燃的爱欲,甚至还有他们回来时身上的那股气味,他都记得。特特变成了一个魔鬼,是完全被情欲填满的魔鬼。她热烈地舔吻着对方的身体,大汗淋漓地呻吟。当瓦尔莫兰在客房里强奸她的时候,这些画面在他脑海里挥之不去。他带着怒火,一次又一次地插进她的身体,连他自己都惊讶于自己的体力。特特低声呻吟着,瓦尔莫兰开始对她拳脚相加,他的心中燃起了熊熊妒火和复仇的快感。狗杂种,看我不把你给卖了,婊子,贱人,我要卖了你,再把你的女儿也一起卖了。特特闭上了眼睛,她心灰意冷地放弃了挣扎,任由瓦尔莫兰对自己的身体施暴,此时此刻她的灵魂已经飞到了别处。

"爱祖丽,情欲之神啊,请让他快点结束吧。"瓦尔莫兰趴在她身上,大汗淋漓地"缴枪投降"了,这已经是那晚第二次了。特特趴在原地没有动,等到几分钟后两人的呼吸都渐渐平稳了,她才顺势往床边挪了一下身体,但瓦尔莫兰抓住了她。

"你先别走。"他吩咐道。

"需要我把蜡烛点上吗,先生?"她有气无力地问道,感到空气从她受伤的肋骨间滑过,就像是在灼烧她的身体。

"不了,这样挺好。"

这是特特第一次叫瓦尔莫兰"先生",而不是"主人"。瓦尔莫兰注意到了,但并没有纠正她。特特坐在床上,用被瓦尔莫兰撕碎的罩衫擦去嘴上和鼻子上的血迹。

"从明天开始,别让莫里斯再在我的房间里睡了。"瓦尔莫兰说道,"他该学会自己睡了。你太溺爱他了。"

"可他才五岁啊。"

"我像他这么大的时候,已经学会看书了。我还会自己骑马出去打猎,同时还学习了剑术。"

他们谁也没有动,也没有说话。过了一会儿,特特决定问瓦尔莫兰一个重要的问题,这件事情自从到了海地角后就一直挂在她的嘴边,只是她迟迟没有开口。

"我什么时候才能恢复自由身呢,先生?"她问他。她以为自己会再挨一顿毒打,因此害怕地缩成了一团。瓦尔莫兰坐起了身,却没有碰她。

"我不能放你自由。不然,你靠什么活呢?我可以养着你,保护你,跟我在一起,你和你的女儿都会很安全。我对你一直都很好,你还有什么可抱怨的呢?"

"我没有抱怨……"

"现在的形势很危险。你忘了我们之前的那些可怕经历了吗？还有那些残忍的暴行你也忘了？回答我！"

"没有,先生,我没有忘记。"

"你说你要自由,是吧？那你就不要莫里斯了吗？"

"要是您愿意,至少在您再婚之前,我可以还像以前一样照顾莫里斯。"

"我再婚？"他笑了,"跟欧亨尼娅结婚,我吸取的教训还不够吗？我这辈子再也不会结婚了。既然你想继续伺候我,那你还要自由干什么呢？"

"每个人都想要自由。"

"特特,女人们从未有过自由。她们需要有一个男人来照顾她们。在她们未婚的时候,这个男人就是她们的父亲;而当她们结婚了以后,照顾她们的就是丈夫。"

"您给我的那张纸……就是我的自由,不是吗？"特特坚持说道。

"是的,当然。"

"可是扎卡里说,必须要有法官签字才能生效。"

"扎卡里是谁？"

"他是市长府邸的总管。"

"他说得没错。但是现在还不到时候。我们等到圣多明戈一切都平定下来再说。以后不要再跟我说这件事了。我累了。还有,你记住:明天我想一个人睡,一切都要恢复成原来的样子。听明白了吗？"

岛上新上任的总督加尔博将军,他一来就得接手这一团糟的殖民地。他掌握军事大权,但是政权是掌握在桑托纳克斯和其他两位委员手里的。艾蒂安·勒莱是第一个对加尔博将军做报告的人。岛上的生产活动已经全面停工,北部笼罩在一片浓烟迷雾里,而南部依旧是血雨腥风,太子港已经陷入了一片火海。整个岛上的交通已经全部瘫痪,没有可用的港口,人人自危。起义的黑奴得到了西班牙人的支持,英国舰队控制了整个加勒比地区,并且迅速做好了攻占沿海城市的准备。他们被包围了,既得不到来自法国军队的支援,也得不到物资补给。在这种情况下,防御的可能性几乎为零。"请您放心,长官。我们一定能通过外交手段找到解决办法的。"加尔博回答他说。他正在跟图卢兹·瓦尔莫兰以及爱国者协会进行秘密谈话,他们都坚决主张殖民地独立,并且希望寻求英国方面的保护。加尔博总督同意这些人所说的,远在巴黎的那群共和派根本就不知道这座岛上发生了什么,他们总是在接二连三地犯一些不可挽回的愚蠢错误。其中,最严重的错误之一就是解散了殖民地议会,如此一来,殖民地就完全丧失了自主权,所有的决议和消息从法国传到岛上都要花上好几个星期的时间。加尔博在岛上有几块土地,他还娶了一个克里奥尔女人。尽管他们已经结婚了很多年,但他还是很爱自己的妻子。他比任何人都更了解不同种族和不同社会阶层之间的关系究竟有多紧张。

爱国者协会的成员认为这位将军会成为他们的理想盟友,因为比起黑人的起义,他更关心白人和自由黑人之间的斗争。许多上等白人都在美国和加勒比地区有生意往来,祖国对他们来说毫无用处。因此,他们认为独立才是最好的选择,除非局势能有所扭转,并且在法国能重建起一个强大的君主制体系。国王被处决确实是一场悲剧,但也是一个绝佳的机会,可以借此换一位不那么没种的君主。而对于自由黑人来说,情况却恰恰相反,独立对他们一点好处都没有,因为只有法国的共和派政府愿意承认他们的公民身份。如果圣多明戈得到了英国、美国或西班牙的庇护,那么事情就另当别论了。加尔博将军认为只要解决了白人和穆拉托人之间的矛盾,那接下来镇压黑人暴乱,再重新给奴隶们套上枷锁,恢复原来的秩序也就轻而易举了。然而,这些话他一个字都没有对艾蒂安·勒莱说过。

"您和我讲讲桑托纳克斯委员吧,长官。"他要求道。

"他完成了政府下达的命令,将军。4月4日的法令赋予了自由身的有色人种政治权利。他带着六千名士兵来到这里颁发政令。"

"是,是……这个我已经知道了。告诉我,当然是私下里说,这个桑托纳克斯到底是哪个阶层的?"

"我对他不熟,将军,但听说他很聪明,对关乎圣多明戈利益的事情十分上心。"

"桑托纳克斯表达过他自己并无意解放奴隶,但我听了一些传言,说他可能会那样做。"加尔博一边说着这些话,一边仔细观察军官脸上那副无动于衷的表情,"那将是这座岛文明的终结,不是吗?您想象一下那样混乱的场面:黑人被解放了,白人被流放了,穆拉托人为所欲为,这片土地再也没人管了。"

"我对这些并不清楚,将军。"

"那到时候您会怎么做?"

"跟以前一样,完成上面给我的命令,将军。"

加尔博需要在军队里有他信得过的军官,这样他才有能力跟宗主国那边的势力抗衡,但艾蒂安·勒莱不是他能指望的人选。他调查过他的背景,知道这位军官跟一个穆拉托女人结了婚,他很有可能是支持奴隶自由运动的,并且显而易见的是,他很钦佩桑托纳克斯。加尔博觉得勒莱这个人没什么大智慧,做事一板一眼,而且缺乏野心。因为从他选择跟一个有色人种女人结婚的那一刻起,他就必须抛掉全部的野心。在加尔博看来,他在军中能升到今天的职位简直不可思议。即便是这样,他还是对勒莱很感兴趣,因为勒莱手下的士兵对他都很忠诚:他是唯一一个能让军队中的白人、穆拉托人甚至黑人和平共处的人。加尔博不禁问自己,勒莱这个人到底值多少钱,毕竟每个人都有自己的价码。

那天下午,图卢兹·瓦尔莫兰去了军营。据他自己说,是去找勒莱聊聊天。他先是感谢勒莱在他逃离种植园的路上对他的救命之恩。

"我欠您一个人情,中校先生。"但是瓦尔莫兰说话的腔调中更多是傲慢,而非感激。

"您不欠我什么,先生,您是欠特特一个人情。我只是路过那里,而真正救您的人是她。"勒莱答道,带着一丝不悦。

"您太谦虚了。对了,您的家人都还好吧?"

听了这句话,勒莱忽然觉得瓦尔莫兰这次过来可能是来收买自己的,他之所以问起自己的家人是为了提醒自己,他曾经把让-马丁过继给了自己。他们之间互不亏欠,他救了瓦尔莫兰的命,而瓦尔莫兰给了他一个儿子。勒莱一下子绷紧了神经,如临大战,他用冷如冰霜的眼神,死死地盯着瓦尔莫兰,这种眼神经常让他的属下不寒而栗。他不动声色,想看看自己的这位访客到底意欲为何。然而,瓦尔莫兰并没有在意他那锋利的目光,也没有理会他的沉默。

"在这座城市里,没有哪个自由黑人是安全的。"他好言好语地说道,"您的妻子处境很危险,所以我是来帮您的。哦,对了,您的儿子叫什么来着?"

"让-马丁·勒莱。"勒莱咬着牙回答道。

"没错,让-马丁。抱歉,我的记性不太好,忘记了。我在港口对面有一套很舒适的房子,那是个没有动乱的好地方。您的妻子和孩子可以住到我那里……"

"不劳您费心,先生。他们在古巴很安全。"勒莱打断了他。

瓦尔莫兰有些惊慌失措，很显然他失去了一张王牌，不过他很快就恢复了镇定。

"啊！我大舅子桑丘·加西亚·德尔·索拉尔先生就住在那里。我今天就写信给他，让他保护好您的家人。"

"不必了，先生，谢谢您的好意。"

"中校先生，这很有必要。一个女人独自在外总是需要男人的保护的，特别是像您妻子这样的大美人。"

听到这明里暗里的侮辱，勒莱气得面色苍白。他站起身，想把瓦尔莫兰请出去。但瓦尔莫兰仍然跷着二郎腿坐在那里，仿佛这是在他自己的办公室一样。接着，他开始用一些礼貌但很直接的言辞向勒莱解释说，上等白人将会调动他们能力范围内的一切资源来恢复对殖民地的控制，因此勒莱必须得明确立场，选择一方站队。没有人，尤其是像他这样的高级军官，在面对已经发生或是将要发生的动乱时，可以保持无动于衷或是中立的态度。而且毫无疑问的是，未来的事情只会更加糟糕。对于军队而言，避免内战才是明智之选。英国佬已经在南部登陆了，过不了几天，圣多明戈便会宣告独立，转投英国麾下。这件事是通过文明的途径实现，还是流血放火的方式实现，将取决于军队的选择。一个对崇高的独立大业予以支持的军官，将会拥有很大的权力，并将成为加尔博将军的左膀右臂，而这样的高职自然会提高他的经济和社会地位。如果这个男人是这座岛上武装部队的总司令，那么就算他娶的是一个有色人种的妻子，也不会有人敢对他指指点点。

"简言之，先生，您这是在煽动我叛变，对吧？"勒莱说道，嘴角勾起了一抹讽刺的笑容。瓦尔莫兰则将他的这抹笑容理解为这件事情有继续谈下去的可能。

"并不是让您背叛法国，勒莱中校，而是让您来决定什么才是对圣多明戈最好的选择。我们生活的这个时代,到处都发生着深刻的变革,不仅仅是这里,在欧洲和美洲也一样。人得学会审时度势。请您告诉我,您至少会仔细考虑一下我们刚刚聊过的事情。"瓦尔莫兰说道。

"我会仔细考虑的,先生。"勒莱一边回答,一边把瓦尔莫兰送到门口。

扎 丽 特

主人花了整整两周才让莫里斯学会自己一个人睡觉。他责怪我把莫里斯养成了一个懦夫,跟个女人一样。我义正词严地反驳他说,我们女人才不懦弱。他抬起了手,但是没有打我,不知不觉中有些事情已经发生了改变,我觉得他开始尊重我了。在圣拉扎尔的时候,有一次,一条守门的大猎犬挣脱了绳索,在它咬死了院子里的一只母鸡之后,正准备对另一只母鸡发起进攻时,它看见了玛蒂尔德大婶的那条小狗。这条小狗的体形很小,小得像只小猫。面对着大猎犬,它龇着两排尖牙,喉咙里发出"呜呜"的声音,嘴角的口水狂流不止。我不知道那只本性残忍的猎犬是怎么想的,只见它转了半圈,就夹着尾巴逃走了,反倒是那条小狗在后面穷追不舍。后来,普罗斯珀·康布雷知道了这只大狗的懦弱表现,便一枪把它打死了。当外强中干的主人碰上甘博,就好比这条猎犬碰上小狗,他在甘博面前畏畏缩缩、抱头缩项的样子跟大狗一模一样。我觉得他之所以担心莫里斯会成为一个懦夫,正是因为他自己本身就是一个懦夫。天才刚黑,莫里斯就开始感到不安,他害怕一个人睡觉。我让他和罗塞特躺在一起睡觉,罗塞特不出两分钟就紧挨在她哥哥身旁睡着了,而莫里斯却竖着耳朵在听家里和街上的吵闹声,难以入睡。广场上又架起了绞刑架,准备处死被判决的犯人。哀号声穿透了墙壁,在房间里久久地回荡不肯散去,甚至在绞刑结束后几个小时里我们还能听到。"你听到了吗,特特?"莫里斯吓得哆哆嗦嗦地问我。我其实也听到了,但是我怎么能告诉他呢。"我什么也没听到,睡吧,宝贝。"我对他说,然后我开始哼起了摇篮曲。最后,他终于累得睡着了,我抱着罗塞特回到了我们的房间。莫里斯对他父亲说那些被绞死的人的鬼魂似乎游荡在宅子里,瓦尔莫兰听到后,立即把他锁在了衣柜里。他把钥匙往兜里一揣就走了。我和罗塞特坐到衣柜前,跟莫里斯讲一些好玩的事情逗他,我们一刻也没有让他一个人待着,但莫里斯心里还是在想着那些鬼魂。因此当主人回来,把他从衣柜里放出来时,发现他因为哭得太凶,已经发起了高烧。莫里斯烧了整整两天,他的父亲一刻都没有离开他的床边,我也一直在旁边照顾着,用冷毛巾给他冷敷降温以及喂他喝椴树的药汁。

主人很爱莫里斯,但是那段时间他像是变了个人似的;只关心政治,别的什么都不管,也不关心他儿子了。莫里斯不愿意吃东西,晚上还开始尿床。帕尔芒捷医生是主人唯一的真朋友,他说莫里斯是因为受到惊吓才生病了,他需要的是关爱。听到这里,他父亲才软下心来,允许莫里斯回到我房间里跟我一起睡。帕尔芒捷医生也守在莫里斯身边,等他退烧,因此我们两个人才有机会单独说说话。他问了我很多问题。艾蒂安·勒莱告诉他是我帮着主人逃出了种植园,但是这跟瓦尔莫兰跟他讲的完全不一样,所以他想知道更多的细节。就这样,我不得不提到甘博,但是没有告诉他我们之间的关系。我给他看了我的赎身契。他看过之后对我说:"好好保管它,特特。这张纸跟金子一样值钱。"我当然知道这点。

主人召集了一群白人在家里见面。德尔菲娜夫人是我的第一个主人,她教会了我要学会保持沉默和警惕,还教会了我学会揣测主人的心思;她还对我说一个女奴应该学会成为一个"隐形人"。就这样,我学会了像间谍一样在暗中监视和观察。我不太能听懂主人跟那些爱国者的谈话内容,而实际上,我只对起义者的消息感兴趣,但是扎卡里要求我把他们谈话的全部内容复述给他听。虽然市长家的课程结束了,但我跟扎卡里依旧保持着朋友的关系。"白人把我们黑人都当成聋子,把女人都当成傻子。他们的这种心态对我们其实非常有利。请您千万要听仔细了,然后告诉我他们都说了些什么,扎丽特小姐。"他还告诉我说,有成千上万的起义者驻扎在海地角的周围。想要去找甘博的念头越来越强烈,它让我夜不能寐,但是我也知道,一旦我去了,就再也回不来了。我怎么能丢下我的孩子们呢?扎卡里是个神通广大的人,他的朋友遍天下,所以我拜托他帮我打听打听甘博是不是在这群起义者之中,但是他说他真的对这群起义者一无所知,所以我只能在心里默默向甘博传达着我所知道的这些信息。有几次我把我的赎身契从小口袋里拿出来,用指尖小心翼翼地把它展开,就怕把它给弄破了。我看了一遍又一遍,就好像能把它背下来似的,但其实我一个字都不认识。

在海地角爆发了内战。主人告诉我说在其他的战争里,所有人都会为了一个共同的敌人而战斗,而在内战中,不管是人民还是军队都被划分成不同的阵营。他们之间互相残杀,就如同白人和穆拉托人之间的战争一样。黑人们没有被算在其中,因为他们不是人,而是白人的私产。这场内战不是说爆发就爆发的,在这之前的一个多星期里早已有了铺垫:集市也被关闭了,黑人们也不再跳卡林达舞了,白人们的社交生活也被迫暂停了。城里只有几家店铺还开门,就连广场上的绞刑架都空了。空气中都能闻到灾难的气息。"你准备准备,特特,形势很快就要大变了。"主人对我说。"您想让我准备些什么呢?"我问他,可是连他自己都不知道该准备什么。扎卡里备了一些干粮,还包了一些值钱的物件,以备市长和市长夫人随时坐船逃往法国。于是,我也学他这么做了。

一天晚上，一个大木箱被人从旁边的小门运了进来，箱子里装满了手枪和滑膛枪。主人说，我们的弹药供一个军团用都够了。天气一天天变热，所以我们总是在家里的地砖上洒些水，孩子们也总是光着跑来跑去。就在这样的情况下，加尔博将军没有提前打招呼就突然到访。虽然他之间来参加过好几次爱国者会议，但是因为今天他没有穿那身挂满了军章的鲜艳制服，而是穿了一身深色的便装，所以我差点没有认出他来。我一直都不喜欢这个白人，因为他总是摆出一副高高在上的样子，而且脾气也不好，只有当他那双老鼠一样的眼睛看向他那一头红发的年轻妻子时，神色才会稍显柔和。当我给他们端上红酒、奶酪和冷盘肉时，听到他们说加尔博将军被桑托纳克斯委员撤职了，理由是他密谋推翻殖民地的合法政府。桑托纳克斯准备把他的政敌全部流放，现在已经有五百人被关押在了船的底舱，这些船就停泊在港口，只要他一声令下，它们就会开拔起航。加尔博说，是时候要采取行动了。

过了片刻，接到通知的其他爱国者也都陆续赶来。我听说常规军的白人士兵和将近三千名水手都已整装待发，准备和加尔博并肩作战，而桑托纳克斯的麾下只有国民军和穆拉托人的军队。加尔博将军保证说这场战争不过就是几个小时的事情，圣多明戈马上就要独立了，桑托纳克斯的末日到了，自由黑人的权利将会被收回，奴隶们还将回到种植园里。他们所有人起身祝酒干杯。我再次为他们斟满酒，然后就悄悄出门了。我跑到了扎卡里那里，把我听到的内容一字一句地复述给他听。我的记性很好。他给我喝了一口柠檬水来平复一下情绪，随后他让我回去，闭紧自己的嘴巴并闩好所有的门窗。我照他说的做了。

内　战

　　桑托纳克斯委员穿了一件收领衬衣和黑色制服,此刻正因炎热和紧绷的神经而大汗淋漓,他用简短的几句话向艾蒂安·勒莱说明了当前的形势。但他没有告诉勒莱的是,他并非是借助自己复杂的特务网才获知加尔博的阴谋的,而是从市长府邸的管家那里听来的。那天,桑托纳克斯的办公室里来了一个又高又帅的黑人小伙子,穿戴打扮得像个上等白人,看起来十分清爽,身上还喷了香水,仿佛刚洗完澡就过来了。他说自己叫扎卡里,并且坚持要跟桑托纳克斯单独谈话。桑托纳克斯把他带到了一个隔壁的房间,那是一个没有窗户、密不透风的小房间,四面都是光秃秃的墙壁,只有一张行军床和一把椅子,地上摆了一罐水和一个脸盆,桑托纳克斯从几个月前开始就一直睡在那里。他走到床边坐下,指着唯一一把椅子,让扎卡里坐下,但扎卡里还是情愿站着。桑托纳克斯身材矮胖,他端详着眼前这位身材高挑的男子,发现他的头都快要顶到天花板了,不免有些嫉妒。扎卡里向他复述了一遍特特告诉他的话。

　　"您为什么要告诉我这个?"桑托纳克斯有些怀疑地问道。因为他甚至还不知道眼前这个人是支持哪一方的,况且他只知道这个人的名字,连他姓什么都不知道。另一点让他疑惑的是,他虽然只是个奴隶,但却像个自由的人一样沉着冷静,像个上层社会的人一样气宇不凡。

"因为我支持共和派政府。"扎卡里的回答很简单。

"您是怎么得到这条消息的?您有证据吗?"

"我这条消息是直接从加尔博将军那里传出来的。不出一个小时,您就会得到证据,那时你们将听到打响战争的第一声枪响。"

桑托纳克斯把手帕放到水罐里浸湿,然后用它擦了擦脸和脖子。他的肚子很疼,那种持续的隐痛就像是有东西在抓挠自己的肠子,他只要一感到有压力,肚子便会疼痛不止。其实,从他踏上圣多明戈这片土地开始,肚子就开始疼了。

"您要是再得到别的消息,就回来找我。我会根据形势,采取必要措施的。"桑托纳克斯说道,并打算以此结束这次会面。

"委员先生,如果您需要的话,您知道我随时都在市长府待命。"告别时,扎卡里对他说道。

桑托纳克斯立刻召来了艾蒂安·勒莱,也让他来到了这间小屋里,因为这栋楼其他的房间里到处都是行政和军事官员。勒莱是目前他能指望得上与加尔博抗衡的职位最高的军官,而且他对历任法国政府都表现出了绝对的忠诚。

"长官,您的队伍里有白人士兵逃跑吗?"桑托纳克斯问道。

"我刚刚核实,今天凌晨所有的白人士兵都逃跑了,委员。现在我手下剩的士兵全部都是穆拉托人。"

桑托纳克斯把刚才扎卡里告诉他的内容又重新对勒莱说了一遍。

"那也就是说,我们现在的敌人是所有白人士兵,民兵、官兵,再加上加尔博手下的水手,总共有三千人。"桑托纳克斯说。

"我们的处境非常不利,委员。我们需要支援。"勒莱回答道。

"我们没有支援,中校。由您来负责防守,战争胜利之后,我包您升官。"桑托纳克斯向他打包票。

勒莱如同往常一样，沉着冷静地接受了这项任务，但前提是桑托纳克斯答应他在战争结束以后允许他退役，而不是给他升官。在一番协商之后，桑托纳克斯答应了他。勒莱在军队里任职多年，已经毫无保留地奉献了自己的一切；他对委员说自己的妻儿还在古巴等着他，但他不知道自己何时才能与他们相见。桑托纳克斯向他保证，一定会有让他们一家团圆的一天，虽然他并没有打算要真正兑现这个承诺。毕竟，按照现在的形势，他根本无暇顾及任何人的儿女私情。

　　与此同时，港口挤满了大大小小的船只，上面满载着全副武装的水手，他们就像是一群野蛮的海盗向海地角发起了进攻。这些人来自不同的国家，他们组成了一支奇怪的队伍，在公海上无边无际地漂泊了无数时日，眼下正万分焦急地等待着一场肆无忌惮的盛大狂欢。他们并非为了信念而战，因为就连他们自己都不知道自己队伍的旗帜是什么颜色的，他们打仗只是为了享受站在土地上破坏一切、烧杀抢掠的快感。他们已经很久没有看到钱了，而这座富足的城市能给他们带来女人和甘蔗酒，如果他们能找到的话，甚至还能得到金币。加尔博有着丰富的指挥战争的经验，同时又有常规军白人士兵的支持，他一招呼，他们立刻就站到了他的阵营，因为这些白人已经受够了听命于有色人种的耻辱。上等白人们已经消失得无影无踪，下等白人和水手们挨个把每条街道都搜了个遍，跟他们一样正在这座城市里趁火打劫的还有奴隶们。黑人们宣称自己是桑托纳克斯的拥护者，以此与他们的主人对抗，也顺便享受了几个小时的狂欢，虽然对他们来说，谁赢得这场战争并不重要，因为他们并没有参与其中。这两拨趁机谋乱的流氓强盗将港口的库存洗劫一空，那里面贮存的朗姆酒本来是要用于出口的。没过多久，每条街上都飘着浓郁的酒香，老鼠和狗不小心舔了路上洒的酒，也喝醉了，像没头苍蝇一样跌跌撞撞地在一群醉汉中间四处流窜。自由黑人们都躲在各自的家里，其可能抵御敌人的袭击。

图卢兹·瓦尔莫兰辞退了所有奴隶,因为不管怎么样,他们都会像大多数奴隶一样想方设法逃跑的。他告诉特特,最好不要把敌人留在家中,而且这些奴隶本来就不属于他,只是他雇来的,所以具体怎么再把他们找回来是他们主人的事。"等重新恢复了秩序,他们就会自己爬回来了。到那时,牢房里可有得忙了。"瓦尔莫兰断言。在这座城市里,奴隶主们不想玷污自己的双手,所以他们会把有罪的奴隶都送到监狱里去,花点小钱让政府的刽子手来惩罚他们。瓦尔莫兰家的厨子不愿意走,于是他躲到院子的柴堆里。他蜷缩在一个小小的洞里,无论怎么威胁他,他都不肯出来,所以根本连做碗汤喝都指望不上他了,而特特,几乎连怎么生火都不会,因为她虽然有很多活儿要干,但是从来不负责做饭。她给了孩子们一些面包、水果和奶酪吃。为了不吓到他们,她强装镇定,早早就把他们哄睡了,但实际上她早就怕得直哆嗦了。之后,瓦尔莫兰教会了特特如何给枪装子弹。这对于任何一个士兵来说都再简单不过了,几秒钟就可以完成,但对于特特来说实在太复杂了,她需要花好几分钟才做到。瓦尔莫兰分了一些自己存的枪支给其他的爱国者,自己留了十二把用来防卫。他坚信这几把枪是不会派上用场的,因为要负责打仗的是加尔博手下的士兵和水手,而不是他瓦尔莫兰。

太阳下山后不久,家里就来了三个年轻的同党,特特曾经在爱国者的聚会上见过他们。这些人带来了消息说,加尔博已经攻下了军火库,并释放了那些被桑托纳克斯囚禁在船舱里、准备流放的人,所以这些人自然都甘愿听从加尔博的调遣。在征得了瓦尔莫兰的同意后,这伙人决定把他的宅子作为营房,因为它拥有绝佳的位置和宽阔的视野,可以把港口看得一清二楚。那里停泊了一百艘船舰和无数小艇,正在来来往往地运送着人。在简单吃了一些点心之后,这些人便出发去打仗了。但是战斗的热情没有维持多久,才过了不到一个小时,他们就回来了。在畅饮了几瓶葡萄酒之后,便轮流去睡觉了。

透过窗子,他们看到有一群进攻者朝着宅子的方向走来。于是他们唯一一次被迫拿起了武器御敌,然而既不是为了抵抗造反的奴隶,也不是为了抵抗桑托纳克斯手下的士兵,而是他们自己这边的人——几个喝得烂醉、意图趁火打劫的水手。为了吓唬吓唬这伙人,宅子里的人对着空气开了几枪,之后瓦尔莫兰又给了他们一些甘蔗烧酒喝,让他们压压惊。爱国者中的一个人负责把装酒的木桶滚到临街处,其他人则负责在窗口拿枪对着这伙人以防发生意外。水手们在原地打开了酒桶,才喝了第一口,就有几个人瘫倒在地,俨然一副深度酒精中毒的模样,因为他们从早上一直喝到了现在。最后,这群人离开了,边走边高喊这场所谓的战争已经结束了,而实际上他们连自己跟谁较量都不知道。事实也确实如此。桑托纳克斯的大部队还没露面就从街道上撤离了,把兵力部署在了城外。

在战火中,艾蒂安·勒莱的肩膀受了枪伤,鲜血染红了他的军装,但他却岿然不动,而此时桑托纳克斯已经带着他的指挥部逃到了附近的种植园。第二天快到中午的时候,勒莱再一次对桑托纳克斯说,如果他们继续照这样下去孤立无援的话,就没办法打败敌人。此时的局面已经跟第一天发泄和狂欢式的情形有所不同了,现在的加尔博已经能够得心应手地指挥他手下的人,眼看就要攻下整个城市了。前一天,当敌军在军力上已经占有压倒性的优势时,这位易怒的委员拒绝听到任何理由。但是这一次,他听完了勒莱的话。他发现扎卡里当时给他的情报一字不差地应验了。

"委员先生,我们必须通过谈判,找到一个体面的出路,因为在我看来,我们孤立无援。"勒莱最后说道。此时的他面色苍白、眼圈发黑,受伤的胳膊被临时的三角绷带系着吊在胸前,一只袖子空空如也。

"我不这么认为,勒莱中校。我已经仔细考虑过了,在海地角的郊区,还驻扎着一万五千多名起义者。他们就是我们需要的支援兵。"桑托纳克斯回答道。

"那群黑人吗?我认为他们不会想插手这件事的。"勒莱说。

"我拿他们和他们家人的自由作为筹码。如果是这样,我想他们会帮我们的。"

这不是桑托纳克斯的主意,而是扎卡里想到的。在第一次匆忙的见面后,扎卡里又想方设法见了他第二次。在那个时候,桑托纳克斯已经把扎卡里调查清楚了,知道他是个奴隶,而且知道他赌上了全部的身家。他之所以这么做是因为如果当加尔博胜利了——现在看来他似乎是志在必得,让他知道扎卡里就是那个通风报信的人,那他最后的结局就是在广场上的轮刑中被大卸八块。正如扎卡里向他解释的那样,桑托纳克斯唯一的援兵就是黑人起义者,只要给他们足够的诱惑。

"除此之外,还得允许他们在城里尽情地抢掠。中校,您觉得怎么样?"桑托纳克斯带着胜利的口气对勒莱说。

"这太冒险了。"

"在这个岛上分布着无数黑人奴隶,我要让这些奴隶跟我们联合起来。"

"但他们中大多数人都站在西班牙人那边。"勒莱提醒他说。

"只要拿他们的自由做交换,他们就一定会转投法国旗下,我向您保证。我知道至少杜桑跟他的人还是想回到法国怀抱的。您选出一些黑人士兵组成队伍,然后带上他们跟我一起去和起义军谈判。路上差不多要花一个小时,您小心您的胳膊,可千万别感染了。"

艾蒂安·勒莱虽然不太相信桑托纳克斯的计划,但当他看到黑人们很快就接受了这个交易条件,他感到十分惊讶。虽然他们一次又一次地被白人欺骗,但还是坚信桑托纳克斯最后会兑现这份缥缈的承诺,给他们自由。对于这些起义的奴隶而言,允许他们肆意抢掠跟允诺他们自由一样,是一个极大的诱饵,因为他们已经连续好几个星期都无所事事了,这种无聊散漫的状态已经开始慢慢削弱他们的斗志了。

血 与 灰

最先透过阳台的窗户看到那团巨大黑块的人是图卢兹·瓦尔莫兰。它从山的那头,正朝着城市的方向压过来。瓦尔莫兰的视力已经大不如前,再加上窗外起了薄雾,空气因炎热和潮湿而发生了扭曲,他实在难以分辨那团巨大的黑块到底是什么。

"特特!你过来!告诉我那是什么!"瓦尔莫兰吩咐道。

"是黑人们,先生,成千上万的黑人。"特特回答道,身体不住地发抖。她一方面对他们接下来的命运感到恐惧,而另一方面她又希望甘博就在这群人中间。

瓦尔莫兰叫醒了在大厅里呼呼大睡的爱国者们,让他们拉响警报。不一会儿,邻居们就都躲进了各自的家里,锁好了门窗。与此同时,加尔博将军手下那群人也醒酒了,迅速开始为这场还没有开始就注定要失败的战争做好准备。虽然他们还不知道成败已成定局,但是黑人的数量是白人士兵的五倍之多,每一个黑人都像被奥贡赋予了神力,气势汹汹地冲过来了。瓦尔莫兰他们先是听到了一阵令人毛骨悚然的号叫声和吹响战争的号角声,尖厉的号角声越来越响亮。起义黑人的数量之多以及距离他们的位置之近都是他们没有预料到的。在一片震耳欲聋的混乱声中,这群人仿佛是从天而降,顷刻便覆盖了整座城市。他们个个赤身裸体,也没有携带什么像样的武器,如同一盘散沙,没有规矩也没有计划,只是做足了准备要摧毁眼前的一切。他们可以随心所欲地复仇和破坏,不受任何惩罚。顷刻间涌现出无数支火把,整个城市变成一片火海:开始是木质的房屋接连着火,然后是整条街道,最后所有的街区都被吞没在大火之中。整座城市变得炎热难耐,天空和大海都被染成了火一般的橘红色。在大火燃烧发出的噼啪响声和滚滚浓烟里房屋轰然倒塌的声音之中,还能清晰地听到黑人们胜利的欢呼和遇难者撕心裂肺的叫喊。街道上堆满了尸体,黑人们在追击那些惊慌失措、四处逃窜的白人时,从这些尸体上踩过,数百匹马受到惊吓从马厩里狂奔出来,也从这些尸体上踏过。所有人在面对这种袭击时都没有任何反抗之力,大部分的水手在刚开始的几个小时里就被歼灭了,与此同时,加尔博手下的常规军正在试图把白人平民救出来。大批的逃难者跑到了港口,一些人本来想背上点家当逃难的,但是因为着急,没走两步路就把包袱丢掉,仓皇逃命了。

瓦尔莫兰从二楼的窗户望下去就可以将一切尽收眼底。大火眼看就要蔓延过来,一点点火星就足以点燃他的宅子。两边的街道上,到处都是浑身沾满汗水和鲜血的黑人起义者。面对为数不多的几个还在顽强抵抗的士兵,他们毫不惧怕他们手中的武器。一些进攻者倒下了,又有新的进攻者们冲上来,他们越过堆积成山的同胞们的尸体向前冲。瓦尔莫兰看到有一队黑人围住了正在往码头方向去的一家人,他们中有两个女人和几个被一个年纪很大的男人护着的小孩子,这个男人显然是他们的父亲,还有两个年纪稍微大一些的男孩。白人们手里都拿着枪,但近身开一枪后,他们就立即被不怕死的黑人们包围,随后就消失不见了。一些黑人手里正拎着几颗人头,另一些黑人撞倒了一栋房子的大门,这间房子的房顶已经烧着了,他们大喊大叫地走了进去,紧接着就把一个被割了喉的女人、一些家具和生活用品从窗子扔了出去。直到火势蔓延开来,他们才不得不离开。过了一会儿,瓦尔莫兰听到有人用枪托撞击自家的大门。他吓得瘫软在地,这种感觉一点都不陌生,当他跟在甘博身后从种植园逃离的时候也经历了同样的恐惧。他想不通事态怎么会急转直下,这场加尔博打着包票说几个小时就能摆平的乱战,怎么就从大街上烂醉水手和白人士兵的骚乱演变成了一场黑人暴徒的狂欢。他紧紧地握住手枪,但手指都已僵硬,根本无法扣下扳机。他浑身早已被汗水湿透,身上散发出阵阵的酸臭味,这样的味道他再熟悉不过了,那是一种因为无能为力和极度恐惧而散发出的味道,他曾经在那些饱受康布雷折磨的奴隶身上也闻到过同样的味道。瓦尔莫兰感到自己命不久矣,就像曾经在他种植园里的那群奴隶一样,无路可逃。他强忍着恶心,强忍着想要像个懦弱的胆小鬼一样瘫缩在角落里的念头。忽然,他感到有一股温热的液体流出来浸湿了裤子。

特特站在房间中央,孩子们都躲在她的裙摆下面,她双手持枪,枪筒朝上。她已经不再抱有能与甘博重逢的期望,因为即使他人就在城里,也无法赶在这群黑人闯进来之前来到她身边。仅凭她一个人的力量是无法保护莫里斯和罗塞特的,但当她看到瓦尔莫兰都已经吓得尿裤子了,她才明白当初自己放弃了跟甘博一起远走所做出的牺牲是毫无意义的,因为她的主人根本就保护不了她和孩子们。早知道那个时候就该铤而走险,带上孩子们跟着起义者一起走。当她想到两个孩子即将要经历的事情,内心里突然就升腾起一股莫名的勇气和镇静,如此的架势只有那些即将赴死之人才会拥有。港口离这里只有几百米,尽管在那种情形之下仿佛是一段难以逾越的距离,但是已经没有别的办法了。"我们从后门走,从仆人走的那个小门出去。"特特坚定地说。黑人们撞击大门的声音震耳欲聋,楼下窗户玻璃被砸碎的声音也清晰可闻,但瓦尔莫兰还是坚信他们待在宅子里面才是最安全的,也许他们可以找个地方躲起来。"他们会放火烧了整栋宅子的。我要带着孩子们离开。"特特背对着他说。这时,莫里斯从特特的裙摆里探出头来,他的小脸脏兮兮的,上面沾满了眼泪和鼻涕。他朝着父亲跑去,抱紧了父亲的大腿。一瞬间,对儿子的怜爱从瓦尔莫兰心底涌了出来,他意识到自己现在这副样子实在是太丢人了。万一他的儿子奇迹般地幸存下来,他绝对不能允许在儿子心里,自己的形象就是一个懦夫。他深吸了一口气,试图克制住身体的颤抖,拿了一把枪别在腰上,又扣下了另一把的扳机。他一只手牵着莫里斯,几乎把他拽得双脚离地,紧跟在特特身后,此时特特已经抱着罗塞特走在狭窄的旋梯上了,这个楼梯可以从二层一直通到地下室奴隶们住的房间。

他们从便门悄悄溜进了房子后面的小巷,小巷里全都是从燃烧的房屋上落下的瓦砾和灰烬,但却空无一人。瓦尔莫兰有点迷失了方向,他从来没有走过便门,也没有来过这条小巷,更不知道这条路通往何处,但是特特坚定地向前走着,径直朝着大火和混战的方向走去。就在那时,当他们就快要与起义者迎面相撞时,听到了一连串的枪声,紧接着便看到了一小队加尔博手下的常规军。他们已经完全放弃了捍卫这座城市,正在边防御边朝着港口船舰的方向撤退。他们有条不紊、冷静而有序地射击,保持着原有队形。这条街的一部分被黑人起义军占领了,但连续的枪击限制住了他们的活动范围。这时,瓦尔莫兰的头脑终于恢复了清醒,他意识到已经没有时间犹豫了。"快!快跑!"他大声喊道。他们冲到了常规军的身后,以他们为掩护,跨越了在火海中倒下的一具具尸体和掉落的一块块瓦砾。士兵们用手中的枪为他们开了一条路,短短那两条街的距离,是他们人生中最漫长的几百米。他们自己都不知道最后是怎么到达港口的,大火的光亮将码头的那片天映照得如同白昼般明亮,已经有几千名逃难者逃到了这里,并且还有更多的人正在来的路上。有几列士兵为了保护白人正在朝着从三面包围他们的黑人们开枪,而与此同时,大批的人为了争抢船上的位置正像野兽一般相互打斗。没有人负责组织撤退,局面陷入一团惊慌与混乱。有的人实在没有办法,只好跳到水里,想要游到船边,却殊不知海里全是被血腥味吸引而来的鲨鱼。

就在这时,加尔博将军出现了,他和他的妻子骑在马上,身边围着一小队近卫兵,他们朝人群开枪,以此开辟出了一条血路。黑人们的突袭让加尔博有些措手不及,这是他始料未及的,但他立刻就发现形势反转了,而他唯一能做的就是自保。他还有时间可以解救他的妻子,她得了疟疾,已经卧床养病好几天了,对外面世界所发生的一切浑然不知。她只在睡衣外面裹了一条披巾,脚上也没有穿鞋,头发编成了一股辫子垂在背上。她的神色冷漠,仿佛在她的眼中没有战争,也没有大火。不知怎的,她毫发无损地到达了港口,而相比之下,她的丈夫却狼狈不堪:他的胡子、头发都被烧焦了,衣服也撕破了,上面沾满了血污和灰垢。

瓦尔莫兰一只手高举着手枪朝着加尔博一行人奔去,他挤过了他的近卫兵,凑到了加尔博面前,另一只手用力拽住他的腿。"给我一艘船!给我一艘船!"瓦尔莫兰苦苦哀求着这位昔日的"朋友",然而加尔博却朝他的胸口踹了一脚,踢开了他。此时的瓦尔莫兰已经被愤怒和绝望点燃,整个人失去了理智。他人生四十三年以来一直保持的良好修养顷刻间轰然倒塌,他就像是一头被围攻的野兽,爆发出了惊人的力量。他一跃而起,一把抱住了加尔博的妻子,粗鲁地把她从马上拽了下来。加尔博的妻子四仰八叉地摔在了滚烫的石头地上,还没等近卫兵反应过来,瓦尔莫兰就把枪抵在了她的头上,语气坚决地威胁加尔博说:"给我一艘船,不然我现在就毙了她!"所有人都知道他真的干得出来。加尔博拦住了他的近卫兵,对瓦尔莫兰说:

"可以,您先冷静一下,我会给您弄一艘船的。"他的嗓子被浓烟和火药呛得沙哑。瓦尔莫兰抓住了女人的头发,把她从地上拽了起来,逼着她往前走,自己用枪抵在她的后颈上。她的披巾掉在了地上,在那个末日夜晚的橘红色火光的映照下,透过那层近乎透明的睡衣,她那瘦弱的身躯一览无余。她的发辫被瓦尔莫兰高高地拽到了空中,所以只能踮着脚尖蹒跚而行。就这样,他们来到了那艘等候了加尔博多时的船边。直到最后一刻,加尔博还想着讨价还价:只有瓦尔莫兰和他的儿子能上船,因为还有无数的白人抢着要上船,在这个时候不可能让一个穆拉托女人优先上船。瓦尔莫兰把加尔博的妻子推到了码头的边缘,她的脚下就是映着火光和鲜血的红色海水。加尔博明白只要他有丝毫的犹豫,眼前这个已经失去理智的男人就会把他的妻子推到海水里去喂鲨鱼,于是他妥协了。就这样,瓦尔莫兰带着特特和孩子们上了船。

死亡的成全

一个月之后,海地角沦为一片废墟。在浓烟笼罩的残垣断壁上,桑托纳克斯宣布解放圣多明戈的奴隶们。要是没有奴隶们的支持,他无法打败内敌,也无法与那些占领了安的列斯群岛南部的英国人抗衡。就在同一天,从西属殖民地杜桑的营地里,也传来了解放奴隶的消息。他在文件上郑重地签下了"杜桑·卢维杜尔"这个将会被载入史册的名字。他的军队在不断地发展壮大,他的名字也比任何起义头领的名字都要响亮,不过那个时候他已经在考虑投靠另一个阵营了,因为只有法国共和派政府认可他们这群奴隶的自由,其他任何国家都不予以承认。

自打懂事起,扎卡里就一直在等待着这个时机,这么多年来,他无比渴望自由,虽然从他很小的时候起,他的父亲就反复教导他成为市长府邸的管家是一件多么荣耀的事情,他的父亲还告诉他正常情况下只有白人才能坐到这个位置。他脱下了那套像小丑戏服一样的管家制服,拿上了积蓄,登上了第一艘从港口起航的船,甚至连问都没问一句这条船是去往何方的。他知道,所谓的奴隶解放不过只是政客手中的一张牌,随时都有可能被废除,所以他决定在那之前离开这里。在和白人们相处了这么久之后,他彻底认清了这群人的真面目。他想,如果在下一届法国国民议会选举中,君主派胜出,他们就会罢免桑托纳克斯的职位,而且一定会坚决反对奴隶解放。到那个时候,殖民地上的黑人们又不得不继续为自由而战了。扎卡里并不想为此牺牲,因为在他看来,战争就是在浪费资源和生命,是一种最不理智的解决矛盾的方式。无论是什么情况下,他作为管家所积累的宝贵经验在这座自哥伦布时期以来就饱受压迫与暴力的岛上,毫无用武之地,所以他必须借此机会去开拓一片新天地。如今他三十八岁了,已经做好了迎接新生活的准备。

艾蒂安·勒莱在他临死前的几个小时得知了这两则宣布奴隶解放的消息。在海地角被烧杀抢掠的那几天,他无暇顾及自己肩膀上的伤,所以伤势急速恶化。等到他终于有时间接受治疗的时候,伤口已经出现坏疽。那几天,帕尔芒捷医生一直在不眠不休地为上百名伤员治疗,那些从强暴中幸存下来的修女也在一旁帮助他。当帕尔芒捷给勒莱检查的时候,一切都已经晚了。勒莱的锁骨是粉碎性骨折,因为伤口的位置特殊,所以甚至都没有办法通过最极端的截肢来保全他的生命。帕尔芒捷医生从罗斯大婶和别的巫医那里学来的方子在勒莱这里都派不上用场了。他的身上布满了大大小小的伤口,散发着将死之人的臭味。他最遗憾的事情就是再也无法保护维奥莱特了,只能留她独自一人来面对日后的坎坷和挫折。他直挺挺地躺在医院的地板上,身下什么也没垫。在弥留之际,他艰难地呼吸着,汗水浸透了他的衣襟。那种疼痛是常人难以忍受的,但勒莱之前就受过很多次伤,他的生活一直都充满了苦难和艰辛,所以他对身体上的疼痛不屑一顾。他一声不吭,双眼紧闭,脑海里开始想念维奥莱特,她那丰盈的双手、豪放的笑声、水蛇般灵活的腰肢,还有她那薄薄的耳朵、深色的乳头!他笑了,此刻他觉得自己是世界上最幸运的男人,因为他和她共度了十四年的光阴。噢!他深爱的,美丽的,永远的,只属于他的维奥莱特!帕尔芒捷医生不想打断他,他唯一能做的就是给勒莱注射一些鸦片——这是他们唯一拥有的镇静剂,或是喂他一些强力药,这样几分钟之后他就能得到解脱。作为医生,他本不应该向病人提供服用毒药这个选择,但在这座岛上,他已经目睹了太多的痛苦,而在痛苦面前,那句"承诺不惜一切代价挽救生命"的行医誓言已经失去了意义。在有些情况下,成全患者用死亡来换取解脱反而是一种更加仁慈的选择。"要是别的士兵不需要的话,我就选毒药吧。"勒莱说道。帕尔芒捷弯下身子,贴近他,想听清他说的话,因为他的声音实在是太微弱了。"您去找维奥莱特,告诉她我爱她。"艾蒂安·勒莱趁着医生把药水灌进他嘴里之前对他说道。

与此同时,身在古巴的维奥莱特·布瓦西耶正在一个石块砌成的喷水池旁边找水喝。她的右手狠狠地撞在了石头上,戒指上的那颗蛋白石被碰得粉碎。她瘫坐在喷泉旁边,用手紧紧捂住胸口,痛不欲生。在她身旁的阿黛勒以为她只是被蝎子蜇了一下。"艾蒂安,艾蒂安……"她喃喃地念着他的名字,痛哭流涕。

喷水池边的维奥莱特知道自己已经永失所爱,而此时,在离她五条街以外的哈瓦那最豪华的酒店里,特特正在花园的遮阳棚底下站着,她身旁的莫里斯和罗塞特正坐在桌子旁喝着菠萝汁。特特和罗塞特在客人面前是不能坐着的,但是由于罗塞特长得像个西班牙小姑娘,所以没有人会怀疑她的血统。莫里斯也假装她是自己的亲妹妹。瓦尔莫兰、他的大舅子桑丘还有银行经理正围坐在另一张桌子旁聊天。在那个末日般的夜晚,冒着混杂着硝烟的雨水,加尔博将军一行中的难民船队从海地角启航全速驶向巴尔的摩,但在那一百艘船中,有几艘满载着上等白人的船舰是朝着古巴的方向去的,因为这些人有家人或者家产在那里。一夜之间,无数的法国人登上了那座小岛,想要躲避圣多明戈的政治动乱。岛上的古巴人和西班牙人热情慷慨地招待了他们,只是令这些人没想到的是,这群惊恐万分的不速之客竟然会把这里当成永久的避难所。瓦尔莫兰、特特和孩子们就在这群避难者之中,桑丘·加西亚·德尔·索拉尔把他们带回了家。由于无人打理,桑丘的房子愈加破烂不堪。当看到了满地的蟑螂,瓦尔莫兰还是宁愿带着特特和孩子们去哈瓦那最好的酒店住下。他和莫里斯住在一间有着两个阳台的海景套间里,而特特和罗塞特只能睡在随行奴隶们住的小屋里,那里地上没有铺地板,而且也没有窗户。

桑丘一直过着游手好闲的单身汉生活,他把钱都花在了派对、女人、赛马和赌桌上,他还是像年轻时一样,做着不切实际的白日梦,梦想着有一天他也能发家致富,光宗耀祖。他总是寻找一切能赚钱的机会,正因如此,几年前他用瓦尔莫兰给他的钱在路易斯安那买了几块地。他能做的只是打探消息,走走人情,或者干点儿体力活,不过连他自己都笑称,只有活儿不重的时候他才会干,而他的妹夫瓦尔莫兰则负责出钱。自从他有了买地的想法,他就经常去新奥尔良附近转悠,然后在密西西比河边上置了业。一开始,瓦尔莫兰觉得他这完全是不靠谱的胡来,但现在看来,这是他手上拥有的唯一一样牢靠的东西了,他想把这片荒地变成一个大的甘蔗种植园。虽然他在圣多明戈已经损失了太多,但是好在他还有投资,跟桑丘的生意往来也没断过,而且他的那位犹太籍代理人和古巴银行经理都有远见卓识,所以他不缺钱。瓦尔莫兰是这么跟桑丘解释的,要是有爱管闲事的人问起,他也是这么回答的。但当他独自一人面对镜子里的自己时,他却无法掩盖从他眼底透出的心虚。其实买下这块地的大部分钱都是拉克鲁瓦出的,他只出了一小部分。他只好不断地告诉自己:他的想法很单纯,因为他从来没有想过要从他朋友的死中捞到半点好处,也没想过要把那块地占为己有,只不过是他运气好,天上掉馅饼砸在他头上了。当拉克鲁瓦一家全部被圣多明戈起义的奴隶们杀害时,他签字的那些收条也在大火中被烧得精光。一时间,瓦尔莫兰发现自已拥有了一笔除他之外无人知晓的巨额财富,那就是他曾经在哈瓦那开的一个比索金币的账户。那是他邻居的小金库,瓦尔莫兰每次去古巴,他的邻居都会交给他一部分钱,随后他会把钱存进一个只有一串数字的银行户头里。银行经理完全不认识拉克鲁瓦这个人,所以之后当瓦尔莫兰把这个账户里的钱转到自己账户里时,他没有任何异议,因为他以为这些钱都是瓦尔莫兰的。拉克鲁瓦在法国有几个继承人,他们完全有权利继承这些遗产,但是瓦尔莫兰考虑了一下,觉得首先自己没有义务去法国找他们,再而觉得要是把这么多钱放在银行的金库里睡大觉,就真是太愚蠢了。一个人一辈子能碰上几次这种钱送上门的机会呢?只有傻子才会让它们白白溜走。

两周之后,圣多明戈传来了消息,殖民地上还是一片血雨腥风的混乱景象,瓦尔莫兰决定跟桑丘一起去路易斯安那。对于一个混日子的人来说,哈瓦那的生活是相当舒逸的,但瓦尔莫兰不想再浪费时间了。他知道,要是他再成天跟着桑丘流连赌场、纵情声色的话,他很快就会把积蓄挥霍一空,到那时,身体也会垮掉。因此,不如带上他这个风趣的大舅子,让他远离那些狐朋狗友,找一桩能满足他野心的生意让他施展一番。瓦尔莫兰想,路易斯安那的种植园也许能激发桑丘的意志力。在那些年中,他像对亲哥哥一样对待他的这位大舅子。虽然他俩完全是两个世界的人,桑丘身上的优点和缺点他都没有,但他们相处得很好。桑丘是个能说会道、敢想敢做的人,对待一切都无所畏惧。上至贵胄下至海盗,他都能混熟,而且他还是个没心没肺的花花公子,女人们都被他迷得神魂颠倒。瓦尔莫兰本来没想到自己会失去圣拉扎尔,但是当他意识到他再也无法收回那里的资产时,他就把精力都放在了路易斯安那这片土地上。他对政治已经没有了兴趣,加尔博的失利在他心里留下了难以磨灭的阴影。现在是时候重拾他的蔗糖生意了,毕竟经营种植园是他唯一在行的事情。

惩　罚

瓦尔莫兰告诉特特,他们两天之后就会坐上一艘美国帆船离开这里,还给了特特一些钱,吩咐她给家里人添置些新衣服。

他看到特特没有伸手接钱,于是问道:"你怎么了?"

"对不起,先生,但……我并不想去那里。"特特喃喃低语道。

"你说什么呢!蠢货!就按我说的做,闭上你的嘴!"

"我的赎身契在那边也算数吗?"特特壮着胆子问道。

"这就是你担心的事?你的赎身契在哪里都算数,不管是在路易斯安那还是别的地方。那上面有我的签名和盖章,就算到了中国也一样有效。"

"路易斯安那离圣多明戈很远,对吗?"特特坚持问道。

"如果你想知道这个,那我告诉你我们绝不会再回圣多明戈了!我们在那里遭的罪,你觉得还不够吗?你真是比我想的还要蠢!"瓦尔莫兰牛气地大吼。

特特垂头丧气地离开了,开始收拾行李。小时候有个叫奥诺雷的奴隶给她刻了一个木头娃娃,这个娃娃是她的护身符,可以为她带来好运,但在逃跑时被她落在了圣拉扎尔。此刻的她无比需要这个护身符。"爱祖丽,我还能再见到甘博吗?我们要去更远的地方了,我和他之间又多隔了一片海。"午休之后,海风为这个炎热的下午带来了一丝凉爽,特特带着两个孩子出门买东西去了。由于瓦尔莫兰下了命令,说他不想再见到自己儿子成天跟一个穿得破破烂烂的小姑娘一起玩,所以特特给两个孩子都穿上了同样材质的衣服。这样他们三个走在大街上,不管在谁看来,都像是两个有钱人家的孩子和一个保姆。根据桑丘的计划,他们会在新奥尔良安顿下来,这样一来,从新的种植园到市里往返一次只需要一天的时间。他们虽然已经买下了土地,但是还需要别的东西,比如磨子、机器、工具、奴隶、棚屋和庄园的大宅子。在种植甘蔗前,他们需要先开垦土地,这就意味着头一两年是不会有任何收成的,但好在瓦尔莫兰的积蓄丰厚,这样他们便不至于贫困度日。就像桑丘说的那样,钱虽然买不来快乐,但是除了快乐以外,几乎什么都能买得到。他们不希望别人觉得自己是从别的地方逃难来的新奥尔良,毕竟他们是投资者,而不是难民。离开海地角时,瓦尔莫兰他们除了身上穿的衣服什么也没带,在古巴期间他们也只买了最基本的生活用品。但在启程去新奥尔良开始新生活之前,他们必须要准备一整套的行头和行李箱。"所有东西都买最好的,特特。也给你自己买几套衣服,我不想看见你穿得跟个叫花子似的。还有,把你的鞋子穿上!"瓦尔莫兰吩咐她说。然而,她唯一拥有的那双皮靴却非常不合脚,穿上简直就是一种折磨。特特在市中心的商行里买到了她需要的东西,她一直在跟卖家讨价还价,在圣多明戈大家都这么做,因此她觉得在古巴,人们应该也会这么做。整条街上的人都在说西班牙语,虽然她跟欧亨尼娅学了一点点西班牙语,但她完全听不懂古巴口音,这里的人说起话来像在唱歌,而且吞音严重,跟她那位已故女主人字正腔圆的西班牙语完全不同。因此,她在集市上没有办法同人讲价,但在有人说法语的商行里就不一样了。

采购完以后,她按照主人的吩咐,请店里的人把东西送回了酒店。孩子们此时早已饥肠辘辘,她自己也十分疲累,但就在出门的时候,她听到了一阵鼓声。在鼓声的召唤下,她带着孩子们穿过一条又一条小街,来到了一个小广场。那里聚集了一群黑人,他们和着乐队的伴奏,正在忘情地跳舞。特特已经很久没有感受过在卡林达之夜舞蹈带给她的那种震天撼地的节奏和力量了。在这一年多的时间里,她经历了种植园的惊险逃难,那些在海地角被行刑的奴隶的哀号也如梦魇一般萦绕在她耳边。日子就是在逃命、告别和等待中度过的。就这样,鼓声的节奏从特特赤裸的脚底直冲上了头顶,她的整个身体都被鼓声控制了,一种极致的欢愉侵袭了她的全身,这种感觉就好似跟甘博做爱时的激情和快乐。她松开了孩子们的手,加入欢腾的人群中:就像奥诺雷曾跟她说的那样,跳舞时的奴隶是自由的。但她现在已经不是奴隶了,她已经是自由的人了,那张赎身契上就只差法官的签名。自由!自由!来吧!把双脚狠狠踩在地上,尽情地跳起来吧!尽情地甩开双腿,顶起腰胯,摇摆臀部,像海鸥张开翅膀一样张开我们的双臂!尽情地抖动乳房,摇甩脑袋,享受生命!罗塞特的身上流淌着非洲人的血液,此刻的她也感受到了鼓声的召唤。于是,这个三岁的小女孩也冲到人群中间,像她的妈妈一样加入了这场纵情狂欢之中。而莫里斯却吓得连连后退,直到把自己紧紧贴在了一面墙上。虽然在圣拉扎尔时他也看过奴隶们跳舞,但那个时候是父亲带他看的,而现在,在这个陌生的广场上,他孤单一人,被一群狂舞的黑人包围。这震耳欲聋的鼓声让他不知所措,特特已经忘记了他的存在,他的特特俨然已经为之疯狂,罗塞特也忘记了他的存在,她淹没在狂舞的人群之中,似乎没有人记得莫里斯的存在。莫里斯突然放声大哭起来。这时,一个打扮得有些滑稽的黑人朝他走过来,他的身上只裹了一条缠腰布,脖子上戴了三圈亮闪闪的项链。他在莫里斯面前边跳边摇晃着沙槌,试图分散一下他的注意力,然而却让莫里斯更加害怕了,他撒腿就跑。这雄壮的鼓声连续响了好几个小时,要不是有两个壮汉拽着她的胳膊把她拖走,特特可能会一直跳到最后,跳到天亮。

莫里斯冲出了人群,凭着直觉想要跑到那片他曾在酒店套房的阳台上见过的大海,就这样时间过去了将近三个小时。他害怕极了,根本记不起酒店在哪里。一个白人小孩,穿着打扮得又像是个有钱人家的孩子,却在街上蜷缩成一团放声大哭,这幅景象不由得引起了过往行人的注意。有个好心的人停下了脚步想要帮助他,他问了莫里斯他父亲叫什么名字,然后又打听了好几家商行,最后终于找到了图卢兹·瓦尔莫兰。这位父亲忙得根本没有时间来操心他的儿子,而且莫里斯跟特特在一起很安全。当他从泣不成声的莫里斯口中套出事情的经过时,瓦尔莫兰气得暴跳如雷,气势汹汹地转身去找特特。但他还没走出一条街,就发现自己对这个城市的方位一无所知,完全不知道要去哪里找她。于是,他找到了警卫帮忙。这两个警卫根据莫里斯给出的模糊线索,循着震天的鼓声,很快就发现了广场上狂舞的人群。他们抓住了特特,拳打脚踢地把她扔进了牢狱。由于罗塞特紧跟着他们,还大哭大叫地让他们放了她妈妈,所以这些人只好把罗塞特也一起关了进去。

牢房里漆黑一片、密不透光,到处都散发着屎尿的恶臭,特特抱着罗塞特蜷缩在一个角落。她发现这间牢房里还有其他几个人,但因为光线实在太暗了,所以她花了好一会儿工夫才看清楚原来是一个女人和三个男人,他们一声不吭,一动不动,等待着随时去领受他们的主人一声令下的那顿鞭刑。其中的一个男人几天前已经受了二十五鞭,他需要等伤口稍微愈合一些,再去领受剩下的鞭刑。那个女人用西班牙语问了她些什么,但是她没有听懂。特特这才开始思考自己的所作所为可能会酿成的恶果:她只顾着纵情舞蹈,却忘记了莫里斯的存在。要是莫里斯有个三长两短,她是要偿命的,因此她才被抓进了这间污秽的牢房。然而对于特特而言,孩子的安危比她的性命更为重要。"爱祖丽,母性之神,求您一定保佑莫里斯平安无事。"可是,罗塞特该怎么办呢?特特摸了摸藏在乳罩里的那个小口袋。她和罗塞特现在都还没拥有真正的自由,因为还没有一个法官在赎身契上面签字,所以她的女儿很有可能会被人卖掉。她们在牢狱里度过了那一晚,那是特特记忆中最漫长的一晚。罗塞特一直在哭,还闹着要水喝,最后她倦了,发着烧迷迷糊糊地睡着了。第二天清晨,加勒比岛刺眼的阳光透过牢房的铁栅栏直射进来,一只乌鸦落在了整个牢房唯一一扇石头小窗的窗框上,开始啄食虫子。牢房里的那个女人开始哀号,特特不知道她是因为乌鸦是不祥的兆头还是因为今天该轮到她受刑了。又过去了几个小时,牢房里的空气越来越灼热,越来越稀薄,特特觉得自己头昏脑涨。她不知道怎么做才能解一解罗塞特的口渴,她把女儿抱在胸前,但是她现在已经没有奶水了。就这样,终于挨到了中午,牢房的铁栅栏被打开了,一个粗壮的男人堵在门口,他喊了特特的名字。特特尝试了两次,才终于站起身,她感到自己两腿发软,极度的口渴让她两眼发花。她抱着罗塞特,跌跌撞撞地走到了门口。这时,她听到背后的那个女人在跟自己告别,她对那些话很熟悉,因为她曾经也听欧亨妮亚念叨过:圣母马利亚,上帝之母,请为我们这些有罪之人代祷。特特在心里回应了她的祈祷,因为她已经口干舌燥,一句话都说不出来:"爱祖丽,怜悯之神,求你保护罗塞特吧!"特特被带到了一个小院子里,这里只有一扇大门,四面都是高墙,中间是一个行刑台,上面有一个绞刑架,旁边还竖着一根柱子和一个用来截肢的黑色木桩,上面布满了干涸的血迹。刽子手是一个矮胖的刚果男人,往那儿一站就跟个衣橱似的。他长了一口尖牙,脸上布满了伤疤,上身赤裸,只在腰上系了一条皮质围裙,身上和围裙上都布满了暗红色的血迹。没等刽子手碰她,特特便一把将罗塞特推得远远的，并要求她站得再远些。罗塞特边哭边听从了妈妈的话。她此刻实在是太虚弱了，根本没有力气问她妈妈为什么要这么做。"我是自由的！我是自由的！"特特一边用她仅会的那点儿西班牙语大声喊道，一边把脖子上挂的那个小袋子拿给他看。然而，刽子手一把就夺过了她手中的小袋子，还撕烂了她的罩衫和乳罩，随后又一把扒掉了特特的裙子。特特全身赤裸，但是她本来也没打算遮掩什么，只是朝着罗塞特大喊，让她转过身去，面对着墙，不管发生什么都不要转过身来。接着，特特被拖到了那根柱子上，她自觉地张开了双臂，以便刽子手用麻绳将她的手腕绑在柱子上。只听鞭子在空中一抡，发出了可怕的咻咻声，这时她想起了甘博。

　　此时的图卢兹·瓦尔莫兰正在大门的另一侧等待着。他事先已经跟刽子手商量好了，除了正常的费用，瓦尔莫兰还额外给了他一份小费，让他不要伤害到特特，只是吓唬吓唬她，给她一个教训就行了。所幸莫里斯没什么大碍，而且两天后他们就要出发了，在这种时刻，他尤其需要特特，但要是她现在受了鞭刑，就没法随他们一起走了。鞭子抽在石板地上，激起了火花，然而特特却感觉到鞭子抽在了自己的背上、心上、五脏六腑乃至灵魂之上。她双膝跪地，但双手却被捆绑着，所以整个人都被吊了起来。她听到了远处刽子手哈哈大笑的声音，也听到了罗塞特大喊着"先生！先生！"。她费了好大的劲才睁开了双眼，甩了甩头。瓦尔莫兰就站在几步之外的地方，罗塞特紧紧抱住他的腿，把小脸埋在了他的腿间，泣不成声。瓦尔莫兰爱怜地摸了摸她的头，把她抱入怀中，罗塞特无力地瘫倒在瓦尔莫兰的怀里。瓦尔莫兰一句话都没对特特说，只是冲刽子手使了个眼色，转身便朝着大门走去。刽子手这才松开了她手上的粗绳，把她那几件被撕成烂布条的衣服捡起来递给她。就在刚刚，特特还一步也动弹不得，而现在却跌跌撞撞地匆忙跟在瓦尔莫兰身后。恐惧给予了她新的力量,她光着身子,用手中的那堆破布遮住了胸口。刽子手把她送到了门口,将那个装着她自由的小皮口袋还给了她。

ps://www.overleaf.com/project/5e
第 二 部

路易斯安那,1793—1810

高贵的克里奥尔人

这幢坐落在新奥尔良市中心的房子是桑丘·加西亚·德尔·索拉尔的一个惊喜发现。那里生活了许多有着古老法国血统的克里奥尔人,每个家族都是一个人数众多且十分封闭的父权社会,只跟门当户对的家庭通婚,连金钱都无法敲开这些人家的大门。这和与桑丘原先想的截然不同,在这件事情上他本应该多做点功课的,因为后来他发现想靠钱敲开上流西班牙家族的大门同样也是徒劳。不过,第一批从圣多明戈逃过来的难民当时还是有隙可乘的。起初,有的克里奥尔家族还热情地招待了那些失去了种植园的可怜上等白人,他们听闻了白人在那座小岛上的悲惨遭遇后感到十分震惊和同情,他们想不出还有什么事情能比黑人起义更加可怕了。然而,克里奥尔人万万没想到的是,难民人数如同滚雪球一般,越滚越大,越滚越多。为了在这个新环境里立足,瓦尔莫兰重新擦亮了自己的骑士勋章,他的大舅子桑丘则负责帮他宣传瓦尔莫兰家族在巴黎的庄园城堡。虽然自从他的母亲为了摆脱雅各宾党人罗伯斯庇尔引发的恐怖,逃往意大利定居开始,那座城堡就荒废了。因为一个人的思想或者身份头衔就把他斩首,就如同在法国发生的那样,这种事情令桑丘感到无比厌恶。他既不攀附权贵,也不同情平民,在他看来,法兰西的共和制就跟美国的民主制度一样粗暴。当他得知几个月之后,罗伯斯庇尔本人也被推上了那个了结了几百人性命的断头台时,他高兴极了,痛饮了两天两夜来庆贺。这是他最后一次醉酒,因为克里奥尔人虽然都喝酒,但是他们无法容忍醉酒,一个喝到失态的醉汉无论在哪里都是不被容忍的。帕尔芒捷医生这些年来一直在劝瓦尔莫兰戒酒,但瓦尔莫兰只把这些话当作耳旁风,但现在他也得节制点了,并且他发现自己喝酒并不是为了满足酒瘾,而是把酒当成了缓解寂寞的良药,尽管他自己心里对此也深表怀疑。

正如他们计划的那样,这对郎舅没有混迹在难民之中,而是以甘蔗种植园主这一响当当的身份风风光光地来到了新奥尔良。当初桑丘买下这块地,如今看来真是一个很有远见的决定。"妹夫,你可别忘了,未来还是棉花更有市场,蔗糖生意已经不景气了。"他提醒瓦尔莫兰。安的列斯群岛奴隶制的血腥故事广为流传,废奴主义者正致力于开展抵制蔗糖的国际运动,他们认为这种商品浸满了奴隶的鲜血。"相信我,桑丘,就算方糖被染了色,需要它的人还是会不断增多。这种甜味的黄金比鸦片还让人上瘾呢!"瓦尔莫兰安慰他说。在克里奥尔人封闭、文明的社交圈里是不会有人谈起这些的,因为他们坚信,安的列斯群岛上的暴乱绝对不会在路易斯安那重演。这群克里奥尔人之间的家族关系紧密而又复杂,所以藏不住什么秘密,无论什么事情迟早大家都会知道。在这里人们憎恶、鄙夷残忍的行为,因为他们觉得只有傻瓜才会损毁自己的财产。此外,还有一位名叫安东尼奥·德·塞德利亚的西班牙修士领导着这里的神职人员。这位修士被人们称作安托万神父,他如同圣人一般令人敬畏,在他的影响下,神职人员都兢兢业业地履行着救赎奴隶身心的神圣义务。

当瓦尔莫兰着手为种植园购买劳动力时,他发现了这里和圣多明戈完全不同的一点,那就是奴隶的价格很高。这个事实意味着他需要投入比原计划更多的资金,因此对于每一笔花销,他都得小心谨慎,然而他也暗自松了一口气,因为现在他终于有一个合理的理由来让自己善待奴隶了,这样做不仅仅是出于人道主义,尽管有的人会把他的这种仁慈看作软弱的表现。在圣拉扎尔度过的二十三年里,他需要忍受妻子的疯病,忍受侵蚀他健康的恶劣气候,忍受自己作为绅士的处事原则一次一次地被打破、被损毁,他还需要忍受孤独,忍受对书籍的渴求,忍受与人进行心灵对话的渴望,然而这一切都还不够,最糟糕的是他被赋予了凌驾于别的生命之上的权力,随之而来的就是人性的诱惑和堕落。正如帕尔芒捷医生所言,圣多明戈的革命就是奴隶们对种植园主蛮横暴行的必然报复。在路易斯安那,瓦尔莫兰有机会回忆起他年轻时的理想。这些理想已经在他记忆深处的灰尘中沉睡了许久,他开始梦想着建立一个模范种植园,能像圣拉扎尔一样生产大量的蔗糖,但与圣拉扎尔不同的是,这里的奴隶过着像人一样有尊严的日子。这一次,在挑选监工和监工头子时,他格外仔细,他可不想再招来一个普罗斯珀·康布雷了。

桑丘开始同克里奥尔人建立友谊,要是不拓宽点人脉,他跟瓦尔莫兰的生意也不会有多大的发展。果然没过多久,桑丘就成了茶话会上的灵魂人物。他和着吉他的伴奏唱歌时展露了自己温柔的嗓音,就算在牌桌上输了牌也不会生气;他那双满含着淡淡忧郁的眼睛和恰到好处的幽默感赢得了女主妇们的心,他对她们也从不吝惜奉承之词,因为没有得到她们的同意,任何人也迈不进这些克里奥尔人的家门半步。他跟这些人打台球,下双陆棋,玩多米诺牌也打纸牌,跳起舞来姿态优美,没有什么是他不会或者不知道的东西,而且他还懂得在恰当的时间出现在合适的地点。他最喜欢在防洪堤畔的林荫道上散步,那里有形形色色的人,有身份显赫名门望族,也有吵吵闹闹的平头百姓,他们中间混杂着水手、奴隶、自由有色人和四处游荡的肯塔基人。这些肯塔基人是出了名的酒鬼、好色之徒,而且喜欢寻衅滋事。他们从肯塔基州或是北部的其他地区顺着密西西比河南下，一路上做点烟草、棉花、皮具和木材的小买卖。这一路上，他们不仅要面对充满敌意的印第安人，还得历经千难万险，因此他们都把自己武装得很好。在新奥尔良，他们把自己的木船拆了当柴火卖掉，然后享受一两周花天酒地的日子，再踏上返程的艰辛之旅。

仅仅是为了吸引别人的注意，桑丘经常出入戏场剧院，就跟他每周日去做弥撒的性质一样。他身穿一套简单的黑色西装，头发梳成一根辫子，还专门用胶水固定住了八字胡。这身装束跟那些穿着镶边绸缎的法国人形成了鲜明对比，为他增添了一丝让女人们神魂颠倒的危险气息。他的举止仪态都无可挑剔，这是跻身上流社会的必要条件，因为在他们看来，会正确地使用刀叉比一个人的道德品质更为重要。身为一个属于边缘人群的西班牙佬，要不是跟有着纯正法国血统的瓦尔莫兰的这层亲戚关系，桑丘身上的这些闪光点也没有太大的价值，但只要他走进了聚会的大厅，就不会有人想把他撵出去。瓦尔莫兰丧偶多年，如今才四十五岁，虽然身材有些发胖，但也无伤大雅，自然那些旧卡尔①街区的家长们都盼望着能为自己的女儿或是侄女、外甥女钓到这个金龟婿。就连他那个姓氏都拗口难念的大舅子也成了女婿的人选，因为找个西班牙女婿总比女儿嫁不出去要强。

这两个外国人先是在这个街区租下了一座宅子，随后主人又将房子卖给了他们。虽然人们对此议论纷纷，但也没人提出反对意见。这套别墅有上下两层，外加一个阁楼，但没有地下室，因为新奥尔良依水而建，挖一块巴掌大小的地就能涌出汩汩的水。这里的坟墓都是高出地面的，不然每当到了雨季，死者的遗体就要漂在水面上了。跟许多宅子一样，瓦尔莫兰的这套宅子是用砖块和木材建成的西班

---

① 旧卡尔，新奥尔良市的法国区，也是最古老的街区。

牙式建筑,中间有一个很宽的大门可以供车辆进出,小院的地上铺着石板,喷泉是彩色瓷砖砌成的,站在房间的阳台上可以感受到徐徐的清风,铁栅上爬满了散发着香气的藤蔓。瓦尔莫兰把这套宅子装修得很低调,这种简约的风格象征着他社会新贵的地位。虽然他连吹口哨都不会,却买了很多乐器,因为在所有的社交舞会上,淑女们都会显露一下自己钢琴、竖琴或是小键琴的技艺,而绅士们则会弹起吉他来伴奏。

跟其他富人家的孩子一样,莫里斯和罗塞特必须得跟着家庭教师学习音乐和跳舞。一个从圣多明戈逃难过来的人给他们上音乐课,另外还有一个姿态做作的胖男人教他们时下流行的舞蹈,只要学得不好,老师便会用藤条惩罚他们。音乐和跳舞在日后对于莫里斯来说就像是决斗中的剑术或是沙龙里的社交游戏一样有用,而对于罗塞特来说,学会这些,她就能讨客人们的欢心,却绝不是用来跟白人女孩相媲美的。罗塞特的天资很高,有一副动听的嗓音,然而莫里斯却遗传了他的父亲,没什么艺术细胞,他每次上课就像是上刑一样。他更喜欢看书,而这对他在新奥尔良的发展没什么好处,因为在这里人们觉得知识分子身份可疑,最受欢迎的永远是那些会侃大山、献殷勤并且懂得生活的人。

瓦尔莫兰习惯了在圣拉扎尔的隐居生活,所以每次当他被桑丘抓去咖啡馆或者酒吧应酬的时候,他都觉得是在浪费时间。他得费好大的劲才能融入他们的游戏和赌博当中去,他讨厌血淋淋的斗鸡比赛,也讨厌赛马和赛狗,况且他还总是会输。一周七天,每天都会有一户人家在客厅里举办茶话会,茶话会往往是由家里的主妇来主持,她不仅会记下都有谁到场了,还会搜罗宾客们带来的各种闲言碎语。单身汉们总是会带些礼物,挨家挨户地参加沙龙,他们带的礼物通常是一块跟牛头差不多重的巨型核桃蛋糕。桑丘认为,在克里奥尔人封闭的社交圈子里,这些茶话会是必须要参加的。跳舞、晚宴、野餐,总是面对着同一拨人,而且他们之间也没什么新鲜的话题。比起硬凑在这些人中间,瓦尔莫兰更愿意待在种植园里,可是他知道在路易斯安那,如果他闭门不出,别人就会认为他是个小气鬼。

在新奥尔良,房子的一层是客厅和餐厅,二层是卧室,厨房还有奴隶的住处单独设在后院,打开落地窗就能走进一个小巧精致的花园。跟所有克里奥尔人家里一样,餐厅的空间最为宽敞,因为生活总是离不开餐桌,而聚会又恰恰能体现出主人热情好客,这也正是他们最引以为豪的地方。因此,当地的名门望族家里至少都备着二十四人份的餐具。在一层的房间中,有一间会设有单独进出的门,供家中单身的儿子使用,如此一来,即便是在里面肆意欢闹,也不会打扰太太们的休息。而在种植园里,单身汉都住在路边的八角亭里。莫里斯年纪还小,再等个十二年他才能享受这种待遇。从现在起,他必须得一个人在自己的房间里睡觉了,父亲瓦尔莫兰的房间和舅舅桑丘的房间一左一右分别在两侧。

除了特特,家里还有七个奴隶。他们是厨娘、洗衣妇、马车夫、女裁缝、两个贴身的女佣和一个跑腿的小伙子。特特和罗塞特不跟他们住在一起,她俩睡在存放全家人衣箱的阁楼上面。特特一如既往地管理着家事。瓦尔莫兰和特特的房间之间拴了一条线,线上系了一个小铃铛,方便瓦尔莫兰在夜里叫特特去他的房里伺候。

桑丘一看到罗塞特,就猜到了他妹夫跟特特之间的关系,也想到了以后的麻烦。"等你结婚了,你打算让特特怎么办呢?"他的这个问题让瓦尔莫兰措手不及。瓦尔莫兰从来没有跟任何人谈起过这件事,因此感到十分诧异,只能含糊其词地说他没想过要再结婚。"如果我们继续同住一个屋檐下,那我们两个人中必须要有一个人结婚,不然别人会觉得我俩是同性恋。"桑丘最后说道。

在那个末日般的夜晚,当瓦尔莫兰带着特特和孩子们从法兰西角仓皇而逃时,家中的厨子一直藏着不肯走。于是,瓦尔莫兰便失去了这位大厨,但他并不觉得遗憾,因为在新奥尔良,他需要一位精通克里奥尔料理的厨师。他的新朋友们告诉他,无论是在马斯佩罗奴隶市场还是在沙特尔大街的商行里,千万不要轻易买下别人给他推荐的第一个厨娘,尽管前者号称是美洲最好的奴隶市场,后者的奴隶个个都很漂亮。实际上这些都是商家的小把戏,他们让奴隶们穿上精美的衣服来吸引客人,然而真正做出来的饭菜却让人难以下咽。真正好的奴隶只会在亲戚朋友之间私下进行买卖。通过这种方式,他买到了塞莱斯汀。这位厨娘四十岁上下,有着一双巧手,既会烹饪菜肴又会制作糕点,是马里尼侯爵府里一位法国大厨一手教出来的徒弟。然而由于没人受得了她的坏脾气,之后又被转手卖掉了。她曾经把秋葵海鲜浓汤打翻在侯爵的脚下,只是因为侯爵向她提出了多放一点盐的无理要求。瓦尔莫兰倒是没被这件事吓住,因为跟她斗智斗勇是特特要做的事。塞莱斯汀是个干瘦的女人,她天性好妒,还不允许任何人踏足厨房和储藏室,因为那里是她的领地。葡萄酒和开胃酒她都要自己挑选,不接受任何关于菜单的建议。特特提醒她注意一下香料的用量,不然主人的胃会疼。"那就让他忍着吧!如果他想喝清淡的药汤,那就由你来做吧!"塞莱斯汀回答她道。但事实上自从她掌勺以来,瓦尔莫兰的身体就一直很健康。塞莱斯汀身上总是有股肉桂的味道,为了不让任何人说她脾气不好,她私下里经常变着法儿给孩子们做好吃的:松软的贝奈特饼、法式焦糖苹果挞、柑橘奶油可丽饼、蜂蜜小饼干打底的巧克力慕斯等。这也充分证实了一点,那就是人类永远都无法拒绝甜食的诱惑。在这个家里,只有莫里斯和罗塞特不怕塞莱斯汀。

克里奥尔男人普遍过着游手好闲的生活,新教徒们则将工作视为恶习,而美洲人更是如此。这种现象让瓦尔莫兰和桑丘陷入了一种窘境,他们不得不在表面上掩饰自己为让种植园走上正轨而付出的努力。自从这座园子的前主人去世后,继承者们也相继破产,迄今为止已经荒废了十余年。

重振种植园的第一步就是购买奴隶,最先开始需要一百五十个左右,这可比在圣拉扎尔时少多了。瓦尔莫兰在那个破破烂烂的房子里找了个角落先住了下来,与此同时他正在让人按照一个法国建筑师设计的图纸,在旁边建造新房。奴隶们住的茅屋已经被白蚁和潮气侵蚀得不成样子,所以瓦尔莫兰让人把这些都拆了,又盖上了木屋来代替。新的木屋有很宽的屋檐,既可以遮阳,又可以避雨。每个木屋里有三个房间,每间房间可以容纳两户家庭,所有的木屋整齐地排成了正方形的四边,中间的空地是一个小广场。在新奥尔良,很多人会借着好客的传统,在周末不请自来地登门拜访,于是,瓦尔莫兰和桑丘也照这些人的做法,去参观了其他的种植园。在参观完以后,瓦尔莫兰总结说,跟圣多明戈的奴隶比起来,路易斯安那的奴隶不应该再有什么怨言了。然而,桑丘却调查到,这里还是有一些种植园主连衣服都不给奴隶穿,给他们吃的竟是一些倒在水槽里、像牲口饲料一样的玉米糊糊。奴隶们只能用牡蛎壳、瓦片或是直接拿手将面糊舀出来吃,因为他们连勺子都没得用。

瓦尔莫兰他们花了两年时间才做完了最基本的工作:种植甘蔗、建磨坊和安排工作。瓦尔莫兰的愿景很宏伟,他想要建一个花园,里面有露台,有凉亭,有小桥流水,囊括了各种怡人的风景,但是他本应该专注于眼前最要紧的事情,因为日后还有的是时间来实现他的梦想。然而,他却总是沉迷在对这些美好细节的幻想中,还经常跟桑丘和莫里斯谈起。

"看看,儿子,这些将来都是你的。"他骑在马上,指着那片甘蔗田对莫里斯说道,"蔗糖不是平白无故从天上掉下来的,需要付出辛勤的劳动才能获得。"

"可是活儿都是黑人干的。"莫里斯说道。

"这点你可别弄错了。黑人干的是体力活儿,因为他们不会干别的,种植园的主人才是唯一说了算的人。种植园能否成功取决于我,在一定程度上也取决于你舅舅桑丘。不经过我的允许,一根甘蔗都不能砍。你好好看着,因为有一天这个位置就是你的了,你要学会做决断,还有管理好手下的奴隶。"

"爸爸,他们为什么不能自己管理自己呢?"

"因为他们不会,莫里斯。他们需要有人给他们发号施令,因为他们是奴隶,我的儿子。"

"我不愿意成为他们那样的人。"

"你永远也不会像他们一样,莫里斯。"瓦尔莫兰笑了,"因为你姓瓦尔莫兰。"

换作是在圣拉扎尔,瓦尔莫兰绝不可能如此骄傲地向儿子展示自己的产业。他已经下定决心要纠正自己曾经犯下的错误和过失,暗地里他还告诉自己要为拉克鲁瓦犯下的残忍罪行赎罪,因为他手里这个种植园实际上就是用拉克鲁瓦的钱买的。拉克鲁瓦折磨过多少个奴隶,玷污了多少个少女,瓦尔莫兰就要用自己种植园里多少个健康、被善待的奴隶来弥补。如此,才能显示出他把拉克鲁瓦的钱花在了正地,这种用途才是这笔钱最好的归宿。

桑丘对他妹夫的计划不是很感兴趣,因为他不像瓦尔莫兰一样背负着如此沉重的良心债,他成天只想着吃喝玩乐。奴隶喝的是什么汤,他们的茅屋是什么颜色的对他来说都无所谓。瓦尔莫兰正处于人生的转折点,但对于桑丘来说,这场冒险和他以往一时兴起做的事没什么两样,最后他都能毫无悔意地拂袖而去。他没有什么可失去的,因为他的生意伙伴瓦尔莫兰承担了所有风险,所以桑丘总是会冒出些大胆的想法,而这些想法一般都会产生让人意想不到的结果,比如他提议建一个制糖厂,这样他们就可以卖白糖了,这可比其他种植园卖的糖浆要赚钱多了。

桑丘招了一个监工头子,他的名字叫欧文·墨菲,是个爱尔兰人。当初在桑丘购买劳动力时,这个人提供了不少建议,而且从一开始他就提出奴隶们应该去做弥撒。他说还应该建一座小教堂,并定期请一些牧师前来,要赶在这群无知的人被美洲人宣扬的异教所蛊惑、犯下要下地狱的罪行之前,把他们变成虔诚的天主教徒。"道德的东西才是最重要的。"墨菲说。他完全赞同瓦尔莫兰不滥用鞭刑的观点。这个身材魁梧的男人有着一张土耳其近卫兵的面孔,他的身上布满了浓密的黑色汗毛,头发和胡子也是乌黑乌黑的。粗犷的外表下,却有着一副温柔的灵魂。他有一个大家庭,由于在种植园里的住处还在修建中,于是他和家人暂时住在了一顶帐篷里。他的妻子莉安娜个子只到他的腰部,看上去就像是个营养不良的少女,但实际上,她可比外表看起来强大多了:她生了六个儿子,现在正怀着第七个。她知道自己腹中的还是个男孩,因为这是上帝成心要考验她的耐心。她说话总是轻声细语的,因为她只需要一个眼神就可以让孩子们和丈夫乖乖听话。瓦尔莫兰心想莫里斯终于要有玩伴,不用整天跟在罗塞特屁股后面了。虽然这群爱尔兰小男孩的社会地位比莫里斯低多了,但是好歹他们是白人,而且是自由的。可他万万没有想到,墨菲家的这六个儿子也屁颠屁颠地跟在罗塞特身后。罗塞特今年已经五岁了,身上散发着一种让人难以抗拒的、强势的魅力,瓦尔莫兰想着,要是莫里斯能像她这样就好了。

欧文·墨菲从十七岁起就一直干着奴隶监工的工作,关于这份让人不快的活计,他早已驾轻就熟,他记得自己曾经犯过的错误,也总结了很多经验。"对待奴隶应该像对待孩子一样。要在他们面前树立威信,制定明确的制度,对所有人要一视同仁,奖罚分明,还要让他们有自由休息的时间,不然他们就会生病。"他对东家说道,他还说奴隶们如果受到了十五鞭以上的刑罚,就有权向主人告状。"我相信您,墨菲先生,没有这个必要。"瓦尔莫兰回答他,他可不愿意扮演工头和奴隶之间的法官。"为了我自己内心的宁静,我觉得这样做更好,先生。过度的权力会摧毁一个基督徒的灵魂,而我的灵魂本来就很脆弱。"这个爱尔兰人这样向瓦尔莫兰解释道。

在路易斯安那,为一个种植园购买劳动力的成本都能买三分之一个种植园了,因此必须要好好对待这些奴隶。蔗糖的生产本来就有很大的不确定性,像飓风、干旱、洪涝、时疫、鼠灾等不可预知的灾祸,以及蔗糖价格的起伏、机器故障、牲畜的健康、银行借款之类的各种不确定因素都会对它有影响。这样的情况下,奴隶们可万万不能再生病或是消极怠工了,墨菲这样说道。墨菲跟康布雷是截然不同的两种人,所以瓦尔莫兰心里总怀疑他会不会表里如一,但是他发现墨菲干起活来确实兢兢业业,而且只要他人站在那里,就足够让人信服,从不使用暴力来解决问题。他对手下的监工看得很严,他们也都效仿墨菲的做法,结果奴隶们干起活来反而比在普罗斯珀·康布雷那种充满恐惧的压迫下卖力得多。墨菲在奴隶中间制定了轮班表,这样在一整天疲乏的田间劳作中,奴隶们也能得到适当的休息。墨菲之所以被上一任东家辞退是因为当他让墨菲用鞭子来教训一个女奴时,这个女奴撕心裂肺地大叫,然而墨菲的鞭子却抽在了地面上,并没有伤到她身上一根汗毛。当时这个女奴正怀着身孕,按照惯例,人们在地上挖了一个洞,让她平趴在地上,将肚子放进洞里。"我跟我的妻子发过誓,绝不会鞭打孩子和怀了孕的女人。"瓦尔莫兰问他为什么会这么做的时候,他只解释了这么一句话。

奴隶们每周都有两天的休息时间,在这两天里,他们可以种种菜,喂喂牲畜,做做家务,但墨菲规定他们礼拜天必须要去做弥撒。空闲的时间可以用来弹弹乐器,跳跳舞,甚至在监工头子的监督下,偶尔还能去参加邦布斯①。这是一种奴隶们以婚礼、葬礼或者其他庆典活动为由凑在一起举行的小型聚会。原则上,奴隶们是不能到别的种植园去的,但在路易斯安那,很少有种植园主会在意这条规定。在瓦尔莫兰的种植园,早餐喝的是肉汤或者培根汤,这可比在圣拉扎尔吃的臭鱼干好多了。午餐是玉米饼、腌肉或鲜肉和布丁,晚餐是滋补汤。他们还建了一间当作医院使用的木屋,并雇了一位医生。他一个月会过来一次做一些疾病预防的工作,遇上紧急情况时,也会随叫随到。对于怀孕的女奴,监工头子会多给她们食物,还会让她们多休息。由于瓦尔莫兰以前从不过问,所以他不知道在圣拉扎尔女奴们都是蹲在甘蔗田里分娩的,流产的孩子比生下来的要多,就算生下来了,大部分婴儿不足三个月就夭折了。在新种植园里,莉安娜·墨菲为孕妇们接生,还负责照顾新生的孩子。

---

① 此处为音译,原文词意为竹子、竹竿,此处指以竹竿为道具的一种舞蹈。

扎 丽 特

　　人在船上的时候,天上的那一轮皎洁、明亮的缺月就好像是漂浮在海平面上似的。当我身在开往新奥尔良的轮船上,看到了这轮海上明月,我便明白自己此生再也不回到圣多明戈了。有的时候,我能预感到某些事情的发生,并且我都能把它们牢牢记住。于是,当预感成真的时候,我便不会慌张失措。失去甘博对我来说无疑是致命的打击。欧亨尼娅夫人的哥哥桑丘先生在港口等待着我们的到来,他比我们早几天来到了这里,已经找好了我们落脚的地方。这里的街道上有茉莉花的香气,不像在法兰西角,空气中弥漫着战火和鲜血的味道。起义的奴隶们在烧毁了整座城市之后又接着把革命的火把带去了其他地方。在新奥尔良的第一个星期,家里的活儿都是我一个人干的,只是偶尔有一个桑丘先生的熟人临时借给我们的奴隶帮我搭把手,但随后主人和他的大舅子就买来了一些仆人。他们还给莫里斯专门找来了一个家庭教师,他叫加斯帕尔·塞弗兰,跟我们一样,也是从圣多明戈逃到这里来的,只不过他是穷人。逃到这里来的难民们越来越多,首先是男人们过来想办法安家立寨,接着过来的就是他们的妻子和孩子。有的把他们的非白人家人和奴隶们都带了过来。到那时为止,路易斯安那已经有了几千难民,当地人已经产生了排斥的情绪。莫里斯的家庭教师反对奴隶制,我觉得他应该是属于瓦尔莫兰先生厌恶的那类废奴主义者。他二十七岁,住在一个挤满了黑人的小旅舍里,身上总是穿着同一套西服。由于在圣多明戈经历的恐惧,他的双手不住地颤抖。有时,当主人不在家的时候,我会帮他清洗衬衫和外套上的污渍,但我却永远也洗不掉在他衣服上都能闻得到的那股恐惧的气息。我还会很小心地给他一些食物让他带回去吃,以免刺伤他的自尊心。他每次都是勉为其难地接受,但他内心其实很感激我这样做,因此才允许罗塞特也在一旁听课。我恳求主人给罗塞特学习的机会,最后主人也答应了,尽管奴隶本来是不能接受教育的。我当然知道是因为主人自己心里打着小算盘,他想要罗塞特日后为自己养老送终,等到他老得字都看不清的时候,她还能为他读读书报。然而,他难道忘了自己应该把自由还给我们吗?罗塞特不知道瓦尔莫兰就是自己的父亲,但这并不影响她喜欢他,而且我觉得他也在用自己的方式爱着她,因为没有人能抗拒得了我女儿身上的魅力。自打小时候起,罗塞特就讨人喜欢。她喜欢欣赏镜子里的自己,这真是一个危险的习惯。

在那段时间,新奥尔良有很多有色人种的自由人,因为在西班牙政府的管辖下,想要获得或买到一个自由身并不是一件难事,况且美国人还没有开始对我们颁布、实施他们的法律。我在城里的大部分时间都用来做家务活儿和看着莫里斯学习,主人则是多数时间都待在种植园里。我从来都不会错过星期天刚果广场上和着鼓声的竹棍舞,那里离我们住的地方只有几条街的距离。竹棍舞跟圣多明戈的卡林达很像,但不含有对洛阿神的祭祀,因为在那个时候的路易斯安那,大家都信天主教。现在,很多人还受了洗礼,这样一来,他们就有理由在教堂里唱歌跳舞了,因此他们信奉耶稣。伏都教最近才刚刚开始兴起,是圣多明戈的奴隶们把它带来了这里。来了这里以后的伏都教混合了许多基督教的信仰,甚至都快让我认不出来了。我们在刚果广场上从正午一直跳到晚上,看热闹的白人们一个个看得瞠目结舌。为了勾起白人们的淫欲,我们把臀部扭得像风车一样快;为了让白人们嫉妒我们的快乐,我们像恋人一般紧贴彼此的身体。

每天早上,在买完了用推车挨家挨户送卖的水和柴火以后,我就出门去采购。城里的法兰西市场已经有好几个年头了,但如今已经占了好几条街区的面积,是继河堤之后,新奥尔良第二热闹的社交生活聚集地。这里还跟以前一样,什么东西都卖,从食物到珠宝,还有各种占卜、算卦、草药郎中的小摊子。这里从来都不缺少江湖郎中。他们用调了颜色的水和金刚藤的提取液治疗不孕不育、分娩痛、风湿热、吐血、心肌劳损、骨质疏松等几乎所有人体可能遭受的病痛。我不相信这种药水有用,要是它真那么神奇的话,罗斯大婶早就使用过了。但她从来没有对金刚藤的灌木提起过兴趣,尽管这种植物在圣拉扎尔周围随处可见。

在法兰西市场上,我跟其他几个奴隶交了朋友,也因此学会了一些路易斯安那当地的习俗。跟在圣多明戈一样,在这里许多有色人种的自由人受过教育,他们有自己的工作和职业,有一些甚至还是种植园的主人。听说他们对待奴隶通常比白人还要凶残,但我没有亲眼证实这一点,只是这么听说的。市场上常常能看到白人或有色人种夫人,她们双手戴着手套,手上除了一个小玻璃珠的零钱包,其他什么也不拿,身后跟着提着篮子的用人。根据法律,为了避免引起白人女性的不满,穆拉托女人必须在白天打扮得朴素低调,但晚上却可以穿戴得花枝招展、珠光宝气。绅士们会系三个褶的领带,穿羊毛的裤子、高筒靴,戴羔羊毛手套和兔毛帽。桑丘说全世界最美的女人是新奥尔良的夸尔特隆人。"特特,你可以变得跟她们一样。你仔细观察她们走路的姿势,那么轻盈曼妙:昂着头,提着臀,摆着胯,胸部还一抖一抖的。没有哪个白人女性可以走得这么好看!"他对我说。

我永远也变不成那些女人的样子,但罗塞特兴许可以。我该拿我的女儿怎么办呢?当我跟主人提到我的自由时,他也问过我这个同样的问题。"你想要自己的女儿生活在贫困中吗?任何一个奴隶不满三十岁都不能获得自由。你还差六年的时间。所以别再拿这件事烦我了!"六年!我不懂法律,但它对于我来说就像永恒一样漫长,然而却给了罗塞特足够的时间可以在她父亲的庇护下成长。

庆　典

1795年,种植园正式落成。为此,瓦尔莫兰在田地上大操大办了三天三夜的庆典活动,这倒是合了桑丘的心意,也应了路易斯安那的传统。受希腊风格的影响,种植园的主宅建成了长方形,上下共两层,四周以廊柱支撑,一层建有回廊,二层则四面都设有带顶的露台,每个房间采光都很好,地上铺的是桃花芯木地板。按照信仰天主教的法裔克里奥尔人的喜好,房子整体是浅色调的,这一点不同于完全采用纯白色设计的美国新教教徒的家。在桑丘看来,瓦尔莫兰的这座宅子就像是缩小版的雅典卫城,这里的人都觉得它是密西西比最富丽的宅邸之一。虽然宅子还有待装饰,但里面也不是空空荡荡,因为在整整三天的庆典中,宅子里早已是一片花海、灯火辉煌,即便是夜晚也如同白昼般璀璨。瓦尔莫兰全家人都出席了这次庆典,就连家庭教师加斯帕尔·塞弗兰也穿着桑丘送他的那套新衣服来了。他看上去气色比以前好了许多,因为在这里他不仅有的吃,还能充分享受阳光。在夏日里,他被带到种植园来给莫里斯上课,这样一来,他就能把赚到的钱全部都寄给远在圣多明戈的兄弟姐妹。瓦尔莫兰租了两艘配有十二名船夫的彩篷平底船用来接送宾客,他们一个个手提着大衣箱,带着贴身奴隶,有的甚至还带来了自己的理发师。瓦尔莫兰请来了一支自由穆拉托人组成的乐队,让他们轮班演奏,确保活动期间有不间断的音乐声,还弄来了足够一个军团的人使用的瓷盘子和银餐具。在这里，人们可以散步、骑马、狩猎，或是留在室内玩游戏、跳舞。然而，无论在哪里，桑丘都是灵魂人物，比起瓦尔莫兰，他更加热情好客，而且永远不知疲倦。不管是跟沼泽地上的逃犯厮混在一起还是参加上流人士的宴请，他都能收放自如。女士们上午都在屋里休息，午休过后她们会戴着厚厚的面纱和手套到室外去透透气，到了晚上她们则会打扮得光鲜亮丽出现在聚会上。在柔光的映衬下，每个人都是天然的美人儿。她们的眼眸深邃、秀发丝滑亮丽，白亮的肌肤散发着珍珠般的光彩，完全没有像在法国的小姐太太们一样浓妆艳抹，还在脸颊点上假痣以添风情，但在闺房里，她们也会用炭笔描画眉毛，用红玫瑰花瓣的汁液为脸颊增些颜色，用口红描唇。如果有白头发的话，她们还会用咖啡渣把头上的白发仔细染好，而实际上她们头上的卷发有一半都不是自己的。所有人都穿上了色彩明快、材质轻薄的礼服，就连丧偶不久的寡妇也不会身着黑衣，因为这种阴郁的颜色既不能让她们显得好看，也不能给她们带来任何安慰。

　　夜晚的舞会便是女士们争奇斗艳的时刻了。她们有的人身后会跟着一个黑人小孩，专门为她们提裙摆。八岁的莫里斯和五岁的罗塞特在大家面前展示了一段华尔兹、波尔卡和交谊舞，引得宾客们的阵阵欢呼赞叹，这同时也说明了老师的藤条还是有效果的。特特听到了大家的议论声：那个小姑娘应该是个西班牙人，大概是男主人大舅子的女儿。那个人叫什么来着？好像是桑丘或是类似的名字吧。罗塞特身着一袭白色丝裙，脚踩一双黑色舞鞋，长发上系着一根玫瑰色缎带。她从容地迈着每一个舞步，而旁边的莫里斯显得十分窘迫。他紧张得大汗淋漓，嘴里默默数着拍子：向左两小步，向左一小步，鞠躬，转半圈，向后退，向前进，鞠躬，重复。罗塞特引导着莫里斯的步子，凡是他跳错的地方，她总能用一个即兴的腾跳就掩盖过去。"莫里斯,等我长大了,我每天晚上都会去参加舞会。要是你想跟我结婚的话,还是好好学学跳舞吧!"每次在练习的时候,罗塞特都会这么对莫里斯说。

瓦尔莫兰为种植园雇来了一位管家。在新奥尔良,特特的工作还是跟以前一样,而且她都完成得完美无缺,这些都要归功于在法兰西角时帅气的扎卡里教特特的那些东西。平日里这两位管家都十分尊重彼此的职权范围,互不干涉。举办宴会的时候,他们二人就会通力合作,保证一切运转顺利。他们安排了三个女仆,专门负责运水和收拾便盆,还安排了一个仆人负责清理奥尔唐斯·基佐小姐那两条生病的斑点狗拉的一地粪便。瓦尔莫兰雇了两个自由穆拉托人厨师,还给厨娘塞莱斯汀配备了几个助手。他们要负责准备各种鱼类、海鲜、家禽、野味、克里奥尔料理和甜点,所有人加在一起才勉强忙得过来。另外还宰了一头小牛犊,由欧文·墨菲来负责烤肉。瓦尔莫兰带着宾客们参观了他的制糖厂、朗姆酒蒸馏厂和畜栏,不过最让他感到自豪的还是他给奴隶们建的住处。墨菲给奴隶们放了三天假,还给他们发放了衣服和甜食,随后让他们齐声高唱圣母马利亚颂歌。看到这些黑人对天主教如此虔诚,几位夫人不禁感动到落泪。宾客们都向瓦尔莫兰道贺,尽管他们不少人在背后议论说,这么大的家业最后肯定会毁于他的这种理想主义。

起初,特特没有在贵妇中间认出奥尔唐斯·基佐小姐,直到看到她那两条闹肚子的臭狗拉得满地污秽才弄清她是谁,然而,特特当时并没有预感到这个女人日后将在自己生命中扮演何种角色。奥尔唐斯小姐如今已经二十八岁了,却还没有成婚,不过并不是因为她样貌丑陋,也不是因为家境贫寒,而是因为在她二十四岁那年,未婚夫本想在她面前表现一番,却因为马尥蹶子,失足坠马,把脖子摔断,死了。他们并不是门当户对,纯粹是因为两情相悦而恋爱的,这在克里奥尔贵族中十分少见。她的贴身侍奴丹妮丝告诉特特说,奥尔唐斯小姐是看到他坠马后第一个跑过去的人,也是第一个看到他死去的人。"她都没来得及跟他道别。"丹妮丝说。在她未婚夫的葬礼结束后,奥尔唐斯小姐的父亲开始为她寻找新的丈夫人选。由于未婚夫的英年早逝,奥尔唐斯小姐一度成为人们的谈资,但其实她的过去没有任何污点。跟路易斯安那的大部分女人一样,奥尔唐斯身材高挑,身形丰满,有着一头金发和红润的皮肤,因为她们都热爱美食,但很少运动。她那傲人的胸部被乳罩高高托起,如同裹在花边里的两只香瓜,引得无数男人的垂涎。庆典的这几天,奥尔唐斯小姐每隔两三个小时就会换一套衣服。她看上去心情很好,暂时将那个死去的恋人抛在了脑后。她坐在钢琴前,一曲接一曲地演奏,用女高音的嗓子放声歌唱。她不知疲倦地跳啊跳啊,直到天都亮了,每一个舞伴也都累得筋疲力尽,唯独桑丘没有。用他的话说,能让他甘拜下风的女人还没出生呢,但他不得不承认奥尔唐斯小姐是个势均力敌的对手。

到了第三天,疲惫不堪的宾客们、音乐家们、仆人们、宠物狗和奴隶们都坐船离开了。当瓦尔莫兰家里的奴隶们正在收拾堆得乱七八糟的垃圾时,欧文·墨菲慌慌张张地跑了进来,他说有一伙逃奴正顺着密西西比河,朝着这里过来。他们一路上不光残杀白人,还煽动黑人造反。其中有的是得到了美洲印第安部落的庇护,有的则是躲在沼泽地里活了下来,变成了浑身湿淋淋、挂满了淤泥和海藻的怪物,不仅连蚊子和毒蛇都无法对其造成伤害,而且还能成功地躲过追击者的眼睛。这群人用匕首、生锈的砍刀和锋利的石块做武器,饥饿和对自由的渴望更是激发了他们的杀欲。一开始他们这支队伍不过才三十多个人,几个小时后,据说就一下子壮大到了一百五十人。

"墨菲,他们会来我们这儿吗?您觉得我们种植园里的奴隶会叛变吗?"瓦尔莫兰问道。

"我不知道,先生。他们离我们很近,很有可能会袭击我们。至于我们的人会不会叛变,谁也说不好。"

"说不好是什么意思?我们给了他们应有的尊重和无微不至的照顾,他们再找不到第二个这么好的主人了。您去跟他们好好谈谈!"瓦尔莫兰一边大叫,一边像只没头苍蝇似的在客厅里乱转。

"光靠嘴上谈谈是解决不了问题的,先生。"墨菲回答他。

"这个噩梦简直摆脱不了!这些黑人就是一群无可救药的混蛋!对他们好真是一点用都没有!"

"妹夫,你先冷静一下。"桑丘打断了他,"到目前为止不是都还风平浪静吗?我们这是在路易斯安那,不是在圣多明戈。那里有五十万发了疯的黑奴,冷血的白人不过才几个,这里的情况跟那儿不是一回事。"

"我必须得保证莫里斯的安全。墨菲,你去准备一艘船,我要立刻进城。"瓦尔莫兰命令墨菲。

"这绝对不行!"桑丘喊道,"谁也不能离开这里。我们不能抱头鼠窜。再者说,走河路也并不安全,起义者也有船。墨菲先生,我们要一起保卫种植园。您去把所有的武器都拿过来。"

他们把武器都放在餐桌上摆好,墨菲十三岁的大儿子和十一岁的二儿子将枪都上了膛,分给了剩下的四个白人,加斯帕尔·塞弗兰也被分到了一把,虽然他连碰都没碰过枪,也完全无法用他那双颤抖的手瞄准射击。墨菲负责看管手下的奴隶,男人们都被关在畜栏里,孩子们被抱进主人住的宅子里,没有孩子在身边,女人们自己不得离开茅舍半步。管家和特特则负责看管家奴,奴隶暴乱的消息让这群人躁动不安。所有在路易斯安那的奴隶都听白人们说起过暴乱的危险,但他们总觉得这种事情只会发生在别的地方,他们完全无法想象到底是怎么回事。特特派了两个女人去看孩子,然后又帮着管家把门窗都闩好。塞莱斯汀虽然平常脾气差,但她得知此事后的反应却比想象的要好得多。庆典活动这几天,她不仅忙得焦头烂额,还要气急败坏地跟从外面请来的那些厨师较量。她经常嘟囔着抱怨这群懒鬼做着她免费做的事情,还厚着脸皮拿钱。当特特过来告诉她这件事情时,她正在泡脚。"我不会让任何人挨饿的。"她就说了这么一句话,然后就立刻跟她的帮手一起准备所有人的伙食。

他们等了整整一天,瓦尔莫兰、桑丘和被吓得六神无主加斯帕尔·塞弗兰的手中一直紧紧攥着枪,墨菲在畜栏对面站岗,他的儿子们在河岸边放哨,以便出现情况时及时发出警报。莉安娜·墨菲负责安抚女人们,她向她们保证孩子们在宅子里很安全,现在他们正在分热巧克力喝呢。到了晚上 10 点,当所有人都累得快要站不住时,墨菲的大儿子布兰丹骑着马赶回来了,他手里举着火把,腰上别着一把枪,告诉所有人说有一队巡警正朝这边过来。果然,十分钟后,这些人就来到了家门口。在过去的几个小时里,瓦尔莫兰重温了一遍在圣拉扎尔和法兰西角时经历的恐惧。于是,当他在迎接这队巡警时,显露出一副如释重负的模样,这点让桑丘十分看不起。听完了巡警带来的消息后,瓦尔莫兰让手下人把他最好的酒拿出来庆祝。危机已经过去了:一共抓住了十九个反叛的奴隶,其中的十一个已经被处死,剩下的人等到天亮就会被绞死。其余的起义者都逃跑了,可能是逃到沼泽地避难去了。有一个红头发的警官,看上去只有十八岁左右,在这一夜惊心动魄的经历和酒精的作用下,显得无比激动。他言之凿凿地对加斯帕尔·塞弗兰说,那群将被处绞刑的人因为在淤泥里生活了太久,腿都变成了蛤蟆腿,还长出了鱼鳃,牙齿变得和鳄鱼的一样尖利。这附近的好几位种植园主都热情高涨地加入了巡警们搜捕奴隶的队伍,要知道,这种大规模的狩猎活动可是难得才会有的。巡警们保证一定会坚决铲除所有造反的黑人,一个也不留。相比之下,白人的伤亡就显得微乎其微了:死了一个监工和一个种植园主,三名巡警受了伤,一匹马的腿折了。这次起义之所以能如此迅速地被镇压下去,是因为有一名家奴通风报信。明天,当那些起义者被吊在绞刑架上时,那个奴隶也就自由了吧,特特心里这样想。

西班牙绅士

桑丘·加西亚·德尔·索拉尔经常往返于种植园和市里,当然比起这两个目的地,他更多的时间是待在了船上或是马背上。特特永远也不知道他什么时候会出现在家中,是在白天还是在夜晚。每次回来的时候,桑丘的脸上总是一副乐呵呵的表情。他拖着那匹累得半死的马,吵吵嚷嚷地进门,随即就是一顿风卷残云。一个星期一的清早,他出去跟另一个西班牙人决斗。对方是一个政府官员,地点在圣安托万花园,那是一个常被绅士们选作用来互相厮杀的地方。对于他们而言,决斗是报仇雪耻的唯一方式,而且早已成了一种很受他们欢迎的娱乐消遣,选在花园里进行是因为这里浓密的树荫正好为决斗提供了必要的隐蔽性。家里的人起先都不知道桑丘去跟人决斗这件事,直到他在吃早餐的时候突然满身是血地出现,还一边嚷嚷着要咖啡和白兰地喝才了解了情况。桑丘哈哈大笑地对特特说他只是肋骨被抓伤了,而他的对手却在脸上挂了彩。"你们为什么要决斗呢?"特特一边帮他消毒剑伤,一边问他。桑丘身上的那道口子就差那么一点点就是心脏的位置,要是他果真被刺中了心脏,恐怕此时特特就是在料理他的后事了。"因为他把我看扁了。"这是桑丘的回答。他很得意自己没有背着一个死人回来。之后,特特又了解到这场决斗是因阿迪·苏碧尔而起,两个男人都为这位身材凹凸有致的夸尔特隆女人意乱情迷。

桑丘常常大半夜把孩子们叫起来让他们跟自己学习牌桌上的小把戏。如果特特反对的话,他就会拦腰把她举到空中转两圈,然后跟她解释说在这个世界上不耍点心眼是生存不下去的,这些都是越早学习越好。有时候,在早上 6 点他会突然说想吃烤乳猪,于是特特就得一大早飞奔去市场替他买来一只猪崽。还有时候,他会说自己出门去裁缝店了,接着整个人就消失了两天。之后,在一帮酒友朋友的陪伴下,醉醺醺地回到家。桑丘穿着考究,尽管并不奢华,但他会在镜子里仔细端详自己外表的每一处细节。不仅如此,他还教会了一个专门负责送货的奴隶给自己修脸。这个十四岁的小伙子不仅要给他鼻子下边的羊角胡打蜡,还得用那把已经在加西亚·德尔·索拉尔家族中流传了三代、带有金手柄的西班牙剃刀替他刮脸。"等我长大了,你会跟我结婚吗,桑丘舅舅?"罗塞特常常这么问他。"我的小公主,要是你愿意,明天就结!"他边说边在罗塞特脸上留下一连串响亮的吻。桑丘一直把特特当成是自己的一位倒霉亲戚,他们互相之间保持着应有的亲近和尊重,偶尔还可以开开玩笑。有时候,当他感觉到自己已经触及她忍耐的极限时,便会买个小礼物送给她,对她说几句好听的话,或是在她手上亲一下,这些特特都会羞赧地笑纳。"罗塞特,你快点长大吧!不然我就要跟你妈妈结婚了!"他总会对罗塞特说这种玩笑话。

每天早上,桑丘都会去流亡者咖啡厅里跟其他人一起玩多米诺牌。他贵族式幽默风趣的夸夸其谈和身上那种永远不变的乐天派性格跟那些被流亡弄得萎靡不振、贫困潦倒的法国佬形成了鲜明的对比。那些人每天都唉声叹气,不是在抱怨自己的财产受到了多大的损失,就是在谈论政治。坏消息是圣多明戈仍然没有摆脱暴力,英国人已经侵占了数座沿海城市,但还没有占领国家的腹地,因此殖民地独立的可能性也变得更加渺茫了。杜桑,这个混蛋现在叫什么来着?

卢维杜尔?去他娘的狗屁名字!这个杜桑,之前跟西班牙佬一伙儿,现在又转投到了法国旗下,跟法兰西的共和派并肩作战。要不是有杜桑这个叛徒的帮助,他们早就玩完了!在他转投之前,他对自己手下的西班牙部队大开杀戒。苍天在上,这等卑鄙小人如何能取得信任!拉沃将军把他提拔成西线军队的总司令,这会儿这只丑猴正戴着插着羽毛的三角帽,简直让人笑掉大牙。同胞们,看看我们到了什么境地!法兰西是黑人的盟友!简直是奇耻大辱!在两局多米诺牌的间隙里,这些法国流亡者大喊着。

但也有一些让这些法国流亡者欣喜的消息,那就是在法国,支持君主立宪制的殖民者势力正在不断扩大,民众不愿意再听到任何一个提到黑人权利的字眼。一旦这些殖民者拥有了足够的选票,国民议会就必须派遣充足的军队去往圣多明戈结束这场起义。他们说这座小岛就像是地图上的一只苍蝇,永远也不可能与法国军队的力量抗衡。等到胜利以后,他们这些流亡的人就能回去,所有人的生活都会变得跟从前一样。法国军队不会对黑人心存一丝怜悯,他们会把黑人杀得一个都不剩,然后再从非洲带来新鲜的血肉。

这些消息都是特特从法兰西市场里人们的闲言碎语里听来的。杜桑是一个可以预言未来的巫师,他可以隔着很远的距离对一个人下诅咒,还可以用意念杀人。杜桑赢了一场又一次的战争,子弹都射不穿他的身体。杜桑拥有耶稣的庇佑,而耶稣是无所不能的。特特不敢直接问瓦尔莫兰他们会不会有再回到圣拉扎尔的一天,于是就去问了桑丘。桑丘的回答是除非他们疯了,才会回到那个屠宰场。这个回答更加确认了她此生再也见不到甘博的想法,尽管她也从主人那里听到了想要回去收复殖民地产业的计划。

瓦尔莫兰一心扑在这个在一片废墟之上重建的种植园上,一年中大多数时间也都待在那里,只有到了冬天才会蛮不情愿地回到城里的家中，因为桑丘坚持认为维护好人际关系比什么都重要。特特和孩子们平时住在新奥尔良，只有在炎热或是疫病暴发的季节才会去种植园里待着，每当这个时候，所有有钱有势的家庭都会从城里面逃出来。桑丘总是急匆匆地赶往田里，因为他还在坚持种植棉花的提议。尽管他只见过自己那些洗得笔挺的衬衫，却从来没有看到过未经加工的棉花，然而还是对这项在他看来不费吹灰之力的种植计划充满了不切实际的幻想。他还雇来了一位美国农学家，第一批种子还没有下地，他就计划要购入一台最新发明的棉花采摘机，理由是这台机器将在棉花市场上掀起一场革命。这位美国人和墨菲都建议采用轮作的种植方式，这样，在土地的肥力被甘蔗耗尽的时候，就可以通过种植棉花来提高，反过来也是一样。

在桑丘那颗自由任性的心脏里，唯一不变的一种情感是他对外甥的爱。莫里斯刚生下来的时候又小又瘦弱，但后来却长得比帕尔芒捷医生预测的还要健壮，出现的几次发烧也是由于精神紧张导致。他在健康上面找补回来的东西却在性格和意志力上有所缺失。他好学、敏感、爱哭。相比跟墨菲家的儿子在一起胡闹，他宁愿待在花园里静静地观察蚁穴或者是读故事给罗塞特听。就连性格最古怪的桑丘也会为莫里斯挡住那些来自瓦尔莫兰的责备。为了不让他的父亲失望，莫里斯在冰水里游泳，骑在未被驯服的马上飞奔，偷看女奴们洗澡，还跟墨菲家的儿子一起在沙土里打滚，直到连鼻子都滚出了血。尽管如此，他还是无法对着野兔开枪，也无法活剥青蛙来满足自己对它们生理构造的好奇。他从来都不像那些同样出身的孩子一样，自大、浮夸、恃强凌弱。瓦尔莫兰很担心莫里斯的这种性格，因为他觉得儿子实在太过于绅士和心软，总想着去保护弱者，而这些在他看来都是个性软弱的表现。

莫里斯对奴隶制感到震惊，任何解释和理由都无法改变他的观念。"他从小到大都少不了奴隶们的伺候,这些想法都是哪儿冒出来的呢?"他的父亲时常自问这个问题。对于公平和正义,莫里斯一直以来都心怀着一份深厚、坚定的使命感。但他很早就学会了不去问太多关于它的问题,因为这本身就是一个不受欢迎的话题,而且他得到的回答也不能让他满意。"这不公平!"每当他看到任何一种对奴隶的责罚时,都会无比悲伤地重复这句话。"谁告诉你生活是公平的,莫里斯?"他的舅舅总是这么回答他,特特也是这么回答他的,而他的父亲则经常用人种的"自然选择论"来教育他。他说是自然将人分成了三六九等,这一点也是维持社会平衡稳定的必要条件,因为困难的事情是下命令,而简单的是服从。

这个小男孩还没有足够的心智和词语能够反驳他的父亲。他只是很模糊地知道自己拥有的自由罗塞特没有,尽管实际上这种差别非常细微难辨。他从来没有把罗塞特或是特特跟家中的奴隶联系在一起,更别说是跟田里干活的那些人。他们用肥皂洗了无数次莫里斯的嘴,才让他停止叫罗塞特妹妹。然而这种折磨并没有让他停止对罗塞特的爱。他对罗塞特的爱是一种包含了强烈占有欲的极致的感情,孤独的孩子爱人的方式一向如此,而罗塞特也以一种不掺杂任何嫉妒或怨恨的爱回应了他。莫里斯想象不出没有她的日子,没有她叽叽喳喳的说话声,她的好奇心,没有她对自己的那种纯真的爱抚和盲目的崇拜。跟罗塞特在一起的时候,莫里斯觉得自己是个强壮、智慧、能保护别人的人,因为在她眼中,他就是如此。任何一件事情都会激起他的醋意,只要她稍微多看一眼墨菲家的任何一个儿子,哪怕只有一秒钟,他都会感到心痛万分。相似的情况还会发生在当她不跟他商量就擅自做了什么决定或是对他隐瞒了什么秘密的时候。他需要跟她分享自己的一切,甚至是那些埋藏在心底的想法、恐惧和欲望。他想要全身心地占有她,但与此同时又全身心地为她付出。

很难看出他们之间差了三岁，因为在成熟的罗塞特面前，莫里斯看上去更像是弟弟。罗塞特生得高挑、强壮、机灵、活泼且勇敢，而莫里斯却瘦小、天真、内向且腼腆。她有一种要吞掉整个世界的愿望，而他却被现实压得喘不过气。他的脑子里时常会想到一些未来有可能会拆散他们的困难和阻力，而她却依然很天真，从来没有幻想过未来的样子。但两个人心里都清楚他们是不能够结婚的，他们之间的这种情谊就像是晶莹易碎的水晶，终其一生只能在内心深处默默爱着对方。当着大人的面，两个孩子之间保持了一定的距离感，然而却勾起了特特的疑心，因此她一直暗中监视着他们。要是她发现他俩躲在角落里互相抚摸，就会火冒三丈地提着耳朵把他们揪出来，但紧接着又会万分后悔地用吻将他们包围。她无法向这两个孩子解释为什么这些孩子之间亲密的游戏，要是发生在其他小孩子身上就不算什么事，但发生在他们两个身上就成了一种罪过。在他们三个人睡在一个房间的那段时间里，罗塞特和莫里斯就经常在黑暗中偷偷探寻彼此的身体。过了一段时间，等到莫里斯一个人睡了，罗塞特就经常睡到他的床上去。每次特特半夜醒来发现罗塞特不在自己身边时，都要踮着脚去莫里斯的房间里找她。两个孩子相拥着躺在一起，虽然是那么天真无邪，但特特却不能因此就对这种举动视而不见。"要是让我再在莫里斯的床上逮到你一次，我就让你好好尝尝棍棒的滋味，一辈子都忘不了！你听明白了吗？"特特很害怕这两个孩子之间的爱日后可能会酿成大错，因此经常说出这种话来警告自己的女儿。"我也不知道自己怎么就到这里了，妈妈。"罗塞特哭着说道，她说得那么确定，以至于特特都开始相信她是梦游过来的。

　　瓦尔莫兰也对自己儿子的行为观察得很仔细，他害怕莫里斯性格软弱或者跟他母亲一样患有某种精神疾病。在桑丘看来，他的这种疑虑简直是荒唐。他教外甥击剑，还自告奋勇地要把自己的那一套拳法教给他,而那实际上就是一顿毫不留情的拳打脚踢。"莫里斯,你记住了,谁先出手,谁就打了两次。不要等着对方挑衅你,第一脚就对准了蛋蛋踢。"他是这么向莫里斯解释的,然而一边的莫里斯却一直在哭哭啼啼地闪躲对手的袭击。莫里斯不擅长运动,相反却十分喜欢阅读,这一点继承了他的父亲,路易斯安那唯一一位在设计房子的时候加入了图书馆的种植园主。他的父亲起先并不反对他读书,因为他自己也会收藏书籍,但时间长了他就开始害怕儿子读了这么多书会变成个书呆子。"振作起来吧,莫里斯!你得有个男人的样子!"他开始教导儿子女人生来就是女人,而男人生来却拥有力量和胆魄。"放过他吧,图卢兹!等到了时候,我来负责教会他男人该做的事情。"桑丘开玩笑地说道,但特特却笑不出来。

继 母

在种植园里的庆典派对举办完的一年后,奥尔唐斯·基佐变成了莫里斯的继母。一连好几个月的时间她都在精心策划这场脱单大计。她那些亲的、表的、堂的各路姐妹和七大姨八大姑这次都下定了决心要解决这位老处女和她父亲目前的窘境,因此都没少给她出谋划策,而她的父亲更是无比憧憬瓦尔莫兰能够加入他这个像鸡窝一样吵闹的大家庭中来。基佐家族是规规矩矩的一家人,名望很大,但实际上并没有他们装出来的那么富有,因此,跟瓦尔莫兰的联姻会给家族带来种种好处。刚开始,瓦尔莫兰并没有发现这家子人挖空了心思想要钓到自己,还以为他们看准的是桑丘,他可要比自己年轻、帅气多了。当桑丘本人指出并证明了他认知上的错误时,瓦尔莫兰恨不得逃到另一个大陆去,因为他已经习惯了单身汉的日子并自得其乐,像婚姻这种一旦决定了就不可逆转的事情让他感到恐惧。

"我都不太认识这位小姐,几乎没怎么见过她。"他争辩道。

"你当年也不怎么认识我妹妹,不也还是娶了她。"桑丘提醒了他这一点。

"所以你也看到了后来我的结局有多惨!"

"图卢兹,单身汉总是被大家猜忌怀疑。奥尔唐斯是妻子的绝佳人选。"

"你要是那么喜欢她,你跟她结婚好了。"瓦尔莫兰答道。

"基佐家的人已经看出来我是什么货色了,妹夫。他们知道我是个浪荡的穷光蛋。"

"你可比这周围其他的花花公子收敛多了,桑丘。无论如何,我不打算结婚。"

但实际上,瓦尔莫兰并没有下定决心,在接下来的几周里,他便开始考虑这件事情。起初,他只把它当作一个玩笑,但后来就开始仔细斟酌它的可能性。瓦尔莫兰一直以来都期盼拥有一个人丁兴旺的家庭,他正值盛年,还有大把的时间可以生更多的孩子,且奥尔唐斯丰满的身形看上去就是一副很好生养的样子,殊不知这个女人在年龄上做了手脚,实际上她已经三十岁了。

奥尔唐斯的出身是克里奥尔名门,又受过良好的教育。乌尔苏里纳教派的修女教会了她有关读写、地理、历史、家庭艺术、刺绣和教义的基础知识,她还拥有优美的舞姿和动人的歌喉。她的品行无可指摘,仅仅由于她那个没用的未婚夫驾驭不了马而使得她在结婚前就变成了寡妇这件事还让她得到了大家的同情。基佐一家人拥有传统的家族根基,他们的父亲继承了一个种植园,两个兄长开了一个颇有名气的律师事务所,这也是在他们那个阶级中,唯一被接受认可的职业。奥尔唐斯的出身弥补了她在嫁妆上的弱势,且瓦尔莫兰在这里想要获得社会的认可,与其说是为他自己,不如说是在为莫里斯今后的发展铺平道路。

置身于基佐家女人们编织的一张大网中间,瓦尔莫兰感到无所适从。于是,他接受了桑丘的提议,决定让他来帮助自己在这次的求爱过程中顺利过关。然而,比起当年在圣多明戈和古巴追求欧亨尼娅的时候,这次可要麻烦得多。"目前,不要向奥尔唐斯送出任何表示爱意的礼物或信息。你要把焦点放在她母亲身上,她的同意是问题的关键。"桑丘提醒他。到了适婚年纪的姑娘很少出现在公众场合,最多也就是在剧院里能见到一两次,而且还是在一大家子人的陪伴下。因为,要是她们太显眼了,就会"引火烧身",最后的结局可能就是做一辈子老处女,待在家里照顾自己姐妹们的孩子了。但奥尔唐斯小姐拥有的自由相对更多一点,因为她已经过了十六岁到二十四岁的黄金年龄,跻身"剩女"的行列了。

桑丘和那一群丑八怪媒婆想办法安排了瓦尔莫兰和奥尔唐斯一起出现在晚会上,名义上说是专门为家中的至亲挚友举办的舞会晚宴,实际上是在创造机会让这对男女能够简单聊上几句,不过当然不是在私底下。按照礼数,瓦尔莫兰必须尽可能快地表达出自己求婚的用意。桑丘陪同他跟基佐先生说明了这件事,并就物质条件方面的问题私下达成了协议。在对待这个问题时,他们都保持了很好的风度但也不失明确的态度。很快,他们便为新人举行了订婚午宴,午宴上瓦尔莫兰给未婚妻戴上了时下流行款的订婚戒指——一个四周镶钻的红宝石金戒指。

一个星期二的下午,路易斯安那最负盛名的教士安托万神父,在大教堂里为这对新人举办了婚礼。依照新娘的心愿,他们举办的是小规模的私人婚礼,参加婚礼的一共九十二人,严守传统的基佐一家是唯一的证婚人。新郎新娘在总督卫队的护送下步入了教堂,奥尔唐斯身着一袭珍珠刺绣丝裙,整个人光彩夺目。她的祖母、母亲和众多姐妹在结婚时都穿的是同一件婚服。尽管裁缝已经把衣服改大了,但她穿着还是有些紧。仪式过后,由橙花和茉莉组成的新娘花束被移交给了修女,她们会把它放置在礼拜堂的圣母脚下。接待宴是在基佐家举办的,所有的餐食都是由瓦尔莫兰在举办种植园庆典时雇的餐饮公司负责的。他们做了五花八门的菜色:栗子填山鸡、卤鸭、酒烹螃蟹、鲜牡蛎、不同种类的鱼、甲鱼汤、四十多种甜点以及一个堆满了杏仁酥糖和坚果的巨型结婚蛋糕。

在家人一一告别离去之后，奥尔唐斯换上了一件麦斯林纱的罩衣，披散着一头金发，在闺房里等待着新郎。她的父母已经把床铺换成了华盖床。在那些年中，流行天蓝色真丝的华盖。它看上去像是一片湛蓝无际的天空，旁边还会有一大堆手持弓箭的肉嘟嘟的丘比特、人造花枝和蕾丝蝴蝶结做装饰。

按照习俗，这对新人在房间里足足闷了三天，有几个奴隶负责给他们端饭、倒尿。在这段时间里，新娘应该待在爱巢里初尝性爱的秘密，因此不能出现在公众面前，哪怕是在她的家人面前，否则将有损自己的颜面。憋在这间屋子里，瓦尔莫兰感到闷热无比、百无聊赖。到了他这个岁数，在一番激情纵欲、展现了自己的阳刚之气以后，整个人都感到精疲力竭、头痛欲裂，与此同时，他还知道在墙的另一侧，基佐家的一大堆亲戚正贴着耳朵在听屋里的动静。瓦尔莫兰这才明白自己不仅仅是跟奥尔唐斯一个人结婚，而是跟整个基佐家族结合了。最终，在第四天的时候，他得以从这间牢房中逃离，带着妻子去往种植园。在那里，他们二人将有更大的空间和自由来了解彼此。碰巧那周正值炎夏，所有人都逃离了城里。

奥尔唐斯从未怀疑过自己能吃定瓦尔莫兰。早在那群没完没了的媒婆展开攻势之前，她就已经要求修女把她跟瓦尔莫兰两个人姓氏的首字母并排绣在新床单上。多年以前被她存放在陪嫁箱里、闻上去还有薰衣草香味的床单上面绣着她跟自己前一个未婚夫姓氏的首字母，这些她也没扔掉，而是让修女在字母上面粘了一个花样装饰，随后就把它们放到了客房里供客人使用。作为嫁妆的一部分，她带了两个奴隶过来。一个是丹妮丝，从她十五岁起就跟着她的贴身女奴，也是唯一一个能够按照她的心意为她梳理头发和熨烫裙子的人。另一个男奴是她的父亲送她的结婚礼物，因为她此前对瓦尔莫兰种植园里男总管的工作提出了疑问。她一直都想要一个自己绝对信任的人。

由于事情已经无法继续瞒下去,桑丘又一次问瓦尔莫兰他打算如何处理特特和罗塞特的问题。白人男性拥有有色人种的情妇并不少见,但情妇一定是远离这个男人的合法家庭的。然而,如果他的奴隶就是他的小妾,那事情就不是那么回事了。一旦男主人结婚,他们之间的关系就结束了,他就必须摆脱这个女人,把她卖掉或是送回田里去,这样他的妻子就见不到这个仆妾了。可是,像瓦尔莫兰这种试图继续让情人和他们的女儿住在同一个屋檐下的情况是不被接受的。基佐一家和奥尔唐斯都可以理解在丧妻的那些年,瓦尔莫兰需要有一个女奴来慰藉自己,但现在他必须要解决这个问题。

奥尔唐斯曾在晚会上看到过罗塞特和莫里斯跳舞,也许她当时就心存疑虑,尽管瓦尔莫兰认为在一片喧闹之中,她应该没有看得太清楚。"你可别想得那么天真,妹夫。女人们对这种事情的直觉都很准。"桑丘对他说。那天,当奥尔唐斯在她一群姐妹的陪同下第一次来看瓦尔莫兰在城里的房子时,他命令特特带着罗塞特在外面待了一天,直到她们离开才回来。他不想匆忙、草率地做任何决定。这是瓦尔莫兰跟桑丘的解释。这完全符合他的性格,做决定的时候喜欢拖延,总是希望事情能够船到桥头自然直。因此,他从未跟奥尔唐斯提过这个话题。

有一段时间,当他们还住在同一个屋檐下的时候,瓦尔莫兰还继续跟特特睡觉,但他觉得没有必要跟特特说自己要结婚的打算,不用他说,特特身边的那些风言风语已经告诉了她这个消息。先前在种植园的晚会上,她跟丹妮丝已经聊过几句了,后来又在法兰西市场上遇到过她几次。就是从这个长舌妇的口中,特特才知道自己未来的女主人是一个火暴脾气的醋坛子。她意识到未来的任何变化都会对自己不利,她再也不能保护罗塞特了。特特满腔怒火,同时内心又充满了恐惧，她又一次证实了自己是多么渺小、无能。如果主人再给她一次机会，她就会跪倒在他脚下，心甘情愿地任凭他在自己身上泄欲，任何要求她都可以满足，只要他答应自己维持她和罗塞特的现状，但自从瓦尔莫兰宣布自己跟奥尔唐斯·基佐的恋爱关系之后，他便不再要求特特跟自己睡觉了。"爱祖丽，洛阿母神，请你至少可怜可怜罗塞特吧！"在桑丘的不断施压下，瓦尔莫兰想到了一个暂时的解决方案：在6月到11月，他带着一家人住在种植园里，特特和罗塞特则留在城里的房子里。这样一来，他便有充足的时间来安抚奥尔唐斯的情绪。这就意味着特特又多了六个月时间的不确定性。

奥尔唐斯在一间被装饰成皇宫蓝的房间里住下了。她自己一个人睡，因为她和丈夫两个人都没有跟别人同睡的习惯。在令人窒息的蜜月之后，他们都需要拥有自己的空间。房间里到处都摆着她儿时的那些玩具娃娃，它们有着玻璃眼球和人的头发。那几只斑点狗就跟她一起睡在那张两米宽的大床上，床柱是雕花的，上面有华盖、靠垫、帷幔、流苏和绒球的装饰，床头还放了一个布面靠枕，上面的十字绣是她在乌尔苏里纳教派的学校里时绣的。在那高高的、天空般的蓝色真丝华盖下面，还挂着她父亲送给她做婚礼装饰的一大堆肉嘟嘟的天使。

这位新婚的妻子每天午饭以后才起床，几乎三分之二的时间都待在床上。在那里，她可以将别人的命运玩弄于股掌之间。新婚初夜，当她和瓦尔莫兰还在自己父亲家的时候，她身穿一袭开领处是天鹅羽毛的睡袍热情地迎接了自己的丈夫。然而，这性感、柔软的羽毛简直要了瓦尔莫兰的命。刚一接触，他的喷嚏就没有断过。这样不好的开端并没有妨碍他们完成接下来的事情，并且瓦尔莫兰还获得一个意外之喜，那就是在回应自己的性欲方面，无论是跟欧亨尼娅，还是跟特特相比，自己的妻子都表现得更加主动、积极。

奥尔唐斯是处女,但也不绝对是。她通过某种方式巧妙地逃过了家里人的监视,并且得知了许多未婚女子想都没想过的事情。前一个死去的未婚夫在下葬的时候都不知道她已经想象过无数次跟自己做爱时的激情场面,而且在之后的许多年里,当她独守空床、被那未被满足的欲望和半途夭折爱情折磨的时候,这样的画面还会继续在她的脑海里浮现。她的那些已婚姐妹也跟她普及过一些关于男女之事的知识。她们虽不是专家,但至少都知道任何一个男人都喜欢女人在床上能表现出几分热情,但却不可过分,否则就会引起怀疑。奥尔唐斯暗自思忖,不论是丈夫还是自己,都已经过了假装矜持的年纪。姐妹们对她说,驯服丈夫的最好方法就是变成一个傻瓜和在床上满足他。对她而言,前者比后者难上百倍,因为她永远都不可能变成一个傻子。

瓦尔莫兰把妻子在性方面的活跃当作天赐的礼物,没有再多问一句为什么,因为他宁愿自己不知道其中的原因。奥尔唐斯丰满健硕、沟壑分明的身体让他想起癔症发作之前的欧亨尼娅,她那溢出长裙的丰满身躯,赤裸着的时候就像是一块杏仁蛋糕:洁白、柔软、香气四溢,一口下去满是甜美。然而好景不长,这个可怜的女人很快就变成了一个稻草人,只有在他醉得迷迷糊糊或是心情绝望的时候,他才想要抱她。在金色的烛光下,奥尔唐斯宛若从古老的神话油画中走出的丰腴仙女,带给他视觉上的充分享受。在她面前,瓦尔莫兰再次感受到了自己作为男人的骄傲,他那原本已经日渐萎靡的性器又重焕生机。妻子带给他的那种兴奋堪比当年维奥莱特·布瓦西耶在克吕尼广场的公寓里给他的快感,以及后来特特青春期正在发育的少女身体让他感受到的满足。他也很吃惊自己内心的欲火竟会越燃越烈,有时甚至是在中午,当他冷不丁地回到家里,脚上还穿着沾满了泥的靴子,他会毫不留情地赶走那几条窝在床上的狗,直奔倚靠在枕头中间做刺绣的奥尔唐斯,扑倒在她身上撒欢,仿佛自己又回到了十八岁。某次活塞运动的时候,一只丘比特从光洁的华盖天幕坠落下来,落在了瓦尔莫兰的颈背,着实吓得他不轻。还有一次,他醒来的时候一身冷汗,因为在半梦半醒之中,他的老朋友拉克鲁瓦又找他来索取自己的那笔财产了。

在床上,奥尔唐斯想尽办法展示了自己性格中最好的一面:她擅长调情的小把戏,比如用钩针织一个带蝴蝶结的精美套套,戴在丈夫的生殖器上;还有一些更加重口味的,比如塞一段鸡肠子,然后骗丈夫说自己的内脏都被他给弄出来了。当他们在绣着二人姓氏首字母的床单上缠绵了无数次以后,最终爱上了彼此,正如奥尔唐斯所预料的那样。站在婚姻的角度,他们是天生一对:男的性格胆小、做事犹豫、容易被别人掌握,而女的正好拥有他所缺少的决断力。两人携手,便可共攀人生巅峰。

桑丘当初是最鼓动自己妹夫结婚的人,但也是第一个摸清奥尔唐斯个性并为此感到后悔的人。当她离开了那间蓝色房间,奥尔唐斯就变成了另一个人,刻薄、贪婪、让人讨厌。只有音乐才能让她从阴暗的心理中脱身片刻,让她周身笼罩着一圈天使的光芒。每当这时,整个家里都充满了她鸟儿般的啼鸣,那歌声令奴隶们毛骨悚然,就连那几条巴儿狗都吓得叫唤不止。多年以来,她都在咬着牙扮演老处女的角色,已经受够了别人暗地里的冷笑和白眼,哪怕他们表面上没有流露出轻蔑的意思。她渴望被别人羡慕,甚至是嫉妒,因此她的丈夫必须拥有很高的社会地位。瓦尔莫兰则需要大量的资金来帮助他在这些根基深厚的克里奥尔家族中立足,毕竟他是来自圣多明戈的外乡人。

桑丘试图避免这个女人插足、挑拨妹夫跟自己之间的这种情同手足的兄弟情谊,因此用了不少好言好语来讨好她,但奥尔唐斯对此并不感冒。在她眼里,这种滥情的甜言蜜语并不能带给她任何实际的利益。她不喜欢桑丘,所以一直跟他保持着距离,但为了不伤害丈夫的自尊,她一直对他以礼相待,尽管她始终无法理解为何丈夫在这位大舅哥面前可以无条件地妥协。他要桑丘做什么用呢?种植园和城里的宅子都是他瓦尔莫兰的,他完全可以摆脱这个对他来讲毫无帮助的伙伴。"来路易斯安那的主意是桑丘出的,他在圣多明戈闹革命之前就想到了,并且买好了地。要不是他,我今天就不会待在这里。"对妻子的疑问,瓦尔莫兰是这样回答的。但对于奥尔唐斯而言,男人之间的这种忠诚是一种无用且多余的感情。种植园才刚刚起步,至少需要三年时间才能获得收益。当她的丈夫在为种植园辛苦地省钱、工作、投资的时候,另一个人却还是跟以前一样,挥霍无度。"桑丘就像是我的亲兄弟一样。"瓦尔莫兰斩钉截铁地告诉妻子。"但实际上他不是。"妻子回答道。

　　奥尔唐斯把家里能上锁的地方都上了锁,理由是家里的奴隶手脚都不干净。她还施行了一系列节省开支的极端措施,让整个家的运转都处于瘫痪的状态。糖块在被用吊挂在天花板上的硬锥切成小块,放进糖罐之前,都要被数一遍,记下数量。餐桌上吃剩的食物不再像以前一样由奴隶们分食,而是用来做成新的菜品。塞莱斯汀的火气越来越大,"要是他们愿意一顿一顿接着剩饭吃剩饭,那就不需要用我了,任何一个甘蔗地里干活的黑人都能做这个家的厨子。"她向大伙儿这样宣布。女主人无法忍受她的脾气,但当有一对夫妇上门来,意图用天价买下塞莱斯汀的时候,她毫不避讳地赞美塞莱斯汀做的蒜香蛙腿、香橙烤鸡、猪肉浓汤和龙虾千层酥是无与伦比的人间美味。最终,她决定不再招惹厨娘,而把目光转向了田里干活的奴隶。她心里盘算可以在不知不觉中,一点一点地减少给奴隶的食物,同时逐渐增加对奴隶们的刑罚,这样就不至于会影响到生产力。如果骡子在劳动中表现良好,那么就可以在奴隶中间进行尝试。瓦尔莫兰刚开始很反对这些措施,因为这与他的初衷不符,但妻子跟他强调说在路易斯安那,大家都是这么做的。这项计划持续了一个星期,直到欧文·墨菲有一次大动肝火,女主人才勉强咬牙接受了甘蔗田跟家里的厨房一样,不归她管。虽然墨菲赢了,但种植园的气氛却变了。家里的奴隶们每天都战战兢兢地活着,而田里的奴隶们却担心女主人哪天就把墨菲辞退了。

家里的奴隶们就像是奥尔唐斯手中的棋子,被她没完没了地移来换去,或者干脆扫地出门。家里的各种事务都乱了套,没人能搞得清自己分内的职责。这件事情更是让她火冒三丈,别人家的夫人都是手中摇着一把小扇子,而她则是每天高举着马鞭教训惹她生气的奴隶。她说服瓦尔莫兰卖掉了家里原来的大管家,换成了她从父亲家带过来的一个奴隶。这个新的管家掌管着家里所有的钥匙,还要负责监视其他奴隶的言行,并及时报告给奥尔唐斯。新老交接的工作没过多久就完成了,因为奥尔唐斯已经赢得了丈夫完全的信任,每次她都是在跟丈夫颠鸾倒凤的时候将自己的决定告诉他,"亲爱的,快过来,快让我见识见识传教士都是怎么泄欲的。"因此,当家里的一切都按照她的想法在运转时,奥尔唐斯便开始准备处理另外三个一直被她搁在一旁的问题了,那就是莫里斯、特特和罗塞特。

扎 丽 特

主人结婚了,他和妻子带着莫里斯一起去了种植园。我和罗塞特留下,在城里的房子里住了几个月。当这两个孩子们被分开的时候,他们闹了好大的脾气,之后的几个星期都闷闷不乐,在心里埋怨奥尔唐斯夫人。我的女儿并不认识奥尔唐斯夫人,但莫里斯跟她说起过,还对她的歌喉、小狗、穿着和举止嘲笑不止,说她就是个巫婆,是这个家的不速之客,是个坏心眼的后妈、大肥婆。莫里斯拒绝叫她妈妈,可是他的父亲偏要让他这么称呼她,所以他干脆就不和她说话了。他们总是逼莫里斯在跟继母打招呼时亲一下脸颊,因此他就想尽了办法在她脸上留下点口水印子或者食物残渣,直到奥尔唐斯太太自己主动免去了他的这项义务。莫里斯经常会写一些纸条,准备一些小礼物,通过桑丘送给罗塞特;而罗塞特,也会用自己画的画和她认识的字回复他。

那是一段充满了各种不确定性的时光,但同时也自由自在,因为没有人使唤我。桑丘先生也在新奥尔良待了好长一段时间,他不是个特别讲究的人,因此也不会提很多要求,只要有人照顾他就满足了。他还迷上了一个叫阿迪·苏碧尔的夸尔特隆女人,甚至能为了她跟别人决斗,他跟她在一起的时间比跟我们在一起的时间还要长。我打听了一些关于那个女人的消息,结果让我很不高兴。别人告诉我说,她十八岁时就是出了名的水性杨花、虚荣贪婪,还花光了好几个追求者的身家钱财。我不敢想象要是桑丘先生知道了这些该有多么生气,所以就没敢告诉他。每天上午我都会带着罗塞特去法兰西市场,在那里我们会遇到其他奴隶,然后我们一起坐在树荫下聊天。他们当中的一些人常常在给主人的找零上动动手脚,好给自己买杯饮料或是一打用柠檬调味的新鲜牡蛎。但是在瓦尔莫兰家里,从来没人跟我要账本看,我也不需要在钱的事情上欺骗主人。当然,这是奥尔唐斯夫人从种植园回到城里的家之前的事了。在市场上,许多人都盯着罗塞特看,因为她穿着塔夫绸的连衣裙和漆皮的小靴子,看上去很像有钱人家的女孩。我一直很喜欢这个市场,这里有很多水果和蔬菜摊位,到处都是各种辛辣的油炸食物,聚集着各路形形色色的人:熙攘喧闹的顾客、传教士、沿街叫卖的摊贩、脏兮兮的卖箩筐的土著人,还有残疾的乞丐、有文身的海盗、修士、修女、街头卖艺的歌手等。

  某个星期三,我顶着哭肿的双眼来到市场。因为头天晚上当我想到罗塞特的未来无期无望时,哭了好久。在奴隶朋友们不停的追问下,我最终告诉了她们导致我不能入眠的忧虑。她们建议我买一个"格哩格哩①"来做护身符,但是我已经有一个了。它是一位伏都教祭祀做的一个小袋子,里面装了些药草、骨头,还有我和我女儿的指甲,不过并没有对我起到什么作用。有人和我说起安托万神父,说他是一位虔诚的西班牙教徒,有着博大的胸怀,对主人和奴隶都一视同仁,因此所有人都很敬重他。"你去找他忏悔吧,他有帮助你的魔力。"大家都这么跟我说。我从来都没有忏悔过,因为在圣多明戈,凡是去神父那里忏悔过的奴隶,最终都是在现世就会遭到惩罚,而不是死后才去赎罪。但是我也没有其他人可以求助,所以最后还是带

---

① 这是伏都教的咒语。

着罗塞特去找了安托万神父。来忏悔的人排起了长长的队,每个人都怀揣着自己的罪过和请求,我排在队伍的最后。等了好一会儿,当轮到我的时候,我却不知道自己该做什么,因为我从来没有如此近距离地接触一个天主教的奥贡。安托万神父年纪尚轻,但却满脸沧桑,他长着一个长鼻子和一双乌黑、善良的眼睛。他的胡子像是马的鬃毛似的,龟裂的脚上穿着一双破旧不堪的拖鞋。他摆了个手势,示意我们过去。然后又把罗塞特抱起来,放在自己的膝盖上。尽管他闻起来有一股大蒜味,身上的棕色法袍也是脏兮兮的,但我的女儿并没有拒绝靠近他。

"妈妈你看,他的鼻子里有毛,胡子上还有面包屑!"我女儿说的这些话把我吓了一跳。

"我长得确实很丑。"他笑着回答说。

"我很漂亮。"罗塞特说。

"是的,小丫头,在你的身上,上帝会赦免人类虚荣的原罪。"他的法语听起来就像患了感冒的人说的西班牙语。在和罗塞特打趣了几分钟后,他问我有什么可以帮到我。我让女儿去外面玩耍以免让她听见我们的对话。爱祖丽,我的洛阿神朋友,请原谅我,我本不打算亲近白人们信奉的耶稣,可是安托万神父亲切的声音让我卸下了戒备。我又开始放声大哭,尽管前一天晚上的眼泪已经流得够多了,此时的泪水还是止不住地往下掉。我告诉他,我和我女儿现在命悬一线,新的女主人是个铁石心肠的人,一旦她发现罗塞特是她丈夫的女儿时,她一定不会找自己的丈夫算账,而是会来找我们母女俩寻仇。

"我的孩子,你怎么知道未来会发生这些呢?"他这么问我。

"纸是包不住火的,神父。"

"除了上帝,没有人知道未来是怎样的。有时我们最恐惧的事情反倒会成为福音。这座教堂的大门永远向你敞开,你想来的时候随时都可以过来。也许时候到了,上帝会允许我帮助你的。"

"白人的神让我觉得害怕,安托万神父。他比普罗斯珀·康布雷还要残忍。"

"谁?"

"圣多明戈种植园的监工头子。我不是耶稣的信徒,我的神父。我信奉的是陪伴我母亲来到这片大陆的几内亚的洛阿神,我是属于爱祖丽的。"

"是的,孩子。我知道你的爱祖丽。"神父笑着说,"我的神就是你的神,只不过是换了个名字。你的洛阿诸神就是我们的圣徒。人心足够大,一切神明皆有落脚之地。"

"但是神父,伏都教在圣多明戈是被禁止的。"

"孩子,在这里,你可以继续信仰你的伏都教。只要不做不道德的事,没有人会在意这件事的。星期日是主日,你早上来做弥撒,下午去刚果广场和你的洛阿神一起跳舞。这有什么问题吗?"

他递给我一块像脏抹布一样的手帕,让我擦干眼泪。不过我还是用裙子的下摆擦了擦。我们快走的时候,他又给我讲了些关于乌尔苏里纳教派修女们的事。当天晚上,他跟桑丘先生聊了一会儿。故事就是这样。

飓风时节

奥尔唐斯·基佐就像一阵风一样为瓦尔莫兰带来了新生,使他对生活充满了希望。但对于这个家还有种植园里的其他人来说,感受却截然相反。周末的时候,这对夫妇也会依照克里奥尔人热情好客的习惯,在自家的农庄里宴请宾客。不过每当有人不请自来,奥尔唐斯就会很明显地表现出不满的情绪,这使得宾客越来越少,很快就不再有客人来访了。瓦尔莫兰一家就这样独自过着他们的生活。名义上,桑丘和他们住在一起,就像家里其他的单身亲戚寄宿在此一样,但实际上却很少能看见他。桑丘总是找借口躲着他们,瓦尔莫兰反倒十分怀念他们曾经的那份同甘共苦的情义。现在,他的时间都打发在和妻子一起打牌,听她弹钢琴,或者当她一幅接一幅地画着秋千上的少女或是玩毛线球的小猫时,他在一旁看书。奥尔唐斯挥舞着手中的钩针,编织出一块块桌布,把家里空着的地方都给盖上了。她的一双手洁白、肥嫩,上面的指甲完美无瑕。这双手不仅善做针线活,在琴键上也是灵活自如,更是深谙性爱的密码。他们夫妇之间很少说话,但仅凭彼此炽热的目光和在偌大的餐厅里从一张椅子飞落到另一张椅子上的激吻,就能猜到对方的心思。平时只有他们二人在餐厅里用餐,因为桑丘极少出现在家里。奥尔唐斯还建议当莫里斯跟他们一起在家的时候,如果天气允许的话,就应该和他的家庭教师一起在花园的凉亭里用餐,或者他们也可以在日常用餐的小餐厅里吃,这样他就可以利用这会儿工夫继续接受老师的教育了。莫里斯已经九岁了,但是在奥尔唐斯眼中,他就像是个没长大的婴儿。她有十二个侄子,自诩在育儿上面是个专家。她说莫里斯需要和他这个阶层的男孩子多接触,而不是整天和墨菲家的那些小子混在一起,他们的层次太低了。他都快被惯坏了,就像个女孩似的,应该让他尝尝生活的苦头了。

瓦尔莫兰重新焕发了活力,他剃掉了自己的络腮胡,体重也因为每天晚上的床上运动和餐桌上少得可怜的饭菜而减轻了一些。他找到了和欧亨尼娅不曾拥有过的夫妻间的幸福。甚至是从他离开圣多明戈开始,就一直像噩梦般困扰他、让他恐惧的奴隶叛乱,现在也被他抛诸脑后了。种植园每天的事务也没让他因为操心而失眠、睡不好,因为管家欧文·墨菲是个干活的好把式,即使有他做不到的事,他也会吩咐自己的儿子布兰丹去做。他是一个像他父亲一样魁梧、像他母亲一样务实能干的年轻人,从六岁开始就骑上马背在这个农场里工作了。

莉安娜·墨菲刚刚生下他们的第七个孩子,小家伙与他的兄弟们一样身体健壮、头发乌黑。然而,她每天还是会抽出时间,推着婴儿车去奴隶医院照看病人。所以,她还没能见到新的女主人,连画像也没看到过。当奥尔唐斯第一次试图侵入她的领地并给她一个下马威的时候,莉安娜就直直地跟奥尔唐斯面对面站着,她双手交叉抱在胸前,露出了冰冷的平静。她就是用这种方式统治着整个墨菲家族超过了十五年,现在用来对付奥尔唐斯也同样管用。要不是这个女人的丈夫是个足够能干的监工头子,奥尔唐斯·基佐可能早就把这一家子爱尔兰人统统赶走了,哪怕仅仅是为了教训她这只害虫。不过她更在意的还是种植园里的产量和利润。她的父亲是个思想古板的种植园主。他说,基佐家世世代代都是做蔗糖生意的,所以没有必要再去尝试新的作物了。但是经过跟一位美国农学家的交流探讨,她发现了棉花的优势,跟桑丘一样,她正在考虑种植棉花的好处,所以她不能在这个时候赶走欧文·墨菲。

8月的一次飓风淹没了新奥尔良的大部分地区。这也没什么大不了的,因为这种事情经常发生,人们并不会因为街道变成水沟或是脏水淹没院子而担惊受怕。生活照常进行,只不过变得有些潮湿。在那一年中,遭灾的人很少,只有一些死去的穷人的尸体会被从墓穴里冲出来,漂浮在一片泥潭里;那些死去的富人仍在自己的陵墓中安息,他们根本不用担心自己的尸骨会被流浪狗咬掉骨头,难堪地暴露在坟头。有些街道的水位甚至淹没了膝盖,几个男人被雇来负责把人从一头背着运到另一头,孩子们则在满是垃圾和马粪的水坑里打滚嬉闹。

医生们总是危言耸听,警告大伙儿一场可怕的瘟疫即将到来。但是安托万神父组织了一场游行,队伍领头的就是耶稣的圣体。没人敢取笑这种控制天气的方法,因为它确实管用。那时,安托万神父已经逐渐有了圣名,尽管他在这个城市才待了三年。他曾在1790年在这里短暂居住,当时天主教的宗教裁判所将他派遣到新奥尔良,任务是驱逐犹太人、惩罚异教徒并通过强制和暴力的手段传播天主教的信仰。路易斯安那的居民们对此十分愤怒,他们并不愿意容忍一个审判官的存在,而安托万恰恰又不是一个宗教狂热者,因此当他们肆无忌惮地将他驱逐回西班牙时,他反而因此而高兴。1795年,在一场火灾后,安托万作为刚刚修建的圣路易斯大教堂的首席神父回到了这里。他这一次回来已经做好了容忍犹太人的准备,他会对异教徒睁一只眼闭一只眼,并用怜悯和仁爱来传播天主教信仰。他对所有人一视同仁,无论是自由人还是奴隶,罪犯还是良民,贵妇还是妓女,以及小偷、海盗、律师、刽子手、放高利贷的人、被逐出教会的人,在他眼中都是一样的。他的教堂里可以容纳所有人,他们肩并着肩,同聚一堂。主教们都因他不服从教廷而憎恨他,但教众们却一心维护他。这位留着像耶稣门徒似的大胡须、秉承了嘉布遣兄弟会①传统的安托万神父是照亮了这座罪恶之城的精神明灯。游行的第二天,洪水就从街道上退去了。这一年,没有发生瘟疫。

瓦尔莫兰家是城里唯一受到洪水影响的房子。水不是从街上漫过来的,而是从地底下咕咕地冒出来的,就像浓密的汗珠一样。多年以来,这座房子的地基都顽强地抵挡了各种潮湿和水害,但这次的洪水攻势太猛,最终还是击垮了它。桑丘找了一名建筑师和一群泥瓦匠和木工,他们扛着脚手架、撬杠和滑车占领了房子的一层,把家具都运到了二层,那里堆满了木箱和用床单罩着的家具。他们必须要把庭院的铺路石掀起来,在里面装入排水管,再拆掉那些已经淹没在泥潭里的奴隶们的住处。

尽管这项工程带来了许多不便和一大笔开销,但瓦尔莫兰却对此感到满意,因为在这种嘈杂混乱的情况下,他就有了更多的时间来拖延那些有关特特的麻烦事。夫妇二人一起去了几次新奥尔良,在这期间,瓦尔莫兰忙着处理生意上的事情,妻子则是忙于社交。他们住在基佐家的房子里,虽然空间有些狭窄,但是总比住在旅馆好一些。奥尔唐斯没有兴趣去监督家里的修缮工程,只是要求在 10 月前完工。这样,他们一家人就可以回到城市里过冬了。生活在乡下的确非常健康,但是,她需要在她的阶层中建立自己的地位。他们已经缺席太久了。

在房屋维修结束后,桑丘来到了种植园。他还是像往常一样嬉皮笑脸,但这次还带着一股内心克制不住的焦躁,就好像自己过来的

---

① 嘉布遣兄弟会,天主教方济各会的一支,致力于布道和传教,主张清贫苦行。

目的就是处理一件不愉快的事情。奥尔唐斯注意到了他的焦虑,女人的直觉告诉她这件事跟那个女奴有关,她记不清她的名字,但知道她就是自己丈夫的小妾。每次当莫里斯问起她和罗塞特的时候,瓦尔莫兰都会一脸窘态。为了不让丈夫和桑丘有单独说话的机会,奥尔唐斯故意延长了晚餐和玩多米诺骨牌的时间。她担心桑丘会影响瓦尔莫兰的心情,因为他每次来都没什么好事。她需要在床上给丈夫打打气,让他好从容面对任何不利的局面。到了晚上 11 点,瓦尔莫兰伸了个懒腰,他打着哈欠说要去睡觉了。

桑丘站起来,对他说:"图卢兹,我有几句话要单独跟你聊聊。"

"单独聊?我和奥尔唐斯之间没有秘密。"瓦尔莫兰答道,看上去心情不错。

"你们之间当然没有秘密,但这是男人之间的事。来吧,咱们去书房。奥尔唐斯,请见谅。"桑丘一边说着这些话,一边向奥尔唐斯投去了挑衅的目光。

在瓦尔莫兰的书房里,那个戴着白手套的管家以给他们倒白兰地酒为借口,想要陪在一旁。但桑丘命令他退下,并让他关上了门。接着,他走到自己妹夫面前,命令他对扎丽特的命运做出决定。距离 10 月只有十一天了,家里也已经修缮完毕,可以住人了。

"我不想做出任何改变。就让她继续在家里伺候着,最好是她自己也能识趣。"瓦尔莫兰无奈地解释道。

"你答应过要给她自由,图卢兹,况且你还签了一份文件。"

"是,但我不喜欢被人威胁。时机到了我自然会给她自由的,到时候我会把一切都告诉奥尔唐斯,我确信她会理解的。桑丘,你为什么对这件事情这么感兴趣呢?"

"如果因为这件事影响了你的婚姻,那就太不值当了。"

"这种事情永远不会发生,桑丘。看在上帝的分上,你觉得难道

297

会有人说我是第一个和自己的女奴隶上床的男人吗?"

"那罗塞特呢?她的存在对于奥尔唐斯来说是种羞辱。"桑丘坚持说,"谁都看得出来她是你的女儿。但我倒是想到了一个让她消失的好办法。那些乌尔苏里纳教派的修女可以接管有色人种的小女孩,并且会像教育白人小姑娘一样好好教育她们。当然,只不过是跟白人分开了而已。在接下来的几年,罗塞特可以寄养在修女那里。"

"我觉得没有必要,桑丘。"

"特特给我看的那份文件里还包括了罗塞特。一旦她获得了自由,就不得不自己养活自己,为此她必须接受一定的教育。还是说,图卢兹,你想一直这么下去,养她一辈子?"

那段时间,圣多明戈颁布了新的法令:将居住在该岛和法国以外任何地方的殖民者都视为叛国者,其财产将被没收充公。有的移民准备返回圣多明戈要回原本属于自己的土地,但瓦尔莫兰对此却拿不定主意:因为现在还没有理由认为种族仇恨已经缓和。他决定听从他在法兰西角的那位代理商的劝告。之前,这位老熟人写信给瓦尔莫兰,建议他可以暂时把圣拉扎尔庄园的产权登记在自己名下,这样一来就不会被没收了。奥尔唐斯觉得这个主意实在是可笑,这个犹太人显然是想把庄园据为己有,可瓦尔莫兰很信任这位老前辈,毕竟他已经为瓦尔莫兰家族效力三十多年了。鉴于奥尔唐斯也没有什么更好的办法,于是瓦尔莫兰就照做了。

杜桑·卢维杜尔成了军队的总指挥。他与法国政府达成协议,宣布把军队减员一半,并让他们作为自由劳动力回到种植园去。但这种自由也是相对的:他们必须在军队的控制下,强制劳动至少三年。在很多黑人眼中,这就是重新回到了奴隶制,不过是用了一种掩人耳目的方式罢了。瓦尔莫兰原本打算回到圣多明戈亲自看一眼形势到底如何,速去速回。可当奥尔唐斯得知后,却大呼小叫。她已经怀孕五个月了,她的丈夫绝不能在这种情况下把她一个人丢下,冒险前往那座该死的小岛,更别提他还要在这种可怕的飓风天气里坐船航行了。瓦尔莫兰因此推延了他的行程并向她保证,如果他收回了自己在圣多明戈的财产,会找一个专人来管理,这样他们二人就可以安心地留在路易斯安那了。这个决定让他的妻子平静了几个月,但是紧接着,她就开始抱怨他们根本就不该在圣多明戈有什么投资。这次,桑丘和她是站在同一战线的。他极其不喜欢那座岛,他曾经为了看望妹妹欧亨尼娅去过那里几次。他提议把圣拉扎尔卖给第一个愿意出价买它的人,并且在奥尔唐斯的帮助下,他成功地让瓦尔莫兰在经过几周的思想斗争后改变了主意。他说那片土地与他的父亲、他的家族和他的整个青春都血脉相连。但他的这些说辞在无可辩驳的现实面前是那样苍白无力:那片殖民地已经变成了各色人种相互残杀的斗兽场。

  背井离乡的难民们纷纷拥向了路易斯安那,而可怜的加斯帕尔·塞弗兰却无视其他难民的警告,只身回到了圣多明戈。虽然他得到的消息都令人沮丧,但他还是没能适应在路易斯安那的生活,他更愿意回去跟自己的家人团聚,哪怕还要继续被血红的梦魇纠缠,吓得双手发颤。他原本应该会像离开圣多明戈时那样落魄地回去,但桑丘·加西亚·德尔·索拉尔私下里给了他一点钱,虽然他说是借的,但他俩都知道这笔钱是不需要还的。塞弗兰给瓦尔莫兰的代理商带去了卖地的授权。他按照地址在老地方找到了他,只不过现在的那栋楼是新盖的,因为之前的已经在大火中化为灰烬了。那些堆放在地窖里、准备用于出口的物品都在大火中烧毁了,其中还有欧亨尼娅·加西亚·德尔·索拉尔的胡桃木镶银棺材。那位年迈的代理商还在继续做着生意:把殖民地上生产的那丁点东西卖掉,再从美国进口柏木房子。它们一块一块地被运过来,就像是等待被拼接的玩具。人们购买这些东西的需求是不会被满足的,因为所有敌人之间的冲突最终都会以一场大火终结。过去那些能带来丰厚利润的商品——布料、帽子、工具、家具、马鞍、脚镣和烧糖浆用的锅,现在都已经没有人买了。

在家庭教师离开两个月后,瓦尔莫兰收到了代理商的回话:他找到了一位圣拉扎尔庄园的买家。他是一个穆拉托人,是杜桑军队的长官。他能付的钱很少,但却是唯一对房子感兴趣的人。代理商建议瓦尔莫兰接受他的出价,因为自从奴隶解放和内战打响后,已经没有人再会为土地出一分钱了。奥尔唐斯应该承认自己之前完完全全地错怪了这位代理商。在世风日下、风雨如磐的日子里,他比她想象的正直得多。代理商在卖掉了财产后,只收取了自己的佣金,便把剩下的钱都汇给了瓦尔莫兰。

无情的鞭子

随着塞弗兰的离开,莫里斯的一对一家教课就结束了。然而,他在新奥尔良一所贵族学校里的苦难生活也随之开始。他在那里什么也学不到,却又必须保护自己免受那些恃强凌弱的同学的欺负。然而,这件事情并没有让他变得更加勇敢,就如他父亲和继母所期望的那样,反倒是变得更加小心翼翼,这也是他舅舅桑丘最担心的结果。他又开始做关于法兰西角的噩梦,频频梦见岛上的那些受刑囚犯,有几次甚至还尿了床,但特特偷偷把床单洗了,所以没被人发现。他现在甚至都得不到罗塞特的安慰,因为他的父亲不允许他去乌尔苏里纳修女那里看望她,也禁止他在奥尔唐斯面前提起她。

图卢兹·瓦尔莫兰对奥尔唐斯与特特即将到来的见面表现出无比的担忧,但他有所不知,在路易斯安那,这种芝麻大的事根本不值一提。跟每个克里奥尔家庭一样,在基佐家里没有人敢挑战父权。女人们对自己丈夫的风流韵事一向隐忍,只要他们低调点就行,而丈夫们也确实都很低调。无论是生前还是死后,只有正妻和婚生的孩子才是被家族承认的。因此,吃一个女奴隶的醋简直是自降身价,还不如把这份嫉妒留给新奥尔良那些漂亮的夸尔特隆姑娘。这些女人可是有对付男人的通天本领,她们会勾走男人的心,完完全全地掌控他的意志,直到他咽下最后一口气。即使自己的丈夫跟妓女搞在一起了,一个出身高贵的夫人对此也只会佯装不知、保持沉默,奥尔唐斯从小是被这样教育的。她的那位留在种植园里管理着一大堆家奴的大管家,向她证实了她之前对特特的怀疑。

"在她大概九岁的时候,瓦尔莫兰先生买下了她,并把她带到了圣多明戈。她是先生唯一被人知道的小妾,我的主人。"他说。

"那个臭丫头呢?"

"在跟您结婚之前,先生像对待女儿一样对待她,小莫里斯像爱亲妹妹一样爱她。"

"我这个继子要学的东西还多着呢。"奥尔唐斯嘟嚷着说。

想到自己丈夫千方百计地让那个女人远离他们好几个月,奥尔唐斯觉得这可能是个不好的信号,也许丈夫还对她有点儿意思。但在他们回到城里的房子那天,奥尔唐斯的种种猜测和担忧就完全消失了。仆人们穿戴整齐,以特特为首站成一排迎接他们。瓦尔莫兰热情地向妻子做了介绍,带着一丝紧张感,而他的妻子则上上下下、里里外外地打量了特特,最终确定她根本不会诱惑到任何男人,更不会对已经被自己吃定的丈夫有什么吸引力。那个穆拉托女人比她小三岁,但因工作劳累且缺乏保养,所以脚上长满了老茧,乳房下垂,面色暗沉。奥尔唐斯承认对于一个奴隶来说,她身材苗条、举止端庄,而且还长着一张吸引人的脸孔。她很气自己的丈夫怎么会如此软弱,这个女人也真拿自己当回事儿!在接下来的几天里,瓦尔莫兰对奥尔唐斯关怀备至,奥尔唐斯则把它解读为丈夫是在用这种方式故意羞辱自己曾经的小妾。你没必要因为这件事操心,她心想,我来负责让她明白自己的位置。但是特特并没有给奥尔唐斯挑刺的机会。等待他们入住的是一幢完美无缺的房子。装修时的那些叮叮当当的噪声、院子里的污水烂泥和空气里飘浮的尘土、泥瓦匠干活时流下的汗水都全部清除、打扫完毕了,没有留下一丝痕迹。所有的东西都摆放就位,烟囱擦得干干净净,窗帘也清洗过,阳台上摆满了花朵,房间都提前通了风。

刚开始伺候新女主人的时候,特特还会有点害怕,也不怎么说话。但一个星期后,她就放松了下来。因为她已经摸清了新女主人的习惯和癖好,她十分谨慎,以免招惹到她。奥尔唐斯苛刻且固执:一旦她下达了某个命令,无论再怎么无理,也必须要完成。她发现特特长了一双修长而优雅的手,于是就命令她去洗衣服,最后就变成了洗衣妇天天在院子里闲着没事做。因为那个女人就是个十足的蠢货,而且身上有一股碱水味,所以塞莱斯汀也不愿意让她去后厨帮忙。后来奥尔唐斯又命令特特不能在她休息之前就退下休息了:她必须穿戴整齐地等他们一家从外面回来,虽然特特每天天一亮就要起床,而且还必须要一边跟睡意斗争,一边工作一整天。瓦尔莫兰弱弱地说了一句,这样做没有太大的必要,因为家里有个专门跑腿的小伙子负责关灯、锁门,还有丹妮丝负责给她更衣。尽管如此,奥尔唐斯还是坚持这么做。她对仆人十分专横残暴,他们得忍受她的大呼小叫和拳打脚踢。但现在的奥尔唐斯已经没法像在种植园里那样挥鞭抽打奴隶了,一是因为她怀着孕,体态臃肿。再而她也没时间来鞭笞他们,平时除了美容和养生,她的全部精力都投在了参加各种社交活动、出席晚宴和看戏上。

午饭过后,奥尔唐斯会拿出几个小时用来练声和梳妆打扮。直到下午四五点钟的样子才会露面。这时她已经精心打扮好准备要出门了,并且已经准备好要把自己全部的精力都放在丈夫身上了。法国当下流行的服装款式非常适合她:布料轻薄的浅色高腰长裙,有回纹图案的裙边和带褶的大裙摆,再配上必不可少的蕾丝披肩。那顶坚硬的帽子是她自己用鸵鸟羽毛、缎带和薄纱改造做成的。就像她试图利用剩菜剩饭一样,她会循环使用这些帽子:把一顶帽子上的丝绒球拿下来,缝到另一顶的上面;再把这一顶上的花儿拽下来,给之前的那一顶安上,甚至她还会给鸵鸟毛染个色而不使其变形。这样一来,每天她都能戴一顶漂亮的新帽子。

他们已经在城里住了几个星期了。一个星期六的半夜,当他们坐车从剧院回来,奥尔唐斯向她丈夫问起了特特的女儿。

"那个小穆拉托女孩在哪儿呢,亲爱的?从我们到这儿来,我就没见过她,莫里斯总是不停地问起她。"奥尔唐斯假装真诚地问道。

"你是说罗塞特吗?"瓦尔莫兰一边松了松脖子上的领结,一边结结巴巴地说道。

"她叫这个名字啊?她应该跟莫里斯同岁,对吗?"

"快满七岁了,个头还挺高的。我以为你不记得她了,你就见过她一次。"瓦尔莫兰回答她。

"她和莫里斯跳舞的时候好看极了。她已经到了可以工作的年纪了,我们可以把她卖个好价钱。"奥尔唐斯一边轻轻抚摸着丈夫的后颈,一边说道。

"我没打算卖掉她,奥尔唐斯。"

"但我这里已经有买主了!我姐姐奥莉薇在聚会上相中了她,她想在自己女儿满十五岁时,把罗塞特送给她做礼物。这也就是几个月后的事了,你说我们怎么能拒绝她呢?"

"罗塞特不卖。"瓦尔莫兰重复道。

"我希望你不会后悔,图卢兹。这个死丫头对我们一点用处都没有,而且可能还会给我们带来麻烦。"

"我不想再谈论这件事了!"她的丈夫大叫了一声。

"请别对我大喊……"奥尔唐斯一边喃喃地说道,一副马上就要哭出来的样子,一边用她那双戴着手套的手捂在了自己圆圆的小腹上。

"对不起,奥尔唐斯。车里太热了!亲爱的,我们之后会做出决定的,这不是什么急事。"

她知道自己说了蠢话。她必须表现得像自己的母亲和姐妹们一样,狡猾地躲在幕后操纵一切,而不是直接当着丈夫的面,必须要让他们相信所有的事情都是他们自己决定的。婚姻就像踩在鸡蛋上一样,时刻都不能掉以轻心。

没有哪位淑女会挺着怀孕的肚子在公共场所抛头露面,来显摆自己已经不是处女了。当奥尔唐斯的肚子越来越大,大到已经不宜外出的地步时,她也只能成天斜躺在床上做做女红,好似一只肥大的狼蛛。尽管她哪儿也去不了,但她清楚地知道在自己的领地上每天都发生了什么:八卦消息、当地的新闻、女伴们的秘密,以及那个倒霉孩子莫里斯的一举一动。只有桑丘躲过了她的监视,因为他的生活毫无规律,行动难以捉摸,想要跟踪他并非易事。圣诞节的时候,奥尔唐斯由新奥尔良最负盛名的医生陪护,在挤满了基佐家女人的宅子里生下了孩子。要一下子接待这么多客人,特特和其他仆人完全忙不过来。尽管是在冬天,屋子里却闷得慌,于是他们派了两名奴隶摇动客厅和夫人房间里的风扇。

奥尔唐斯已不再年轻,医生警告说在分娩过程中可能会出现并发症,但不到四小时,一个女孩就出生了,跟所有基佐家的人一样健康红润。图卢兹·瓦尔莫兰跪在妻子床旁,宣布给女儿起名为玛丽-奥尔唐斯,这个名字符合她长女的身份。所有人都激动地鼓起了掌,只有奥尔唐斯气得号啕大哭,因为她原本期待自己能生下一个男孩,将来好和莫里斯争夺财产的继承权。

他们让奶妈住进了阁楼,将原本住在那里的特特赶去了院子里的一个小房间,与另外两个女奴同住。奥尔唐斯觉得,早就应该这么做了,这样就能改掉莫里斯跟女奴同睡的坏习惯。

小玛丽-奥尔唐斯坚决拒绝吃奶妈的奶,医生建议换个奶妈,不然她就会饿死。就在这一时间,小玛丽的受洗仪式也开始了,瓦尔莫兰家用塞莱斯汀最拿手的好菜招待来宾:烤乳猪配樱桃、腌鸭肉、辣味海鲜、各式的秋葵浓汤、乌龟壳填牡蛎、法式甜点和顶上装饰着瓷质摇篮的多层蛋糕。按照惯例,孩子的教母应该来自母亲的家庭,也就是奥尔唐斯的一个姐妹,而教父应该来自父亲的家庭,但奥尔唐斯不想让丈夫唯一的亲戚桑丘,这样一个如此放荡不羁的男人成为她女儿的道德监护人。于是,这份殊荣就降到了她的某个兄弟身上。那天到访的每位客人都得到了一份礼物:一个刻有小玛丽名字的银制盒子,里面塞满了裹着焦糖的杏仁粒,奴隶们也都有几个硬币作为礼物。就在客人们吃得满脸油光的时候,受洗的小玛丽却饿得哇哇大哭,因为她同样不喜欢也不接受第二个奶妈的乳汁。第三个奶妈也没能坚持两天。

特特试图不去理睬那绝望的哭声,但她还是于心不忍,于是找到了瓦尔莫兰,告诉他说罗斯大婶在圣拉扎尔时,曾用山羊奶解决了同样的问题。趁着人们去找山羊的工夫,她把大米煮成了米糊,又加入了少许盐和一匙白糖,过滤之后送去喂给小玛丽喝。四个小时后,她用类似的烹饪方法熬煮了燕麦。就这样,用一口又一口的稀粥加上在院子里挤出的山羊奶,特特救活了孩子。"这些黑人妇女有时比谁懂得都多。"医生惊讶地说道。于是,奥尔唐斯决定让特特住回阁楼,好让她全天照看自己的女儿。由于女主人还在休养阶段暂不外出,特特不必等听到鸡鸣以后才上床睡觉,再加上婴儿晚上也不再哭闹,她终于可以好好休息了。

女主人卧床休息了近三个月的时间,她的那几条宠物狗也陪在床上,壁炉里生着火,窗帘一直是拉开的,好让冬日的阳光照进屋里。日子过得百无聊赖,她每天都只能通过跟那些来看望自己的女性亲友聊天和吃甜食来解闷。她从来没有像现在这样赞赏塞莱斯汀的手艺,而她的母亲和姐妹们却担心她会一直这样下去,好吃懒做,萎靡不振。于是,在她们的强烈要求下,奥尔唐斯终于结束了卧床静养的日子。然而,这个时候她已经没有一条能穿得上的裙子了,因此只能继续穿着怀孕时的那些衣裳。为了让它们看起来不再像是孕妇装,她还做了一些必要的改动。奥尔唐斯很快就从颓废的日子里振作了起来,甚至还多了几分骄人的傲气。等到冬天结束,她就得跟丈夫回到种植园去,在此之前她准备要好好享受享受城市生活的乐趣。她经常在丈夫或是女友们的陪伴下去宽阔的河堤边散步。那条路被称作世界上最长的道路,两边都是茂密的树林,角落之处也是幽静迷人。在那里,总能看到人们散步的马车,身边陪着伴媪的年轻姑娘和骑在马上偷瞄她们的羞涩小伙,当然还有那些奥尔唐斯连看都不会去看一眼的市井百姓。有时,她会派几个奴隶带着点心、牵着狗走在前边,而她则是一边呼吸着新鲜空气一边悠悠地散着步,身后还跟了抱着玛丽-奥尔唐斯的特特。

在那段时间里,马里尼侯爵热情地招待了长期逗留在路易斯安那的一位法国贵族。马里尼在刚满十五岁时就继承了一笔巨额财产,因此被人们称作美洲最富有的人。就算他不是,他也会竭尽所能让自己看起来像个首富,比如用烧钞票的方式来给雪茄点火。因此,就连新奥尔良没落的贵族们都对他这种无度、荒唐的挥霍瞠目结舌。安托万神父在布道时严厉谴责了炫富的行为,他提醒教民们,富人想要上天堂比骆驼穿过针眼还要难。但这些劝告人们要朴素节制的良言,教民们向来都是左耳进右耳出。就连当地最有地位的大家族为了能够得到马里尼的邀请函也是卑躬屈膝;就算是再神圣的骆驼,也没法让他们抵挡舞会的诱惑。

奥尔唐斯和图卢兹并没有像他们所期望的那样因为基佐和瓦尔

莫兰这两个高贵的姓氏而受到邀请,这一次他们要感谢的人是桑丘,因为他已经成了马里尼派对上的死党,两杯酒的时间里,桑丘就偷偷告诉侯爵,自己妹夫一家很想结识这位法国贵族。桑丘与年轻的侯爵身上有很多共同点:他们有同样的勇气,为了洗刷一些子虚乌有的侮辱,愿意豁出性命跟人决斗,都有无穷无尽的精力去消遣玩乐,同样沉迷于游戏、马匹、女人、美食和美酒,并且都对金钱嗤之以鼻、不屑一顾。马里尼吹嘘自己就算闭着眼睛也能认出谁才是真正的绅士,而桑丘·加西亚·德尔·索拉尔就称得上是一位真正高贵的克里奥尔人。

舞会当天,瓦尔莫兰的家里进入了紧急状态。仆人们从天一亮就开始忙前忙后,一刻不停地完成奥尔唐斯下的一道道紧急命令。他们在楼梯上跑上跑下,搬运着一桶桶沐浴用的热水,还要为夫人准备各式的按摩膏以及能在三个小时内减掉她身上这么多年囤积下来的赘肉的利尿汤剂,还有亮肤霜、鞋子、长裙、披肩、腰带、珠宝、化妆品等。女裁缝一个人根本忙不过来,那位法国美发师忙得都晕了过去,以至于必须用醋给他按摩才能让他苏醒。在全家人都手忙脚乱的时候,瓦尔莫兰躲到了一边,随桑丘去了逃难者咖啡厅消磨时光,那里从来不缺一起赌牌的朋友。终于,当美发师和丹妮丝固定好了奥尔唐斯那一堆盘成了一座高塔似的发卷,并在上面插上了雉鸡的羽毛和一根与项链、耳坠配套的黄金镶钻发簪之后,就到了该为她穿上那件从巴黎买的连衣裙的重大时刻了。丹妮丝和女裁缝为了不碰坏了她的发型,从下面开始帮她穿。层层叠叠的白纱和深褶让奥尔唐斯看起来就像是一座巨型的希腊罗马雕像,十分吓人。当她们试图为她系上后背那三十八颗珍珠小纽扣时,发现即使她们再用力拉拽也系不上,因为虽然奥尔唐斯喝了利尿的汤剂,但这个星期她因为情绪紧张体重又长了几公斤。奥尔唐斯发出了一声尖叫,差点没把吊灯给震碎了,家里的所有人也都被吸引了过来。

丹妮丝和裁缝退到了一个角落里,她们蜷缩在地上,等着女主人的处置。此时,对女主人还不够了解的特特提出了一个糟糕的主意,她建议把几个别针藏在腰带的蝴蝶结里,以此来固定长裙。奥尔唐斯听了之后,愤怒地大叫了一声。她举起了那根一直在手里握着的鞭子朝特特扑了过去,一边嘴里骂着脏话,一边狠狠地抽打她,把长久以来自己对特特积攒的怨气,还有对自己发胖的不满都发泄在了她身上。

特特跪在地上,她蜷缩着身体,用胳膊抱住了脑袋。挥舞的鞭子发出唰唰的响声,而特特的每一声呻吟都更加点燃了女主人的怒火。八、九、十……鞭子落下,发出烈火一样的噼啪响声。奥尔唐斯满脸通红、大汗淋漓,她那盘成了高塔的卷发也散成了难看的一绺一绺,但她仍然不肯罢手,一副还未尽兴的样子。

就在那一瞬间,莫里斯推开了前面看得目瞪口呆的围观人群,像一头公牛一样闯进了房间。在这个男孩子十一年的人生里,他都在尽力让自己远离各种暴力的行为,然而出人意料的是,他用一股巨大的力气把继母推倒在了地上。接着,他一把抢过了鞭子,想朝着这个毒妇的脸赏她一鞭子,让她破相。然而,鞭子却落在了她的脖子上,一阵剧痛让她无法呼吸,更别说是尖叫了。莫里斯抬起胳膊准备再给她一鞭子,此时的他就像一秒钟前的继母那样,整个人完全出离愤怒了。特特竭尽全力爬到他身边,抓住了他的裤脚,把他往回拉。于是,第二下鞭子便落在了奥尔唐斯身上那条麦斯林纱裙的裙褶上。

奴 隶 村

莫里斯被送到了一个波士顿的寄宿学校,在那里严格的美国教师会教会他做一个真正的男子汉。他们会使用各种严厉的教学方法和军事化的管理手段,就跟他的父亲之前威吓他时说的一样。莫里斯出发的时候只是塞了几件行李在衣箱里,家里还专门雇了一个陪护,将他送到目的地。那人一直把他送到了学校的大门口,用手轻轻拍了拍他的肩膀以示安慰。这个孩子没能和特特告别,因为在挨了鞭子的第二天早上,她就被直接发配到种植园去了。他们还命令欧文·墨菲让她即刻去田里砍甘蔗。工头见她来的时候浑身都是鞭痕,且每一道伤痕都跟能拉走黄牛的绳子一样粗,但所幸的是,没有一道鞭子是打在脸上的。随后,工头就把她送去了他妻子的医院。此时,莉安娜正焦头烂额地忙着给一个难产的孕妇接生,她叫特特自己去涂一点芦荟膏。她自己必须把全部的精力都放在一个由于恐惧而不停哭喊的年轻产妇身上,剧烈的疼痛已经折磨她好几个小时了。

莉安娜曾毫不费力地生下过七个孩子。别看她的身子骨瘦得就跟个小鸡崽似的,读完两遍天主经的工夫,她就能把孩子从她身躯里挤出来。但这次她发现,握在她手中的是一场不幸。她把特特带到了一边,为了不让产妇听见她们说的话,她把声音压得很低,她告诉特特胎儿的身体横在了产妇的腹中,无论如何都没有办法生出来了。"在我手里,从来都没有死过一个产妇。她恐怕要成为第一个了。"

她低语道。"夫人,让我来看看吧。"特特回答说。她得到了产妇的允许,开始替她检查身体。她给手上涂了油,然后用她那修长、灵巧的手指摸到了孩子的位置:孩子确实快出来了,而且莉安娜的诊断是正确的。她通过胎儿紧绷的皮肤,判断孩子的形状,就像她能亲眼看到一样。她先让产妇把头贴在地上,双膝跪地,把屁股抬高以减少骨盆的压力。然后,用双手不断按压着她的腹部给她按摩,企图在外面把胎儿的方向转过来。她从来没有实际做过这些,但她曾经见过罗斯大婶这么做,而且一直也没有忘记。这时莉安娜大叫了一声:一只攥紧的小手从狭窄的产道里伸了出来。特特小心翼翼地把胎儿的小手一直推回到了产妇的体内,以免造成脱臼。她一边继续耐心地进行着她的工作,一边和产妇聊天来安抚她的情绪。一段漫长的时间后,她感受到了胎儿的活动,孩子的身体慢慢转了过来,头的位置也终于摆正了。她不禁激动地抽泣起来,仿佛看见了罗斯大婶就站在一边对她微笑。

特特和莉安娜在产妇的两侧扶着她的身体,她清楚地知道自己经历了什么,但也很配合她们,并没有因为害怕而挣扎反抗。她们让产妇在屋里一圈一圈地来回行走,一边和她讲话,一边轻轻地抚摸她。屋外,太阳已经下山了,房间里十分昏暗。莉安娜点燃了一盏油灯,她们继续扶着产妇在屋里来回走动,直到迎来孩子出生的那一刻。"爱祖丽,洛阿母神,请帮助这个新生儿来到世界吧!"特特高声祈求着。"圣雷蒙·诺纳托[①],也请您快快显灵吧!您绝不会让一个非洲的神明赶在您前面显灵的。"莉安娜用同样的语调祷告着,说完她们二人都笑了。她们握住产妇的两只胳膊,让她蹲在一块干净的抹布上。十分钟之后,特特就用双手顺利接生了一个脸蛋憋得发紫

[①] 圣雷蒙·诺纳托,助产士、产妇、生育和新生儿的守护神。

的男婴。她用手拍了拍孩子的屁股，迫使他呼吸，就在这时，莉安娜剪掉了脐带。

当产妇洗净了身子，把孩子安稳地抱在胸前时，她们二人把沾满血的抹布和分娩时留下的废物都收走了，随后坐在门口的板凳上，在群星闪耀的夜空下休憩。欧文·墨菲一只手拿着油灯，另一只手提着一壶热咖啡，在这里找到了她们。

"事情怎么样了？"这个高大的男人一边说话，一边把咖啡递给了她们。他不敢靠得太近，因为女性身上某种神秘的东西让他望而却步。

"你的主人又添了一个小奴隶，而我多了一个好帮手。"他的妻子指着特特回答道。

"你可别为难我，莉安娜。我收到的命令是把她安插在甘蔗田里干活。"墨菲嘟囔着说。

"你从什么时候开始不先服从我的命令，而是服从别人的了？"她笑着说道，一边踮起了脚凑到他的脖子前面，透过浓密的胡须亲了他一口。

于是，他就听了妻子的话，也没有人过问这件事。因为瓦尔莫兰并不想知道这些，而奥尔唐斯那里，只要了结了自己心头的麻烦，就把她这个曾经的仆妾抛诸脑后了。

在种植园里，特特和三个女人、两个小孩共住在一间茅屋里。她和其他人一样，在黎明的钟声响起时起床，接着一整天都穿梭在医院、厨房，忙着照看家禽，还有完成工头和莉安娜交给她的数不尽的活计。跟奥尔唐斯的任性相比，这些对特特来说根本微不足道。她以前一直都在家里伺候主人，当她被发配到种植园的时候，她以为自己已经被判处了缓慢的死刑，就像她在圣多明戈时看到的那样。她从没想过自己会和幸福如此接近。

种植园里的奴隶一共有将近两百人,有些来自非洲,有些来自安的列斯群岛,但是大多数都是路易斯安那人,他们聚集在此一来是由于必须互相帮扶才能得以生存,二来是因为他们的命运都不幸地隶属于另一个人。在下午的钟声敲响后,当一队队奴隶从田地里干活归来,奴隶社区里真正的生活就开始了。每个家庭都团聚在一起,当太阳还没落山时,大家都待在外面,因为屋里的空间很狭窄,空气也不流通。从种植园的厨房里端出热汤,在小推车里分给大家,人们会在里面加蔬菜和鸡蛋,如果有什么要庆祝的事,还会加点鸡肉和兔子肉。活儿总是做不完的:烧饭、缝衣、给菜园浇水还有修复屋顶。除非下雨或者天气很冷,不然女人们通常都会坐在一起聊聊天,而男人们则会把小石子铺在一个地上画的棋盘上做游戏或是弹弹班卓琴。小姑娘们互相给彼此梳头发,小孩子们到处瞎跑或是围坐成一圈听大人讲故事。他们最喜欢听的是布拉·库佩的故事,他是一个让大人和小孩都感到害怕的独臂黑巨人,生活在沼泽地附近,已经从死神手中成功逃脱了不下一百次。

奴隶村是一个等级制社会。在那里,最受人尊重的是优秀的猎人,墨菲会把他们派去寻捕熬汤用的食材,各种肉类、野鹿、鸟类和野猪都是他们的目标。金字塔的顶端是做生意的人,比如铁匠和木匠,最不受重视的就是那些新来的人。那些奶奶辈的人也可以使唤别人,但是最具权威的还是那位五十多岁的传教士。他的皮肤黑得发蓝,负责看管骡子、牛和挽用马。他会用他那让人无法抗拒的男中音指挥大家唱宗教歌曲,向教众们讲述自己编纂的圣徒喻言,还会在大家吵架时充当调解人,因为没有人想让自己人内部的麻烦传到奴隶村外去。监工们虽然也是奴隶,并且和其他人住在一起,但他们没什么朋友。在宅子里伺候的家仆们也经常过来拜访,但是没有人喜欢他们,因为他们总是会摆出一副臭架子,穿的和吃的也比大家好,而且还有可能充当主人的眼线。村里的人对特特尊敬有加,因为他们知道她在一个产妇的肚子里成功地把胎儿的位置转了过来。而她却说这是爱祖丽和圣雷蒙·诺纳托共同创造的奇迹。她的这个解释让所有人都很满意,包括欧文·墨菲,他从来没听说过爱祖丽,还以为是天主教里的某位圣母。

在休息时间,监工头们便不再管那些奴隶了,不再会有带着武器巡逻的男人,也没有凶狠的狗吠声,更没有普罗斯珀·康布雷挥着鞭子,命令一个十一岁的处女爬到他的吊床上。在大家吃过晚饭以后,欧文·墨菲会带着他的儿子布兰丹最后再检查一遍种植园里的情况。当确认一切都井然有序之后,他们就回家了,家人们都在等着他们回去吃饭和做祈祷。有时候,大半夜的也会闻到烤肉的香味,这证明有人在夜里捕了负鼠回来,墨菲对这种事一般也是睁一闭眼闭一只眼。只要他们黎明时照常出来干活,大家就都相安无事。

就像在其他任何地方一样,总是会有心怀不满的奴隶弄坏劳动工具、故意纵火或是虐待动物,但这也只是少数个例。另外的一些奴隶会将自己灌醉,还有人会装病去医院,就为了能休息个一天半天。真正生病的人还是只相信传统的治疗方法:把切好的马铃薯片敷在疼痛的地方,用鳄鱼油来治疗关节疼痛,煮软的荆棘用来驱肠胃里的蛔虫,以及用一些当地生长的植物根茎来治疗肠绞痛。特特尝试介绍一些罗斯大婶的治病方法给他们,不过只是徒劳罢了,没有人会愿意用自己的健康做实验。

特特发现这里很少有奴隶像在圣多明戈一样一直想着要逃出种植园。即使他们出逃了,基本两三天之后也就回来了,要么是受不了沼泽地的泥泞和潮湿,疲惫不堪地无功而返,要么是被路上巡逻的人给抓住送回来了。他们会因此遭受一顿鞭刑,然后带着屈辱,重新回到奴隶村里。没有人会同情他们,因为大家都不想自己惹上麻烦。

那些走街串巷的修士和欧文·墨菲常常会用要学会忍耐和顺从的那一套东西来给奴隶们洗脑。这种美德的福报不在此世,而在灵魂升入天堂以后,在那里所有的灵魂都会拥有平等的幸福。特特觉得这种说法是白人愿意接受的。对于黑人来说,最好的结果是在他们还活着的时候就能看见幸福被合理地分配。但特特不敢在莉安娜面前提出她的想法,因为她不敢冒犯她,这就跟她陪着好脸去做弥撒是一个道理。特特并不相信主子们信的宗教。她一直以来以自己的方式信仰着的伏都教同样也是宿命论的,但是至少当洛阿神显灵,附体在她身上的时候,她还能感受到一股神力。

在和田里劳作的奴隶们一起生活之前,特特都没有意识到自己之前是多么孤独。除了莫里斯和罗塞特,再也没有任何人给她一丝关爱,也无人可以分享她的回忆和憧憬。但她很快就适应了这个小社区,只是很想念两个孩子。一想到他们两个在夜里孤独、害怕的样子,她的心都碎了。

"下次欧文去新奥尔良的时候,就给你带你女儿的消息。"莉安娜向她保证道。

"那会是什么时候呢,夫人?"

"得等到主人叫他去的时候,特特。进一趟城要花很多钱,我们正在一分一分地攒钱。"

跟其他多数移民以及某些自由的穆拉托人、黑人一样,墨菲一家一直梦想着能买下一块土地,然后和子女们肩并肩好好耕耘它。在这里,像瓦尔莫兰家那么大的种植园是很少见的,绝大多数都是由普通家庭耕种的中小型园子。如果他们再有几个奴隶的话,奴隶跟主人也基本过着同样的日子。莉安娜告诉特特,她是被父母抱在怀里来到的美洲。她的父母作为佣工,在一家种植园工作了十年,为的是支付从爱尔兰来这儿的船票。事实上,这跟奴隶制也没什么两样。

"你知道奴隶中也有白人吗,特特?他们没有黑人值钱,因为他们不够强壮。但是白人女奴却能卖得上价,你知道她们是做什么用的。"

"我从来没见过白人奴隶,夫人。"

"在巴巴多斯有很多,在这里也是。"

莉安娜的父母从来没想到他们吃的每一口面包主人都要收钱,而每一个没有工作的日子主人都要扣钱,即使是因为天气的原因也是如此。这样一来,他们的债务不减反增。

"我的父亲在被强迫劳动了十二年后去世了。我的母亲和我继续干了几年,直到上帝将欧文派到了我身边。他深深地爱上了我,并且用他所有的积蓄帮我们还了债。母亲和我这才重新获得自由。"

"我从来没想过您曾经也是奴隶。"特特不禁动容地说道。

"我的母亲那时病了,过了不久就去世了,但是她亲眼看到了我恢复自由。我知道成为奴隶意味着什么。你会失去所有的一切:希望、尊严还有信仰。"莉安娜又说道。

"墨菲先生……"特特结结巴巴地说道,她不知道该怎么问她这个问题。

"我的丈夫是一个好男人,特特,他想试着让手下的人生活得轻松些。他不喜欢奴隶制,所以当我们有了自己的土地,我们就会和孩子们自己耕种它。我们会去北方,那里的生活会轻松些。"

"我祝福你们,墨菲夫人。但是如果你们走了,我们会很伤心,在这里的日子也就没有任何指望了。"

拉·利贝尔特[1]上尉

1800年年初,在拿破仑·波拿巴自封为法兰西第一共和国执政官的三个月后,帕尔芒捷医生抵达了新奥尔良。在1794年,当叛乱的奴隶屠杀了上千名白人市民后,这位医生便离开了圣多明戈。让他下定决心离开那里的原因除了被屠杀的人当中有几个是他的熟人,更重要的是他确定自己没有办法离开阿黛勒和孩子们,独自活下去。当他把家人送去古巴以后,自己便继续在法兰西角的医院工作。他还不切实际地幻想着革命的风暴有一天可以平息,这样,家人们就可以回到自己身边了。他在多次的围捕、策反、袭击和屠杀中幸存下来,一是因为他是极少数选择留在这里的医生之一,再就是杜桑·卢维杜尔比谁都更加尊重医生这份职业,因此给了他私人庇护。这种庇护实际上就是一道好听的逮捕令,但帕尔芒捷却利用自己的私交成功地违抗了这道命令,而这位秘密的同谋者就是杜桑·卢维杜尔身边最亲近的军官之一,一个他无比信任的男人:拉·利贝尔特上尉。尽管这位上尉还很年轻,才刚满二十岁,但他已经证明了自己的绝对忠诚。从几年前开始,他就日夜坚守在杜桑的左右,因此得到了将军的嘉奖。他称他是一位真正的战士,智勇双全。他还说赢得这场持久战的不会是那些徒有蛮力、无视死亡的死士英雄,而是像拉·

---

[1] 此处为音译,法语"La Liberté"意为自由。

利贝尔特上尉这样渴望活下去的人。杜桑总是把最棘手的任务派给他,因为他很谨慎;也会把最冒险的事情交给他,因为他无比冷血。这位上尉在投靠杜桑时还是个少年,浑身上下除了一双跑得飞快的腿,一把从非洲带来的砍割甘蔗的尖刀,以及他父亲在非洲给他起的名字以外,一无所有。杜桑把他提拔为上尉是在他第三次救了自己的命之后,当时另一个叛军头子在林贝尔附近给杜桑设了埋伏,并在那里杀死了他的兄弟让-皮埃尔。杜桑即刻进行了坚决而彻底的报复行动,将叛徒的大本营夷为平地。在黎明时分,幸存下来的人们开始刨坑挖洞,女人们把尸体堆聚到一起,防止它们被秃鹫啃食。杜桑跟这个年轻人闲聊起来,他们一直聊到了天亮,其间他问这个年轻人是为了什么而参加的战斗。

"为了我们所有人都在争取的东西,将军,为了自由。"他回答道。

"我们现在已经拥有自由了,奴隶制已经被废除。但我们也随时都有可能失去它。"

"只有在我们相互背叛时,才会失去自由。当我们团结在一起,就会有足够的力量。"

"孩子,追寻自由的道路是很曲折的。有时候看起来我们是在后退、在让步,甚至忽视了革命的原则……"将军一边喃喃自语,一边用犀利的眼神注视着他。

"我亲眼看到首领们向白人提议让手下的黑人们重新回到奴隶制,以此来换取他们自己、家人和一些亲信的自由。"年轻人回答他。他清楚地知道自己的话很可能会被解读成一种责备或是挑衅。

"在战争的策略中,很少有东西是一清二楚的。我们都是在黑暗中摸索着前进。"杜桑面不改色地解释道,"有时候协商也是必要的。"

"是的,将军,但是不应以此为代价。没有任何一个您的士兵会愿意变成奴隶,我们宁愿去死。"

"我也是,孩子。"杜桑说。

"对于您的兄弟让-皮埃尔的死,我感到很遗憾,将军。"

"我和让-皮埃尔深爱着彼此。但为了共同的使命,有时必须要牺牲个人的生命。小伙子,你是一个很优秀的士兵。我想提拔你为上尉,你想要一个姓氏吗?比如,你想姓什么?"

"拉·利贝尔特,将军。"他毫不犹豫地回答,并按照杜桑军队从白人那里学来的样子立正敬礼。

"好的。从现在起你就是甘博·拉·利贝尔特。"杜桑说。

拉·利贝尔特上尉决定帮助帕尔芒捷医生悄悄离开这座岛,因为在权衡了杜桑的这道严格命令和医生对自己的恩情后,他心中的天平倾向了医生。那些白人刚拿到护照就立刻离开了这座岛,并把自己的财产都安置好了。大多数的女人和孩子都去了其他的岛屿或美国,但是男人们却很难拿到护照,因为杜桑需要利用他们来扩充自己的军队以及管理种植园。殖民地几乎一直都处于瘫痪的状态,手艺人、农民、商人、官员以及各行各业的从业者都十分稀缺,土匪和妓女倒是随处可见,因为他们在任何一种情况下都能生存下来。多亏了这位严谨的医生的及时救治,杜桑将军的一根手和甘博自己的性命才得以保住。因此,他欠帕尔芒捷一份巨大的人情。在修女们都从这座岛上离开以后,帕尔芒捷带着一队由他亲自培训的护士们管理着这所军队医院。他是医院里唯一的医生,也是唯一的白人。

在贝莱尔袭击中,一发炮弹打中了杜桑的一根手指。伤口处污染严重且很难处理,很显然唯一的办法就是截肢,但将军认为这是万不得已才应该使用的办法。在杜桑作为草药郎中的那段行医经历里,他会尽其可能来保持患者身体的完整性。因此,他用一种草药敷

319

料裹住了自己的手,跨上了他那匹名叫"银骏"的良驹,由甘博·拉·利贝尔特驾着它带他一路向法兰西角的医院飞奔而去。帕尔芒捷检查了他的伤口,吃惊地发现,即便伤口一直暴露在沿路的尘土中且没有经过处理,竟然没有出现任何感染。医生要了半升龙舌兰酒来给病人麻醉,并让两个勤务兵搀扶着他,但是杜桑都拒绝了。他自己滴酒不沾,并且他也不允许除家人之外的任何人触碰自己的身体。帕尔芒捷在将军目不转睛的注视下,开始清洁他的伤口并把他的骨头一块一块地归位。整个过程痛苦不堪,将军唯一能让自己好受一点的办法就是嘴里紧紧地咬着一块厚厚的皮革。当医生把他的手包扎好,并给他的胳膊吊上绷带之后,将军才把嚼烂的皮革吐了出来,随后礼貌地向医生表示了感谢,并让他给自己的上尉治疗一下。这时,帕尔芒捷才注意到那个把将军送来医院的人正眼神呆滞地靠在墙边,地上已经积了好大一摊血。

在上尉被帕尔芒捷医生留在医院养病的五个星期里,他好几次都是半只脚踏进了坟墓,但最终都微笑着挺了过来。在那些生与死的恍惚之间,他仿佛又重新回到了天堂般的故乡几内亚:父亲就站在那里等着他,到处都能听见音乐,树上结满了果实,植物自由生长,人们可以毫不费力地抓到在水中欢跳的鱼;在那里,那座深海岛屿上,每个生命都是自由的。三颗子弹穿过了他的身体,他为此流了很多血。其中的两颗打在了他的大腿上,一颗穿过了他的胸膛。帕尔芒捷打心里欣赏这位上尉,因此他日日夜夜守护在上尉身边,同他一起与死亡斗争,绝不低头妥协。他在他身上看到了一种特别的精神,他就像是帕尔芒捷自己想要成为的那种人。

"上尉先生,我觉得好像在哪里见过您。"在一次极其痛苦的治疗中,他对上尉说道。

"啊!看来您不是那种觉得黑人都长得一个模样的白人。"甘博打趣地说道。

"在我的工作里,肤色是最微不足道的事情了。每个人都一样,都会流血。但是我不得不承认有时候我不太能分得清白人的长相。"帕尔芒捷回答他。

"您的记性很好,医生。您一定是在圣拉扎尔的种植园里见过我,我在那儿给厨娘打过下手。"

"我不记得是不是在那里了,但我觉得您的脸有点面熟。"医生说,"那时候,我常去拜访我的朋友瓦尔莫兰还有罗斯大婶,就是那个巫医。我想她应该在叛乱的奴隶袭击种植园之前就逃走了。我再没有见过她,但我一直惦记着她。上尉先生,如果是在认识她之前,我可能就会选择给您截肢,然后再试着用放血法给您治疗。尽管我做这一切都是出于好心,您也会因此命丧黄泉。您现在还活着,都是多亏了她教给我的法子。您有她的消息吗?"

"她是个'草药大夫',也是曼柏。我见过她好多次,因为就连杜桑将军都去找她看病。她从一个军营奔走到另一个军营,给人们看病、治病。您呢,医生,您有扎丽特的消息吗?"

"您说谁?"

"是那个白人瓦尔莫兰的一个女奴隶,大家都叫她特特。"

"我认识她。在法兰西角的那场大火之后,她和她的主人一块去了古巴,我记得是这样。"医生说道。

"她已经不再是奴隶了。她有一张签了字并且盖过章的自由书。"

"特特给我看过那张纸,但是当他们离开这里时,他们还没有放她恢复自由之身。"医生向他解释道。

在那五个星期里,杜桑·卢维杜尔经常询问上尉的状况,每一次帕尔芒捷医生的回答都是一样的:"将军,如果您想让他活着回去的话,就别再催我了。"护士们都疯狂地爱上了拉·利贝尔特,他才刚能坐起身,就有不止一个护士夜里悄悄爬上他的床。她们小心翼翼地爬到他的身上,尽量不压到他,然后给他用上适当剂量的治疗贫血的最佳药方,而每每这个时候,上尉的嘴里念的都是扎丽特的名字。帕尔芒捷不是没有看见这一切,但是他想,要是这样能让他的伤口好得快一点的话,那就让她们继续去爱他吧。最终,甘博痊愈得差不多了,他可以再次骑上他的骏马,将滑膛枪扛在肩上,重新出发回到他的将军身边去了。

"谢谢您,医生。我从没想过我会认识一位像您这般正直的白人。"他临别时对医生这么说道。

"我也从没想过我会认识一位懂得感恩的黑人。"医生笑着回答他。

"我这个人不会忘记别人给予我的东西,无论是帮助还是冒犯。我希望能报答您为我做的一切。您有任何需要,请随时吩咐我。"

"只要您愿意,您现在就可以报答我。我需要和我的家人在古巴团聚,但您也知道,想要离开这里可能性几乎为零。"

十一天后,在一个看不见月亮的夜晚,渔夫划着一叶小舟载着医生,来到一艘停在港口不远处的军舰上。甘博·拉·利贝尔特上尉帮他取得了通行证和船票。这是在他光辉的军人生涯中为数不多的背着杜桑·卢维杜尔暗地里做的事情。作为条件,他要求医生,如果见到了特特,一定替他带一封口信:"告诉她,我的这条命是用来献给战争而不是爱情的。让她别再等我了,因为我已经把她给忘了。"听到了这句自相矛盾的话时,帕尔芒捷笑了。

逆风将帕尔芒捷和其他法国逃难者乘坐的那艘护卫舰吹到了牙买加,但是他们被禁止在那里下船。为了避开台风和海盗,他们在波涛汹涌的加勒比海上兜了很多圈,最终才抵达了古巴的圣地亚哥。

帕尔芒捷一路辗转到了哈瓦那来寻找阿黛勒。在他们分开的那段日子里,他没有办法寄钱给妻子,他无法想象当再见到自己家人的时候,他们会是怎样一幅窘境。他手里唯一的线索就是一个地址,那是阿黛勒在好几个月以前给自己的信中提到的。他循着这个地址来到了一个极其普通的街区,这里的房子虽然看上去简陋,但却维护得很好。街道上铺着鹅卵石,街边开着各种各样的作坊:皮具店、假发店、鞋铺、家具行、画廊,还有很多食品铺子,厨子们在后院里做好了食物就直接能上街售卖。高大健硕的黑人女子们身穿浆洗过的棉布长裙,头上系着色泽鲜艳的头巾,周身散发着香料和糖的味道;她们从家里出来,手中挎着、举着的篮子和托盘摇摇晃晃,里面盛着美味的菜肴和蛋糕,周围总是跟着一群没穿衣服的小孩还有小狗。虽然这儿的房子都没有门牌号码,但帕尔芒捷根据妻子在信中的描述,很快就找到了她住的那间。这座钴蓝色的房子顶上铺着红瓦,有一扇门、两扇窗,窗台上摆放着秋海棠的盆栽。房子的正面墙上挂着一块牌子,上面用粗体字写着一句西班牙语:阿黛勒女士,来自巴黎的时尚女郎。帕尔芒捷的心脏剧烈地跳动着,他敲响了那道门,随后听到了一声狗叫和一阵脚步声。门打开了,出现在眼前的是他的小女儿,她比帕尔芒捷记忆中长高了一些。小女孩尖叫着投入了爸爸的怀抱,将脸埋在他的胸前不肯移开。不一会儿,全家人都围在了他的身边,此时的他屈膝蹲在原地,他太累了,但同时又太幸福了。他曾经想过千百次自己可能再也见不到他们了。

逃 难 者

这一年半以来,阿黛勒几乎没有什么变化,就连身上穿着的裙子都是她离开圣多明戈时穿的那条。她和之前一样靠做裁缝谋生,微薄的收入勉强只能够她负担房租和养活几个孩子。即便如此,以她的性格,也绝不会去抱怨自己没有的东西,而是对自己已经拥有的心存感激。这个城市里有无数个已经获得了自由的黑人,她和孩子们慢慢适应了在他们中间的生活,并且很快有了一群忠实顾客。她的针线活做得十分精巧,但却对时尚一窍不通,因此有关设计的事都交给了维奥莱特·布瓦西耶。流亡的日子让这两个女人的生命联结在了一起,换作以前在圣多明戈的时候,这是绝对不可能发生的事情,就算她们在街上遇见了,都不会多看对方一眼。

靠着自己不凡的姿色以及在圣多明戈时攒下的积蓄,维奥莱特带着卢拉在一个白人和穆拉托人混居的街区找了一所普通的房子住下了。这里的社会层次比阿黛勒住的那里要高好几个等级。维奥莱特不顾卢拉的意愿,恢复了她的自由身;并把让-马丁送去了一所寄宿的牧师学校,想要给他最好的教育,因为她对这个孩子寄予了厚望。八岁的让-马丁有着古铜色的皮肤,他面目清秀,举止文雅。要不是他留着短发的话,很可能会被人看成小女孩。除了他自己,没有人知道他是被收养的,这是维奥莱特和卢拉缄口不言的秘密。

刚将儿子安妥地交到修士的手中,维奥莱特就开始广结人脉,她想要利用一些在当地有权势的人来保障自己在哈瓦那的生活。她跟法国人走得比较近,因为西班牙人和古巴人对于在近几年侵入这座小岛的避难者们嗤之以鼻。那些提着钱袋来到这里的上等白人最后都离开去了其他省份,因为在那里有的是土地可以供他们种植咖啡和甘蔗;剩下的人都留在了城里艰难谋生,有的人靠着自己的积蓄或是通过把奴隶租赁给别人来维持生计,另一些人则是通过打工或做生意,虽然并不总是什么合法的生意。与此同时,报纸上常常谴责这些外国人的不正当竞争行为,说这已经威胁到了古巴的稳定。

维奥莱特不需要像她的其他同胞一样从事廉价的工作,但这里的生活成本很高,因此她必须对自己的那点积蓄精打细算。她已青春不在,而且也没有了激情再干回自己的老本行。卢拉盼着她能钓到一个有钱的丈夫,但维奥莱特心里仍深爱着艾蒂安·勒莱,而且她也不想给让-马丁找个继父。她的大部分时间都花在了与人打交道以及给别人留下好印象上,因此很快便收获了一帮女性朋友,她将卢拉制作的美容液和阿黛勒缝制的衣服卖给她们,以此来赚取利润。卢拉和阿黛勒成了维奥莱特情同姐妹的好闺密,这样的情谊,她从未拥有过。她常常在周日穿着拖鞋,坐在院子里的遮阳棚下,跟她俩一边喝咖啡一边制订计划、清算账目。

听着妻子讲述她们三人的故事,帕尔芒捷说:"我必须告诉里勒莱夫人,她的丈夫已经去世了。"

"不必了,她已经知道了。"

"她怎么会知道呢?"

"因为她戒指上的蛋白石碎了。"阿黛勒一边解释,一边又给丈夫添了一份配有油煎香蕉和碎肉卷的米饭。

帕尔芒捷医生曾在无数个孤单的夜里在心里盘算着,自己日后一定要补偿阿黛勒这些年来躲在别人看不见的地方对他付出的无条件的爱和关怀。可到了古巴,他依旧还过着过去的那种双重生活:他没和阿黛勒住在一起,在外人面前,他还隐瞒了他们是一家人的事实。尽管他没有拿到克里奥尔上流社会的入场券,他还是成了在逃难者中间最受欢迎的医生,因为他是唯一一个能用水、汤药和茶治好霍乱的医生,唯一一个坦言梅毒和黄热病无药可医的医生,也是唯一一个能防止伤口进一步感染而不会让患者仅仅因为被蝎子蜇伤而命丧黄泉的医生。不过找他看病有一个不便之处,那就是他会接待各种肤色的患者。那些前来就诊的白人之所以能够忍受这点是因为在流亡途中,这些先天的差异自然而然就被淡化了,而且他们也没有条件来要求自己被特殊对待。然而,尽管如此,他们绝不会容忍自己的医生有混血妻子和孩子。他是这样向阿黛勒解释的,尽管她从来没有让他解释什么。

帕尔芒捷在白人街区租了一所两层的房子,一楼用来做诊所,二楼是他住的房间。没有人知道他晚上都是在距离这里几个街区的一座钴蓝色房子里度过的。每当周日,他在阿黛勒这里都能看到维奥莱特·布瓦西耶:这个三十六岁的女人保养得很好,在这个聚集着外来移民的社区里十分受人尊敬,享有贞洁寡妇的良好声誉。就算有人隐约觉得她像法兰西角的某位有名的交际花,也必定会立刻打消这种荒谬的念头。维奥莱特手上仍然戴着那只碎了的蛋白石戒指,因为她没有一天不想念艾蒂安·勒莱。

这些年来,古巴人对逃难者的不满情绪越来越强烈,因为他们的数量越来越大,而且来的不再是多金的上等白人,而是破了产、挤在滋生了各种疾病和罪恶的贫民窟里的人。在这种情况下,他们三个人谁都无法适应古巴的生活,哪怕已经待了好几年,还跟第一天来的时候一样对它感到陌生。没有人欢迎他们。西班牙当局把他们视作眼中钉,为他们的生存设置了各种法律障碍,希望能把他们从这里统统赶走,永远不要再回来。

政府新颁布的一项法令废除了那些未在西班牙取得认证的职业执照,因此帕尔芒捷的工作就变成了非法行医,他的那张羊皮纸上盖的法国王室的印章在这里没有任何效力。在这种情况下,他只能给那些几乎付不起医药费的奴隶和穷人看病。除此之外,帕尔芒捷还有另一个困难,那就是他连一个西班牙语单词也没能学会,不像阿黛勒和孩子们那样能讲一口流利的带着古巴口音的西班牙语。

另一边,维奥莱特·布瓦西耶在卢拉的逼迫下让了步,她准备和一个旅店的老板结婚。对方是一位六十多岁的加利西亚老头,有钱且健康堪忧。按照卢拉的说法,这是个完美的结婚对象,因为他很快就会撒手人寰,不行的话,自己也能在这件事情上助他一臂之力。之后,她们便会顺理成章地得到遗产,从此衣食无忧。沉迷在这段夕阳恋中的旅店老板不想去管那些说维奥莱特不是白人的流言,因为对他来说都一样。她是那么风骚迷人,他从未像渴望维奥莱特一般渴望过其他女人。当他终于将她拥在怀中时,他发现自己就像是一位失智的祖父,从心底对她百般怜爱。这种相处模式让维奥莱特感到很舒服,因为这种感觉与她跟勒莱之间的爱情完全不一样,所以她也就不会因为回忆往事而感到悲伤。这个加利西亚老头只要一高兴,就会敞开腰包,让维奥莱特像苏丹王后一样肆意挥霍,但是他却忘了跟她提及自己已经结婚了。他的妻子和两人的独子留在了西班牙。儿子是一位多明我会的牧师,母子二人对这个二十七年来未曾见面的男人不闻不问,他们觉得他在道德沦丧的加勒比海殖民地,肯定是成天都在跟一群大屁股女人鬼混,犯下了主不可饶恕的罪过。但是,只要他定期寄钱回来,他们就不会在乎他的灵魂能否得到救赎。老头曾经认为如果他和勒莱的遗孀结婚,他的家人绝对不会知晓。然而他不曾想到半路竟然杀出了个贪心的律师,这个人在调查了自己的过去之后,想要狠狠地敲一笔竹杠。他知道自己不能用钱来摆平眼前的问题,因为这个贪鬼日后还会没完没了地变着法儿要钱,于是便上演了一场书信大战。几个月后,老头的那位牧师儿子意外出现了。他来的目的是要将父亲从撒旦的魔爪中救出,更是要把自己家的财产从那个妓女手里夺回来。在帕尔芒捷的建议下,维奥莱特拒绝了婚约,尽管如此,她还是会时不时地去看望那个深爱着自己的男人,以免他因为伤心过度而死去。

同年,让·马丁满十三岁了。在过去五年的时间里,他一直嚷嚷着自己要像父亲那样,去法国从军。他一直以来都是一个骄傲且固执的男孩子,在这件事情上也一样,全然不顾维奥莱特的反对。维奥莱特不想跟儿子分开,而且她一直对军队心存恐惧,她觉得这样一个年轻英俊的小伙子在军队里的命运就是最终会被士官鸡奸。让-马丁坚定不移的态度最终让维奥莱特不得不做出让步,她利用自己跟在法兰西角遇到的一位船长的交情,将让·马丁送去了法国。在那里,艾蒂安·勒莱的一个同为军人的兄弟接应了让·马丁,并把他带去了巴黎的军校。他家里的所有男性都在这所军校接受过训练。他知道自己兄弟娶了一位安的列斯女人为妻,因此侄子的肤色并没有引起他的注意,他也绝不会是学校里唯一的混血孩子。

眼见古巴的局势对逃难者来说越来越艰难,帕尔芒捷医生决定前往新奥尔良碰碰运气。如果情况顺利的话,他再把家人接过去。不过这次,阿黛勒坚决反对,这也是她在两人一起生活的十八年中头一次做主,她说他们一家人不能再次分离了,要么一起离开要么谁都不走。并且,她已经做好了准备一辈子跟着这个她深爱的男人,即使是像他的犯下的罪过一样,一直活在见不得光的暗处,但她绝不允许一家人分隔两地。她建议一家人同乘一条船离开,她带着孩子去三等舱,然后分开下船,这样就不会被人发现他们是一起的了。她按照惯例，在买通了负责办理护照的官员并且证明了自己是自由民、可以靠工作养活孩子们以后，成功获得了护照。阿黛勒用她一贯温柔的声音告诉长官，她去新奥尔良不会四处乞讨，寻求别人的施舍，而是会靠做裁缝来谋生。

当维奥莱特得知她的朋友们打算再次移民时，她气得捶胸顿足、号啕大哭。她已经很多年没有经历过这样剧烈的情绪波动了。她感觉自己受到了阿黛勒的背叛。

"你怎么能跟这个男人走呢？他甚至都不愿当众承认你是孩子的母亲。"她抽泣着问道。

"他已经倾尽所有来爱我了。"阿黛勒平静地说道。

"他教孩子们在外人面前假装不认识他！"维奥莱特大喊着说。

"但是他抚养、教育他们而且非常爱他们，他是一个好父亲。维奥莱特，我的生命和他紧紧联系在一起了，我们不会再分开了。"

"那我呢？我自己一个人留在这里，我该怎么办呢？"维奥莱特伤心地问道。

"你或许可以跟我们一起走……"她的朋友提出了这个建议。

维奥莱特觉得这个主意棒极了。她听人说，有色人种的自由民在新奥尔良开枝散叶，所有人都有机会出人头地。她立即跟卢拉商量了一番，两个人都觉得在古巴没有什么值得她们留恋的东西，新奥尔良会成为她们扎根定居以及未来养老的最后机会。

这七年间，图卢兹·瓦尔莫兰一直通过零星的书信和帕尔芒捷医生保持着联系。这次，他主动提出向帕尔芒捷提供帮助和招待，但同时也提醒他在新奥尔良医生之间的竞争很激烈，因为这里的医生比糕点师还要多。但幸运的是，法国的王室行医执照在路易斯安那能派上用场。瓦尔莫兰还在信中补充说："我尊敬的帕尔芒捷医生，这里的人们说的是法语，因此，您不必用西班牙语。"帕尔芒捷下船后，便一头扎进了在码头上等候他多时的好友的怀抱中。两人上次见面还是1793年。瓦尔莫兰记忆中的这位医生朋友不是眼前这般瘦小、羸弱，而帕尔芒捷也不记得瓦尔莫兰的身材竟是如此浑圆。瓦尔莫兰心里还产生了一种新的满足感，这个曾经在圣多明戈跟他一起没完没了争论哲学和政治的男人，如今受尽折磨，一无所有。

这时，船上的其他乘客陆续下船，大家都在等着拿行李。阿黛勒带着两个小伙子和一个小女孩正在四处寻找租用的小推车来运行李。瓦尔莫兰根本没有注意到这个肤色黝黑的穆拉托女人，但在熙熙攘攘的人群中，有一个女人引起了他的注意，她穿着一件朱砂色的高档大衣，戴着同样颜色的宽檐帽、手提包和手套。一个如此美丽的女人怎么可能不被注意到呢。他一下就认出了她，尽管他最不希望跟她在此地重逢。他脱口而出她的名字，他叫了一声，便朝她跑去，热情得就像一个毛头小子一样。"瓦尔莫兰先生，真是意外呀！"维奥莱特·布瓦西耶一边说着，一边向他伸出一只戴着手套的手。不过他将手扶在了她的肩上，按照法式礼仪，贴着她的脸颊亲了三下。他很开心地看到岁月并没有在维奥莱特身上留下什么痕迹，反而让她更多了几分撩人的风韵。她短短几句话就告诉了他自己已经丧偶，还把让-马丁送去了法国学习。瓦尔莫兰已经不记得让-马丁是谁了，不过当他得知维奥莱特已是单身，青年时期的欲火又被挑起来了。"希望你能给予我去看望你的机会。"瓦尔莫兰用十年前的那种亲密口吻跟她告别。这时，卢拉打断了他们，她正在骂骂咧咧地让两个搬运工运走她们的衣箱。"还是老规矩，如果您想要成为夫人的客人，必须要排队。"她一边说着，一边用胳膊肘推开了瓦尔莫兰。

阿黛勒在兰帕特街租了一幢别墅，这里住了很多有色人种的女性自由民，她们当中的大部分都是由某个白人男性，按照从殖民早期就盛行的"包养"或者"姘居"传统，安置在这里的，要知道想要说服一个年轻的欧洲女性跟着男人来到这荒野之地可没那么容易。在这座城市大概有近两千个这样的姘居关系。阿黛勒的房子和同一条街上的其他住房没什么不同，小巧、舒适、通风良好，还有一个墙上爬满了三角梅的后院。帕尔芒捷医生的房子距离这里只有几个街区，他把诊所也设在了住的地方，不过在这里，他和家人们在一块儿时可比在法兰西角和在哈瓦那的时候自由不少。唯一有点奇怪的是他们两人的年龄，因为白人男性一般会选择十五岁左右的穆拉托女孩作为姘居对象，而帕尔芒捷医生马上就要六十岁了，阿黛勒则看起来像是任何一个女邻居的奶奶。

维奥莱特和卢拉在沙特尔街上弄到了一幢更大的房子。她们只需要在午后到武器广场和河堤边散两圈步，周日中午再到安托万神父的教堂里做做礼拜，就足以观察到这里女人的虚荣心了。白人女性还成功地通过了一项法律：禁止有色人种的女性在公共场合佩戴帽子、珠宝或是穿戴过于奢华的衣服；如有违反，将会受到鞭刑。结果那些穆拉托女人将艳丽的头巾优雅地缠在头上，远远胜过戴巴黎最时尚的帽子；她们露出性感的脖颈，以至于佩戴任何珠宝都是多余的；走起路来步伐轻盈、姿态优雅，相比之下，那些白人女子反而更像是洗衣妇。维奥莱特和卢拉立刻便想到了她们可以通过售卖美容产品来获得巨大的利润，特别是那些用蜗牛黏液制成的面霜和溶解在柠檬汁中用来提亮肤色的珍珠粉。

波士顿的学校

尽管挨了莫里斯的鞭子，也没有耽误奥尔唐斯参加马里尼侯爵的上流舞会。她身上披了一层垂地的薄纱，这样既遮住了鞭痕，也遮住了后背上用来固定裙子的别针。然而，这道难看的紫色鞭痕几周以后才消退。有了这道疤痕，奥尔唐斯便有了理由让瓦尔莫兰把他儿子送去波士顿。当然，她还有另一个借口：自打小玛丽出生以来，她只来过一次月经，也就是说，她又怀孕了，她需要保持稳定的情绪，因此，最好还是把莫里斯送走一段时间。她四处跟女伴们吹嘘没有哪个女人比她还会生孩子，然而事实却是分娩完才过了两周，她便又和丈夫缠绵于床榻，如同在度蜜月一般。她很确定，这次一定是个男孩，他会为家族传宗接代、光宗耀祖。然而没有人敢提醒她，瓦尔莫兰已经有莫里斯这个儿子了。

当莫里斯踏入学校的门槛，两扇厚重的木质大门在他身后关上的时候，他就开始讨厌这里。这种厌恶的情绪一直持续到第三年，直至他遇上了一位出色的老师。刚来波士顿的时候正值寒冬，天上飘着冰冷的毛毛雨，整个世界都是灰色的。天空阴霾，地面上覆盖着白霜，树木都干枯了，裸露的树枝上停着几只冻僵的鸟。他从未体会过这样的寒冷，冬天也仿佛没有尽头，冻得他骨头生疼、耳朵青紫，手上长满了红色的冻疮，甚至连睡觉的时候都不敢脱去大衣。他成日盯着天空发呆，祈祷着一缕仁慈的阳光能够降临在自己身上。宿舍的一头放着一个木炭炉,只在每天下午点燃两个小时,供男孩们晾干袜子。床单一直冷冰冰的,墙上也布满了因受潮而发绿的霉斑,每天早上起来,必须要打碎水池表面结的冰才能洗漱。

莫里斯的同学们是一群吵闹又好斗的男孩。他们穿着像波士顿的景色一样灰白的校服,说着他几乎听不懂的语言。当年教他英语的加斯帕尔·塞弗兰自己本身就只懂几个单词,其余的内容都要靠字典上的解释来胡编一气。过了好几个月,他才能回答老师的问题;一年之后,他才能听懂美国同学之间讲的玩笑话。他们管他叫"小法国佬",还常常耍一些小伎俩来欺负他。不过,他发现桑丘舅舅教他的那套拳法很有用,对准敌人下半身的要害踢过去就可以保护自己免受伤害。他曾经练习过的剑术也让他在校长举办的马术比赛中脱颖而出,在这场比赛中,校长跟老师们打赌,输的人要接受惩罚。

学校供应的餐食纯粹是为了磨炼孩子的性格:煮熟的动物肝脏或是残留着鸡毛的鸡脖子,配上花椰菜和焦煳的米饭。能够咽下这种食物的人,就有能力面对生存的危险,甚至是战争,毕竟美国人无时无刻不在为此做好准备。习惯了吃塞莱斯汀做的精致美食的莫里斯,曾像苦行僧一样绝食了十三天,然而根本没有人在意他的死活。最终,他实在饿得晕厥,没办法只能吞下摆在盘中的食物。

学校的纪律极其严格而又荒谬至极。可怜的男孩天一亮就得从床上爬起来,用冰水来让自己清醒过来,然后还要绕着院子跑三圈,跑的时候还会在结冰的水坑上打滑。这么做是为了让身体获得热量,如果说这种刺痒的疼痛也可以被称作热量的话。早餐前他们必须学习两个小时的拉丁语。早餐是可可、干面包和结成块的燕麦片,接着他们要靠这点食物来支撑自己上完几个小时的课,并且参加体育运动,在这方面莫里斯从来都没有什么天赋。一天的最后,当这些备受折磨的男孩因疲劳而几近晕厥时,校长还会心血来潮地对他们进行一两个小时的道德教诲。最终,一天的苦难会随着齐声朗诵的《独立宣言》而告一段落。

尽管莫里斯从小在特特的庇护下娇生惯养,但却毫无怨言地服从了这里监狱一般的制度。他整日忙着保护自己免受他人的欺凌,还要为了赶上班上其他孩子的成绩而刻苦学习。终于,他不再做以前那样的噩梦,也不再想起从前在法兰西角见到的绞刑架了。他喜欢学习。起初,他隐藏了自己对书本的渴望,免得让自己显得傲慢自大,但没过多久,他便开始在学习上帮助别的同学,也因此受到了尊重。他没有告诉任何人他会弹钢琴、跳四对舞和写诗,因为同学们一旦知道了,就一定会一窝蜂地来找他,让他把这些教给他们,到时候他该要累死了。他们看到莫里斯写信的时候像中世纪的僧侣一样专注,但没敢当面嘲笑他,因为他告诉他们这些信是写给他的残疾母亲的。他的母亲像祖国一样,神圣不可侵犯。

莫里斯整个冬天都在咳嗽,但一到春天,他就开始变得活跃。几个月来,他整个人一直蜷在大衣里面,把头缩在肩上,猫着腰,就快要看不见他的人了。当阳光开始慢慢温暖他的身子,让他能够脱掉身上的两件背心、羊毛裤、围巾、手套和大衣,挺直了腰板走路时,莫里斯突然发现自己的衣服变得又紧又短。青春期的发育让他从班上最瘦小的孩子一跃变成了最高、最壮的孩子之一。这几厘米的身高优势能让他从高一点的地方观察这个世界,这让他多了一份安全感。

炎热潮湿的夏天并没有影响莫里斯,他早就习惯了加勒比海闷热的气候。学校放假了,学生和大多数老师都去度假了,事实上学校里只剩下莫里斯独自一人,等待着父亲让他回家的通知。然而,他从来都没接到过什么返家通知,相反父亲派朱尔·贝吕什来看他,也就是那个陪他一路从新奥尔良的家中经过长途跋涉坐船来到这里的人。他们途经墨西哥湾,沿着佛罗里达半岛的水域,渡过马尾藻海,迎着大西洋的海浪,才来到波士顿的学校。这位中年男子是基佐家族的一位远亲。他十分怜悯这个小男孩,因此想尽了办法让他在旅途中好过一点,但在莫里斯的记忆中,这个男人永远和自己被父亲从家里赶出来的痛苦记忆联系在一起。

贝吕什出现在学校里,随身还带着一封瓦尔莫兰写给儿子的信,向他解释了目前不能让他回家的原因,并给了他足够的钱用来买衣服、书籍或者任何他心血来潮想买的东西,以作慰藉。他还命令贝吕什带着莫里斯前往历史名城费城进行一趟文化之旅,瓦尔莫兰在信中夸张地写到,这是每一个他们这个阶层的年轻人都必须了解的城市,因为它是孕育了美利坚的地方。于是,莫里斯便跟着贝吕什开始了这趟被父亲强迫的旅行。那几周里,莫里斯始终一言不发,显得很冷漠。这么做是为了掩饰自己在旅途中产生的兴趣,并且克制对贝吕什这个可怜兮兮的讨厌鬼萌生的好感。

第二年夏天,莫里斯还是照旧收拾好了行李,在学校里等待了两个星期,直到那个贝吕什再次出现在他面前。这一次,他要带他去华盛顿和一些他并不感兴趣的城市游览。

哈里森·科布是圣诞节期间留在学校的为数不多的老师之一,他注意到了莫里斯·瓦尔莫兰,因为这个孩子是学校里唯一一个在节日里既没有受到探访也没有收到礼物的学生,就只独自一人留在空空的楼里读书。科布的家族是波士顿最古老的家族之一,他们自十七世纪中叶起就扎根在这座城市,有着贵族的血统。这是人尽皆知的事实,但他本人却不肯承认。他是美利坚合众国的狂热捍卫者,因此憎恶贵族。他也是莫里斯人生中遇到的第一个废奴主义者,日后也将在这个男孩的生命中深深地影响他。在路易斯安那,人们认为废奴主义简直比梅毒还要可怕,但在马萨诸塞州,关于奴隶制的讨论一直没有停止。因为在这里,二十年前成文的《宪法》中就有禁止奴隶制的条例。

科布发现了莫里斯对于知识的无限渴求,还有他那颗热血沸腾的心,他本人的那些关于人道主义的理论很快便在莫里斯心中扎下了根。在他让莫里斯阅读的众多书籍中,有一本叫《奥拉达·艾奎亚诺生平奇事》。它是一部以第一人称讲述的非洲奴隶的戏剧性故事。1789年在伦敦一经出版便大获成功,引起了欧美公众的关注,但是在路易斯安那却很少有人知道,莫里斯从未听到有人提起过它。师生二人常常在下午一起学习、分析和讨论奴隶制的问题。莫里斯也终于能把奴隶制给他带来的烦恼一一道出了。

莫里斯向科布坦白说:"我的父亲拥有二百多个奴隶,他们终有一天会由我来继承。"

"这是你想要的吗,孩子?"

"是的,因为我能解放他们。"

"那么只会有二百多个听天由命的黑人,以及一个陷入贫困的莽撞小伙。这样做又有什么好处呢?"老师反驳道,"反对奴隶制的斗争不是在一个个种植园里进行的。莫里斯,我们要改变的是人们的思考方式,还有这个国家甚至是全世界的法律。你应该好好学习,为将来参与政治做好准备。"

"可我不是这块料,先生!"

"你怎么知道呢?当我们在接受生活的考验时,每个人的内心都能迸发出意想不到的力量。"

扎 丽 特

我算了算,在主人们把我召回去侍奉他们之前,我在种植园里已经待了将近两年的时间。在此期间,我连一次都没有见过莫里斯,因为放假期间他的父亲不允许他回家,而是设法送他去到处旅行。最后,在他完成学业的那一天,他父亲带他去了法国看望祖母,但那也是后来的事了。主人一直想让他尽量远离奥尔唐斯夫人。我也未能见到罗塞特,不过墨菲先生每次从新奥尔良回来的时候都会给我带回她的消息。"特特,你该拿这个漂亮的小姑娘怎么办呀?你应该把她关在家里,不然街上的人都要为她神魂颠倒了!"墨菲先生跟我开玩笑地说道。

奥尔唐斯生下了第二个女儿玛丽-路易斯。这个孩子刚生下来就出现了呼吸困难,这里的气候并不适合她,但是毕竟没人可以改变气候,除了安托万神父在极少数情况下可以做到。因此,大家都做不了什么太多的事情能帮她缓解病痛。为了照顾她,他们把我带回了城中的家里。同一年,那位曾在古巴待了很长时间的帕尔芒捷医生也回来了,并取代了基佐家原来的家庭医生。他一回来,做的第一件事情就是阻止对这个可怜的婴儿用蚂蟥和芥末进行治疗。因为在他看来,这样简直是在慢慢杀死她。随后,他还问到了我。我不知道为什么在过了这么多年以后,他还能记得我。他说服了主人,说我是照顾小玛丽-路易斯的最佳人选,因为我跟着罗斯大婶学到了不少东西。他们这才命令监工头子把我送回了城里。我不舍地跟这里的朋友们还有墨菲一家告别。这是我第一次单独出行,带着一张保证我不会被逮捕的通行证。

我不在的这段时间里,新奥尔良发生了许多变化:这里有了更多的垃圾、车辆和人,还掀起了一股建造房屋和修筑街道的热潮,就连市场的规模都被扩大了。桑丘先生已经不住在瓦尔莫兰家里了,他搬到了同一个街区的另一间公寓里。据塞莱斯汀说,他已经把那个阿迪·苏碧尔忘了,还爱上一个古巴女人,但家里人都没有见过她。我和小玛丽-路易斯住在阁楼上,她面色苍白,十分虚弱,连哭的气力都没有。我想到可以把她背在我身上,因为莫里斯刚生下来的时候也是病恹恹的,那时我就这么带他,后来他就好起来了。不过奥尔唐斯夫人说,这种办法只对黑人有用,对她的女儿可没用。我不想把小玛丽一直放在摇篮里,这样她会死的,所以我总是把她抱在怀里。

我想提醒主人我已经满三十岁了,是时候还我自由了,却总是很难有机会和他说上话。

"那谁来照顾我的两个女儿呢?"他问我。

"您要是愿意的话,先生,我可以继续照顾她们。"

"所以说一切照旧。"

"先生,不一样了。因为如果我自由了,我可以随时离开,你们不可以再打我,如果我留下来干活,你们还需要支付我生活费。"

"付钱给你!"他吃惊地叫道。

"是的。这就跟马车夫、厨娘、护士、裁缝,还有其他自由民赚钱养活自己一样,先生。"

"我看你倒是非常了解情况。那么特特,你也应该知道没有人会花钱来雇一个保姆。保姆就是自家人,孩子小的时候,她就像第二个母亲,之后会变成孩子祖母一样的角色。"

"我不是您的家里人,先生,我是您的财产。"

"我一直像对待家里人一样对待你!总而言之,如果这是你想要的话,我需要时间来说服奥尔唐斯。尽管这是一个糟糕的先例,而且我还要费不少口舌,不过我会尽我所能。"

瓦尔莫兰允许我去看罗塞特了。我女儿的个头一直很高,她十一岁的时候看上去就像是十五岁。墨菲先生没有骗我,她确实很漂亮。修女们已经制服了她性子中的刚烈,但并没有抹除她笑起来时的酒窝和迷人的眼神。罗塞特跟我打招呼的时候,向我行了一个正式的礼。当我拥抱她的时候,她的身子却变得很僵硬。我觉得她一定是为她的母亲是一个奶咖色皮肤的混血奴隶而感到羞耻。在这个世界上,我的女儿是对我最重要的人,曾经我们形影不离地生活在一起,亲密得就像一个人一样。后来,我很害怕她会被卖掉或者在青春期时被她父亲强奸,就像我所遭遇的那样,所以才不得不和她分开。我曾不止一次看到瓦尔莫兰在抚摸罗塞特的身体时,就跟那些男人们为了试探小女孩的身体是否已经发育成熟而去抚摸她们的样子一模一样。这是在他和奥尔唐斯结婚之前的事,那时我的罗塞特还是个不谙世事的小女孩,她只是出于单纯的亲昵,坐在他的怀里。而此时,女儿对我表现出的冷漠刺痛了我:我本是想保护她,但或许我也因此失去了她。

在罗塞特身上,几乎已经看不到一点关于非洲的影子。尽管她知道我的洛阿诸神和几内亚,但在学校里她会把这一切都忘了,变成一名天主教徒。修女们对伏都教的恐惧跟她们对新教徒、犹太人和肯塔基野蛮人的一样。但我又怎么能责备罗塞特追求比我更好的生活呢?她想要成为的是瓦尔莫兰家那样的人,而不是像我这样的人。她跟我说话的语气带着一种虚伪的客套,就好像我是一个陌生人。这是我记得的事情。她告诉我说她喜欢这个学校,在这里修女们很

339

善良,她们在教她音乐、宗教知识,还教她写一手好字。但是不教她跳舞,因为这会引诱魔鬼来到她身边。我向她问起莫里斯,她说他很好,就是有点孤独,还有点想家。罗塞特之所以知道莫里斯的情况是因为他们从分开的那天起,就一直互相通信。这些信件总是要花很长时间才能寄到,但他们会一封接一封地写,从来不等对方的答复,就像两个傻瓜之间的对话一样。罗塞特告诉我,有时候信件一天会来半打,但有时也会好几周都杳无音信。五年后的现在,我才知道他们在书信中以兄妹相称,以此逃过打开书信检查的修女们。他们有一套自己的宗教暗语来表达对彼此的感情:圣灵意味着爱,祈祷代表亲吻,罗塞特是守护天使,而莫里斯可以是天主教历中的任何一个圣徒或殉道者。当然了,魔鬼指的是那些乌尔苏里纳教派的修女。一封典型的来自莫里斯的信是这样写的:那个他在睡梦中梦到守护天使的晚上,圣灵来看望了他。他醒来时只想要一遍又一遍地祈祷。罗塞特回信道:她为他祈祷,还让他要小心那些恶魔的信徒,因为它们会对凡人的生存构成威胁。现在,我将这些书信放在一个盒子里面。尽管我看不懂它们,但我知道书信大致的内容,因为莫里斯曾经给我读过其中一些不太大胆露骨的片段。

罗塞特感谢我之前送来的礼物:糖果、丝带和书本,但我从未送过她这些东西。身无分文的我怎么可能给她送这些东西呢?我原以为是瓦尔莫兰先生送的,但是她告诉我说他从未来看过她。原来是桑丘先生以我的名义送给她的。

愿上天保佑桑丘先生这样善良的人!爱祖丽,洛阿母神,我没有什么可以再给我女儿的了。故事就是这样。

待兑现的承诺

特特一得空就跑去了安托万神父那里,想要找他聊聊。她等了几个小时,因为这时神父正在监狱里慰问囚犯。他给囚犯们带了些食物,还给他们清洗身上的伤口。狱警们根本不敢上前阻拦,毕竟神父曾接受过教皇的圣谕,有人说他们曾在同一时间在不同的地方见到他,甚至还有人说曾见过他头顶悬着一圈发亮的光环。这位嘉布遣会教士在结束了慰问之后回到家中,这间用石头盖的小房子不仅是他的住所,也是他办公的地方。他带去的篮筐里已经什么都不剩了,现在只想好好休息一会儿,但外面还有很多需要他的人在等待着他,而且时候还早。一般要等到太阳落山后的晚祷时分,他的肉身才能得以休憩片刻,灵魂也随之升至天堂,可是现在离日落还有好一会儿。"露西修女,我很抱歉我再也没有力气继续好好地祈祷了。"他常常对照顾自己的修女这样说。"神父,既然您已经是圣人了,何必再做这么多祈祷呢?"她一直都这么回答他。他张开了双臂迎接特特,就像对待所有人那样。神父一点也没变,眼睛里还是含着像大狗一样温柔的目光,身上闻起来有股蒜味,还是穿着那件脏兮兮的教士服,手上拿着木质十字架,留着和先知一样老成的胡须。

"快瞧瞧,你怎么变化这么大呀,特特!"他感慨道。

"您有上千个教民,竟然还记得我的名字。"特特感动地说道。

特特和他讲了她在种植园的事,又把那张黄色的、皱巴巴的承诺她自由的纸拿出来给他看。几年间,她一直好好地保存这一纸文书,但它并没有起到一点作用,她的主人永远能找到借口来拖延兑现它的日期。安托万神父戴着他像天文学家一样厚厚的眼镜,拿着这张纸走到房间里唯一的蜡烛边上,借着光,慢慢地、仔仔细细地研读起来。

"特特,还有谁知道这件事?我指的是在新奥尔良的人。"

"我在圣多明戈时给帕尔芒捷医生看过,但是他现在也来到新奥尔良生活了。我还给桑丘先生看过,就是我主人的大舅。"

神父坐在一张瘸腿的桌几上,费劲地写着些什么,这个世上的东西他总是看得云里雾里、不清不楚,反倒是对另一个世界能琢磨得清晰透彻。他递给特特两封沾着墨渍的信,让她代交给先生们。

"信中说了什么呢,神父先生?"特特好奇地问道。

"说了让他们来找我聊聊。下周日的弥撒过后你也要来。这期间由我来保管这个文件。"神父说道。

"但是,请原谅我,神父,这张纸从来没有离开过我……"特特显得有些担心。

"那么,今天就是第一次。"神父笑着把这张纸塞到了桌子的抽屉里,"别担心,孩子,在我这里它很安全。"

那张杂乱的桌子看上去不像是存放这件被她视作生命中最重要之物的最佳地方,但是特特却不敢当着神父的面表现出她的疑虑。

周日,半个城的人都来了教堂,这其中也包括了基佐和瓦尔莫兰家族,还有一些随行的家仆。在新奥尔良,除了集市,这里是唯一一个白人和有色人种、自由民和奴隶混在一起的地方,虽然女人们和男人们分站在两侧。一位到访过新奥尔良的新教牧师曾在报纸上写道,安托万神父的教堂是基督教世界中最宽容的地方。因为害怕玛丽-路易斯犯哮喘,所以特特并不是一直都来参加弥撒的。但那天早上起来的时候,小女孩看上去身体状况不错,大家便把她带出来了。仪式结束之后,她把两个女孩交给了丹妮丝,并告知女主人,说自己要跟神父谈一谈,因此需要逗留一会儿。

奥尔唐斯没有反对,她心想这个女人终于要去忏悔自己的过错了。特特把邪恶的迷信传统从圣多明戈一路带到了新奥尔良,只有像安托万神父这样具有神的威严的人才能把她的灵魂从伏都教中救赎出来。奥尔唐斯和她的姐妹们经常谈论说,这些从安的列斯群岛上来的奴隶们正在路易斯安那传播这种恐怖的非洲邪教。她们曾经在跟随丈夫还有丈夫的朋友们出门时,在刚果广场上,出于好奇心,围观过黑人们的狂欢,并从此证实了这种看法。以前在祭礼上,黑人们只是一味地摇摆和吵闹,而现在却来了一个巫女,她扭曲的舞姿仿佛被一条粗壮的长蛇附体了一般,有一半的参与者也都像是被魔鬼附了身一样。这个身体里藏着恶魔的巫女是萨妮特·戴德,她跟其他黑人一起从圣多明戈来到这里。人们看着那些男男女女口吐白沫、翻着白眼,这些人之后还会爬到灌木丛的后面,像动物一样在地上打滚。这些奴隶信仰一切有灵的神明:来自非洲的神、天主教的圣人、摩西、各种行星,还有一个叫几内亚的地方。只有安托万神父能弄懂这些乱七八糟的事情,但不幸的是,他竟然容许这类事情发生。奥尔唐斯·基佐信誓旦旦地说,要不是他是圣人,她本人一定会发动一场群众运动,将他驱逐出大教堂。她曾听人说,在这种祭礼上,人们会饮下祭祀动物的鲜血,这时有人就会被魔鬼附身,接着从前面跟女人交媾,再从背后和男人媾和。要真是这样的话,她一点都不会奇怪特特也参加这样的活动。她除了能放心地把她那两个年幼的女儿交给她照顾,对她毫无信任可言。

在那个小石屋里,神父、帕尔芒捷、桑丘和瓦尔莫兰几个人已经各自就座了。然而,这几位先生一脸好奇,并不知道自己为什么会被请到这里来,神父这一招确实出其不意。老修女露西趿拉着拖鞋,颤颤巍巍地端来了托盘,在破旧的陶土杯里给他们倒满了自酿的葡萄酒后就离开了。看到这个信号,特特便可以放心走进去了。这都是神父之前早就吩咐好了的。

"我的孩子们,我把大家叫到这个神圣的地方来是为了纠正一个误会。"安托万神父说着,便从抽屉里拿出一张纸来,"特特是个好女人,根据这份文件上的内容,早在七年前就应该还她自由了。瓦尔莫兰先生,这是事实,对不对?"

"七年前?可她才刚满三十岁。我怎么可能提前还她自由呢?"瓦尔莫兰惊呼道。

"根据《黑奴法典》,凡是救了主人家里任何人性命的奴隶,无论年龄大小,都有权立即获得自由。特特救了您和您儿子莫里斯的命。"

"这可无法证明,我的神父。"瓦尔莫兰轻蔑地回答。

"当时,您在圣多明戈的种植园被烧毁,监工统统都被杀了,所有的奴隶都逃到了叛军那里。告诉我,我的孩子,如果没有这个女人的帮助,您觉得您能活下来吗?"

瓦尔莫兰怒气冲冲地拿过那张纸,瞥了神父一眼。

"可这上面没有注明日期,我的神父。"

"的确是这样。当时,您只想着匆忙逃命,忘了写上日期,这是完全可以理解的。但好在帕尔芒捷医生1793年曾在法兰西角看过这份文件,所以我们可以推测它写于那个时间,但这都是次要的。在场的诸位都是信仰基督教的绅士,我们都是善良且有信誉的人。那么,现在我要求您,瓦尔莫兰先生,在此以上帝的名义兑现您的诺言。"神父深邃而笃定的目光,仿佛一眼洞察了瓦尔莫兰的灵魂。

瓦尔莫兰看向帕尔芒捷医生,医生的眼睛此时正盯着自己手中的小酒杯。他陷入了两难的选择,要么是放弃对朋友的忠诚,要么是抛开自己的道德底线。他欠了瓦尔莫兰太多的人情,而安托万神父刚刚才巧妙地提醒自己要对得起良心。然而另一边,桑丘的表现却正好相反,他极力想要掩饰两撮小胡子下面的笑容,因为他很开心见到今天这样的结果。这么多年来,他一直提醒妹夫,必须要解决掉仆妾的问题,但他没想到的是,神父一出面就如此轻松地搞定了这个难题。他不明白的是,既然瓦尔莫兰已经对特特不再有欲望,而且奥尔唐斯又把她视作眼中钉,为什么还要留特特在身边呢?瓦尔莫兰家的人完全可以从众多的女奴中间再挑出一个人来给孩子当保姆。

"别担心,神父先生。我的妹夫会做出正确选择的。"沉默片刻之后,桑丘开口说道,"帕尔芒捷医生和我都可以作为证人,明天我们就去找法官,请他给予特特合法的自由。"

"很好,我的孩子们。恭喜你,特特,从明天开始,你就自由了。"安托万神父举起了酒杯,宣布道。

男人们抬起酒杯,做了一饮而尽的手势,然而杯中的酒实在让人难以下咽。他们站起了身,正要离开。这时,特特上前拦住了他们。

"请等一下。那么罗塞特呢?她也有获得自由的权利。那张纸上是这么说的。"

瓦尔莫兰感到血液一下子冲向了大脑,气得快要喘不过气来。他紧紧按着自己的手杖,指关节因为太过用力而发白。他努力地克制自己的情绪,不然早就拿起它朝这个不知好歹的奴隶挥过去了。但还没等他出手,神父就开口了。

"当然,特特。瓦尔莫兰先生知道,罗塞特也包括在内。明天她也会获得自由。帕尔芒捷医生和桑丘先生将会见证,这一切都会按照法律的规定来办理。愿上帝保佑诸位,我的孩子们……"

三个男人离开后,神父邀请特特喝了一杯巧克力来庆祝。一个小时后，当她回到家中时，两个主人正在客厅等着她。两人并排坐在高背椅上，神情就像是严厉的审判官。奥尔唐斯气得快要发疯，瓦尔莫兰也感到恼羞成怒，因为他怎么也没有想到这个二十年来一直对自己服服帖帖的女人竟然会在神父和他最亲密的朋友们面前羞辱他。奥尔唐斯宣称要将此事提交给法院，因为这份文件是丈夫迫于压力写的，不具有法律效力。但瓦尔莫兰没有允许她这么做，他不想家丑被外人知道。

夫妇二人朝着特特大发雷霆，大声地呵斥她，但她一个字也听不进去，因为此时她的耳边充满了自由的欢快乐音。"忘恩负义的东西！如果你脑子里想的就是离开这个家，那现在就滚出去。你连身上的衣服都是我们给的，为了不让你光着身子出去，你可以穿着它们离开。我给你半小时收拾好，滚出这个家，从此别再踏进这里半步。我倒要看看你流落街头会变成什么样子！把自己像个妓女一样送给水手们，你也就能做那个了！"奥尔唐斯一边咆哮着，一边用鞭子抽打着椅子腿。

特特从客厅里退了出去，她小心翼翼地关上了门，走进厨房。厨房里的其他奴隶都已经知道发生了什么。丹妮丝冒着会激怒女主人的风险，主动提出让特特和她一起睡，等到天亮再离开，这样她就不至于当晚流落街头了。特特此时还没有获得自由，如果被警卫抓住，她就会被关进监狱。她和每个人拥抱告别并告诉大家，还会在做弥撒、在刚果广场或是集市上跟他们见到的。她还说自己并不想走很远，新奥尔良在她看来就是一个完美的城市。"你将不再受到主人的保护，特特。任何事情都可能发生在你身上，外面那么危险，你打算靠什么来生活呢？"塞莱斯汀问她。

"靠我一直赖以生存的东西，靠工作来养活自己。"

特特没有花太多时间在房间里收拾东西，只拿了那份即将宣告她自由的文件和一个装食物的篮子。她步伐轻盈地穿过了广场,绕过大教堂,敲响了神父那间小屋的门。露西修女给她开了门,她手里拿着一支蜡烛,没有多问就直接领着她穿过了连接着小屋和教堂的长廊,走进一间光线昏暗的房间。那里面有十几个无家可归的人,他们围坐在桌前,上面摆着汤和面包。安托万神父正在和他们一起吃饭。"坐下来,孩子,我们一直在等你呢。露西修女会找个角落暂时让你睡觉的。"他对特特说。

第二天,神父陪着特特来到了法庭。瓦尔莫兰、帕尔芒捷和桑丘也都准时出现了,他们即将见证特特的自由。"女仆扎丽特,又名特特,穆拉托人,品行端正,服务忠诚,她将得到合法的自由。根据这份文件,她的女儿罗塞特,十一岁,夸尔特隆女孩,将作为奴隶属于扎丽特。"法官下令张贴公示,以便"任何对此有异议的人可在即日起的四十天内来法院上诉"。整个过程仅仅用了九分钟的时间,每个人都高高兴兴地离开了,就连瓦尔莫兰也不例外。因为就在前一天夜里,当奥尔唐斯终于在大怒大骂了一天之后疲惫不堪地睡去时,他才有时间来好好思考整件事情。他想通了,桑丘说得没错,他确实应该对特特放手了。在法院大楼的门口,他用一只胳膊拦住了特特。

"女人,虽然你做的这件事深深伤害了我,但我不记你的仇。"他用一种父亲般的语气对她说道,并且对自己的这份慷慨十分满意,"我想你可能要流落街头以乞讨为生了,但至少我会救罗塞特的。她会在乌尔苏里纳修道院继续学习,直到完成学业。"

"您的女儿会感谢您的,先生。"她说完,便踏着欢快的步子走上了街头。

新奥尔良的圣人

头两个星期,特特一直都在协助安托万神父做善事,跟随他四处赈济、施舍,以此换取填饱肚子的食物和一张用来睡觉的稻草席。她每天早上天还没亮就起床了,而这时神父也已经祈祷好一会儿了,随后特特会陪同神父去监狱、医院、疯人院、孤儿院和一些特殊人群的家庭,给老人和重病患者举行圣餐仪式。不管天晴还是阴雨,神父总是身着一袭棕色长袍,也从来不去整理脸上的杂乱胡须。他穿梭在城市的每个角落,人们能在不同的地方看到他瘦削的身影。他有时出现在富人的豪宅里,有时在贫民窟,既出入修道院,也会在妓院现身。他在市场和咖啡馆里行乞,再把面包和水分别分给残疾的乞丐还有那些在马斯佩罗奴隶市场里被拍卖的奴隶,他们身后总是追着一群饥肠辘辘的恶犬。他也从来没有忘记去安慰那些被戴上了脚镣手铐拴在市政厅后面那条街上的人,这些受罚的人就像是羊群中最不幸的那几只。神父笨拙地给他们清洗伤口,但他的眼睛已经看不太清了,这时候总是需要特特上前搭把手才行。

"特特,你真是有一双天使般的手!这是上帝的旨意,要让你成为一名护士。你应该留下来和我一起工作。"神父向她提议道。

"我的神父,我不是修女,我不能永远无偿地工作,我要养活我的女儿。"

"孩子,你可别向贪婪屈服。如耶稣应许的那样,你为他人奉献自己,灵魂会升至天堂。"

"那么,就请您转告他,最好此时此地就能付给我工钱,哪怕一点点也行。"

"我会转告他的,我的孩子。但是耶稣自己的开销也不少呢。"神父狡猾地笑道。

黄昏时分,二人回到了石头小屋里。露西修女已经准备好了水和肥皂,等着让他们清洗干净之后跟这里的穷人们一起吃饭。特特会把双脚浸进水里,并且开始撕剪布条制作绷带;而另一边,神父正倾听着人们的忏悔。他就像是裁判员,为人们解决那些不公和欺辱,驱散人们内心的愤怒和仇恨。他从不给别人提建议。因为他认为这样做只会浪费时间。依照他的经验,每个人都会犯错,并且会自己从错误中吸取教训。

到了晚上,神父裹着一条被虫蛀烂的毛毯,和特特一起准备出门去跟这个城市中最危险的人群打交道。他手上拿了一盏油灯,这座城市里有八十盏路灯,可偏偏在他走的路上一盏都没有。那些犯人们对神父都很宽容,因为每当他们对神父恶语相对时,神父都是用略带讽刺的祝福回应他们。这里没有人能吓倒他。神父来到这里,并不是来给谁判罪或是拯救灵魂的,他来的目的是给被刀扎伤的人包扎伤口,把打架闹事的人分开,劝导想要轻生的人放弃自杀的念头,救助女人,收拾街头的尸体以及把无家可归的孩子带到孤儿院里交给修女们。如果有哪个肯塔基野蛮人胆敢碰神父一下的话,一定会有上百个拳头举起来狠狠地胖揍他一顿,好告诉这个无知的外地人,安托万神父到底是谁。接着,神父来到了潘达诺街区,那里是整个密西西比最没有道德底线、阴暗龌龊的地方,但神父靠着自己坚定不移的善意和头上时隐时现的光圈,走到哪里都受到庇佑。赌场和妓院里挤满了形形色色的人:船工、海盗、老鸨、妓女、军队的逃兵、纵酒狂欢的水手,还有小偷和杀人犯。特特吓得魂都丢了,她小心地在泥土、呕吐物、粪便还有老鼠中间移动,一只手拽着神父法衣的一角,嘴里大声呼唤着爱祖丽的名字,祈求她的保佑,而神父却在这样的危险中甘之如饴。"特特,有耶稣守护着我们呢。"他笃定地对特特说,脸上洋溢着幸福。"但是,神父,要是耶稣开小差了,该怎么办呢?"

两个星期过后,特特的双脚都已经走烂了,腰背也酸痛得像要断掉一样。只要她一想到那些人类的苦难和不幸,心里就很压抑,她甚至开始怀疑,可能在种植园里割甘蔗都要比到处施济这些不懂感恩的人要轻松容易许多。一个星期二,她在武器广场遇到了桑丘·加西亚·德尔·索拉尔,他穿了一身黑色的衣服,身上的香水味浓郁到连苍蝇都不敢靠近他。他看上去非常高兴,因为他刚从一个自负的美国人手里赢了一局双人纸牌。桑丘弯下腰向特特行了一个华丽的鞠躬礼,并亲吻了一下她的手,这可把旁边凑热闹的人看呆了。接着,他还邀请她去喝咖啡。

"那我们可得快点了,桑丘先生。神父现在正在给一个有罪的人处理脓疮,我正在等他,我想他用不了多久就会来了。"

"你不用去帮他的忙吗,特特?"

"我是想帮他的,但是这个人得了梅毒,而且神父也不想让我看见他的私处。好像这对我来说是件新鲜事一样!"

"神父说得很对,特特。如果我得了梅毒,我可不想让一个美女来给我治疗,让我难为情。老天都不会同意的!"

"别开玩笑了,桑丘先生,这种倒霉事谁都有可能遭遇的。当然,除了安托万神父。"

他们二人坐在广场前的一张小桌边。咖啡馆的老板是一个穆拉托自由民,也是桑丘的老熟人。当他看到这个满身贵气的西班牙绅士带着一个像乞丐一样的女伴,表露出了无法掩饰的讶异。桑丘也注意到了特特的这副可怜模样,当她告诉他这两个星期以来自己的生活时,他放声大笑起来。

"神圣的事情当然会给人造成负担,特特。你不应该再跟在安托万神父身边了,不然过几年你也会变成露西修女那副老态龙钟的模样。"桑丘说道。

"我不能再这么仗着神父的好意赖着不走了,桑丘先生。等到法官发布告示后的四十天一过,我就自由了,到时候我就会离开,然后看看我自己究竟能做些什么,我必须找到一份工作。"

"那罗塞特呢?"

"她还在乌尔苏里纳修道院里。我知道您常去看望她,还以我的名义给她带礼物。桑丘先生,我都不知道该怎么报答您对我们母女的恩情!"

"你什么都不欠我的,特特。"

"我得存下点钱,好迎接罗塞特从学校毕业回来。"

"安托万神父是怎么说这件事的?"桑丘一边问特特,一边往她的咖啡里加了五勺糖和一点白兰地酒。

"他说上帝会帮助我的。"

"希望如此。但是以防万一,你还是应该有一个备用计划。我倒是需要一个女管家,我家里实在太乱了,但要是让瓦尔莫兰家知道我给了你一份工作,他们是肯定不会原谅我的。"

"我能理解您,先生。但一定会有人雇我的,这一点我很确信。"

"从在种植园里干农活到在家里照看孩子,这些都是奴隶们干的重活。你知道在新奥尔良有三千个奴隶吗?"

"那有多少自由民呢,先生?"

"据说有五千多个白人和两千多有色人种的自由民。"

"也就是说,自由民的数量是奴隶的两倍还多。"她算了算,"那我怎么可能找不到一个需要我的人？比如说，一个废奴主义者。"

"路易斯安那的废奴主义者？如果真的有的话，他们肯定也都藏得好好的。"桑丘笑了。

"我不识字，也不会做饭，先生，但我可以做家务，我会接生孩子、缝合伤口，还会治病。"特特坚称道。

"这可没你想象的那么容易呀！但是我会尽力帮助你的。"桑丘对她说，"我的一位朋友坚持认为，养奴隶可比雇人干活费钱多了。一个鼓足干劲、卖力出活的自由民做的工作就能顶上好几个垂头丧气、偷工减料的奴隶。你能明白这点吗？"

"差不多能懂。"她承认道，同时在脑海中试图记下桑丘说的每一个字，好在之后复述给安托万神父听。

"奴隶干活是没有动力的，对于一个奴隶来说，敷衍了事地磨洋工才是正道，毕竟他们辛苦付出的汗水都是让主人得益，自己尝不到一点甜头。但自由民就不一样了，他们工作是为了攒钱，让自己过上更好的生活，这就是他们劳动的动力。"

"在圣拉扎尔干活的动力来自康布雷先生的鞭子。"特特评论了一句。

"所以你也看到了，那个殖民地最终落得了什么样的下场。特特，一味地靠施加恐惧来让别人屈服是行不通的。"

"您一定是个隐藏的废奴主义者，桑丘先生。因为您的口气就跟在法兰西角时，瓦尔莫兰家里的家教加斯帕尔·塞弗兰还有扎卡里先生一模一样。"

"你可别再在外面说这样的话了，这会给我招来麻烦的。明天我还想在这里见到你，你收拾得体面点，穿得像样点，我们一块去见见我的朋友。"

第二天，安托万神父一个人出发去做善事了，而特特则穿着她唯一件刚洗过的衣服,戴上了那条浆过的头巾,和桑丘一道,第一次出门去找工作了。他们没走多远,仅仅沿着沙特尔街走了几百米的距离。这条街上有着让人眼花缭乱的各色商铺,里面售卖宽檐帽、蕾丝镶边、短靴还有布料,以及其他一切可以满足女人爱美之心的玩意。他们在一个漆成了黄色的两层小楼前停下了脚步,二楼的阳台上有着绿色的铁栅栏。

桑丘拿起门前蛤蟆状的门环叩了叩门,这时一个身材肥硕的黑人女子给他们开了门。她一认出桑丘,便立刻收起了自己原先不耐烦的脸色,转而露出一个大大的笑脸。特特想着,二十多年过去了,自己竟然又回到了原地,回到了当初她从德尔菲娜夫人家离开时的那个地方。这个女人是卢拉,但她并没有认出特特来,这有点不可思议。但由于特特是随同桑丘一起来的,所以卢拉也对她表示出了欢迎,并带着他们进了客厅。"夫人马上就来,桑丘先生。她正在等您呢。"她说完便离开了,她那如大象一般沉重的脚步把地板震得咯吱作响。

几分钟后,当特特见到那个她在法兰西角时的认识的维奥莱特·布瓦西耶走进来时,心激动得怦怦直跳,她还是和当年一样美丽动人,而岁月和阅历又让她变得更加自信从容了。桑丘就像一下子变了个人似的。他收起了常日里西班牙男人特有的那种骄傲自大,一下变成了一个腼腆的大男孩,弯腰亲吻美人的手。就在他弯腰时,身上佩带的剑的顶端碰翻了一张边几。特特伸手接住了一个中世纪游吟诗人样式的瓷器,把它抱在了胸前。她看着维奥莱特不知所措。"我想这就是你跟我说的那个女人吧,桑丘。"维奥莱特说。特特注意到了桑丘对待维奥莱特的态度中既有亲近讨好又带着慌乱,又联想到了之前听到的流言蜚语。她一下子明白了,维奥莱特就是塞莱斯汀说的那个替代了阿迪·苏碧尔成为桑丘心头好的古巴女人。

"夫人……其实我们很早以前就认识了。您在我小的时候从德尔菲娜夫人那里买下了我。"特特一字一顿地把这些话说出了口。

"是吗？我想不起来了。"维奥莱特有些不确定,喃喃道。

"在法兰西角,您为瓦尔莫兰先生买下了我。我是扎丽特。"

"啊！我记起来了！快到窗前来,让我好好看看你。我怎么可能认得出你来呢？那时候你还是一个瘦弱的小丫头,一心只想着逃跑。"

"现在我自由了。嗯,或者说就快要自由了。"

"我的老天！世上怎么会有这么巧的事啊！卢拉！你快过来看看是谁来了！"维奥莱特大喊道。

卢拉拖着她那肥硕的身躯走了进来,当她搞明白眼前的这个女人是谁以后,便把特特拥进了自己大猩猩一样的怀抱里。她想起了当年的小姑娘特特,又联想到了奥诺雷,两行伤感的泪水夺眶而出。她告诉特特,在德尔菲娜夫人回法国之前,曾想把奥诺雷卖掉,但他不值几个钱,又是个老病号,只好放他走,让他自己靠乞讨来维持生计。

"他在革命爆发前去投奔叛军了。我们曾经是朋友,他走前还过来和我道别。奥诺雷是一个真正的绅士。我不知道他最后是否能爬到山上去,山路实在是太陡了,他还是罗圈腿。如果他真的爬到了山上,谁又知道他们会不会收留他呢？他这身子骨可没法打仗了。"卢拉叹了口气。

"我相信他们一定会接受他的,他鼓敲得好,又会做饭。这可要比能拿起枪重要多了。"特特安慰她说。

特特向神父和露西修女告了别,并答应他们说,如果她有时间还会来帮助他们一起救治病人。之后,便搬去和维奥莱特还有卢拉一起生活了,而这也是她在十岁时内心最大的愿望。为了满足自己在这二十年中的一个好奇心，她打听到了维奥莱特当年从德尔菲娜夫人手上买下自己的价格。最后她得到的答案是两只山羊的钱，不过后来当她再次被卖给瓦尔莫兰的时候，价格涨了百分之十五。"特特，这已经超出你的所值了，毕竟那个时候，你还是个没什么教养的丑丫头。"卢拉认真地对她说。

她们将家里唯一一间奴隶房分给了特特，一间不通风但很干净的单人房。维奥莱特翻箱倒柜，找了几件合适的衣服让特特换上。特特要干的活多得数不过来，但基本都是在完成卢拉的指示。上了年纪的卢拉没有精力再干家务活了，只是每天在厨房里鼓捣些可以让女人变美、变性感的膏体和糖浆。街道上没有张贴任何广告来宣传这间屋子里的产品，只凭着顾客们口口相传，便吸引了成群的女人们前来购买。顾客中各个年龄段的都有，大多数是有色人种，但也不乏蒙着厚厚面纱的白人女性。

维奥莱特只有在下午才会露面，她保持着一直以来的习惯，把上午的时间都用在保养自己和放松休闲上了。她的皮肤因为极少受到阳光直接暴晒，所以仍然像焦糖布丁一样细腻光滑；眼周上的细纹更为她增添了几分韵味；那双没洗过衣服、没做过饭的手依旧保持着年轻的光泽；稍稍圆润了一些的身材不仅没让她变成肥婆，反倒是让她多了几分柔美。那些神秘的乳液让她的发丝始终乌黑亮丽，像以前一样，她还是把头发梳成了一个复杂的发髻，并留下了几缕勾人的松散卷发。她浑身上下的魅力依旧能激起男人的欲望，也让女人嫉妒不已，而这种自信让她的步态更加摇曳生姿，笑声也更加欢快可人。她的女顾客们对她信任有加，她们向她吐露自己的烦恼，低声寻求她的建议，并总是从她丰富的库存里买下不少药水，从不讨价还价。特特经常陪着维奥莱特一起去购买原料，她们从海盗那儿买下用来美白皮肤的珍珠，还会购买一位船长从意大利带来的彩绘玻璃罐。

"包装的价值可比里面东西的价值高多了,外在的东西才是最重要的。"维奥莱特对特特说道。"安托万神父的看法刚好相反。"特特笑着回答。

她们每周都会去找一次书记员,维奥莱特会向他粗略地描述自己想在信中对在法国的儿子说的话,之后这位书记员会负责把她的想法润色成优美的句段,并用漂亮的花体字书写成信。信件只需要两个月的时间就能送到她儿子手中,随后这位年轻的士官会使用军队里的四句行话准时回应他的母亲,说明自己情况很好,并且正在学习敌方的语言。他并没有明确指出是哪门语言,因为法国的敌人不止一个。"让-马丁跟他的父亲一样。"维奥莱特一边读着那几封隐藏着密码的信函,一边感叹道。特特鼓起勇气,问她是如何做到在生过孩子之后还能保持肌肤紧致如初。维奥莱特解释说那是因为自己遗传了塞内加尔外祖母的良好基因。她并没有跟特特坦言说让-马丁是收养的,就像她从未提及她与瓦尔莫兰的那段男女之情一样。不过,她告诉了特特自己和艾蒂安·勒莱之间长久的感情关系,这个男人既是她的爱人,又是她的丈夫。她对他忠贞不渝,直到桑丘·加西亚·德尔·索拉尔的出现,因为以前在古巴的那些追求者,包括那个差点要跟她结婚的加利西亚老头,都没能赢得她的芳心。

"一直以来,我这个寡妇的枕边都是有人陪着的,这样才能让我保持身材不走样,因此我的皮肤和心情也都还不错。"

特特心想,自己很快就会变得满脸皱纹、郁郁寡欢。因为这些年来,只有那点关于甘博的回忆能像一剂强心针一样让她聊以自慰。除此之外,再无其他。

"桑丘先生是个很好的男人,夫人。如果您爱他,为什么不和他结婚呢?"

"你是活在这个世界上的人吗,特特?白人男子是不能娶有色人种的女性的,那是违法的。而且,到了我这个年纪,根本不需要结婚,更不要说和桑丘这种本性难改的浪荡子结婚了。"

"你们可以生活在一起啊。"

"我不想再维持这段关系了。等桑丘死的时候,他会身无分文,而我是打算要富有地死去的。这样我死后可以被埋葬在一个冠有大理石制的大天使雕像的陵墓里面。"

就在特特即将得到合法自由的前几天,桑丘和维奥莱特陪着她去了乌尔苏里纳修道院,要把这个消息告诉罗塞特。他们在会客厅里见面,房间很大,里面除了四把粗糙的木椅和天花板上挂着的一个大十字架,再无其他的装饰。在一张小桌子上,放着几杯温热的巧克力,上面漂浮着一层凝固了的奶油,旁边还摆着一个功德箱,募集到的善款会用来帮助那些修道院附近的乞丐们。当他们会面时,一个修女也同时在场。她在一旁监视着一切,因为女学生们是不能和男性单独待在一起的,哪怕这个男人是主教也不行,更不要说像桑丘这种不正经的西班牙男人了。

特特很少跟女儿谈论奴隶制的话题。罗塞特隐约知道自己和母亲其实是瓦尔莫兰的一部分财产,她还将自己的情况和莫里斯做了比较:莫里斯完全依赖于他父亲,不能自主决定任何事情。她对此并不觉得奇怪。她认识的所有女人和女孩,无论自由与否,都属于某一个男人:父亲、丈夫或是耶稣。然而,这也是莫里斯在给她的信中永恒不变的话题。尽管他拥有自由,却比她活得更加痛苦,这都归因于这种莫里斯口中的"丧尽人伦的奴隶制"。在他的童年时代,当他们二人之间的差异并不是那么明显的时候,莫里斯经常陷入一种悲伤的情绪中不能自拔,而引起这种情绪的只有两件事情,那便是正义和奴隶制。"等我们长大了,你就是我的主人,我就是你的奴隶,我们会过上幸福的生活。"有一次罗塞特这样对他说道。莫里斯却晃动着她的肩膀，眼里噙满了泪水，告诉她："我永远不会有奴隶的！永远不会！永远不会！"

在修道院里，罗塞特是有色人种女学生中肤色最浅的女孩之一，因此没有人怀疑她的父母不是自由民，只有修道院院长知道她的真实情况。修道院之所以收下她，是因为瓦尔莫兰的慷慨捐赠，并且他还承诺，在不久的将来就会给她自由。这次的见面要比以往轻松一些，从前当特特和女儿单独待在一起时，反而无话可说，两个人都很不自在，而这一次罗塞特和维奥莱特两人一见如故。看到她们在一起，特特竟觉得这两个人在某种程度上有着几分相似，这种相似并不仅仅在于外貌长相，而是在于肤色和举止。在探望的这一个小时里，维奥莱特和罗塞特一直愉快地聊着天，而特特和桑丘却只能在旁边看着，插不上话。

"特特，你的罗塞特真是个聪明漂亮的女孩！我多想要一个这样的女儿啊！"当他们离开的时候，维奥莱特兴奋地说道。

"夫人，等她离开学校以后，会是什么样呢？她过惯了富人的生活，从来没有工作过，还觉得自己是个白人。"特特叹了口气。

"还早着呢，特特。我们边走边瞧。"维奥莱特回答她。

扎 丽 特

到了指定的那天,我守在法庭门口等待法官。那张宣告我自由的公示还贴在墙上,就像我在过去的四十天里每天下午看到的一样。每一次当我走近它时,我的一颗心一直都悬在嗓子眼,手中紧紧攥着我的"格哩格哩"护身符,生怕有人站出来反对我获得自由。奥尔唐斯夫人完全可以阻止我重获自由,这对她来说轻而易举,她只需要找些理由指责我平日里的举止有伤风化或者说我人品恶劣就够了,但她似乎不大敢违背丈夫的意愿。瓦尔莫兰先生最害怕自己家的事情变成外面的风言风语了。在这些日子里,我有充足的时间静下心来思考问题,也因此产生了许多疑惑。塞莱斯汀的警告和瓦尔莫兰的威胁在我的脑海中不断回响:自由意味着我不能依靠任何人的帮助,我将不再会受到保护,生活上也不再有什么保障。如果我没有找到工作,或者生病了,就只能落得跟排队等待乌尔苏里纳的修女们救济的乞丐一样的下场,那罗塞特又该怎么办呢?"冷静下来,特特,相信上帝,他永远都不会抛弃我们。"安托万神父安慰我说。没有人在法庭上反对我恢复自由,1800年11月30日,法官正式签字批准了我的自由,并将罗塞特也交给了我。当时只有安托万神父在场,桑丘先生和帕尔芒捷医生虽然都答应过要来参加,但都把这事给忘了。法官问我想用什么姓氏登记身份,安托万神父授权我随他姓。扎丽特·塞德利亚,三十岁,穆拉托人,自由民。罗塞特,十一岁,夸尔特隆人,奴隶,属于扎丽特·塞德拉。报纸的告示上是这么写的,安托万神父将它一字一句地读给我听,然后才给我送上他的祝福和一个紧紧的拥抱。故事就是这样。

神父随即离开,去照顾需要他的人了,而我坐在武器广场的长凳上,如释重负地哭了起来。我也不知道自己这样待了多长时间,但肯定哭了很久,因为天空中的太阳移动了位置,我脸上的泪水也在阴影下面晾干了。这时,我感觉有人拍了拍我的肩膀,并向我打招呼,而这个声音我一下子就能认出来。"您终于平静下来了,扎丽特小姐!我还以为您也要化成一摊泪水呢!"这个人是扎卡里,他之前一直坐在另一条长椅上观察着我的一举一动,不急不躁地等着我哭完。他是世界上最帅的男人,但我之前并没有意识到这一点,因为我一直沉浸在对甘博的爱恋中不能自拔。在法兰西角的市长府邸,他身穿高贵的制服,气宇轩昂,而现在在广场上,他穿着青苔色的丝绸绣花马甲和一件细亚麻衬衫,脚上穿着镶花搭扣的短靴,手上还戴着几枚金戒指,看起来比之前状态更好了。"扎卡里!真的是您吗?"他看上去像是出现在我眼前的幻象,我看到他两鬓的头发有些灰白,手里拄着一根纤细的象牙手柄的拐杖。

他在我旁边坐了下来,让我不要对他用敬称,毕竟看在我们以前的交情上,"你"比"您"听起来好多了。他告诉我,在奴隶制刚一宣布结束时,他就匆匆忙忙离开了圣多明戈,登上了一艘开往美国的帆船。船把他丢在了纽约,在那里他连一个鬼影都不认识,冻得瑟瑟发抖,根本听不懂那里的人说的鸟语。他知道圣多明戈的难民大部分都在新奥尔良定居了,于是他也想方设法来到了这里。他在新奥尔良过得不错。几天前,扎卡里在法院门口偶然看到了宣告我自由的公示,便四处打听了一下。当他确定这就是他所认识的扎丽特,也就是图卢兹·瓦尔莫兰先生的女奴隶后,决定在开庭当天出现,毕竟无论如何他的这条小船都会在新奥尔良停泊的。他看到我和安托万神父一起走进了法庭,于是就在武器广场上等着我出来,然后又在一旁很有风度地等我哭完,才上前来和我打招呼。

"我等了整整三十年,可当这一刻真正来临时,我并没有幸福地起舞,反而开始哭了。"我有些害臊地说。

"你马上就有时间跳舞了,扎丽特。我们今晚应该出去庆祝一下。"他向我提议。

"但我没有什么像样的衣服!"

"我得给你买一条新裙子。今天是你生命中最重要的一天,这是最起码的礼物。"

"你很有钱吗,扎卡里?"

"我很穷,但我活得像个有钱人。比起那些明明很富有,活得却像个穷光蛋的人来说,这样可强多了。"他笑了,"当我死后,我的朋友们将不得不四处募捐才能凑够钱来埋葬我,但我的墓志铭上会用金色的字写着:扎卡里,密西西比河最富有的黑人,安息于此。我已经让人刻好了墓碑,就放在我的床底下。"

"这也是维奥莱特·布瓦西耶夫人想要的:一个让人过目难忘的坟墓。"

"这是人在这个世界上唯一能留下的东西,扎丽特。一百年以后,到访墓地的人能够在欣赏维奥莱特和扎卡里的墓碑时,想象我们曾拥有过的美好生活。"

他送我回了家。半路上我们和两个白人男子擦肩而过,他们几乎和扎卡里一样衣冠楚楚。他们上下打量着他,脸上带着嘲讽的表情。其中一个人还吐了一口口水到扎卡里的脚边,但他并没有注意到,或者说根本不屑一顾。

我认为没有必要再让扎卡里给我买一条新裙子了,因为维奥莱特夫人想给我好好打扮一番,好让我参加人生中的第一次约会。她跟卢拉一起帮我洗澡,用杏仁膏给我按摩,把我的指甲磨得锃亮,还尽可能地为我修了脚,但我这么多年来光脚走路磨起的老茧却很难被弄干净。维奥莱特夫人给我化了妆,镜子里的脸并没有浓妆艳抹,而是一张可以称得上美丽的扎丽特·塞德利亚的脸。她给我穿上了她的一条高腰麦斯林纱裙,配上同样颜色的桃色披肩,还用她自己的方式为我系上了丝质的彩色头巾。她把她的一双塔夫绸凉鞋和一对金手镯给了我。除了那枚她从来没有从手上摘下来过的已经磨旧了的蛋白石戒指,这就是她唯一的珠宝了。我不必穿着拖鞋出去,也不必为了怕上街弄脏夫人的那双塔夫绸鞋子而将它们装进袋子里,因为扎卡里租了一辆车来接我。我想,维奥莱特、卢拉和几个前来打探消息的女邻居肯定都在想,为什么像扎卡里这样的绅士,会把时间浪费在我这样一个微不足道的人身上。

扎卡里给我带来了两朵栀子花,卢拉将它们别在了我的领口,然后我们便去了歌剧院。那天晚上演出的是作曲家圣乔治的作品。这位作曲家是瓜达卢佩的一位种植园主和他的一位非洲女奴隶的儿子,路易十六曾任命他为巴黎歌剧院的指挥,但这样的好事没有持续多久,因为一些女歌剧演员和男高音拒绝在他的指挥棒下唱歌。这些都是扎卡里告诉我的。也许观众席中,那些卖力拍手叫好的白人中间没有一个人知道这样的音乐竟是出自一位穆拉托人。我们坐在有色民专区的一个很好的位置上,位于二楼的正中间。剧院里的空气中散发着各种酒精、汗水和香烟混合的味道,可是我只闻到了栀子花的香气。坐在走廊边的几个肯塔基野蛮人几次试图用很大的嘲弄声打断演出,直到他们最终被人拖了出去,演出才得以继续。之后,我们去了奥尔良沙龙,在那里人们跳着华尔兹、四对舞和波尔卡,与之前莫里斯和罗塞特跟着老师学习的舞蹈一样。扎卡里一边引导着我,同时还要避免踩到我或是撞到别人。我们在舞池中央既没有挥动手臂,也没有扭动臀部,动作滑稽极了。这里有一些白皮肤的男人,却没有一位白人女子。除了乐手和侍者,扎卡里是所有人中肤色最黑的,但也是最帅的。他比所有人都要高出一截,跳起舞来就像鸟儿在飞舞,一笑便会露出一排漂亮的牙齿。

我们在舞会上待了半个小时,扎卡里注意到我根本不适合那里的气氛,于是便带着我离开了。上车后,我做的第一件事就是脱掉脚上的鞋子。

最后,我们来到了临近河边、远离市中心的一条隐秘的小街上。在街的对面,有几个黑人侍从引起了我的注意,他们看上去像等了很久的样子。我们在一堵长满了常春藤的墙前面停了车。在街灯昏暗的光线下,可以看到墙上有一扇狭窄的门。门卫是一个身上佩着两把枪的白人男子,他恭敬地向扎卡里打了招呼。我们走进一个院子,院子里有十二匹佩了马鞍的马,还能听见管弦乐队的乐声。这座房子从大街上看不到影,它的面积很大,但却朴实无华,室内也被厚厚的窗帘遮得严严实实。

"欢迎来到新奥尔良最著名的赌场弗勒尔之家。"扎卡里和我这样说的时候,做了一个拥抱房子正面的手势。

接着,我们走进了一个宽敞的大厅里。透过香烟的浓雾,我看到了各种肤色的男人,他们中的有些人站在赌桌旁,有的正在喝酒,还有的人在和袒胸露乳的女人跳舞。有人为我们端上了香槟。我们无法继续往前走,因为每走一步都有人过来跟扎卡里打招呼。

突然,在几名赌徒之间发生了争吵,扎卡里想要上前去干涉,但有一个大个子赶在他之前。他口中叼着雪茄,一头硬邦邦的头发如同铁丝一般,脚上穿着高筒皮靴。他走过来给了滋事者几记响亮的耳光,争吵便这样结束了。两分钟后,那些人又坐了下来,手里拿着牌,他们有说有笑的样子就好像刚才被打了一巴掌的不是他们一样。扎卡里把我介绍给了刚刚那个上来维持秩序的人。我本以为他是个胸部下垂的男人,结果却发现竟是个脸毛浓密的女人。她有一个精致的、又带花又带鸟的名字,跟她的长相完全不符:弗勒尔·希隆德尔①。

扎卡里向我解释说,他离开圣多明戈时随身带了一笔钱,这笔钱原是他这些年来积攒下为了赎回自由用的,再加上他的合伙人弗勒尔·希隆德尔从银行借到的一笔贷款,两人合资买下了这家原本经营不善的赌场。他们重新将它装修了一番,装得甚至有些豪华。政府也没有找他们的麻烦,因为预算中就有一部分钱是用来贿赂官员的。赌场里卖酒和食物,有两支管弦乐队演奏音乐,还有路易斯安那最美丽的夜场小姐。她们并不是这家赌场的雇员,而是独立的艺术家,因为弗勒尔之家并不是妓院:这座城市已经有很多家妓院了,没有必要再多一家。在赌桌上,人们通常都是输钱,有时也会因为好运赚到一笔钱,但大部分油水还是落入了赌场。弗勒尔之家的生意还算不错,尽管他们还在还着银行的贷款,各种开支也有不少。

"我的梦想是拥有几家赌场,扎丽特。当然了,为了弄到更多的钱,我不得不需要像弗勒尔这样的白人合伙人。"

"她是白人吗?看起来像个印第安人。"

"法国纯种白人,只是被晒伤了而已。"

"你和她一块做生意很幸运,扎卡里。合作伙伴并不总是互行方便的,最好还是花钱找某个人,然后借用他的名义办事。维奥莱特夫人就是这么钻法律空子的。桑丘先生出面帮她,但她不会让他插手自己生意的事情。"

---

① 这个名字在法语中对应的意思是:花儿·燕子。

那晚,在弗勒尔之家,我按照自己的方式跳了舞。时间过得飞快,当扎卡里送我回家时,天都快要亮了。我心中满溢着的幸福和香槟酒带来的酒劲让我头晕目眩,因此扎卡里不得不用一只胳膊搂着我。爱祖丽,爱之女神,请不要让我爱上这个男人,因为我会陷进去的!那晚,我一边在心中这样祈祷着,一边想着奥尔良沙龙的那些女人是如何魅惑地盯着他看,又是如何想要将自己的身子在弗勒尔之家献给他的。

透过车窗,我们看到了安托万神父。他结束了一晚的善行,正精疲力竭地拖着凉鞋走在回教堂的路上。尽管我因为满身的酒气和身上穿的低胸礼服而感到尴尬,还是决定停下来载他一程。"我的孩子,看来你已经去好好庆祝了一番获得自由的第一天。对你来说,没有什么比这稍稍的放纵更加值得了。"在祝福我之前,神父这样对我说。

正如扎卡里向我承诺的那样,我度过了幸福的一天。我的记忆就是这些。

时 日 动 荡

在圣多明戈,皮埃尔-弗朗索瓦·杜桑由于出色的谈判能力而被人们称为"巧言善辩的卢维杜尔①"。他用军事独裁的方式勉强维持着统治。但是七年间不断发生的暴力事件不仅毁了这片殖民地,还使法国陷入了经济上的窘境。拿破仑是不会允许这个被他叫作"罗圈腿"的人再向自己提出任何条件的。杜桑受到了拿破仑自称第一执政官的启发,他也宣布自己为终身总督,并将二者视为同等地位。拿破仑·波拿巴想像踩死蟑螂一样把杜桑干掉,他想让黑人在种植园里干活,让殖民地重新回到白人的统治之下。在新奥尔良的逃难者咖啡馆里,教民们密切关注着接下来几个月里发生的混乱事件,因为他们心里还惦记着有朝一日能重返那座岛屿。拿破仑派出了一支大军,由他的妹夫勒克莱尔将军统帅,将军还带上了他美丽的妻子波利娜·波拿巴。一起出征的还有宫廷侍从、音乐家、杂技演员和艺术家,随行队伍中还带着家具、装饰品等物件。这一切的一切都是为了能让她在殖民地上建立起一个像在巴黎的那座一样金碧辉煌的宫殿。

1801年年底,远征军出发离开了布雷斯特。两个月后,法兰西角遭到了勒克莱尔军队的狂轰滥炸,十年来第二次化为灰烬。面对

---

① 此处卢维杜尔取音译,在法语中是"张开、开口"的意思。

这些,杜桑·卢维杜尔面不改色,连眉头都没有皱一下。他镇定自若,每一次都在等待着进攻或撤退的准确时机,一旦时机来临,他的部队就会把所到之处夷为平地,连一棵立着的树都不剩。那些没能得到勒克莱尔保护的白人,在这场战争中都被歼灭了。4月,黄热病如诅咒一般落在了法军头上,他们不适应这里的气候,对疫情更是毫无防备。在远征之初,勒克莱尔所带领的一万七千人中,只剩下苟延残喘的七千人;其余的一万人中,有五千人正在垂死挣扎,另外五千人已经埋进了黄土。杜桑再一次感谢来自麦坎达的神兵及时雨般的援助。

拿破仑派出了增兵,可到了6月份又有三千多名士兵和军官死于黄热病。万人冢的尸体堆积如山,却没有足够的生石灰来掩埋,只有秃鹫和野狗在那里任意撕咬。但是同月,杜桑的主宰星从天空中消失了,他落入了法国人以谈判为由设下的圈套。最终,这位将军被逮捕了,并和家人一起被驱逐回了法国。拿破仑称他"历史上最伟大的黑人将军"。勒克莱尔宣称,恢复和平的唯一方式就是杀光山上所有的黑人以及平原上一半的黑人,不论男女,只留下十二岁以下的儿童。但他没等到计划实行的那一天自己就病倒了。

那些来自新奥尔良的白人移民,包括那些拥护君主制的人,都纷纷为"不可战胜的"拿破仑举杯庆祝,而另一边,杜桑·卢维杜尔却在位于瑞士边境,阿尔卑斯山上海拔两千九百米处的一座城堡的冰冷牢房里慢慢死去。1802年的这场战争持续了一整年,但却很少有人意识到,在勒克莱尔11月死于黄热病之前,已经损失了近三万名士兵,而我们的第一执政官答应会再派出三万大军前往圣多明戈。

1802年冬日的一个下午,帕尔芒捷医生和特特在阿黛勒的院子里聊天,他们二人经常在那里见面。三年前,当医生从古巴来到新奥尔良后不久,在瓦尔莫兰家见到特特时,他就兑现了之前自己对甘博的承诺,把关于甘博的消息带给了特特。医生向特特讲述了自己与甘博结识的过程,讲述了甘博身上可怕的伤势,以及他陪着甘博一起度过的那段漫长的康复期,也正是在那段时间里,他们二人才得以更加深入地了解彼此。他还告诉特特,在当时那种几乎不可能的情况下,是这位勇敢的上尉帮助自己离开了圣多明戈。"他让你不要继续等他了,特特,因为他已经把你忘了。不过既然他给你带了这条口信,那就说明他还没有忘记你。"医生告诉她。他猜想,特特已经从那段感情中走了出来。他认识扎卡里,随便一个人都能看得出扎卡里对特特的感情。医生也是一样,但他并没有对二人之间不分你我的亲密举止感到惊讶。他们之所以没有公开这段关系,可能是因为以前做奴隶的时候,已经习惯了要处处小心谨慎,而这种习惯仿佛已经深深地根植在了他们的身体里。扎卡里平日里为了赌场的事情忙里忙外,有时会出差去古巴或是其他小岛采购酒水、雪茄和其他货物。当扎卡里出现在沙特尔街的家里时,特特完全措手不及。帕尔芒捷在维奥莱特请他吃饭的时候,曾经见过扎卡里几次。他人很好,也很体面,每次来的时候都会带上一份经典的杏仁蛋糕来为餐桌增色。扎卡里同帕尔芒捷谈论他最爱的政治话题,和桑丘聊赌博、马匹还有他那些不靠谱的生意;而跟女人们在一起的时候,他就会讲些好听的话来取悦她们。有时候,他生意上的伙伴弗勒尔·希隆德尔也会同他一起来,她好像对维奥莱特有着一种特别的亲近感。每次来的时候,都会把自己随身带的武器放在大门口,然后坐在客厅里喝茶,接着便跟着维奥莱特的脚步消失在了里屋。医生可以发誓,当弗勒尔回来的时候,她脸上的汗毛一定都消失得一干二净。有一次,他还看到她在火药匣子里放了一个小瓶子,那肯定是香水,因为他曾听到过她对维奥莱特说,每一个女人的灵魂里都有爱美之心,它就好比炭盆里灰烬中的余火,几滴香水就足以重新燃起它。扎卡里装作自己没有发现他的这位女生意伙伴有着跟所有女人一样的癖好,而同时又在心里期待着特特也能在他面前多展现一点女人的柔媚。

有一次,他们带着医生去了弗勒尔之家。在那里,他看到扎卡里和弗勒尔忙碌在他们自己的世界当中,而特特所说的赤脚跳舞的快乐,他也能感受到。多年以前,当他在圣拉扎尔庄园里认识她时,就想象日后她应是这副模样。那时的特特还很年轻,身上散发着巨大的女性魅力,然而在那样的环境中,她只能把这种性感和妩媚掩藏在严肃的外表之下。帕尔芒捷医生一边看着特特跳舞的样子,一边想着,特特不仅获得了法律上的自由,还找到了释放自己个性的出口。

在新奥尔良,帕尔芒捷与阿黛勒的关系不足为奇,因为在他的朋友和患者中,有好几个都是有色人种的家庭。医生第一次不需要偷偷摸摸地去看望妻子了,也不必为了掩人耳目而不得不在天刚亮时就上街,还得小心防着被帮派盯上。如今,他几乎每天晚上都和妻子共进晚餐、同床共枕,再在第二天早上 10 点的时候悠闲地回到自己的诊所。要是别人对此评头论足,他也是满不在乎,就当作没听见。他公开承认了自己的孩子们,现在孩子们也都跟着他姓。两个儿子在法国留学,女儿则是在乌尔苏里纳修道院里完成学业。阿黛勒还是老样子,一边做着她的裁缝活,一边省吃俭用。两个女人帮忙制作维奥莱特·布瓦西耶要的束腰胸衣,这种用鲸须束腹加固的盔甲能让最平胸的女人也尽显曲线,而同时又不显得刻意,因此穿在她们身上的长裙就像第二层皮肤一样。白人女子都很好奇,这种灵感来自古希腊的时装穿在非洲女性身上,怎么会比穿在她们身上更好看。特特拿着样衣、尺寸、布料、束腰和成品裙来回穿梭于两座房子之间,维奥莱特再将这些衣服卖给她的主顾们。有一次,在种满三角梅的庭院里,医生加入了特特和阿黛勒的交谈。在一年中的那个时节,植物只有干枯的枝条,没有一片叶子和一朵花。

"杜桑·卢维杜尔已经去世七个月了。这是拿破仑犯下的又一桩罪行。杜桑在狱中因饥饿、寒冷和孤独而死,但他永远不会被世人遗忘:因为他是一位被载入史册的将军。"医生这样说道。

他们三人享用了一顿晚饭,吃的是鲇鱼蔬菜,餐后正一起品尝着雪利酒。阿黛勒很会做饭,这是她的众多优点之一。那个小院子是整个房子里最惬意的地方,即便在这样寒冷的夜晚,当微弱的火光从炭盆里飘然而至,大家也都感到舒服极了。阿黛勒点这个火盆原本是为了弄到一些烤炭用来熨衣服,而在这种天里,三五好友顺便也可以围着它取取暖。

"杜桑的死并不意味着革命的结束。德萨林将军现在在指挥战斗。人们都说他是个残酷冷血的人。"医生继续说道。

"那甘博会怎么样呢?他不相信任何人,甚至连杜桑都不相信。"特特说。

"后来他改变了对杜桑·卢维杜尔的看法。他不止一次冒着生命危险去救他,他是将军的亲信。"

"那么,当将军被抓住的时候,甘博也一定在他身边。"特特说。

"杜桑赴法国人的约,想通过谈判找寻一个政治途径来终止战争,然而法国人却背信弃义。趁着他在房间里等待的时候,外面的人冷不防地杀了他的护卫和随行士兵。恐怕那天拉·利贝尔特上尉也为了保卫他的将军而倒下了。"帕尔芒捷悲伤地解释道。

"甘博之前一直守护在我身边,医生。"

"什么?"

"在我的梦里。"特特喃喃道。

特特没有告诉医生,从前的每一个晚上她都会在脑海中呼唤甘博的名字,这种呼唤就仿佛是在祷告。有时这种呼唤是如此真实,甚至当她醒来时,身子骨都是酥软乏力、沉甸甸、热乎乎的,心中也充满了和爱人一同相拥而眠的幸福。她能在自己的肌肤上感受到甘博的温度和味道,仿佛有一种自己与甘博缠绵过后的错觉。这种时候,她便不舍得去清洗身体,为的就是让这种错觉持续得更久一些。那些在梦境中与甘博的私会已经成为她在孤枕难眠的夜里唯一的安慰了,但这些都是很久以前的事了。她已经接受了甘博的死亡,因为如果他还活着,就一定能想方设法找到她的。现在她有了扎卡里。在扎卡里不忙的那些夜晚,他们会在一起共度良宵。当他们做完爱以后,躺在扎卡里宽大的怀抱里,她的心中会油然而生一种幸福和满足的感觉。自从他出现在她的生命之中,她就再也没有像之前那样呼唤着甘博的名字来抚慰自己了。因为她觉得如果自己还继续渴望着另一个男人的吻,即便这个人已经是鬼魂了,也是对扎卡里的背叛,而他不应得到如此的对待。他们之间的感情让她感到安心又平静,这已经足够填满她的生活了;因此她别无所求。

"没有人能活着走出那间关押杜桑的监牢。那里除了将军和后来被抓进去的他的家人们,没有其他的囚犯。"帕尔芒捷补充说。

"我知道他们肯定没有活捉甘博,医生。因为他从不向人屈服。我们付出了这么多牺牲,经历了这么多场战争,结果最后赢的还是白人!"

"白人还没有取得最终的胜利。革命还在继续。德萨林将军刚刚打败了拿破仑的军队,法国人已经开始撤军了。很快,我们这里又会拥来一拨逃难者,但这一次来的都会是波拿巴派的人。德萨林号召殖民地的白人恢复他们的种植园,因为他需要他们继续为他创造财富,重现殖民地往日的光辉。"

"这个故事我们听过很多次了,医生。杜桑过去也是这么做的。您愿意回到圣多明戈吗?"特特问他。

"我们一家还是在这里生活比较好。我们会选择留下,你呢?"

"我也是。我在这里已经获得了自由,而罗塞特很快也一样。"

"罗塞特要获得自由,年纪还不够吧?"

"安托万神父正在帮助我。他认识密西西比河流域一半的人,没有哪个法官敢拒绝帮他的忙。"

当晚,帕尔芒捷问起了特特她跟罗斯大婶之间的交情。他知道,除了协助她接生、治病,特特还经常帮着她配药。医生对药方很感兴趣。特特记起了大部分的药方,并向医生保证,这些药方并不复杂,所需的材料皆可从法兰西市场上的草药郎中那里买到。他们讨论了如何给病人止血,如何退烧降温、防止感染,谈起了一种能清理肝脏、缓解肾结石和胆结石的汤药,还聊到了可以治疗偏头痛的盐,用来堕胎并遏制大出血的草药,还有利尿剂、泻药和补血的方子,这些特特都在脑袋里记得清清楚楚。当他们聊到克里奥尔人不管什么病都用蓖麻液来治疗时,不禁都大笑起来。他们一致认为罗斯大婶的医学知识实在是太重要了。第二天,帕尔芒捷去找维奥莱特提议,让她用罗斯大婶的那些药方来扩大一下美容液的生意。他提议让特特在厨房里制作,并承诺自己会自掏腰包将它们全部买下。维奥莱特想都没想就同意了,因为这桩生意对所有人来说都是有利的:医生可以拿到他想要的药品,特特可以得到她该得的那一份,而她自己,什么都不用做,就能坐享渔翁之利,何乐而不为呢?

美 国 佬

在那段日子里,新奥尔良被真假难辨的流言搅得鸡犬不宁。不管是在咖啡厅还是小酒馆,在大街上还是广场上,都可以看见聚集的人群,他们热情高涨地讨论着一条还未被证实的消息:拿破仑·波拿巴已经将路易斯安那卖给了美国佬。然而几天过后,大部分人都开始相信这条小道消息只是一个谣言,但对这种无耻强盗行径的讨论声并没有停下来,因为先生们,请记住拿破仑是科西嘉岛人,因此不能说是法国人将我们卖给了肯塔基的野蛮人。这是历史上最大宗也是最廉价的领土交易:二百万多平方公里的土地只换来了一千五百万美元。这么一算,每公顷才几分钱而已。在这片土地上,分布着零零散散的印第安人部落,迄今还未被白人充分开发,因此人们对这里也没有什么概念。直到桑丘·加西亚·德尔·索拉尔弄来了一张大陆地图,大家纷纷争相传看的时候,就连再愚钝的人也能想得到,这场交易让美国的国土面积翻了一番。那么,我们今后该怎么办呢?拿破仑是如何将胳膊伸这么长,插手操控这场交易的呢?这里难道不是属于西班牙的殖民地吗?其实早在三年前,西班牙人就通过《圣伊德尔丰索密约》将路易斯安那交给了法国人,但是大多数人对此都并不知情,因为生活跟以往没有什么区别。政府的更替没有引起人们的注意,原来的那些西班牙官员也还稳坐在自己的位置上,而此时的拿破仑,除了要镇压圣多明戈的叛奴,还要忙着和土耳其人、奥地利人、意大利人以及任何想要挡在他前面的人开战。他要打的仗太多了,甚至还要和英国打,这两个国家可是老对头了。因此拿破仑需要时间、军队还有金钱,他没办法再继续占着或是保卫路易斯安那了,他唯恐这里会沦落到英国人的手上,所以宁愿把这块地卖给当时唯一感兴趣的人:美国总统杰斐逊。

在新奥尔良,除了逃难者咖啡馆里的那些无所事事的人,所有人在听到这个消息时都很震惊,因为那些人的一只脚已经登上了返回圣多明戈的船只。在这里的人心中,美国佬就是一群披着水牛皮的野蛮人,吃饭的时候都会把穿着靴子的脚放在桌上,在他们身上根本看不到什么风度、礼节和自尊,更别提跟他们谈论社会阶级了!他们一天天只知道赌博和酗酒,要么就是互相拳打脚踢、开枪动火,完全没有一点秩序,最糟糕的是,他们还是一群新教徒,而且不会说法语。好吧,不管怎样,他们都是要学的,要是不学,他们要如何在新奥尔良生存下来呢?城里的所有人都认为,把路易斯安那划给美国就等于是对这里的家庭、文化和唯一正统的信仰的终结。瓦尔莫兰和桑丘与美国人有生意上的往来,因此做了一回在中间调停的老好人,他们向大伙儿解释说,那些肯塔基人是生活在美国边境上的人,从某种程度上跟海盗没什么区别,不能因为这一小撮人而将所有的美国人都看成跟他们一样。瓦尔莫兰说,其实在他做生意时曾经结识过不少美国人,他们都非常有教养,也很安静;如果非要挑点毛病的话,那也只能说他们太过重视道德,对于自己的传统习俗太过严谨,而这些都与肯塔基人的行为恰恰相反。美国人最大的缺点就是认为工作是一种美德,即使是最下层的体力劳动也是如此。他们是物质主义者,是好胜心极强的人,而且他们都极度热衷于改变那些与他们想法不同的人,但是他们对我们的文明来说绝对不构成直接的威胁。没人愿意听瓦尔莫兰的话,除了一些像伯纳德·德·马里尼一样的疯子,他敏锐地嗅到了讨好美国佬会为自己带来的商机,还有像安托万神父这种超脱世俗的人。

首先,政府层面举行了一次交接仪式,这场迟到了三年的仪式正式把属于西班牙的殖民地交到了法国当局的手上。省长在前来参加典礼的公众面前发表了夸大其词的演说,其中他说到路易斯安那人的"灵魂已经沉浸在令人陶醉的极度幸福之中"。他们用克里奥尔人最传统的方式来庆祝这次政府的更迭,举办了舞会、音乐会、宴会,还表演了戏剧。同时,这也是卸任的西班牙当局和刚刚上任的法国政府的一场较量,双方比的就是谁更尊贵体面,更舍得花钱。但是欢乐的气氛并没有持续多久,正当法国国旗高高挂起之时,一艘从波尔多驶来的船就带来了法国已经把这块领土卖给了美国人的消息。就像牲口一样被卖了!屈辱和愤怒很快便取代了前一天庆典的欢快气氛。第二次移交是把新奥尔良从法国人手上交给两英里外安营扎寨的美国佬,他们已经准备好进城占领了。这一切就发生在第一次交接的十七天后,也就是1803年12月20日。这一次,再也没有什么"令人陶醉的极度幸福"了,转而代之的是集体的哀痛。

同月,德萨林宣布圣多明戈正式独立,并将它命名为海地黑人共和国,国旗是红蓝双色旗。海地的意思是"多山的土地",是已经消失绝迹的阿拉瓦克人给这座小岛起的名字。为了消除在这座殖民地上深植祸根的种族主义,所有岛上的公民,不管肤色如何,都自称"黑人",而非公民都被称为"白人"。

"我觉得整个欧洲甚至美国都想要铲除那座可怜的小岛,因为它成功的先例会煽动其他殖民地纷纷争取独立,他们是不会允许废奴主义的蔓延的。"帕尔芒捷和他的朋友瓦尔莫兰如此说道。

"海地的动乱对于在路易斯安那的我们来说再好不过了,因为这样我们就可以卖出更多的蔗糖,还能卖上更好的价钱。"瓦尔莫兰总结道。他对岛上的情况一点也不关心,因为他所有的资产已经转移到岛外了。

当那些从圣多明戈来到新奥尔良的移民得知那座小岛独立并且建立了第一个黑人共和国的消息时,并没有惊掉下巴,因为城里发生的事情已经吸引了他们全部的注意力。在阳光明媚的一天,各种肤色的人都聚集在武器广场上,有克里奥尔人、法国人、西班牙人、印第安人还有黑人,他们都来围观骑马进城的美国官员们,这些长官的身后还跟着一个龙骑兵队、两个步兵队还有一个卡宾枪手队。大家对这群耀武扬威的美国佬没有一点好感,他们自鸣得意的样子就好像每个人的兜里都揣着可以用来购置路易斯安那的一千五百万美金一样。

在市政厅举办的一个简短仪式上,法国人把城市的钥匙交给了新任长官,随后他们更换了国旗,法兰西的三色旗缓缓降落,随之升起的是美国的星条旗。两面国旗在半空相遇时停留了一会儿,这时一声炮响作为信号,海面上的战舰立刻响起了阵阵的炮声予以回应。一个乐队演奏了一首美国民歌,人们一言不发地听着;许多人哭得泪流成河,还有几位女士痛哭到昏厥。初来乍到的美国佬们准备用最不具攻击性的方式占领这座城市,然而本地人却想方设法地不给他们好日子过。基佐家族的人已经给自己的亲友们写了信,要求他们孤立这群美国佬,任何人不得跟他们有合作往来,更不能请他们到自己家里来。就连新奥尔良最落魄的乞丐都自觉高他们一等。

新到的行政长官克莱伯恩上任后采取的首批措施之一就是宣布英语为这里的官方语言,这遭到了克里奥尔人带有轻蔑意味的质疑。英语?他们说着法语,侨居在这个西班牙殖民地已有数十年之久了。要是这帮美国佬认为他们难听的鸟语能取代这世界上最悦耳的语言,那他们肯定是疯了。

乌尔苏里纳派的修女们处于一片恐慌之中,她们深信这群波拿巴派分子和野蛮的肯塔基人会摧毁城市,亵渎教堂,甚至还会玷污她们。因此,她们顾不上那些女学生、孤儿还有她们一直救济的几百号乞丐的苦苦哀求和挽留,决定即刻启程,坐船去古巴。二十五个修女中只有九个人留了下来,其他的十六人都整齐地裹着面纱,低垂着脑袋,边哭边朝着码头走去,她们的周围还跟了一群来送行的熟人、朋友和奴隶,一直目送她们上了船才离开。

瓦尔莫兰收到了一封急件,信中催促他在二十四小时之内将受他监护的罗塞特从学校里带走。奥尔唐斯还在家幻想着自己这次能生个男孩,她明确向丈夫表示,自己绝不允许那个黑人女孩踏入家中半步,而且她也不希望有人看到瓦尔莫兰和那个黑人小女孩在一块。到时候,那些别有用心的人一定会散布谣言说罗塞特是瓦尔莫兰的女儿。当然了,她也说这不是真的。

正如帕尔芒捷预言的那样,由于拿破仑军队在海地的溃败,第二批逃难者涌进了新奥尔良。一开始是几百个,到后面就是几千人。这些人都是波拿巴主义者、激进主义者和无神论者,和之前到这儿来的那些信奉天主教的君主立宪派截然不同。这些不同的移民之间一定会出现或多或少的矛盾,恰好又赶上了美国政府接手管理这座城市的时机。克莱伯恩州长是一位年轻的军官,他有着一双蓝眼睛,留着黄色的短发。他不会讲法语,也不了解那些在他眼中既懒散又堕落的克里奥尔人成天都在想些什么。

来自圣多明戈的一艘艘船上满载着饱受黄热病折磨的平民和士兵,这些人脑袋里装的革命思想对路易斯安那的政治构成了威胁,他们身上的疫病也给公共卫生带来了风险。克莱伯恩试图将他们隔离在偏远的营帐中,但这项举措马上就遭到了大家的批评,而且也没能阻止其他的逃难者继续拥进城市。因为担心奴隶们会煽动当地人发动叛乱，他将白人们带过来的奴隶统统关进了监狱，可是很快牢房就没有多余的空间了。而另一边，白人们因为自己带来的财产被充了公而怨声载道。奴隶主们声称自己的黑奴是忠诚且品性纯良的人，否则自己也不会大老远地将他们带到这里来。除此之外，这些黑人奴隶是这里必不可少的劳动力。在路易斯安那没有人遵守禁止进口奴隶的规定，而且贩运奴隶的海盗也不在少数，不管怎么说，对奴隶的需求量还是很大。克莱伯恩并不赞成奴隶制，但他不得不屈服于公众的压力。他决定按照不同的情况因人而异地来处理，这可能会花费他好几个月的时间，而此时的新奥尔良已经处于水深火热之中了。

维奥莱特·布瓦西耶很快就调整好了自己的心态，准备适应美国人给这里带来的影响和变化了。她猜想那些骨子里习惯了悠闲懒散的单纯的克里奥尔人，最后肯定会被这些既务实又有上进心的美国人带动、影响的。"桑丘，你记住我今天说的话，用不了多久这些暴发户们就会从历史上彻底抹去'有色民'这个词。"维奥莱特对她的情人如此断言道。她曾经听说过美国人的平等精神，这种精神是他们所强调的民主的一部分。她心想，要说在以往的新奥尔良，有色人种能占有一席之地，那么在将来就更是如此了。"你别自欺欺人了，美国人的种族歧视比英国人、法国人和西班牙人加在一块都严重。"桑丘解释道，但维奥莱特不信他的话。

当其他人都拒绝与美国人打交道时，维奥莱特却开始专心地研究他们，她想看看能从他们身上学到些什么以及如何能在眼下动荡的局势和冲击下，保全自身的利益。她对自己亲手创造的独立而舒适的生活感到满意，每次谈起自己要富有地死去时，她总是一脸认真。在不到三年的时间里，她就用卖美肤化妆品和做美容咨询顾问赚到的钱买下了沙特尔街的那座房子，并打算再购置一套。"钱一定要投在房产上,房产是唯一能留下的东西,其他东西都会随风而去,最后什么也不剩。"她不止一次地跟桑丘说,而桑丘本人并没有私产,因为种植园是瓦尔莫兰的。第一年,桑丘还对买地之后生产盈利的生意计划很感兴趣,到了第二年,他觉得也可以接受,可到了第三年,这对他来说完全就变成了一种痛苦和折磨。当奥尔唐斯也开始对棉花生意产生兴趣时,桑丘便立刻丧失了热情,因为他不喜欢和这个女人有任何瓜葛。他知道奥尔唐斯暗地里一直谋划着要怎么踢走他,他也知道这并非没有道理:因为瓦尔莫兰看在男人之间的兄弟情分上,一直把他带在身边,而实际上自己已然成了瓦尔莫兰的累赘和包袱。维奥莱特建议桑丘找一个有钱的妻子结婚来解决问题。"所以你不爱我?"桑丘生气地问她。"我爱你,但是没有爱到那种要养你的地步。你尽管去结婚,我们可以继续当情人。"

卢拉并不赞同维奥莱特投资房产的热情。她坚持认为在这座多灾多难、气候多变的城市里,大家都是靠天吃饭。只有购买黄金、放高利贷才是发财致富之道,就像她们之前做的那样,而且当时还赚了不少钱。但是维奥莱特不想与那些放高利贷的人树敌。她已经到了凡事都要经过慎重考虑的年纪,而且她正在树立自己的社会地位。她唯一的担心就是让-马丁,因为从他写来的那些密信中就可以看出,他会坚定不移地追随他所尊敬的父亲的脚步。维奥莱特一直都想要给儿子更好的东西,她非常清楚军人生活的艰辛,看看那些从海地来的战败士兵的惨况便可想而知。她知道无法通过口述的信件来阻止儿子,她必须亲自去一趟法国,说服儿子学一个能挣钱的专业,比如当律师。哪怕是再无能的人,也没见过有哪个律师日子过得穷困潦倒。哪怕让-马丁对法律没有一丁点兴趣也不重要,毕竟也很少有律师对此真正感兴趣。之后,他会在新奥尔良娶一个白人女孩为妻,肤色越白越好,比如像罗塞特这样的，但对方还得出身好、家底殷实。凭她的经验，只要皮肤是白的，并且有钱，那么一切都不是问题。她希望将来她的孙子们能够含着金钥匙来到这个世界上。

罗 塞 特

　　瓦尔莫兰在街上见到过特特,毕竟住在同一座城里,低头不见抬头见,但他却假装不认识她。不过他知道,她在为维奥莱特·布瓦西耶工作。瓦尔莫兰和这位曾与自己相好的美人很少来往。当他在码头重逢初到新奥尔良的维奥莱特时,心里便盘算着要跟她再续前缘,然而没料到半路竟杀出了个殷勤、帅气而且是单身的桑丘,俘获了美人芳心。瓦尔莫兰还是搞不懂大舅子是怎么把自己比下去的。他和妻子的感情也一日比一日淡薄,自从奥尔唐斯当了母亲,便没了心思跟丈夫继续在那张挂着小天使的婚床上翻云覆雨。她永远挺着一个大肚子,有了一个女儿还不够,总念念不忘地盼着下一个孩子的到来。整个人越来越疲惫,身形越发臃肿,脾气也越发跋扈。

　　在新奥尔良的这几个月让瓦尔莫兰心生厌烦,家里总是挤满了各种女人,基佐家的人也是从早到晚地陪着奥尔唐斯,这让他快要透不过气来。因此他逃到了种植园里,把妻子和孩子都留在城里的宅中。在奥尔唐斯的内心深处,她其实也希望这样。因为在家里,丈夫占据了太多的空间。在种植园的时候,她倒是没觉得有什么不好的,但在城里,丈夫的存在仿佛让所有的房间都变得又小又窄,一分一秒的时间也被拉得更长了。瓦尔莫兰在外面也有自己的天地,但与别的跟他同等身份的男人不同的是,他没有包养一个情妇,好让他在每周都有几个下午可以潇洒一下。当他在码头上看到维奥莱特·布瓦西耶时,他觉得她会个是理想的情人。她人好看,做事又谨慎,而且还没有会意外怀孕的烦恼。尽管这个女人已经不再年轻了,但他本来也不想要找一个自己很快就会厌倦的女孩。维奥莱特对他来说一直都是一个挑战,身上多了几分成熟韵味的她更是如此,要是能和她在一起,自己一定永远都不会感到无聊。但是,按照绅士之间的规矩,桑丘爱上她之后,瓦尔莫兰便打消了去见她的念头。一天,他去了那座黄色的房子,外套口袋里装着乌尔苏里纳教派修女寄给他的便条,希望能见上老情人一面。三年来没跟他说过一句话的特特为他开了门。

"维奥莱特夫人现在不在家。"特特站在门口对他说。

"没关系,我是来找你谈谈的。"

特特把瓦尔莫兰领进客厅,问他要不要来杯咖啡。尽管咖啡会让他胃痛,瓦尔莫兰还是接受了,想借此平复一下自己的呼吸。他坐在一把勉强能坐稳屁股的圆椅上,两腿间夹着手杖,气喘吁吁。虽然最近天气并不热,但他一直喘不上气。每天早上当他在费劲地系腰带和绕领结时,都会对自己说,我真是得减减肥了,不然就连鞋子都变得挤脚了。特特捧着托盘回来,按照瓦尔莫兰的喜好,给他端上了一杯苦涩的黑咖啡,接着又给自己倒了一杯,并往里面加了很多糖。瓦尔莫兰注意到了特特的变化,他在这个曾经属于自己的女奴身上竟然看到了一丝傲慢的意味,这让他感到又好笑又好气。虽然她没有直视他的眼睛,也没有直接无礼地坐下,但她却敢在没有征求他同意的前提下,在他面前喝起了咖啡。从特特的声音里,他再也找不到了以往的顺从。瓦尔莫兰承认,特特看起来比从前任何时候都要漂亮,她想必是从维奥莱特那里学会了一些女人的秘诀。一想到维奥莱特,他的心中便荡起一片爱的涟漪:她那带着栀子花香气的肌肤、乌黑柔顺的秀发,还有藏在长长睫毛下面的那双深邃眼眸,这些都是特特无法与之相提并论的。然而,现在特特已经不是他的了,却激起了他内心的渴望。

"先生,您此次来访有什么事吗?"她问道。

"我是为了罗塞特来的。你别担心,你的女儿很好,但明天她就得离开学校了。因为那些美国佬,修女们准备要去古巴了。她们的反应太夸张了,但毫无疑问她们肯定还会回来的。只是从现在开始,你要负责照顾罗塞特了。"

"我自己怎么照顾罗塞特呢,先生?"特特惊慌失措地说道,"我都不知道维奥莱特夫人会不会同意我带她来这里。"

"这就不关我的事了。明天一大早,你必须把她从修道院里接出来。你自己看怎么办吧。"

"照顾罗塞特也是您的责任,先生。"

"多亏了我,那个小丫头才能活得像个富家小姐一样,还接受了最好的教育。现在该是她要面对现实的时候了。除非她找到一个丈夫,不然她必须去工作。"

"可她才十四岁!"

"她这个年纪早该结婚了,你们黑人女的都早熟。"瓦尔莫兰费力地站起身准备离开。

愤怒像火焰一样烧灼着特特的内心,但三十年来,她对这个男人一贯的顺从和他给自己带来的恐惧,让她把已经到了嘴边的话又咽了回去。特特没有忘记当她还是个小姑娘的时候,第一次被主人强暴时的情景,那种仇恨、痛苦和屈辱,还有多年来自己所遭受的虐待,她都永生难忘。她一句话也没说,颤抖着把瓦尔莫兰的帽子递给了他,领他走到了门口。在门边上,他停了下来。

"获得自由对你来说有什么好处吗?你比以前更穷了,你连一座给女儿的房子都没有。不像在我家,罗塞特总有可以安身的地方。"

"那也不过是奴隶待的地方,先生。我宁愿她过苦日子,但只要是自由自在的。"特特强忍着泪水回答他。

"女人,有一天你会为自己的妄自尊大而付出代价的。你没有归属和依靠,没有固定的工作,而且也不再年轻了。你还能做什么?我是可怜你,所以我才会帮你女儿。这是给罗塞特的。"

瓦尔莫兰递给特特一袋钱,走下通往街道的五级台阶,心满意足地朝着自己家的方向走去。往前走了十步,他就把今天的事抛诸脑后了,因为他还有其他的事情要盘算。

那段时间,维奥莱特·布瓦西耶产生了一个想法,这个想法早在一年前就萦绕在她的脑海,这次借着修女们将罗塞特抛弃街头的契机才得以成形。没有人比她更了解男人的弱点和女人的需求了,她想利用自己的经验来赚点钱,顺便为新奥尔良提供一些本地急需的服务。出于这种考虑,她收留了罗塞特。小姑娘来的时候,身上穿着校服,脸上写满了严肃和傲慢。她跟在母亲身后,但是保持着两步的距离。手上拿着女儿行李包袱的特特,不停地向收留她们母女二人的维奥莱特表示感谢。

罗塞特生得一副好皮相,她的眼睛像母亲一样会发光,杏色的皮肤就像西班牙油画中的女人,她有着深色的嘴唇,长长的波浪卷发一直垂到腰际,还有着青春期女孩特有的柔和曲线。十四岁的她非常了解自己的美貌所拥有的强大力量。她跟自己的母亲不同,特特自小就开始干活劳动,而罗塞特似乎生来就是被人伺候的大小姐。"她这样可真让人讨厌,明明生来是奴隶,却摆出一副大小姐的架势。我会让她认清自己的位置的。"卢拉一脸轻蔑,没好气地说道。但维奥莱特让卢拉看到了自己这个想法的巨大"钱"力,那就是投资和收益。虽然这是美国人的观念,但卢拉已经接受了它们。维奥莱特说服了卢拉把自己的房间让给罗塞特，搬去跟特特一起住在用人房里。她说，这个女孩需要好好休息。

"你曾经问过我，你女儿离开学校后，你该怎么办。我想到了一个办法。"维奥莱特对特特说。

维奥莱特提醒特特，对于罗塞特来说，可选择的余地并不多。她没有丰厚的嫁妆，在这种条件下把她嫁出去就等同于强迫她去为一个穷光蛋丈夫做一辈子苦力。同时，她们也绝不会考虑把她嫁给黑人，穆拉托人倒是可以。但穆拉托人结婚往往是为了改善自己的社会地位或者经济状况，而罗塞特在这方面却帮不上忙。她也做不了裁缝、理发师、护士或任何其他适合她身份的工作。那么，当下她唯一的资本就是美貌，但新奥尔良的美女数不胜数。

"我们会为罗塞特安排好一切，让她不用工作也能过上好日子。"维奥莱特说。

"我们要怎么做呢，夫人？"特特有些不敢相信，笑着问道。

"姘居。罗塞特需要一个白人来养活她。"

维奥莱特研究过那些从她这里购买美容乳液、鲸须束腰和阿黛勒缝制的飘逸长裙的女顾客们的心理。她们都和她一样野心勃勃，希望自己的子孙后代兴旺发达。她们能为儿子们找到一门手艺或差事，却为女儿们的未来而战战兢兢。与其让她们嫁给一个有色民，还不如直接做一个白人男子的姘妇。但每一个单身的白人男性周围都等着十多个女孩，要是没有打通关系，也很难让自己的女儿被选定。一旦这个男人选择了某个女孩，便可以随心所欲地对待她，这样的安排正合男人的心意，而对女孩来说却很冒险。通常这种关系会一直持续到男子三十岁左右，这时他就得跟门当户对的小姐结婚。尽管有的情况下，这种关系会维持一辈子；甚至也有情况是，出于对这个有色民姑娘的真爱，男子会选择一直不结婚。但无论如何，女孩的命运都牢牢掌握在她的白人保护人手里。维奥莱特的计划是想要在一定程度上保证这种姘居关系的公正性:姘妇应要求她的保护人为她本人和孩子提供生活的保障,因为她也必须付出自己全部的青春还有忠诚。如果这位年轻的白人男子无法提供这些保障,那么他的父亲就要代替他这么做,就像女孩的母亲要保证自己女儿的贞德和操守一样。

"夫人,可罗塞特会怎么想呢……"特特被吓得不轻,喃喃说道。

"她怎么想不算数。你仔细想想吧,这和某些人所说的卖淫可差远了。我可以用自己的人生经验向你保证,一个白人男性的保护对我们这样的女人来说是必不可少的。如果没有艾蒂安·勒莱,我就不是现在的我了。"

"但您可是和他结婚了呀……"特特争辩道。

"但这种情况在这里是不可能发生的。你告诉我,特特,一个已婚的白人女子跟一个同白人姘居的有色民女孩有什么区别吗?她们都要靠男人养活,要对男人百般顺从,唯一的职责就是服侍他们,并给他们生孩子。"

"但婚姻意味着对彼此的保证和尊重。"特特又说道。

"姘居也应如此。"维奥莱特强调说,"这种制度必须对双方都有利,而不仅仅作为白人男子的狩猎场。我会先从你的女儿开始我的计划。罗塞特没有钱,也没有好的家庭,但她很漂亮,多亏了安托万神父,现在她已经自由了。她会是新奥尔良最好的姘妇人选。一年内,我们会让她在各种场合抛头露面,我有足够的时间为她做准备。"

"我不知道……"特特沉默了,因为她自己并没有更好的选择可以提供给女儿,而且她很信任维奥莱特·布瓦西耶。

她们并没有征求罗塞特的意见,但这丫头比想象中聪明。她猜到了她们的计划,却也没有反对,因为她心里也有自己的打算。

在随后的几个星期里,维奥莱特逐一拜访了上流社会有色民孩子的母亲们,也就是蓝带协会的掌门夫人们,并向她们解释了自己的想法。这些女人都是能自己做主的人,她们中的很多人拥有自己的生意、土地和奴隶,甚至有些奴隶还是她们自己的亲戚。她们的祖母是获得了自由的奴隶,她们跟自己的主人生了孩子,并从主人那得到了可以立足发展的资产。家族成员之间的关系是支撑起克里奥尔人复杂社会结构的脚手架,哪怕他们属于不同的人种。对于这些夸尔特隆女人们来说,和一个或者多个女人共享一个男人不足为奇,因为她们的曾祖母就来自非洲一夫多妻制的家庭。她们的职责就是保证她们的女儿和女儿的孩子们拥有舒适安逸的生活,尽管这样的福祉来自另一个女人的丈夫。

这些为女儿操碎了心的母亲是一个十分庞大的群体,她们足足有同一社会阶级男子的五倍之多,但却很少能觅得称心如意的女婿。她们知道,能给女儿最好的保障就是把她们安置在一个可以保护她们的男人身边,否则就是便宜了那些可恨的猎食者。在这里,如果受害者是有色民女性,就算她是自由人,抢掠、暴力和强奸都不被视为犯罪。

维奥莱特向那些母亲解释说,她的想法是在最好的沙龙里举办一场豪华的舞会,开支由她们所有人一起分摊。只有真正想找妍妇的白人男青年才能参加,且必要时需由他们的父亲陪同,绝不能出现那些不想负责任的花花公子只是为了找乐子来这里把天真无辜的姑娘骗到手的情况。不止一位母亲建议到场的男士们应该支付入场费,但维奥莱特觉得,这样会为不受欢迎的人敞开大门,就像在狂欢节、奥尔良沙龙和法国剧院的舞会上一样,只要不是黑人,任何人花点小钱便可以入场。这场舞会的来宾应该经过严格的挑选,就跟白人女孩们人生第一次参加的社交舞会一样。没有人愿意把自己的女儿交给有不良嗜好或是欠了一屁股债的男人,因此还得花些时间调查来客们的背景。"终于有一次,那些白人男性要接受我们开出的条件了。"维奥莱特说。

为了避免母亲们产生不安的情绪,维奥莱特没有告诉她们,她还打算邀请一些美国人。尽管桑丘曾警告她,没有一个新教徒会明白姘居的好处。日后会有时间向她们解释清楚自己的用意的,而目前,她要把全部的精力都集中在组织这第一场舞会上。

舞会上,白人男子可以和自己选中的女孩跳几支舞,如果他喜欢这个女孩,他本人或者他的父亲应该立即开始跟女孩的母亲进行谈判,而不要把时间浪费在无用的殷勤谄媚上。保护人必须提供一处住所,负担姑娘每年的生活费,并且负责二人所生孩子的教育问题。一旦双方在这些点上达成一致,成为姘妇的姑娘便会搬去新家,和对方开始同居生活。在他们姘居期间,女孩行事要保持低调,并且确保在关系结束时不会节外生枝,当然,何时会结束这段关系完全取决于男方。"姘居必须成为一种事关名誉的契约,遵守契约的规则对双方都有利。"这是维奥莱特的观点。白人男子不能将年轻的情人抛弃在穷困之中而不管不顾,因为这种行为会危及姘居制度本就脆弱的微妙平衡。尽管他们之间没有任何成文的合同,但如果男人违背了自己承诺的事情,这些女人们一定会不遗余力地毁掉他的名誉。这次的舞会将被命名为"蓝带",维奥莱特承诺,她一定会把它办成一年中新奥尔良各种肤色的年轻人最为期待的盛事。

扎 丽 特

我最终还是接受了为罗塞特安排姘居的决定。尽管对其他母亲来说,这是一件再自然不过的事情,而我却如五雷轰顶。我不想让我女儿选择这条路,但我又能为她提供什么呢?当我终于鼓足勇气要把这件事告诉罗塞特时,她一下子就明白了。在这方面,她比我更有常识。

维奥莱特夫人在一些法国人的帮助下,组织了一次舞会,他们负责搭建舞台。她还创办了一所礼仪美容学校,名字就叫作黄房子。维奥莱特亲自培养来她这儿上课的女孩子,她说她们在日后会成为新奥尔良最受欢迎的姑娘,也会得到众多白人保护者的青睐。维奥莱特用这套理论说服了所有的母亲,因此没有人抱怨她这里高昂的收费。这是维奥莱特活了四十五年来第一次早起。我拿了一杯黑咖啡去叫醒她,随即便飞快地逃出了门,生怕她会把咖啡砸在我的脑袋上。她整个人半天的情绪都很糟糕。由于自己精力有限,夫人只收了十二个女学生,但她仍在考虑来年换一个合适的地方办学。她雇了几位老师教女孩们唱歌跳舞,她们走路的时候,头上要顶着一杯水来练习体态。她还教她们梳妆打扮,空闲的时候就会跟她们讲解持家之道,在这方面她颇有心得。她还按照每个姑娘的体形和合适的颜色,为她们每一个人都设计了一身礼服。之后,由阿黛勒夫人和她的助手们缝制。帕尔芒捷医生提议女孩们也应该学习一点对话的艺术,但维奥莱特夫人认为没有哪个男人会真正在意女人口中说出的话,桑丘先生也对此表示赞同。相反,医生总是会聆听阿黛勒的意见,并采纳她的建议,因为他自己除了治病并无所长。阿黛勒才是这个家中说了算的人。他们买兰帕特街房子的钱,以及教育孩子的钱,都是阿黛勒做工或是投资挣来的,因为帕尔芒捷手里根本存不下一点儿钱。

到了年中,这些女学生进步飞速,桑丘先生跟咖啡馆里的那些兄弟打赌说她们所有人都会找到好的姘居归宿。她们上课时,我也在一边看着,因为我想看看有没有哪些东西能让我更好地取悦扎卡里。在他身边,我就像是一个女仆。我没有维奥莱特夫人的魅力,也不如阿黛勒聪慧。我成不了桑丘先生喜欢的那种风骚女子,也变不成帕尔芒捷医生欣赏的那种有趣女人。

白天,我的女儿要穿着束胸衣走路。晚上睡觉的时候,脸上要涂着厚厚的美白霜,头上要扎着发带来压耳朵,腰上还要绑着一条马肚带来束腰。美丽是每个女人的梦想,这是夫人常说的话。十五岁的时候,每个女孩都是好看的,但随着年龄的增长,要想保持住这份美丽全靠自律。罗塞特必须大声读出停在港口的那些轮船上货品的清单,这样她便可以锻炼出用最好的面容脸色来面对最无聊的男人的技能。她几乎不怎么吃东西,用烫铁梳理头发,用焦糖刮毛,用燕麦片和柠檬去角质,每天都花好几个小时练习鞠躬、跳舞和沙龙里常玩的游戏。如果她必须活成这样,那自由对她来说又有何意义呢?没有任何一个男人值得受到她的这等对待,这是我的看法。然而,维奥莱特夫人还是说服了我,她说这是保障罗塞特未来生活的唯一途径。我那原本倔强的女儿,这一次却心甘情愿地顺从了。她变了,她不再努力让大家满意,而是变得沉默寡言。以前的她总是动不动就照镜子观察自己,但现在她只在上课的时候用到镜子,因为这是夫人的要求。

夫人教她们如何在讨男人欢心的时候又不显得低三下四,如何把责备的话咽进肚子里,把打翻的醋坛子遮住,以及克制自己想要投入其他男人怀抱的冲动。在她看来,最重要的是要学会利用作为女人的优势,点燃自己腹下的欲火,而这也是男人们最害怕也最渴望的。她建议姑娘们充分了解自己的身体,并用手指自慰,因为身体没有性的快感,也就不会健康,更别说美丽了。以前在种植园,当瓦尔莫兰开始强奸我的时候,罗斯大婶也试图教会我同样的事情,但当时的我没有理会她,我那时还是个黄毛丫头,不敢做什么出格的事。罗斯大婶给我洗草药浴,还把一大坨黏土放在我的肚子和大腿上。刚开始的时候我只感觉自己被重物压得冰凉,但后来我的身体慢慢开始变热,好似翻滚沸腾一般。我就是这样被治好的,是泥土和水治愈了我的身体。我觉得自己跟甘博做爱的时候第一次体会到了夫人所说的这种快感,但很快我们就分开了。之后的岁月里我再也没有同样的感受,直到遇见扎卡里,他的出现唤醒了我沉睡的身体。他爱我,而且对我很有耐心。除了罗斯大婶,他是唯一一个数过我私处伤疤的人,那些都是主人留下的,他有时候喜欢直接把烟头按在我的下体。我只从维奥莱特夫人那里听到过这个词:快感。"如果连你们自己都不知道这是一种什么样的感觉,又怎么能带给男人快感呢?"她对姑娘们说。爱情会带给人快感,给婴儿喂奶、跳舞的时候也产生快感。当我在等待扎卡里的时候,也能体会到这种快感,因为我知道他一定会来。

这一年我不仅要忙家务,还得照顾夫人学校的女学生,在阿黛勒夫人那里帮忙跑腿以及给帕尔芒捷医生的处方配药。到了12月,快要举办蓝带舞会的时候,我才发现自己已经三个月没来月经了。我还奇怪自己之前怎么都没怀上,因为我跟扎卡里很早就没有用罗斯大婶教给我的方法进行避孕了。我刚把这件事情告诉他,他就提出要跟我结婚。但在这之前,我必须先给罗塞特找个好人家。

莫 里 斯

在第四学年的假期,莫里斯同往常一样等着朱尔·贝吕什的到来。那个时候,他对回到家跟家人团聚已经不再心存期待,唯一让他回新奥尔良的原因就是罗塞特,尽管这种可能性非常微小。乌尔苏里纳派的修女们不允许任何突如其来的到访,更别说是一个连近亲或者血缘关系都难以证明的小男孩了。莫里斯知道父亲是绝对不会同意自己来看罗塞特的,但他还心存希望自己可以陪同舅舅桑丘一起前来。这么多年来,他会定时过来看望罗塞特,因此修女们都认识他。

在罗塞特的来信中,他得知特特因为得罪了奥尔唐斯而被赶出了种植园。莫里斯也因此自责不已。想到在烈日下收割甘蔗的辛苦,他愤懑满腔,好似在内心握紧了拳头。为了那一下鞭子而付出代价的不仅是特特和自己,还有罗塞特。这个可怜的女孩给瓦尔莫兰写了好多信,恳求他来看看自己,然而从未收到过回信。"我到底是做了什么才失去了你父亲的喜爱?以前他待我同自己女儿一样,为何他就这样把我忘了?"罗塞特在信中一遍遍地跟莫里斯哭诉着,而他却不能说出真相。"爸爸没有忘记你,罗塞特。他还像从前那样爱你,关心你。只是种植园和生意上的事情把他弄得太忙了。我自己也三年没见过他了。"自己没有理由告诉罗塞特真相,其实瓦尔莫兰从来没有把她看成过女儿。在莫里斯被家里赶到波士顿之前,曾央求父亲带他去学校看看妹妹,但父亲却火冒三丈地对他说,他只有玛丽-奥尔唐斯一个妹妹。

那年夏天,朱尔·贝吕什没有出现在波士顿。相反,来的人是桑丘。他头戴一顶宽檐帽,骑着快马飞驰而来,旁边还拖着另一匹。他从马上一跃而下,用帽子掸了掸身上的尘土,这才紧紧抱住了外甥。朱尔·贝吕什因为赌债而被人刺伤了。为了避免被人说三道四,基佐家出面摆平了这件事。尽管他们和贝吕什家只是远亲关系,但爱嚼舌根的人一定会将贝吕什跟名声清白的基佐家联系在一起。他们在这件事情上的做法跟任何一个同样阶级的克里奥尔人一样:帮他偿清债务,收留他直到伤口完全长好并且行动可以自理,给他一笔钱,然后把他送到轮船上,叮嘱他到了得克萨斯再下船且再也不要回到新奥尔良来。这一切都是桑丘告诉莫里斯的,他说的时候笑弯了腰。

"这本该是我的命运,莫里斯。不过,到目前为止我还是幸运的。但说不定哪天,你就会收到你最爱的舅舅被人刺死在那该死的地下赌场的消息。"桑丘又说道。

"上帝也不会让这种事发生的。舅舅,你是来带我回家的吗?"在说同一句话的时候,莫里斯的声音从低沉的中音变到了上扬的高音。

"小伙子,你是怎么想的!难道你想要整个夏天都被困在种植园里吗?你跟我,我们要去旅行!"桑丘对他说。

"那你就跟之前贝吕什一样了。"

"别拿我跟他比。莫里斯,我不打算教你怎么做个好公民,让你看纪念碑之类的东西。我要让你学坏点儿,你觉得怎么样?"

"你说啥,舅舅?"

"外甥,咱们这次去古巴。没有哪个地方比古巴更适合我们这种浑球了。你今年几岁了?"

"十五。"

"你还没变完声吧?"

"舅舅,我已经变声了,只不过声音还很沙哑。"小伙子结结巴巴地回答道。

"我在你这个年纪的时候,早就是个混世魔王了。你已经晚了,莫里斯。收拾好你的东西,我们明天就出发了。"桑丘命令他道。

在古巴,他有数不清的朋友和不少情人。在这个假期中,他们都尽心招待了这位老朋友,以及同他一起前来的这个古怪小伙。这段时间中,莫里斯一直都在写信,要么就是提出一些莫名其妙的话题,比如奴隶制和民主制。桑丘的这些朋友中可没人对此有过什么想法。看到桑丘如此尽心尽力地扮演一个保姆的角色,他们倒是真心觉得挺逗的。为了不把外甥一个人留下,桑丘竟然放弃了他最爱的那些纵酒狂欢,而且也不去观看各种动物种内或者种间的打斗了:熊和牛、蛇和鼬、鸡和鸡、狗和狗。因为要是让莫里斯知道了,他会气疯掉。桑丘还尝试了教莫里斯喝酒,结果却是到了半夜他要负责清理他的呕吐物。他把自己毕生所有的牌桌技巧都告诉了莫里斯,然而稚嫩单纯的外甥还是敌不过老练狡猾的对手,欠下的债也得桑丘来还。很快,他也放弃了想启蒙他男女之事的念头,因为当他企图这么做的时候,他的外甥吓得差点丧命。桑丘本来跟自己的一个女性友人安排好了所有的细节。这位女士虽已不再年轻,但仍然很有魅力,且完全是出于好心,才答应了要帮这位用心良苦的舅舅的忙,在性方面做他外甥的入门老师。莫里斯一看到身着性感高腰长裙倚靠在长沙发上的女郎时,便吓得逃出了房门。"这个小伙子还很嫩……"桑丘只好红着脸小声解释道。"从来没有人弄得我这么难堪。桑丘,你关上门,快进来安慰安慰我。"她大笑着说。尽管出了种种洋相,莫里斯还是在这里度过了一个难忘的夏天。等他再回到学校的时候，已经变成了一个高大强壮黝黑的大小伙了，声音也变得像男高音一样，雄壮有力。"你别学成书呆子了，这对你的视力和性格都没什么好处。准备好明年夏天，我带你去新西班牙转转。"临别的时候，桑丘对他这么说，并且他兑现了这些话。自此以后，莫里斯总是热切盼望着夏天的到来。

　　1805年是莫里斯在学校的最后一年。这一次桑丘没跟往常一样来学校找他，来的人是他的父亲。莫里斯暗自推断父亲是带着某个坏消息来通知自己的，他很害怕是关于特特或者罗塞特身上发生的不幸的事情。然而，事实并不是这样。瓦尔莫兰计划带儿子去法国看望一下祖母和两位"不存在"的姑妈，因为莫里斯连听都没听过她们的名字。"然后我们就回家吗，先生？"莫里斯问他这个问题的时候，脑子里想的都是罗塞特。这些年来，罗塞特的来信填满了莫里斯衣箱的底部，而他自己也给罗塞特写了一百九十三封信，却没有想到在分别的这九年中，罗塞特的人生会发生这么多注定要发生的变化。他记忆中的她还是那个穿着系丝带、镶蕾丝边裙子的小女孩，那是他最后一次在父亲跟奥尔唐斯的婚礼前夕见到她时她的样子。莫里斯想象不出十五岁的罗塞特是什么模样，就跟罗塞特想象不出十八岁的莫里斯一样。"之后当然是回家了，我的儿子。你的母亲和妹妹们都在等着你呢。"瓦尔莫兰对儿子撒了谎。

　　在这趟艰难的旅程中，他们先是在船上躲过了几场夏天的风暴，以及从英国人的袭击中死里逃生。之后又一路乘车才到的巴黎。然而，一起经历了这些都没能拉近父子之间的距离。为了避免莫里斯跟妻子注定不愉快的重逢，瓦尔莫兰设计了这趟历时几个月的旅行。然而，他还是无法从根本上解决问题，很快他就必须要面对一场这么多年的时间都无法缓解的紧张局面了。奥尔唐斯还是不放过任何机会来表现自己对继子的厌恶和恶意。这么多年来,她都在试图生下一个自己的儿子来取代莫里斯的位置,可结果生出来的都是女儿。因为她的关系,瓦尔莫兰将莫里斯从这个家里赶了出去,但现在他后悔了。他已经有十年的时间没真正关心过儿子了,他总是在忙着自己的事情。先是在圣多明戈,然后是路易斯安那,最后是在奥尔唐斯以及她生下的女儿们身上。这个小伙子于他而言就像个陌生人。在回复父亲的寥寥几封来信时,他只会写几行客套的话汇报一下自己的学习,从不过问一句家人的情况,就好像他已经认可了自己并不属于这个家一样。就连瓦尔莫兰告诉他特特和罗塞特已经获得了自由,自己也不再与她们母女有联系时,他也装聋作哑不吱声。

瓦尔莫兰担心自己已经在过去动荡岁月中的某个时刻失去了儿子。这个高大帅气,跟他的亲生母亲长得一模一样的内向小伙已经不再是那个曾经两颊红红的小宝贝了。在儿子小的时候,瓦尔莫兰会把他抱在怀中哄他入睡。那个时候他总是在心里祈求上苍保佑自己的宝贝,为他避开所有厄运。他现在跟以前一样爱着儿子,或许还爱得更深了,因为这种感情中还夹杂了对他的愧疚。他试图说服自己父子之间现在关系的疏远只是暂时的,儿子在日后会回报这份父爱的。但不论怎样,他还是对此心存疑虑。他为儿子设计了远大的前程,尽管到现在为止他都没亲自问过莫里斯真正想做的事情。事实上,他根本不知道儿子的兴趣和这些年的经历,因为他们已经几个世纪没有交流过了。瓦尔莫兰本来希望能够通过自己跟儿子在法国单独相处的这几个月时间,好好跟儿子交流交流,重建父子,或者说男人之间的关系。他必须向儿子证明自己的爱,以及向他澄清奥尔唐斯和他们生下的几个女儿并不会改变莫里斯是家族唯一继承人的事实。然而,每次当他提到这个话题的时候,都得不到莫里斯的回音。"莫里斯,你要知道长子继承制是蕴含着很多智慧的。家族的财产不会平分给每个孩子,因为每分一次,家族的财富就会减少一次。你作为长子,会完整地继承全部财产。同时,你还必须照顾好妹妹们。日后当我不在了,你就是瓦尔莫兰家族的大家长。现在是培养你的时候了。你得开始学习投资和经营种植园,你还得学会社交。"瓦尔莫兰对儿子说,得到的却是沉默。父子之间的对话还没开始就结束了,剩下的只是这位父亲的自言自语。

莫里斯沉默地观察着这个拿破仑统治下的法兰西,这个常年处于战乱中的地方,它的博物馆、宫殿、公园和大道,这些都是父亲想要向自己展示的。他们还去了掩埋在一片废墟中的家族城堡,里面现在住着祖母和两个姑姑。晚年的祖母还得照顾她的两个老姑娘,比起她们的母亲,这两个女人被时间和孤独摧残得更加枯萎憔悴。祖母是一个很骄傲的老太太,她穿着路易十六时代款式的衣服,根本不理会外面世界的更新变化。她整个人的意识还停留在法国大革命之前,那些关于恐惧、断头台、逃亡到意大利以及回到这个已经面目全非的祖国的记忆都从她的脑海中统统被抹掉了。当她看到图卢兹·瓦尔莫兰这个已经在自己身边缺席了三十多年的儿子时,她向他伸出了自己的一只干瘦的手让他吻,每一根手指上都戴着一个过时的戒指。然后,她命令女儿们给瓦尔莫兰倒热巧克力喝。他向老母亲介绍了自己的儿子,并努力想要把自己从二十岁时登船前往安的列斯群岛一直到今天为止这么多年的人生经历总结给她听。她听着但没有发表评论,在旁边的两个妹妹一边为他递上热腾腾的饮料和老式的点心,一边小心翼翼地盯着他。她们还记得当初这个自以为是的哥哥只用一个漫不经心的吻就当作告别。他带着一个男仆和几个行李箱就去父亲所在的圣多明戈待了几周,从此再也没有回来。她们根本认不出眼前这位头发稀少,长着双下巴和啤酒肚,说话带着一股奇怪口音的哥哥。她们知道一些关于殖民地奴隶起义的事情,也道听途说过一些黑人们在那座堕落之岛上所犯下的暴行,但她们却无法将这些事情与自己的家人联系在一起。她们不关心那里的人们靠什么生活。沾满人血的蔗糖、叛乱的奴隶、被烧毁的种植园、逃亡以及其他从哥哥口中得知的消息对她们来说都如同天书一样难以理解。

相反,母亲却很清楚瓦尔莫兰谈到的这些事情,但这个世界上已经没有什么真正让她关心的事了。她的那颗心早已对这个世界的人情变故无感了。因此,她只是漠不关心、一言不发地听着他说,最后只问了一个问题,那就是自己能否再多得到一些钱,因为这些年瓦尔莫兰定期寄回来的钱加在一起才勉强够她们母女三人维持生活。修葺这幢被岁月和战乱摧残得不成样子的老宅子要用钱,母亲说道,不然,当她撒手人寰的时候,恐怕两个女儿就得露宿街头了。瓦尔莫兰和莫里斯只在这个阴森森的家里待了两天的时间,但他们感觉就如同两个星期么漫长。"后会无期了。最好是这样。"这是老妇人在跟自己的儿子和孙子分别时说的话。

除了高级妓院,莫里斯顺从地陪着父亲去了各种地方。瓦尔莫兰本来是打算花大价钱邀上巴黎最贵的名妓,跟儿子一起纵情狂欢一下的。

"你怎么了,儿子?这是很正常而且必要的事情。这就是男人发泄身体里的欲望、释放压力的方式。这样才可以在其他事情上更加专注。"

"我的专注力很好,先生。"

"莫里斯,我跟你说过叫我爸爸。我想你跟你舅舅桑丘一起旅行的时候已经……好吧,你以后也有的是机会……"

"这是个人的隐私。"莫里斯打断了他。

"我希望美国学校没有把你教成一个虔诚的教徒或者是娘娘

腔。"他的父亲用一种开玩笑的语气说道,但听上去像是一句生气的嘟囔。

小伙子没有再多言语。感谢他的舅舅桑丘,莫里斯已经不是处男了。因为在去年夏天的假期中,桑丘用一个巧妙的办法给他上了一节性启蒙课,解决了小伙子的生理需要。他始终觉得外甥对于性的欲望和幻想都低于同年龄的男孩子,但莫里斯是个浪漫主义者,沦为金钱交易的爱让他不齿。因此,桑丘觉得在这方面推他一把是他作为舅舅义不容辞的责任。他们来到了位于佐治亚的繁华港口城市萨凡纳。桑丘已经迫不及待想要享受这座城市的灯红酒绿了,莫里斯也感到同样的兴奋,因为哈里森·科布老师曾把这里作为典型来诟病它的道德形态。

佐治亚是英国于1733年在北美建立的最后一个殖民地,而萨凡纳是这里的第一个城市。第一批殖民者跟当地的土著民保持着友好的关系,才让这里免于重复跟其他殖民地一样的厄运。最初这里不仅禁止奴隶制,就连烈酒和律师也不被接受。但很快,人们发现这里的气候和土壤非常适合种植玉米和棉花,随后奴隶制便获得了合法性。独立之后,佐治亚成了联邦州,而萨凡纳也发展成了贩运非洲人口进入美国的口岸,以满足该地区种植园的劳动力需求。"莫里斯,这座城市会向你证明在贪欲面前,人的品德操守都不值得一提。只要能发财,绝大多数人都会出卖自己的灵魂。你根本想象不出佐治亚的种植园主靠着这些奴隶的血汗劳动,过的都是什么样的日子。"哈里森·科布老师曾慷慨激昂地说道。对于莫里斯来说,这一切都不需要想象,因为他曾经在圣多明戈和新奥尔良生活过,但他还是接受了桑丘舅舅的提议,决定跟他去萨凡纳过暑假,不辜负老师的一番苦心。"要想击垮奴隶制,光热爱正义是不够的,莫里斯。还必须看清事实,充分了解法律和政治机器。"科布这样认为。他想用自己年轻时失败的教训指导莫里斯的成长,让他不再走自己的老路。这个男人很清楚自己的局限性,他没有强大的魄力和强健的身体可以支撑他完成年轻时的梦想:跟国会斗争到底。但他是一个好老师,因为他懂得欣赏学生身上的天资以及塑造他的性格。

当桑丘·加西亚·德尔·索拉尔在随心所欲地享受着萨凡纳的美妙和好客时,莫里斯却对自己享受到的一切感到不安和愧疚。等他回到学校的时候,该怎么跟老师说这些事情呢?说他自己待在一个舒服的酒店里,被一堆殷勤的用人悉心伺候着,以及像个纨绔子弟一样,成天都在声色犬马中度过。

他们在萨凡纳待了不到一天的时候,桑丘便跟一个苏格兰寡妇交上了朋友。她就住在离他们酒店两条街远的地方,并且主动提出要领着他们二人逛逛这座城市,看看它的豪宅、纪念碑、教堂和公园,而这一切都是在一场毁灭性的大火之后精心重建的。寡妇说话算话,带着她漂亮的女儿吉赛尔一起来了。他们一行四人便开始了这场城市漫步。对于舅舅和侄子来说,这样的安排是再合适不过的了。于是,他们便经常待在一起。

每当桑丘和那位母亲在无休无止地玩纸牌,或者时不时从酒店里玩失踪的时候,吉赛尔便负责带着莫里斯继续了解周边的景观。他们两个会单独骑马去郊游,从而远离了苏格兰寡妇的监视。这也让莫里斯感到吃惊,因为他从来没见过哪个女孩子拥有这么多自由。有好几次,吉赛尔把莫里斯领到了一个无人的海滩上,他们会在那里开一瓶葡萄酒,随便吃点东西。吉赛尔的话不多,而且说的都是些稀松平常的事情,这样莫里斯便不会感到太局促,还滔滔不绝地说出了那些平日里被他压抑在胸腔里的言语。他终于找到了一个愿意倾听他谈论那些关于哲学的话题而不会无聊到打呵欠的人。有几次,女孩有意无意地用自己柔软的手指触碰他的身体。都怪海边的日落太美丽，才让这对年轻人情不自禁更加大胆地靠近彼此的身体。他们二人在野外隔着衣服做爱的时候，一边要饱受蚊虫叮咬之苦，一边还得小心防着被人发现。这种行为让莫里斯很有成就感，而吉赛尔却感到无趣。

假期剩下的时间过得飞快，少年莫里斯也自然而然地恋爱了。爱情的产生加深了莫里斯对吉赛尔的自责，他自责玷污了姑娘的贞洁。只有一个办法可以体面地弥补他的过失，他前思后想才勉强鼓足了勇气对桑丘说。

"我要向吉赛尔求婚。"他对舅舅宣布。

"你疯了吗，莫里斯？你都还没学会擦干自己的鼻涕，就要谈结婚？"

"舅舅，请你尊重我。我已经是一个男子汉了。"

"只是因为你跟那个姑娘睡了，就觉得自己是男子汉了？"桑丘发出了一阵响彻云霄的笑声。

为了这件糟心事，桑丘差点没来得及躲过外甥的拳头，但这事很快便解决了。苏格兰寡妇解释说姑娘不打算继续当她的女儿了，姑娘本人也澄清说吉赛尔只是她的艺名，她自己也不是十六岁而是二十四岁，自己是桑丘花了钱雇来调教莫里斯的。这位舅舅承认自己犯下了一个弥天大错，他本来是想开个玩笑的，但没想到失手把事情弄成这样。莫里斯也发誓自己此生再也不与舅舅说话了。然而，当他们回到波士顿，莫里斯就收到了两封来自罗塞特的书信，之前对那位萨凡纳少女的一时热情瞬间就消失了。这样，他才肯原谅舅舅。临别的时候，舅舅和外甥还是跟以往一样紧紧地拥抱彼此，相约明年再见。

在这趟与父亲的法国之行中，莫里斯对在萨凡纳发生的故事只字未提。好几次,瓦尔莫兰在灌醉了儿子之后,执意要带上莫里斯跟露水情人们快活快活,但都没能让儿子改变主意。最后他决定不再提这个话题,直到他们回到新奥尔良,他准备在家中为莫里斯安排一层供他自己住的房间。在那儿,像他这种情况的克里奥尔年轻人都是这么开始自己的生活的。此时此刻,他不允许儿子跟自己就性这个问题的分歧破坏他们之间才刚刚建立好的、本就脆弱的父子关系。

间　谍

　　距离自己母亲策划的这场蓝带舞会还有三个星期的时候,让-马丁·勒莱出现在了新奥尔良。他这次是作为伊西多尔·莫里塞的秘书来的,身上没有穿那件十三年来天天套着的军校制服。这位伊西多尔是一位科学家,此行的目的是探测、评估安的列斯群岛和佛罗里达地区的地质条件,以便兴建新的蔗糖厂,因为圣多明戈的殖民地给法国人造成的损失已经是不可逆转的了。在新成立的海地黑人共和国,德萨林将军正在大规模地清理岛上所有的白人,这些人当初也是他亲自邀请回到岛上的。如果说拿破仑在武力攻占的计划失败后,本来还愿意尝试着跟海地达成某项贸易协定的话,那么在他得知德萨林对白人进行的血腥屠杀之后,便打消了这个想法。在这场白人大屠杀中,就连婴儿也没有幸免于难,统统都被埋入了万人冢。

　　伊西多尔·莫里塞长着一双深不可测的眼睛,鼻骨断了一截,厚厚的背部肌肉就快要撑破他的外套。在航海旅行中,他的皮肤已经被毒辣的太阳灼烤成了红砖色。他说话总是只说一个字,因此一开口就不招人待见,而且就是因为他话说不长,每次听上去都跟人在打喷嚏一样。他在回答别人问题的时候总是大声喘着粗气,脸上带着一副不信任别人、见不得人好的表情。莫里塞一到当地就受到了克莱伯恩州长的热情接待。作为一位声名远扬的外宾,莫里塞值得拥有这么高规格的礼遇。因为,那些科学机构写的推荐信证实了他的名望。它们被装在一个绿色的皮质压纹文件夹里，由秘书呈递给州长。

克莱伯恩身上还穿着丧服，他的妻子和女儿在最近的一场大流行的黄热病中不幸逝世。这位深肤色的秘书引起了他的注意，根据莫里塞把他介绍给自己的方式，克莱伯恩觉得这个穆拉托年轻人应该是自由民，于是也礼貌地跟他打了招呼。州长心想，要给这些地中海地区形形色色的人贴标签分类可真是太难了。克莱伯恩不是很会欣赏男性的阳刚之美，但他却被眼前这位年轻人的精致五官吸引住了。他那浓密的睫毛、柔美的嘴唇和长着一个酒窝的圆下巴，跟他瘦削但灵活的身体形成了对比，因为身材比例明显是男性的身体。这位文明有礼的年轻秘书还是莫里塞此行的翻译，因为莫里塞只会说法语。他的英语水平明显还需要加强，但对于本就少言寡语的莫里塞来说完全绰绰有余。

州长敏锐的直觉告诉他这两位来客对自己隐瞒了一些东西。他并不相信他们是冲着蔗糖生意来的，这跟他怀疑那位打手模样的科学家的身份一样。但这些疑虑并不会成为他怠慢客人的理由，他还是按照新奥尔良的惯例，尽了自己的地主之谊。州长自己没有奴隶，所以午餐是由几个自由黑人为他们服务的，餐食非常简单。午餐之后，当他正想为他们安排住处时，秘书向他翻译了莫里塞的话，说不必劳烦此举，因为他们在这里待得不长，住在旅馆里等回法国的轮船就好了。

两人前脚刚出门，克莱伯恩就派人在暗地里跟踪他们。于是，他便得知当天下午，他们离开了旅馆。那位深肤色的年轻人朝着沙特尔街的方向去了，而浑身长满肌肉的莫里塞则骑着租的马去了圣菲利普街尽头的一家不起眼的铁匠铺。

这位州长猜得没错：莫里塞根本不是什么科学家，而是一个波拿巴派的间谍。1804年12月，拿破仑成了法兰西皇帝。大典上拿破仑自己给自己加了冕，因为就连专门被邀请过来的教皇都觉得这么做不妥。拿破仑那个时候已经征服了半个欧洲，但大不列颠一直是他的死敌。这个气候恶劣、国民粗鄙的小国一直以来都在从拉芒什海峡的另一边威胁着法国。1805年10月21日，双方舰队在位于西班牙西南部的特拉法加相遇交战。法西联合舰队由三十三艘战列舰组成，而另一边的英国拥有着由海军名将，也是海战天才霍雷肖·纳尔逊统帅的二十七艘战列舰。在这次战役中，纳尔逊在击败了敌军之后壮烈牺牲了，同时也彻底粉碎了拿破仑想要入侵英国的春秋大梦。就在那些天，波利娜·波拿巴来看望她的哥哥，对特拉法加之战的失利向他表示遗憾。此时的她已经剪去了自己的长发，并把它放在了勒克莱尔将军，也就是被自己戴了绿帽子的丈夫的棺木里。这位伤心欲绝的寡妇的戏码成了整个欧洲的笑柄。剪掉了过去被她梳成希腊女神样式的红色披肩长发的波利娜，看上去更加美丽动人了。很快，她的发式便开始流行起来。这一天，她戴着一顶镶满了鲍格才家族大钻石的高顶帽，在莫里塞的陪同下来到了法国。

拿破仑本以为来的人是妹妹的另一位情夫，因此在接待他的时候也没给好脸。但很快他就对这个男人产生了兴趣。因为波利娜跟他说，莫里塞在前往加勒比海时坐的船遭到了海盗的袭击，而他也沦为了那位赫赫大名的让·拉菲特的俘虏。莫里塞在海盗那儿待了好几个月，直到他为自己付清了赎金后才得以回到法国。在他的囚禁期间，因为下象棋跟拉菲特建立了一段友谊。拿破仑向他仔细盘问了拉菲特的船队组织。它控制了整个加勒比海地区，除了美国，其他国家的船只无一能逃得过拉菲特的袭击。这样的局面仅仅是因为这位海盗对美国的一片赤胆忠心。

拿破仑将莫里塞带到了一个小客厅里，他们二人单独在那里待了两个小时。也许拉菲特可以帮助自己走出自特拉法加败北后的困局，也就是解决如何避免英国人控制海上贸易的问题。由于拿破仑自己没有足够的海上实力与之相较，便开始计划着想要跟美国人结盟。虽然自1775年独立战争之后，英美两国一直冲突不断，但杰斐逊总统却不想被卷入欧洲人的矛盾中来。见到莫里塞之后，拿破仑突然来了灵感，也正是这种灵感让他从刚开始只拥有几支不起眼的军队到后来拥有了最高的权力。他决定派伊西多尔·莫里塞去招募海盗，以骚扰航行在大西洋上的英国船只。莫里塞明白这是个难办的任务，因为拿破仑不可能在明面上成为强盗罪犯的同伙，所以如果是他顶着科学家的身份四处航行考察，就不会太引起注意。让·拉菲特和皮埃尔·拉菲特兄弟俩这些年靠着袭击船只和海上走私轻松赚了不少钱，但美国政府无法忍受他们的逃税行为。尽管拉菲特兄弟俩明确表示出了对美国民主制度的好感，但美国人还是宣布他们的这种行为是违法的。

让-马丁·勒莱并不认识这个自己将要陪同穿越大西洋的男人。一个星期一的早晨，军校的领导把他叫去了办公室。他给了小伙子一笔钱，命令他去为自己置办一套便服和一个衣箱，因为两天后他便要登船出发了。"你不要对任何人说起这件事情，勒莱。这是一个机密任务。"领导说道。让-马丁·勒莱非常忠实于军队里接受的严格教育，连问都没问就答应了。不久之后，他便知晓选他来执行这个任务是因为自己是英文学习班上最聪明的学生，而且领导知道他的老家是法国殖民地，因此不会被热带的蚊子咬一下就翘辫子了。

这个年轻人快马加鞭地赶到了马赛，伊西多尔·莫里塞已经买好了船票在那里等他。他很感谢莫里塞看都没看他一眼，因为想到在航行中他们两个大男人要挤在一间狭小的寝舱内，他就紧张不已。让-马丁·勒莱经常会从同性那里得到某些企图不轨的暗示，而再没有什么比这种事情更伤他的自尊了。

"您不想知道我们要去哪里吗?"莫里塞问他。此时的他们已经在公海上漂了好几天了,但除了几句客套话,并没有什么交流。

"法兰西让我去哪里,我就去哪里。"让-马丁不失分寸地回答道。

"小伙子,不要跟我来军队里的那一套。我们都是老百姓,明白吗?"

"收到。"

"像正常人一样说话,可以吗?我的老天爷啊!"

"遵命,先生。"

很快,让-马丁便发现莫里塞虽然在人前话很少、不讨人喜欢,但私下里却是个好玩的人。他一喝了酒便开始滔滔不绝地侃大山,喝高了就开怀逗乐、随意说笑,仿佛变了个人一样。他的牌打得很好,总是有说不完的故事,而且他总是平铺直叙、不加修饰,几句话就讲完了。一杯又一杯的白兰地下肚,二人之间产生了一种同舟共济的兄弟情谊。

"有一次,波利娜·波拿巴邀我进她的闺房。"莫里塞说道,"一个只穿了一条裤头的安的列斯的黑人,竟然当着我的面,抱着她给她沐浴。这个波拿巴家的女人就是喜欢炫耀自己能够征服任何一个男的,但在我这儿不灵。"

"这是为什么呢?"

"我很烦女人没头脑。"

"那您就不烦男人没头脑?"这个年轻人带着一丝调侃的意味,开玩笑地说道。几杯酒下肚,他的胆子大了许多。

"比起人,我更喜欢马。"

比起良驹宝马和女人的美艳,让-马丁更感兴趣的是海盗。他

407

又一次成功地将话题拉回到了他的这位新朋友被海盗俘在巴拉塔里亚岛期间的冒险经历。由于莫里塞知道就连欧洲的战舰都不敢靠近拉菲特兄弟的岛屿,所以干脆就放弃了不请自来、直接登门的想法。要是那样做的话,他们一定是还没等踏上海滩就被抹了脖子,更别提有机会向海盗们说清楚来意,陈明拿破仑的这个千秋大计了。此外,他也拿不准用拿破仑的名字能否敲开拉菲特兄弟的大门,甚至也有可能适得其反。于是他决定在新奥尔良下船,因为这里是相对中立的地区。

"拉菲特兄弟根本不受法律的约束。我都不知道该怎么找到他们。"莫里塞对让-马丁说。

"找到他们很容易,因为他们不会躲起来。"小伙子让他放心。

"您是怎么知道的?"

"从我母亲的来信中。"

在这之前,勒莱都没想到要提起自己母亲就住在那座城市的事情,因为他不认为这个微不足道的细节会跟拿破仑委派给自己的这项宏伟任务有什么联系。

"您的母亲认识拉菲特兄弟?"

"所有人都认识他们,他们是密西西比河之王。"让-马丁回答道。

下午6点,维奥莱特·布瓦西耶仍赤身裸体地躺在桑丘·加西亚·德尔·索拉尔的床上。一场激情过后,她浑身湿透,正在小憩。自从特特母女搬进了她家,再加上前来上课的女学生,维奥莱特和桑丘私会的地方就变成了后者的住处。他们在这里做爱或者她仅仅就过来睡个午觉。刚开始的时候,维奥莱特还有心想要打扫、美化一下环境,但她本就没有给人当女佣的潜质,而且她也不想把情人之间宝贵的私密时间浪费在收拾桑丘的猪窝上。桑丘这里唯一的一个仆人只会煮咖啡。他是瓦尔莫兰借给桑丘的,因为也不可能有人愿意出钱买他。他曾从高处摔倒,脑袋摔坏了,走路的时候还会自己发出笑声。这样的人自然是奥尔唐斯·基佐忍不了的。但桑丘能忍得了,甚至还挺喜欢他,因为他咖啡做得不错,而且他每次去法兰西市场采购东西的时候,不会私自贪下那些找零。但维奥莱特有点烦他,因为她觉得这个人在她跟桑丘做爱的时候,会悄悄监视他们。"女人,这完全是你的臆想。他那么笨,根本不会有这种坏心思。"情夫安慰她说。

就在此时,跟住在这条街上的其他女人一样,卢拉和特特搬了两把柳编椅子到黄房子的门口,坐在落日余晖下休息。屋里传来的练琴声会时不时地打断这个秋日下午的安宁。卢拉正眯着双眼,边吸着黑雪茄,边享受着难得身心放松的片刻休息。特特则是在一旁织着一件婴儿的小衣服。目前她的肚子还看不出来,但她已经将这个消息告诉了她身边仅有的几个女伴,唯一一个对此感到吃惊的人是罗塞特。她实在是太专注于自己的事情,以至于都没有注意到自己母亲和扎卡里的恋爱关系。就是在那个时候,在那里,卢拉和特特见到了让-马丁。他此前没有写信告知自己的行程,因为他得到的命令就是秘密执行任务,况且即使是写了信,信到的肯定也比人晚。

卢拉没有在等让-马丁,她已经好多年没有见到过他了,因此并没有认出他来。当他站在她面前的时候,卢拉也只是又吸了一口雪茄。"是我啊!让-马丁!"年轻人激动地大喊。这位大妈透过烟雾,盯着他看了好几秒钟才认出来眼前的男子就是她的大宝贝,她的小王子,她最最心爱的人。她欣喜的尖叫声响彻整条街道。她拦腰抱起了他,还把他举了起来,对着他一顿狂吻,泪流不止,而让-马丁则是努力地想要站回到地上,让自己看上去不那么像个被娇惯的孩子。

409

"妈妈呢?"他好不容易从卢拉的怀里挣脱出来,一边理着自己的帽子一边问道。"在教堂里,孩子。她在那里为你死去父亲的灵魂祈祷。我们先进家门吧!我先给你准备一杯咖啡,我让我的好朋友特特去把你妈妈寻回来。"卢拉毫不迟疑地回答他说。说完,特特便朝着桑丘家的方向飞奔而去。

在客厅里,让-马丁见到了一个穿得像天仙般的小姑娘,她头顶着一个咖啡杯正在练习弹钢琴。"罗塞特,快看谁来了!是我的宝贝让-马丁!"卢拉兴奋地向她介绍眼前的这位小伙子。她停止了演奏,慢慢转过身来。二人互相打了个招呼,小伙子僵硬地点了一下头,还碰了一下脚跟,就跟在军队里穿着制服的时候一样。小姑娘眨了眨眼睛,垂下她那长长的睫毛。"欢迎您,先生。夫人和卢拉没有一天不说到您。"罗塞特按照她从乌尔苏里纳修女那里学到的那一套规矩很有礼貌地说道。事情再清楚不过了。维奥莱特和卢拉对这个男孩的回忆就像幽灵一样飘浮在这个家的各个角落。听了那么多关于他的事,罗塞特早就知道他是谁了。

卢拉接过了罗塞特从头上拿下来的杯子,便去煮咖啡了。从院子里都能听得到她欢呼的声音。罗塞特和让-马丁静静坐在各自的椅子边上,时不时地偷瞄彼此,仿佛已经认识了很久一样。二十分钟后,当让-马丁想去拿第三块蛋糕吃的时候,维奥莱特气喘吁吁地回来了,身后紧跟着特特。让-马丁觉得自己的母亲比记忆中更美了,他也没问她为什么披头散发地就出门做弥撒了,连衣服上的扣子都扣错了地方。

特特站在门槛处,开心地看着这个浑身不自在的年轻人被他的母亲拉着手亲个不停,还被卢拉不停地捏脸颊。湿咸的海风把他的皮肤吹得黑了好几个度,在军营里度过的那些日子更是让他整个人都变得更加强壮坚韧了,而今天的这一切,都是因为受到了那个被让-马丁认为是自己父亲的男人的启发。他记忆中的艾蒂安·勒莱是一位强壮、冷静、严肃的父亲。正因为如此,他非常珍惜父亲仅仅在家人面前才会表露出的对自己的百般呵护和宠爱。与之相反的是母亲和卢拉,她们一直拿让-马丁当个小崽子,很显然到现在仍是如此。为了掩盖自己漂亮的脸蛋,他总是与人保持着夸张的距离,还会摆出一副冰冷的姿态,脸上也是挂着军人常有的石头一般僵硬的表情。小的时候,让-马丁得忍受别人经常把他认成女孩。成年以后,他的同学们要么喜欢拿他开那方面的玩笑,要么就会爱上他。卢拉和母亲当着罗塞特和这个他还没听清楚名字的穆拉托女性的面,对他这么又亲又抱的,让他羞臊不已。然而,他又不敢拒绝她们。特特并没有注意到让-马丁跟罗塞特有很多地方长得很像。她以为自己女儿只是跟维奥莱特神似,而这种相似度由于这几个月的礼仪训练而表现得更加明显,因为女孩子在举手投足间都在模仿着她的老师。

与此同时,莫里塞去了圣菲利普街上的一家铁匠铺。因为他通过调查,得知这里实际上是一个走私货品的交易场所,但他没找到自己要找的人。他曾想要给让·拉菲特留言,想要利用他们二人在下象棋时建立的友谊,约他见个面。但他意识到这将是个巨大的错误。虽然他伪装成科学家在新奥尔良当间谍已有三个月的时间了,但还是没能做到在执行任务时处处谨慎小心,经常一不小心险些酿成大祸。那天更晚些时候,当让-马丁把他介绍给自己母亲时,维奥莱特大方地提出要领着他去找海盗,这让莫里塞不由心生防备,而这种谨慎在维奥莱特看来十分可笑。所有人都挤在黄房子的客厅里,除了主人一家,还有前来认识让-马丁的帕尔芒捷医生、阿黛勒、桑丘和其他几个女邻居。

"我知道拉菲特的脑袋价值不菲。"这位科学家间谍说道。

"美国人才会这么做,莫里斯特先生。"维奥莱特笑着说。

"是莫里塞。伊西多尔·莫里塞,夫人。"

"拉菲特兄弟在我们这里很受尊敬,因为他们卖的东西很便宜。没有人想过要为了五百美金出卖他们的脑袋。"桑丘·加西亚·德尔·索拉尔插嘴说道。

他还补充说皮埃尔是个粗人,而让却是一个彻头彻尾的绅士。他会讨女人欢心,也受男人尊敬。不但会说五种语言,还写得一手好字,对朋友也是慷慨大方。因此,让称得上是一个经得住考验的真英雄,手下三千余人都愿意为了他而死。

"明天是周六。神庙里将会有一场拍卖,您想去吗?"维奥莱特问道。

"您是说神庙吗?"

"他们会在那里举行拍卖。"帕尔芒捷解释道。

"要是全世界都知道他们在哪里,那为什么还不把他们抓起来呢?"让-马丁插了一嘴。

"因为没人敢抓。克莱伯恩已经请求增援了。因为他们都不是好惹的角色,海盗眼中的法律就是暴力,武器装备也比军队厉害得多。"

第二天,维奥莱特、莫里塞和让-马丁带着下午茶的点心和两瓶葡萄酒出发去郊游了。维奥莱特已经注意到了让-马丁对罗塞特的关注,便以练习钢琴为由,把罗塞特留在了家中。作为母亲,将任何一种不合时宜的幻想扼杀在摇篮里是她的职责所在。罗塞特是她最得意的女学生,也是做姘妇的最佳人选,但她绝对不适合做自己儿子的妻子,让-马丁必须要通过一桩理想的婚姻才能跻身上层社会。在挑选媳妇这件事情上,维奥莱特已经想好了要从现实的角度出发。在此之前,她不会给儿子机会犯下任何感情上的错误。出发前的最后一刻,特特才加入了他们。她带了一些药上船,因为她正饱受着头几个月孕吐的折磨,而且她很害怕水里的鳄鱼和蛇,以及丛莽里坠落的物体。驾驶着这只摇摇晃晃小船的人是一位熟练的船夫,他闭着眼睛都能在这个布满了水道、岛屿和沼泽的迷宫里找到方向。这里永远都沉浸在一片恶臭的浓雾中,有成片聚集的蚊虫。对于非法交易和见不得人的勾当来说,是再理想不过的场所了。

私 生 子

这座神庙实际上是一座位于三角洲沼泽中间的荒山野岛,上面覆盖着被时间侵蚀的贝壳碎片,还种满了橡树。这里原来是印第安人祭祀的地方,还保存着祭坛类的遗迹,因此得名神庙。跟所有的星期六一样,拉菲特兄弟一大早就摆好了拍卖的一切物品。这是他们的惯例,除非这一天正好是圣诞节或是圣母降临日。河岸边停靠着一排排各式各样的船只:浅船、渔船、小艇、独木舟,还有带遮阳篷的女士专用私人船和运输货品的破旧驳船。

海盗们搭了几个帆布帐篷用来展示他们的财宝,还免费向女士们提供柠檬水,向男士们提供牙买加朗姆酒,以及给孩子们发糖果吃。空气中弥漫着死水混合着油炸辣味小龙虾的味道,它们被盛放在玉米叶上分发给大家吃。人群中还有乐手、流浪艺人和驯狗师,整座神庙都沉浸在一片节日的气氛中。在一块木板上站着四个成年人和一个光着身子的两三岁小孩,他们都是有待售卖的奴隶。那些感兴趣的买主通过检查他们的牙齿来判断年龄,检查眼白来确认他们是健康的,以及检查他们的肛门以确保没有被麻屑堵住,因为这是用来掩盖腹泻的惯用伎俩。一位撑着蕾丝镶边阳伞的上了年纪的女士正用一只戴着手套的手称量着其中一名男性奴隶的生殖器。

皮埃尔·拉菲特已经启动了此次的拍卖。他们卖的东西五花八门:水晶灯、袋装的咖啡豆、女人的衣服、武器、靴子、铜像、肥皂、烟斗和剃刀、银质茶壶、袋装的胡椒和肉桂、家具、画幅、香草、圣餐杯、教堂的烛台、红酒柜,还有一只被驯好的猴子和两只鹦鹉,如此毫无章法的陈列就好像专门是为了弄晕顾客一样。没有人空手而归,因为拉菲特兄弟除了卖东西,还做借钱放债的买卖。皮埃尔极力宣传这里的每一件商品都是独一无二的,不过确实应该如此,因为它们都是海盗们从公海的商船那里掠夺来的。"女士们、先生们,这只瓷瓶抵得上一座皇宫!""知道这一层白釉镶边的锦纹涂层值多少钱吗?""诸位不可能再有机会碰到这么好的东西了!"听了他的这些话,人群中发出了一阵阵的欢笑和嘘声,但是由于皮埃尔很会忽悠,拍卖品的价格一路飙升。

与此同时,让·拉菲特正随意地游走在人群中。他穿着一身黑衣,只有袖口是白的,领口处有一圈镶边,腰间还别了手枪。他那亲切的笑容和迷人深邃的眼神随时都能迷倒一片。他向维奥莱特·布瓦西耶夸张地鞠了一躬,维奥莱特也在他的两颊亲吻了两下。经过这么多年的买卖和交情,两人已经算得上是老朋友了。

"唯一一个能把我心偷走的美人,我能为您做些什么呢?"让问她。

"我亲爱的朋友,您就别跟我这儿献殷勤了,因为我今天不是来买东西的。"维奥莱特边笑边指了指与她保持了四步距离的莫里塞。

让·拉菲特费了一会儿工夫才认出眼前的这个男人。显然他是被莫里塞这一身探险家的行头,还有他那剃得光滑平整的脸蛋和厚厚的玻璃镜片给弄蒙了,因为他记忆中的莫里塞留着满脸胡髭。

"莫里塞?真的是您啊!"最后,让一边拍了拍他的背,一边大叫道。

这位间谍不自在地看了看四周,将自己的帽檐压低到了眉毛的位置。如果有人将让·拉菲特对自己表示出的这种热情作为他们之间交情的证据传到克莱伯恩州长那里,局面将对他不利。但实际上,没有人注意到这些,因为此刻皮埃尔正在拍卖一匹众人垂涎的阿拉伯马。让·拉菲特把他带到了其中的一个帐篷里,在那儿他们可以单独聊一会儿,还能喝点白葡萄酒来解暑。间谍先生向他告知了拿破仑的合作提议:他们将获得私掠许可证,也就等于他们劫掠商船的行为拥有了法国政府的官方授权。作为交换,他们必须要让英国船只遭到重挫。拉菲特和颜悦色地回答他说,实际上,自己并不需要得到任何许可和授权,因为这些本来就是他们一直在做的事情,以后也是一样。这样的一个私掠许可证只会让他们放弃袭击法国船只,而这种限制对他们来说意味着一笔可观的损失。

"您的行动将因此具有合法性。你们的身份也不再是海盗了,而是私掠船员。这样的身份也更容易被美国人接受。"莫里塞争辩道。

"唯一能改变我们跟美国人之间关系的事情就是交税。但说实话,我们还没有考虑这种可能性。"

"一个私掠许可证是很有用的……"

"除非我们的船上挂着法国国旗。"

寡言的莫里塞解释说这一点并没有包含在拿破仑的提案里,他们的船上还是得继续挂着卡塔赫纳的旗帜,但是他们会拥有在法国的领土内合理避难的权利。他一口气说完了比这么长时间加在一起都要多的话,最后拉菲特说,会回去商量一下再告诉他,因为像这类事情都是由兄弟们投票决定的。

"但到了最后,只有您和您兄弟皮埃尔的投票才管用。"莫里塞一针见血地说道。

"您错了。我们比美国人,当然也比法国人民主得多。两天后我会给您答复。"

帐篷外面,皮埃尔·拉菲特已经开始进行奴隶拍卖了,这也是今天的重头戏。在一片嘈杂的竞拍声中,他的声音也越叫越高。被拍卖的奴隶中唯一的一个女人将自己的小孩紧紧地抱在怀里。她向一对买主夫妇恳求不要将她跟孩子分开,并说自己的孩子又听话又聪明,这时皮埃尔也在一边宣传她生孩子的能力。她已经生过好几个了,但还在生育。看到这一幕,特特既揪心又惊恐,但她不可以叫出声来。她可以想象到这个不幸的女人失去了多少个孩子,以及现在当她被拍卖时所遭受的羞辱。特特想至少自己没有经历过这样的痛苦,罗塞特也是安全的。有人议论说这些奴隶是从海地来的,是由德萨林的经理人直接交到拉菲特兄弟手上的。通过这种方式,德萨林才能充实自己的武器库,顺便发点财,而他卖的这些奴隶正是曾与他一起为了自由并肩作战的黑人。特特心想,要是甘博目睹这一切,一定会大发雷霆。

拍卖就快要结束的时候,人群中传来了一声熟悉的大嗓门,那是欧文·墨菲的声音。他要出五十多美金买下母亲,另外再出一百买下孩子。皮埃尔按规定等了一分钟,但没有人加价,于是他宣布这两个奴隶将属于这位留着黑胡子的客人。那位奴隶母亲这才松了一口气,一下子瘫倒在台上,但手上仍然没有松开因为惊吓而啼哭不止的孩子。皮埃尔·拉菲特的一个助手抓住了她的一只胳膊,并把她交给了欧文·墨菲。

这个爱尔兰男人朝着船停靠的地方走去,身后跟着那个女奴隶和小孩。特特从惊诧中回过神来,一边叫着欧文·墨菲的名字,一边追在他们后面。他正常跟她打了个招呼,并没有表示出特别的热情,但脸上却流露出了见到特特的高兴之情。他告诉她,他的大儿子布兰丹一夜之间就结婚了,而且很快他跟妻子就要做祖父母了。他还提到了他们正在加拿大买地,不久之后便会举家搬过去,包括儿子和儿媳，在那里，他们会开始新的生活。

"我能想象到瓦尔莫兰先生一定不会同意您的这个计划。"特特说。

"之前有一次奥尔唐斯夫人想要换掉我。我们之间的想法不一致。"墨菲回答道，"因为我买下了这个孩子。但我这么做是遵守法典的，他还没到跟母亲分开的年龄。"

"这里没有什么法律是有效的，墨菲先生。海盗们可以为所欲为。"

"因此，我选择不跟他们打交道。但我没有决定权，特特。"这个爱尔兰人对她说道，一边还指了指远处的图卢兹·瓦尔莫兰。

瓦尔莫兰站在远离人群的地方，正在和维奥莱特·布瓦西耶说话。二人站在一棵橡树下面，她撑着一把日本阳伞，他一只手拄着手杖，另一只在用手帕擦汗。特特后退了几步，但是太晚了：瓦尔莫兰已经看见了她，她感觉自己必须上前去。让-马丁跟在她身后，之前他一直站在拉菲特的帐篷旁边等着莫里塞。片刻之后，所有人都聚在了那棵橡树稀疏的树荫下。特特跟自己的旧主人打了个招呼，但没有看他的正脸，可她还是注意到他比之前更胖，皮肤也被太阳晒得更红了。特特很后悔自己亲手为帕尔芒捷医生配制了有助于降低血液温度的药方子。眼前的这个男人只要动动手指就能要了她和罗塞特的命，还是早死早好。

当维奥莱特介绍她儿子的时候，瓦尔莫兰全神贯注。他一边上上下下地打量让-马丁，一边赞扬他修长的身形、身着素服却展现出的优雅气质以及脸上完美的五官比例。让-马丁弯下腰向他行了个礼，表示出了自己对对方的年龄和社会阶级的尊重，然而瓦尔莫兰却向他伸出了一只布满了黄斑的胖乎乎的手。让-马丁不得不伸出了自己的手，瓦尔莫兰将年轻人的手握在自己的两手之间，握了很长时间,同时脸上还带着一副难以描述的表情。让-马丁感到自己两颊发烫,突然把手缩了回来。这已经不是第一次有男人对他发出这种暗示了,他懂得如何平静地处理这种尴尬的事情。但这个变态男的无礼行为让他感到尤其气恼、难堪,而且自己母亲还在一旁目睹了这种场景。他表现出了十分明显的拒绝,瓦尔莫兰立马意识到他误会了自己的行为。他不但没有道歉,反而大笑了一声。

"我看这个奴隶生的孩子也太小心眼了!"他笑着大声说道。

空气中出现了一阵压抑的沉默,瓦尔莫兰说的那些话就像兀鹫的利爪一样刺进了在场每一个人的心中。空气变得更加炽热,阳光也更加刺眼,集市上的味道越来越令人作呕,人群的嘈杂声也越来越大。然而,瓦尔莫兰并没有意识到自己刚说的那番话所造成的影响。

"您说什么?"让-马丁面色苍白,他清了清嗓子,一字一句地问道。

维奥莱特抓住了他的一只胳膊,想要把他从这里拽走。但让-马丁却挣脱了母亲,与瓦尔莫兰正面相对。他习惯性地将自己的一只手伸到胯部,如果他现在穿着制服的话,抓住的就应该是剑柄。

"您侮辱了我的母亲。"他粗吼了一声。

"维奥莱特,你别告诉我,这个小伙子不知道自己的出身啊!"瓦尔莫兰的话里还是带着嘲讽的意味。

维奥莱特没有接话。那把阳伞从她的手中滑落,滚到了嵌满贝壳的地面上。她用双手捂住了自己的嘴,吓得瞪圆了双眼。

"先生,您欠我一个道歉。我将在圣安托万花园里等您和您的见证人来。我给您最多两天时间,因为第三天我就要出发回法国了。"让-马丁向瓦尔莫兰发出了正式通知。每一个字他都说得清晰无比。

"孩子,你别傻了。我是不会跟你这个层次的人决斗的。我刚才说的都是事实。你去问你妈妈好了。"瓦尔莫兰边说边用手杖指了指女人们，然后便转过身，一摇一晃、不紧不慢地朝着停船的地方去找欧文·墨菲了。

让-马丁想要追上去给他正脸一拳，但维奥莱特和特特一起死死拖住了他。就在这时，伊西多尔·莫里塞来了。当他看到自己的秘书气红了脸，正在跟两个女人拉扯争斗时，从背后抱住了让-马丁不让他动弹。特特胡诌了一通，说他们刚刚跟一个海盗起了口角，必须赶紧走人。间谍先生表示同意，因为他不希望这种事情破坏自己跟拉菲特的交易。因此，他用他那双有力的大手按着年轻人，一直把他按到船上，女人们也跟着上了船。船夫在船上等着他们，点心篮里的东西一点也没动过。

莫里塞很担心让-马丁。他把自己的一条手臂搭在让-马丁的肩上，做出一副父亲的架势，想要问明白到底发生了什么。但是让-马丁一把推开了他的手，转身背对他，两眼直直地盯着水面。在他们乘船穿过这个沼泽迷宫直到回到新奥尔良的这一个半小时中，没有人说话。莫里塞独自一人朝着旅馆走去，他的秘书不再服从他的命令，而是跟着维奥莱特和特特去了沙特尔街。维奥莱特回到自己的房间，她关上了门，躺倒在床上大哭不止。让-马丁则像一头发怒的狮子一般在院子里来回踱步，想等母亲平静下来以后好好盘问她。"卢拉，你知道我母亲以前的事情吗？你有义务告诉我！"他冲着这个过去被他称作外婆的女人大声命令道。卢拉没有料到在神庙里发生的事情，她原以为让-马丁指的是维奥莱特年轻的时候是法兰西角最美交际花的事情，当时她的名声响到就连漂泊在远海的船长之间都会口口相传。哪怕她的宝贝小王子冲着自己大喊大叫，卢拉都不打算把这种事情告诉他。维奥莱特已经很小心地抹去了自己在圣多明戈过去的一切，卢拉是她身边最忠实的那个人，更不可能背叛她,泄露这个秘密。

夜晚降临的时候,当哭声渐渐平息了之后,特特给维奥莱特端来了一碗治疗头痛的药汤。她还帮她脱去了衣服,梳理了一下她那乱成了鸡窝似的头发,用玫瑰花水替她擦洗了身子,给她披上了一件薄衬衣,随后坐在她的床边。房间的百叶窗都关上了,在一片昏暗中,特特鼓足勇气开了口。这些年她们在一起生活和工作,互相之间已经建立起了一份信任。

"夫人,这不是什么大事。您就当那些话从来没有被说出来过。以后没人会重复它们,您和您的儿子可以继续跟往常一样生活。"特特安慰她说。

她以为维奥莱特·布瓦西耶不是像她自己所讲的那样生来就是自由民,而是在年轻时沦为奴隶。不能怪她隐瞒了这件事情。也许在老勒莱为她赎回自由身并娶她为妻之前,她就有了让-马丁。

"但是让-马丁已经知道了!他永远不会原谅我骗了他。"维奥莱特答道。

"夫人,承认自己曾经的奴隶身份不是一件容易的事。但重要的是,此刻你们母子二人都拥有自由。"

"特特,我从来没有做过奴隶。事实是我不是他的生母。让-马丁生来是奴隶,是我的丈夫买下了他。只有卢拉一人知道这件事情。"

"那瓦尔莫兰先生是怎么知道的呢?"

于是,维奥莱特告诉了特特自己当年是在何种情形之下从瓦尔莫兰手中接过的孩子。他是如何将这个裹在一条毯子里的新生儿送到她这里来,并恳请她照顾他一段时间,以及她和丈夫最后为何会决定要收养这个孩子。他们没有调查这个孩子的出身,但也能想得到他应该是瓦尔莫兰跟家里的某个女奴生的。特特没有再听下去,因为之后的故事她都知道。在此之前,在无数个不眠的夜晚,她都在幻想解开她的那个被夺走的儿子身世之谜的那一刻。但现在当他就近在咫尺,特特的内心却没有感觉到如电击般的幸福,她的内心竟没有流泪,胸中亦没有奔涌出不可抗拒的母爱,就连想要跑过去拥抱他的冲动也没有,只是觉得耳边一阵轰鸣,仿佛马车在尘土飞扬的小路上呼啸而过。她闭上了眼睛,回想起年轻人的样子。她很惊讶自己竟然没有发现一点蛛丝马迹。这一次,她的直觉没有发挥作用,甚至在她注意到让-马丁跟罗塞特有几分相似的时候,都没有料到事情会是这样。特特努力地探寻自己的内心,想要找到自己对这个孩子的那份无私的母爱。她很熟悉这种情感,并曾把它倾注在莫里斯和罗塞特身上。然而对于这个孩子,她只能感受到内心的宽慰,因为他生下来就受到了神的庇护,他有一颗明亮的主宰星,因此才会遇到勒莱和卢拉这两位贵人,他们宠爱他、教育他,军官将自己的传奇事迹作为人生财富传给了他,而维奥莱特则是辛苦地工作,为的就是能确保他有一个美好的未来。想到这些,特特并没有因为自己什么都不能带给这个孩子而感到一丝嫉妒,反而是为他高兴。

一直以来对瓦尔莫兰的仇恨就像一块又黑又硬的大石头一般沉重地压在特特的心头。但此刻,这种恨意似乎消散了许多,原本要找他复仇的坚定决心变成了对这么多年来这几位悉心呵护自己儿子的人的感激。她不需要去想自己该如何面对现在的局面,因为这份感恩会告诉她下一步该怎么做。对着全世界宣布自己才是让-马丁的生母,去向他索要那份明明属于另一个女人的儿子对母亲的爱,又能带来什么益处呢?特特选择向维奥莱特坦白真相,而不是沉湎于过去让她饱受折磨的痛苦经历,因为在这几年中,这份痛苦已经减弱了。此刻正在院子里来回踱步的年轻人对于她来说就是个陌生人。

命运让这两个女人彼此怜惜,她们的手紧握在一起,抱头痛哭了好一会儿。最后,她们的泪流干了,一致认为既然瓦尔莫兰说的那些话已经无法抹去了,那她们就要把对让-马丁的伤害减到最小。告诉他维奥莱特其实不是他的母亲,他其实是一个白人的私生子,之后还被卖给了别人,这样做能带来什么好处呢?他最好是继续相信从瓦尔莫兰嘴里听到的话,因为说到底,这就是真相:他的母亲的确曾是奴隶。他也无须知道维奥莱特曾是交际花,或者知道勒莱因生性残暴而出名。让-马丁会认为维奥莱特是为了保护自己才掩盖了自己曾经为奴的污点,今后他还会继续以自己是勒莱家族的后代为荣。两天后他便会回到法国,回到军队生活中。在那里,这种出身偏见对他造成的伤害会比在美国或者在殖民地时小得多。到那时,瓦尔莫兰的那些话就会被他遗忘在记忆的角落里。

"我们要把这件事情永远埋在心里。"特特说。

"那我们拿图卢兹·瓦尔莫兰怎么办?"维奥莱特问她。

"夫人,您要去他那里一趟。您得向他解释他不宜泄露某些秘密的原因。这个原因就是,您有办法让他的妻子还有全城人都知道他是让-马丁和罗塞特的亲生父亲。"

"还有就是,他的孩子们有权使用瓦尔莫兰的姓氏,以及索要他的一部分遗产。"维奥莱特狡黠地眨了眨眼,补充说道。

"这是真的吗?"

"不,特特。但这种丑闻对于瓦尔莫兰一家来说是致命的。"

恐惧死亡

维奥莱特·布瓦西耶很清楚这第一场蓝带舞会将为之后的舞会树立典范,因此它必须从一开始就区别于这里的其他节庆活动。从10月开始持续到来年4月底,这座城市就一直充满了热闹的节日气氛。她们花了大价钱把这个宽敞的地方好好装修了一番,为乐师们搭建了舞台,在每个桌几上都放了亚麻刺绣桌布,并在舞池周围为母亲和伴媪们准备了软靠椅。除此以外,还在从入口通到大厅的过道上铺了地毯。舞会当天,她们让人清理了城市街道上的水渠,并在上面盖上了木板。街道上点亮了彩灯,还有黑人乐手和舞者唱歌跳舞,气氛就跟狂欢节一样。然而,舞厅里面却是一片庄重肃穆。

此时,街上的乐声远远地传到了位于市中心的瓦尔莫兰家里。但跟这里其他的白人女性一样,奥尔唐斯·基佐假装自己什么也没听到。她心里知道外面发生的事情,因为好几个星期以来人们除了这个话题不谈别的。她刚吃完晚餐,正在客厅里做女红,身边围绕着长得跟她年轻时一样满头金发、白里透红的女儿们。她们正玩着娃娃,最小的那个还在摇篮里熟睡。现在的奥尔唐斯已然一副疲惫母亲的模样,她把自己的两颊涂得红彤彤,头上还顶着一个闪闪发光的黄色假发髻,那是女奴丹妮丝混着自己那枯黄的头发做的。她是一个人吃的晚餐,因此吃得很简单:汤、两道主食、沙拉、奶酪和三道甜点。女儿们还没到能上桌吃饭的年龄,而丈夫正在节食,因此也不接近饭桌，免得受到食物的诱惑。按照帕尔芒捷医生的建议，他让仆人将不加盐的白煮鸡肉和米饭送到书房。除了节食，他还必须多走路运动，戒掉烟酒和咖啡。要不是大舅子桑丘每天来给他讲讲新闻和笑话，赢他几局纸牌和多米诺，解解闷，逗逗乐，瓦尔莫兰恐怕早就要无聊死了。

帕尔芒捷虽然对自己心脏的老毛病抱怨个不停，但他本人却没有遵循他要求瓦尔莫兰严格执行的清规戒律，因为刚果广场的女祭司萨妮特·戴德曾用她的货贝为他占了一卜，说他能活到八十九岁。"你这个白人，会在1829年亲手合上安托万神父的眼睛。"这个预言让他对自己的健康问题松了一口气，但想到自己在这漫长的一生中将要经历失去最重要亲人——阿黛勒，甚至是自己的某个孩子的痛苦，他又开始感到不安和忧虑。

瓦尔莫兰的身体第一次向他发出健康警报是在那次不愉快的法兰西探亲之旅途中。当他告别了九旬老母和两个在家做老姑娘的妹妹之后，便将莫里斯丢在了巴黎，自己只身坐船前往新奥尔良。在船上，由于海上的颠簸、过量的酒精和不干净的食物，他难受恶心了好几次。他刚到新奥尔良，帕尔芒捷医生便查出了他有血压升高、早搏、消化不良、胆汁分泌过多、胃肠胀气、口臭和心悸的症状。医生直言不讳地说他必须开始减肥并改变生活方式，否则用不了一年，他就得躺在圣路易斯的墓园里了。瓦尔莫兰听了之后吓得不轻，而奥尔唐斯则打着要好好照顾丈夫的幌子，像看犯人一样看管着丈夫。他也只好对医生的医嘱和妻子的专制唯命是从。以防万一，他还去找了草药郎中和巫师，而在此之前，他对这些人一向嗤之以鼻。他心想试一试也不会造成什么损失。于是，他请来了一个"格哩格哩"护身符，并在自己的房间里摆放了一个伏都教的祭台。他还让塞莱斯汀从市场上买回一些不知名的药水给自己喝，除此之外，还曾两次在夜间徒步去了一座沼泽地中间的荒岛,专程去求萨妮特·戴德为自己熏烟、念咒以驱邪。帕尔芒捷医生并不反感女祭司的巫术,因为他始终坚信人心中的信念有治愈的功能,他的患者若是真相信魔法,那就没有阻止他这么做的理由。

那会儿,莫里斯正在法国的一家蔗糖进口机构打工。这是瓦尔莫兰给他安排的工作,为的就是让他熟悉熟悉这门家族生意。在得知了自己父亲的病情以后,他第一时间登上了船,于10月底赶到了新奥尔良。当他见到父亲时,瓦尔莫兰瘫在壁炉旁边的安乐椅上,宛如一头体形庞大的海豹。他的头上戴着一顶针织帽,腿上盖着一条披肩,胸前挂着一个木质的十字架和碎布缝的"格哩格哩"护身符。跟之前那个趾高气扬、一掷千金,想要向他展示巴黎纸醉金迷生活的男人相比,此时的瓦尔莫兰简直就是个糟老头子。莫里斯跪在了父亲身边,父亲颤巍巍地、紧紧地抱住了他。"我的儿啊,你可算是回来了。我现在可以安心闭眼了。"他咕哝了一阵。"你别说蠢话,图卢兹!"正在一边满脸不高兴地看着他们的奥尔唐斯打断了他。她本来想补充一句,不幸的是他还不到要死的时候,但还是忍住了,没说出口。三个月来,她一直都在照顾丈夫,这耗尽了她所有的耐心。瓦尔莫兰从早到晚地烦她,夜里做噩梦还会把她弄醒。那个曾经的拉克鲁瓦不停地出现在他的梦中,在梦里,这个男人没有皮只有肉,他的皮囊仿佛一件沾满了鲜血的衬衣,被他拽着在地上来回拖扯。

继母冷漠地接待了回到家的莫里斯,他的妹妹们按照规矩,向他行了问候礼。但她们始终跟他保持着距离,因为她们根本不知道这位在家中极少被提及的哥哥是谁。五个女孩中最大的那一个已经八岁了,她是莫里斯唯一见过的妹妹,但那个时候她还不会走路。最小的现在还在奶妈的怀中。由于房子里住不下这么一大家子人再加上仆人们,于是莫里斯便搬到了舅舅桑丘的公寓里。这个办法对谁都好,唯独瓦尔莫兰不满意。因为他想把儿子留在自己身边,这样好给他一些嘱咐,并将自己财产的管理权转交给他。这也是莫里斯最不愿意的事情,然而,他不应该在这个时候违背父亲的意愿。

舞会当晚,桑丘和莫里斯没有像往常一样在瓦尔莫兰家中吃晚餐。平时他们这么做也不是出于自愿,而更像是为了尽义务。他们两人跟奥尔唐斯·基佐待在一起的时候都不舒服,因为她对这个继子从来都没有好脾气,对桑丘就更是一直在忍,忍受他那撮傲慢的小胡子,他说话时的西班牙口音,还有他干的那些不要脸的事。只有不要脸的男人才会陪在一个古巴女人身边招摇过市,而这只杂种狐狸正是这场赫赫有名的蓝带舞会的罪魁祸首。想到这儿,奥尔唐斯就气得直想骂人,然而她却不能失了教养,因为城里的贵妇们都对此装聋作哑,这就等于默许了这些黑人妓女的不善之举。她们对着白人男子下迷魂汤不说,还让自己的女儿投怀送抱。奥尔唐斯知道桑丘和莫里斯这对舅甥正捯饬着准备去参加舞会,但她到死也不会对他们发表任何看法的。她也不能把这件事告诉她丈夫,因为一旦她说了,就等于承认了自己一直在偷听他们的对话,这种事她也不是没干过,之前她就偷偷拆看他的信件,还把瓦尔莫兰存私房钱的那几个秘密抽屉翻了个遍。由此她才得知桑丘从维奥莱特·布瓦西耶那里得到了两封邀请函,因为莫里斯也想去参加这场舞会。桑丘必须要跟瓦尔莫兰商量一下这件事,因为如果外甥真是心血来潮想寻个姘妇,没有钱可不行。

奥尔唐斯在墙的另一侧,透过她自己在墙上钻的小孔,偷偷听着这一切。她听到自己丈夫立刻同意了这个想法,心想这一定是打消了瓦尔莫兰之前对莫里斯性取向的疑虑。丈夫有这样的想法也要"归功"于她,因为她不止一次地说继子像个女孩一样弱不禁风。鉴于莫里斯之前一直没有对妓院或是家中的女奴表示出任何兴趣,瓦尔莫兰认为姘居对儿子来说会是个不错的选择。这个年轻人至少还有十年才到谈婚论嫁的时候，那么在此期间，他身上的那种被桑丘称为雄性欲望的东西需要有释放和发泄的出口。因此，让一个干净、贤淑、忠诚的有色人种的姑娘陪在他身边会带来诸多益处。桑丘向瓦尔莫兰解释说，原来姘居时的经济大权是掌握在白人保护者手上的，但自从维奥莱特接手了这件事情以后，双方之间就必须达成一种口头上的契约，尽管这种契约缺乏法律效力，但无论如何是不能被违反的。瓦尔莫兰对这笔开销没有任何异议，因为莫里斯值得他花钱。但此时在墙另一侧偷听的奥尔唐斯·基佐却差点叫出声来。

美人鱼的舞会

　　让-马丁感觉自己受到了奇耻大辱。他流着泪,把瓦尔莫兰对自己说的话统统都告诉了伊西多尔·莫里塞。他还说自己的母亲并没有否认这个事实,只是避而不谈。莫里塞听到了以后高声嘲笑他:"小子,这他妈的有什么要紧呢!"但随即又被感动了,一把将他揽进了自己宽阔的怀里,让他好好哭一阵。他本不是个容易动感情的人,就连他自己也对这种感情吃了一惊:他想要保护让-马丁,还想要吻他。让-马丁轻轻推开了他,他拿起自己的帽子,转身走向了河堤。他想通过漫长的行走散步来清空自己脑中的思绪。两日后,他们启程回法国,让-马丁也跟自己的小家告了别。在人前,他依旧绷着一张脸,但在最后一刻,他抱住了维奥莱特,并在她的耳边轻声说会再给她写信的。

　　蓝带舞会办得很成功,正如维奥莱特预想的以及其他母亲所期待的那样。绅士们都穿着正装,准时准点地到达。在插着几百支蜡烛的水晶灯的熠熠光辉下,他们站成了不同的队列。与此同时,乐队也开始了演奏,仆人们端上了软饮和香槟,但不提供烈酒。宴会桌摆放在了隔壁的大厅里,但没人会早早地扑向那些餐食,因为这太有失体面了。身着一条素裙的维奥莱特·布瓦西耶向来宾致欢迎词,随后女孩的母亲和伴媪们进场,在扶手椅区坐下。这时,伴随着乐队敲锣打鼓的鸣乐,大厅尽头的幕布被推开,姑娘们像走 T 台一样,在红毯上一个接一个地出场。她们当中有少数几个深肤色的穆拉托人，好几个长得偏欧洲的混血种人，甚至还有两三个的眼睛都是蓝色的，而绝大多数都是不同肤色的夸尔特隆人。每个女孩都很端庄动人、温柔优雅，而且都接受过天主教的信仰教育。有几位生性腼腆的姑娘在走场时一直低着头，而另一些性格开放的则是用余光匆匆看了一眼靠墙站着的年轻绅士们。只有一个姑娘绷着一张脸，表情冰冷、严肃，甚至还带着一丝敌意。这个姑娘就是罗塞特。她身上的浅色薄纱裙套装是按照法国的定制款由阿黛勒精心缝制而成。简单打理的发型凸显了她那头亮丽的披肩长发，她的胳膊和脖子都是露着的，脸上干干净净，看上去像没有化妆一样。只有女人们才清楚打造这种清纯的妆容有多费功夫。

头几位姑娘亮相的时候，大家都保持着礼节性的静默。但没过几分钟，人群中便爆发了一阵掌声。第二天，在咖啡厅和酒吧里，那些有幸出席了此次舞会的人纷纷议论说当姑娘们出现的时候，宛如排列整齐的美人鱼群。他们此生从未见过比这更加养眼的场景。这些未来的姘妇犹如高贵的天鹅般游走在沙龙的各个角落，乐队也不再敲锣打鼓，而是开始演奏舞曲。白人男子们也慢慢展开了攻势，他们需要遵守的是一种不同寻常的礼仪，绝对不能表现得像在以往的那些派对上一样。在那种场合，他们可以跟夸尔特隆女人肆意胡闹。但在这里，男士们必须先通过几句客套话来试探一下姑娘的心意，之后便可以邀请对方跳一支舞。他们可以跟任何一个女子跳舞，但同时也被告知了在跳第二或第三支舞时，就必须做出决定。伴媪们在一旁用老鹰一样犀利的目光监察着一切。这些原本为所欲为、不可一世的公子哥儿全都乖乖就范，无一人敢打破规则。他们生平第一次感受到对某件事情的畏惧。

莫里斯谁也没看，因为这种为了满足白人男子的需求而让姑娘们献身的想法本身就让他觉得病态。他汗流不止,感觉太阳穴一阵阵地疼,心里只想着罗塞特。自从他好几天前在新奥尔良下了船,就一直期待着在这场舞会上与她重逢,就像他们在密信中约定的那样,但由于在这之前他们也没法见面,所以他害怕他们会认不出彼此来。凭着直觉以及在波士顿孤苦伶仃求学的几年里累积的思念,莫里斯一眼就断定,那个一袭白衣、骄矜高贵、人群中最美的姑娘,就是他的罗塞特。当他终于可以抬脚离开的时候,她的身边已经围了三四个追求者。她仔细打量着他们,想要找出那个她唯一想见的人。这一刻罗塞特也等了好久。打小她就生活在莫里斯的爱中,在这份爱中,不仅仅有伪装成兄长之情的亲昵,还有另一层含义。但莫里斯不打算再用这种方式爱下去了,今晚就是他表白真情的时刻。

他推开人群,径直走过去,直到站在罗塞特的面前,痴痴地看着她。他们四目对视,脑海中回忆着印象中彼此的样子:她记忆中的莫里斯是个瘦瘦的、长着一双绿色眼睛的男孩子。小时候的他是个爱哭鬼,总爱跟在她屁股后面;而他所能想到的是那个夜夜造访自己梦境的霸道女孩。他们于忽明忽暗的记忆最深处重逢,一瞬间又变回了过去的自己。莫里斯激动得说不出话来,他全身颤抖,站在原地等待着,而罗塞特则勇敢打破了规则,她拉起他的手,领他奔向了舞池。

透过那双白手套,罗塞特感受到了莫里斯身上灼热的温度。这种炽热的感觉从她的脖颈一直蔓延到双脚,仿佛置身火堆。她觉得自己脚底跟踩棉花似的,步子也乱了,必须要紧紧抓住他才能不让自己跌倒。第一首华尔兹不知不觉就结束了,他们之间什么话都没说,就只是在抚摸、打量着彼此,跟周围的舞伴完全脱了节。一曲奏毕,二人仍然沉浸在自己的世界中,像盲人一样笨拙地挪着舞步,直到乐队开始演奏下一首舞曲,他们才跟上节拍。在那个时候,有不少人用一种嘲笑的眼光看着他俩,这也引起了维奥莱特的注意。她意识到这样的行为会坏了舞会的礼仪规则。

最后一声和弦落下,人群中最胆大的小伙子走上前来,想要从莫里斯手中抢走罗塞特。罗塞特根本没注意到有人想介入他们,她紧紧握着莫里斯的手臂,眼里也只有他。看到这个年轻人的坚持,莫里斯才从刚刚的梦游状态中缓过神来。他猛地转过身,一下就将这位闯入者推倒在地。人群中的惊叫声打断了乐队的演奏。莫里斯吞吞吐吐地跟对方说了声道歉,并伸出了手想要扶他起来。但他之前的举动实在伤到了对方的自尊,年轻人的两个朋友已经赶了过来,带着敌意跟莫里斯对峙着。在多数情况下,这样的场面很快便会发展成决斗。但赶在这之前,维奥莱特就插手了这件事情。她过来说了几句玩笑话,还用手中的小扇子拍了拍几个年轻人,试图化解空气中的紧张。桑丘则是一把抓住了外甥的一只胳膊,把他拽到了餐厅里。年长的男士们早已在那里品尝起精美诱人的克里奥尔美食了。

"你在做什么,莫里斯?难道你不知道这个女孩是谁吗?"桑丘问他。

"罗塞特。她还会是谁呢?为了见她,我已经等了九年了。"

"你不能跟她跳舞。你去找别的姑娘跳。有那么多漂亮的姑娘,只要你选中了,剩下的事情就都交给我。"

"舅舅,我是为罗塞特而来的。"莫里斯再次向他申明。

桑丘深吸了一口气,顿时觉得胸腔里吸饱了雪茄的浓烟和鲜花的甜香。他完全没有料到会出此意外,也从未想到会轮到自己来劝莫里斯在爱情里不要盲目,更没想过莫里斯竟会在这种场合下如此戏剧化地跟自己坦露这段情感,一切都猝不及防。1793 年,当桑丘第一次在古巴见到莫里斯和罗塞特在一起的时候,就隐约觉察出了两人之间不同寻常的感情。当时的他们还是两个小不点儿,灰头土脸、衣衫褴褛地从法兰西角逃难过来。两个孩子被一路上所见到的情景吓坏了,因此始终手牵着手。在那个时候,已经可以明显感觉到两人之间有一种强烈而坚定的爱。桑丘不明白为何其他人没有注意到这点。

"你忘了罗塞特吧!她是你父亲的女儿,是你的妹妹,莫里斯。"桑丘盯着皮靴的鞋尖,叹了口气。

"我知道,舅舅,"年轻人平静地回答道,"我们一直都很清楚这一点,但这并不能阻止我们结婚。"

"孩子,你一定是疯了。这是不可能的事。"

"我们走着瞧,舅舅。"

奥尔唐斯·基佐从来不敢奢望老天能让自己不费吹灰之力就摆脱莫里斯。她总是在幻想着能除掉继子的各种方法,以此平息自己内心的仇恨。她是一个想法很实际的女人,只允许自己在梦中假想出这些罪行,自己对此也不会承认。毕竟只是做做梦而已,并不是什么罪过。她挖空了心思想要把莫里斯从他父亲身边弄走,并且想要用一个自己怎么生也生不出的儿子来取代他的位置。然而,当莫里斯自我沉沦,留给她充分的机会可以随意支配丈夫的财产时,奥尔唐斯的内心却感到隐约的失落。舞会之夜,她独自躺在那张挂着小天使的女王大床上辗转难眠。这一堆肉嘟嘟的小天使,每个季节都要跟着他们的主人在宅子和种植园之间来回奔波。她想此时的莫里斯应该正在挑选一个姑娘做姘妇,这标志着他从少年正式迈向了成年。她的继子已经是一个真正的男人了,自然而然要开始接管家族的生意,也就意味着她的势力就要开始减弱了。比起对丈夫,她对莫里斯的掌控力还远远不够,她最不想看到的结果就是莫里斯一笔一笔地查账本或是削减她的花销。

奥尔唐斯一宿没睡。到了凌晨,她不得不服用了几滴鸦片酊,才让自己昏睡过去。然而梦境里也充满了焦虑痛苦的画面。到了正午她才醒来，整个人被这糟糕的夜晚和梦里不祥的预兆弄得很不舒服，于是拉了拉床边用来呼唤丹妮丝的绳带，想叫她把便盆和热巧克力给她端上来。她似乎听到从楼下书房传来的一段几乎无声的对话。有时，当奥尔唐斯拉绳叫唤奴隶的时候，由于声音要穿过整座楼房的两层房间和天窗，因此可以让她偷听到家里的其他地方正在发生的事情。她凑近了耳朵，听到有人发出了愤怒的声音。由于她听不清对话内容，便悄悄溜出了房间。在楼梯上，她撞见了上楼的女奴隶。看到女主人光脚穿着睡衣，像做贼一样溜出房间，她吓得紧贴墙面不敢出声，假装自己不存在。

桑丘走向前准备跟图卢兹·瓦尔莫兰解释在蓝带舞会上发生的事情以及在此之前铺垫一下情绪，然而他没有找到一个巧妙的方式来告诉他莫里斯想要跟罗塞特结婚的这一冲动想法，只用简单的一句话就说完了整件事。"结婚？"瓦尔莫兰难以置信地重复道。他觉得这实在是太滑稽了，竟忍不住大笑起来。但桑丘随后跟他讲了他儿子对此事的决心，听到这里，他的笑声变成了冲天的怒火。瓦尔莫兰给自己倒了一大杯白兰地，这已经是早上的第三杯酒了。他管不了帕尔芒捷的医嘱了，将杯中的酒一饮而尽，接着便开始咳嗽。

不一会儿，莫里斯到了。瓦尔莫兰站在他的对面，一边指手画脚敲打着桌面，一边重复着那一套老生常谈，不过这一次他的声音特别大。他说莫里斯是他唯一的继承人，他必须继承象征家族荣誉的骑士头衔，并且不断提升通过祖祖辈辈辛苦创造而积累下的权势和家产。他必须是那个传承家族荣耀的男孩，正因为如此，他才从小培养他，不断将自己身上的原则和荣誉感转嫁给儿子，把作为父亲能够提供的一切都给了他。他不允许自己儿子因青春期的某种冲动而玷污了瓦尔莫兰这个荣耀的姓氏。不，这不是冲动，瓦尔莫兰纠正了自己的这种说法,而是罪恶,是变态,简直就是乱伦。说完,他便瘫倒在安乐椅上喘不上气来。墙的另一侧,奥尔唐斯·基佐正把耳朵紧贴在那个用来监听的小洞处。她倒吸了一口凉气,万万没有想到丈夫竟然承认了自己跟罗塞特的父女关系,而在此之前,他是那么小心翼翼地瞒着她这件事。

"先生,您是说乱伦吗?小时候每次我叫罗塞特妹妹,您都逼着我吞肥皂。"莫里斯争辩道。

"你非常清楚我指的是什么!"

"就算您是罗塞特的父亲,我也一定要跟她结婚。"莫里斯在说这句话的时候,还想要尽力保持一种尊敬的口吻。

"可你怎么能跟一个夸尔特隆女人结婚呢!"瓦尔莫兰咆哮道。

"先生,比起我跟罗塞特之间的亲缘关系,很显然您更在意的是她的肤色。但要是您跟一个有色人种的女人生下了一个女儿,就不应该对我爱上另一个有色人种的女人而感到惊讶。"

"放肆!"

桑丘用劝说和解的手势试图让父子二人平静一下情绪。瓦尔莫兰明白如果他们一直这样下去,永远没有办法解决问题,于是努力让自己平和下来并恢复理智。

"你是一个好小伙,莫里斯。但是你太感情用事、不切实际了。把你送到美国学校上学是我的错误。我不知道他们往你脑子里灌了些什么,但你似乎忘了自己的身份、地位以及所应该承担的家庭和社会的责任。"

"学校让我拥有了更广阔的世界观,先生,可这与罗塞特无关。我对她的感情十五年来都没有变过。"

"儿子,在你这个年纪有这种冲动是很正常的,你的情况并不新奇。"瓦尔莫兰向他保证,"没有人会在十八岁就结婚,莫里斯。你就像其他你这种身份的年轻人一样,选一个女人做你的情人。这样,你的欲望就会平息了。这座城市里最不缺的就是漂亮的穆拉托女人了……"

"不,罗塞特是我唯一的女人。"儿子打断了他。

"乱伦的后果是很严重的,莫里斯。"

"更严重的是奴隶制。"

"这两件事情之间又有什么关系呢?"

"关系大了,先生。就是因为有奴隶制的存在,您才可以随意强奸您的女奴隶。若非如此,罗塞特就不会成为我的妹妹。"莫里斯跟他解释道。

"你怎么敢这样跟你的父亲说话?"

"请原谅我,先生。"莫里斯讽刺他,"事实上,您犯下的错误并不能成为阻止我这么做的理由。"

"你只是一时头脑发热,儿子。"瓦尔莫兰意味深长地叹了口气,"没什么不好理解的,你就去把在这种情况下所有男人都会做的事情给做了就行了。"

"您说的是什么事,先生?"

"我想我没必要再跟你解释了吧,莫里斯。一次跟她睡个够,然后忘了她。大家都是这么干的。不然,跟黑人女的还能怎么做?"

"这就是您希望发生在您女儿身上的事情吗?"莫里斯面色苍白,咬牙切齿地质问他。他脸上爬满了汗珠,衬衣都湿透了。

"她是奴隶的孩子。我的孩子们都是白人。"瓦尔莫兰大吼道。

书房里陷入了一片冰冷的死寂。桑丘后退了几步,揉了揉自己的后颈,觉得一切都完蛋了。他这个妹夫真是愚不可及。

"我会跟她结婚的。"莫里斯最后重复了一遍这句话就大步走出了门,完全没有理会父亲在他身后发出的一连串威胁。

月亮的右边

　　特特从未想过要去参加舞会,也没人邀请她去,因为这种舞会不是她这个层次的人该去的。不然,一定会惹恼其他母亲,而她自己的女儿也会因此感到丢脸。她同意让维奥莱特假扮成罗塞特的伴媪。她们为了那一个晚上耗费了数月的心血来准备,终于这一切有了回报:当晚,当罗塞特身穿天仙般的纱裙,头发上别着茉莉花亮相的时候,宛如从天而降的天使。左邻右舍纷纷来到街上为这位美少女鼓掌称赞,就在罗塞特坐上那辆租来的马车之前,维奥莱特又对特特和卢拉重复了一遍自己的承诺:她一定会为罗塞特觅得一位最优秀的追求者。没人想得到一个小时之后她就拽着罗塞特回来了,而街上还有不少没散去的邻居在继续聊着天。
　　罗塞特像一阵龙卷风一样冲进了家门,脸上的表情倔得像头母骡子。这一年来头一次见到她这副模样,身上的媚态荡然无存。她扯掉了身上的裙子,一句话没说就把自己关进了房间。维奥莱特也跟发了疯似的,嘴里还一边大叫着说这个小不要脸的要为此付出代价,说她差点就毁了这场舞会,不但欺骗了所有人,还浪费了她的时间、精力和金钱,因为她压根就不打算做什么姘妇,舞会只不过是她用来跟那个该死的莫里斯重逢的借口。维奥莱特对自己的判断无比确定,罗塞特和莫里斯一定是以一种不为人知的方式约好了要在舞会上见面,因为罗塞特在这之前确实哪儿也没去。尽管维奥莱特扇了她一耳光，她还是拒绝透露自己是如何收发消息的。这也证实了特特一直以来的猜想：这两个孩子的命运主宰星一直都在一起；在某些晚上，可以很清楚地看到它们就悬在月亮的右边。

在书房与父亲发生了激烈的争吵之后，莫里斯离开的时候就暗下决心要与这个家彻底断绝关系。桑丘让瓦尔莫兰稍稍平复了心情后，便跟着外甥回到了他俩同住的那间公寓。莫里斯整个人气得五内俱焚、面红耳赤。在仆人的帮助下，桑丘才帮他脱去了外衣，给他扶到了床上去，接着还让他灌下了一杯加了柠檬和糖的热朗姆酒。这是桑丘即兴自创的一种用来对付情伤的缓和剂，莫里斯很快就被放倒了，陷入了沉睡。桑丘还命令仆人用湿毛巾擦洗莫里斯的身体来给他降温，但这也没能阻止他说了一个下午加上大半个晚上的胡话。

第二天早上，年轻人醒来的时候烧已经退了大半。房间里很暗，因为窗帘被拉上了。尽管他想要水和一杯咖啡，但也不想叫唤仆人。当他站起身来想用便盆的时候，感到自己浑身酸痛，就好像连着一个星期都在骑马赶路一样，于是又回到了床上躺着。不一会儿，桑丘就带着帕尔芒捷医生来了。医生是看着莫里斯长大的，他一来就又开始重复那句老生常谈，他说钱花得快也比不过时间的流逝。这些年的时间都去了哪儿呢？莫里斯穿着短裤出的这扇门，回来的时候都已经是个大小伙了。医生仔仔细细给他做了检查，但没有得出什么诊断结论，因为他目前表现出来的症状还不太清晰，必须要再观察一段时间才能判断。医生命令他继续卧床休息以观察后续的反应。这些天，帕尔芒捷正在修女医院里救治两名患有斑疹伤寒的海员。他确定地说这不是一种传染病，这两例都是偶发的病例，但也必须考虑到这种可能性。船上的老鼠通常是疾病的传播源，莫里斯也许在旅途中就已经被感染了。

"医生,我确定这不是斑疹伤寒。"莫里斯带着羞涩含混不清地说道。

"那它是什么呢?"帕尔芒捷微笑着问他。

"是神经紧张。"

"神经紧张?"桑丘打趣地重复道,"是老处女们常有的那种吗?"

"这种感觉自从我记事起就再也没有过了,医生。但我不会忘了它,我想您也不会。您不记得法兰西角了吗?"

此时,帕尔芒捷的眼前又出现了年幼时那个小小的莫里斯。他被那些在家中四处飘荡着的、生前饱受虐待的黑人的幽灵折磨得发了高烧。

"我希望你说得有道理。"帕尔芒捷说,"你舅舅桑丘把舞会上发生的事还有你跟你父亲的争吵都告诉我了。"

"他侮辱了罗塞特。他对她就像对待妓女一样。"莫里斯说。

"我的妹夫当然会失去理智。"桑丘打断了他,"莫里斯下定了决心要跟罗塞特结婚,他这样做不仅仅是要挑战他父亲的权威,而且是要与全世界为敌。"

"舅舅,我只是请求大家别管我们的事。"莫里斯说。

"没有人会袖手旁观,因为如果你们一意孤行,就会对整个社会造成危害。你想想你们这么做的后果! 就好比是堤坝上的一个小洞,一开始只是一股水流,之后就会引发洪水,流经之处都会被冲毁。"

"我们要躲得远远的,去一个没有人认识我们的地方。"莫里斯坚持说。

"去哪里? 去跟土著人一起生活吗? 披着臭皮啃着玉米? 我倒要看看在这种情况下,你们的爱情能维持多久!"

"你太年轻了,莫里斯,你的人生路还很长。"医生弱弱地说了一句。

"显然你们认为我的人生才是唯一有价值的。那罗塞特呢?难道她的命就不值钱了吗?我爱她,医生!"

"孩子,我比任何人都能理解你。我的终身伴侣,我那三个孩子的母亲,是个穆拉托女人。"帕尔芒捷向他坦言。

"没错,但罗塞特是他的妹妹!"桑丘大喊道。

"这不重要。"莫里斯回答道。

"医生,您给他解释解释,近亲联姻连生出的孩子都不是正常的。"桑丘坚持道。

"也不总是。"医生若有所思地低声说道。

莫里斯口干舌燥,又一次感到浑身灼热。他闭上了眼睛,恨自己控制不住地发颤,毫无疑问是他那该死的臆想在作祟。他听不见舅舅在说什么,只觉得自己耳边嗡嗡作响。

帕尔芒捷打断了桑丘一连串的说理。"我认为有一个办法能让大家都满意,而且莫里斯和罗塞特也能在一起。"他解释说,仅有几个人知道他俩算是半个兄妹,而且这种事情在这里也不是第一次发生。男主人和女奴隶之间的滥交本就容易产生各种各样混乱的关系,他补充道。偌大的家中,没有人能搞得清楚暗地里发生的事情,更别说是在种植园里了。克里奥尔人对于亲戚之间跨越了种族的男女关系并不介怀:不仅仅是兄妹,就连发生在父女之间的也有,只要不公之于世。明面上,白人还是跟白人走在一起,否则便无法忍受。

"医生,您想说什么?"莫里斯问道。

"姘居。孩子,你好好考虑一下。你可以像对待妻子一样对待罗塞特,尽管不能公开跟她住在一起,但随时都可以去看她。罗塞特也会在她的圈子里得到应有的尊重。这样一来,你目前的经济情况也不会改变,有能力更好地保护她。倘若你一门心思只想着跟她结婚,到那时候你只能做个四处流浪的穷光蛋。"

"医生,您太智慧了!"没等莫里斯反应过来,桑丘便惊呼了一声。现在只差图卢兹·瓦尔莫兰的同意了。

后面几天,莫里斯一直在同那确定无疑的斑疹伤寒做斗争,而与此同时,桑丘则在努力说服妹夫答应莫里斯和罗塞特的姘居。如果说之前瓦尔莫兰就已经做好了准备承担一个自己不认识的女孩的所有花销,那他现在就更没有理由拒绝在莫里斯心中的唯一所爱身上花钱了。直到这个时刻,瓦尔莫兰虽然垂着脑袋,但却听得很认真。

"除此以外,罗塞特从小是在你家里养大的。你很了解她是个懂礼貌、有教养的女孩。"桑丘补充说,但是话刚说出口,他就意识到自己犯了一个错,他不应该提醒他罗塞特是他的女儿,这就好比戳中了瓦尔莫兰的痛处。

"我情愿看到莫里斯死掉,也不愿看到他养这个贱人。"他大叫道。

这个西班牙人不由得在自己胸前画了一个十字:这种话是会招来魔鬼的。

"你别理我,桑丘。我就随口一说。"瓦尔莫兰嘟囔了一句,也害怕自己随口说出的话会成真。

"妹夫,你冷静一下。孩子们叛逆是很正常的,但迟早他们会懂事的。"桑丘一边说着一边递给瓦尔莫兰一杯白兰地,"你越是反对就越会坚定莫里斯的决心。这样做最后只会让他离你越来越远。"

"他才是那个损失惨重的人。"

"你好好想想吧。你也一样会失去不少。你已经不再年轻了,而且身体也在走下坡路。谁会是你晚年的依靠?当你没法再继续的时候,谁来接管你的种植园和生意?以后谁来照顾奥尔唐斯和你的女儿们?"

"你。"

"我?"桑丘不禁发出了一声大笑,"我只是个混混。图卢兹,你指望我变成家里的顶梁柱?连上帝都不会这么想的!"

"倘若莫里斯背叛了我,你必须站在我这一边,桑丘。你是我的好伙伴和唯一的朋友。"

"拜托,你可别吓我。"

"我觉得你说得有道理。我不应当跟莫里斯正面对着干,而是应该使点小手段。小伙子需要冷静下来,好好思考一下他自己的未来,跟其他同龄人一样,好好享受享受人生,认识认识其他女人。这个小贱货必须消失。"

"怎么弄呢?"桑丘问。

"方法有很多种。"

"哪些?"

"比如,给她一大笔钱让她滚得离我儿子远远的。桑丘,有钱能使鬼推磨。但如果这招不灵,那么,我们再整点别的法子。"

"这种事你可别指望我!"桑丘惊呼道,"莫里斯永远都不会原谅你的。"

"他不需要知道这些。"

"我会告诉他的。图卢兹,正是因为我拿你当亲兄弟看,我才不会允许你做这种缺德事。否则,你会后悔一辈子的。"桑丘答道。

"大哥,你别这样。我刚才是开玩笑的,你知道我连苍蝇都下不去手。"

瓦尔莫兰的笑声听上去像是犬吠。桑丘心事重重地走了,而他还在继续思考着让莫里斯和罗塞特姘居的主意。它看上去似乎是个权宜之计,但是一旦他做主成全了这对兄妹之间的姘居,也是要承担风险的。如果这件事情让外人知道,那么他的名誉就会遭到无法弥补的损害,到时候,全世界都会瞧不起瓦尔莫兰家族。他们还怎么做人?他还必须考虑到五个女儿的将来、他的生意以及他自己的社会地位,就如奥尔唐斯向他明确指出的那样。他甚至不用怀疑奥尔唐斯本人就已经把这个消息散播出去了。如果是在捍卫家族的名誉和毁掉继子的名誉之间选择,克里奥尔主妇一定会把前者看作最重要的事情,但奥尔唐斯一定抗拒不了后者的诱惑。如果这件事落在她手上,她一定会让莫里斯娶罗塞特,目的就是毁掉他。她不赞同桑丘提出的这个让他俩姘居的点子,因为一旦两个年轻人的情绪冷静下来,时间一长,事情往往都会如此,莫里斯还是可以继续行使他嫡长子的权力,没有人会记得他曾经犯下的这么个小污点,因为大家的记性没么好。唯一可行的办法就是让他父亲和他断绝关系。"他不是想娶一个夸尔特隆女人吗?太好了。那就让他娶吧,然后去跟黑人生活在一起,这是他应有的下场。"她是这么对她的姐妹和朋友们说的,随后她们又把她的原话到处传播。

相 爱 的 人

　　特特和罗塞特在蓝带舞会闹剧后的第二天就离开了沙特尔街的黄房子。维奥莱特·布瓦西耶气头一过就原谅了罗塞特，因为这种棒打鸳鸯的爱情总是能让她感动。但不管怎么说，当特特对她说自己不想再继续浪费她的好意时，她心中还是感到了些许轻松。她心想最好还是让她们母女二人之间保持一定的距离。特特将女儿带去了好多年前那个家庭教师加斯帕尔·塞弗兰住过的宿舍先住着，同时等待着扎卡里买下的那所离阿黛勒家仅隔了两条街区的住处装修完毕。特特还是跟以往一样，继续在维奥莱特这里工作，她还让罗塞特开始跟着阿黛勒学习缝纫；现在是时候让这个姑娘学会自力更生了。面对这场由她而起的飓风，罗塞特实在是太弱小无助了。特特很心疼自己的女儿但又无法靠近她、帮助她，因为她就像蜗牛一样，把自己藏了起来。她不跟任何人说话，只是闷不作声地缝衣服。她带着一股岩石般的倔强等待着她的莫里斯，对旁人的好奇和猜疑视而不见，也对自己身边女性长辈的建议充耳不闻。她的母亲、维奥莱特、卢拉、阿黛勒还有那一堆好管闲事的女邻居都没法说服她。

　　特特从阿黛勒和桑丘那里得知了莫里斯和图卢兹·瓦尔莫兰之间发生的冲突。阿黛勒的消息是帕尔芒捷告诉她的，而桑丘则是专程来了一趟她们母女二人的住处来给特特报送莫里斯的近况。他告诉特特小伙子得了伤寒，身子虚弱但脱离了危险，而且他还想尽早见到罗塞特。"他请我来求你见他,特特。"桑丘又说道。"莫里斯是我的儿子,桑丘先生。他来见我不需要让人捎口信,我一直都在等着他。"特特回答道。趁着罗塞特出门送活的这会儿工夫,他们可以畅快地聊一会儿。自从桑丘从这条街上消失了以后,他和特特已经有好几个礼拜没见过面了。自从维奥莱特抓到他跟阿迪·苏碧尔的现行后,他便不敢再出现在维奥莱特的视线内,那个苏碧尔就是桑丘垂涎已久的风尘女子。桑丘发誓说自己只是碰巧在武器广场上遇到了她,然后也只是邀请她喝了一杯雪莉酒,其他什么也没做。可维奥莱特才不会相信这些鬼话。这有什么不好呢?维奥莱特才没有心思去吃这个西班牙花心大萝卜的醋,更别提这个所谓的情敌还是个年纪不及她一半大的小姑娘。

据桑丘的消息,图卢兹·瓦尔莫兰命令他的儿子一旦能站起来走路了就立刻来找他面谈。莫里斯挣扎着起身穿好了衣服,赶去了瓦尔莫兰家,因为他想要一个了断,不想再继续拖下去了。只要他还未跟他父亲解释清楚这些事情,他就不能堂堂正正地站在罗塞特面前。莫里斯在这场大病中体重清减了许多,当看到自己儿子面黄肌瘦、衣带渐宽的样子时,瓦尔莫兰吓了一跳。那种害怕死神会夺走儿子性命的恐惧再次向他袭来,让他无法呼吸。在莫里斯小的时候,他也曾经体会过好多次这样的感觉。在奥尔唐斯·基佐的挑唆下,他本来已经做好了打算要向莫里斯行使父亲的威严,但此时他明白了自己有多爱儿子:他愿意为他做任何事情。冲动之下,他改变了主意,决定同意让莫里斯和罗塞特姘居,而在这之前,考虑到自己的面子和妻子的建议,他是反对这个想法的。他现在清楚地看到这是唯一可行的解决办法。"儿子,我会为你提供应有的一切。你会有足够的钱给那丫头买个房子,养着她。我会向上帝祈祷不要发生什么见不得光的事情以及祈求他原谅你们。我对你唯一的要求只是永远不要当着我和你母亲的面提起她的名字。"瓦尔莫兰对他说。

莫里斯对此的反应出乎了他父亲和同样在场的桑丘的意料。他感谢父亲好意提供的这些帮助,但这并不是他期望的结果。他不打算向这个社会伪善的一面妥协,他也不想将这种不公平的姘居制度强加到罗塞特身上,因为在他本人享受着充分自由的同时,她却不得不困顿其中。除此之外,这还会成为他即将选择的政治生涯中的一个污点。他说他打算回波士顿,生活在知识分子中间,还打算学习法律,之后想办法通过国会和报纸改变宪法和法律,最终他要改变的是人们的习惯,不仅仅是在美国,而是在全世界范围内。

"你在说什么呢,莫里斯?"父亲打断了他,坚信是伤寒让他说起了胡话。

"废奴主义,先生。我毕生都将与奴隶制做斗争。"莫里斯坚定地答道。

与此时此刻的这件事相比,莫里斯跟罗塞特的那点事对瓦尔莫兰造成的打击根本不及它的千分之一:莫里斯这是要侵犯家族的利益。儿子比他想象得还要不可理喻,莫里斯打算做的就是要毁掉文明制度的根基和瓦尔莫兰家族的财富。废奴主义者都要被插上羽毛示众以及处以绞刑,这些都是他们应得的结局。他们是一群胆敢公然挑战社会、历史甚至是神的指示的疯子,因为奴隶制的字眼也出现在了《圣经》当中。他自己家里出了一个废奴主义者?这绝不可能!瓦尔莫兰对着儿子吼出了一通长篇大论,连气都没喘一口。最后,他威胁莫里斯要剥夺他的遗产继承权。

"先生,请您务必这么做。因为一旦我继承了您的遗产,我要做的第一件事就是解放奴隶和卖掉种植园。"莫里斯面不改色地说道。

年轻人倚着椅子的后背站起身来,因为他感到一阵头晕。他微微鞠了一个躬跟父亲告别,强忍着双腿的颤抖走出了书房。父亲的咒骂声一直到他走到街上才消失。

瓦尔莫兰的情绪完全失控了，内心的愤怒如狂风暴雨般一泻千里：他诅咒自己的儿子，大叫着说他最好是死掉以及不会从他这里得到一分钱。"我不准你再踏进这个家一步，也不准再使用瓦尔莫兰的姓氏。你已经跟这个家没有关系了！"瓦尔莫兰话还没说完人就昏过去了，同时他还掀翻了一盏蛋白石油灯，灯撞到墙上摔了个粉碎。奥尔唐斯和好几个家奴听到叫声就赶来了，而此时的瓦尔莫兰已经面色发紫、两眼翻白。一旁的桑丘正跪在地上，试图松开那条卡在了他双下巴褶皱之间的领带。

血 脉 姻 亲

　　一个小时后,莫里斯没有事先告知就出现在了特特母女的住处。她已经九年没见到他了,但眼前这个高大、严肃,顶着一头乱糟糟的头发,戴着一副圆圆眼镜的大小伙跟她一手带大的那个小小子并无两样。莫里斯见到特特时,也仿佛回到了小时候,心中充满了激动和柔情。他们长久地彼此相拥,特特不停重复着莫里斯的名字,而他则是不停低声叫唤着妈妈这个被禁止的词语。他们站在那个布满灰尘、暗无天日的小客厅里。微弱的光线透过百叶窗照进来,才勉强能看清房间里乱七八糟的家具、破旧的地毯和泛黄的墙纸。

　　罗塞特已经等了莫里斯太久。当她真正见到他时,没有跟他打招呼,而是被这突如其来的幸福弄得不知所措,但同时看到他是如此憔悴,罗塞特心里又很难过。此时的莫里斯跟两周前同自己跳舞的那个英俊小伙完全不是一个人。她静静地看着眼前的场景,就好像爱人的突然来访跟自己没有关系一样。

　　"罗塞特和我,我们一直爱着彼此,妈妈。这点您是知道的。我们从小就说长大以后要结婚,您还记得吗?"莫里斯说。

　　"是的,儿子,我记得。但这样做是有罪的。"

　　"我从未从您的口中听到过这个词,难道您变成天主教徒了吗?"

　　"我的洛阿神一直都陪伴在我身边,莫里斯。但我也会去参加安托万神父的弥撒。"

"爱情怎么可能是有罪的呢？上帝让我们之间产生了爱,我们在出生之前就已经相爱了,拥有同一个父亲并不是我们的错。罪不在我们,而在他。"

"但这样的后果……"特特喃喃道。

"我知道,所有人都坚持警醒我,这样做我们可能会生下畸形的孩子。但我们已经准备好了要承担风险,罗塞特,你说呢？"

姑娘没有回答。莫里斯走过去,用一只胳膊把她揽了过来,想要给她一些安全感。

"你们以后打算怎么办？"特特不安地问他。

"我们自由而且年轻。我们会去波士顿,如果在那里过得不好,我们就另换一个地方。美国很大。"

"那肤色怎么办？任何一个地方都不会接受我们。我还听说在自由的州里,这种仇恨情绪更为强烈,因为白人和黑人无法共存,也不交合。"

"确实如此,但这是会改变的,我向您保证。有很多人正在为废奴事业而奋斗,他们都是有教养的人,有哲学家、政治家,还有宗教人士……"

"我是活不到那一天的,莫里斯。但我知道即便奴隶都被解放了,这个世界上的不平等还是会继续存在。"

"从长远来看,总有一天我们会拥有平等的,妈妈。这就好比是滚雪球,一旦开始了,雪球就会越滚越大,速度也会越来越快,到那时,任何事情都无法阻止它向前。历史上的重大变革都是这样发生的。"

"是谁告诉你这些的,儿子？"特特问他,她连雪是什么东西都还没搞清。

"我的老师哈里森·科布。"

特特明白了跟他辩论下去是没有意义的,因为十五年前,当莫里斯在刚刚出生的罗塞特的脸颊上轻轻一吻时,这一切就注定了。

"您别担心,我们一切都会好的。"莫里斯又说道,"但我们需要您的祝福,妈妈。我们不想像匪徒一样逃走。"

"孩子们,我祝福你们,但这还不够。我们还得去问问安托万神父的建议,他不仅清楚这个世界上的事情,还了解另一个世界。"特特最后说道。

他们迎着2月的微风走路去了神父住的那间小房子。安托万神父刚刚结束他当日的第一轮布施,正在屋里小憩。当他开门迎接他们一行人时,没有表现出丝毫的惊讶,因为自从他听说了瓦尔莫兰财产的继承人想要娶一个夸尔特隆女人为妻的流言蜚语时,就一直在等着他们来找自己。由于他知晓城里发生的任何事情,信众们都以为是圣灵给他捎来的这些消息。神父为他们倒上了他做弥撒时用的如清漆一般苦涩的葡萄酒。

"我的神父,我们想结婚。"莫里斯告诉他。

"但会存在一个种族的小问题,不是吗?"神父笑了。

"我们知道法律……"莫里斯继续说。

"二位是否已经犯下了肉身的罪过?"安托万神父打断了他。

"您怎么能这么认为呢,我的神父?我可以以我的名誉担保罗塞特和我的清白。"莫里斯惊慌地澄清。

"那太遗憾了,孩子们!要是罗塞特已经失去了贞洁,而你又想要弥补你犯下的罪过,我一定会强迫你们结婚,以此来救赎灵魂。"神父向他们解释道。

这时,罗塞特开了口,这是她自蓝带舞会以来,第一次开口说话。

"这件事情今天晚上就能解决,我的神父。请您假装它已经发生了,现在就救赎我们的灵魂。"她红着脸,语气坚定地说完了这番话。

神父总是能通过一些巧妙的办法灵活地越过那些他自己不认同的规则。他还带着幼年时公然挑战教堂权威的莽劲,经常无视法律,但到目前为止,还没有哪个宗教或是权力机构敢提请他的注意。他从抽屉里拿出了一把剃刀,将刀刃放进酒杯里蘸湿,然后命令这对恋人卷起袖子,将胳膊伸出来。他毫不犹豫地在莫里斯的手腕上割了一刀,他的动作非常熟练,显然对此类操作已经有丰富的经验了。莫里斯发出了一声惨叫,随后用嘴吮住了伤口。与此同时,罗塞特紧咬着嘴唇,闭着双眼将手直直地伸了过去。接着,神父将他们两个人的手放在了一起,将罗塞特的血擦到了莫里斯的伤口上。

"你们都看见了,血是红色的。但是莫里斯,如果有人问起,现在你可以告诉他,你的血是黑色的。这样你们的婚礼就是合法的了。"神父一边解释,一边用自己的袖子擦干净了剃刀上的血。一旁的特特连忙撕了自己的手帕来给他们包扎伤口。

"我们现在就去教堂,去找露西修女来做你们的证婚人。"安托万神父说。

"等一下,神父。"特特打断了他,"还有一个问题我们没有解决,这两个年轻人算半个兄妹。"

"孩子,你说什么?"神父叫出了声。

"我的神父,您了解罗塞特的故事。我告诉过您图卢兹·瓦尔莫兰是她的亲生父亲,您也知道他还是莫里斯的父亲。"

"我不记得了。我的记性不行了。"安托万神父一下瘫坐在了椅子上,"特特,我不能让他们两个结婚。这种事情是有悖人伦的,它太荒谬了。但要不这么做就是在违背上帝的旨意……"

他们垂头丧气地离开了安托万神父的小屋。罗塞特强忍着泪水,旁边六神无主的莫里斯搂住了她的腰。"孩子们,我是真心想帮助你们!但这不在我的能力范围之内,在这片土地上没人能帮助你们结婚。"这是神父跟他们告别时说的话。这对伤心的恋人拖着沉重的脚步走在了前面,特特跟他们保持了两步的距离,同时她还在思考着神父那番话中最后一个重读的单词。也许他并没有在强调什么,而是这位西班牙神父说法语时的口音把她给弄迷糊了。但特特还是觉得他的那句话听上去带着点刻意,当它再次鸣响在耳边的时候,她感觉就像是她自己没穿鞋的双脚踩在广场的石板上的回声。她默默重复了无数遍这句话,这才觉得自己明白了神父的言外之意,于是让他们调转方向,朝着弗勒尔之家走去了。

他们走了将近一个小时才来到了赌场的那扇不起眼的小门边,门前有一排正在搬运大包物资的工人们。弗勒尔·希隆德尔站在木坡道的另一边指挥和监视着一切,同时在她的账本上记录每一个运送的包裹。她还是像往常一样热情地迎接了他们,但却抽不出空来招呼,于是让他们先到大厅里去。莫里斯注意到这里不是什么正经地方,他很奇怪向来重视名节的妈妈怎么会如此安然地待在这里,就跟在自己家一样。这是一天中日光最毒辣的时候,弗勒尔之家里没有一个客人,桌上空空如也,交际花、音乐、喧闹声、烟、酒、香水的气味也都没有。大厅看上去就像是一个破旧的剧院。

"我们在这里做什么?"莫里斯懊丧地问道。

"期待我们的命运能被改变,儿子。"特特说。

过了一会儿,扎卡里穿着工作服出现了。他两只手脏兮兮的,很惊讶他们怎么突然来了。他已经不是从前的那个帅哥了,脸上好似戴了一个狂欢节的面具一样,这都是因为他遭受了一次袭击。他是在一天晚上猝不及防地被一群拿着棍子的人袭击的,他没能看清他们的样子,但他们没有偷他的钱也没有拿走他那根象牙手柄拐杖,因此他推断他们一定不是沼泽地附近的强盗。特特曾不止一次地提醒他,说他过于讲究的穿衣打扮以及在钱上的慷慨会惹怒一些白人。他被扔在了一条沟渠附近,幸好人们及时发现了他,但发现的时候他已是遍体鳞伤,脸上也破了相。帕尔芒捷医生非常细心地为他诊治,这才让他的骨头都复了位,还保住了他的一只眼睛。特特一直通过一根小管子来喂给他流食直到他能咀嚼食物。这一次的不幸并没有改变扎卡里骄傲的态度,但却让他行事更加小心谨慎,现在他每天都带着武器出门。

"我给你们来点儿什么呢?朗姆酒?姑娘的话,来点儿果汁?"扎卡里挤出了一个微笑,但这个笑容已经不同于以往了,因为他的下巴被打歪了。

"一艘船的船长就如同国王一样。在船上,他可以做任何一件他想做的事情,甚至是把人绞死。这是真的吗?"特特问他。

"只有在船航行的时候。"扎卡里一边用抹布清洁双手,一边澄清道。

"你认识某位船长吗?"

"我认识很多。远的不说,弗勒尔·希隆德尔和我目前就正在和一个名叫罗梅罗·托莱塔诺的葡萄牙人合伙做事,他有一艘帆船。"

"你们合伙做什么事,扎卡里?"

"不妨说我们在做一些进口和运输上的生意。"

"你从来没跟我提起过这个所谓的托莱塔诺。他可靠吗?"

"这要分情况。在某些事情上,他是可靠的,但另一些就不行了。"

"我在哪里可以跟他说上话?"

"他的帆船这会儿就停靠在码头。今晚他肯定会过来喝一杯、玩几把。但你这是要干什么呢?"

"我必须要让这位船长同意莫里斯和罗塞特的婚事。"特特当着两个当事人的面向扎卡里发出了命令。他俩听了都感到无比震惊。

"你怎么能要求我做这种事呢,扎丽特?"

"因为没有其他人了,扎卡里。而且这件事必须立刻去办,因为莫里斯后天就要乘船回波士顿了。"

"可你要知道船现在停在港口,而那里是归陆地政府管的。"

"你能请求托莱塔诺起锚将他的船向海上行驶几海里吗?这样他就能让两个孩子结婚了。"

就这样,四个小时后,在一艘挂着西班牙国旗、历经沧桑的帆船上,罗梅罗·托莱塔诺船长主持了罗塞特·塞德利亚和莫里斯的婚礼。这位船长是一个矮小的男人,虽然他身高不足七掌,但他脸上浓密到快要遮住眼睛的络腮胡弥补了身材袖珍的缺陷。扎卡里和弗勒尔·希隆德尔是他们的证婚人。扎卡里虽然穿了礼服,但指甲里还有未清理完的污垢,而弗勒尔更是为了这个场合披上了一件真丝外套,脖子上还挂了一串熊牙做的项链。扎丽特则是在一边不停地抹泪。

莫里斯摘下了自己一直挂着的那条母亲留下的金牌链子,将它挂在了罗塞特的脖子上。弗勒尔为每个人倒了一杯香槟,扎卡里提议为新人干杯,他说:"这对新人的结合象征着美好的未来。到那个时候,不同种族的人都可以相互交融,全世界的人类都将拥有自由,并且在法律面前,人人平等。"同样的话莫里斯经常从他的老师那里听到,而这场伤寒又让他变得更加多愁善感,以至于啜泣不止。

两夜缱绻

因为没有其他地方可去,这对新人在罗梅罗·托莱塔诺船上的那间狭小寝舱里,缱绻缠绵了仅有的一天时间加两个夜晚,但他们从来没想到过在地板下面的秘密隔层里竟然还蜷伏着一个可以把他们听得一清二楚的奴隶。这艘船是很多逃奴们通向自由之旅的第一次冒险。扎卡里和弗勒尔·希隆德尔都认为奴隶制很快就要走到尽头。于是,在这期间,他们对那些已经等不及那天的到来而愿意铤而走险的人伸出了援手。

这个夜晚,莫里斯和罗塞特挤在那张窄小的木板床上爱抚着彼此。三角洲的水流摇曳着船只,月光透过红色毛绒窗帘照在他们的身体上。与此同时,不远处可以听见乐队的轰鸣奏响,人们在喝酒、跳舞,在赌桌上输钱,仿佛末日即将来临。一开始,他们带着点儿迟疑,羞涩地触摸着彼此,尽管他们在成长过程中就一直在探索对方的身体,而且在他们的灵魂之中没有哪个角落是不为对方所知的。但他们现在的样子都变了,必须要学会重新认识彼此。面对将罗塞特拥在怀中的欣喜,莫里斯完全忘记了自己曾经在跟那个萨凡纳的女骗子吉赛尔颠鸾倒凤时学会的一丁点技巧。他颤抖不止。"都怪这该死的伤寒。"他带着歉意对她说。看到莫里斯这副笨手笨脚的样子,罗塞特反而觉得很可爱,甚至是有些感动。她主动替他宽衣,动作娴熟,不急不慢,这都要归功于维奥莱特·布瓦西耶私下教给她的技巧。一想到这些,她不禁笑出了声,而莫里斯却以为她在嘲笑自己。

"你别傻了,莫里斯。我怎么可能嘲笑你呢!"她一边擦干笑出的眼泪,一边回答道,"我只是想起了我上过的那些教女人如何做爱的课。它是维奥莱特夫人为那些渴望成为姘妇的女学生专门安排的。"

"你别告诉我是她教你的这些!"

"当然了!难道你觉得女人天生就会勾引男人吗?"

"妈妈知道这件事吗?"

"她不清楚细节。"

"这个女人都教给姑娘们什么东西?"

"没教什么,因为夫人最终不得不取消那些实践课。是卢拉说服了她,她说那些蓝带母亲一定无法忍受女儿们学这种东西,这样一来她想办的舞会也就泡汤了。但是她给我开了小灶。她用黄瓜和香蕉亲自给我演示。"

"演示什么?"莫里斯大叫道。他开始觉得这是一件有趣的事情。

"男人生殖器的样子,以及要想操控你们是多么容易,因为男人的一切都是暴露在外面的。无论如何,这些都是她必须教给我的东西,你觉得呢?我从未见到过男人的裸体,莫里斯。好吧,只见过你的,但那时候你还是个小毛头。"

"跟那时候相比,现在可以说是改变了不少。"他笑了,"但你可别有什么香蕉、黄瓜之类的期待,不然就得失望了。"

"不是吗?快让我看看。"

那个躲在暗处的奴隶遗憾怎么地板上没有一个小洞让他可以偷看一眼上面的情形。欢笑声之后便是一片寂静,那个奴隶觉得他们安静的时间太长了。这两个人这么安静,是在干什么呢?他简直想象不到怎么会是这样,因为据他的经验,爱情是一件非常吵闹的事情。大胡子船长趁着天黑赌场里人声鼎沸的时候,过来打开了地上的下开门,放他出来吃点东西和活动活动筋骨,而那个奴隶差一点就跟船长说他自己还可以等等再出来。

罗梅罗·托莱塔诺早就预见了依照习惯,这对新人一定不会走出房间。他按照扎卡里的吩咐,把咖啡和面包圈送到了那间寝舱的门口。正常情况下,罗塞特和莫里斯至少应该腻在一起三天三夜,但他们没有那么多的时间。晚一点的时候,好心的船长又为他们端来了满满一盘特特从法国市场买回来的美食:海鲜、奶酪、还是温热的面包、水果、甜食和一瓶葡萄酒。不一会儿,就有手从房间里伸出来把它们一股脑都拿了进去。

在罗塞特和莫里斯待在一起的那短到不能再短的一天两夜里,他们带着童年时就彼此分享的那份温存享受着彼此的身体,当然现在还多了一份点燃他们的激情。就这样,他们随性地换着花样来取悦和满足彼此。这两个年轻的生命自始至终都深爱着对方,而且此刻还要面对即将来临的痛苦的离别,因此维奥莱特·布瓦西耶的性爱指南对他们而言是多余的。做爱的间歇,他们也会聊会儿天。他们相拥着,谈论一些还没有完成的事情或是对未来的计划。唯一能让他们忍受这离别之痛的事情就是他们确信很快就会重聚:莫里斯一找到工作和安身之处,就会立刻把罗塞特接过去。

第二天的黎明很快就来临了。他们必须穿好衣服,最后一次亲吻彼此,然后小心地走出房门去面对这个世界。帆船已经抛锚靠岸。港口上,扎卡里、特特和手上提着莫里斯衣箱的桑丘正在等着他们下船。作为舅舅,桑丘给了莫里斯四百比索作为盘缠,他还炫耀说自己只用了一个晚上就在牌桌上赚到了这些钱。年轻人的船票上已经换了一个新的名字：莫里斯·索拉尔，姓氏是他母姓的缩写，他按照英语的发音来念它。这一点让桑丘有点恼火。一直以来，他都以发音响亮的加西亚·德尔·索拉尔这个姓氏为荣。

罗塞特留在了陆地上，伤心欲绝，但她却装出了一副很平和的样子，俨然一个得到了想要的一切的幸福女人。莫里斯站在那艘即将把他带回波士顿的快船甲板上，跟她挥手告别。

人 间 炼 狱

瓦尔莫兰失去了儿子,同时在打击之下,身体一下子就垮了。就在莫里斯走出父亲家的大门,决定从此不再回头的那一刻,某些东西在他心中也彻底粉碎了。当桑丘和其他人好不容易将他抬起来的时候,发现他的半个身子已经僵掉了。帕尔芒捷医生确认他的心脏还没有像他们担心的那样停止跳动,可他中风了。他整个人几乎瘫痪了,而且还流口水,大小便失禁。"我的朋友,尽管不可能再回到过去的样子,但等过一段时间,再加上一点点运气,您就会好很多的。"帕尔芒捷对他说。他还说,自己认识不少在发生了类似情况之后又活了很多年的病人。瓦尔莫兰用手势告诉他自己想单独跟他说话。此时,像一只兀鹫一样在一旁监视着他的奥尔唐斯·基佐,不得不关上房门出去了。他断断续续说的话很难听懂,但帕尔芒捷还是听出了大意:比起疾病,更让瓦尔莫兰害怕的是他的妻子。毫无疑问,奥尔唐斯宁愿当寡妇,也不愿照顾他这么个会尿在自己身上的废物,甚至她还会设法让他早点死。"这点您别担心。我几句话就能解决这件事情。"帕尔芒捷让他放心。

医生将药方和医嘱给了奥尔唐斯·基佐,并建议她雇一个好的护工,因为她丈夫的康复状况很大程度上取决于照料的好坏。他们不能跟他发生矛盾,也不能让他担惊受怕:休息是最重要的。临走的时候,他像父亲一样握住了奥尔唐斯的手,安慰她说:"夫人,我愿您的丈夫能从这场劫难中平安脱身,因为我认为莫里斯并没有做好要接他父亲班的准备。"他还提醒她说,瓦尔莫兰还没来得及完成遗嘱的修改,因此在法律意义上,莫里斯仍然是家族的唯一继承人。

几天后,一位信使给特特捎来了瓦尔莫兰的一封短信。她没有等罗塞特回来念给自己听,而是直接去了安托万神父那里。一切跟她的前主子相关的事情都会让她的胃紧缩成一团。她想瓦尔莫兰此时想必已经知道了莫里斯和罗塞特仓促举办的那场婚礼以及他儿子的离开,这是全城的人都已经知道的事情。但瓦尔莫兰的怒火不是冲着莫里斯来的,而是罗塞特,因为那些谣传莫里斯被一个黑人女巫控制的流言已经帮他开脱了罪名。罗塞特才是那个让瓦尔莫兰家族后继无人、走向衰亡的人。等到瓦尔莫兰死后,他的家产就会落入基佐家族之手,而且瓦尔莫兰这个姓氏从此也只能出现在墓碑上,因为他的女儿们无法将它传给子孙后辈。有充分的理由让她提防瓦尔莫兰的报复,但特特从未想到过这点,直到桑丘提醒她一定要看好罗塞特,不要让她一个人出门。他想要提醒她什么?她的女儿白天都待在阿黛勒那里,要么是织她那件朴素的新婚嫁衣,要么是给莫里斯写信。因此,白天她是安全的,而到了晚上她都会去接罗塞特回家。但尽管如此,她们还是提着一颗心,时刻都保持着警戒,因为她那位前主子的胳膊伸得很长。

这封信是奥尔唐斯·基佐写的,上面只有两行字:她的丈夫需要跟她谈谈。

"瓦尔莫兰能让他那位骄傲的夫人给你写信说这件事,一定费了不少功夫。"神父说道。

"我不愿意去那个房子,我的神父。"

"听听他怎么说的并不会让你失去什么。现在这种情况下,你能做的也就是这些了。你说呢,特特?"

"您总是说一样的话。"她叹了口气，只好妥协。

安托万神父了解这位病人在面对坟墓里无尽的寂静和无人安慰的孤独时心中的恐惧。瓦尔莫兰从十三岁起就不再信仰上帝了。从那时开始，他就一直鼓吹那套打破了有关来世一切幻想的实用理性主义。然而，现在当他一只脚已经迈进了坟墓的时候，他又回归了自己童年的信仰。应瓦尔莫兰的要求，这位嘉布遣教士为他进行了涂油礼。在他的忏悔中，瓦尔莫兰歪着嘴、含混不清地承认了自己曾霸占拉克鲁瓦的钱财，这是唯一一桩他自己认为严重的罪过。"跟我说说你的奴隶们吧。"神父胁迫了他。"我为我的软弱感到自责，神父。因为在圣多明戈时，有时候我没办法阻止我的工头对奴隶们滥用私刑，但我自己并没有对他们下过毒手。在这点上，我自认为是一个仁慈的奴隶主，问心无愧。"安托万神父赦免了他的罪，并且答应会祈祷他早日康复，以此换取瓦尔莫兰向乞丐和孤儿们的慷慨捐赠，只有慈善和施舍才能让上帝心软、感动，这是神父的解释。自从神父来了一次之后，瓦尔莫兰一有机会就会忏悔，以此避免死神在他还没有做好准备的时候就不期而至。但神父既没有时间也没有耐心来理会他这种临时抱佛脚的行为，所以只答应一个星期上门两次，跟另一位教士一起来给他送圣餐。

瓦尔莫兰家里的空气中都飘着一股疾病的气味。特特从仆人走的边门进来了，丹妮丝将她领到了客厅里，奥尔唐斯·基佐就站在那里等着她。她眼圈乌紫、蓬头垢面，身上的疲惫感比怒气更明显。她才三十八岁，看上去却像五十岁。特特瞥见了他们五个女儿中的四个。她们长得都太像了，让她无法认出自己认识的那几个。奥尔唐斯从牙缝里挤出了几个字，意思是让特特上楼去自己丈夫的房间。她就这样沮丧地看着特特这个扫把星出现在自己的家中。这个该死的女人不仅活出了自己的精彩，现在就连瓦尔莫兰、基佐家族以及全

461

社会她都敢得罪。一个女奴隶而已!她不明白事情是怎么在自己手中失控的。要是丈夫听她的话,在那个狐狸精罗塞特七岁的时候就把她卖掉,这一切都不会发生。都要怪固执的图卢兹,他根本不懂怎么教育儿子,也不懂对待奴隶的正确之道。根本就是个外来户!跟其他外来户一样,来到这里就自大地以为可以无视我们这儿的规矩。看看他放了那个黑女人和她女儿的下场!这种事情在基佐家族里根本不可能发生,这一点她可以对天发誓。

特特在一堆枕头中间找到了病恹恹的瓦尔莫兰。他跟从前像是变了个人似的,发乱如草、面如纸灰,两眼泪汪汪的,一只手紧贴在胸前。这次的中风让瓦尔莫兰拥有了一种非凡的直觉,这种直觉让他可以洞察人心。他想可能是因为自己身体里一直沉睡的那一部分被唤醒了,而之前他被用来秒算出蔗糖利润,或是轻松推倒多米诺牌的另一部分现在却停止了运转。这种新的智慧让他可以揣测出别人心里的小算盘,特别是他的妻子,因为她再也无法像从前那样轻易摆布自己了。无论是他自己还是别人内心的情感都被他看得明明白白。在某些神奇的时刻,他感觉自己正在穿过一片过往人生的浓雾,带着恐惧,提前进入了未来,而这个未来是一个充满苦难的炼狱,在那里他需要无休止地为那些已经被自己遗忘的或者也许自己从来没有犯下的过错付出代价。"祈祷和行善吧,我的孩子。"这是安托万神父给他的忠告,另一位每周二和周六来给他送圣餐的教士也是这么跟他重复的。

瓦尔莫兰嘟囔了一句,吩咐那个在旁边伺候他的女奴隶下去。虽然他在说话的时候,口水都流到了嘴角,但使唤人的力气他还是有的。当特特走近了想要听清他在说什么的时候,他用自己那只健康的手用力抓住了她的胳膊,并让她在他的床边坐下。现在的他只不过是一个孱弱老人,但特特从心里还是很怕他。"你要留在这里照顾我。"他命令道。这是特特最不愿意听到的话,但他又对她重复了一遍。她震惊于前主子竟然丝毫不知道自己有多恨他,这种仇恨从她十一岁被他强奸了以后,就像一块黑色的巨石一样沉沉地压在她的心里。他不懂什么是负罪感和悔恨,也许在白人的字典里根本就没有给别人造成伤痛这几个字。这种仇恨只让她一个人生不如死,却丝毫没有触及他的内心。瓦尔莫兰还说她曾经照顾了欧亨尼娅那么多年,还从罗斯大婶那里学到了不少医药知识。帕尔芒捷医生也说,没有谁是比她更好的护士了。话毕,一阵长久的沉默让瓦尔莫兰意识到自己此时已经没有权利再对她下什么命令了,于是他改变了口气。"我会公平地付你工钱的。不,你要多少都可以。请你看在我们过去的这么多年还有孩子们的情面上答应我。"他一把鼻涕一把泪地说道。

特特想起了安托万神父一直以来的忠告,并且探进了自己的灵魂深处,但却找不到一丝她对这个男人的怜悯和善意。她本想要跟他解释说,正是因为过去的这么多年,因为她做奴隶时所遭受的折磨,还有她为他生下的孩子们,她才不能帮助他。第一个孩子刚出生,他就从她手里夺去了,第二个只要她稍不注意,他就可以毁掉她。然而,这些话她一个字也没能说出口。"不,我不能。请您原谅,先生。"她说完这一句话便颤抖着从瓦尔莫兰的床边站起了身。她的心脏剧烈地跳动,离开的时候把那个在她心头压了这么多年但却毫无意义的仇恨的包袱丢在了瓦尔莫兰的床上,决定从此放下。然后,她静静地从边门走出了这个房子。

漫 长 夏 日

罗塞特没能如设想的那样很快跟莫里斯相聚,因为北方的冬天实在是太寒冷了,海上根本无法行船。那里的春天也来得比其他地方要晚,波士顿的冰雪直到4月才渐渐融化。到那时,她已经不能坐船了。虽然她的小腹还没有隆起,但她身边的女人们都已经猜到她怀孕了,因为她比以前更多了一份不一样的美。罗塞特气色红润,发丝闪着玻璃一般的光泽。她的双眸更加深邃、甜美,整个人都散发着温暖和光芒。卢拉说这是怀孕的正常现象,因为孕妇的身体里拥有比平常人更多的血液。"不然孩子的血从哪儿来呢?"她说。特特也觉得这是无可辩驳的事实,她曾经看到过好几次分娩,每一次都惊叹女人在生孩子时,怎么舍得流如此多的血。然而,她自己身上却没有跟罗塞特一样的表现。她的肚子和乳房都肿得像石头一样沉,脸上也长出了色斑,腿上的血管都暴了出来,拖着那双肿胀的脚顶多只能走两条街的距离。她不记得自己在之前的两次怀孕中身体会变得如此虚弱和难看,而且跟罗塞特同时怀孕的这件事让她很难为情,因为她将同时成为一位母亲和一位外祖母。

一天早晨,在法国市场,她看见一个乞丐正在用他仅有的一只手敲打着一对铁皮鼓,而且他也失去了一只脚。特特心想也许他的主人认为他已经没有任何价值,才放他出来自生自灭的。他还很年轻,笑起来的时候可以看到整齐的牙齿,脸上带着一副顽皮的神态,这与他可怜的样子形成了鲜明的对比。音乐的节奏渗透在了他的灵魂中、皮肤上和血液里。他就带着这种肆意的欢乐和激情,一直这么打着鼓、唱着歌,身边已经聚集了一群闻声而来的人。女人们跟随鼓点的节奏,兀自扭摆着臀部,黑皮肤的孩子们一边用木棍做的剑相互打闹,一边和着节拍唱起了歌,很显然他们对这段音乐已经耳熟能详了。刚开始,特特没能听懂他们唱的歌词。但很快她就意识到他们唱的语言是在圣多明戈种植园里讲的克里奥尔语。她可以在脑子里把中间的叠句翻译成法语:拉·利贝尔特上尉/麦坎达的化身/用剑英勇战斗/救下将军性命。特特感到自己的膝盖快要支撑不住,她必须在一个水果摊位上坐下,才能勉强平衡一下腹部的重量。她坐在那里一直等到鼓手停下了音乐,开始盘点公众施舍的钱。特特已经很久没有使用过她在圣拉扎尔时学的克里奥尔语了,但她还是能够用它跟这个人交流。他从海地来,但他自己还是习惯称它为圣多明戈。他跟特特说自己的那只手是被甘蔗压榨机给弄断的,那只脚是被刽子手的斧头砍下的,因为他曾试图逃跑。特特请求他把刚刚的那首歌慢一点重复一遍,这样她就能听懂了。于是,从歌词中,她得知甘博已经变成了一个传奇。歌中说他像狮子一样跟拿破仑的士兵对抗,保护了杜桑·卢维杜尔的生命,直到因为受了太多的枪伤和刀伤,才最终倒下了。但是,这位上尉跟麦坎达一样,并没有死去:他变成了一匹狼,重新站了起来。他将永远为了自由而继续战斗。

"很多人都看见了,夫人。据说这匹狼总是会围在德萨林和其他将军的身边,因为这些人背叛了革命,他们像贩卖奴隶一样贩卖人口。"

特特早在很久之前就已经接受了甘博死去的事实,现在这个叫花子唱的歌就让她更加确信了这个事实。这天晚上,她到阿黛勒家里来见帕尔芒捷医生,因为医生是唯一一个能够分担她痛苦的人。

她将自己在市场上听到的消息告诉了医生。

"我知道这首歌,特特。那些波拿巴派分子在逃难者咖啡馆里喝醉酒的时候就会唱它,但他们还加了一段。"

"是什么?"

"大概唱的是埋葬着黑人跟自由的公墓,他们在里面一起发臭腐烂,而法兰西和拿破仑却长生不老。"

"这太恐怖了,医生!"

"特特,甘博生前是英雄,死后也一样。只要这首歌还在流传,他的勇气就能鼓舞更多人。"

扎卡里并不知道妻子内心的悲痛,因为特特在他面前隐瞒得很好。一直以来,特特都把自己的初恋,也是一生中最炽烈的爱情,当成秘密藏于自己的内心深处。她几乎不会提起,因为她无法给予扎卡里同样热烈的感情。他们之间是一种平和的关系,不存在任何的急迫感。扎卡里才不管什么忌讳,他四处炫耀自己即将成为父亲的喜讯。他习惯了被众星捧月的感觉,就算是当他在法兰西角还是个奴隶的时候也一样。那次差点要了他的命、将他的脸弄破相的袭击并没有让他引以为戒。他还是跟以前一样大手大脚、呼朋唤友。他请赌场的客人们免费喝烧酒来庆祝即将出生的婴儿。他的合伙人弗勒尔·希隆德尔不得不上前制止他,因为现在还不是挥霍和炫耀的时候。没有什么比一个四处招摇的黑人更让美国人生气的了。

罗塞特每天都会向他们汇报莫里斯的最新消息,但他的信件往往都需要两三个月才能漂洋过海送到她手中。哈里森·科布老师在仔细听了莫里斯的故事后,热情地让他住在自己家里,那里只住了一个守寡的妹妹和他那个以鲜花为食的痴呆老母亲。几个月后,当这位老师得知罗塞特怀孕并且即将在 11 月分娩的消息后,他恳请莫里斯不要另找住处,而是让一家人都搬过去,跟他们一起住。他的妹妹阿加莎是最赞同这个主意的人,因为这样一来,就多了一个人可以帮她一起照顾老母亲,而新生命的到来也一定会为大家带来欢乐。这个四处漏风的空旷大房子里有很多房间已经很久没有人踏足了,只是被肖像画上的先辈们监视着。因此,需要一对相爱的夫妇和一个小宝贝来为它增添生机,她是这么说的。

莫里斯明白罗塞特也无法在夏天坐船,只好继续忍受这长达一年多的分别。等到来年冬天她生完孩子以后,身体恢复好了,同时小宝宝也能安全地坐船了,他们一家便可以团聚了。与此同时,跟之前一样,他将全部的爱都寄托在了两人铺天盖地的书信之中,其余每分每秒空闲的时间都被用来学习了。哈里森·科布雇他做了秘书。莫里斯的工作仅仅是为他整理文件和准备上课的内容,然而老师付给他的工资却比正常的要多得多。这份轻松的工作让他有了更多的时间来学习法律和研究废奴运动,而这在科布看来才是唯一一件重要的事情。他们一起参加公众游行,起草宣传册,奔波于报社、商店和办公室,还去到教堂、俱乐部、剧院和大学里宣讲。哈里森·科布在他身上找到了熟悉的影子,莫里斯不仅像是他从未有过的儿子,还像是一位他一直梦想着能与自己并肩作战的革命伙伴。有这么个年轻人在自己身边,他觉得实现自己的理想指日可待。他的妹妹阿加莎跟全家人一样,也是一个废奴主义者,就连那位吃花的老母亲都在倒数着日子等待着去港口迎接罗塞特和小宝贝。一个混血的家庭对他们来说是最好的礼物,是对他们所宣传的人类平等的最好写照,也是对不同种族的人能够相互交融、和平共处的最有力的证明。当莫里斯带着他那位有色人种的夫人和孩子一起出现在公众面前,这将引起多么大的轰动啊!它比一百万本宣传册都更具说服力。但是,恩人一家这些煽动人心的演讲词在莫里斯看来却有些荒谬,因为他心里从未觉得罗塞特与自己有什么不同。

1806年的夏天十分漫长,新奥尔良还经历了一场霍乱和几场火灾。图卢兹·瓦尔莫兰在一位照看他的修女的陪伴下,搬到了种植园去住,那里一直是他们一家人在最热的时节避暑的地方。经过检查,帕尔芒捷认为他的身体状况还算稳定,而且毫无疑问,乡村生活会有益于他的健康。由于瓦尔莫兰拒绝口服药物,奥尔唐斯只好将医生开的药溶解在汤里给他吃,但这也没能让他的情绪变好。他变得无比暴躁,就连他自己都快要受不了了。所有的一切都让他恼火,从尿布的刺痒感到花园里女儿们无邪的笑声,但这些都比不过莫里斯引发的怒气。儿子成长的每一个阶段都被鲜活地储存在他的记忆中。他清楚记得儿子在最后离开时说过的每一个字,他把那段话重复了千百遍,试图为他们父子之间决绝的断裂找到一个解释。他想莫里斯是遗传了母亲的精神病,他身体里流淌的血液更多是来自软弱无能的欧亨尼娅·加西亚·德尔·索拉尔,而不是强大无敌的瓦尔莫兰家族。他这个儿子没有一点像他,什么都跟他的母亲一样,一样绿色的眼睛,一样癫狂的潜质,就连发疯毁掉自己,都跟她一模一样!

跟帕尔芒捷医生的预测不同的是,他的这位病人在种植园里并没有得到片刻的安宁,而是变得更加焦虑和担忧,因为在这里他可以亲眼见证种植园的衰落,而这一点桑丘早就跟他打过预防针了。欧文·墨菲带着一家人迁去了北部,去耕耘那块他们当牛做马辛苦了三十年才好不容易换来的土地。奥尔唐斯的父亲介绍了一位新的工头到种植园里来,但在他来的第二天,瓦尔莫兰就决定再找一个,因为这个男人缺乏管理大种植园的经验。蔗糖的产量在明显下降,奴隶们也一个个开始变得不听话。桑丘自然而然成了解决各种问题的那个人,但瓦尔莫兰能明显看出他只不过在做表面文章。这让他不得不开始指望奥尔唐斯,尽管他心里也清楚,让这个女人得到更多的权力,就意味着自己从此就要在这张安乐椅上一直这么半身不遂地躺下去。

桑丘打算暗地里悄悄缓和瓦尔莫兰和莫里斯之间的关系,但他一定不能勾起奥尔唐斯·基佐的疑心。现在正是她春风得意的时候,而且她还掌控了丈夫和他所有的财产。桑丘跟外甥之间通过非常简短的信件来维持联系,因为他不能很好地使用法语写作,然而,他吹嘘自己的西班牙语比贡戈拉①还要好,尽管他身边没人知道他说的这个人是谁。莫里斯在信中告诉了他自己在波士顿生活的点点滴滴,并且十分感谢他对妻子的关心照顾。罗塞特在来信中告诉莫里斯,自己会不定期从他舅舅那里收到钱,但桑丘却对此只字未提。莫里斯还跟他说了反奴隶制运动取得的微小进展,尽管如蚂蚁搬家一般缓慢,还有另一个让他兴奋不已的话题:杰斐逊总统派遣刘易斯和克拉克前往密苏里河流域的探险远征。此次远征的目的是考察当地的印第安部落和植被动物,因为白人对于这些知识几乎是一片空白,以及尽可能抵达太平洋海岸。桑丘早就对美国人的这种野心灰意冷了,他们只不过是想占领更多的土地。贪多嚼不烂。他是这么想的,但莫里斯却对此无限憧憬,要不是因为罗塞特、孩子和他所投身的废奴主义事业,他早就去追随那些探险家的脚步了。

---

① 路易斯·德·贡戈拉(1561—1627),西班牙文学黄金世纪最重要的诗人、夸饰主义代表。

在 狱 中

在闷热的7月,特特在阿黛勒和罗塞特的帮助下生下了一个女儿。借着这个机会,罗塞特想近距离地看看自己在几个月后也将面对的场景。与此同时,卢拉和维奥莱特也像扎卡里一样跟着忙里忙外。当特特将孩子抱在怀中时,她激动得哭了:她终于可以不用担心有人会从自己手中抢走这个孩子,可以好好地爱护她了。她会保护她免受疾病、意外和其他灾祸的侵扰,而不用保护她免受奴隶主的占有和支配。

孩子的父亲欣喜若狂,花重金为孩子举办了一个盛大的庆典,而特特却对此感到害怕:这样也许会给他们带来厄运。出于谨慎的考虑,她带着孩子去找了萨妮特·戴德。这个女祭司收了特特十五美元,将她自己的唾液混着公鸡的血抹在孩子身上,以此免除灾祸对她的侵袭。随后,她又带着孩子去了教堂,让安托万神父为她施洗,并授予跟她的教母一样的名字:维奥莱特。

在这个潮湿、炎热夏天的余下的日子里,罗塞特度日如年。随着她的肚子一天天变大,她就越发需要莫里斯陪在身边。她跟母亲住在扎卡里买的那套小房子里,身边每天都围绕着不同的女人,但她还是会有脆弱的感觉。从小到大,她都是一个坚强的人,她也觉得自己在这一点上是幸运的。然而,现在她却变得胆小怯懦,夜里被噩梦惊醒,还经常有不祥的预感。"为什么我2月的时候没有跟莫里斯一起走？他会不会出什么事？如果我们再也见不到了怎么办？我们就不应该分开！"她大哭着说。"别想那些不好的事了，罗塞特。你越是往坏处想，坏事就越容易发生。"特特跟她说。

到了 9 月，很多逃到乡下去避暑的家庭又回到了城里，这其中就有奥尔唐斯·基佐和她的女儿们。瓦尔莫兰留在了种植园，不仅是因为他还没能找到一个合适的工头，还因为他跟妻子已经无法忍受彼此的存在了。瓦尔莫兰不仅没了工头，而且桑丘也指望不上，因为他回西班牙去了。他被告知自己可以认领一些尚有一定价值的土地，尽管它们已经被废弃了，但仍是属于加西亚·德尔·索拉尔家族的资产。对于桑丘而言，继承这笔突如其来的财产莫过于一件头疼的事情。不过，他还挺想回到自己国家的，毕竟他已经三十二年没有回去过了。于是，他开始了这段将近要持续一年的旅程。

在看护修女的照顾下，瓦尔莫兰的身体从中风中一天天地好转。她是一个非常严格的德国女人，完全不理会病人的哭闹，每天都强迫他下床走几步，并要求他用那只病手握住一个羊毛做的球。除此之外，她还用瓦尔莫兰换下来的尿布羞辱他，从而慢慢治好了他大小便失禁的毛病。与此同时，奥尔唐斯带着一群保姆和奴隶回到了城里。她在那幢大房子里安顿下来，终于摆脱了像一匹死马一样压得她喘不过气的丈夫，准备开始好好享受她的社交生活了。也许她可以想办法让他活着，这样做也对自己有好处，但必须是离自己远远的。

离奥尔唐斯一家回到新奥尔良才刚刚过去一个星期，她就在沙特尔街上撞见了罗塞特。因为奥尔唐斯习惯过一段时间就改变一下帽子的造型，所以这一天她跟姐姐奥莉薇一起去了那里买丝带和羽饰。在这几年中，她远远地看到过这个姑娘一两次，因此很容易就认出了她。罗塞特穿着一件深色的羊毛衣，肩上披了一条编织披巾，头发梳成了一个髻。然而，这身朴素低调的打扮丝毫没有削减她高贵的气质。在奥尔唐斯眼里,这个姑娘的美一直都是一种挑衅,现在对于胖到窒息的她来说就更是如此了。她知道罗塞特没有跟莫里斯去波士顿,但没人告诉她她怀孕的消息。奥尔唐斯的耳边立即敲响了一个警钟:这个孩子,尤其如果是个男孩的话,有可能会打乱她人生的节奏。她那个性格软弱的丈夫一定会以此为借口跟莫里斯和好,并且原谅他之前所做的一切。

罗塞特没有注意到这两位夫人,直到她们走到了自己跟前。她侧了侧身给她们让路,并且礼貌地对她们说了句早上好,但她的语气中没有带一丝一毫白人所期待的那种卑微。奥尔唐斯带着一副挑衅的架势,走到她面前停了下来。"你看看,奥莉薇。这个女人有多胆大妄为!"她对姐姐说道,奥莉薇跟罗塞特本人一样都吓了一跳。"你看看她脖子上戴的。竟然是金的!黑人女的不能在公众场合佩戴首饰。应该用鞭子好好教训教训她,你说呢?"她又说道。她那个不明所以的姐姐想把她拉走,但她挣脱开了,一把拽下了那块被罗塞特挂在脖子上的莫里斯送给她的小金牌。姑娘向后退了一步,双手护在脖子上。于是,奥尔唐斯狠狠地扇了她一巴掌。

一直以来,罗塞特都享受着一个自由女孩该有的一切,小时候是在瓦尔莫兰家里,后来在乌尔苏里纳修道院。她从来不觉得自己是个奴隶,美丽的外表又给了她更多的自信。在这之前,她从未受到过任何白人的虐待,她也根本不知道白人拥有着凌驾于其他人种之上的权力。于是,她也本能地给了这个陌生女人一巴掌,根本没有意识到自己在做什么以及这么做的后果。奥尔唐斯·基佐惊呆了,她一个趔趄差点没站稳。她疯了似的大喊大叫,一瞬间就引来了一圈看热闹的路人。罗塞特被一群人团团围住,她刚想逃离就被身后的手抓了回去。片刻之后,警察逮捕了她。

半个小时后,特特得知了消息。因为现场目击者众多,消息不胫而走,也传到了住在同一条街上的卢拉和维奥莱特的耳中。特特直到晚上才能在安托万神父的陪同下,去狱中看自己的女儿。神父熟悉监狱的构造就像了解自己家一样,他避开了警卫,走了一条借着火把的光才能看清的狭窄小道。透过铁栅栏,他们隐隐约约看到了几间男监,最后来到了唯一一间所有女人都挤在里面的牢房。这些女人中只有一个的头发是金色的,其他全部都是有色人种,那个金色头发的可能是个奴隶。里面还有两个被裹在烂布里的黑人小孩,他们紧紧地贴在一个女囚的胸前沉睡着,另外还有一个女奴怀里也抱着一个婴儿。地上只垫了薄薄的一层稻草,还有几条脏脏的毯子、一个用来清洗身体的水桶和一大罐给她们喝的脏水。室内可以明显闻到一股腐肉的气味,这种恶臭加重了本就污浊的空气。借着走廊透进的微光,特特看见了牢房一角坐在两个女人中间的罗塞特。她裹紧了那条披肩,双手放在肚子上,脸已经哭肿了。她吓坏了,跑过去想要抱住她,却被女儿脚上那沉重的脚镣给绊倒了。

安托万神父是有备而来的,因为他对牢房里的生活条件再清楚不过了。他在篮子里装了面包和糖块,分给这里的女囚们,还为罗塞特拿来一条毯子。"罗塞特,明天我们就能把你弄出去了。对吗,神父?"特特说道。神父没有回答。

对于发生在罗塞特身上的事情,特特能想到唯一的解释就是,这是奥尔唐斯·基佐在报复自己当初拒绝照顾瓦尔莫兰的行为,因为她觉得这是对她家庭的一种侮辱。特特并不知道单单是自己和女儿的存在对她来说就是一种羞辱。她沮丧地来到了瓦尔莫兰家里,尽管她之前发誓再也不会迈进这里一步。她扑倒在了前女主人的脚边,求她行行好,放了自己的女儿,作为交换的条件,她答应,她自己会负责照顾她的丈夫,以及任何一件她让她做的事。然而,奥尔唐斯却恨透了特特母女,她肆无忌惮地将心中最恶毒的话一股脑都说了出来,然后把她扔出了自己的家门。

特特已经尽了一切努力来让罗塞特在狱中不那么受罪,尽管她能做的也非常有限。她把小维奥莱特交给了阿黛勒,自己跟卢拉一起每天都来监狱里给罗塞特和其他女囚送饭,因为她确定地知道罗塞特一定会把食物分给其他人吃,而她不想自己女儿一个人挨饿。她也只能把带来的东西放在狱警那里,因为他们极少会让她进去。她不知道这些食物狱警们自己会占下多少,等分到女儿手中还能剩多少。维奥莱特和扎卡里负责这些开销,而特特半宿都在做饭。除此之外,她还得工作和照看刚出生的小孩,因此整个人都筋疲力尽。她想起罗斯大婶曾用煮沸的水防止传染病,因此她求女囚们哪怕渴得要死,也不要碰罐子里的水,而是只能喝她给她们带来的热茶,因为在前面几个月里,已经有好几个女囚死于霍乱了。这个时节,夜里已经开始有了凉意,特特给所有人都找来了一些厚衣服和毯子,因为她不能只让女儿一个人免受寒冻。但是地上铺着的湿稻草和墙里渗出的水汽还是让罗塞特病倒了,她不仅胸痛,而且咳嗽不止。但她不是唯一一个生病的人,另一个女囚病得比她还严重,她脚上戴的镣铐导致了伤口坏疽。在特特的坚持之下,安托万神父跟狱警们软磨硬缠,最后终于得到了允许把这个女囚送去了修女医院。其他女囚们再也没有见过她,但一周后她们听说她被截了肢。

罗塞特不愿告诉莫里斯发生在她身上的这些事,因为她不确定当这封信送到莫里斯手上的时候,自己是否已经恢复了自由身,但正义总是姗姗来迟。当法官查看她的案子的时候,时间已经过去了六个星期。这个等待的时间相对算是快的,仅仅是因为当事人是一个自由民女性以及迫于安托万神父的施压。其他的女囚往往需要等上好几年,换来的也仅仅是得知自己被逮捕的原因。奥尔唐斯·基佐的律师兄弟们以"对白人女性造成人身伤害"的罪名指控了罗塞特，罪罚是受鞭刑和坐两年牢。但法官看在神父的面子上做出了让步。鉴于罗塞特已有身孕，且奥莉薇·基佐也如实陈述了事情的经过而并没有帮她妹妹说话，他减免了罗塞特的鞭刑。同时，这位被告人端庄得体的姿态也让法官颇为动容。她衣着整洁，面对控词不卑不亢，尽管她咳得快要讲不出话来，双腿也快要支撑不住身体了。

听到宣判词的那一刻，特特的心里掀起了一阵狂风暴雨。待在这间肮脏的牢房里，罗塞特肯定活不过两年，更别说她肚子里的孩子了。"爱祖丽，洛阿母神，请给予我力量吧。"哪怕是要徒手推倒监狱的墙壁，她也要把女儿救出来。她疯了，逢人便说自己要杀了奥尔唐斯·基佐和那一家子挨千刀的，安托万神父这才决定插手，以免她把自己也弄进监狱。他没有跟任何人说就去了种植园找瓦尔莫兰。他下了很大的决心才做了这个决定。因为首先，他不能抛下那些离了他几天就活不成的人，其次他也不会骑马，但坐船逆流而上既昂贵又危险，但最终，他还是想方设法到达了目的地。

神父见到瓦尔莫兰的状态比他想象的要好，尽管他还是一个口齿不清的残疾人。在神父拿下地狱之类的话来恫吓他之前，就意识到这个男人对他妻子在新奥尔良的作为一无所知。瓦尔莫兰在听完了事情的经过之后大为恼火。比起心疼那个被他叫作"贱人"的罗塞特的命运，让他更愤怒的是奥尔唐斯跟之前无数次一样，又一次成功地向他隐瞒了这件事。然而，当神父告知他罗塞特怀孕的消息时，他的态度发生了转变。他意识到要是在罗塞特和她腹中的婴儿身上发生什么意外的话，他就再也没有与莫里斯和解的希望了。于是，他用好的那只手拉响了用来叫唤修女的铃铛，命令她为自己备好船，立即启程进城。两天后，基佐家的律师们撤销了对罗塞特·塞德利亚的指控。

扎 丽 特

　　四年过去,现在已经是 1810 年了。我已经不再对自由感到恐惧,尽管我对白人的恐惧一辈子都不会消除。我不再为罗塞特流泪,人生可以算得上是幸福。

　　罗塞特从监狱里出来的时候,身上沾满了虱子,她整个人都瘦得脱了形,病恹恹的。腿上的烂疮和脚上的镣铐让她无法正常行走。我日日夜夜守在她的床边照顾她,用牛骨髓汤和邻居们送来的营养炖菜给她补身体,但这些都没能阻止她早产。这个孩子还没有做好来到这个世界的准备,他是那么瘦小,身上的皮肤就如同透明的湿纸一样。分娩进行得很快,但罗塞特太虚弱了,而且还失掉了太多的血。第二天,她就开始发高烧,到了第三天她开始说胡话,唤着莫里斯的名字。我这才心痛地明白罗塞特要离开这个世界了。我用尽了罗斯大婶教给我的方法和帕尔芒捷医生的智慧,祈求安托万神父和洛阿神的护佑。我把这个刚刚出生的小生命贴在她的胸前,想用孩子留住母亲的生命,但我想她应该感觉不到了。我紧紧抓住女儿,想要把她留在身边,哀求她喝一小口水,哀求她睁开双眼,应我一声。罗塞特,罗塞特。凌晨 3 点,当我抱她在怀里,给她唱着非洲童谣的时候,我看到她含混不清地说了一句话。于是,我把耳朵贴在了她干裂的唇边。我爱你,妈妈,她对我说,随后叹了口气便安息了。罗塞特的身体在我的怀中变得无比轻盈,灵魂渐渐脱离了躯体,像一道白线一样,从那扇开着的窗飘了出去。

这种肝肠寸断的痛是无法言说的,但我也无须向他人倾诉:世上的母亲都能理解,因为只有极少数最幸运的母亲才能够做到让所有的子女都安全地活在这个世界上。一大早,阿黛勒来给我们送汤。是她把罗塞特的身体从我那两条已经僵硬的手臂中托起来,平放在了床上。我由得自己倒在地上号啕大哭。等我哭了一阵之后,阿黛勒将一大碗汤放在了我的手中,她让我想想我的其他孩子。我那可怜的外孙蜷缩在我的小女儿维奥莱特身边。他是那么弱小无助,甚至让我觉得随时都有可能追随他妈妈而去。于是,我脱去了他的衣服,将他放在了我的长布头巾上,然后交叉系在了我赤裸的胸前,紧贴着我的心脏。孩子的皮肤紧紧贴着我的皮肤,这样他就会相信自己还在他妈妈的肚子里。我就这样把他背在了身上好几个星期。我的乳汁就跟我对孩子们的爱一样,源源不断地流出,可以喂饱女儿和外孙两个人。当我将朱斯坦从襁褓中抱出来的时候,他已经拥有了足够健康的身体来面对这个世界了。

一天,瓦尔莫兰先生来到了我家。两个奴隶把他抬下了车,抬到了我家门口。他已经苍老了太多。"特特,求求你,让我看看孩子吧。"他有气无力地向我请求。我狠不下心将他拒之门外。

"我对罗塞特的事感到很难过……我向你保证这跟我绝对没有关系。"

"我知道,先生。"

他盯着我们的小外孙看了很久,之后问我他叫什么名字。

"朱斯坦·索拉尔。这是他父母起的名字,意思是公平、正义。如果是女孩的话,就叫朱斯蒂娜。"我向他解释道。

"哎,我希望自己能活得长点儿来弥补犯下的一些过错。"他说这些话的时候,我感觉他快要哭了。

"我们每个人都会犯错,先生。"

"这个孩子无论是从父亲还是母亲的血统来看,都是瓦尔莫兰家的人。他有一双浅色的眼睛,长大的样子应该像白人。他不应该从小就生活在黑人中间,我想要帮助他,让他受到好的教育,继承我的姓氏。当然,这本就是理所应当的事。"

"先生,这件事您应该去找莫里斯谈,而不是跟我。"

莫里斯在一封信中同时收到了儿子出生和妻子去世的消息。尽管是在数九寒冬,他还是立即上了船。他到达的时候,儿子已经满三个月了。他是一个安静的男孩,有着精致的五官和一双绿色的眼睛,长得很像他的父亲和祖母——可怜的欧亨尼娅夫人。我紧紧地拥抱了莫里斯,但他就好像不在场一样,精神涣散、两眼无光。"妈妈,您要替我照顾他一段时间。"他对我说。他待了不到一个月的时间,桑丘也已经从西班牙回来了。可无论他舅舅桑丘如何劝说,他也不愿同瓦尔莫兰先生谈话。相反,到处播撒仁爱的安托万神父,这次却拒绝做调和这对父子之间矛盾的中间人。莫里斯最后决定,孩子的祖父可以不时来看朱斯坦,但必须是当我在场的时候。他不允许我接受来自瓦尔莫兰的任何东西:钱、任何形式的帮助,更别说让孩子跟着他姓了。他还让我跟朱斯坦说说关于罗塞特的事情,好让他永远以自己的母亲和身体里的混血为荣。他认为罗塞特和自己如此相爱,生下的儿子也一定会拥有非凡的一生,并且会跟自己一样,投身于伟大的事业,而如今,罗塞特的离世已经彻底摧毁了他的意志。最后,莫里斯命令我远离奥尔唐斯·基佐。这一点,我根本无须他来提醒。

很快,我的莫里斯就走了,但他没有回到波士顿去,尽管他的朋友都在那里。他放弃了学业,开始四海为家,他去过的地方比风吹过的还要多。他会经常给我们写几句话,这样我们就知道他还活着。

但在这四年中,他只回来过一次来看自己的儿子。他身上披着动物的皮毛,脸上胡子拉碴,皮肤也晒得黝黑,活像一个肯塔基人。在他这个年纪,没有哪个人会伤心而死,莫里斯只是需要时间来平复心情。他踏遍世界的各个角落,那颗破碎的心也会一天天慢慢被修复。当他某天累得再也挪不动一步的时候,他就会明白痛苦是无法被逃避的,而只能被战胜。到那时,他就会感觉到罗塞特就在自己的身边,陪着自己,就跟我之前的经历一样。到那时,他也许会要回儿子,并且再次投身于终结奴隶制的伟大事业。

扎卡里和我又有了一个儿子奥诺雷。他现在已经可以被朱斯坦牵着手在地上走路了,他既是奥诺雷的外甥,也是他最好的朋友。尽管这个家现在对于我们来说已经过于拥挤,而且我们也不再年轻了——我的丈夫五十六岁,我也已经四十了,但我们还是想要更多的孩子,因为跟这些自由的儿孙在一起,我们也会变得更加年轻。

我的丈夫和弗勒尔·希隆德尔还经营着那家赌场,并且还在跟罗梅罗·托莱塔诺船长合伙做事,他的船一直在加勒比海上运送着走私货和逃跑的奴隶。扎卡里还想要再开几家赌场,但没有取得资质,因为这里的法律对有色人种十分严格。至于我,我每天都生活得非常充实,忙着照顾孩子、做家务以及配制帕尔芒捷医生的药方,但我现在会在自己家的厨房里完成。尽管忙碌,每天下午我都能抽空到阿黛勒家坐坐。在那个种满了三角梅的院子里,我跟其他女邻居边喝拿铁边聊天。维奥莱特夫人,我们见得不多,因为她现在跟蓝带协会的贵妇们走得很近。她们每个人都很想跟她套近乎,因为舞会是她办的,而且她能够决定她们女儿未来的姘居命运。维奥莱特过了一年才跟桑丘和好,这是对于他跟阿迪·苏碧尔乱搞的惩罚。她很了解男人的心思,也不求他们对自己忠心,但她要求自己的情人至少不要跟那个女人公开地在河岸边散步,因为这是对她的一种羞辱。

夫人没能如愿让让-马丁跟一个有钱人家的夸尔特隆女孩结婚,因为小伙子决定留在欧洲不回来了。卢拉已经老得走不动路了,她应该不止八十岁了。她告诉我说她的小王子放弃了军人生涯,跟着伊西多尔·莫里塞混了。那个浑蛋根本不是什么科学家,而是拿破仑或者拉菲特兄弟的托儿,他就是个伪装的海盗,她叹着气说完了这番话。维奥莱特夫人和我再也没有谈论过过去,在守了这个秘密这么多年之后,我们大家都觉得她就是让-马丁的亲生母亲。我几乎不会去想这件事,但有时候也会畅想着有那么一天,当我所有的儿女子孙们都欢聚一堂:让-马丁、莫里斯、维奥莱特、朱斯坦和奥诺雷,以及未来更多的儿子、孙子们。等到那一天,我会邀请所有的朋友,做上新奥尔良最美味的克里奥尔秋葵浓汤,我们唱歌跳舞一直到天亮。

扎卡里和我已经有了属于我们的回忆。我们可以一起回首过去,细数那些携手走过的日子,一起回忆往昔的悲伤与欢乐。就这样,爱情在我们之间慢慢生长。我还是跟从前一样爱他,但我觉得自己跟他在一起比从前更加自在了。他以前是那么英俊,所有人都崇拜他,特别是女人,她们恬不知耻地向他投怀送抱,因此我每天都需要克服这种内心的不安,我害怕虚荣心和无时不在的诱惑会把他从我身边带走,尽管他从未给过我吃醋的理由。现在,人们跟我一样,需要通过他的内在来了解他,才能知道他有多珍贵。我已经记不清他过去的样子了,我喜欢他现在的这张有些陌生的、伤痕累累的面孔,他那只瞎了的眼睛上的补丁,还有脸上的伤疤。我们学会了不为鸡毛蒜皮的小事争吵,然而值得争论的重要事情也不在少数。为了不让他心烦和恼火,我会趁他不在家的时候按照我的方式自娱自乐。这就是拥有一个忙碌的丈夫的好处。他不喜欢我赤脚走在街上,因为我已经不再是奴隶了;也不喜欢我陪着安托万神父去沼泽地附近救赎灵魂,因为他觉得危险;还不喜欢我在刚果广场上跳邦布斯,因为他觉得粗俗。这些事情我一件都没有跟他提过,他也没有问过我。就在昨天,在广场上,伴随着萨妮特·戴德那神奇的鼓声,我又跳起了舞。我跳啊跳啊,时不时地会看见爱祖丽。这位洛阿母神、爱之神附体在扎丽特的身上。于是,我们一起风驰电掣地飞到那座深海岛屿上,去看望岛上的亡灵。故事就是这样。